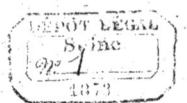

LA CHANTEUSE

DES RUES

PAR

———

Feuilleton du RAPPEL

———

PARIS
IMPRIMERIE SPECIALE DU *RAPPEL*
18, rue de Valois, 18
—
1873

LA CHANTEUSE DES RUES

I

Une belle fille dans un mauvais lieu

C'était il y a vingt-sept ans, par une triste soirée de mars. Le gaz éclairait la grande route de Ratcliff. Dans les divers établissements publics qui la bordent, on entendait le bruit de danseurs s'ébattant au son criard des violons; les marins se livraient aux plaisirs de la terre ferme. Les boutiques des marchands d'habits étaient brillamment éclairées, de manière à faire ressortir avantageusement l'étalage des lourds vêtements surmontés de chapeaux, qu'on eût pris pour autant de vrais matelots pendus au plafond; plus bas des foulards formaient çà et là des guirlandes aux nuances les plus crues. Sur toutes les vitres de la devanture des tavernes, étaient peintes les glorieuses couleurs du pavillon de la marine britannique.

Deux hommes buvaient et fumaient, dans l'arrière salle d'un vieux cabaret, situé dans Shadwell. La pièce où ils étaient assis avait à peu près les dimensions d'une grande armoire; elle recevait le jour par une petite fenêtre donnant sur des appentis où l'on déposait le charbon et sur de grands murs. Le papier qui en tapissait les murailles était recouvert d'une sombre couche de crasse graisseuse; les quelques meubles qui la garnissaient avaient pris une teinte d'ébène, à force d'être frottés par le dos et les coudes des consommateurs qui, depuis un demi-siècle environ, venaient s'y récréer au milieu d'une épaisse atmosphère de fumée de tabac.

Les deux hommes assis dans la salle en ce moment appartenaient évidemment à la classe des marins. Cette communauté de profession était le seul point de ressemblance qui existât entre eux. L'un était grand et vigoureusement constitué; l'autre petit, chétif et contrefait. Le visage bronzé de l'un avait une expression de franchise et d'intrépidité; l'autre avait le teint blême et le front parsemé de taches de rousseur; ses petits yeux, d'un gris pâle, agitaient sans cesse leurs paupières par un clignotement nerveux, qui devenait encore plus sensible quand il s'animait en parlant. L'un avait la voix grave et sonore et le rire bruyant; quand l'autre ouvrait la bouche, on voyait bien remuer ses lèvres, mais on n'entendait qu'un léger chuchotement.

Le premier, Valentin Jernam, était capitaine et propriétaire pour moitié de la brigantine le *Pizarre*, faisant le voyage de Londres au Mexique. Le second, qui se nommait Joseph Harker, était son commis, son factotum, son homme de confiance. Il était marin tout juste assez pour tenir le gouvernail dans un moment de danger; en revanche, une fois à terre, sa connaissance des affaires le mettait en état d'aider son patron de ses conseils, dans toutes les questions de spéculation et de commerce.

Le capitaine l'avait trouvé dans un hôpital des Etats-Unis, et, par compassion, il lui avait offert de le rapatrier gratuitement.

Pendant le voyage, Harker avait su se rendre utile, au point qu'à la fin de la traversée, le capitaine ne voulut plus se séparer de lui.

Le malingre bossu devint l'ami et le compagnon constant du robuste marin.

Durant les quinze années que Valentin Jernam et son jeune frère Georges s'étaient livrés à leurs excursions maritimes et commerciales, leurs affaires avaient prospéré; mais jamais la fortune ne s'était montrée plus libérale envers eux que dans les quatre dernières années, depuis que Harker était leur conseiller.

— Joseph, dit le capitaine, il y a aujourd'hui quatre ans que mes yeux vous ont rencontré pour la première fois: c'était à l'hôpital de la Nouvelle-Orléans. — Cet homme est-il mort? demandai-je en vous voyant. — Non, répondit le docteur, mais il se meurt. — Quelle est sa maladie? — Le mal du pays et la bourse vide; il était employé dans une maison de jeu de la ville; il a reçu un coup sur la tête dans une rixe et on l'a transporté ici, en proie à une fièvre qui menaçait de l'emporter; heureusement, la fièvre a cédé, mais il est d'une faiblesse inquiétante. Il n'a ni argent ni amis, il désire pourtant bien retourner en Angleterre; hélas! je crains qu'il ne revoie pas plus son pays que je n'espère, moi, être empereur du Mexique. — Vraiment, répliquai-je, eh! bien, docteur, si vous pouvez remettre ce pauvre diable sur pied d'ici à lundi, je le ramène en Angleterre à mon bord sans qu'il lui en coûte un sou!

— Vous ne m'en voulez pas, n'est-ce pas, Joseph, de vous avoir traité de *pauvre diable*? Mais c'est que vous étiez réellement un bien pauvre et malheureux être à ce moment-là.

— Vous en vouloir! s'écria Harker, mais ne vous dois-je pas la vie? Combien de mes compatriotes avaient passé indifférents devant moi, pendant que je gisais sur ce lit d'hôpital, où ils m'auraient laissé mourir! Je les entendais parler à voix haute et marcher en faisant crier leurs bottes: j'étais trop faible pour entr'ouvrir les paupières, mais pas assez pour ne pas les maudire tout bas.

— Ne dites pas cela, Joseph!

— Je le dis au contraire, et avec connaissance de cause; voyez-vous, capitaine, quand un homme est contrefait, l'opinion générale prétend qu'il a l'esprit de travers comme les épaules, et que son cœur est aussi sec que ses jambes sont grêles; et je suis forcé d'avouer qu'il y a du vrai dans ce préjugé. Croyez-vous que ce soit une chose propre à rendre aimable le caractère d'un homme, que d'être taillé sur un patron différent des autres, et à cause de cela même d'être l'objet de continuelles risées? Croyez-vous qu'on ait le cœur bien disposé à la tendresse pour ce monde qui vous harcèle, sans autre raison que cette infirmité, dont la faute est à la nature? Mais, capitaine, laissons nos sentiments intimes; un gaillard comme vous a mieux à employer son temps qu'à écouter de pareilles balivernes. J'ai besoin de savoir quels sont vos projets. Vous n'avez pas l'intention de rester ici, sans doute?

— Pourquoi pas?

— Parce que c'est un lieu dangereux pour quiconque, ainsi que vous, porte sur lui une fortune. Capitaine, je voudrais vous voir prendre le parti de déposer cet argent chez un banquier.

— Non, ma foi, répondit le marin d'un ton convaincu. Joseph, je connais vos banquiers. Vous allez chez eux un beau matin, vous y trouvez quantité de commis installés devant de superbes bureaux en acajou neufs et brillants. — « Puis-je faire le dépôt de quelques centaines de livres? demandez-vous. — Certainement, répondent les commis. Et alors vous remettez votre somme, contre laquelle on vous donne un chiffon de papier. — Voici votre reçu. — Très bien. » Puis vous partez. Peut-être, une fois dehors, éprouvez-vous quelque inquiétude, en songeant que votre argent, du bel et bon argent, vient d'être converti en un méchant morceau de papier; mais, comme vous êtes honnête et insouciant, vous n'y pensez bientôt plus..., jusqu'au jour où, de retour de votre voyage, vous avez besoin de vos fonds. Alors, neuf fois sur dix, vous trouvez la banque, les commis, les beaux bureaux en acajou, tout enfin, disparu. — Non, Joseph, je n'ai pas confiance des banquiers.

— J'aimerais encore mieux me fier aux banquiers qu'aux gens qu'on voit rôder par ici, répondit le commis tout pensif.

— Ne vous inquiétez pas, Joseph, l'argent ne restera pas longtemps entre mes mains. Georges m'écrit qu'il viendra me rejoindre à Londres le 5 avril au plus tard, à moins que la mer ne lui soit contraire; et, vous le savez, c'est Georges qui est mon vrai banquier! Je suis comme un membre fainéant dans la maison de commerce Jernam frères. Georges prend l'argent, il en fait ce qu'il veut, il spécule sur ceci ou sur cela, selon sa idée. Vous avez une tête organisée pour les affaires, vous êtes un homme dans le genre de Georges, et vous vous entendez à tout. Moi, je n'y comprends rien. Cependant, mon frère me dit que nous sommes en passe de devenir riches; tant mieux! non pas que j'eusse le cœur brisé s'il fallait redevenir pauvre; j'aime la mer parce qu'elle est la mer, et mon navire pour lui-même.

— Le capitaine Georges dit vrai, reprit le commis, la maison Jernam frères prospère et s'enrichit. Mais vous ne m'avez pas encore appris quels sont vos projets, capitaine?

— Eh bien! puisque, à votre avis, il vaut mieux quitter ce quartier, je vous obéirai, quoique j'aime bien à apercevoir la pointe des mâts par dessus les maisons, entendre les voix joyeuses des matelots et savoir que

le *Pizarre* est là, dans le canal, ferme sur ses ancres. Nous avons dans un tranquille village du comté de Devon une vieille tante qui sera bien aise de me voir, et il est juste qu'elle se ressente un peu de la bonne chance des frères Jernam; aussi, demain matin, je prendrai une place dans la diligence de Plymouth, et j'irai lui faire une visite. Je m'en rapporte à vous pour veiller aux travaux de réparation du *Pizarre*, et je serai de retour à temps pour me trouver au rendez-vous fixé par Georges pour le 5 avril.

— Où devez-vous vous rencontrer?

— Dans cette salle.

Harker secoua la tête d'un air peu satisfait.

— Vous êtes tous les deux trop entichés de cette maison, dit-il; les gens qui la tiennent maintenant nous sont inconnus: ils s'en sont rendus acquéreurs depuis notre dernière excursion. Leur figure ne me revient pas.

— Pas plus qu'à moi, à vrai dire. J'ai appris avec peine le départ des anciens propriétaires. Mais, tenez, Joseph, encore un verre de grog; menons joyeuse vie ce soir, mon garçon, puisque vous me quittez demain matin. — Qu'est-ce que cela?

Le capitaine s'arrêta, tenant à la main le cordon de la sonnette, pour écouter des sons mélodieux qui semblaient venir d'un point rapproché. Une voix de femme, fraîche et claire comme le chant de l'alouette, chantait, accompagnée d'un vieux piano, la vieille ballade anglaise : les *Vieux escaliers de Waying.*

— Quelle voix! s'écria le marin! Elle me remue jusqu'au fond de l'âme. — Allons entendre la musique, Joseph.

— Il serait plus prudent de n'en rien faire, capitaine. Je vous ai déjà dit qu'il y a de méchantes gens dans cette maison. C'est une sorte de concert qui a lieu le soir, un prétexte pour l'ivrognerie et la débauche en mauvaise compagnie. Si vous partez par la diligence du matin, vous feriez mieux de vous coucher de bonne heure. Vous avez déjà assez bu.

— J'ai bu! s'écria Valentin. Je suis aussi calme qu'un juge. Venez, Joseph, écouter les chants de cette fille.

Le capitaine sortit de la salle, et Harker le suivit en levant les épaules.

— Rien de plus difficile à conduire qu'un baby de trente ans, murmura-t-il, grand enfant qu'on est obligé d'appeler son maître!

Ils arrivèrent, en passant par un étroit corridor, dans une salle dont le plancher était couvert d'une couche de sable, et à l'extrémité de laquelle s'élevait une petite estrade; elle était éclairée par plusieurs becs de gaz, dont la lumière fumeuse vacillait au souffle du vent capricieux du mois de mars. Il y avait nombreuse compagnie : des matelots et des femmes de mauvaise vie.

Des marins à barbe noire, ayant l'air d'étrangers, firent place au capitaine et à son compagnon à la table qu'ils occupaient,

politesse que Jernam reconnut par un salut amical.

— J'aurais plaisir à régaler des camarades aussi polis que vous, fit le capitaine; mes maîtres, que diriez-vous d'un bol de punch?

Les hommes se regardèrent; leur consentement se lisait aisément sur leurs visages.

Valentin appela le maître de l'établissement et commanda un bol de punch.

— Un grand bol! ajouta-t-il, et assurez-vous que l'eau n'y entre pas dans une proportion trop libérale.

Puis, posant ses bras croisés sur la table toute tachée des liqueurs versées, il se mit à examiner à loisir l'aspect de la salle.

Le concert avait cessé pour l'instant; la jeune fille avait fini sa ballade et s'était assise près du vieux piano carré, attendant le moment où elle serait encore requise pour chanter.

Deux exécutants composaient seuls les éléments de ce concert tout primitif : la jeune chanteuse et un vieillard aveugle qui l'accompagnait au piano; mais c'était un attrait suffisant pour les habitués du lieu, dix-sept ans avant l'inauguration des modernes cafés-concerts.

Les yeux de Valentin errèrent tout autour de la salle, jusqu'au moment où ils rencontrèrent le visage de la jeune fille assise près du piano.

Le regard du capitaine resta fixé sur ce visage pâle, d'un gracieux ovale, encadré de larges bandeaux de cheveux noirs et éclairé par d'admirables yeux également noirs : on eût dit plutôt les traits d'une impératrice romaine que d'une pauvre chanteuse dans un cabaret de Shadwell.

Jamais Valentin Jernam n'avait contemplé une femme aussi belle. Il n'avait jamais été un bien grand admirateur du beau sexe; il avait bien entendu dire qu'il existait de par le monde des sirènes et autres créatures dangereuses conspirant la perte des honnêtes gens; mais, en dehors de ces vagues notions, il avait fort peu d'idées sur ce sujet.

Les autres assistants n'accordaient guère d'attention à la chanteuse; les habitués ordinaires de la taverne, accoutumés à sa beauté et à son chant, s'occupaient très peu d'elle. Cette fille avait un maintien tranquille et modeste. Elle arrivait et s'en allait avec le pianiste aveugle, qu'elle appelait son grand-père, et elle semblait peu soucieuse d'attirer les regards ou de provoquer l'admiration.

Le moment où elle devait chanter de nouveau était venu.

Elle se tenait debout, à côté du piano, faisant face à l'auditoire, calme comme une statue, ses grands yeux noirs regardant droit devant elle.

Le vieillard l'écoutait attentivement, tout en exécutant l'accompagnement, et il inclinait la tête en signe d'approbation. Quand la voix vibrante de sa petite fille jetait quelque note éclatante, alors son visage exprimait le ravissement le plus enthousiaste. Il semblait que le grossier et bruyant public devant lequel ils se trouvaient n'existât pas pour les deux pauvres artistes.

— Quelle belle créature! s'écria le capitaine avec une admiration mal contenue.

— Oui, c'est une jolie fille, murmura le commis froidement.

— Une jolie fille! répéta Jernam, dites un ange! Je n'aurais jamais cru qu'il y eût au monde une femme semblable. Et dire qu'une pareille créature se trouve en ce lieu enfumé par le tabac, au milieu des cris et des blasphèmes! C'est dur, n'est-ce pas, Joseph?

— Je ne vois pas que cela soit plus dur pour une jolie fille que pour une laide, répliqua Harker d'un ton sentencieux. Si cette fille avait les cheveux rouges et le nez camard, son sort n'exciterait pas votre compassion. Je ne sais pas pourquoi vous vous troubleriez l'esprit à propos d'elle, parce qu'il se trouve qu'elle a les cheveux noirs et les lèvres vermeilles. Je crois pouvoir dire qu'elle ne vaut pas grand' chose, pas mieux que la plupart de celles qui nous entourent, et qu'elle aurait bien vite allégé vos poches, si vous lui en fournissiez l'occasion.

Valentin laissa ces observations sans réponse; peut-être même ne les avait-il pas entendues. En ce moment, le bol de punch arriva; le capitaine le poussa devant Joseph, en le priant de remplir les verres. Celui-ci lui était destiné resta intact devant lui, pendant que Joseph et les marins étrangers vidaient le contenu du bol. Quand la jeune fille chantait, il l'écoutait; quand elle restait tranquillement assise pendant les moments de répit, il contemplait son visage. Jusqu'à ce qu'elle eût fini son dernier morceau et fût descendue de l'estrade, en guidant les pas de son compagnon aveugle qu'elle tenait par la main, le capitaine du *Pizarre* parut comme sous l'influence d'un charme.

Il n'y avait qu'une issue pour sortir de la salle, la chanteuse et son grand-père étaient obligés de passer par l'espace étroit laissé libre entre les deux rangées de tables. L'étoffe grossière de ses sombres vêtements effleura Valentin au passage; et, jusqu'au dernier instant, il suivit la jeune fille des yeux, plongé dans le même état d'extase.

———

II

Le rêve sinistre

Après que la chanteuse eut quitté la salle et que la porte se fut refermée derrière elle, Valentin se leva brusquement et marcha dans cette direction. Il arriva juste à temps pour la voir sortir de la taverne avec son grand-père et un gros homme à mine sinistre, moitié marin, moitié citadin, qui était resté à boire au comptoir.

Le maître de la taverne était là debout, en train de tirer de la bière, tandis que Jernam suivait des yeux dans la rue la jeune fille qui s'éloignait avec ses deux compagnons.

— C'est une jolie fille, n'est-ce pas? dit le tavernier à Jernam qui refermait la porte.

— Très jolie en effet! s'écria vivement le marin. Qui est-elle? d'où vient-elle? quest-ce son nom?

— Son nom est Jenny Milsom; elle habite avec son père, un homme très respectable.

— Ce père, serait-ce l'individu avec lequel elle vient de partir?

— Oui! c'est Tom Milsom en personne.

— Il n'a pas l'air trop respectable; je ne crois pas avoir jamais vu plus vilain visage.

— On ne fait pas son visage, dit le maître de l'établissement d'un ton quelque peu renfrogné. Je connais Milsom depuis dix ans, et jamais je n'ai rien entendu dire de mal sur son compte.

— Ni rien de bon non plus, je suppose, Wayman, reprit un homme qui était appuyé contre le comptoir. Nous l'appelions « le sombre Milsom » à Rotherhithe. J'ai travaillé avec lui, il y a sept ans, dans les chantiers d'un constructeur de navires; c'était une méchante brute. Ce qu'il était alors, il l'est encore aujourd'hui. Puis fainéant et vagabond par dessus le marché, menant une vie de paresseux dans sa cabane au milieu des marais, et mangeant tout ce que gagne sa fille.

— Vous semblez aussi bien au courant des affaires de Milsom que des vôtres, Joë Dermot, répondit Wayman d'un ton légèrelment irrité.

— Inutile de me faire les gros yeux, Denis, répliqua Dermot. Je ne me suis jamais fié au sombre Milsom, et ne m'y fierai jamais. Il y a des hommes capables de verser le sang pour un barillet de bière, et je considère Milsom comme un de ces hommes.

Valentin écoutait attentivement cette conversation; non pas qu'il se préoccupât le moins du monde du caractère de Milsom, mais il recueillait avidement toutes les informations qui pouvaient l'éclairer sur la jeune fille qui avait éveillé un sentiment si nouveau dans son cœur.

Le commis avait suivi son patron et se tenait debout dans l'ombre de l'embrasure de la porte, écoutant ce qui se disait avec une attention plus vive encore que celle qu'y prêtait Jernam; ses petits yeux clignotants se fixaient alternativement sur les visages des deux interlocuteurs.

Il en eût été dit plus long sur le compte de Milsom; mais il était évident que Wayman était disposé à mal accueillir toute allusion peu favorable à cet individu. L'homme qu'il avait appelé Joë Dermot paya sa dépense et s'en alla. Le capitaine et son commis se retirèrent dans les deux petites chambres qui leur avaient été préparées pour la nuit.

Pendant toute cette nuit, qu'il fût éveillé ou endormi, Valentin fut poursuivi par l'image de la belle chanteuse et le son de sa voix mélodieuse.

Le capitaine du *Pizarre* quitta sa chambre à cinq heures du matin et alla frapper à celle de Joseph Harker, avec l'intention de lui dire adieu.

— Croyez-moi, Joseph, dit-il, veillez bien aux réparations à faire, jusqu'au 5.

Il s'attendait à recevoir la réponse d'un homme endormi; mais, à sa grande surprise, la porte s'ouvrit, et Joseph tout habillé se présenta sur le seuil.

— Je vous accompagne jusqu'à la diligence, capitaine, répondit Harker; je n'aime pas cette maison, et j'aspire au moment de vous en voir sortir sain et sauf pour n'y jamais revenir.

— C'est folie, Joseph; cette maison me convient très bien.

— Vraiment? demanda le commis à voix basse, et son propriétaire vous convient également? tout autant que cet homme qu'on appelle Milsom! Un lien plus qu'ordinaire attache ces deux hommes, capitaine. Dans tous les cas, si vous tenez compte de mes avis, ne revenez pas dans cette maison avant le 5, pour vous y rencontrer avec le capitaine Georges. Le capitaine Georges est un homme froid, et je n'ai pas de crainte pour lui; mais vous, vous êtes trop ardent, trop franc pour les gens qui fréquentent cette maison. Vous avez laissé trop voir votre portefeuille, hier soir, quand vous avez payé le prix du punch. J'ai vu le maître de l'établissement scruter de l'œil son contenu en or et en billets de banque; aussi n'ai-je pas fermé l'œil de la nuit, poursuivi par la crainte de quelque criminelle tentative.

— Vous êtes un brave garçon, Joseph; mais, quoique ayant en mer du courage comme vingt dans une tempête, à terre vous êtes timide comme un enfant.

— Je tiens du chien; j'ai la faculté de flairer le danger, quand il menace ceux que j'aime... Chut! qu'est-ce que cela?

Ils descendaient lentement l'étroit escalier à cause de l'obscurité qui enveloppe encore les matinées au commencement du printemps; l'oreille du commis avait été frappée par un léger bruit de pas, quand tout à coup ils se trouvèrent en présence d'un homme qui montait.

— Vous êtes debout de bonne heure, monsieur Wayman, dit Harker, en reconnaissant le maître de la taverne.

— Et vous aussi, à ce qu'il paraît, répliqua Wayman.

— Mon capitaine part par la diligence du matin; je vais le conduire jusqu'au bureau, répondit Joseph.

— Par la diligence du matin? Alors, s'il peut me donner le temps nécessaire, je vais lui faire une tasse de café.

— Vous êtes bien bon, le capitaine n'a

pas de temps à perdre, il faut qu'il arrive pour l'heure de la voiture.

— Resterez-vous longtemps à la campagne, capitaine? demanda Wayman.

— Oh! non, mon maître; car j'ai un rendez-vous ici dans cette maison, le 3 avril, avec mon frère, qui arrive de la Barbade. Voyez-vous, mon frère et moi, nous sommes associés; quelque bonne chance qui arrive à l'un de nous, il la partage avec l'autre; nous avons eu assez de bonheur dans ces derniers temps.

Le capitaine, en disant cela, frappait vigoureusement sur le grand portefeuille renfermé dans la poche de son habit. Denis Wayman suivit ce mouvement d'un œil avide. Pendant que Valentin parlait, Harker avait essayé, mais en vain, d'éveiller son attention : une fois que le propriétaire du *Pizarre* se mettait à parler, ce n'était pas chose facile que de l'arrêter.

Le capitaine souhaita cordialement le bonjour à son hôte et partit avec son fidèle compagnon.

Quand ils furent dans la rue, Joseph lui adressa quelques remontrances :

— Je vous avais averti que cet homme n'était pas digne de confiance, et pourtant vous parliez devant lui de votre argent.

— Vous êtes fou, Joseph, je n'en ai pas dit un mot.

— Allons, capitaine, vous en avez dit assez pour qu'il sache que vous avez de l'argent sur vous; mais vous ne remettrez pas les pieds dans cette maison avant le 3 avril, quand vous y viendrez trouver le capitaine Georges?

— Naturellement, non!

— Vous ne changerez pas d'idée?

— Non, certes.

— Parce que, voyez-vous, je ne bougerai pas de Blackwall pour surveiller les réparations : il y a un rude travail pour que tout soit fini quand il faudra partir pour Rio! Par conséquent, je ne serai plus là; et si vous reveniez dans cette maison, Dieu sait ce qu'on pourrait tenter contre vous.

— N'ayez aucune crainte, Joseph. D'abord, je ne reviendrai pas avant le 3, à midi; je partirai de Plymouth par la diligence du jour, et je descendrai à l'hôtel de la Croix d'or, comme un gentleman. Ensuite, je me flatte d'être de force à me défendre contre tous les requins de terre qui auraient la fantaisie de s'attaquer à moi.

— Mon capitaine, un honnête homme n'a jamais partie égale avec un scélérat.

Jernam et son compagnon portaient, chacun par un bout, le porte-manteau du capitaine. Ils prirent un cab et se firent conduire à l'hôtel de la Croix d'or. La demi-obscurité qui régnait encore à ces boutiques fermées donnaient un aspect funèbre aux rues qu'ils traversaient.

Ils se quittèrent au bureau de la diligence avec la chaleureuse cordialité de deux bons amis; mais Joseph Harker demeurait grave et inquiet. À quelques pas dans la rue, il revit encore la face bronzée du capitaine, qui avait passé sa tête par la portière et lui adressait de la main un adieu.

— Quel brave garçon! quelle généreuse nature! pensait-il en regagnant la ville. Mais je ne connais pas d'enfant qui ait moins de défense une fois qu'il est à terre, et à la sécurité duquel il soit plus nécessaire de veiller.

Valentin arriva à Plymouth le lendemain de grand matin et se rendit à pied au village d'Allanbay, qu'habitait la seule parente qu'il eût au monde, outre son frère Georges. Pendant qu'il cheminait ainsi sur la route déserte, le capitaine, quoique peu méditatif de sa nature, était bien obligé de songer à quelque chose, et sa pensée s'était portée sur le passé.

Bien qu'il fût d'humeur enjouée, comme l'est généralement l'aventureux marin, son enfance avait été triste. Privé de sa mère quand il n'avait encore que huit ans, et resté avec un père ivrogne qui le maltraitait, il avait eu à souffrir le sort trop souvent réservé aux enfants du pauvre.

À l'époque de la mort de leur mère, Georges avait douze mois à peine, et à partir de ce moment, Valentin avait dû se constituer le gardien et le protecteur de son frère; toujours prêt à s'interposer pour le soustraire aux brutalités de son père, et les supportant avec joie quand il avait réussi à en préserver son petit Georges.

Il n'y avait donc rien d'étrange à ce qu'il se fût formé entre les deux frères des liens d'affection dépassant la mesure ordinaire de l'amour fraternel.

Valentin avait remplacé pour Georges, et la mère, enterrée dans le cimetière d'Allanbay, et le père, adonné à l'ivrognerie et à la débauche.

Les Jernam n'étaient pas paysans de naissance : le père avait été lieutenant de vaisseau dans la marine royale; mais sa mauvaise conduite lui avait fait perdre sa commission, et il était venu cacher sa disgrâce dans le village d'Allanbay. Les vices s'étaient accrus d'année en année, sa famille était tombée peu à peu dans une extrême misère, malgré les efforts héroïques de la malheureuse femme pour réformer la conduite de son mari. Elle avait lutté noblement jusqu'au dernier moment et elle était morte, le cœur brisé, laissant ses pauvres enfants à la merci d'un père brutal et dégradé.

Pendant leur enfance désolée, les deux frères avaient été tout l'un pour l'autre. Aussitôt que Georges avait été assez âgé pour affronter le monde à la suite de son frère, tous deux avaient pris le chemin de la mer, et avaient accepté du service sur un petit navire marchand.

À bord, comme à terre, Valentin était toujours prêt à se mettre en avant pour protéger son jeune frère contre tous mauvais traitements; mais les rudes marins s'étaient montrés plus doux que ne l'avait été leur ivrogne de père, et les deux jeunes garçons n'avaient pas eu trop à souffrir.

Ainsi avait commencé la carrière des deux Jernam. Au milieu de tous les chan-

gements qui s'étaient opérés dans leur sort, ils étaient toujours demeurés attachés l'un à l'autre. Malgré la différence de leurs caractères, leur affection mutuelle n'avait jamais subi ni altération ni amoindrissement, et, ce jour-là, pendant qu'il avançait sur la route, Valentin sentit ses yeux se remplir de larmes en songeant au nombre de fois qu'il avait fait le même chemin, en tenant son petit frère dans ses bras.

— Je verrai son cher visage le 3 de ce mois, pensait-il, que Dieu le protège!

La vieille tante habitait un cottage à l'entrée du village. Elle était maintenant dans l'aisance, grâce aux deux capitaines marchands; mais, lorsqu'ils étaient enfants, elle était très pauvre et hors d'état de faire ce qu'elle eût voulu pour les petits abandonnés; néanmoins elle leur avait souvent donné un abri, quand ils avaient peur de rentrer chez leur père, et souvent aussi elle avait partagé avec eux son frugal repas.

Mme Jernam, comme l'appelaient ses voisins, par déférence pour son âge, était assise près de la cheminée, lorsque son neveu ouvrit la petite barrière du jardin; mais elle avait ouvert sa porte avant qu'il eût frappé, et elle se tenait debout sur le seuil, prête à l'embrasser.

— Mon enfant! s'écria t-elle, qu'il y a longtemps que je t'attends! et quelle impatience j'avais de te voir!

Toute la journée se passa dans de tendres conversations entre la tante et le neveu. Elle était si avide d'apprendre ses aventures et lui si empressé à les raconter! Pendant que Suzanne Jernam imprimait un mouvement rapide à ses aiguilles à tricoter, Valentin fumait assis dans un coin de la cheminée, et, entre les bouffées qu'il lançait de temps en temps, il racontait les dangers qu'il avait courus et la manière dont il y avait échappé.

Le capitaine fut régalé d'un excellent dîner, arrosé d'une bouteille d'un vin qu'il avait rapporté pour la cave de sa vieille tante. Après le dîner, il alla faire un tour de promenade dans le village, voir ses vieux amis, causer de l'ancien temps : enfin, la première journée se passa très agréablement. Mais la seconde commença à lui sembler un peu longue : il avait épuisé le récit de ses aventures, il avait vu toutes ses anciennes connaissances. Le visage de la chanteuse lui revenait sans cesse à l'esprit, et il passa la plus grande partie du jour à fumer sa pipe, appuyé contre la porte du jardin. Mme Jernam ne se montrait nullement offensée des allures de son neveu.

— Ah! mon garçon, disait-elle en le regardant avec un sourire, c'est heureux que la Providence ait fait de toi un marin, il n'y avait que cette vie vagabonde qui pût te convenir.

Le troisième jour du séjour de Valentin à Allanbay se trouvait être le 2 avril; dès le matin sa patience était à bout. L'image qui le poursuivait, le poussait à retourner à Londres. Il n'avait jamais été habitué à résister à ses fantaisies, et le sentiment qui l'attirait vers Londres était irrésistible.

— Il faut que je la voie une fois encore, se dit-il à lui-même ; peut-être en revoyant ses traits, n'y trouverai-je rien d'extraordinaire et triompherai-je de cette folie. Mais il faut que je la voie. Après le 5, Georges sera avec moi, et je ne serai plus mon maître. Allons, il faut que je la voie auparavant.

Impétueux en toutes choses, Valentin Jernam ne fut pas long à agir dans le sens de sa résolution. Il dit à sa tante que des affaires le rappelaient à Londres, et quitta Allanbay vers midi. Il se rendit à Plymouth, où il prit la diligence du soir, et arriva à Londres le lendemain matin.

Il était une heure quand il se retrouva dans la taverne fréquentée par les marins et, à cette heure, le bruit, l'orgie, la vie de plaisir avaient déjà commencé.

Le maître de la taverne releva la tête et ne put retenir une exclamation de surprise en voyant le capitaine du *Pizarre* sur le seuil de son établissement.

— Quoi ! c'est vous, capitaine ? dit-il, je pensais que nous ne devions pas vous voir avant le 5 ?

— C'est vrai, mais j'ai eu des affaires à traiter dans le voisinage et j'ai changé d'avis.

— J'en suis enchanté, reprit Wayman d'un ton cordial, vous arrivez juste à temps pour dîner avec moi et ma femme ; asseyez-vous donc et faites comme chez vous, sans cérémonie.

Le capitaine avait un trop bon naturel pour refuser une invitation qui semblait faite de bon cœur ; de plus il brûlait du désir d'entendre parler de la chanteuse. Aussi, en partageant le dîner du couple Wayman, il ne manqua pas l'occasion d'adresser une foule de questions sur Jenny. Mais il éprouva tout d'abord un assez grand désappointement.

Il avait demandé si cette fille devait chanter ce soir-là à la taverne.

— Non, avait répondu Wayman, c'est aujourd'hui vendredi, et elle ne chante ici que les lundis, les mercredis et les samedis.

— Et que fait-elle le reste de la semaine ?

— Vous m'en demandez plus que je n'en sais ; mais probablement son père passera ici dans l'après-midi, et il pourra vous le dire. Savez-vous, capitaine, que cette fille paraît vous intéresser d'une façon peu commune, ajouta Wayman, riant avec un clignotement d'œil significatif.

— Peut-être bien m'intéresse-t-elle, répondit Valentin ; peut-être suis-je assez fou pour m'être laissé prendre par son joli minois, et pas assez sage pour m'en cacher.

— J'ai une petite affaire à traiter dans Rotherhite, reprit alors Wayman, tu veilleras au comptoir pendant mon absence, Nancy. Voici un cabinet particulier dont vous pouvez disposer, et j'ose dire que vous y serez parfaitement à l'aise pour fumer votre pipe et lire les journaux. Il y a dix à parier contre un que Milsom viendra avant

la fin de ce jour, et il vous donnera tous les renseignements que vous pouvez désirer au sujet de sa fille.

Sur ces mots, Wayman partit, et Valentin se retira dans le petit bouge que l'hôte décorait du nom de cabinet particulier. Il ne tarda pas à s'endormir, accablé par la fatigue d'une nuit passée en diligence ; mais il était loin d'être à son aise, mal assis qu'il était sur une chaise de bois, les coudes posés sur une table placée devant lui, et la tête appuyée sur ses bras croisés.

Un maigre feu, alimenté par de mauvais charbon et du bois humide, brûlait tant bien que mal dans la cheminée. Ainsi endormi dans cette froide atmosphère et dans cette position incommode, il n'y avait rien d'étrange à ce que Valentin fît de mauvais rêves.

Il rêva qu'il s'était endormi au grand jour dans sa cabine à bord du *Pizarre*, qu'éveillé en sursaut, il se trouvait dans l'obscurité, et qu'ayant gagné à tâtons le capot d'échelle, il était monté sur le pont ; mais là, comme en bas, il était dans les ténèbres, et, au lieu d'y rencontrer son équipage actif à la manœuvre, rien, que la complète solitude et le profond silence. Un calme, un calme de mort, régnait sur les flots autour du navire immobile. Il voulut crier, sa voix s'éteignit dans les haubans.

En ce moment, une clarté semblable à celle d'une étoile perça l'obscurité et, à cette lueur incertaine, il vit comme un fantôme s'avancer vers lui à travers l'océan ; il distingua son visage : c'était celui de la chanteuse.

Le fantôme continua à s'approcher de lui comme en glissant ; puis, tout à coup, leva une main blanche et transparente, qui lui montrait quelque chose.

Que désignait cette main ?

C'était une pierre tumulaire, dont la blancheur lugubre ressortait au milieu de l'obscurité épaisse du ciel et des eaux, et sur laquelle il lut cette inscription :

A LA MÉMOIRE DE VALENTIN JERNAM
AGÉ DE 33 ANS.

A ce moment, le capitaine s'éveilla brusquement, en poussant un cri d'effroi. Quand il releva la tête, il vit l'homme qui portait le nom de Milsom, assis en face de lui de l'autre côté de la table, et l'examinant avec attention.

III

La maison isolée au bord du marais

— Vous avez le sommeil agité, capitaine ! dit Milsom. Je viens d'entrer pensant trouver ici Wayman, et je vous regardais finir votre somme ; je n'ai jamais vu sommeil plus troublé.

— J'ai fait un mauvais rêve, répondit Jernam, se redressant vivement sur ses pieds.

— Un mauvais rêve ? A quel sujet, capitaine ?

— Au sujet de votre fille.

Avant que Thomas Milsom, autrement dit le sombre Milsom, eût eu le temps d'exprimer sa surprise, Wayman, de retour de Rotherhithe, entra dans la petite chambre, que commençait à envahir l'ombre du soir.

Milsom dit à Wayman comment il avait trouvé le capitaine dormant la tête appuyée sur la table. Il ne fallut pas presser beaucoup Valentin pour qu'il racontât son rêve, aussi facilement qu'il avait coutume de conter toutes ses affaires.

— Je ne vois pas que ce soit là un si vilain rêve après tout, fit Wayman, quand le capitaine eut fini son histoire ; vous avez rêvé que vous étiez sur mer par un calme plat : tout se réduit à cela pour moi.

— Oui, mais quel calme ! il m'est arrivé plus d'une fois dans ma vie d'être surpris par un calme plat ; mais jamais je n'ai rien vu de semblable à ce que j'ai vu dans le rêve que je viens de faire. Puis, la solitude, moi seul à bord, pas une voix humaine répondant à la mienne lorsque j'ai appelé. Puis, ce visage ! il avait une expression effrayante ; il me souriait et il y avait quelque chose de menaçant dans ce sourire. Puis, cette main qui me montrait une pierre tumulaire... — Savez-vous que j'ai eu trente-trois ans au mois de décembre dernier !

Le marin se couvrit le visage de ses mains, se rassit et resta quelques instants dans une attitude méditative. Tout hardi, tout insouciant qu'il était, les idées superstitieuses ordinaires aux hommes de sa classe avaient quelque prise sur lui, et ce rêve le troublait en dépit de lui-même.

Wayman fut le premier à rompre le silence.

— Allons, capitaine ! c'est assez abandonner votre esprit aux diables bleus. Vous avez dormi dans une fausse position ; c'est ce qui vous a fait faire un mauvais rêve, mais ce rêve n'a pas plus de sens ni de raison que tous les rêves du monde. Si nous faisions une partie de cartes, et buvions quelque chose ? Vous avez besoin de vous égayer un peu ; voilà ce qu'il vous faut.

Valentin consentit ; les cartes furent apportées, en même temps qu'un bol de punch était commandé par le généreux marin, toujours prêt à inviter les gens à boire à ses dépens.

Le jeu s'engagea. Ce qui arrive généralement quand on joue en mauvaise compagnie, arriva au capitaine. Il commença par gagner et finit par perdre ; mais ses pertes étaient plus fortes que n'avaient été ses gains.

Il jouait depuis plus d'une heure, il avait bu un assez grand nombre de verres de punch, avant que la chance tournât contre lui, et il avait eu plus d'une occasion de recourir à son gros portefeuille de cuir, gonflé par les billets de banque et l'or qu'il contenait.

Sans le punch au rhum, il se serait peut-être rappelé les recommandations de Harker, et aurait évité d'étaler ses richesses aux yeux de ces deux hommes. Malheureusement, les fumées du breuvage lui montaient déjà au cerveau, et les recommandations de son commis étaient complètement oubliées.

Il ouvrait son portefeuille chaque fois qu'il avait à payer le montant de ses pertes, et, chaque fois qu'il l'ouvrait, les regards de Wayman et de Milsom en dévoraient le contenu.

L'excitation du marin croissait à chaque partie. Comme il ne mettait que de faibles enjeux, ses pertes s'élevaient au plus à quelques livres sterling; mais son amour-propre était engagé et l'idée d'être battu l'irritait. Il brûlait du désir ardent de prendre a revanche, et, quand Milsom se leva pour quitter le jeu, le capitaine voulut à toute force continuer de jouer.

— Vous ne pouvez me lâcher ainsi! dit-il, je veux ma revanche et vous devez me la donner.

Milsom montra l'horloge d'Allemagne qui était dans un des coins de la pièce:

— Huit heures passées, cinq mille à faire pour rentrer chez moi!... Ma fille Jenny va m'attendre et sera inquiète de son père.

Dans l'ivresse du jeu et de la boisson, Valentin avait oublié la chanteuse; mais son nom ainsi prononcé, réveilla en lui le souvenir de son beau visage.

— Votre fille, murmura-t-il, votre fille... oui, la belle fille qui chante ici.

Sa langue épaisse faisait ses paroles incohérentes. Les deux partners l'avaient poussé à boire en ayant soin de se ménager eux-mêmes. Non-seulement ils l'avaient fait boire, mais ils l'avaient fait parler, et le capitaine avait révélé l'objet du rendez-vous qu'il avait avec son frère : il en avait dit assez pour faire savoir qu'il portait sur lui les bénéfices réalisés dans ses derniers voyages, qui avaient été très heureux.

—Joseph voulait me faire déposer l'argent dans une maison de banque! mais je ne veux rien avoir de commun avec vos coquins de banquiers. Mon frère Georges est le seul banquier auquel je me fie et auquel je me fierai jamais.

Milsom insista sur la nécessité où il était de partir; le capitaine répéta qu'il voulait avoir sa revanche, et la discussion allait s'échauffer, quand Denis Wayman intervint :

— Je vais vous dire ce qu'il faut faire : si le capitaine tient absolument à prendre sa revanche, il me paraît juste qu'on la lui donne. Si nous allions chez Milsom? nous trouverions bien quelque chose pour souper, je suppose; qu'en dites-vous?

Milsom fit comme s'il hésitait, et, d'un air embarrassé :

— Ma demeure n'est guère convenable pour un gentleman comme le capitaine, dit-il.

Il ajouta, après une pause :

— Certes, ma fille Jenny fera de son mieux pour qu'il ne vous manque rien; mais, c'est égal, c'est une pauvre maison que la mienne, on ne peut pas le nier.

— Je ne suis pas un bien fier gentleman, repartit le capitaine, joyeux à l'idée de voir la chanteuse. Si votre fille veut nous donner un morceau de pain et du fromage, je serai pleinement satisfait. D'ailleurs, nous emporterons avec nous deux ou trois bouteilles de vin : que faut-il de plus? Attelez votre carriole, Wayman, et partons.

— Maintenant, capitaine, il s'agit d'avoir l'œil au guet, la nuit est noire, et nous aurons à passer par de sombres quartiers.

Le véhicule que Wayman avait à conduire ne payait pas de mine, le cheval avait l'apparence chétive et la crinière mal peignée, mais il était bon marcheur; le pays marécageux que nos voyageurs avaient à traverser, fuyait devant leurs yeux comme dans un rêve.

Un murmure d'eau retentissant faiblement dans le silence de la nuit, indiquait à Valentin qu'une rivière était proche; mais, sauf cela, il n'avait pas une notion bien précise de l'endroit où il se trouvait.

Ils n'avaient pas tardé à laisser Londres derrière eux. Après avoir parcouru cinq à six kilomètres, sans s'éloigner de la rivière dont on entendait toujours le bruit monotone, Wayman arrêta brusquement son cheval.

C'était devant une palissade en planches en fort mauvais état, au delà de laquelle se cachait une sorte d'habitation, au toit peu élevé, qu'on ne découvrait que parce qu'une lumière projetait sa lueur à travers un vieux rideau rouge. Le bruit produit par l'écoulement des eaux de la rivière devenait plus distinct, et se mêlait à celui des roseaux agités par le vent.

— J'ai failli passer votre maison, Tom, dit Wayman lorsqu'il arrêta sa voiture.

—Vous pouviez bien, répondit Milsom, passer la porte par une nuit comme celle-ci, sans faire tort à vos connaissances.

Les trois hommes descendirent de voiture. Wayman conduisit son cheval sous un appentis qui servait d'écurie et de remise.

Valentin regarda autour de lui, et, lorsque ses yeux se furent un peu plus familiarisés avec la localité, il put distinguer l'aspect extérieur de la misérable demeure.

Ce n'était guère mieux qu'une hutte élevée sur un petit carré de terre en friche, qui ne paraissait pas avoir été cultivé de mémoire d'homme.

Tout près de la maison, il y avait un grand marais bordé de roseaux, dont les eaux noirâtres allaient se réunir à celles de la rivière.

IV

Nuit d'angoisse

— Je ne puis en conscience vous complimenter sur votre résidence, mon maître, dit à Milsom le capitaine, il y a vraiment plus gai que cela !

— J'en conviens, répondit Milsom d'un ton un peu morose; j'ai pris cette cahute parce que tout le monde avait peur de s'y installer et que je pouvais l'avoir pour rien. Elle était habitée par un vieil avare qui s'y est coupé la gorge, et, depuis, on l'a laissée tomber en ruines. Le fantôme du vieil avare revient de temps en temps se promener ici après minuit, à ce que disent les bonnes gens. Qu'il se promène jusqu'à ce qu'il en soit fatigué, me suis-je dit ; il ne s'est jamais trouvé sur mon chemin, et, s'il s'y présentait, il ne me ferait pas peur. — Venez, capitaine.

Milsom ouvrit la porte et introduisit son hôte dans le lugubre logis.

La jeune fille que Valentin avait vue à la taverne de Waping était assise près de la cheminée, dans laquelle brûlait un feu presque éteint. Elle se tenait immobile et pensive, les mains posées sur ses genoux, et les yeux fixés sur le foyer.

Elle releva la tête lorsque les deux hommes entrèrent.

Elle n'accueillit l'arrivée de son père par aucune démonstration d'affection. Elle arrêta sur lui un regard étrange et étonné, et c'est avec une expression d'inquiétude qu'elle envisagea celui qui l'accompagnait.

Un instant après, Wayman survint. Lorsque la jeune fille le reconnut, quelque chose comme un sentiment d'horreur se peignit sur son visage ; mais ce détail passa inaperçu pour le marin.

— Allons, Jenny, dit Milsom, j'ai amené Wayman et un ami à souper. Que peux-tu nous donner à manger? Nous avons un morceau de bœuf froid, du pain et du fromage, n'est-ce pas? Le capitaine a apporté du vin, cela nous suffira. Mets-toi en mouvement; tu es mal disposée, ce soir, à ce que je vois, mais tu sais que cela ne prend pas avec moi. — Croyez-moi, capitaine, ajouta-t-il en riant, si jamais il vous prend fantaisie d'épouser une jolie fille, assurez-vous que vous n'aurez pas à souffrir d'un mauvais caractère; car il est de règle que plus une fille est jolie, plus elle a le diable au corps. Allons, Jenny, le souper, et pas de sottes observations.

La jeune fille passa dans une autre chambre et revint bientôt avec tout ce que la maison de Milsom pouvait offrir à ses convives.

Le marin suivait des yeux chacun de ses mouvements d'un œil plein de compassion et d'amour.

Il avait la certitude que ce misérable Milsom la traitait avec brutalité, et se réjouissait intérieurement d'avoir, sans tenir compte des avertissements de Harker, pénétré dans la demeure de ce coquin. Il ne savait rien d'elle, si ce n'est qu'elle était belle, sans amis, sans défense, exposée à de mauvais traitements; et déjà il formait le dessein d'arracher à ce taudis et à cette misère la belle enfant.

Il ne s'arrêtait pas à se demander si elle répondrait au tendre sentiment qui était déjà en lui, et si elle lui serait reconnaissante de son développement. Il ne songeait qu'à une chose : elle était dans une situation douloureuse, et il se considérait comme son sauveur.

Le souper fut servi sur une table grossière, autour de laquelle, seuls, les trois hommes prirent place. Valentin aurait volontiers attendu que la fille de son hôte se fût assise elle-même ; mais elle n'avait pas mis de couvert pour elle : il était évident qu'elle n'avait pas l'intention de partager leur repas.

— Tu peux, maintenant, aller te mettre au lit, dit Milsom, nous voulons passer joyeusement la soirée, et tu ne serais pour nous qu'un embarras. Où est le vieux ?

— Il est couché.

— Tant mieux ! Et plus tôt tu suivras son exemple, mieux cela vaudra. Bonne nuit.

La jeune fille, sans rien répondre, le regarda d'un air sévère pendant quelques instants.

Ses grands yeux, fixes comme pour l'interroger, semblaient sur lui une influence fascinatrice qui força son regard à répondre au sien.

Puis lentement et en silence elle sortit de la chambre.

— Toujours de mauvaise humeur ! murmura Milsom ; jamais je n'ai vu de fille plus désagréable.

Il prit une chandelle et sortit peu de temps après Jenny.

Un vieil escalier délabré conduisait à l'étage supérieur, où il y avait quatre chambres à coucher. La maison avait été construite avec un certain soin dans l'origine ; les chambres étaient grandes et les passages qui y menaient suffisamment larges.

Milsom trouva sa fille arrêtée au haut de l'escalier, comme si elle attendait quelqu'un.

— Que fais-tu là ? demanda-t-il, pourquoi ne vas-tu pas te coucher ?

— Pourquoi avez-vous amené ici ce marin ? dit Jenny, sans daigner répondre aux questions de son père.

— Qu'est-ce que ça te fait ? Ne faut-il pas que je te conte mes affaires, à présent ? Je l'ai amené, par ce que cela me convient ; cela te suffit-il ? Je l'ai amené parce qu'il a de l'argent à perdre et qu'il est en disposition de le perdre ; cette réponse te satisfait-elle mieux ?

— Oui... oui... répondit Jenny, le dévisageant avec une expression d'horreur, vous voulez gagner son argent, et, s'il se fâche, il y aura une querelle, comme dans cette effroyable nuit il y a trois ans, quand vous avez amené chez vous ce pauvre jeune étranger ; et ce qui est arrivé à celui-là, arrivera à celui-ci. Père, s'écria-t-elle, avec un élan soudain de courroux, laissez cet homme sortir sain et sauf de cette maison. Il y a des moments où il me semble que mon cœur est aussi endurci que le vôtre. Cet homme s'est fié à nous : qu'il ne lui arrive aucun mal !

— Quel mal veux-tu qu'il lui arrive ?

Pendant un instant, la jeune fille qu'on appelait Jenny resta muette devant son père, le front baissé, plongée dans une sombre méditation ; puis, relevant tout à coup la tête, elle jeta sur lui un regard empreint d'un cruel reproche.

— L'autre ! murmura-t-elle, l'autre... je me rappelle ce qui lui est arrivé.

— Allons, assez là-dessus ! fit Milsom d'un ton farouche. Penses-tu que je vais rester là à écouter tes billevesées ? Va te mettre au lit et dors. Dors profondément, si tu ne veux pas que je te procure un sommeil — que rien ne troublera plus, ma sentimentale demoiselle !

Le misérable saisit sa fille par le bras et la poussa rudement dans une chambre dont la porte était entr'ouverte : c'était la triste pièce qu'elle appelait sa chambre.

Il poussa la porte derrière elle et la ferma à double tour, à l'aide d'un passe-partout qu'il prit dans sa poche.

— Maintenant, te voilà en lieu sûr, ma belle chanteuse, murmura-t-il.

Il descendit l'escalier et retourna près de son hôte que Denis Wayman avait poussé à boire et à manger et qui avait cédé avec sa bonhomie habituelle à ses hospitalières attentions.

Une fois dans sa chambre, Jenny ouvrit la fenêtre et alla s'y asseoir, les yeux vaguement fixés sur un ciel sans étoiles, et écoutant les voix des trois hommes qui étaient dans la salle d'en bas.

Les voix s'entendaient distinctement : de temps en temps un bruyant éclat de rire ébranlait toute la vieille maison délabrée ; mais bientôt le silence s'établit. Jenny comprit que les trois hommes étaient tout à leur jeu.

— Oui, oui, se dit-elle, tout se passe comme cela s'est passé dans cette terrible nuit ; d'abord des conversations à voix haute, des éclats de rire, puis, rien ! puis, grand Dieu ! faudra-t-il que le dénoûment soit le même aujourd'hui !

Elle joignit les mains, et, tombant à genoux, elle appuya sa tête sur la barre d'appui de la fenêtre.

La malheureuse fille resta dans la même position, durant plusieurs heures, exposée à l'air froid de la nuit. Tout semblait tranquille dans la salle du bas. De temps en temps on entendait parler à demi-voix. Les bruyants éclats de rire avaient cessé.

Une teinte grise commençait à poindre dans le ciel, du côté du levant. C'étaient les premières lueurs de l'aube matinale.

V

Vite accompli

La jeune fille releva la tête, et ses yeux fatigués se dirigèrent vers la clarté naissante.

— Oh ! si cette nuit pouvait finir ! murmura-t-elle, si elle pouvait finir sans malheur !

A peine ces paroles venaient-elles de sortir de ses lèvres, qu'elle se mit à trembler de tous ses membres : elle entendait au-dessous d'elle comme une altercation.

Ce qui suivit fut l'affaire de bien peu de minutes.

Les voix devinrent de plus en plus fortes et irritées. Puis une lutte s'engagea ; le fracas d'un meuble qui tombe, de verres qui se brisent, retentit. Puis un bruit sourd, qui fit trembler la bâtisse en bois jusque dans ses fondations ; on eût dit la chute d'un corps pesant. Enfin, un affreux gémissement auquel succéda un chuchotement de paroles échangées à voix basse.

La fenêtre de Jenny donnait sur la route, de là elle ne pouvait voir ni le sombre marais, ni la rivière.

Elle essaya d'ouvrir la porte de sa chambre, mais cette porte était trop solidement verrouillée.

— Il me tuera si j'essaie de m'interposer entre eux et leur victime, dit-elle. Et j'ai peur de la mort ! ajouta-t-elle en frémissant.

Elle se glissa jusqu'à son lit, où elle se jeta tout habillée, en s'enveloppant dans la couverture.

Elle y était à peine depuis dix minutes, que la clef tourna dans la serrure, et la porte fut ouverte avec précaution.

Milsom regarda dans la chambre.

La lumière blanchâtre du crépuscule éclairait le pâle visage de Jenny. Ses yeux étaient clos, et sa respiration, un peu bruyante, était régulière.

— Elle dort, dit Milsom à voix basse à quelqu'un qui se tenait dans le corridor, et d'un sommeil profond.

Il se retira et ferma doucement la porte.

VI

Le bon chien en quête

Harker avait poussé les travaux avec ardeur, à bord du *Pizarre*, et les réparations étaient terminées le 4 avril. Dans la matinée du 5, le navire était tout paré à neuf, et Joseph le contemplait avec l'orgueil d'un homme qui a conscience de n'avoir perdu ni son temps ni sa peine.

Il avait à cœur que la réunion des deux frères fût fêtée à bord, et il avait fait tous les préparatifs d'un dîner qui devait être une merveille en son genre.

Joseph se présenta au comptoir de la taverne tenue par Wayman à onze heures et demie du matin, heure militaire. Il espérait que les deux frères seraient ponctuels, mais il ne croyait pas les voir apparaître avant midi.

Tout était tranquille dans la taverne, à cette heure de la matinée ; le propriétaire de l'établissement était seul au comptoir, lisant un journal.

Il leva la tête à l'arrivée de Joseph, mais il n'eut pas l'air de le reconnaître.

2

— Puis-je entrer dans la salle particulière ? demanda Joseph, j'attends le capitaine Jernam et son frère, qui doivent venir me rejoindre dans une demi-heure.

— Certainement, mon maître. Il n'y a personne dans la salle à cette heure du jour. Jernam... Jernam... dites-vous ? Quel est ce Jernam ? Je ne me rappelle pas ce nom.

— Vous avez la mémoire courte, répondit Joseph ; vous devez vous souvenir du capitaine Jernam, du *Pizarre*; car il n'y a pas huit jours qu'il était ici avec moi. Il y a dîné et passé la nuit ; ensuite il est parti de très grand matin, malgré toutes vos instances pour le retenir.

— Nous voyons tant de capitaines et de marins d'un bout de l'année à l'autre, que je ne les connais pas par leurs noms, répliqua Wayman ; mais je me rappelle votre ami, mon maître; je me souviens de lui maintenant, et de vous également.

— Oui, dit Joseph avec une grimace, on ne m'oublie pas facilement.; il n'y en a pas tant qui soient taillés sur mon patron ! Je prendrai un verre de rhum pour faire aller les affaires de la maison, et, si vous voulez me prêter un journal, je jetterai un coup d'œil sur les nouvelles du jour, en attendant mes amis.

Joseph passa dans la petite salle, où Wayman lui apporta du rhum et un journal.

Midi sonna à l'horloge, et le commis commença à lever la tête, s'attendant à chaque instant à voir la porte s'ouvrir, ou à entendre des pas dans le corridor ; le temps lui semblait long ; il tournait à chaque instant les yeux vers le coin de la chambre où était placée la vieille horloge d'Allemagne, surveillant la marche lente des aiguilles sur le cadran décoloré.

Il attendit ainsi toute une heure.

— Qu'est-ce que cela signifie ? se dit-il, Valentin Jernam avait si bien promis d'être exact, et il aime tant son frère ! Il ne voudrait pas être d'une minute en retard, quand il s'agit de voir le capitaine Georges.

Joseph retourna au comptoir. Wayman examinait l'adresse d'une lettre venant de l'étranger.

— Ne m'avez-vous pas dit que le nom de votre ami était Jernam ?

— Oui.

— Alors, cette lettre doit être pour lui. Elle est ici depuis deux ou trois jours ; mais je ne fais que de m'en souvenir.

Joseph prit la lettre. Elle était adressée au capitaine Valentin Jernam, du *Pizarre*, à la taverne du *Joyeux loup de mer*, aux soins du propriétaire de l'établissement. Elle venait du cap de Bonne-Espérance.

Harker reconnut l'écriture de Georges Jernam.

— Cette lettre doit annoncer que le rendez-vous n'aura pas lieu, se dit-il en retournant le pli dans tous les sens. La rencontre des deux frères est renvoyée à plus tard. Le capitaine Georges est allé courir quelques nouvelles aventures dans les Indes Orientales, je le parierais. Mais que

peut être devenu le capitaine Valentin Jernam ? Je vais aller à la Croix d'Or voir s'il y est.

Il dit à Wayman où il allait et lui laissa un mot pour le capitaine Jernam. De la route de Ratcliff à Charing Cross, Joseph avait une longue course à faire ; mais l'idée ne lui vint pas de se permettre le luxe d'une voiture.

L'après-midi était avancée lorsqu'il arriva à l'hôtel de la Croix-d'Or, et, là, il éprouva un nouveau désappointement.

Le capitaine Jernam avait paru à l'hôtel le 2 du mois ; mais on ne l'avait plus revu depuis. Il était parti dans l'après-midi, en annonçant qu'il reviendrait le soir, et, en preuve que telle était en effet son intention, le garçon informa Joseph que le capitaine avait laissé son sac de voyage, contenant quelques chemises et des vêtements de rechange.

— Il m'a manqué de parole, et il est tombé en de mauvaises mains ! pensa Harker, mais où et comment ? Il n'a certainement pas dû retourner à la taverne du *Joyeux loup de mer*, après ce que je lui avais dit ; mais à quel autre endroit peut-il être allé ? Je ne sais pas plus où le chercher à travers cette immense ville de Londres que si j'étais un enfant né d'hier.

Dans l'ignorance absolue où il était des allées et venues de son capitaine, il ne restait à Joseph qu'une chose à faire, c'était de retourner à la taverne d'où il venait, avec le faible espoir de l'y trouver.

Il faisait nuit lorsqu'il fut de retour à la route de Ratcliff.

Le gaz était allumé. Le comptoir était encombré de monde, et l'on entendait les faibles accords du piano dans la salle voisine.

Denis était occupé à servir ses pratiques, et Milsom buvait devant le comptoir. Joseph se fraya un chemin jusqu'à Wayman.

— Avez-vous eu des nouvelles de mon capitaine ?

— Non, il n'a pas paru ici depuis que vous êtes parti.

— Vous en êtes sûr ?

— Parfaitement sûr.

— Il n'est pas venu aujourd'hui ; mais il est venu ici dans la semaine, n'est-ce pas ? Il était ici mardi, si je ne suis pas mal informé ?

— Vous êtes mal informé, dit froidement Denis. Votre ami le marin n'a pas franchi le seuil de ma porte, depuis le matin où il a quitté la maison pour se rendre à la diligence.

Joseph ne pouvait insister davantage ; il passa dans la salle publique, où le concert avait commencé.

Jenny chantait.

Elle était très pâle ; et son maintien, quand elle vint s'asseoir près du piano, était encore plus glacialement indifférent que de coutume.

VII

Le serment du bossu

Joseph ne demeura pas longtemps dans la salle de concert. Il retourna au comptoir.

Cette fois, il n'y avait là que Milsom et Wayman, qui paraissaient engagés dans une conversation animée ; au moment où il entra, ils cessèrent de parler et levèrent la tête en entendant les pas du commis.

— Déjà las de musique ? lui demanda Wayman.

— Je ne suis pas venu pour entendre de la musique, répondit Joseph, mais pour chercher mon capitaine. Il avait un rendez-vous ici à midi avec son frère, et ce n'est pas un homme à manquer de parole en pareille circonstance. Je commence à être fort inquiet.

— Mais pourquoi seriez-vous inquiet ? Le capitaine est assez grand, assez âgé pour se protéger lui-même, dit Wayman, en accompagnant cette observation d'un bruyant éclat de rire.

— C'est vrai ; mais voyez-vous, mon maître, il y a des hommes qui ne savent jamais veiller sur eux-mêmes quand ils se trouvent en mauvaise compagnie. Il n'est pas de meilleur marin que Valentin Jernam, ni de gaillard plus capable à la mer ; mais on pourrait fouiller toute la grande ville de Londres d'un bout à l'autre, sans trouver un homme plus naïf une fois à terre. J'ai peur qu'il ne soit tombé en de méchantes mains, car il avait une forte somme d'argent sur lui, et il y a à terre des requins aussi dangereux que ceux que nous rencontrons sur mer.

— Vous avez bien raison, mon maître ! répondit Wayman, et il faut convenir que nous avons quelques mauvaises pratiques dans le voisinage.

— Je partage complètement votre avis, monsieur Wayman, répliqua Joseph, et je vous dirai une chose : S'il est arrivé malheur au capitaine Valentin Jernam, que ceux qui en ont fait leur victime, prennent bien garde à eux ! Ils ne savent peut-être pas ce que c'est que de s'attaquer à un homme qui a un chien fidèle derrière ses talons. En quelque endroit qu'ils se cachent, si habiles qu'ils soient, le chien flairera tôt ou tard leur piste et les mettra en pièces, s'il les découvre. Je suis le chien du capitaine Jernam, monsieur Wayman. Si je ne retrouve pas mon maître, je me mettrai en chasse jusqu'à ce que j'aie découvert ceux qui l'ont fait disparaître. Je ne sais ce que j'ai ce soir ; mais un pressentiment me dit que je ne reverrai jamais l'honnête visage de Valentin Jernam. Si ce pressentiment ne me trompe pas, que le diable vienne en aide aux scélérats qui ont complété sa perte, car, je le jure, toute ma vie sera consacrée à leur recherche, afin qu'ils portent la peine de leur crime; et j'arriverai à mon but.

Après avoir dit cela d'une voix lente, mais d'un accent étrangement ferme et résolu, Joseph promena ses regards de Wayman à Milsom.

Cette fois, les masques qu'ils avaient coutume de porter ne servirent pas aussi bien que d'habitude ces misérables : leurs visages, à tous les deux, trahirent un sentiment d'effroi.

— Je vais me mettre à la recherche de mon capitaine, ajouta Joseph ; bonne nuit, mes maîtres.

Il quitta la taverne.

Lorsque la porte se fut refermée derrière lui, les deux complices se regardèrent l'un l'autre, d'un air anxieux.

— Voilà un homme dangereux! dit Wayman.

— Bah! murmura Milsom d'un ton farouche, sommes-nous hommes à nous effrayer des rodomontades d'un méchant bossu ? Je gagerais qu'il convoitait l'argent pour lui-même.

Toute la nuit, Joseph erra dans tous les endroits fréquentés par les marins de la marine marchande ; mais il eut beau courir de côté et d'autre, et quêter des informations auprès de tous ceux qu'il rencontrait, il n'obtint aucune nouvelle de celui qu'il cherchait.

Après s'être reposé deux heures dans une taverne de Shadwell, il recommença, dès la pointe du jour, ses recherches, qu'il continua toute la journée avec une patience infatigable, répétant sans cesse les mêmes questions dans tous les lieux où il supposait qu'avait pu passer son capitaine ; mais ses efforts demeurèrent sans résultat.

A la nuit tombante, Joseph se tenait le dos appuyé contre la muraille, à la porte d'une taverne de Rotherhithe, et il contemplait la rivière.

Je l'ai assez longtemps cherché parmi les vivants, se dit-il, il faut maintenant le chercher parmi les morts.

Avant minuit ses investigations étaient terminées. Sur une des affiches couvrant les murs, d'un quartier qui borde la rivière, il avait lu le signalement d'un homme qu'on avait *trouvé noyé*, or, ce signalement convenait à Valentin Jernam. La découverte du corps ne remontait pas à plus de deux jours.

Joseph se rendit au bureau de police où le corps avait été déposé. Il n'eut besoin de regarder longtemps les traits du pauvre noyé, pour reconnaître cette bonne figure bronzée qui lui était si familière.

— Je m'y attendais, dit-il à l'officier de police qui l'avait admis à voir le corps. Il avait de l'argent sur lui, et il est tombé entre les mains de scélérats.

— Ainsi, vous ne pensez pas que la mort soit le résultat d'un accident?

— Non, monsieur ; il a été assassiné, et je crois connaître les hommes qui ont fait le coup.

— Vous connaissez ces hommes?

— Oui, mais la connaissance que j'en ai ne suffira pas pour tirer vengeance du crime, si je n'arrive pas à le prouver ; et je ne suis

pas encore certain d'y réussir. Il y aura une enquête du coroner, n'est-ce pas ?

— Oui, elle aura lieu demain. Si vous avez des renseignements à donner, vous ferez mieux de les réserver pour votre déclaration devant le coroner.

Lors de l'enquête du lendemain, Joseph conta son histoire ; mais elle jetait peu de clarté sur les circonstances du décès de Valentin Jernam.

L'examen, fait en présence du coroner, ne laissa aucun doute sur les causes de la mort du capitaine. Les médecins déclarèrent qu'elle était le résultat d'un coup porté sur le derrière de la tête à l'aide d'un instrument pointu et pesant. Le malheureux devait être déjà mort lorsqu'il avait été jeté à l'eau.

Le verdict du jury fut que Valentin Jernam avait été méchamment assassiné par une personne ou des personnes inconnues.

Joseph fut obligé de se contenter de cette déclaration. Il n'osa pas exprimer ses soupçons ouvertement devant la cour, ils étaient trop vagues, trop incertains. Mais il se rendit devant un officier de la police de Bow street et lui exposa toute l'affaire. Il y avait lieu à une enquête secrète, et Joseph offrit, sur ses propres économies, une généreuse récompense.

Pendant que cette enquête secrète se poursuivait, Joseph ouvrit la lettre adressée à Valentin Jernam par son frère Georges.

« Cher Valentin, écrivait le marin, je me suis laissé tenter par une nouvelle excursion à Calcutta, avec un chargement pris à Lisbonne ; je ne pourrai donc me trouver à Londres pour le 5 avril. Dix à douze mois se passeront encore avant que je revoie l'Angleterre ; mais j'y reviendrai, j'espère, apporter une notable addition à notre fortune commune. Je brûle du désir de te serrer la main ; mais l'ambition de réaliser de beaux bénéfices me retient loin de toi. Nous sommes jeunes tous les deux, et nous avons le monde ouvert devant nous, nous pouvons attendre encore une année ou deux. Dépose ton argent chez un banquier. Joseph te dira où et comment tu dois effectuer ton dépôt, et fais-moi connaître tes projets avant de quitter Londres. Je laisse à mon adresse, aux soins de Ridervale et Cⁱᵉ à Calcutta, me parviendra sûrement. Bonne chance, mon cher Valentin, reçois aujourd'hui comme toujours les bons souhaits de ton affectionné frère.

GEORGES JERNAM.

C'était pour Joseph un triste devoir à remplir que d'avoir à annoncer la mort de Valentin à son plus jeune frère. Il écrivit une longue lettre dans laquelle il détailla tout ce qui s'était passé à sa connaissance, depuis le moment où le *Pizarre* était arrivé à Gravesend jusqu'à la découverte du corps de Valentin dans le bureau de police, au bord de la rivière.

Il fit part à Georges de l'impression que

semblait avoir produite sur son frère la vue de la jeune chanteuse.

« Je pense que cette fille et ces deux hommes, son père Thomas Milsom et Denis Wayman, de la taverne du Joyeux-Loup-de-Mer, sont dans le secret, et c'est eux qui ont comploté l'assassinat de votre frère. S'il a manqué à la promesse qu'il m'avait faite et s'il est revenu à Londres avant le 5 avril, c'est qu'il y était attiré par la beauté de cette fille.

» C'est par elle que nous pouvons espérer avoir la clef de ce mystère. Il ne faut pas compter obtenir quelque chose des deux hommes par la peur : ce sont deux scélérats endurcis, et si, comme je le crois, ils sont capables de ce crime, il n'est pas probable qu'ils en soient à leur coup d'essai. La police a les yeux sur eux. J'ai promis une forte récompense pour toute découverte qui pourrait être faite, mais c'est un travail qui demande du temps ».

La lettre de Joseph à Georges Jernam avait été écrite aussitôt après l'enquête du coroner, et, le soir même, Joseph était allé à la taverne du *Joyeux Loup de mer*, dans l'espoir de voir Jenny.

Mais, amère déception, dans la salle du concert, il avait trouvé une nouvelle chanteuse, une grosse femme, d'un âge mûr à la chevelure rousse.

— Qu'est devenue la jolie fille qui chantait habituellement ici ? demanda-t-il au propriétaire de l'établissement.

— La fille de Milsom? répondit Wayman, oh ! nous l'avons perdue. C'était un diable incarné, à ce qu'il paraît ; elle a eu une querelle avec son père, et s'est enfuie. Elle peut gagner sa vie partout, avec la voix qu'elle a. J'ai lieu de supposer que Milsom ne la traitait pas trop bien ; car c'est un homme brutal, mais il est honnête.

— Oui, fit Joseph avec un sourire ironique, il paraît d'une honnêteté peu commune ; il n'y a pas mal d'individus qui possèdent ce genre d'honnêteté dans ces parages, ne trouvez-vous pas, mon maître ? Je suppose que vous avez entendu parler de mon capitaine?

— Pas le moins du monde. Lui serait-il arrivé quelque accident?

— Ah! il paraît que les nouvelles sont longues à se répandre dans ce quartier. Il y a eu une enquête ce matin, à quelques kilomètres d'ici.

— Je suis fort occupé tout le jour, et je n'ai rien entendu dire, répliqua Wayman.

Joseph se mit à raconter tout ce qu'il savait sur la triste fin de son capitaine.

Wayman l'écoutait avec l'apparence de la plus vive sympathie.

— Et vous n'avez aucune idée de ce que peut être devenue la chanteuse? demanda Harker, en terminant son récit.

— Je n'en sais pas plus sur elle que sur le pauvre défunt. Elle s'est enfuie, voilà tout ce que j'ai appris.

— Son père s'est-il mis à sa poursuite ?

— Nullement. Il n'est pas homme à

cela ; il a plu à sa fille de se séparer de lui,
et il la laisse libre d'agir à sa fantaisie.

— Et son grand' père, le vieil aveugle ?

— Il est parti avec elle.

Il ne fut rien dit de plus sur ce sujet.

— Je vais vous expliquer ce qui m'a-
mène, monsieur Wayman, reprit Joseph ;
il est probable que je suis dans ces environs pour quelque temps, jusqu'à ce que
le capitaine Georges me transmette ses
instructions relativement au navire de son
pauvre frère. Or, comme votre maison me
convient, j'ai l'intention d'y fixer ma résidence. Je sais que vous avez plusieurs
chambres à louer, et vous aurez en moi un
peu turbulent locataire.

— Soit, répartit Wayman sans hésitation, cela me va !

Sorti de la taverne, Joseph réfléchit profondément.

— Il est trop habile pour se laisser prendre facilement ; il me laisse m'établir dans
sa maison, parce qu'il est persuadé que,
malgré toutes les perquisitions auxquelles
je pourrai me livrer, je ne découvrirai rien.
Un pareil meurtre ne laisse pas de traces.
Si j'avais pu mettre la main sur la fille,
j'aurais pu, peut-être, en l'effrayant, tirer
d'elle quelque chose ; mais il est clair
qu'elle a pris réellement la fuite ; sans
quoi Wayman ne m'aurait pas laissé m'installer chez lui.

Depuis plusieurs semaines, Joseph était le
locataire de Wayman, toujours aux aguets,
toujours prêt à recueillir le plus léger indice qui pût lui servir à pénétrer le mystère
dont restait enveloppée la mort de son
cher capitaine. Rien n'était venu encore récompenser sa vigilance.

La police avait fait de son mieux pour
trouver le mot de ce terrible secret, mais
en pure perte. Ce que possédait l'homme
assassiné consistait en or et en billets de
banque, qu'il n'avait pas été difficile de
changer dans une ville comme Londres, où
il ne manque pas d'individus connus pour
se livrer à ce genre d'opérations, sans
adresser d'indiscrètes questions à leurs
clients.

Aussi les chances de percer le sombre
mystère devenaient-elles bien faibles.

N'importe ! Joseph persévérait dans ses
recherches et son attente avec la fidélité
et la ténacité d'un chien.

PREMIÈRE PARTIE

L'HÉRITAGE PERDU

I

La Rupture

Près d'une année s'était écoulée depuis
l'assassinat de Valentin Jernam, le vent
frais du mois de mars sifflait à travers les
branches sans feuilles des arbres du Green
Park.

Dans la bibliothèque d'une des superbes
maisons d'Arlington Street, un gentleman
se promenait avec agitation, s'arrêtant de
temps en temps devant une des fenêtres
pour regarder avec un déplaisir marqué le
ciel obscurci par de sombres nuages.

— Quel temps! murmurait-il, quel exé-
crable temps !

Celui qui se livrait à ces exclamations
était un homme de cinquante ans, qui avait
dû être très beau et qui l'était même encore ; il avait une de ces physionomies fiè-
res et nobles, qu'on n'oublie pas facilement,
une fois qu'on les a vues.

Sir Oswald Eversleigh était le descendant d'une des plus anciennes familles du
comté d'York. Il était propriétaire du château de Raynham dans ce même comté et
du manoir d'Eversleigh dans celui de Lincoln ; ses domaines lui constituaient un revenu annuel de quarante mille livres, près
d'un million de francs.

Il était célibataire, et, comme il avait atteint sa cinquantième année, on considérait comme improbable qu'il se mariât.

Telle était du moins l'idée fixe que cares-
saient ceux qui étaient appelés à hériter de
la fortune du baron. Le principal d'entre
eux était Réginald Eversleigh, son neveu et
son favori, fils unique de son plus jeune
frère, mort glorieusement sur un champ de
bataille, dans l'Inde.

Il avait deux autres neveux qui pouvaient
prétendre à une certaine part de son héritage : c'étaient les fils de sa sœur, laquelle
avait épousé un recteur de province nommé Dale ; mais Lionel et Douglas Dale n'é-
taient pas de ces êtres cupides, qui attendent impatiemment les souliers d'un mort.
Sincèrement attachés à leur oncle, ils s'abs-
tenaient avec soin de toute démonstration
qui pût être regardée comme une cour faite
à sa fortune.

L'aîné se préparait à entrer dans les ordres, le plus jeune occupait un petit appartement dans Temple-Bar, où il faisait ses
études de droit. Il était l'enfant gâté de la
maison.

Quand le jeune homme se montrait hautain et impétueux, le baron admirait son
noble et fier esprit. Quand il dépensait
l'argent avec une extravagante prodigalité,
le baron ne voulait voir là que la preuve de
sa libéralité, sans faire attention que ce
n'était que pour ses plaisirs que Réginald
gaspillait les guinées de son parent. Quand
sir Oswald recevait des professeurs d'Eton
et d'Oxford des rapports peu favorables
sur leur élève, il trouvait naturel qu'un
jeune homme à l'humeur ardente et vive
fût un peu paresseux ; une jeunesse pares-
seuse, pensait-il, est souvent un pronostic
de génie.

Le jeune homme était entré dans l'armée. Son oncle lui avait acheté une commission d'officier dans un beau régiment
de cavalerie, et il commença sa carrière
militaire sous les plus brillants auspices.

Mais l'aveuglement causé par une profonde affection ne peut durer toujours. Un
jour vint où le baron se convainquit que le

fils de son frère était indigne de l'amour
qu'il avait pour lui.

Tout récemment sir Oswald avait souffert cruellement de la révélation de faits qui
lui avaient prouvé à n'en plus douter, que
son neveu n'était rien moins qu'un honnête homme.

Dans les circonstances ordinaires de la
vie, sir Oswald n'était pas doué d'une patience bien robuste, mais il avait fait preuve d'une longanimité extraordinaire. L'heure était arrivée où sa bonté devait avoir un
terme.

Il avait écrit à son neveu pour l'inviter à
venir le voir, ce jour-là même, à trois heures. Comme l'horloge sonnait, on annonça
M. Eversleigh.

C'était un jeune homme de manières
élégantes et aristocratiques, empreintes
plutôt d'une grâce efféminée que d'une expression de force et de vigueur; son visage,
d'une beauté correcte, avait un charme séduisant, auquel peu de gens résistaient. Il
était difficile de croire que Réginald fût un
homme indélicat et vil. Ceux qui se trouvaient en rapport avec lui, l'aimaient, se
fiaient à lui, et ce n'était qu'en voyant leur
confiance trahie, qu'ils apprenaient à connaître quel être méprisable était ce jeune
et bel officier. Les femmes l'avaient gâté,
et sa jolie figure, son exquise élégance,
jointes à ses brillantes espérances d'avenir,
avaient fait de lui le favori de tous les cercles du monde fashionable.

Il arriva dans Arlington Street, préparé
à recevoir une semonce, même une semonce sévère, car il n'ignorait pas que
quelques-uns de ses méfaits étaient parve-
nus à la connaissance de sir Oswald ; mais,
il comptait sur l'influence qu'il avait toujours exercée sur son oncle ; il était déterminé à affronter hardiment la difficulté,
comme il l'avait fait déjà tant de fois auparavant. Il entra dans la bibliothèque l'air
souriant, et s'avança vers son oncle la
main tendue. Mais sir Oswald refusa le
geste de prendre la main qui lui était offerte.

— Je ne serre la main qu'à un gentilhomme digne de ce nom et aux honnêtes
gens, dit-il avec hauteur ; et vous, monsieur, vous n'appartenez ni à l'une ni à l'autre de ces deux classes d'hommes.

Réginald était habitué à entendre son oncle lui parler avec colère, mais jamais sir
Oswald n'avait eu lui ce ton de froid
mépris. Son visage pâlit, et il le regarda
avec une expression d'alarme.

— Mon cher oncle ! s'écria-t-il.

— Veuillez oublier, monsieur, que vous
m'ayez jamais appelé de ce nom, et qu'un
lien de parenté existe entre nous, répondit
sir Oswald avec une sévérité qui ne se dé-
mentait pas. Asseyez-vous, car l'entretien
que nous devons avoir ensemble sera probablement long.

Le jeune homme s'assit sans un mot.

— Je vous ai invité à venir, monsieur,
reprit le baron, parce que je désirais vous
dire, sans colère, que les liens qui avaient
jusqu'à présent existé entre nous étaient

irrévocablement rompus. Dieu sait que j'ai fait preuve de patience; j'ai enduré vos fautes, pensant qu'elles étaient de pures erreurs de jeunesse, commises par légèreté, et non le résultat d'une nature perverse ou endurcie dans le vice. Un vieil ami, dont je ne puis mettre en doute la sincérité et dont l'honneur ne saurait être contesté, a cru de son devoir de me faire connaître certains faits qu'il avait appris, et il m'a ouvert les yeux sur votre véritable caractère. J'ai longtemps réfléchi avant de prendre le parti auquel je me résous aujourd'hui à l'égard de quelqu'un qui m'était si cher. Vous me connaissez assez pour savoir que lorsque j'ai arrêté une résolution, elle est irrévocable. Je désire agir avec justice, même avec un misérable. Je vous ai élevé dans les habitudes luxueuses d'un homme riche, et il est de mon devoir de vous garantir d'une pauvreté absolue. J'ai donc ordonné à mon notaire de préparer un acte qui vous assure, votre vie durant, un revenu de six mille francs, sans conditions. Cet acte signé, je cesse de prendre intérêt à votre destinée. Vous agirez comme vous l'entendrez, monsieur, vous choisirez les compagnons qui vous conviendront, sans avoir à craindre les remontrances ou l'intervention d'un parent, qui avait la folie de vous aimer si tendrement.

— Mais, mon cher oncle, qu'ai-je fait pour que vous me traitiez si sévèrement ?

Le jeune homme était d'une pâleur mortelle. La manière d'être de son oncle à son égard l'avait pris par surprise ; mais même en ce moment où il sentait que tout était perdu, il essayait encore de feindre l'innocence injustement accusée.

— Ce que vous avez fait ! s'écria le baronnet avec un accent indigné. Faut-il que je vous montre deux lettres, Réginald, deux lettres qu'un étrange concours de circonstances a fait tomber entre mes mains, et qui, l'une et l'autre, révèlent une histoire honteuse dont vous êtes le héros, et dans laquelle vous avez joué un rôle déshonorant.

— Quelles lettres ?

— Vous les lirez, répliqua sir Oswald, elles vous ont été adressées et ont été en votre possession ; mais pour un beau gentleman comme vous, ces lettres étaient de peu d'importance. Une autre personne, néanmoins, a trouvé qu'elles valaient la peine d'être conservées et me les a fait parvenir.

Le baron prit sur la table deux lettres, enfermées dans leurs enveloppes, et les tendit à son neveu.

À la vue de l'adresse de la première, le visage de Réginald devint livide ; il regarda celle qui était dessous, puis rendit les deux lettres à son oncle ; sa main tremblait malgré lui.

— Je ne connais pas ces lettres, balbutia-t-il d'une voix mal assurée.

— Vraiment ? Alors, je me vois dans la nécessité de rappeler vos souvenirs.

Sir Oswald tira l'une des lettres de son enveloppe. Avant de la lire, il regarda son neveu, le visage empreint d'une grave tristesse, qui en avait fait disparaître toute expression de mépris.

— Avant de connaître l'histoire que révèle cette lettre, je croyais fermement que, malgré vos folies et vos extravagances, vous aviez des sentiments honorables et un cœur généreux ; mais, je sais maintenant combien vous êtes vil et sans cœur. Vous dites que vous ne connaissez pas cette lettre ? Peut-être me direz-vous aussi que vous avez oublié le nom de celle qui l'a écrite. Pourtant, il me paraît difficile que vous ayez oublié si vite Marie Godwin.

Le jeune homme courba la tête. Une sourde rage le dominait. Un des sombres secrets de sa vie avait été révélé à son oncle.

— Je vais vous raconter l'histoire de Marie Godwin, poursuivit le baron, puisque vous avez si mauvaise mémoire. C'était la sœur de lait de Jane Stukely, noble et belle jeune femme à laquelle vous étiez fiancé. Vous vous étiez trouvé avec Jane Stukely à Londres ; vous en étiez devenu amoureux, du moins à ce qu'il semblait, et vous lui aviez fait la cour. Votre recherche avait été acceptée par elle, avec l'approbation de son père. Nulle alliance ne pouvait être plus avantageuse. Je ne fus jamais plus satisfait que lorsque vous m'annonçâtes les engagements que vous aviez pris. L'influence d'une bonne épouse le guérira de toutes ses folies, me disais-je, et j'aurai tout sujet d'être fier de mon neveu.

— Par pitié, monsieur, épargnez-moi ! murmura Réginald à voix basse.

— Et vous, avez-vous eu pitié des autres ? Avez-vous eu quelque considération pour les autres, du moment qu'ils ont fait obstacle à vos ignobles plaisirs, à vos jouissances égoïstes ? Non, jamais. Eh bien ! moi aussi, je serai sans pitié pour vous. Prétendu accepté de Jane Stukely, vous fûtes invité à vous rendre à la résidence de campagne de la famille ; là vous vîtes Marie Godwin. Le hasard la fit se trouver fréquemment sur votre passage ; mais le temps ne tarda pas où vos rencontres cessèrent d'être l'effet du hasard. Il y eut entre vous des rendez-vous secrets dans le parc ; cette pauvre fille fut sans force pour résister à la fascination exercée par le beau gentleman, qui l'abusait par de fallacieuses promesses. Quand le moment arriva pour vous de quitter le château, vous pûtes effectuer votre retraite sans avoir éveillé de soupçons. Quelques jours après votre départ, Marie Godwin disparut. Pendant six mois on resta sans nouvelles de la fugitive. Mais à l'expiration de ce temps, un gentleman, qui l'avait vue au château de Stukely dans ses jours de beauté et d'innocence, reconnut les traits de la protégée de Mlle Stukely dans ceux d'une jeune fille qui avait péri par le suicide, et dont le corps était exposé à la morgue de Paris. Marie Godwin s'était noyée. L'Anglais lui fit donner une sépulture convenable et transmit à la famille Stukely la nouvelle du triste sort de leur protégée. Ce secret avait néanmoins été soupçonné par Jane Stukely. Cette triste cause rompit tout engagement entre elle et vous. C'était chez vous que Marie Godwin s'était réfugiée après sa fuite du château Stukely ; c'est vous qui l'aviez entraînée en pays étranger, où vous voyagiez sous un faux nom, en la faisant passer pour votre femme ; ce qui n'empêche pas que vous ayez été reconnu. Bientôt la satiété vous rendit votre victime à charge. Quand vos ressources financières furent épuisées, quand ses regrets et son repentir vous devinrent fatigants, à l'heure où elle était le plus misérable et le plus désolée, où elle avait le plus besoin de pitié et de protection, vous l'avez abandonnée, la laissant seule à Paris, avec quelques pièces d'or pour payer son retour en Angleterre, dans le cas où elle eût eu le courage de retourner auprès des amis qui lui auraient donné asile. Mais, dans sa honte et son abandon, elle préféra la mort à cette épreuve, et elle se noya.

— Je vous jure sur l'honneur que mon intention était de bien agir avec elle, s'écria le jeune homme ; je voulais...

Mais son oncle ne parut pas prendre garde à cette interpellation.

— Je vais vous lire la lettre de cette malheureuse fille, continua le baron : c'est la dernière qu'elle ait écrite ; elle l'a laissée à l'hôtel, où vous l'avez abandonnée, et d'où elle vous a été envoyée. C'est une lettre bien simple, mais chaque ligne porte le témoignage d'un cœur brisé.

« Vous m'avez quittée, Réginald, et, en agissant ainsi, vous me donnez la preuve que l'amour que vous aviez ressenti pour moi s'est complètement éteint. À cet amour, j'ai sacrifié l'honneur, j'ai brisé les liens les plus sacrés, j'ai tâché de nom d'une honnête famille, j'ai trahi la plus chère et la plus tendre amie qui ait jamais accordé à une pauvre fille sa constante protection. Et maintenant vous m'abandonnez et vous m'engagez à retourner auprès de mes anciens amis, qui me pardonneront, dites-vous, et me refuseront pas de m'accorder un asile dans mon malheur !

» Oh ! Réginald ! me connaissez-vous assez peu pour penser que je puisse retourner près de ceux que j'ai quittés, avoir l'effronterie de lever les yeux sur ces visages qui avaient coutume de m'accueillir par des sourires, et qui, maintenant, se détourneraient de moi avec une expression de mépris et d'aversion ! Vous savez bien que je ne puis plus jamais aller vers eux. Vous me laissez dans cette grande ville où je suis une étrangère, et vous ne vous demandez pas quel est le sort probable qui m'attend.

» Vous dirai-je ce que je vais faire, Réginald ? Vous qui avez été un amant si passionné, vous que j'ai vu à mes pieds, aux pieds d'une pauvre fille sans naissance et sans fortune, vous avez bien le droit de connaître le sort de votre maîtresse abandonnée. »

» Quand j'aurai achevé cette lettre, la nuit sera venue; l'ombre se répand déjà autour de moi, et c'est à peine si je vois ce que j'écris. Je me glisserai sans bruit hors de la maison, et je me dirigerai vers la rivière, que j'ai traversée si souvent en voiture, assise auprès de vous. Une fois sur le pont, protégée par cette bienheureuse obscurité, j'aurai bientôt mis fin à toutes mes peines. Je ne serai pas plus longtemps un embarras pour vous, et je ne vous coûterai même pas les 230 francs que vous avez laissés pour moi et que j'enferme dans cette lettre. Pardonnez-moi, si j'ai quelque amertume au cœur. Je fais tous mes efforts pour vous pardonner, et je vous pardonne! Puisse le ciel me pardonner mes fautes comme je vous pardonne votre abandon!

» M. G. »

Après la lecture de cette lettre, il y eut un moment de silence que Réginald n'essaya pas de rompre.

— Quant à la seconde lettre, continua le baron, il est, je pense, inutile que je vous en donne lecture; elle est d'un jeune homme qu'il vous a plu de patronner il y a un an environ. Simple employé d'une maison de banque, mais dévoré d'ambition, ce jeune homme aspirait à pénétrer dans les cercles du monde. Vous avez encouragé cette faiblesse; vous lui avez gagné son argent, plus d'argent qu'il n'en pouvait perdre; puis, après avoir été le plus indulgent des amis, vous êtes devenu le plus dur et le plus impitoyable des créanciers. Vous menaciez le jeune employé de lui faire affront, s'il ne vous payait pas les sommes qu'il avait perdues. Il vous a écrit des lettres suppliantes; vous avez accueilli ses prières avec un rire de mépris. Enfin, fou de honte, il s'est servi, pour s'acquitter envers vous, de l'argent qui lui était confié par ses patrons. Cet emprunt fut-à été découvert, ces choses-là se découvrent toujours tôt ou tard, et votre victime a été condamnée à la transportation. Avant de quitter l'Angleterre, il vous a adressé une lettre, dans laquelle il vous suppliait d'avoir compassion de sa mère, une pauvre veuve que le déshonneur de son fils laissait sans ressources et sans protecteur. Quel compte avez-vous tenu de cette prière? Qu'avez-vous fait pour venir au secours de cette malheureuse femme, qui vous doit tous ses malheurs? Je voudrais le savoir, monsieur.

Le jeune officier n'osa pas lever les yeux sur son oncle; la conscience de sa cruauté le rendait incapable d'articuler un mot pour sa défense.

— Il me reste peu de choses à vous dire, reprit le baron. Je vous ai aimé comme rarement un oncle aime son neveu. Je vous ai aimé par affection pour le frère qui est mort entre mes bras, et pour une personne qui m'était plus chère encore que mon frère, par affection pour la femme que nous aimions tous deux, qui avait fait son choix entre nous, et qui, en s'unissant au plus jeune et au plus pauvre des deux frères, avait gardé son estime et son amitié à

l'aîné. J'ai aimé votre mère, Réginald, et quand elle mourut, une année après la mort de son mari, j'ai juré que son fils me serait aussi cher que s'il eût été mon propre enfant. J'ai tenu mon serment. Peu de pères eussent enduré avec autant de patience, les folies que je vous ai pardonnées. Mais ma patience est épuisée, mon affection a été étouffée par votre manque de cœur, et désormais nous sommes étrangers l'un à l'autre.

— Vous ne pouvez avoir cette intention, monsieur, répondit Réginald.

Une terrible angoisse lui serrait le cœur; il avait intérieurement la conviction que son oncle parlait sérieusement.

— Mes hommes d'affaires vous communiqueront l'acte dont je vous ai parlé, dit sir Oswald, sans accorder la moindre attention à l'appel suppliant de son neveu. Vous avez votre carrière de soldat qui vous est ouverte, et vous êtes encore assez jeune pour racheter le passé, du moins aux yeux du monde, sinon devant Dieu. Si vous trouvez votre régiment de cavalerie trop coûteux par suite du changement survenu dans votre position, je vous conseille de passer dans la ligne. Sur ce, monsieur, je vous souhaite le bonjour.

— Mais, sir Oswald, mon oncle..., mon cher oncle..., vous ne pouvez certainement me quitter si froidement... Vous...

Le baron sonna. Un domestique entra.

— Reconduisez M. Eversleigh.

Le jeune homme se leva en jetant un regard de stupeur sur son oncle. Il ne pouvait croire qu'il fût réellement chassé de sa présence, que toutes ses espérances fussent complétement anéanties, et qu'il fût réduit à une pension qui lui paraissait misérable.

Mais le visage de sir Oswald demeurait glacé, un masque de pierre n'eût pas été plus inflexible.

— Adieu, monsieur, dit Réginald, d'une voix rendue tremblante par la rage concentrée qui l'agitait.

Il ne put en dire davantage; le domestique attendait, et il ne pouvait s'humilier devant un homme qui était habitué à le respecter comme l'héritier de sir Oswald. Il prit son chapeau et sa canne, salua le baron, et sortit.

— Il s'en repentira! murmura-t-il. Oui, tout puissant qu'il est, il se repentira d'avoir abusé de sa puissance. Comme si je n'avais pas assez souffert déjà, comme si je n'avais pas été constamment poursuivi par le pâle visage de cette jeune fille, depuis le jour fatal où je l'ai abandonnée. Mais ces lettres, comment sont-elles tombées entre les mains de mon oncle? Ce misérable Haston doit me les avoir volées, pour se venger d'avoir été chassé par moi.

Il gagna la partie la plus solitaire de Green Park; étendu sur un banc, le visage caché dans ses mains, il resta plongé dans ses sombres réflexions.

Il demeura là plusieurs heures, jusqu'à ce que la pâle clarté de ce jour sans soleil eût fait place aux ombres du soir. Il était

sept heures passées. Le gaz brillait dans Piccadilly, lorsqu'il se leva, glacé jusqu'aux os, et se dirigea hors du parc.

Il grommelait entre ses dents :

— Non, non, sir Oswald, vous m'avez élevé comme un gentleman, et je resterai gentleman jusqu'à la fin ; tant pis pour qui en paiera les frais ! Il vous a paru facile de rompre avec moi ; mais tout n'est pas encore fini entre nous, mon bon oncle !

Après avoir congédié son neveu, sir Oswald resta plongé pendant quelque temps dans de tristes pensées. L'épreuve avait été cruelle ; mais, sortant enfin de sa sombre rêverie, il dit à haute voix :

— Dieu merci! c'est fait, ma résolution n'a pas failli ; tous nos liens sont brisés.

———

II

La ballade de « Vieux Robin Gray »

Sir Oswald avait pris ses dispositions pour quitter Londres, le soir, et se rendre à son château de Raynham. Il existait peu de chemins de fer il y a vingt-six ans, et le baron avait coutume de voyager dans sa voiture attelée de chevaux de poste. Le voyage de Londres jusqu'à l'extrémité nord du comté d'York demandait deux ou trois jours. Sir Oswald partit de Londres une heure après son entrevue avec Réginald.

Il était dix heures du soir, quand il descendit de voiture dans une ville importante que traverse la grande route du Nord. Il avait changé plusieurs fois de chevaux depuis Londres, et parcouru une assez grande distance, pendant les cinq heures écoulées. Il descendit au principal hôtel de la ville, où il comptait passer la nuit. La chambre qu'il occupait avait vue sur la grande place du marché, qui, ce soir-là, était brillamment éclairée et couverte de monde. Sir Oswald regarda avec étonnement l'aspect animé de cette foule, lorsque le garçon eut écarté les rideaux qui masquaient les grandes fenêtres de la pièce.

— Votre ville paraît remuante ce soir.

— Oui, monsieur, nous avons eu une foire, la grande foire du printemps, la foire aux bestiaux. Peut-être préféreriez-vous que les rideaux fussent tirés, monsieur ? ou bien vous sera-t-il agréable de regarder par la fenêtre après votre dîner, monsieur ?

— Regarder par la fenêtre ? oh ! ma foi non, fermez les rideaux, je vous prie.

Le garçon obéit, et sortit pour aller presser le dîner de cet hôte bien connu dans l'établissement.

Onze heures étaient sonnées depuis longtemps ; sir Oswald songeait, assis devant le feu, lorsqu'il fut brusquement tiré de sa rêverie par la voix d'une femme qui chantait sur la place du marché, au-dessous de ses fenêtres.

Les rues étaient désertes depuis quelque temps, les boutiques fermées, les lumières éteintes, à l'exception des becs de gaz, qui répandaient de loin en loin leur mourante clarté. Tout était tranquille, et la voix pleine et pure de la chanteuse arrivait distinctement à ses oreilles, au milieu du calme silence de la nuit.

Sir Oswald n'était pas en humeur d'écouter les chanteuses des rues; il fallait que cette voix eût quelque chose d'extraordinaire pour l'arracher à ses tristes méditations. C'était vraiment une voix peu commune, une voix comme on en entend rarement ailleurs que sur les premières scènes lyriques. Pleine, pure, vibrante, ses accents mélodieux allaient au cœur.

Ce que chantait cette voix, c'était une simple ballade, la ballade si connue de *Vieux Robin Gray.*

En l'écoutant, sir Oswald oubliait son chagrin, son indignation, la bassesse de son neveu; il oubliait tout, absorbé par cette voix de femme chantant au bas de ses fenêtres. Il s'approcha d'une des fenêtres et en écarta le rideau. La nuit était froide et le vent impétueux; mais la pleine lune brillait dans un ciel clair, et l'on voyait comme en plein jour sur la grande place déserte.

La fenêtre de la chambre occupée par sir Oswald donnait sur un balcon; il l'ouvrit et passa sur le balcon, malgré l'air froid. Il aperçut une femme qui s'éloignait de l'hôtel d'un pas lent et incertain. Tout à coup il la vit chanceler et s'arrêter, comme incapable d'aller plus avant. Puis elle fit encore quelques pas, et tomba, épuisée, sur le seuil d'une porte.

Sir Oswald quitta le balcon, prit son chapeau et descendit précipitamment l'escalier. On commençait à fermer l'établissement; aussi le garçon regarda-t-il avec surprise sir Oswald, qui passa devant lui pour sortir dans la rue.

Sur la place, rien n'avait bougé; le baron put voir la femme dans la même attitude que lorsqu'elle était tombée à demi-assise, à demi-couchée sur la marche de pierre.

Il pressa le pas et se pencha sur elle. Elle avait la tête cachée dans ses bras, croisés sur la pierre.

— Pourquoi restez-vous couchée là, jeune fille? demanda le baron avec bonté.

Un pressentiment lui disait que cette femme était jeune, quoiqu'il ne pût découvrir son visage.

La jeune fille souleva lentement la tête en portant les yeux sur celui qui lui parlait.

— En quel endroit pourrais-je aller? répondit-elle, avec un accent empreint d'amertume.

— N'avez-vous pas de demeure?

— Une demeure! répéta la jeune fille, je n'ai jamais connu ce que vous autres, gentlemen, vous appelez une demeure.

— Où comptez-vous passer la nuit?

— Dans les champs ou dans quelque grange vide, si je trouve une porte qui ne soit pas fermée. J'ai chanté tout le jour et je n'ai pas gagné assez pour payer mon gîte.

La lueur de la lune éclairait en plein le visage de la chanteuse; sir Oswald vit qu'elle était belle.

— Y a-t-il longtemps que vous menez cette existence misérable? lui demanda le baron.

— Mon existence n'a été qu'une longue misère, répondit la jeune fille.

— Depuis quand chantez-vous dans les rues?

— Il y a un an que je cours la province. Je n'ai pas toujours chanté dans les rues. Pendant quelque temps j'ai été avec des artistes forains, mais la maîtresse de l'établissement me maltraitait, et je l'ai quittée. Depuis, j'ai erré de ville en ville, chantant dans les rues et dans les foires.

La jeune fille racontait tout cela d'un air triste et apathique à la fois, comme une personne accoutumée à rendre compte de ses actions.

— Et avant de mener ce genre d'existence, dit le baron d'un ton qui trahissait l'émotion et l'intérêt, comment gagniez-vous votre vie?

— Je vivais avec mon père, reprit la jeune fille en changeant de ton. Avez-vous fini vos questions, monsieur?

Elle frissonna légèrement et se leva de sa position accroupie. La lumière argentée de la lune faisait ressortir la pâleur de ses traits.

— Tenez, reprit sir Oswald, voilà quelques pièces d'or; vous n'aurez pas besoin d'errer dans la campagne pour y chercher une grange ouverte; vous pourrez vous procurer un abri dans une auberge respectable. Ou plutôt, attendez; il est près de minuit; à une heure aussi avancée, il vous serait peut-être difficile de vous faire admettre dans une maison honnête. Vous ferez mieux de venir avec moi à mon hôtel, que vous voyez d'ici; la maîtresse de l'hôtel est une bonne femme, qui veillera à ce que vous soyez convenablement logée. Venez.

La jeune fille se tenait debout, grelottante de froid, couverte à peine d'un méchant châle serré sur son corps. Le vent glacial de la nuit écartait de son front les boucles de sa brune chevelure. Elle regardait le baron avec une indicible expression de stupeur.

— Vous êtes bon! dit-elle. Jusqu'à présent aucune personne de votre classe ne s'est dérangée de son chemin pour me porter secours. Les pauvres gens seuls ont été bienveillants pour moi, souvent, très souvent. Oh! vous êtes bien bon!

Ceci était dit avec plus d'étonnement que de joie par la jeune fille; elle semblait insouciante de son sort, et son principal sentiment était la surprise en rencontrant tant de bonté chez un gentleman.

— Ne parlez pas de cela, reprit sir Oswald avec douceur. Je m'inquiète de vous procurer un abri pour cette nuit: c'est là un bien faible service. Je suis un peu musicien, et j'ai été vivement frappé de la beauté de votre voix. Je puis vous mettre en position d'en tirer bon parti.

— De ma voix?... répéta la jeune fille, sans avoir l'air d'attacher un sens à ces paroles.

— Venez, dit le baron; vous êtes fatiguée, malade peut-être? Vous êtes extrêmement pâle. Venez à l'hôtel.

Il se mit à marcher, et la jeune fille le suivit très lentement, comme si elle avait à peine la force de franchir cette courte distance.

Il y avait quelque chose d'étrange dans les circonstances de la rencontre de sir Oswald avec cette jeune fille, dans l'intérêt subit qu'elle lui avait inspiré, dans le vif désir qu'il éprouvait de connaître son histoire.

La maîtresse de l'hôtel fut quelque peu étonnée, quand un des garçons vint l'inviter à descendre dans la salle, où elle trouva la chanteuse des rues debout près de sir Oswald. Mais elle avait trop de savoir-faire pour laisser voir cet étonnement.

Sir Oswald était un des habitués les plus haut placés de sa maison, et sa clientèle avait pour elle une grande importance. Il lui semblait par conséquent presque impossible qu'il pût être en faute.

— J'ai trouvé cette pauvre fille dans un état complet d'épuisement, ici près, dans la rue, dit sir Oswald. Elle est absolument sans protecteur; elle n'a pas d'asile pour cette nuit, quoiqu'elle paraisse être au-dessus de la classe des mendiants. Je vous prie, ma chère Mme Willet, de la mettre quelque part de sa maison, et sa clientèle soin d'elle. Demain matin je réfléchirai au moyen de lui trouver une position plus convenable.

Mme Willet promit qu'on prendrait soin d'elle, et qu'on ne la laisserait manquer de rien. — Pauvre fille! fit l'hôtesse, elle paraît bien pâle, bien malade. Je pense que souper ne lui fera pas de mal. Venez avec moi, ma chère enfant.

La jeune fille obéit. Arrivée sur le seuil de la porte, elle se retourna:

— Je vous remercie, monsieur, dit-elle à sir Oswald, je vous remercie de tout mon cœur et de toute mon âme. Jamais je n'ai trouvé autant de bienveillance.

— Le monde doit avoir été bien dur pour vous, ma pauvre enfant, répliqua-t-il, si un léger service vous touche si profondément. Venez me voir demain matin, et nous causerons de votre avenir. Bonne nuit!

— Bonne nuit, monsieur, et que Dieu vous protége!

III

La protégée mystérieuse

Sir Oswald passa la nuit dans un sommeil fréquemment troublé, le cerveau agité par les événements de la journée. Par moments, il était avec son neveu, qui plaidait sa cause avec les angoisses d'une terreur égoïste; puis il se trouvait sur la place du Marché ayant devant lui le pâle visage de la chanteuse des rues.

Au matin, quand il se leva, il résolut de bannir de sa pensée le souvenir de son neveu. En revanche, son étrange aventure de la soirée précédente avait eu sur son esprit une impression profonde, et c'est sur cette aventure qu'il médita pendant son déjeuner.

Il se disait à lui-même, en prolongeant son repas :

— J'ai vu des sites qui, au grand jour, n'avaient rien d'extraordinaire, et qui, sous la clarté magique de la lune, semblaient être des paradis. Peut-être cette fille n'est-elle, après tout, qu'une créature fort ordinaire, une coureuse des rues commune et vulgaire.

Mais sir Oswald s'arrêta dans cet ordre d'idées, en se rappelant la pureté de la voix qu'il avait entendue la veille et la réserve parfaite qu'il avait remarquée dans l'attitude de la jeune fille.

— Non, s'écria-t-il ; elle n'est ni commune ni vulgaire, ce n'est pas une chanteuse des rues comme les autres. Quelle qu'elle soit, il y a là un mystère qu'il faut que j'approfondisse.

Quand sir Oswald eut déjeûné, il appela le premier garçon de l'hôtel.

— Veuillez dire à cette jeune personne, que si elle se sent suffisamment reposée, je serais bien aise d'avoir quelques minutes d'entretien avec elle.

Un instant après, le garçon revenait et introduisait la jeune fille.

Le baron se retourna pour la regarder ; et en la regardant on peut dire qu'il ne cédait pas seulement à un mouvement de curiosité. Ce n'était pas la première fois qu'il s'était détourné de sa route pour accomplir un acte de charité ; mais c'était certainement en plus d'une fois qu'il éprouvait un intérêt si absorbant pour l'objet de sa bienfaisance.

La beauté de la jeune fille n'était pas une illusion produite par la clarté de la lune : maintenant qu'il l'avait devant lui au grand jour, elle paraissait d'autant plus belle que ses traits se distinguaient mieux.

La chanteuse ne trahit aucun signe d'embarras sous le regard de sir Oswald ; elle se présenta devant son bienfaiteur avec un calme plein de grâce, il y avait même presque de la fierté dans son maintien. Ses vêtements étaient sans, sa mise n'était pas celle d'une vagabonde ; sa robe, d'une grossière étoffe noire, était rapiécée et raccommodée en plus d'une place, mais elle lui allait fort bien, et un col propre entourait son cou délicat, dont la blancheur rivalisait avec celle du linge. Ses cheveux noirs ondulés se séparaient en épais bandeaux sur son front, laissant voir le bout d'une oreille rose et bien dessinée. La couleur foncée de sa magnifique chevelure faisait encore ressortir la blancheur d'ivoire de son teint, qui rougissait légèrement, quand elle éprouvait une émotion.

— Soyez assez bonne pour prendre une chaise, dit sir Oswald, je voudrais avoir une petite conversation avec vous. J'ai le désir de vous venir en aide, si je le puis. Vous ne paraissez pas faite pour la vie que vous menez ; je suis sûr que vous possédez un talent qui peut vous procurer une situation plus sortable. Mais avant de parler de l'avenir, je dois vous adresser quelques questions sur le passé. Dites-moi, continua-t-il avec bonté, comment il se fait que vous soyez si isolée dans le monde ? Comment votre père et votre mère vous laissent-ils traîner une pareille existence ?

— Ma mère est morte, quand je n'étais qu'une enfant, répondit la jeune fille ?

— Et votre père ?

Elle hésita, et reprit :

— Vous ne m'aviez pas dit cela la nuit dernière, répliqua le baron d'un ton à travers lequel perçait un soupçon involontaire ; car il lui semblait que les manières de la jeune fille avaient changé, du moment où il avait parlé de son père.

— Ne vous l'avais-je pas dit ? répliqua-t-elle. Je ne crois pas que vous m'ayez adressé de questions au sujet de mon père ; mais, si vous l'avez fait, je vous ai répondu sans réflexion. Absorbée que j'étais par le besoin de nourriture et de repos, je ne savais guère ce que je disais.

— Qu'était votre père ?

— Il était marin.

— On reconnaît peu le type anglais dans votre visage, fit sir Oswald ; êtes-vous née en Angleterre ?

— Non, je suis née à Florence, le pays de ma mère.

Il y eut un moment de silence. Il était évident qu'il répugnait à la jeune fille de parler de sa vie passée, et les renseignements que le baron voulait obtenir, il fallait qu'il les arrachât un à un. Toute autre personne, dans cette misérable situation, se fût montrée empressée à raconter l'histoire vraie ou fausse de sa misère à l'homme qui s'annonçait à elle comme un protecteur ; mais celle-ci se retranchait dans une réserve de laquelle il était difficile de la faire sortir.

— Je crains qu'il n'y ait quelque chose d'une nature pénible dans votre passé, dit-il enfin, — quelque chose que vous ne vous souciez pas de révéler.

— Plus pénible que vous ne le supposez, et que je ne puis le dire.

— Cependant, vous devez comprendre qu'il me sera difficile de vous venir en aide, si je ne puis savoir à qui j'accorde mon assistance. Je désire vous mettre dans un état bien différent de celui où je vous vois ; il y aurait folie de ma part à m'intéresser à une personne dont la vie m'est tout à fait inconnue.

— Alors, ne pensez plus à moi, laissez-moi suivre ma voie, répondit la jeune fille avec cette fierté calme qui prêtait un charme si singulier à sa beauté. Je quitterai cette maison le cœur reconnaissant et pleinement satisfait. Je ne vous ai rien demandé et n'ai l'intention de vous demander rien. Vous avez été très bon pour moi, qui suis accoutumée à voir les gens de votre classe passer leur chemin sans m'accorder la moindre attention. Laissez-moi vous remercier de votre bonté et me remettre en route.

En disant cela, elle s'était levée.

Elle fit un pas vers la porte.

— Non ! s'écria sir Oswald avec impétuosité, je ne puis vous laisser partir ainsi. Il faut que je vous vienne en aide, d'une façon quelconque, dussé-je ne rien connaître de votre passé et agir en aveugle.

— Vous êtes trop bon, monsieur, reprit la jeune fille profondément touchée ; mais rappelez-vous que je ne sollicite pas votre assistance. Mon histoire est une histoire terrible. J'ai souffert des crimes des autres ; mais jamais un crime, une action déshonorante n'a taché ma vie. J'ai vécu au milieu de gens que je méprisais, mais en me tenant à l'écart autant que possible. J'ai été raillée, haïe, maltraitée, à cause de ce qu'on appelait mon orgueil ; mais j'ai su me préserver de toute souillure au milieu de la corruption qui m'entourait. Si vous pouvez me croire, vous en rapporter à ma parole et me tendre la main pour me secourir, sans en savoir davantage sur mon compte que ce que je viens de dire, j'accepterai votre assistance avec fierté et gratitude. Mais si vous ne me croyez pas, laissez-moi suivre ma destinée.

— Je vous croirai, dit-il, je vous viendrai en aide sans rien savoir, puisqu'il faut qu'il en soit ainsi. Permettez-moi encore deux ou trois questions, et tout entretien de ce genre sera terminé entre nous.

— Je suis prête à vous satisfaire sur toute question à laquelle il me sera possible de répondre.

— Votre nom ?

— Mon nom est Honoria Milford.

— Votre âge ?

— Dix-huit ans.

— Comment se fait-il que votre manière de vous exprimer et votre ton soient ceux d'une personne qui a reçu une éducation supérieure ?

— Je ne suis pas complètement sans éducation. Un prêtre italien, un cousin de ma pauvre mère, m'a donné les soins pendant que j'étais à Florence. C'était un homme très instruit, et il m'a enseigné bien des choses qu'on apprend rarement à une jeune fille de quatorze à quinze ans. Sa demeure était mon refuge dans les jours de cruelle misère, et ses leçons étaient le seul bonheur de ma vie. Monsieur, ne poussez pas plus loin vos questions, je vous en supplie.

— Bien. Alors, je ne vous demande plus rien. Vous avez été très bon pour moi. — Merci, monsieur, pour cette généreuse confiance.

— Et maintenant, laissez-moi vous parler de mes projets pour votre bien-être futur, continua sir Oswald avec bonté. J'ai beaucoup pensé à vous pendant mon déjeuner. Vous avez une magnifique voix, et c'est sur cette voix que vous devez fonder vos espérances d'avenir. Aimez-vous beaucoup la musique ?

— Oh ! beaucoup !

Cette parole de la jeune fille était bien simple en elle-même ; mais l'accent avec lequel elle avait été dite, l'expression inspirée qui avait illuminé son visage, convainquirent sir Oswald qu'elle avait l'enthousiasme d'une artiste.

— Jouez-vous du piano?

— Un peu, par instinct.

— Vous ne savez rien de la science musicale?

— Rien.

— Alors vous avez beaucoup à apprendre avant de pouvoir vous servir de votre voix utilement. Je vais vous dire ce que je compte faire. Je prendrai d'abord des arrangements pour vous placer dans un pensionnat de premier ordre de Londres ou des environs, où vous achèverez votre éducation. Vous recevrez là les leçons des meilleurs maîtres de musique et de chant, et vous consacrerez la plus grande partie de votre temps à cultiver votre voix. Il sera connu que votre intention est de vous préparer à la carrière lyrique, et toutes les facilités vous seront données pour vos études. Vous resterez dans cet établissement deux ans, au bout desquels je vous mettrai sous la direction de quelque chanteur éminent qui complétera votre instruction musicale et vous mettra en état de paraître devant le public. Tout dépend de vous, de votre travail, de votre persévérance.

— Je serais une créature indigne, si je ne travaillais avec plus d'ardeur que qui ce soit au monde, s'écria Honoria. Ah! monsieur, comment vous exprimer ma reconnaissance?

— Vous n'avez pas à me remercier, je suis riche, je n'ai ni femme, ni enfant, pour qui dépenser mon argent? D'ailleurs, si vous trouvez que la reconnaissance soit un fardeau trop lourd à porter, vous pourrez vous acquitter envers moi, quand vous serez devenue une cantatrice célèbre.

— Je ferai tous mes efforts pour hâter ce moment, monsieur, dit la jeune fille.

Sir Oswald avait ainsi présenté les choses dans le but de mettre sa protégée plus à l'aise. Il vit que ses yeux étaient mouillés de larmes.

Pour lui donner le temps de se remettre, il se dirigea vers la fenêtre, où il s'arrêta quelque temps à regarder sur la place du Marché. Puis, venant reprendre sa place au coin du feu, il adressa de nouveau la parole à Honoria.

— Je vais retourner à Londres cet après-midi, pour y prendre les arrangements dont je vous ai parlé. En attendant, vous resterez ici confiée aux soins de Mme Willet, que je chargerai du soin de monter votre garde-robe. Cela fait, vous vous rendrez directement à ma demeure, dans Arlington Street, d'où je vous conduirai moi-même au pensionnat que j'aurai choisi. Rappelez-vous qu'à compter d'aujourd'hui vous entrez dans une nouvelle vie. A propos, j'ai une dernière question à vous faire : Vous n'avez ni parent, ni compagnon de vie passée, qui puisse vous inquiéter dans l'avenir?

— Aucun. Je n'ai point de parent qui oserait venir me trouver et j'ai toujours eu soin de me garder de toute liaison.

— Bien! alors la carrière est libre devant vous. Vous pouvez retourner auprès de Mme Willet. Je la verrai tout à l'heure et m'entendrai avec elle pour les arrangements à prendre en ce qui vous concerne.

Honoria s'inclina devant son bienfaiteur, et sortit en silence. Dans chacun de ses gestes et de ses mouvements, dans son ton, dans ses manières, il y avait de la grande dame. Sir Oswald la suivit des yeux avec admiration, jusqu'à ce qu'elle eût disparu à ses regards.

La maîtresse de l'hôtel fut fort surprise, lorsque sir Oswald lui demanda de garder la chanteuse chez elle durant huit jours et de lui acheter un trousseau simple, mais complet.

— Oui, ajouta la baronnet, je vous la confie pour une semaine, madame Willet; j'espère qu'à l'expiration de ce temps, la garde-robe pourra être prête. Je vous ferai un chèque de... disons de douze cents fr. Si ce n'est pas assez, vous n'avez qu'à parler, je le ferai pour un chiffre plus important.

— Oh! monsieur, c'est tout ce qu'il faut, pour la monter comme une duchesse, si je puis m'exprimer ainsi, répondit l'hôtesse.

A midi la voiture de voyage du baron était devant la porte de l'hôtel; dix minutes après, elle roulait dans la direction de Londres.

IV

Autre énigme

Sir Oswald visita plus d'un pensionnat dans les quartiers élégants avant d'en trouver un qui le satisfît sous tous les rapports. Si sa protégée avait été sa fille ou sa future femme, il ne se serait pas montré plus difficile à contenter. Il s'étonnait lui-même de ses exigences.

— Je suis comme un enfant en possession d'un nouveau jouet, pensait-il. Je suis presque honteux du vif intérêt que je ressens pour cette jeune fille inconnue.

Enfin il trouva un établissement qui lui convint. Il était installé dans un ancien manoir situé à Fulham. Les jardins étaient superbes. C'était un pensionnat aristocratique, dirigé par deux sœurs, qui s'entendaient parfaitement à élever leurs prétentions au niveau des avantages qu'offrait la maison.

Sir Oswald souscrivit sans hésiter à leurs conditions et promit de leur amener leur nouvelle élève sous peu de jours.

— Cette jeune personne, je suppose, est une de vos parentes, sir Oswald? dit l'aînée des demoiselles Beaumont.

— Oui, répondit le baron, une parente éloignée.

S'il n'avait pas eu le dos tourné à la lumière, les deux dames auraient pu voir une soudaine rougeur lui monter au visage lorsqu'il prononça ces paroles. Jamais jusqu'alors il n'avait fait sciemment un mensonge; mais il avait craint de dire la vérité.

— A ses manières, elles ne devineront jamais son secret, pensa-t-il; et si elles le questionnent, elle saura bien déjouer leur curiosité.

Le jour même où expirait la semaine convenue, Honoria Milford fit son apparition dans Arlington Street.

Sir Oswald était dans sa bibliothèque, assis dans un grand fauteuil devant la cheminée; il tenait un livre à la main, mais sa pensée était loin de ce livre. La porte de la bibliothèque s'ouvrit, et un domestique annonça:

— Miss Milford.

Le baron vit s'avancer vers lui une élégante jeune femme avec une gracieuse timidité. Elle était vêtue d'une robe de mérinos gris, d'un mantelet de soie noire et d'un chapeau de paille garni de rubans blancs. Rien de plus simple que ce costume, digne d'une quakeresse; mais tout, dans celle qui le portait, respirait une distinction que sir Oswald avait vue rarement surpassée.

Il se leva pour la recevoir.

— Vous venez d'arriver à Londres?

— Oui, sir Oswald, une voiture de place m'a amenée directement du bureau de la voiture ici.

— Je suis heureux de vous voir, dit le baron en lui tendant la main, qu'Honoria toucha légèrement du bout de ses doigts gantés. A la satisfaction de vous annoncer que j'ai trouvé pour vous une maison d'éducation qui vous conviendra, j'ai tout lieu de le penser.

— Oh! monsieur, vous êtes véritablement trop bon pour moi. Je ne saurai jamais comment vous remercier.

— Alors, ne me remerciez pas du tout. Croyez-moi, ne tenez pas aux remerciements. Je n'ai rien fait qui mérite la reconnaissance. Une influence plus forte que ma volonté m'a poussé vers vous, et, en faisant ce que j'ai pu pour vous être utile, j'ai cédé à une impulsion à laquelle il m'était impossible de résister.

La jeune fille regarda son bienfaiteur d'un œil surpris, dont l'expression n'échappa pas à sir Oswald.

— Oui, dit-il, vous êtes en droit d'être étonnée de ce que je vous dis, j'en suis étonné moi-même. Il y a quelque chose de mystérieux dans l'intérêt que vous m'avez inspiré.

Bien que le baron eût pensé constamment à sa protégée pendant la semaine qui venait de s'écouler, il ne s'était pas demandé s'il y avait une solution simple et facile à cette étrange énigme, s'il était dans les choses possibles qu'un homme de cinquante ans se laissât gagner par cette fièvre fatale qu'on appelle l'amour. Il contemplait la jeune fille avec l'admiration que tout homme éprouve pour la perfection de la beauté; c'était le pur et respectueux sentiment d'un artiste ou d'un poète. Il n'avait pas supposé un seul instant que le jour pût n'être pas éloigné où il contemplerait ce beau visage avec d'autres

3

sentiments et avec une autre émotion.

— Passons dans la salle à manger, miss Milford, reprit-il; je vous attendais aujourd'hui, et j'ai pris mes dispositions en conséquence. Votre voyage doit vous avoir donné de l'appétit. Je n'ai pas encore déjeuné, j'espère que vous voudrez bien partager mon repas.

Honoria fit un signe de tête. Ses manières à l'égard de son bienfaiteur étaient charmantes dans leur grâce tranquille, pleines de déférence sans servilité.

Avant de quitter la bibliothèque, elle jeta un coup d'œil autour d'elle sur les livres, les bronzes, les peintures, avec une expression de ravissement. Jamais elle n'avait vu d'appartement aussi splendide, et elle avait pour tout ce qui est beau cet amour instinctif qui est l'attribut des natures bien douées.

Le baron fit asseoir sa protégée à table et prit place en face d'elle.

Aucun domestique ne les servait; sir Oswald lui-même se faisait un plaisir de prévenir les souhaits de son invitée. Il amoncela sur son assiette les mets les plus délicats, remplit son verre de son meilleur et plus vieux vin; mais elle ne mangea que quelques bouchées et trempa ses lèvres à peine : la nouveauté de sa position actuelle lui causait une émotion trop profonde.

Durant tout le repas, le baron ne lui adressa aucune question. Il lui parla comme s'ils se connaissaient depuis longtemps, lui expliquant les mérites des tableaux et des statues qu'elle admirait, charmé de trouver toujours cette intelligence à la hauteur de la sienne.

— Une merveilleuse créature! pensait-il, une perle sans prix, ramassée dans un ruisseau!

Après le déjeuner, sir Oswald sonna pour qu'on fit avancer sa voiture.

Quelques instants après, Honoria était en route pour sa nouvelle demeure.

La maison habitée par les demoiselles Beaumont s'appelait les Hêtres : une ancienne résidence seigneuriale, dont les jardins étaient les plus beaux des environs de la métropole; rien de semblable n'existe plus dans un endroit aussi rapproché de Londres. Des ruelles étroites et de pauvres habitations couvrent maintenant les terrains où, il y a vingt-sept ans, de grands cèdres du Liban répandaient leurs ombres sur de délicieuses pelouses.

Honoria fut ravie de la beauté du lieu. Cette vaste maison, défendue en quelque sorte contre les bruits du monde extérieur, par de grands et vieux arbres, ces tapis de verdure, ces parterres bien entretenus où les plus belles fleurs s'épanouissaient déjà, en dépit du vent froid, à l'approche du printemps, tout cela aurait frappé même les gens habitués à vivre dans de confortables habitations; à plus forte raison quel effet cela devait-il produire sur la pauvre chanteuse des rues, réduite, une semaine auparavant, à compter sur la chance d'une grange ouverte pour y passer la nuit.

Elle regarda sir Oswald avec des yeux remplis de larmes.

— Si j'étais votre fille, vous n'auriez pas choisi une plus ravissante résidence, dit-elle.

— Si vous étiez ma fille, je doute qu'il me fût possible de prendre un plus vif intérêt à votre destinée que celui que vous m'inspirez maintenant, repartit sir Oswald du ton le plus naturel.

L'aînée des demoiselles Beaumont reçut sa nouvelle pensionnaire avec une bonté cérémonieuse. Elle examina la jeune fille avec ce regard scrutateur habituel aux maîtresses de pension; mais le plus sévère examen ne pouvait rien trouver à reprendre dans l'air et les façons d'Honoria.

— Cette jeune personne est charmante, dit Mlle Beaumont confidentiellement au baron, lorsqu'il prit congé d'elle; il suffit de la voir pour deviner en elle une Eversleigh; elle est si élégante, si aristocratique de traits et de manières! Ah! sir Oswald, le vieux sang se montre toujours!

Le baron sourit en disant adieu à la maîtresse de pension ; il avait expliqué à Honoria qu'il avait jugé prudent de la présenter comme une de ses parentes, et il ne craignait pas que la jeune fille le trahît ou se trahît elle-même par quelques révélations maladroites.

Sir Oswald se sentait triste et oppressé en rentrant dans Londres ; il lui semblait qu'en se séparant de sa protégée, il avait perdu une chose nécessaire désormais à son bonheur.

— Je n'ai passé que quelques heures avec elle, se dit-il, et elle occupe mon esprit plus que mon neveu Réginald, qui, pendant quinze ans de ma vie, a été mon espoir et l'objet de tous mes soins. Qu'est-ce donc que cela signifie?

V

Méphisto en habit noir

Réginald Eversleigh était beau, aimable, accompli, irrésistible, quand il le voulait, au dire de beaucoup de gens; mais il n'était pas doué de ces facultés intellectuelles qui font les hommes éminents en bien ou en mal. Il était d'un caractère faible et vacillant; sous l'empire d'un premier mouvement, il était susceptible pendant une minute d'éprouver un certain repentir et de se laisser gagner par un sentiment généreux; mais, un moment après, son égoïsme reprenait le dessus et il ne songeait plus qu'à ses plaisirs. Il subissait facilement l'influence de tout ami ou compagnon d'une intelligence supérieure.

Or, il possédait un ami de ce genre en la personne du chirurgien Victor Carrington, qui était infiniment au-dessous de lui comme position sociale, mais que ses talents, unis à un tact parfait, avaient élevé bien au dessus de sa sphère.

C'était un jeune homme grand et mince, à la tournure élégante, au visage pâle avec de grands yeux bruns pleins de feu. Extérieurement, il avait l'apparence d'un étranger, et, malgré son nom anglais, il était à demi Allemand ; sa mère était native de Berlin. Elle était veuve, et vivait du travail de son fils, qu'elle chérissait de l'amour le plus dévoué.

Une rencontre due au hasard, dans une salle de billard, entre Victor et Réginald, amena des relations qui se changèrent bientôt en une étroite amitié. La nature faible de Réginald fut heureuse d'en trouver une plus forte sur laquelle elle pût s'appuyer. Eversleigh invita son nouvel ami à le venir voir chez lui, à ses déjeuners au champagne, à ses soupers, à ses parties de cartes, où de grosses sommes se gagnaient et se perdaient. Mais les perdants étaient rarement Victor ou Réginald, et certaines gens disaient qu'Eversleigh était un fort dangereux adversaire au whist, depuis qu'il s'était lié avec Carrington.

— J'ai toujours peur d'Eversleigh, quand ce chirurgien à face pâle est son partner au whist ou se tient planté derrière sa chaise à l'écarté, dit un officier du régiment de Réginald. Mon opinion est que ce Prussien à l'œil sombre est Méphistophélès en personne; jamais visage n'a mieux répondu à l'idée que je me fais de Satan.

On rit de cette boutade; mais il était peu de personnes à qui le nouvel ami de Réginald fût sympathique. Plusieurs même s'abstinrent de retourner chez le jeune officier, après deux ou trois soirées passées dans la société de Carrington.

— Ce garçon est trop habile! avait observé un autre officier, et ces gaillards si experts sont des coquins presque invariablement. J'estime un talent remarquable dans une spécialité, un grand médecin, un grand jurisconsulte, un grand général, mais un individu qui sait tout mieux que qui que ce soit, est presque toujours un malhonnête homme.

Carrington était la seule personne à laquelle Réginald eût d'avance une sorte de rupture avec son oncle. Il s'était confié à lui, non par besoin d'épanchement, car il lui était trop humiliant pour n'être pas pénible à raconter, mais parce qu'il lui fallait les conseils d'un esprit plus fort que le sien.

— C'est dur de perdre l'espérance d'une fortune d'un million de revenu et de se voir réduit à une misérable pension de six mille francs, n'est-ce pas, Carrington? dit Réginald, pendant que les deux jeunes gens dînaient ensemble chez le déshérité, une quinzaine de jours après la scène qui s'était passée dans Arlington-street ; c'est bien dur, en vérité!

— Oui, ce serait bien dur, si une telle éventualité était possible, répondit froidement le chirurgien, mais nous ne laisserons pas ce million se réduire à six mille francs. L'oncle généreux peut vouloir serrer les cordons de sa bourse, mais nous ne souffrirons pas que cela se passe long-temps ainsi. Nous devons prendre les choses tranquillement et mener l'affaire avec un peu de savoir faire. Vous avez besoin de mes conseils, je suppose, mon cher Réginald ?

— En effet.

Le chirurgien appelait toujours ses amis par leur nom de baptême, surtout quand ces amis étaient dans une position au-dessus de la sienne. Ses manières simples et calmes cachaient un grand fond d'orgueil, que peu de gens savaient démêler, et il avait une façon à lui de faire comprendre aux gens qu'il se regardait sur tous les points comme leur égal, et sur certains points comme leur supérieur.

— Vous avez besoin de mon avis ; très bien ! Alors, mon avis est que vous jouiez le rôle de l'enfant prodige repentant. Ce n'est pas un rôle difficile, si vous voulez tous observer. Votre oncle vous a donné le conseil de passer dans la ligne ; au lieu d'agir ainsi, vendez entièrement votre commission. Cela paraîtra un acte de prudence, et vous aurez toute liberté pour mener votre jeu avec habileté, et avoir l'œil sur celui du cher oncle.

— Vendre ma commission ! s'écria Réginald, quitter l'armée ! J'ai juré de ne jamais faire pareille chose.

— Mais vous vous trouverez malgré tout dans l'obligation de le faire. Votre régiment est trop dispendieux pour un homme qui n'a qu'une pension si médiocre en sus de sa paie. Votre phaéton, à lui seul, absorbera tout votre revenu ; la note de votre tailleur vous dévorera cinq ou six mille francs encore, et avec quoi paierez-vous vos gants, vos fleurs, vos vins, vos cigares ? Vous ne pouvez pas vivre toujours sur le crédit, les marchands ont généralement l'ennuyeuse manie d'avoir besoin d'argent, ne fût-ce que de quelques milliers de francs de temps en temps à titre d'à-compte. Les juifs commencent à regarder votre papier d'un œil soupçonneux. La nouvelle de votre rupture avec sir Oswald transpirera à coup sûr, un jour ou l'autre, et alors où en serez-vous ? Les cartes et le billard ont du bon dans leur genre, mais vous ne pouvez en vivre sans passer définitivement dans la classe des grecs, et, comme grec, vous perdriez toute chance de devenir jamais possesseur des domaines de Raynham. Non, mon cher Réginald, il faut vous restreindre, c'est mon dernier mot. Il faut vendre votre commission, vous tenir tranquille et surveiller votre oncle.

— Qu'entendez-vous par le surveiller ? demanda Eversleigh d'un ton maussade.

Les conseils de son ami n'étaient guère de son goût. Il était assis dans une attitude découragée, les coudes sur les genoux, la tête appuyée sur les mains, et regardant le feu. Son verre plein restait sur la table sans qu'il y portât les lèvres.

— Je veux dire que vous devez avoir les yeux sur lui, afin de veiller à ce qu'il ne vous joue pas quelque tour, répondit le chirurgien avec calme.

— Quel tour voulez-vous qu'il me joue ?

— Dame ! voyez-vous, quand un homme se brouille avec ses héritiers, il peut prendre un parti désespéré. Sir Oswald peut se marier.

— Se marier ! à cinquante ans !

— Oui, des hommes de cinquante ans sont capables de devenir aussi éperdûment amoureux qu'aucun de vos héros de vingt-cinq à trente ans. Sir Oswald serait un magnifique parti, et, croyez moi, il y a bon nombre de femmes belles et bien nées qui seraient heureuses de conquérir le nom de lady Eversleigh. Tenez compte de mes avis, mon cher Reginald ; ayez l'œil sur votre oncle !

— Mais il m'a chassé de sa maison. Il a rompu tous les liens qui existaient entre nous.

— Alors, c'est à vous d'établir une chaîne secrète de communication avec sa maison, repartit Victor. Il a quelque domestique de confiance, je suppose ?

— Oui, il a son valet de chambre, Millard, qui est plus avant que tous les autres dans sa confiance. Seulement, il n'est pas homme à être bien communicatif avec ses gens.

— C'est possible ; mais les domestiques ont leurs moyens d'informations, et, soyez-en sûr, M. Millard connaît mieux les affaires de votre oncle que lui ne le voudrait. Il faut mettre ce Millard dans vos intérêts.

— Mais c'est un brave serviteur, l'honnêteté même, un modèle de fidélité.

— Hum ! murmura le médecin, avez-vous jamais essayé l'effet de quelques présents sur ce modèle de fidélité ?

— Jamais.

— Alors, vous ne savez rien de lui. Rappelez-vous ce qu'a dit sir Robert Walpole : « Tout homme a son prix ». Nous n'avons qu'à connaître le prix de Millard.

— Vous êtes un être étonnant, Carrington.

— Vous croyez ? Bah ! J'ai les yeux ouverts, voilà tout. Les autres hommes circulent dans la vie les yeux à moitié fermés ; j'ai pris mes degrés à une bonne école, et peut-être aussi étais-je un assez bon élève.

— A quelle école ?

— A celle de la pauvreté ! c'est un genre d'éducation qui développe l'intelligence. Mon père était un réprouvé, un joueur ; et j'ai su de très bonne heure que je n'avais rien à espérer de lui. Il m'a fallu m'ouvrir moi-même ma route dans le monde, et si jusqu'à présent je n'ai pas marché beaucoup en avant, c'est que j'ai eu à soutenir un combat terrible contre les événements.

— Pourquoi n'êtes-vous pas entré résolûment dans une carrière professionnelle ? reprit Eversleigh. Votre éducation est terminée, vous avez pris vos grades, qu'attendez-vous ?

— J'attends ma chance, répondit Victor. Je ne me soucie guère de m'engager dans une carrière où il faille travailler vingt ans et plus pour arriver à quelque chose qui ressemble à une vie prospère. J'ai étudié, comme peu d'hommes de vingt-cinq ans l'ont fait ; la chimie, aussi bien que la médecine. Je puis attendre l'occasion. Je me fais quelques louis par semaine en écrivant pour les journaux de médecine, et, avec cette ressource et les gains que je réalise au jeu, je fais aisément face aux dépenses de la modeste demeure où nous vivons, ma mère et moi. En attendant, je suis libre ; et, croyez-moi, mon cher Réginald, il n'y a rien d'aussi précieux que la liberté.

— Et vous ne m'abandonnez pas, maintenant que je n'ai plus de position dans le monde, mon vieux camarade ?

— Non, Réginald, je ne vous abandonnerai jamais, tant qu'il vous restera une chance d'hériter d'un million de rente, répliqua le médecin en accompagnant ses paroles d'un éclat de rire.

En même temps ses yeux profonds étincelaient.

Réginald le regarda et éprouva comme une sensation de frayeur.

— Quel singulier garçon vous êtes, Carrington ! Vous ne cherchez pas même à faire croire que vous avez du cœur.

— Le cœur est un luxe dont un homme pauvre doit se priver, dit Victor avec un sang-froid parfait. Je pourrais tout aussi bien me permettre un phaéton à deux chevaux que de faire parade de sensibilité et de grands sentiments. J'ai mon chemin à faire dans le monde, Eversleigh, et je dois m'occuper de mes intérêts et de ceux de mes amis. Vous le voyez, je ne suis pas hypocrite ? Ne concevez aucune crainte, mon cher ; je vous aiderai, vous m'aiderez à votre tour, et nous aurons bien du malheur si la fortune de sir Oswald ne nous est pas rendue avant la fin de l'année. Mais il faut être patient. Notre travail sera lent, car il nous faudra nous livrer à une œuvre souterraine. Si votre oncle est encore à sa résidence d'Arlington-street, demain je verrai Millard.

Dès le lendemain, en effet, à la tombée de la nuit, Carrington se présenta à l'hôtel du baron et demanda Millard, le valet de chambre.

Carrington n'avait jamais vu le parent de son ami et ne courait pas risque d'être reconnu. Il avait choisi, pour sa visite, l'heure du dîner du baron, sachant qu'à ce moment le valet de chambre serait libre. Il envoya sa carte à Millard, avec un mot écrit au crayon par lequel il lui demandait un entretien pour affaire urgente.

Millard vint sur le champ dans le vestibule et introduisit son visiteur dans une petite pièce réservée à l'usage des chefs de service de la maison.

Le médecin était profondément versé dans l'art de gagner le cœur et l'esprit de ses semblables. Il lut sur le visage du valet de chambre comme dans un livre ouvert. Il vit qu'il était pusillanime, irrésolu, suffisamment honnête, mais accessible à la tentation. C'était un homme d'une quarantainé d'années aux cheveux blonds, au visage pâle, aux yeux d'un gris verdâtre.

— Faible et cupide! se dit le médecin en examinant la physionomie de son homme. Bien! bien! nous trouverons ce qu'il faut faire pour nous entendre avec Millard.

Carrington confia au valet de chambre qu'il était l'intime de Réginald et qu'il venait lui faire visite à l'insu de son ami. Il s'étendit beaucoup sur le chagrin et le désespoir d'Eversleigh.

— Mais il est fier, ajouta-t-il, trop fier pour approcher de cette maison directement ou indirectement. Le coup que lui a porté l'abandon inattendu de son oncle l'a complètement accablé. Je suis médecin, monsieur Millard, et je vous atteste que pendant la quinzaine qui vient de s'écouler, j'ai eu presque des craintes pour la raison de mon ami. C'est pourquoi je me suis décidé à cette démarche désespérée, que Réginald ne me pardonnerait pas s'il en avait connaissance. Je me suis déterminé à venir dans cette maison pour m'assurer, si c'est possible, des véritables sentiments de sir Oswald, à l'égard de son neveu. Reste-t-il un espoir de réconciliation?

— Je crains bien que non, monsieur.

— C'est fâcheux! fit Victor gravement, très fâcheux! Une grande fortune en déshérence; ce sera mauvais pour tout le monde, si cette fortune passe en des mains étrangères; mauvais surtout pour les vieux serviteurs; car, vis-à-vis des étrangers, les liens résultant de leurs longs services seront rompus. Ce qui serait bien pour eux, ce serait que sir Oswald se mît en tête de se marier.

Le valet de chambre prit un air soucieux.

— Si vous m'aviez dit une chose pareille il y a quinze jours, dit-il, je vous aurais affirmé qu'elle était impossible; mais maintenant...

— Maintenant? Que voulez-vous dire?

— Eh bien, monsieur, vous êtes gentleman, et comme de raison vous savez garder un secret; je vous avouerai donc franchement que rien ne me surprendrait de la part de mon maître, après ce que j'ai vu dans ces derniers quinze jours.

Ces paroles étaient plus que suffisantes pour Carrington, qui ne quitta pas Arlington-street sans avoir arraché au valet de chambre toute l'histoire de l'adoption de la chanteuse des rues.

VI

Préludes de combat

Une année et quelques mois s'étaient écoulés; l'été était venu, le soleil répandait sa plus éclatante lumière sur les bois qui entourent le château de Raynham.

Ce château un vaste et imposant édifice noirci par le temps. A l'une des ailes, les tours puissantes de l'ancien château-fort; l'autre aile, avec ses fenêtres en ogive et ses tourelles élancées, est construite dans le style du XVᵉ siècle. Le corps de logis principal a été rebâti sous le règne de Henry VIII, et une longue rangée de fenêtres à la Tudor donne sur la large terrasse, au delà de laquelle un jardin d'agrément se prolonge en pente douce jusqu'au parc. Au centre de cette large façade, une haute voûte donne accès dans une cour carrée, entourée sur les quatre faces par les bâtiments, et au milieu de laquelle s'élève une fontaine, dont les eaux jaillissantes retombent dans un bassin de marbre.

Tous les bois, toutes les terres qui entourent le château à perte de vue dépendaient de ce riche domaine, dont Réginald avait été pendant de longues années considéré comme l'héritier, et sur lequel il fait folle et honteuse conduite lui avait fait perdre ses droits. Maintenant il n'y avait pas dans le village de Raynham un paysan qui n'eût plus de droits que lui de pénétrer dans le château avec la chance d'y être bien accueilli.

L'héritier dépossédé s'était entièrement remis entre les mains de son conseiller Carrington.

Il avait vendu sa commission d'officier et il s'était établi dans un modeste logement situé dans une des petites rues des beaux quartiers de Londres. Là il essaya de mener une existence tranquille, conformément aux avis de son ami, mais il était trop l'esclave de ses passions et de ses vices.

La vente de sa commission l'avait fait riche pour le moment, et, tant qu'il eut de l'argent, il continua son ancien genre de vie, pariant, jouant, fréquentant tous les lieux aristocratiques consacrés à la dissipation, se conduisant néanmoins avec un peu plus de prudence qu'autrefois et se laissant quelque peu tenir en bride par son adroit ami.

— Amusez-vous tant que vous voudrez, mon cher Réginald, lui disait Carrington, mais ayez soin que le bruit de vos folies ne parvienne pas aux oreilles de votre oncle. Rappelez-vous que je compte vous réconcilier avec lui avant la fin de l'année.

— Cela n'arrivera jamais, répondit Eversleigh d'un ton de désespoir. Je suis ruiné, je suis perdu, Carrington. Inutile de chercher à me cacher la vérité. Je suis condamné à la pauvreté pour la vie, et ce que j'ai de mieux à faire, c'est de me jeter par dessus un des ponts de la Tamise, pour mettre au plutôt un terme à ma misérable existence. Au dire de Millard, la passion insensée de mon oncle pour cette chanteuse des rues devient de plus en plus vive. Il est certain maintenant qu'il finira par l'épouser.

— Eh! quand elle sera lady Eversleigh, ce sera à nous de trouver les moyens de nous interposer entre elle et la fortune des Eversleigh, répondit froidement Victor. Je vous ai dit que le mariage de votre oncle serait pour nous un événement malheureux; mais je ne vous ai jamais dit qu'il dût anéantir toutes vos chances. Je pense, d'a-

près les rapports de Millard, qu'il est peu douteux que sir Oswald fasse la folie d'épouser cette fille. Dans ce cas-là, nos efforts devront tendre à empêcher qu'il ne lui laisse sa fortune. Elle est sans famille et d'origine fort obscure; il n'est donc guère probable qu'il prenne tout de suite des dispositions en sa faveur. Quant à l'avenir, un homme de cinquante ans, qui épouse une jeune fille de dix-neuf est exposé à se repentir de sa folie. Ce sera à nous de manœuvrer en sorte que le repentir ne se fasse pas attendre longtemps, une fois qu'il aura sauté le pas fatal.

— Je ne vous comprends pas, Carrington?

— Mon cher Eversleigh, il vous arrive rarement de me comprendre, repartit le médecin de ce ton quelque peu méprisant qu'il avait coutume de prendre avec son ami; mais ceci est de fort peu de conséquence, contentez-vous de faire ce que je vous dis, et reposez-vous sur moi du reste. Vous serez encore l'heureux possesseur du château de Raynham, si mon intelligence est bonne à quelque chose.

Sir Oswald habitait tantôt le château de Raynham, tantôt la résidence d'Arlington-street. Il faisait de nombreuses visites à l'institution des Hêtres. A chacune de ses visites, il ne voyait sa protégée que pendant un quart d'heure, en présence de l'imposante Mlle Baumont, souriant d'un air digne à sa pupille et au généreux seigneur qui payait d'une façon si libérale les frais de son éducation. Elle n'avait toujours que les plus favorables rapports à faire sur son élève. Jamais elle n'avait vu autant de talent uni à une application aussi soutenue. Quelquefois sir Oswald priait miss Milford de chanter, et Honoria s'asseyait au piano, sur lequel ses doigts blancs couraient maintenant avec assurance.

Sa voix de soprano, pure et splendide, avait acquis une nouvelle puissance depuis que sir Oswald l'avait entendue sur la place du Marché; son exécution comme chanteuse s'améliorait de jour en jour. L'Italien qui lui donnait des leçons de chant parlait avec ravissement de son élève; jamais il n'avait entendu plus belle voix conduite avec plus de goût. Miss Milford ne pouvait manquer de produire la plus profonde impression, quand ses études musicales seraient terminées et qu'elle pourrait paraître devant le public.

Mais à mesure que l'année approchait de sa fin, sir Oswald parlait de moins en moins de la carrière artistique à laquelle il avait d'abord destiné sa protégée. Il ne lui arrivait plus de lui rappeler que c'était uniquement sur son travail qu'elle devait fonder ses espérances de fortune. Il ne parlait plus en termes aussi brillants de l'avenir qui s'ouvrait devant elle. Ses manières avaient complètement changé: il restait grave et silencieux chaque fois qu'une allusion était faite par Mlle Beaumont ou par Honoria au parti qu'il y aurait à tirer, dans l'avenir, de la voix superbe et du talent hors ligne de la jeune fille.

Un jour, la maîtresse de pension, en causant avec son élève, fit une observation au sujet de ce changement.

— Savez-vous, ma chère miss Milford, que je suis réellement disposée à croire que sir Oswald n'a plus la même manière de voir à l'égard de votre carrière future, et qu'il ne paraît plus avoir l'intention que vous deveniez une artiste lyrique.

— Ce que vous me dites là, chère madame Beaumont, est tout à fait impossible, répondit Honoria avec calme. Mon éducation coûte à mon bienfaiteur, à mon bon parent, beaucoup d'argent, qui serait perdu si je ne devais pas faire de la musique une profession. D'ailleurs, quelle autre espérance d'avenir peut s'offrir à moi ? Souvenez-vous que sir Oswald vous a toujours dit que j'avais ma fortune à faire. Je n'ai rien à attendre de personne ; c'est à sa générosité seule que je dois ma position actuelle.

— Eh bien ! je ne sais ce qui en est, ma chère, répondit Mlle Beaumont, je me trompe peut-être, mais je ne puis m'empêcher de penser que sir Oswald a changé d'idée à votre sujet. Je n'ai pas besoin de vous dire que mes opinions sont contraires à ce qu'une jeune fille élevée dans mon établissement entre dans une carrière professionnelle, quelque bien douée qu'elle soit ; mon sang se fige dans mes veines, quand je me représente une de mes élèves sur les planches d'un théâtre et paraissant devant le public. J'ai dit à sir Oswald, quand il a proposé de vous amener ici, qu'il serait nécessaire que la carrière à laquelle vous vous destiniez restât un secret pour vos compagnes ; car je vous assure, ma chère Honoria, que plus d'un père viendrait aussitôt retirer ses enfants de ma maison, si on apprenait qu'une jeune fille se destinant au théâtre fait ici son éducation. En définitive, votre conduite discrète et les conditions généreuses offertes par sir Oswald ont pu seules me décider à m'exposer au risque que je courais en vous accueillant ici.

La seconde année du séjour d'Honoria aux Hêtres avait commencé. Les visites de sir Oswald devenaient de plus en plus fréquentes. Lorsque les rapports sur les progrès de sa protégée étaient plus flatteurs que de coutume, sa visite était généralement suivie de l'envoi de quelque riche cadeau pour l'élève de Mlle Beaumont : une bague, un bracelet, un médaillon. Ces bijoux, toujours d'un goût parfait, étaient de ceux qu'une jeune personne peut porter ; mais ils étaient d'une certaine valeur.

Honoria Milford aurait eu un cœur de pierre, si elle n'avait pas été pleine de reconnaissance pour son généreux protecteur ; mais elle n'était pas ingrate et ses sentiments n'échappaient point à sir Oswald. Son beau visage était radieux lorsqu'elle entrait dans le salon où il l'attendait, et la joie qu'elle éprouvait de ses courtes visites était aussi évidente que si elle l'eût exprimé par des paroles.

VII

Nouveau refrain de la vieille Ballade

On était au milieu de l'été. Il y avait quinze mois qu'Honoria était aux Hêtres. Elle avait beaucoup acquis pendant ce temps en talent et en grâce ; au milieu du calme et du repos de cette confortable demeure, sa beauté s'était développée dans toute sa splendeur. Elle était aimée de toutes ses compagnes, mais elle n'avait parmi elles ni amie ni confidente. Les noirs secrets de sa vie passée l'éloignaient de toutes relations intimes avec les jeunes filles de son âge. Elle avait ainsi mené une existence presque solitaire, et elle trouvait son plus grand bonheur dans ses études ; c'était peut-être ce qui avait doublé ses progrès durant son séjour chez les demoiselles Beaumont.

Par une brillante après-midi de juin, le phaéton à deux chevaux de sir Oswald s'arrêta devant les fenêtres de la salle d'étude.

— Une visite pour miss Milford ! s'écrièrent les élèves assises près des fenêtres, en reconnaissant l'élégant équipage.

Honoria se leva de sa place, attendant qu'on vînt la prévenir. Bientôt le domestique se présenta à la porte de la classe et miss Milford fut priée de passer au salon.

Elle y trouva sir Oswald qui l'attendait seul. C'était la première fois que Mlle Beaumont s'absentait de la salle de réception lors des visites du baron.

Il se leva pour la recevoir et prit la main qu'elle lui tendait.

— C'est bien, si vous le voyez, Honoria, dit-il. J'ai prévenu Mlle Beaumont que j'avais un entretien d'une nature sérieuse à avoir avec vous, et elle m'a permis de vous parler sans témoins.

— Un entretien d'une nature sérieuse ? répéta la jeune fille en regardant sir Oswald avec une expression de surprise. Oh ! je crois deviner ce que vous allez me dire, ajouta-t-elle après un moment d'hésitation. Mon éducation musicale est suffisamment avancée pour que je fasse un nouveau pas dans la carrière que vous m'avez tracée.

— Non, Honoria, vous vous trompez, répliqua gravement le baron ; loin de vouloir hâter votre éducation musicale, mon intention est de vous prier de renoncer à toute pensée d'une carrière professionnelle.

— Quoi ! c'est vous qui me demandez cela, sir Oswald ! vous qui m'avez dit si souvent que mon seul espoir de fortune était là pour moi !

— Vous aimez donc beaucoup votre art, Honoria ?

— Plus que ma vie.

— Et c'est avec chagrin sans doute que vous renonceriez à paraître devant le public, à abandonner le rêve que vous aviez fait de devenir une grande cantatrice ?

Il y eut un moment de silence ; puis la jeune fille répondit, d'un air pensif :

— Je ne sais. Je n'ai jamais pensé au public. Je ne me suis jamais représenté le moment où je paraîtrais devant une grande assemblée, au milieu du bruit et du tumulte, pour des gens qui m'accordaient bien peu d'attention. Je n'ai jamais pensé à cela, la musique pour elle-même, et j'éprouve autant de plaisir quand je chante seule dans ma chambre que j'en pourrais éprouver à chanter dans la plus grande salle d'opéra.

— Et les applaudissements, l'admiration, les hommages que votre beauté, aussi bien que votre voix, vous attireraient ? L'idée de renoncer à de tels succès ne vous cause-t-elle aucune peine, Honoria ?

La jeune fille secoua tristement la tête.

— Vous oubliez ce que j'étais quand vous m'avez ramassée sur une froide pierre de la place du Marché ; sans cela vous ne m'adresseriez pas une semblable question. J'ai affronté le public, non pas la foule brillante d'un théâtre, mais la foule grossière des gens qui s'assemblent devant la porte d'un débit de liqueurs pour entendre une pauvre chanteuse des rues. J'ai chanté sur les champs de course, où les gens riches et de haute race se réunissent, et je connais ce que sont leurs témoignages d'admiration. Je sais ce que cela vaut, sir Oswald. Souvent la même personne qui vous met dans la main une pièce d'argent, joint une insulte à son offrande.

Sir Oswald contemplait sa protégée dans un silencieux ravissement.

Il se passa quelque temps avant que la conversation reprît.

— Voulez-vous venir faire un tour de promenade avec moi dans le jardin ? demanda sir Oswald. Cette avenue de hêtres est délicieuse, et... je pense que je serai mieux là pour ce que j'ai à vous dire. En tout cas, je craindrai moins d'être interrompu.

Honoria se leva avec la déférence qu'elle apportait dans toutes ses relations avec son bienfaiteur, et ils sortirent sur la pelouse verte. Cette pelouse était traversée par l'avenue de hêtres ; ce fut de ce côté que se dirigea la jeune fille.

— Honoria, dit-il, après un silence assez long, si vous saviez à quels doutes, à quelles anxiétés j'ai été en proie avant de venir aujourd'hui, avant de me résoudre à une démarche de la sagesse de laquelle je ne suis guère fixé encore, je pense que vous auriez quelque compassion de moi. Mais me voici près de vous, et si je me décide à parler, je dois le faire avec franchise. Au commencement, je me suis efforcé de croire que dans l'intérêt passionné qui me portait vers vous, il n'y avait qu'un sentiment tout simple d'humanité. Quand je vous ai indiqué la carrière où vous pouviez vous distinguer, et quand je vous ai fourni les moyens de la suivre, j'avais conservé mon sang-froid et ma raison. J'avais résolu de passer l'année qui vient de s'écouler à l'étranger. Je ne comptais pas vous voir plus d'une fois avant mon départ. Mais l'impression que vous aviez produite sur moi, lors de notre première rencontre, est devenue plus forte de jour en jour. Malgré moi, je pensais à vous ; malgré moi, je venais ici, j'y revenais encore, pour contempler votre visage, pour entendre pendant quelques instants votre voix ; puis je retournais dans le monde, qui me semblait plus sombre et plus triste lorsque je sortais ébloui de l'éclat de votre beauté. Peu à peu l'idée de vous voir vous faire actrice m'est devenue odieuse. J'avais d'abord pensé avec orgueil aux succès qui vous attendaient, aux hommages qui vous seraient offerts. Mais un changement absolu n'a pas tardé à se faire dans mes sentiments, et j'ai frémi à l'idée de vos triomphes, car ces triomphes devaient sans doute nous séparer à jamais. Pourquoi m'appesantir sur ce bouleversement inouï de mon âme ? Honoria ! vous devez avoir déjà deviné le secret de mon cœur. Dites-moi que vous ne me méprisez pas !

— Vous mépriser, sir Oswald ! — vous, le plus noble et le plus généreux des hommes ! Vous devez savoir à n'en point douter que je n'ai que de l'admiration et du respect pour vos nobles qualités, et pour la bonté dont vous avez fait preuve à l'égard d'une misérable créature telle que moi.

— Mais, Honoria, j'ambitionne quelque chose de plus que votre estime. Vous rappelez-vous cette nuit, où, pour la première fois, je vous ai entendue chanter sur la place du Marché ?

— Puis-je oublier jamais cette triste nuit ! s'écria la jeune fille, comme si cette question lui semblait étrange ; puis-je oublier cette heure d'angoisse où vous êtes accouru à mon secours !

— Vous rappelez-vous l'air que vous chantiez, le dernier que vous ayez chanté dans les rues ?

Honoria réfléchit un instant avant de répondre ; elle ne pouvait évidemment retrouver tout de suite dans sa mémoire l'air qu'elle chantait cette nuit-là.

— J'avais les idées bien confuses dans ce cruel moment, dit-elle, j'étais si fatiguée, si malheureuse ; pourtant, attendez... je m'en souviens : c'était la ballade du *Vieux Robin Gray*.

— Oui, Honoria, l'histoire de l'amour d'un vieillard pour une jeune femme qui aurait pu être sa fille. J'étais tristement assis devant moi, méditant sur les événements d'une journée qui avait été bien douloureuse pour moi, lorsque votre voix vibrante frappa mon oreille et m'arracha à ma rêverie. J'écoutai jusqu'à la dernière note cette vieille ballade. Quoique les paroles m'en fussent connues depuis longtemps, elles me paraissaient ce soir-là toutes nouvelles. Une attraction irrésistible me poussa vers l'endroit où je vous avais vue tomber, succombant à la peine. A partir de cette heure, vous avez exercé une influence décisive sur ma vie. Je vous ai aimée, ah ! comme peu d'hommes sont capables d'aimer. Dites-moi, Honoria, ai-je aimé en vain ? Le bonheur de ma vie est entre vos mains ; c'est à vous de décider si l'existence sera désormais vide et morne pour moi, ou si je dois être le plus fier et le plus heureux des hommes.

— Mon amour aurait-il le pouvoir de vous rendre heureux, sir Oswald ?

— Heureux d'un bonheur ineffable.

— Alors il est à vous.

— Vous m'aimez ! Vous m'aimez malgré la différence de nos âges ?

— Oui, sir Oswald, je vous vénère et vous aime de tout mon cœur. Ai-je jamais connu plus digne objet de l'affection d'une femme ? Depuis l'heure où quelque ange gardien m'a jetée sur votre chemin, qu'ai-je vu en vous, si ce n'est la noblesse de votre caractère et la générosité de votre cœur ? Est-il étrange que ma reconnaissance soit devenue de l'amour.

— Honoria ! murmura sir Oswald, en baissant la tête et en appuyant ses lèvres sur le front de la jeune fille, Honoria ! vous m'avez rendu trop heureux. Ah ! j'ai peine à croire que ce bonheur ne soit pas un rêve qui va s'évanouir et me laisser plus seul et plus triste, pleurant ma folie.

Il fit vers Honoria quelques pas vers la maison. Même en ce moment de suprême félicité, il fallait qu'il n'oubliât pas Mlle Beaumont, qui sans doute était aux aguets quelque part pour veiller sur son élève.

— Ainsi donc, vous renoncez au théâtre, Honoria ? dit le baron, pendant qu'ils s'avançaient à pas lents vers la maison.

— Je vous obéirai en toute chose.

— Merci, ma chère enfant ! Quand vous quitterez cette maison, vous en sortirez avec le titre de lady Eversleigh.

Mlle Beaumont attendait dans le salon, évidemment surprise de la longueur de l'entretien de sir Oswald avec sa pensionnaire.

— Vous aimez les jardins, à ce que je vois, sir Oswald, dit-elle très gracieusement. Il n'est pas dans les habitudes de ma maison de laisser un gentleman se promener en tête-à-tête avec une de mes élèves ; mais je suppose qu'en faveur d'une personne de votre âge, nous pouvons, dans une certaine mesure, faire une infraction à la sévérité de nos règlements.

Le baron salua avec un peu de raideur. Un homme de cinquante ans n'aime pas qu'on lui rappelle son âge, juste au moment où il vient d'être accepté comme époux par une jeune fille de dix-neuf ans.

— C'est peut-être la dernière occasion que j'aurai eue d'admirer vos jardins, mademoiselle Beaumont, dit-il ; car je pense vous enlever votre élève très prochainement.

— En vérité ! s'écria la maîtresse de pension, qui rougit d'une indignation contenue. Je me plais à croire que miss Milford n'a eu aucun sujet de plainte. Elle a joui, dans ma maison, de privilèges exceptionnels : une chambre séparée, un service particulier, sans parler de ma sollicitude, toute maternelle, j'ose le dire. Il faudrait vraiment qu'elle oubliât la reconnaissance la plus ordinaire, si elle n'était pas satisfaite.

— Vous faites erreur, chère madame, miss Milford n'a pas exprimé la plus légère plainte. Au contraire, je suis sûr qu'elle s'est trouvée parfaitement heureuse dans votre établissement. Mais des changements surviennent chaque jour, et un important changement est au moment de se produire dans mon existence et la sienne. Quand je vous ai proposé de l'amener ici, vous m'avez demandé si elle était ma parente ; je vous ai dit qu'il existait entre nous un lien de parenté éloigné. J'espère bientôt pouvoir dire que le lien qui nous attache l'un à l'autre est le plus étroit qui soit : j'espère faire bientôt d'Honoria Milford ma femme.

L'étonnement de Mlle Beaumont, en entendant ces paroles, fut extrême ; mais comme la surprise est une émotion bonne pour le vulgaire, l'imposante maîtresse de pension parvint à réprimer toute manifestation extérieure de ses sentiments. Sir Oswald ajouta que, comme miss Milford était orpheline et sans proches parents, il désirait qu'elle sortît directement de la pension pour se rendre à l'Église, où elle deviendrait sa femme, et il pria Mlle Beaumont de vouloir bien lui prêter son assistance pour les arrangements à prendre et les préparatifs à faire.

Mlle Beaumont possédait un bon cœur sous la couche de glace de ses grandes manières : elle fut ravie à l'idée du rôle qu'elle était appelée à jouer dans cet véritable mariage d'amour. En outre, l'affaire bien conduite devait lui donner à elle-même une grande importance ; elle pourrait glisser dans la conversatio : « Mon élève lady Eversleigh » ou : « Cette charmante jeune fille, miss Milford, qui est sortie de chez moi pour épouser le riche baron Oswald Eversleigh ».

Sir Oswald demanda avec instance que la célébration du mariage eût lieu dans le délai le plus court, et Honoria, accoutumée à lui obéir en tout, ne fit aucune opposition à son souhait.

Une fois encore sir Oswald souscrivit un chèque pour l'achat de la garde-robe de sa protégée, et Mlle Beaumont se sentit gonflée d'orgueil à la pensée de l'honneur qui rejaillirait sur elle, lorsqu'elle aurait à dépenser une large somme d'argent dans les magasins de Regent-Street, où elle avait l'habitude de faire les achats dont elle était chargée pour ses élèves, et où elle était déjà considérée comme une personne de que'que importance.

On était à l'époque des vacances, et la plupart des pensionnaires étaient absentes. Mlle Beaumont put donc consacrer toute la quinzaine suivante à la délicieuse occupation de courir les boutiques. Elle se rendait à Londres en voiture presque tous les jours avec Honoria, et les heures se passaient à choisir des étoffes de satin et de velours, des bijoux et des dentelles, et à tenir de longues consultations avec les marchandes de modes et les couturières en renom.

— Sir Oswald m'a confié la direction de cette importante affaire, et je tomberai de fatigue et d'épuisement devant les comptoires de Howell et de James plutôt que de manquer à l'accomplissement ponctuel de ma tâche, disait Mlle Beaumont, quand Honoria la suppliait de ne pas se donner tant de peine pour son trousseau.

VIII

Chimiste et analyste

Au commencement du mois de juillet, le mariage eut lieu dans le plus strict incognito.

Tous les préparatifs avaient été faits assez secrètement pour déjouer la surveillance même du vigilant Millard. Il avait remarqué que le baron était plus occupé et d'une humeur plus gaie que de coutume; mais il n'en avait pas découvert la raison. Ce fut seulement la veille du mariage que sir Osward se décida à faire une communication à son valet de chambre. En s'habillant pour le dîner, il lui dit :

— Vous veillerez à ce que mes malles de voyage soient prêtes pour demain deux heures, et vous vous tiendrez prêt vous-même à m'accompagner. Je partirai de Londres à trois heures, d'une maison située à Falham. Vous partirez d'ici avec la chaise de poste et les bagages.

— Vous voyagez à l'étranger, monsieur?

— Non, je vais dans le nord du pays de Galles, pour huit ou quinze jours. Je ne partirai pas seul...

Sir Oswald ajouta tranquillement :

— Je me marie demain matin, Millard, et lady Eversleigh m'accompagne.

Millard demeura atterré de surprise, et il n'eut jamais de sa vie plus de peine à garder l'attitude automatique qui convient à un laquais de grande maison, quand son maître lui fait l'honneur de lui parler.

Le valet de chambre fut absorbé toute la soirée, et même une partie de la nuit, par les préparatifs du voyage, et il ne trouva pas le temps d'aller chez Eversleigh pour lui porter la terrible nouvelle.

— Il l'apprendra assez tôt, ce pauvre et infortuné jeune homme! se dit-il.

Millard avait raison. Peu de jours après, l'annonce du mariage du baron parut dans le *Times*; car, malgré le secret du jour de la célébration, sir Oswald n'entendait pas éloigner sa jeune femme du monde.

« Le mardi, 4 du courant, dans l'église » Saint-Marc de Fulham, le baron Oswald » Morton Vansittard Eversleigh a été uni » à miss Honoria, fille de feu Thomas Mil- » ford. »

C'était tout, et c'est cette nouvelle que Réginald lut un matin en déjeunant, après une nuit passée au jeu. Il jeta le journal loin de lui en jurant, et s'habilla en hâte,

et comme fou de colère, pour aller trouver Carrington. Le médecin demeurait à l'extrémité du quartier de Maïda-Hill, dans un cottage qui se trouvait alors toucher aux champs. C'était une petite résidence assez confortable, mais Réginald y jeta un regard de suprême dédain. Devançant la jeune servante qui était venue lui ouvrir la porte du jardin, il entra sans être annoncé.

Tout dans la demeure de Carrington était d'une propreté parfaite. La pauvreté s'y trahissait, il est vrai, mais une pauvreté décente et parée. Dans le petit salon où Réginald avait été reçu, tout brillait de fraîcheur et de goût. Des rideaux de mousseline blanche garnissaient la fenêtre ; des oiseaux chantaient dans une cage simple, mais élégante ; de grands vases de cristal remplis de fleurs fraîchement coupées ornaient la cheminée et les tables.

Le neveu de sir Oswald regardait pourtant avec une moue méprisante cette indigence où se mêlait la distinction.

Le médecin vint bientôt le rejoindre.

— Voulez-vous me suivre à mon laboratoire? fit-il après avoir serré la main de son visiteur imprévu. Je vois que vous avez quelque chose d'important à me dire, et nous serons là plus à l'abri des interruptions.

— Je ne serais pas venu ainsi au bout du monde, si je n'avais pas le plus grand besoin de vous voir, vous pouvez en être sûr, Carrington! répondit Réginald d'un ton maussade. Comment diable! habitez-vous au fond de ce trou perdu?

— Je suis un travailleur, et ce « trou perdu » me convient. De plus, le loyer est bon marché, ce qui convient à ma bourse.

— Cela ressemble à la maison d'une poupée, reprit Réginald dédaigneusement.

— Ma mère aime à s'entourer d'oiseaux et de fleurs, et moi j'aime à me prêter aux fantaisies de ma mère.

La physionomie de Victor semblait changer d'expression quand il parlait de sa mère; l'éclat sombre de ses yeux s'adoucissait, et la ligne inflexible de ses lèvres serrées se détendait un peu.

L'affection qu'il portait à sa mère était l'unique sentiment tendre auquel cet homme dangereux fût accessible.

Il ouvrit la porte d'une pièce sur le derrière de la maison, et il y introduisit Eversleigh.

Réginald tressaillit de surprise à la vue de la salle où il se trouvait. Cette salle, qui avait été autrefois une cuisine, était beaucoup plus grande que toutes les autres pièces de la maison. Là, rien n'avait été disposé en vue du comfort ou de l'élégance. Les murs nus et blanchis à la chaux n'offraient au regard, pour tout ornement, que quelques planches chargées de fioles et de vases d'une forme étrange. Réginald apercevait tous les curieux accessoires d'un laboratoire de chimie : fourneaux, cornues, alambics, tous ces étranges instruments qui, pour les ignorants, semblent toujours effrayants et mystérieux.

— Mais, Victor, s'écria le jeune homme, votre cabinet de travail ressemble au labo-

ratoire d'un alchimiste du moyen-âge, d'un de ces hommes qu'on avait coutume de brûler comme sorciers.

— Je suis toujours un étudiant enthousiaste de son art.

Les yeux de Réginald, après avoir erré autour de la chambre, s'arrêtèrent tout à coup sur un objet posé sur la table, près du fourneau. Carrington suivit la direction de son regard, et, avec une vivacité de mouvement qui ne lui était pas habituelle, il laissa tomber son mouchoir sur cet objet. Quelque rapide qu'eût été le geste, Réginald avait vu ce que le médecin tâchait de lui cacher. C'était un masque de métal avec des yeux de verre.

— Vous portez donc un masque, quand vous êtes au travail, Carrington? dit Eversleigh, cela semble indiquer que vous manipulez des poisons.

— La moitié des substances employées en chimie sont des poisons, repartit froidement Victor.

— J'espère que l'atmosphère qu'on respire ici n'est pas dangereuse.

— En aucune façon. Allons, Réginald, venons aux nouvelles que vous devez avoir à me communiquer.

— Oui, j'ai des nouvelles, et des pires ! Mon oncle a décidément épousé cette chanteuse des rues !

— Ah! reprit froidement Carrington, eh bien, il faut agir promptement, et faire tourner ce mariage même à notre avantage.

— Eh! comment?

— En nous en servant comme moyen d'amener une réconciliation. Vous écrirez une lettre de félicitation à sir Oswald, une cordiale et généreuse lettre, où vous exprimerez votre repentir, votre affection, les angoisses que vous avez endurées pendant cette cruelle période de séparation. Vous pouvez parler franchement de ces choses, maintenant que votre honoré oncle a formé des liens qui excluent toute idée de motifs intéressés de votre part! Vous pouvez l'approcher hardiment, direz-vous, maintenant que vous n'avez rien à attendre de lui, si ce n'est son pardon. Puis, vous terminerez par une prière fervente adressée au ciel pour son bonheur; et, si je ne me trompe dans mes calculs sur la nature humaine, cette lettre adoucira l'oncle par le mari. Comprenez-vous ma tactique?

— Oui, vous êtes un habile homme, Carrington.

— Vous pourrez le dire quand je vous aurai remis en possession de l'héritage perdu. Pour le moment, rentrez chez vous et écrivez votre lettre. Il est nécessaire à mes projets que vous soyez invité à vous rendre au château de Raynham et à offrir vos respects à la nouvelle mariée.

— Pourquoi?

— J'ai besoin de savoir ce qu'elle est. Elle est appelée à exercer une grande influence sur mes plans futurs.

Avant de quitter le cottage, Eversleigh fut présenté à la mère de son ami, qu'il n'avait pas encore vue. Elle avait une grande ressemblance avec son fils : c'était le même visage pâle, les mêmes yeux profonds et brillants. Elle était grande et mince ; elle-avait quelque chose de grave et d'imposant dans les manières.

Elle regarda Eversleigh d'un œil scrutateur et à plusieurs reprises, pendant les minutes qu'il resta à causer avec elle. Rien de ce qui touchait son fils n'était sans intérêt pour elle, et elle savait que ce jeune homme était le compagnon le plus intime de Victor.

Réginald rentra à Londres dans une meilleure disposition d'esprit que lorsqu'il en était sorti le matin. Il écrivit sans perdre de temps la lettre dont Carrington lui avait suggéré l'esprit, et, comme il avait une certaine facilité de persuasion, sa lettre était parfaitement réussie.

— Je crois que Carrington a raison, pensa-t-il, en y apposant son cachet ; cette lettre arrivera à mon oncle dans un moment où il est encore dans l'ivresse que doit lui causer cette situation, toute nouvelle pour lui, de mari d'une jeune et jolie femme. Il doit être disposé à avoir bonne opinion de tout le monde.

Et Réginald attendit la réponse de sir Oswald avec impatience, mais avec une impatience pleine d'espoir.

La réponse arriva par le retour du courrier ; elle était plus favorable encore qu'il n'avait pu l'espérer.

« Cher Réginald, écrivait le baron, votre
» affectueuse lettre pleine de désintéresse-
» ment m'a touché. Que, dans cet heu-
» reux présent, le triste passé soit ou-
» blié !...
» Vous avez sans doute été surpris en
» apprenant mon mariage.
» Je n'ai consulté que mon cœur dans le
» choix que j'ai fait, et j'ose espérer que
» ce choix assurera le bonheur du reste de
» ma vie. Je suis dans le nord du pays de
» Galles, où je compte passer les premiè-
» res semaines de mon mariage au milieu
» des solitudes de ce beau pays. Vers le 24
» de ce mois, lady Eversleigh et moi,
» nous rendrons à Raynham, où nous se-
» rons charmés de vous voir à notre arri-
» vée. Venez à nous, mon cher enfant, ve-
» nez à moi comme s'il ne s'était jamais
» élevé un nuage entre nous, et nous par-
» lerons ensemble de votre avenir.
» Votre oncle affectionné,
» OSWALD EVERSLEIGH,
» Hôtel Royal, Bannerdoon, comté
» de Galles. »

Réginald dîna avec Victor le soir même du jour où il reçut cette lettre, et les termes en furent lus et discutés entre les deux amis.

— Maintenant le terrain est ouvert devant nous ! dit le médecin. Vous irez à Raynham, vous ferez tous vos efforts pour vous rendre aussi agréable que possible à la nouvelle lady, et pour gagner le cœur de votre oncle par votre repentir du passé et votre désintéressement quant à l'avenir. Fiez-vous à moi pour le reste.

— Mais comment ferez-vous pour me servir à Raynham ?

— C'est ce que le temps démontrera. Je n'ai qu'une recommandation à vous faire pour le moment : Ne vous étonnez pas, si par hasard vous me rencontrez dans les montagnes du comté d'York, et ayez soin de conformer votre jeu à celui que vous me verrez jouer. Quoi que je fasse, ce sera, soyez-en persuadé, dans votre intérêt. Sur toute chose, n'oubliez pas, si nous nous retrouvons en face l'un de l'autre, que je ne sais absolument rien de votre visite au château de Raynham. Je serai aussi surpris de vous voir, que vous de me rencontrer.

— Soit, je me conformerai à tous vos plans. Votre première idée a si merveilleusement réussi, que je suis tout disposé à mettre en vous une confiance aveugle. Je suppose que vous comptez vous faire chèrement payer, si je parviens jamais à rentrer dans tout ou partie de la succession de mon oncle ?

— Oh ! je vous demanderai ma récompense, mon cher, n'en doutez pas. Je suis pauvre, vous le savez, et je n'ai pas la prétention d'être un homme désintéressé. Mais c'est là une question que nous traiterons à loisir quand nous serons ensemble au château de Raynham.

IX

Retour de l'héritier prodigue

Le 30 juillet, Réginald se présentait au château de Raynham, où il avait bien cru ne jamais remettre les pieds. Le sentiment du triomphe fit affluer le sang dans ses veines, lorsqu'il se revit debout sur le seuil de cette demeure, qui lui était si familière.

Cependant, sa position dans la vie avait singulièrement changé depuis la dernière fois qu'il s'était trouvé à la même place. Il n'était plus l'héritier reconnu auquel les gens de la maison rendaient tous l'hommage de leurs plus profonds respects. Il s'imaginait que les vieux serviteurs le regardaient de travers, que leur accueil glacial était celui que, dans la prospérité, on fait à un parent pauvre. Il ne s'était jamais conduit envers aucun d'eux de manière à s'attirer l'amour ou la reconnaissance. Peut-être se le rappelait-il maintenant et le regrettait-il, non par un sentiment de bonté pour ces gens, mais parce qu'il éprouvait une égoïste contrariété de leur froideur.

— Si jamais je regagne ce que j'ai perdu, ces parasites me payeront leur insolence ! pensait-il en pénétrant, escorté du vieux sommelier, dans la grande salle gothique du château.

— Lady Eversleigh est-elle chez elle ? demanda-t-il.

— Oui, monsieur, leurs seigneuries sont au grand salon.

Le sommelier ouvrit la lourde porte de chêne et introduisit Réginald.

Près d'un grand piano qu'elle venait de quitter, se tenait debout la maîtresse du château. Elle était simplement vêtue d'une robe de soie grise ; ses beaux cheveux noirs n'avaient pour tout ornement qu'un ruban d'un rouge vif mêlé aux nattes épaisses. Sa beauté produisit l'effet qu'elle produisait sur quiconque la voyait pour la première fois : le jeune homme fut ébloui par cet admirable visage.

— Et cette divinité, ce prodige de grâce, est la femme de mon oncle ! pensa-t-il, c'est là cette chanteuse des rues qu'il a ramassée dans le ruisseau !

Pendant quelques instants, l'élégant Réginald resta confondu devant la gravité calme de cette fille de rien, à laquelle son oncle avait donné son nom.

Sir Oswald accueillit son neveu avec la plus grande cordialité. Il était heureux, et, dans la plénitude de son bonheur, il ne pouvait garder le moindre ressentiment contre le fils d'adoption qu'il avait si fortuné. Mais tout disposé qu'il fût à ouvrir ses bras à l'enfant prodigue, ses idées sur les arrangements relatifs à sa fortune ne s'étaient point modifiées, et sa détermination était arrêtée de ne point revenir là-dessus.

Le baron le déclara franchement à son neveu dans la première conversation confidentielle qu'il eut avec lui après son arrivée à Raynham.

— Vous pouvez me trouver dur et sévère, Réginald, lui dit-il, mais la résolution que je vous ai fait connaître autrefois, n'avait été prise qu'après mûre réflexion. Je crois avoir agi pour le mieux. Je suis arrivé à cette conviction que mon indulgence excessive a fait le malheur de votre jeunesse ; elle eût été moins dissipée si je vous avais tenu plus sévèrement. Depuis que vous avez quitté l'armée, je n'ai plus entendu parler de vos folies, et je me plais à croire que vous êtes dans une meilleure voie et que vous avez rompu avec vos dangereux compagnons. Mais vous ne pouvez, avec la faible pension que vous recevez de moi, mener une existence oisive. Il faut choisir une carrière : quelle qu'elle soit, je vous viendrai en aide pour vous la rendre plus facile. Votre cousin Douglas Dale fait ses études de droit ; cette profession ne vous siérait-elle pas ?

— Je suis à vos ordres, monsieur, prêt à vous obéir en tout.

— Bien ! Réfléchissez à ce que je vous ai dit, et, s'il vous convient d'entrer comme étudiant à Temple-Bar, je vous avancerai l'argent nécessaire.

— Mon cher oncle, vous êtes trop bon ! fit Réginald, avec un sourire dont il dissimula à peine l'amertume.

— Mon désir est de faire tout pour vous être utile, et cette réserve près de moi ne serai injuste à cause de vous envers personne... Réginald, reprit-il tout à coup, que pensez-vous de ma femme ?

— C'est la plus belle créature qui soit !

— Eh bien, elle est aussi bonne et aussi sincère qu'elle est belle ; c'est une perle, Réginald ! Je remercie la Providence de m'avoir donné un tel trésor.

— Oui ! pensa le jeune homme avec une

rage concentrée, et tu payeras, n'est-ce pas, ce trésor-là, de toutes tes richesses !

Sir Oswald ajouta, comme s'il répondait à la pensée secrète de son neveu :

— J'ai été d'une entière franchise avec vous, Réginald ; je veux, je dois aller jusqu'au bout. Je suis dans cette période de l'existence considérée par quelques-uns comme celle où l'homme est dans la force de l'âge, et je me sens encore toute mon ancienne vigueur. Mais la mort nous surprend quelquefois au moment où nous nous croyons pleins d'avenir. Je veux pourvoir à toutes les éventualités, en ce qui regarde la disposition de mes biens. D'autres font un mystère du contenu de leur testament ; je veux que le mien soit connu de tous ceux qui y sont intéressés.

— Je ne désire pas être éclairé à cet égard, monsieur ! s'écria Réginald, pressentant que les paroles de son oncle ne lui promettaient rien de bon.

— Mon testament a été fait depuis mon mariage, continua sir Oswald, sans s'arrêter à l'interruption. — Tout testament antérieur est bien et dûment invalidé par mes nouvelles dispositions. — Je laisse les deux tiers et plus de ce que je possède à ma femme, qui par conséquent sera riche après ma mort. Si elle a un enfant, la fortune patrimoniale lui reviendra, comme de raison. En tout cas, lady Eversleigh restera encore en possession d'une belle fortune.

— Je laisse un revenu de cinq mille livres (125,000 fr.) à chacun de mes neveux. Mais vous, Réginald, vous avez largement usé de ce qu'on appelle les avancements d'hoirie, et vous devez, en bonne justice, vous rappeler que c'est vous qui avez été votre propre ennemi. La pension dont vous jouissez actuellement sera doublée après ma mort, et au service de cette pension seront affectés les revenus d'une petite propriété appelée Morton Grange, que je possède dans le comté de Lincoln. Mais là se bornera votre part, et vous n'avez, en somme, qu'un modeste revenu à espérer. C'est donc à vous à gagner la fortune par vos efforts et vos talents.

La pâleur du visage de Réginald trahit seule la fureur qui l'agitait. Heureusement sir Oswald ne jeta pas en ce moment les yeux sur lui.

Lady Eversleigh apparaissait sur la terrasse, et il s'empressa d'aller au devant d'elle.

— Quels sont vos plans pour cette après-midi, ma chérie ? — lui demanda son mari.

— J'ai terminé mes affaires, et je suis à vos ordres pour le reste de la journée.

— Alors vous ne sauriez mieux me plaire qu'en me faisant connaître quelque nouvelle merveille de votre pays natal.

— Vous me faites cette proposition, parce que vous savez qu'elle m'est agréable, chère flatteuse ! mais je vous obéis. Ferons-nous notre excursion à cheval ou en voiture ? Peut-être, comme l'après-midi est chaude, ferons-nous bien de prendre la calèche. Allons déjeuner, je vais donner les ordres nécessaires.

Ils se rendirent dans la salle à manger, où Réginald les accompagna.

Il avait réussi à effacer toute trace d'émotion de son visage, bien que les paroles de son oncle retentissent encore à ses oreilles.

— Douze mille francs par an ! une misérable pension de douze mille francs ! voilà mon lot ; tandis que mes cousins, habitués aux difficultés d'une vie sans luxe ni splendeur, auront chacun un revenu de cent vingt-cinq mille francs. Et cette femme, cette créature inconnue, sans famille et de basse extraction, qui n'a pour elle que sa diabolique beauté, sera à la tête d'une fortune énorme !

Telles étaient les pensées qui tourmentaient Réginald.

Il était, depuis une quinzaine, au château de Raynham, et, en apparence du moins, il était parfaitement à l'aise avec la jeune et belle maîtresse de la maison.

Il y a des femmes qui semblent à la hauteur de toutes les positions, si élevées qu'elles soient. Les magnificences de la richesse n'ont rien qui les étonne. Elles ne commettent pas de méprise. Elles possèdent un tact instinctif, que les leçons des plus habiles ne sauraient donner à d'autres. Elles se meuvent si naturellement dans leur nouvelle sphère que ceux qui contemplent leur dignité calme, leur grâce sans étude et sans apprêt, ont peine à croire qu'elles n'y sont pas nées.

Honoria était une de ces femmes. La nouveauté de sa position ne lui causait aucun embarras ; le luxe qui l'entourait charmait son sentiment du beau, mais sans troubler son esprit, sans éblouir ses yeux, qui n'y étaient pourtant pas accoutumés. Elle traitait Réginald avec la cordialité, amicale mais digne, qu'il convenait à la femme de sir Oswald de témoigner à un parent de son mari, et le regard scrutateur du jeune homme chercha vainement à découvrir un secret sous cet extérieur tout imprégné de noblesse.

— Cette femme est un mystère ! pensait-il. On dirait une princesse déguisée. Aime-t-elle réellement mon oncle ? Je me le demande. Si elle est fausse, elle joue bien son rôle. Si elle ne la jouerait pas bien, quand il s'agit d'un pareil prix à remporter ? Je voudrais que Victor fût ici. Lui peut-être, il pénétrerait l'énigme de cette existence. Que ne donnerais-je pas pour pouvoir arracher le masque de ce beau visage ?

X

Un savant hasard

Les personnages les plus importants du comté étaient venus en visite à Raynham présenter leurs hommages à la femme de sir Oswald.

L'amoureux baron la voyait ainsi honorée sans que l'ombre même de la jalousie

vint troubler sa joie. Il était fier de l'empressement de tous les jeunes gens à lui payer leur tribut d'admiration. Il se sentait sûr de son amour, car elle lui avait affirmé plus d'une fois qu'elle lui avait donné son cœur tout entier avant même qu'il se fût déclaré. Il avait foi dans cette âme loyale et pure. Un homme comme sir Oswald ne se laisse pas de lui-même dominer par la jalousie ; mais aussi, pour un tel homme, le plus léger soupçon, un mot calomnieux prononcé contre celle qu'il aime, devient une cause d'angoisse aussi cruelle que la mort.

Depuis son arrivée, Réginald avait partagé toutes les distractions de sir Oswald et de sa femme. Ils n'étaient allés nulle part sans lui, car pour le moment il était le seul hôte à demeure du château, et sir Oswald était un maître de maison trop courtois pour laisser son neveu seul.

— Après le 12, nous aurons bon nombre d'amis, lui dit sir Oswald, et vous trouverez le vieux château beaucoup plus à votre goût. En attendant, il faut vous contenter de notre société.

— Je suis très satisfait, mon cher oncle, et ne soupire pas du tout après l'arrivée de vos amis ; ce qui ne m'empêchera pas de les bien accueillir quand ils arriveront.

— J'attends également un brillant essaim de jeunes et jolies filles. Vous souvenez-vous de Lydia Graham, la sœur de Gordon Graham, des Fusiliers ?

— Parfaitement !

— Elle doit venir... Je crois qu'il y a eu comme un commencement de cour entre elle et vous...

Un matin, sir Oswald et lady Eversleigh montèrent dans la calèche, et Réginald les suivit à cheval, monté sur un des magnifiques pur-sang des écuries de son oncle.

Le pays, sur une étendue de plus de vingt kilomètres aux environs du château, présentait les sites les plus admirables et les plus variés. A l'ouest, l'horizon était borné par une chaîne de montagnes boisées ; entre ces montagnes et le village de Raynham, coulait une rivière sur laquelle étaient jetés de loin en loin de vieux ponts, qui faisaient communiquer entre eux de ravissants villages enfouis dans la verdure. Cette nature, agreste et imposante à la fois, mettait un admirable champ d'explorations à la portée des visiteurs du château.

Dans cette belle après-midi du mois d'août, sir Oswald avait choisi pour but de la promenade l'ascension d'une montagne, le Thorpe Peak, situé à environ neuf kilomètres du château, et d'où l'on découvre tout le pays d'alentour. Arrivés au bas de la montagne, le baron et sa femme descendirent de voiture, et, accompagnés par Réginald, qui avait laissé son cheval aux soins des domestiques, ils gravirent un sentier ombragé qui menait au sommet de la côte. Ils montèrent lentement, lady Eversleigh s'appuyant sur le bras de sir Oswald.

Le sentier contournait le flanc de la montagne au milieu des sapins; mais quand on parvenait à la cime, on était saisi par la vue soudaine d'un immense panorama.

Sur le plateau supérieur, les arrivants trouvèrent un jeune gentleman assis sur un tronc d'arbre, un album posé sur ses genoux, et une boîte de couleurs à côté de lui. Il dessinait et semblait entièrement absorbé par son occupation. Il ne leva pas les yeux de son travail, à l'approche de sir Oswald et de ceux qui l'accompagnaient. Il portait un habit de voyage fort simple, mais dont le pittoresque sans-façon n'excluait pas l'élégance.

Son cheval broutait l'herbe autour de l'arbre aux branches duquel il était attaché.

Ce voyageur n'était autre que Carrington.

— Carrington! s'écria Réginald, Carrington! oh! qui aurait pu s'attendre à vous trouver ici?

Le médecin releva la tête brusquement, regarda son ami, et, partant d'une joyeuse exclamation, se leva pour aller lui serrer la main.

Il paraissait plus beau dans son négligé d'artiste. Sa veste de velours, son grand col de chemise autour duquel était noué un foulard de soie, faisaient ressortir la taille bien prise et le type étrange de son pâle visage.

— Vous êtes surpris de me voir; mais j'ai autant de droit d'être étonné de vous rencontrer. Qui vous amène ici?

— Je suis chez mon oncle, sir Oswald Eversleigh, au château de Raynham.

— Ah! c'est sans doute cette superbe résidence qu'on aperçoit du village d'Abbey Wood, où j'ai établi mes quartiers.

Le baron et sa femme s'étaient tenus à l'écart, à une petite distance des deux jeunes gens; mais sir Oswald s'avança alors, avec Honoria toujours appuyée à son bras.

— Présentez-moi à votre ami, Réginald, dit-il du ton le plus affectueux.

Réginald obéit, et Victor fut présenté au baron et à sa femme. Ses manières aisées et gracieuses étaient de nature à produire tout d'abord une impression favorable, et sir Oswald était évidemment prévenu en faveur de l'ami de son neveu.

— Vous êtes artiste, à ce que je vois, monsieur Carrington? fit-il après avoir jeté un coup-d'œil sur l'esquisse, qui, bien qu'à peine ébauchée, décélait un talent véritable.

— Amateur seulement, sir Oswald, répondit Victor. Je suis chirurgien de profession; mais jusqu'à présent je n'ai pas encore pratiqué. Je trouve mon indépendance si agréable que j'ai peine à me résigner à l'exercer. J'erre dans ce beau pays depuis une quinzaine de jours, mon album sous le bras, m'arrêtant un jour ou deux là où je trouve un site pittoresque et louant un cheval quand je puis m'en procurer un passable. C'est une façon bien simple de jouir de mes vacances, et qui me convient parfaitement.

— Votre goût vous fait honneur. Mais,

si vous êtes dans notre voisinage, il vous faudra prendre vos chevaux dans les écuries de Raynham. Où demeurez-vous pour le moment?

— A la petite auberge du Pont d'Abbey-Wood.

— A cinq kilomètres du château. Nous sommes proches voisins, monsieur Carrington, et, vu les habitudes de la campagne, il faut revenir avec nous et dîner à Raynham.

— Vous êtes bien bon, sir Oswald, repartit Victor, mais mon costume...

— Allons! nous sommes seuls pour le moment, et je suis sûr que lady Eversleigh excusera votre toilette de voyage. Vous vous joindrez à moi, n'est-ce pas, Honoria?

Lady Eversleigh sourit en signe d'assentiment. Le médecin murmura quelques mots de remerciement. Jusqu'alors, il avait peu regardé la compagne du baron. Il n'était venu dans le comté d'York que pour étudier cette femme, comme on étudie une science abstraite et difficile; mais il était trop bon tacticien pour laisser percer l'intérêt qu'elle lui inspirait. La politique de sa vie était la patience; et en cela, comme en toute chose, il attendait l'occasion.

— Elle est très belle, pensait-il, et elle a tiré un brillant parti de sa beauté; mais nous ne sommes qu'au début, le reste et la fin sont encore à venir.

A la suite de cette première rencontre, le médecin devint un des constants visiteurs du château de Raynham. Sir Oswald était ravi de ses talents et de ses qualités, et Victor réussit à gagner de plus en plus dans son estime au moyen de révélations en apparence accidentelles sur les luttes qu'il avait eues à soutenir, sur la pauvreté de sa mère, sur ses longues études et sur son indomptable force de volonté. Tout cela semblait être dit sans intention de le dire; un mot, une allusion avait suffi pour faire connaître l'histoire de sa jeunesse, privée d'amis et de protecteur. Sir Oswald s'imagina qu'un semblable compagnon était éminemment propre à guider son neveu dans la route difficile qui mène à la fortune et aux honneurs.

— Si Réginald avait seulement la moitié de votre amour du travail et de votre persévérance, je ne serais pas inquiet pour son avenir, dit le baron à Carrington dans le cours d'une conversation confidentielle.

— Cela viendra en son temps, sir Oswald, répondit Victor. Réginald est un noble garçon, et sa nature vaut mieux qu'il ne le croit lui-même. Les qualités que vous êtes assez bon pour estimer en moi, vous les découvririez aussi en lui. Mais j'ai été élevé à la rude école de la pauvreté dès ma plus tendre enfance, tandis que Réginald a été habitué à tous les raffinements du luxe. Pardonnez-moi, sir Oswald, si je parle avec franchise, mais je dois vous rappeler que peu de jeunes gens se seraient tirés avec honneur de l'épreuve à laquelle votre

neveu a été soumis par le changement de fortune qui est venu le surprendre.

— Que voulez-vous dire?

— Je veux dire que, pour beaucoup, un pareil revers eût été une ruine complète, ruine de corps et d'âme. Voyant tout à coup détruites toutes ses espérances d'avenir, toutes les illusions qui avaient été la moitié de sa vie, un homme ordinaire se serait laissé aller au vice, et serait devenu un grec, un escroc, un ivrogne, que sais-je? Il aurait assiégé de ses importunités la porte du parent qui l'avait banni. Eversleigh a agi tout autrement. Du moment qu'il s'est vu abandonné par celui qui avait été plus qu'un père pour lui, il a affronté la mauvaise fortune avec calme et courage; il a rompu toutes relations avec ses compagnons de folie; il n'a plus fréquenté les cercles où il était admiré et courtisé. Le seul chagrin qui ait oppressé son cœur généreux, c'est la conscience qu'il avait, par sa faute, perdu l'affection de son oncle.

Sir Oswald soupira. Pour la première fois, il se prit à penser qu'il pouvait avoir traité son neveu avec une rigueur injuste.

— Vous avez raison, monsieur Carrington, dit-il après un moment de réflexion. L'épreuve était rude, et je suis fier de savoir que Réginald l'a traversée avec honneur. Mais la résolution que j'ai prise il y a un an et demi n'est pas de celles sur lesquelles il soit possible de revenir. J'ai formé de nouveaux liens, j'ai rêvé un nouvel avenir. Mon neveu doit payer la peine de ses erreurs passées et ne compter que sur ses propres efforts pour se faire une position honorable. Si je meurs sans héritier direct, il succédera à mon titre de baron, et j'espère qu'il fera ce qui dépendra de lui pour gagner une fortune qui le mette à même de soutenir son rang.

Ce langage était loin d'être encourageant; néanmoins Carrington fut assez satisfait du résultat de la conversation. Il avait semé le doute dans l'esprit du baron, et le temps pourrait faire le reste.

XI

L'ami et le complice

Le château s'était animé de la présence de nombreux hôtes. Le baron avait voulu réunir autour de lui tous ses anciens amis, pour leur présenter la jeune et charmante femme qui allait être la consolation de la fin de sa vie. Un homme de cinquante ans qui épouse une femme de dix-neuf ans est aisément exposé à de cruelles railleries; sir Oswald le savait, et il voulait montrer au monde qu'il était heureux, on ne peut plus heureux, du choix qu'il avait fait.

Parmi les personnes arrivées au château de Raynham, pour la saison d'automne, se trouvait un des amis intimes de sir Oswald, le capitaine Capplestone, un vieux et rude soldat, qui n'avait jamais obtenu de grandes faveurs au service, mais qui était connu pour avoir lui-même vaillamment gagné tous ses grades. Son amitié pour sir Oswald avait le caractère de la fraternité ; il était peut-être le seul qui eût osé faire entendre au baron des vérités désagréables. Il était pauvre, mais il n'avait en aucun temps voulu accepter le moindre service de son opulent ami. Sir Oswald lui était sincèrement attaché, et lui aurait volontiers ouvert sa bourse comme à un frère, s'il n'eût craint de froisser la fierté de l'austère soldat rien qu'en exprimant même le désir de lui être utile.

Le capitaine Capplestone arriva à Raynham, fortement disposé à faire des remontrances à son ami sur la folie de son mariage. Il entra dans le salon de réception au moment où il était rempli de visiteurs, et il se tint quelque temps debout dans un coin, observant avec dédain les hôtes nouvellement arrivés qui s'empressaient d'adresser leurs félicitations à sir Oswald.

Peu à peu ceux-ci se retirèrent, et les deux amis se trouvèrent seuls.

— Eh bien ! mon vieil ami, s'écria le baron, prenant les deux mains du capitaine dans les siennes avec plus de chaleur que lors de leur première étreinte amicale, ne recevrai-je pas aussi de vous un mot de félicitation ?

— Hum ! grommela le capitaine, que voulez-vous que je vous dise ? La vérité ? Vous ne la trouveriez sans doute point de votre goût, et Dieu me garde de hasarder un mensonge ! il me semble que mes paroles m'étrangleraient au passage. Il a été assez dur pour moi de m'astreindre à la patience pendant que tous ces idiots vous débitaient leurs compliments et leurs banalités. Et maintenant qu'ils sont partis, pour rire de vous derrière votre dos, vous feriez mieux de me laisser suivre leur exemple et de ne pas risquer de vous quereller avec un vieil ami en me poussant à vous dire mon avis.

— Vous croyez donc que j'ai fait une folie ?

— Quelle autre idée voulez-vous que j'aie ? Lorsqu'un homme de cinquante ans se met en tête d'épouser une jeune fille de dix-neuf printemps, il ne doit pas s'attendre à ce qu'on lui reconnaisse la sagesse de Salomon !

— Ah ! Capplestone, quand vous aurez vu ma femme, vous penserez différemment.

— Allons donc ! plus elle sera jolie, plus je vous estimerai fou, car les chances n'en seront que plus grandes pour qu'elle vous rende la vie misérable.

— La voici qui vient, dit le baron. Regardez-la avant de la juger trop sévèrement, mon vieil ami, et que son visage vous réponde de sa sincérité.

La pièce dans laquelle se trouvaient les deux amis donnait sur un autre grand salon, et, par la porte à deux battants qui était ouverte, le capitaine vit s'approcher lady Eversleigh. Elle était vêtue de blanc, de cette pure et transparente mousseline que son mari aimait tant à lui voir porter ;

une grosse rose naturelle était fixée au milieu de sa noire chevelure. Lorsqu'elle arriva tout près du baron et de son ami, la rude physionomie du vieux soldat s'adoucit, quoi qu'il en eût.

La présentation fut faite par sir Oswald, et Honoria tendit la main à Capplestone, avec le plus charmant sourire.

— Mon mari m'a si souvent parlé de vous, capitaine, dit-elle, qu'il me semble que nous sommes de vieux amis plutôt que des étrangers. J'ai du plaisir à recevoir tous les hôtes de sir Oswald, mais ce n'est pas le même plaisir que je sens à vous faire accueil à vous.

Le soldat serra dans sa main basanée les doigts blancs de la jeune femme comme dans un étau. Il regarda lady Eversleigh avec une expression d'étonnement d'un sérieux comique ; puis son regard se porta sur le baron.

— Eh bien ? demanda sir Oswald, quand Honoria les eût quittés.

— Eh bien ! Oswald, s'il faut dire la vérité, je pense qu'il y a quelque excuse à votre déraison. C'est une belle créature ! et, si l'on peut ajouter foi à la physionomie humaine, elle est aussi bonne qu'elle est belle.

Le baron pressa la main de son ami d'une étreinte plus éloquente que les paroles ; il avait une foi absolue dans la pénétration du capitaine, et ce jugement favorable sur la femme qu'il adorait l'emplit de gratitude et de joie ; non que l'ombre du plus léger doute obscurcît son esprit, mais il avait besoin de voir sa confiance partagée par ceux qu'il aimait.

Pendant ce cordial entretien, Réginald et Victor, retirés dans un petit salon, fumaient leur cigare, appuyés sur la balustrade de la fenêtre, et avaient, de leur côté, une sérieuse conférence.

— Vous êtes un habile joueur, mon cher Carrington, disait Réginald, mais le jeu est lent, bien lent !

— Parce que vous êtes aussi impatient qu'un enfant qui aspire à la possession d'un pantin nouveau, répondit le médecin d'un ton railleur. Vous trouvez le jeu lent ? Chaque mouvement a été cependant marqué par un succès. Il y a un mois, vous ne pouviez croire à la possibilité d'une réconciliation avec votre oncle, et pourtant cette réconciliation a eu lieu. Il y a quinze jours, vous auriez ri à la seule idée que je pourrais être ici à Raynham en qualité d'invité, et pourtant m'y voici. J'ai déjà insinué qu'on avait été injuste envers vous... Laissez-moi faire, Réginald, et fiez-vous à moi. J'ai mon plan.

— Mais pourquoi refusez-vous de me le faire connaître ?

— Parce qu'il est encore qu'à moitié formé. Voyez-vous ces deux personnes qui se promènent là-bas dans le jardin ?

— Oui, c'est mon oncle et sa femme, répondit Réginald avec un geste d'impatience.

— Ils paraissent bien heureux, n'est-ce pas ? C'est une vraie pastorale arcadienne !

Contemplez-les attentivement, je vous prie.

— Etes-vous fou, Carrington ! s'écria le jeune homme, en jetant son cigare avec colère ; si mon oncle est en train de tomber en enfance, quel plaisir puis-je trouver à contempler sa démence ?

— Vous vous méprenez, mon cher ! repartit Victor dont les yeux brillèrent de tout leur sombre éclat. Je vous dis : Regardez ce tableau tandis que vous le pouvez encore, parce que vous n'aurez pas occasion de le voir longtemps.

— Que voulez-vous dire ?

— Je veux dire que le jour est proche où lady Eversleigh tombera des hauteurs qu'elle occupe. Je veux dire qu'une élévation aussi soudaine présage souvent une chute encore plus prompte. Je veux dire que l'heure approche où sir Oswald déplorera, comme une erreur irréparable, son fatal mariage, et, dans son désespoir, vous rendra à vous, le neveu en disgrâce, la place qui vous appartient comme son héritier reconnu.

— Et qui amènera ce résultat ?

— Moi !

Il y eut un moment de silence ; silence de surprise de la part de Réginald, de méditation de la part de Carrington.

Le médecin reprit :

— Avant tout, — parlons net et franc — il faut que nous nous entendions sur le prix de mes services. Si le chat qui a tiré les marrons du feu au profit du singe avait stipulé quelle part lui reviendrait dans le butin, il ne serait pas passé à la postérité avec le renom d'un imbécile. Si je vous reconquiers votre fortune, mon bon Réginald, il me faut ma part.

— Supposez-vous que je puisse être ingrat ?

— Non, certes ! Mais, voyez-vous, je n'ai que faire de votre reconnaissance. Ce que je veux, c'est une somme ronde payée en écus comptants. La fortune de votre oncle, si vous en avez les deux tiers, vous représentera près d'un million de revenu. Pour une si riche proie, vous pouvez bien prendre l'engagement de me payer, dans les deux années qui suivront votre réintégration dans vos droits, la somme de vingt mille livres, cinq cent mille francs.

— Cinq cent mille francs !

— Si vous trouvez que ce soit trop cher, n'en parlons plus. L'affaire n'est pas sans risque, et c'est tout au plus si je me soucie de m'y engager.

— Mon cher Victor, écoutez-moi. J'ai peine à croire à la possibilité de reprendre mon ancienne place dans le testament de mon oncle ; mais si la chose se réalise, les cinq cent mille francs sont à vous.

— Bien ! répliqua le médecin, avec son calme imperturbable, mais il me faut cet engagement par écrit. Vous me souscrirez deux billets de deux cent cinquante mille francs chacun, l'un à l'échéance d'une année et l'autre à l'échéance de deux années à partir de ce jour.

— Mais si je ne suis pas en possession

de cette fortune? Mon oncle est vigoureusement constitué, et son existence...

— Ne vous préoccupez pas de l'existence de votre oncle. Je vous donnerai une contre-lettre annulant vos billets, si vous n'avez pas hérité en temps utile. Et maintenant, voici les papiers timbrés; vous pouvez les remplir et les signer à l'instant. De cette façon, ce sera une affaire terminée.

— Vous vous étiez muni de papier timbré?

— Oui, je suis homme d'affaires, bien qu'homme de science.

— Victor! dit Réginald, vous me donnez parfois le frisson, il y a en vous quelque chose de presque diabolique.

— Bah! si je renverse cette belle dame de sa haute position, peu vous importera, mon cher, que je sois le diable en personne!

___

XII

Fille à marier

Parmi les hôtes arrivés au château de Raynham pendant la dernière quinzaine, se trouvait Lydia Graham, la jeune fille dont le baron avait parlé à son neveu. C'était une séduisante personne, au visage hardi, avec des yeux bleus pleins de feu et une profusion de cheveux noirs ondulés. Elle savait tirer de ses dons extérieurs le plus habile parti. Elle s'habillait à merveille, mais avec une fortune qui excédait de beaucoup ses moyens. Aussi était-elle profondément endettée, et la seule ressource qu'elle eût de sortir d'embarras était de faire un brillant mariage.

Pendant. plus de dix ans, elle avait fait tous ses efforts pour y parvenir. Elle était entrée dans le monde à dix-sept ans, et elle en avait maintenant vingt-neuf. Elle avait toujours été entourée d'une foule d'admirateurs, elle s'était livrée à tous les manéges de la coquetterie et elle avait eu lieu de s'enorgueillir de la puissance de sa beauté. Mais elle n'avait pas gagné le grand prix dans la loterie de la « haute vie », un mari noble et riche.

Le jour anniversaire de sa vingt-neuvième année était passé, et, en se contemplant attentivement dans son miroir, force lui avait été de s'avouer que sa beauté avait perdu de son éclat.

— Ma fraîcheur s'en va, se disait-elle; quand j'aurai trente ans, que deviendrai-je si je ne me marie pas?

Triste perspective, en effet. Lydia avait un petit revenu provenant de l'héritage de sa mère, mais qui était tout à fait insignifiant avec des goûts comme les siens. Son frère, capitaine dans un dispendieux régiment de cavalerie, était un égoïste, extravagant dans ses dépenses, et fort peu disposé à ouvrir sa bourse à sa sœur.

Elle n'avait pas d'installation personnelle elle vivait tantôt chez un parent, tantôt,

chez un autre, toujours élégamment mise, partout admirée, mais rarement satisfaite.

De tous ses désappointements matrimoniaux, aucun ne lui avait été plus cruel que celui qu'elle avait ressenti en lisant dans le *Times* l'annonce du mariage de sir Oswald.

Elle avait fréquemment rencontré dans le monde le riche baron. Elle avait été en visite au château de Raynham avec son frère. Sir Oswald, selon toutes les apparences, avait admiré ses talents et sa beauté, et elle s'était imaginé que le temps et l'occasion avaient seuls manqué pour que cette admiration se transformât en un sentiment plus tendre. En un mot, Lydia s'était flattée de devenir lady Eversleigh. Aussi, rien ne saurait rendre sa mortification lorsqu'elle apprit que le baron avait donné son nom et sa fortune à une femme inconnue et absolument étrangère à son monde.

Lydia vint à Raynham le cœur débordant de fiel. Elle s'y présenta néanmoins avec ses plus charmants sourires, comme avec ses plus délicieuses toilettes. Elle trouva des mots mielleux pour complimenter le baron, et elle offrit dans les termes les plus chaleureux son amitié à la belle maîtresse du château.

— Je suis sûre que nous nous entendrons parfaitement, chère lady Eversleigh, dit-elle, et que désormais nous serons de bonnes amies, n'est-ce pas?

Honoria était réservée par nature. Les protestations banales de fausse sentimentalité la révoltaient. Elle répondit poliment, mais froidement, aux avances de Lydia.

La jeune coquette en conçut un vif ressentiment, avait admiré ses talents et sa pour détester cette femme, qui avait ruiné ses plus belles espérances, dont la beauté était infiniment supérieure à la sienne, et qui était de plusieurs années plus jeune qu'elle.

Il y avait à Raynham quelqu'un dont l'œil scrutateur découvrit le sentiment de haine qui se cachait sous la bonne grâce affectée de Lydia. Ce pénétrant observateur, c'était Carrington.

— Je m'imagine que miss Graham a dû, dans le temps, nourrir l'espoir de devenir la maîtresse de cette résidence, n'est-il pas vrai, Réginald? dit-il, un matin que les deux amis se promenaient sur la terrasse.

— Comment avez-vous su cela? dit Réginald.

— Sans aucune intervention diabolique, je vous assure, j'ai fait seulement usage de mes yeux. Mais il me paraît, d'après votre exclamation, que j'ai rencontré juste.

— Eh bien! je crois qu'en effet miss Lydia a fait tout ce qu'elle a pu pour conquérir mon oncle comme mari. J'ai surveillé ses manœuvres, quand elle était ici; il y a deux ans; mais elles ne m'inspirèrent que peu d'inquiétude: je considérais alors sir Oswald comme un célibataire endurci. Elle avait coutume de varier ses plaisirs en faisant la coquette avec moi. A cette époque, j'étais l'héritier reconnu, vous savez,

et 'e ne doute pas qu'elle ne m'eût épousé, si je m'y étais prêté. Mais c'est une femme trop forte pour moi, et, malgré tout son éclat, je n'ai jamais eu d'amour pour elle.

— Vous avez été sage une fois en votre vie, mon cher Réginald. Miss Graham est une dangereuse personne. Elle a un charmant sourire, mais elle est de ces femmes qui peuvent commettre un meurtre le sourire sur les lèvres. Néanmoins, elle peut devenir un instrument très utile.

— Un instrument?

— Oui, un bon ouvrier prend ses outils où il les trouve, et il se peut que j'aie besoin pour mes desseins d'un instrument tel que Lydia.

___

XIII

« Prenez garde, monseigneur, à la jalousie!»

Tout se passa joyeusement au château de Raynham pendant ce brillant mois d'août. Le baron était au comble du bonheur. Honoria aussi était heureuse; heureuse par la nouveauté de sa position, heureuse de l'assurance qu'elle avait de l'amour de son mari. La généreuse nature de sir Oswald avait gagné la meilleure récompense qu'il pût ambitionner: il était aimé de sa jeune femme, comme peu d'hommes le sont dans la fleur de leur jeunesse. L'affection d'Honoria pour lui se doublait d'une vénération pure et profonde. Pour elle, sir Oswald résumait tout ce qu'il y a de noble dans l'humanité; elle était fière de son dévouement, reconnaissante de son amour.

Aucun hôte n'était plus en faveur au château que le médecin. Ses talents étaient si variés, qu'ils faisaient de lui un homme précieux dans une nombreuse compagnie : il était toujours prêt à se consacrer à l'amusement des autres. Sir Oswald était étonné de l'étendue des connaissances de l'ami de son neveu. Victor était également remarquable comme érudit, comme artiste et comme musicien. Mais la musique était son triomphe. Sans autre prétention que celle d'être un amateur, il faisait preuve d'une science musicale des plus profondes et d'une habileté d'exécution des plus rares.

— Un homme pauvre est obligé d'étudier plusieurs arts, disait-il d'un air indifférent, lorsque sir Oswald le complimentait sur son talent; ma vie a été une vie de travail; la musique est peut-être le seul délassement que je me sois accordé. Je ne suis pas un prodige, comme lady Eversleigh; ma seule prétention est d'avoir fait une étude patiente des maîtres.

Ce qui enchantait surtout le baron, c'est que l'exécution brillante et sûre de son hôte aidait puissamment à mettre en relief les merveilleuses qualités de lady Eversleigh comme cantatrice.

Tous les soirs, il y avait concert improvisé dans le grand salon ; tous les soirs, lady Eversleigh chantait, accompagnée par Carrington.

Un soir que le jeu de Carrington avait fait ainsi savamment valoir la voix magnifique d'Honoria, Lydia se trouvait assise près de sir Oswald, dans l'embrasure d'une fenêtre ouverte.

— Lady Eversleigh est véritablement un génie ! fit miss Graham, après la strette d'un air de bravoure superbement enlevé. Il est précieux pour elle d'avoir M. Carrington pour l'accompagner ; bien qu'il y ait des personnes qui préfèrent s'accompagner elles-mêmes, et j'en suis un exemple. Mais, naturellement, quand on a un parent qui accompagne avec tant d'art, c'est tout différent !

— Un parent ! Je ne vous comprends pas, ma chère miss Graham.

— Je dis qu'il est fort agréable pour lady Eversleigh d'avoir un cousin si parfait musicien.

— Un cousin ?...

— Oui, M. Carrington n'est-il pas le cousin de lady Eversleigh ? Je vous demande pardon, peut-être est-ce son frère ? je ne connais pas son nom de jeune fille.

— Le nom de ma femme est Milford, répondit le baron avec une nuance de déplaisir, et M. Carrington n'est ni son frère, ni son cousin ; il n'y a entre eux aucun lien de parenté.

— En vérité ! s'écria miss Graham.

Et il y avait quelque chose de singulièrement significatif dans ces deux mots : « En vérité ! »

Après les avoir prononcés, la jeune femme sembla prise d'un soudain embarras.

Sir Oswald la regarda vivement ; mais elle avait détourné de lui son visage, comme pour lui dérober sa confusion.

— Vous paraissez bien étonnée ! dit sir Oswald avec hauteur. Pourtant je ne vois rien de si surprenant dans ce fait, qu'entre ma femme et M. Carrington il n'existe aucun lieu de parenté.

— Oh ! certainement non, sir Oswald ! évidemment non ! répliqua Lydia, accompagnant ses paroles d'un petit rire qui n'avait rien de naturel et semblait vouloir dissimuler quelque gêne pénible. Non, non, rien de surprenant, à coup sûr ! C'était réellement absurde à moi de paraître étonnée, si j'ai paru l'être, en effet. Mais je n'en ai pas eu conscience, sir Oswald ! pas conscience, je vous le jure !

Elle s'arrêta, comme cherchant quelque excuse, puis reprit vivement :

— Est-il, d'ailleurs, si extraordinaire que j'aie supposé un lien de famille entre lady Eversleigh et M. Carrington ? Il suffit que des personnes soient d'anciennes connaissances pour que leur intimité établisse entre elles toutes les apparences de la parenté. C'est uniquement dans le nom du lien qui les unit qu'est toute la différence.

— Vous semblez en passe de commettre ce soir méprises sur méprises, miss Graham ! reprit le baron d'un ton glacial ; lady

Eversleigh et M. Carrington ne sont point de vieux amis. Ni ma femme, ni moi, ne connaissons ce jeune homme depuis plus de deux semaines. Il se trouve être excellent musicien, et il est assez bon pour se rendre utile et agréable en accompagnant ma femme quand elle chante. C'est le seul titre qu'il ait à notre amitié, laquelle ne date que de quelques jours.

— En vérité ! répéta miss Graham, laissant encore échapper cette exclamation, qui avait sonné d'une manière si désagréable aux oreilles de sir Oswald.

Elle reprit, comme ne sachant plus trop ce qu'elle disait :

— Pardonnez-moi !.. Au nom du ciel, pardonnez-moi !.. Je les aurais certainement pris pour de vieux amis... Mais, au fait, cette chère lady Eversleigh est d'origine italienne... Oui, c'est cela ! Vous savez, il y a dans la manière d'être des femmes des pays du Midi une... comment dirai-je... ? une vivacité, une expansion, une chaleur, qui paraissent un peu bizarres à nos natures plus froides.

En ce moment, lady Eversleigh venait de se lever de son fauteuil pour se rendre de nouveau aux instances du cercle qui l'entourait.

Elle s'approcha du grand piano devant lequel Carrington était encore assis, occupé à feuilleter un cahier de musique.

Sir Oswald se leva et s'avança vivement vers elle.

— Ne chantez plus ce soir, Honoria ! dit-il, cela vous fatiguerait.

Ces paroles constituaient un manque de politesse, dites au moment où lady Eversleigh allait chanter pour satisfaire au désir exprimé par ses hôtes. Elle se tourna en souriant vers son mari.

— Je ne suis pas le moins du monde fatiguée, mon cher Oswald, répondit-elle, et si vos amis désirent réellement que je chante un autre morceau, je suis prêt à le faire, à condition toutefois que M. Carrington ne soit pas fatigué de m'accompagner.

Victor déclara que rien ne pouvait lui être plus agréable que d'accompagner lady Eversleigh.

— M. Carrington est bien bon ! répondit sèchement le baron ; mais je désire, moi, que vous ne vous fatiguiez pas en chantant toute la soirée, et je vous prie de ne plus chanter, Honoria.

Jamais, avant ce jour, le baron n'avait parlé à sa femme de ce ton tranchant. Il avait l'air presque sévère, et Honoria le regarda avec des yeux étonnés.

— Je n'ai pas de plus grand plaisir que de vous obéir, dit-elle avec douceur, en s'éloignant du piano.

Elle s'assit près d'une table et ouvrit un album. Sa tête était penchée sur son livre, et elle semblait absorbée dans la contemplation des dessins. Sir Oswald, en jetant à la dérobée un regard sur elle, vit qu'elle était blessée. Pourtant lui, ce mari plein d'idolâtrie pour la femme qu'il aimait, ne s'approcha pas d'elle. Son esprit était troublé, son cerveau en feu. Il sortit par

une des portes-fenêtres et passa sur la terrasse.

Là tout était paix et tranquillité, mais la beauté sereine de la soirée n'apaisa qu'à demi l'angoisse de son âme.

— Non ! non ! se disait-il en marchant à grands pas, non ! je ne douterai pas d'elle ! Je ne douterai pas de la femme que j'aime si éperdument, pour quelques méchants propos qui veulent offenser sa bonne renommée. Déjà ! Il y a deux mois à peine que nous sommes mariés, et déjà les mauvaises langues répandent le venin du soupçon à mon oreille. Ah ! c'est par trop cruel ! Mais je la surveillerai, elle et cet homme. Son ignorance du monde peut l'avoir entraînée à se montrer plus familière avec lui, que les usages rigides de la société ne le permettent. Et pourtant... elle est généralement si digne, si réservée !... Plus portée à pécher par trop de froideur ! Je la surveillerai... Je les surveillerai...

Jamais précédemment sir Oswald n'avait connu les tortures de la jalousie, mais sa nature ne le prédisposait que trop à subir le joug de cette passion terrible.

Autant il s'était abandonné aveuglément à son amour pour Honoria, autant il se laissait aller maintenant aux doutes qu'une seule parole de mensonge avait jetés dans son cœur.

Cette nuit-là, son sommeil fut convulsif et fiévreux.

Le lendemain, il se mit à épier sa femme et Carrington.

XIV

La plaie la plus prompte à s'envenimer

Voici ce que vit le mari jaloux ; et, à travers ses soupçons ombrageux, le moindre fait douteux s'exagérait encore.

Carrington témoignait pour la maîtresse du château des égards d'une nature toute particulière ; non qu'il lui parlât beaucoup, ou qu'il montrât plus d'empressement auprès d'elle que leurs positions respectives ne l'y autorisaient, mais il se dévouait à son service avec la vigilance sans cesse en éveil d'un esclave.

Dès que lady Eversleigh faisait un pas, les yeux de Carrington ne cessaient de la suivre. Il prévenait le moindre de ses désirs. Si elle se dirigeait vers une des portes ouvrant sur la terrasse, Victor se trouvait là aussitôt pour lui apporter son châle. Si elle lisait et que les feuillets eussent besoin d'être coupés, le médecin lui avait apporté un couteau à papier, avant qu'elle eût eu le temps de s'apercevoir qu'il était nécessaire. Si elle allait au piano, il y était avant elle, prêt à disposer sa chaise et à arranger sa musique.

Tous ces riens insignifiants composaient, rassemblés, un tout véritablement suspect.

Puis, de la part d'un autre, ces attentions

eussent peut-être paru naturelles, mais Victor y mettait une sorte de discrétion qu'on ne pouvait définir, et qui inquiétait l'esprit. Il marchait d'un pas si furtif, il parlait d'une voix si contenue, qu'on ne pouvait s'empêcher de remarquer dans toutes ses façons on ne savait quoi de mystérieusement familier qui choquait assurément les convenances.

Un seul jour d'observation attentive révéla à sir Oswald ces singulières allures. Il sentit son cœur déchiré d'une nouvelle et terrible inquiétude.

Jusqu'à quel point le blâme de ce qu'il y avait d'étrange dans cette manière d'être du médecin, devait-il retomber sur sa femme? Avait-elle conscience de ce discret servage? Encourageait-elle ce culte silencieux? En tout cas, elle ne le décourageait point!

Le baron se demandait en même temps si les manières de Carrington produisaient sur les autres la même impression que sur lui. Miss Graham avait été frappée, avec une bonne foi plus ou moins suspecte, des prévenances du médecin pour lady Eversleigh. Mais d'autres yeux avaient-ils vu les choses comme Lydia et comme lui-même?

Il résolut d'interroger son neveu sur ce jeune homme, pour lequel il avait été si cordialement hospitalier, et qu'il se repentait amèrement aujourd'hui d'avoir accueilli sous son toit.

— Votre ami, M. Carrington, est très empressé auprès de lady Eversleigh, dit sir Oswald s'efforçant sans non peine de feindre l'indifférence; a-t-il habituellement tant d'attentions pour les femmes?

— Lui, Victor, attentif aux femmes! oh! il s'en faut, mon cher oncle! répondit en riant Réginald, jouant l'insouciance. Victor professe en général un profond dédain pour le beau sexe. Il est absorbé par ses études de chimie, vous le savez; et, à Londres, il passe la plus grande partie de sa vie dans son laboratoire. Mais lady Eversleigh est une personne si supérieure, que son admiration pour elle doit sembler toute naturelle.

— Ah! il l'admire beaucoup?...

— Étonnamment, si j'en juge par ce qu'il m'en a dit dans les premiers moments où il a fait connaissance avec elle; car, depuis quelque temps, il est devenu beaucoup plus réservé.

— En vérité, il est devenu plus réservé depuis peu?..

— Oui, je ne sais, il s'imagine peut-être que je pourrais trouver à redire à son enthousiasme pour lady Eversleigh. C'est absurde à lui, n'est-ce pas? Comme de raison, mon cher oncle, vous ne pouvez être que fier de voir votre femme entourée de ces légitimes hommages.

Réginald parlait d'un ton léger qui blessait au vif sir Oswald. Il affecta pourtant la même indifférente gaieté. Mais il se hâta de quitter son neveu, et, retiré dans son cabinet de travail, il médita douloureusement sur les événements de la journée.

Il se tint, les jours qui suivirent, éloigné de sa femme. Ses tendres paroles l'irritaient. Il commençait à penser que ses témoignages d'affection n'étaient pas sincères. Plus d'une fois il répondit aux questions inquiètes d'Honoria sur les causes de sa tristesse avec une dureté qui la terrifia. Elle voyait que son mari était changé, mais elle ne savait à quoi attribuer ce changement; et, comme par sa nature elle était fière aussi, ses manières cessèrent d'être les mêmes envers l'homme qui l'avait tirée de si bas pour l'élever si haut. Elle devint, de son côté, plus réservée et plus froide.

Un abîme se creusait entre le mari et la femme, qui vivaient si heureux et si unis quelques jours auparavant.

Les plans de Carrington étaient en sérieuse voie de succès.

Réginald l'observait dans une sorte d'effroi silencieux, trop vil pour s'opposer au complot criminel qui se tramait à son profit.

Tout ce que l'artisan de cette œuvre inique lui prescrivait, il l'exécutait sans honte et sans scrupule. Devant lui se dressait l'éblouissante vision de sa fortune future!

Toute une semaine se passa ainsi. Semaine cruelle pour sir Oswald! chaque jour, chaque heure semblait élargir entre sa femme et lui la fatale séparation.

Honoria avait conscience de n'avoir pas à se reprocher la plus légère offense envers l'homme qu'elle aimait de l'amour le plus sincère et le plus reconnaissant, et sa dignité lui défendait de provoquer une explication sur l'incompréhensible changement qui avait banni de leurs cœurs le bonheur et la paix.

Plus d'une fois cependant, elle alla à lui, prête à lui demander les raisons de son refroidissement; mais elle trouva toujours un accueil si sévère et même si dur, qu'elle ne chercha plus à l'interroger. Elle se renferma dans sa fière réserve et attendit.

Elle n'en remplissait pas moins tous ses devoirs de maîtresse de maison avec le même calme et la même grâce. Mais le combat qu'elle soutenait intérieurement laissait sur son beau visage des traces qui n'échappèrent pas à sir Oswald. L'atroce jalousie, maîtresse de ce cœur, trouva là une preuve de plus contre elle.

— Le dévouement de cet homme l'a touchée! pensait-il. C'est à lui qu'elle songe quand elle reste ainsi muette et pensive. Elle ne m'aime plus! Insensé que je suis, elle ne m'a jamais aimé! Elle a vu en moi une dupe disposée à la tirer de son obscurité pour l'élever au rang qu'elle ambitionnait, et maintenant qu'elle l'occupe, ce rang convoité, elle peut faire ce qui lui plaît, et se prêter à de plus flatteuses adorations!

Le moment d'après, le remords le prenait, et pendant un instant il se reprochait d'être injuste envers sa femme.

— Est-elle à blâmer, parce que cet homme l'aime? se demandait-il. Peut-être n'a-t-elle pas même fait attention à son amour.

Oh! si je pouvais seulement l'enlever de Raynham, sans retard, à l'instant même! Ou si je pouvais débarrasser le château de cette foule frivole, égoïste et sans cœur, quel bonheur pour moi! Mais non! je ne puis faire ni l'un ni l'autre. J'ai invité ces gens, et il me faut jouer jusqu'au bout mon rôle. Ce Carrington lui-même, je n'ose le chasser de chez moi; ce serait confirmer les soupçons de Lydia et de ceux qui pensent comme elle.

Ainsi réfléchissait sir Oswald, en se promenant seul sur la terrasse du château, pendant que ses hôtes se divertissaient dans d'autres parties des jardins ou du parc, et pendant que lady Eversleigh passait l'après-midi dans son appartement à songer sur la cruelle conduite de son mari envers elle.

Dans toute autre circonstance, sir Oswald serait allé chercher des consolations auprès du brave capitaine Capplestone. Mais les doutes jaloux qui le torturaient ne devaient pas même être révélés à ce vieux et fidèle compagnon; il éprouvait une poignante humiliation à la seule pensée de découvrir à qui que ce soit les plaies saignantes de son cœur.

Si pourtant le capitaine eût été près de son ami, peut-être, dans un moment d'abandon, lui aurait-il arraché le secret de sa peine; mais depuis huit jours il était confiné dans sa chambre par un violent accès de goutte. Sir Oswald ne le voyait que dans les courtes visites qu'il lui faisait chaque jour pour s'informer de son état.

Le capitaine était toutefois entouré des soins les plus attentifs. Les soucis qui assiégeaient l'esprit de lady Eversleigh ne lui faisaient pas oublier le bon camarade de sir Oswald. Chaque jour, et à plusieurs reprises, le vétéran recevait quelque nouvelle preuve de sa touchante sollicitude. Honoria n'obéissait pas seulement en cela à son bon cœur qui la portait vers tous les souffrants; par ce soin constant qu'elle avait de l'ami de son mari, il lui semblait témoigner encore indirectement son dévouement à celui auquel elle était devenue si douloureusement étrangère.

Pour tous les autres invités du château, la série des divertissements et des fêtes n'avait pas été interrompue. Parmi les divers projets arrangés pour l'amusement des hôtes de Raynham, il en était un auquel tout le monde tenait particulièrement et on attendait la réalisation avec impatience. Il s'agissait d'une excursion en voiture et d'un dîner champêtre dans un endroit célèbre, considéré pour sa beauté comme sans rival dans le pays et dans presque toute l'Angleterre.

Cet admirable lieu avait nom « la Grotte du Sorcier ».

XV

La Grotte du Sorcier

La Grotte du Sorcier était une énorme cavité souterraine, située près d'une chute d'eau, dans un lieu merveilleusement pittoresque. D'un côté s'étendait une immense forêt; de l'autre, un large lac dominé par les cimes de hautes montagnes, dont l'une était couronnée par les ruines d'un château normand qui avait soutenu plus d'un siége dans les siècles passés.

Il aurait été difficile de rêver un cadre plus beau pour une partie de campagne, et ceux des hôtes de sir Oswald qui s'y étaient rendus à cheval pour reconnaître les lieux en étaient revenus enthousiasmés.

La grotte était à quinze kilomètres de Raynham; juste ce qu'il fallait pour une charmante promenade en voiture, et, depuis le moment où sir Oswald avait parlé de cette excursion, toutes les causeries avaient roulé sur les dispositions à prendre, sur les probabilités du temps, et sur le jour à arrêter définitivement.

Le baron avait proposé cette fête alors qu'il avait le cœur léger et heureux. Maintenant, il ne voyait arriver ce jour qu'avec l'appréhension de l'ennui qu'il devait lui causer. D'autres seraient joyeux; mais les cris d'allégresse et les éclats de rire ne pouvaient être que discordants aux oreilles d'un homme tourmenté par des doutes affreux.

Sir Oswald était néanmoins trop courtois pour priver ses hôtes d'un plaisir promis. Tous les préparatifs furent donc poursuivis comme il était convenu, et, au jour dit, les chevaux de selle et les équipages étaient rangés dans la grande cour du château.

On eût difficilement imaginé un plus brillant tableau de la vie anglaise; la vue des voyageurs qui sortaient par groupes de la porte cintrée, pour aller prendre place dans les voitures, ou sauter légèrement en selle, était déjà un curieux et vivant tableau.

Lydia avait fait tous ses efforts pour surpasser ses rivales dans cette importante journée. De riches seigneurs du comté devaient prendre part à la fête, et ne pouvait-elle pas avoir la chance de trouver un mari parmi tous ces jeunes héritiers? Quelque profond que fût déjà le gouffre de ses dettes, elle avait écrit à sa marchande de modes française pour la supplier de lui envoyer une toilette nouvelle, à n'importe quel prix, lui promettant un prompt paiement de sa note, ou tout au moins un fort à-compte. La belle Lydia, pour amadouer sa marchande de modes et l'engager plus avant dans la voie du crédit, ne s'était pas fait scrupule de donner à entendre qu'elle pourrait bien faire un brillant mariage d'ici à quelques mois. Elle ne fut pas trompée dans son attente. La marchande de modes envoya la toilette demandée, mais en écri-

vant, sans circonlocution, que si l'à-compte promis n'arrivait pas très vite, elle se verrait dans la nécessité de recourir aux voies légales. Lydia jeta la lettre de côté avec humeur, et se mit en devoir d'inspecter la toilette, qui était une merveille en son genre.

Mais la coquette fille dut réprimer un soupir d'envie, lorsqu'en regardant la toilette beaucoup plus simple de lady Eversleigh, elle reconnut que, sous cette simplicité apparente, cette toilette était d'un plus grand effet et d'un plus grand prix que son costume à grand étalage. Les bijoux que portait ce jour-là Honoria valaient plus que tous ceux ensemble que possédait Lydia; la jalouse n'ignorait pas d'ailleurs que les écrins de lady Eversleigh étaient presque inépuisables, tant son mari s'était plu à la combler de présents magnifiques.

— Oui, mais, se disait Lydia, il est à présumer qu'il pourra bien être désormais moins prodigue !

La répartition des invités dans les différentes voitures donna lieu à de longues discussions ; mais tout finit par s'arranger en apparence à la satisfaction générale.

Plusieurs avaient préféré monter à cheval ; sir Oswald était de ce nombre.

Pour la première fois, le baron désertait sa place accoutumée auprès de sa femme. Honoria ressentit profondément le dédain que témoignait cet abandon ; mais elle se défendit de lui adresser un mot de remontrance ou même un regard de reproche.

Quand une brouille s'élève entre deux personnes qui s'aiment sincèrement, tout contribue à la faire de plus en plus grave et irréparable. Le mari, jaloux s'était volontairement écarté de sa femme; il se sentit plus défiant encore quand il la vit en apparence indifférente à son injure.

— Elle est plus à l'aise loin de moi ! se dit-il avec amertume, en se dressant sur ses étriers pour épier ce qui se passait autour de la calèche. Débarrassée de ma présence, elle goûtera plus librement les flatteries de son jeune adorateur. Elle sera parfaitement heureuse, car elle pourra oublier les liens qui l'enchaînent à un mari qu'elle n'aime plus, si elle l'a jamais aimé.

Un éclat de rire argentin d'Honoria sembla répondre à sa pensée et confirmer ses soupçons. Il ne se doutait guère que ce rire ne voulait que déjouer une méchanceté polie de cette excellente Lydia.

XVI

La fête d'un jour d'été

Le baron maintint son cheval un peu en arrière des voitures et observa sa femme d'un œil irrité.

Miss Graham avait pris place dans la calèche, en face d'un jeune fat, héritier présomptif d'une pairie.

La seconde place restait inoccupée. Le baron attendit avec une pénible anxiété

pour voir qui prendrait cette place; car parmi les jeunes gens groupés autour de la portière de la voiture, se trouvait Carrington.

— Venez avec nous, monsieur Carrington, dit Lydia; vous êtes au fait de l'histoire et de l'archéologie de ce pays, et vous pourrez nous apprendre bon nombre de choses intéressantes sur les villages, les églises et les ruines que nous rencontrerons sur notre route.

Lydia avait un double jeu à jouer : elle cherchait à satisfaire à la fois son ambition et sa vengeance. D'un côté, elle désirait captiver lord Summer Howden, et, de l'autre, élargir l'abîme creusé entre sir Oswald et sa femme. Elle était loin de se douter qu'elle n'était qu'un instrument entre les mains d'un plus habile et plus profond calculateur.

Quoique le mois d'août eût fait place au mois de septembre, l'atmosphère était chaude et douce, comme au plus beau temps de l'été.

Sir Oswald tenait son cheval à une distance trop grande de la calèche pour entendre ce qui s'y disait, mais assez près pour ne perdre ni un éclat de rire, ni un geste, ni un mouvement de ceux qui l'occupaient. Il vit Carrington se pencher pour adresser la parole à Honoria, avec ces attentions respectueuses compromettantes qui l'avaient déjà si fort blessé. Et lady Eversleigh ne faisait rien pour décourager son admirateur! et elle semblait prendre un vif intérêt à sa conversation! et, comme Lydia et lord Howden étaient tout entiers l'un à l'autre, l'entretien entre Honoria et Victor était un véritable tête-à-tête!

Carrington se courbait de plus en plus sur le chapeau garni de plumes de lady Eversleigh. A chaque mille parcouru, le nuage qui obscurcissait le front de sir Oswald devenait plus sombre. Il n'essayait plus de combattre ses doutes, il s'abandonnait tout entier à la passion jalouse qui s'était emparée de son âme. Mais le monde avait les yeux sur lui, et il était obligé d'accueillir par des sourires ces regards impitoyables.

La longue file d'équipages arriva enfin à la lisière du bois; et les voyageurs descendirent de voiture et se répandirent par groupes de deux ou trois dans le sentier ombreux qui conduisait à la Grotte du Sorcier.

Après être descendue de calèche, lady Eversleigh attendit pour voir si son mari viendrait la prendre. Mais son espérance fut cruellement trompée. Sir Oswald alla droit à une imposante douairière, à laquelle il offrit son bras.

— Vous souvenez-vous, dit-il, d'une partie de campagne d'il y a vingt ans, dans laquelle nous avons dansé au clair de lune, lady Hetherington? Nous autres vieilles gens, nous avons les souvenirs du passé et nous nous plaisons ensemble; les jeunes gens s'amusent bien mieux entre eux, sans la contrainte que leur impose notre compagnie.

Il avait parlé assez haut pour être entendu de sa femme. Elle eut un moment l'idée de rompre à tout prix la barrière glacée de sa réserve. Les paroles qu'elle prononçait dans son cœur vinrent presque sur ses lèvres : « Laissez-moi rester avec vous sir Oswald ! » Mais ses yeux rencontrèrent ceux de son mari, dont le regard froid lui glaça le cœur.

Au même instant, Carrington, avec sa déférence habituelle, lui offrit son bras, qu'elle accepta machinalement.

— Qu'ai-je fait pour l'offenser ? pensait-elle ; quel est ce cruel mystère qui nous sépare et qui me tue ?

— Venez, lady Eversleigh ! s'écrièrent plusieurs voix, nous n'attendons que vous pour nous rendre à la grotte.

Rien ne fut plus réussi que cette joyeuse partie. Des femmes charmantes, d'élégants cavaliers erraient çà et là dans la forêt, près de la cascade. Plus loin, c'étaient des groupes, d'où partaient de gais propos et de francs éclats de rire. Des couples moins bruyants marchaient à pas lents, engagés dans des entretiens plus intimes et plus tendres. Caché derrière un bouquet d'arbres, un orchestre d'excellents musiciens répandait dans cet air embaumé la mélodie et la rêverie.

Lydia elle-même était heureuse ; ses sentiments jaloux s'étaient pour le moment endormis dans la joie du succès ; car le jeune lord paraissait décidément subjugué par ses charmes.

Le cœur de l'intrigante beauté frémit d'orgueil, en pensant que la conquête de ce jeune homme au cerveau vide pouvait lui procurer une plus belle position, une fortune plus haute que celles mêmes de la femme de sir Oswald.

— Devenue lady Summer Howden, je dominerai la châtelaine de Raynham ! et, comtesse de Yendelin, j'aurai le pas sur des femmes plus nobles que vous, lady Eversleigh !

La journée s'avançait. La compagnie s'était attardée devant une splendide collation servie sous une tente envoyée tout exprès d'York.

Le repas avait été tout animé de mots spirituels et de vives saillies. Le soleil se couchait à l'horizon, lorsque lady Eversleigh se leva pour donner aux dames le signal de la retraite.

En ce moment, elle regarda, à l'autre bout de la tente, la place qui avait été occupée à table par son mari.

Cette place était vide.

Honoria fut prise d'une inexprimable inquiétude. Que signifiait ce départ soudain ?

Durant toute la journée, elle avait été en proie à de tristes pressentiments. Une vive et terrible lueur s'était faite dans son esprit : elle s'était rappelé sa misérable extraction, la dégradation dans laquelle l'avait trouvée le baron, et elle s'était dit qu'assurément il se repentait de son mariage.

— Il regrette sa folie ! je lui suis devenue odieuse ! pensait-elle. Il se souvient du mystère de ma vie passée. Il aura peut-être entendu quelques propos railleurs, quelques malignes insinuations tomber des lèvres de ses nobles amis, et il a honte de sa femme. Il ne sait guère avec quel bonheur je l'affranchirais des liens qui nous unissent, si en effet je lui suis devenue à charge.

Elle agitait ces douloureuses pensées mêlées à son inquiétude présente, en marchant seule à pas pressés vers les tentes disposées pour les chevaux.

— Le cheval de sir Oswald est-il là, Ponsin ? demanda-t-elle au vieux groom qui accompagnait habituellement son mari dans ses promenades à cheval ou en voiture.

— Non, milady ; sir Oswald l'a fait seller, quand il est parti, il y a un quart d'heure.

— Sir Oswald est parti ?

— Oui, madame. Il a, je crois, reçu une lettre pendant qu'il était à table.

— Une lettre ?... Et il est parti après avoir reçu cette lettre ?

— Tout de suite et en grande hâte, milady. Et il a pris par les marécages, le chemin le plus court, mais non pas, certes, le plus commode pour se rendre au château.

— Savez-vous qui a apporté cette lettre de Raynham ?

— Non, madame ; je ne suis même pas sûr que la lettre vînt de Raynham.

— Pourquoi sir Oswald ne vous a-t-il pas emmené avec lui ?

— Je ne saurais le dire, milady. J'ai demandé à mon maître si je devais l'accompagner, il m'a répondu qu'il préférait être seul.

C'est tout ce qu'Honoria put tirer du groom.

Elle se dirigea vers la tente, d'où partaient des bruits de voix et des rires retentissants.

Les dames étaient rassemblées sur une large étendue de gazon, près du bouquet d'arbres derrière lequel étaient installés les musiciens. Les plus jeunes valsaient entre elles aux sons de la plus entraînante valse de Strauss, pendant que les personnes d'un âge plus mûr, assises sur des troncs d'arbre, regardaient les ébats de cette jeunesse.

Honoria arriva, sans avoir été remarquée, à l'une des entrées de la tente, et envoya un domestique s'informer auprès de Réginald s'il savait la raison du départ de sir Oswald.

Elle s'assit sur un tabouret à une petite distance, pour attendre son retour.

Elle était là depuis quelques instants, quand elle vit accourir Carrington.

Il semblait ému et agité.

Elle se leva et marcha à sa rencontre.

— Ah ! je vous ai cherchée partout, lady Eversleigh, fit-il vivement.

— Vous m'avez cherchée ! Qu'y a-t-il donc ? Que se passe-t-il ?... Sir Oswald ?...

— Oui, c'est de sir Oswald qu'il s'agit.

— Parlez vite ! Qu'est-ce qui arrive ?

Vous me faites mourir, monsieur Carrington. Par pitié, parlez !

———

XVII
Alarme

Carrington eut l'air d'hésiter un moment, puis, secouant la tête :

— Vos craintes, dit-il, milady, ne sont malheureusement que trop fondées. Sir Oswald a été jeté à bas de son cheval, en traversant le marécage. Il gît, dangereusement blessé, près des ruines de la tour d'Yarborough, qu'on aperçoit d'ici, tenez, à l'extrémité de la plaine. Un jeune garçon vient d'en apporter la nouvelle.

— Oh ! s'écria Honoria, je veux aller près de lui, monsieur. Pour l'amour du ciel ! que je parte à l'instant ! Dangereusement blessé !... il est, dites-vous, dangereusement blessé ?

— Je le crains, d'après le rapport de l'enfant.

— Et nous n'avons pas de médecin parmi nos invités ! Eh ! mais, si ! vous-même, vous êtes médecin. Votre assistance peut être utile.

— Je le crois, madame. Je vais me rendre en toute hâte à la tour. Pendant ce temps, on enverra chercher quelque autre médecin.

— Je dois, je veux courir auprès de lui ! dit Honoria d'un air égaré. Appelez les domestiques, monsieur Carrington. Ma voiture, à l'instant !

Elle avait de la difficulté à trouver ses mots, sa voix était étranglée, elle se soutenait à peine, et elle serait tombée, si le médecin ne lui eût offert son bras.

Comme elle marchait ainsi, chancelante, appuyée sur lui, un léger frôlement se fit entendre dans le bois de sycomores, à une petite distance, et des yeux avides brillèrent à travers le feuillage.

Lydia avait par hasard suivi ce chemin. Sa curiosité avait été éveillée par l'absence de lady Eversleigh, et, faisant trêve à son manège de coquetterie avec le jeune vicomte, elle s'était mise à la recherche d'Honoria.

Elle fut amplement récompensée de sa peine par la scène que ses regards surprirent de sa cachette au milieu des sycomores.

Elle vit Carrington et lady Eversleigh parler ensemble avec une agitation manifeste. Elle vit la femme du baron s'attacher, tremblante et comme éperdue, au bras du médecin. Elle commença à penser que ses calomnies pourraient bien n'être que de la médisance et qu'Honoria était décidément une coupable créature.

Elle était trop loin pour entendre leurs paroles, elle ne put suivre que leurs gestes.

— Ma voiture ! répétait Honoria. Pourquoi n'appelez-vous pas les domestiques ?

— Lady Eversleigh, reprit le médecin

avec sangfroid, veuillez vous rappeler que, dans une occasion comme celle-ci, il n'y a rien de plus précieux que le calme. Si je préviens vos gens, tous vos hôtes qui sont ici prendront l'alarme, et se précipiteront comme une bande d'insensés vers les tours d'Yarborough pour témoigner de leur dévouement à sir Oswald, et, en réalité, pour lui faire tout le mal possible. Quel secours attendre d'une foule d'hommes animés par un bon repas, formant un cercle autour d'un blessé pour lui exprimer leur bruyante sympathie? Voici ce que je vous propose: En ma qualité de chirurgien, je vais me rendre sur-le-champ auprès de sir Oswald. J'ai un cabriolet tout attelé, là, derrière ces pins. Montez-y avec moi. Dans une demi-heure, nous aurons atteint les ruines. Que souhaitez-vous, madame? venir ainsi avec moi tranquillement, sans déranger personne, ou bien attendre que votre calèche soit prête, et que ceux qui se divertissent sous cette tente se mettent en devoir de vous accompagner?

Les éclats de voix partant de la tente devinrent plus tumultueux en ce moment; l'avis de Carrington était assurément le plus sage.

—Vous avez raison! répondit-elle, ces gens ne doivent rien savoir de l'accident avant que mon mari soit ramené au château de Raynham. Mais vous ferez bien d'aller dire au groom Ponsin de nous suivre avec la calèche: une voiture peut être nécessaire pour sir Oswald, s'il est en état d'être transporté.

— C'est juste, reprit Victor, je vais donner des ordres en conséquence.

— Hâtez-vous! s'écria lady Eversleigh, vous me retrouverez au bois de sapins, toute prête à partir. Ne perdez pas une minute, monsieur Carrington! c'est une question de vie ou de mort.

Victor la quitta, et elle se dirigea vers le bois de sapins, où elle trouva en effet un cabriolet avec un cheval tout attelé, dont la bride était attachée à une branche d'arbre.

Deux chemins conduisaient vers les sapins; l'un dans le bas, et l'autre longeant la crête d'un petit talus bordé de broussailles; c'est ce dernier que prit Lydia, au risque d'endommager sa coquette toilette, tant elle était anxieuse d'observer lady Eversleigh, qui suivit le chemin d'en bas. Elle pouvait ainsi épier tous ses mouvements, complètement cachée à sa vue, bien que seulement à quelques pas d'elle.

Elle fut grandement surprise en apercevant ce cabriolet et ce cheval dans ce lieu écarté. Elle le fut bien plus encore quand elle vit lady Eversleigh cacher son visage entre ses mains, dans l'attitude du plus profond désespoir.

— Qu'est-ce que cela signifie? se demanda-t-elle. Assurément elle ne peut avoir l'intention de fuir avec ce Carrington. Elle peut être perverse, mais non assez insensée pour sacrifier fortune et rang, par amour pour cet aventurier.

Elle attendit, accroupie derrière la haie,

sur la crête du talus, retenant son souffle, et regardant avidement dans la direction des sapins.

Au bout de quelques minutes, Victor revint, hors d'haleine.

— Avez-vous donné les ordres pour la voiture?

— Oui, oui; venez, madame, venez!

Sans dire un mot de plus, Victor aida lady Eversleigh à monter dans le cabriolet.

La voiture roula d'abord lentement, tant qu'elle longea la lisière du bois. Mais sa marche s'accéléra lorsqu'elle eut atteint la plaine marécageuse.

— Allons! c'est un enlèvement! s'écria miss Graham. La misérable s'enfuit avec ce jeune médecin sans le sou! Sir Oswald aura maintenant, je pense, de bonnes raisons pour se repentir de sa romanesque union avec cette aventurière!

Tout enivrée de sa méchanceté satisfaite, Lydia retourna à la pelouse devant la Grotte du Sorcier.

Les hommes avaient quitté la tente. La lune s'était levée, et son large disque se montrait à l'horizon. Les préparatifs du départ avaient déjà commencé.

Ce retour en voiture au clair de lune avait toujours été considéré comme un des plus grands attraits de l'excursion. C'était une si belle occasion pour les doux manèges d'amour et de coquetterie, les compliments ou les déclarations à voix basse, les tendres pressions imprimées à de petites mains finement gantées!

Lydia espérait pouvoir reprendre sa scène de séduction avec lord Howden, à l'endroit où elle l'avait laissée, lorsqu'elle avait quitté la table. Elle comptait même s'arranger de façon à se trouver seule avec lui et à exploiter la faiblesse du jeune lord jusqu'à l'amener à une proposition formelle et décisive. Le capitaine Graham, toujours prêt à répondre à l'appel de sa sœur, était d'un caractère peu endurant, quand son intérêt était en jeu. Il lui tardait que Lydia fît un brillant mariage; car ses dettes et ses embarras continuels l'importunaient, et une fois qu'elle serait mariée, il pourrait lui emprunter de l'argent au lieu d'être sans cesse ennuyé par ses demandes.

Mais miss Graham était condamnée à une nouvelle déception. Lord Howden était un de ceux sur lesquels les vins de Champagne et du Rhin avaient produit un effet aussi peu poétique que possible. Il était lourd, pâle, défait, assoupi, abruti. La belle Lydia eut la mortification de l'entendre donner ordre à l'un des grooms de le mettre dans une voiture fermée, où il pût faire un somme jusqu'au château.

Réginald prit la place du jeune lord dans la calèche, qui était en tête des équipages destinés au retour.

Réginald était silencieux et en apparence aussi alourdi que lord Howden; mais, bien qu'il eût bu copieusement, l'ivresse n'était pour rien dans son air anxieux et morose.

Il savait que le plan conçu par Victor

s'exécutait en ce moment, et que dans quelques heures le dernier coup allait être porté. Quelle allait être cette catastrophe suprême? Il l'ignorait. Mais ce qu'il n'ignorait pas, c'est qu'elle devait amener pour sir Oswald le malheur et l'humiliation, et pour Honoria la ruine et la honte.

Lorsqu'on fut prêt à partir, on s'aperçut de l'absence de lady Eversleigh.

Les domestiques furent envoyés à sa recherche dans toutes les directions, mais en vain.

Sir Oswald était absent aussi; mais Ponsin, le vieux groom, informa Réginald que son oncle était parti depuis quelques heures; et, comme plusieurs personnes l'avaient vu quitter la table après avoir reçu une lettre, son départ causa peu de surprise.

La dernière personne dont on signala l'absence, ce fut Carrington.

Lydia appela, comme par hasard, l'attention sur la coïncidence singulière de ces brusques disparitions.

La compagnie attendit pendant près d'une heure. Quelque accident était arrivé peut-être à lady Eversleigh; peut-être elle-même avait-elle poussé sa promenade trop loin, et s'était-elle égarée dans le bois; peut-être le pied lui avait-il manqué sur le bord des étangs qui avoisinent la grotte.

Enfin on découvrit que Carrington avait fait atteler un cabriolet, le groom qui en avait été chargé l'apprit au domestique de Réginald: et c'était, disait-il, pour ramener au château lady Eversleigh, qui, se sentant fatiguée, désirait rentrer tranquillement chez elle.

L'absence de lady Eversleigh se trouvant ainsi expliquée, les équipages se mirent enfin en mouvement à la lueur de la lune.

— C'est mal à cette chère lady Eversleigh de nous avoir causé une si nécessité tant d'inquiétudes! dit Lydia à lady Heterington. En tout cas, si elle voulait revenir sans nous au château, elle aurait mieux fait de demander quelque sérieuse et respectable compagnie, telle que la vôtre, milady, plutôt que d'accepter celle de ce jeune et avantageux médecin.

Cependant, le cabriolet qui emportait Honoria et Carrington roulait à toute vitesse vers la tour d'Yarborough.

XVIII

La Tour d'Yarborough

Carrington n'avait pas eu plus tôt quitté le bois, qu'il avait mis le cheval au galop.

— Vous n'avez pas peur? demanda-t-il à lady Eversleigh.

— Je n'ai peur que du retard, répondit Honoria avec calme, car elle avait maintenant recouvré en grande partie sa fermeté habituelle. Dites-moi, monsieur Carrington, croyez-vous que mon mari soit en grand danger?

— Je ne puis rien vous dire de certain. Vous savez combien sont stupides les petits paysans de ce pays. L'enfant qui m'a apporté la nouvelle, m'a dit que le monsieur avait été jeté à bas de son cheval, qu'il était sans connaissance et blessé à la tête. J'ai compris plus à l'air effrayé de l'enfant qu'à ses paroles que les blessures étaient graves.

— Comment a-t-on transporté sir Oswald dans un lieu aussi abandonné et aussi dénué que cette vieille tour en ruines?

— L'accident a eu lieu près de là; votre mari a été trouvé par le gardien de la tour, et il n'y a pas une seule habitation à trois milles à la ronde.

Ces quelques mots échangés, Honoria et Victor se turent : il n'était pas, d'ailleurs, facile de parler en fendant l'air de toute la vitesse d'un cheval lancé au triple galop.

La lune répandait sa pâle lumière sur le marécage. L'immense étendue de terrain ressemblait à une mer sombre, immobilisée par la glace. Pas un arbre, pas une broussaille n'interrompait la monotonie de cette lugubre plaine.

Sur l'horizon éclairé par la lune se détachait un rocher escarpé, portant à son sommet une haute tour, encore altière et formidable sous ses ruines.

C'était la tour d'Yarborough.

Du train dont ils allaient, les voyageurs s'en approchaient rapidement.

Mais quand on fut au chemin étroit et raboteux, qui contournait le flanc de la montagne pour arriver graduellement au sommet, Carrington fut obligé de ralentir beaucoup l'allure de son cheval. Lady Eversleigh eut le loisir de contempler ces murailles à demi écroulées, plus sinistres à mesure qu'on les voyait de plus près.

— Quel horrible lieu! murmura-t-elle, et mon mari est étendu là, n'ayant pour abri que ces décombres!

Honoria ne put s'empêcher de frissonner quand le cabriolet traversa un méchant pont de bois, jeté sur un abîme creusé au flanc de la montagne et dont on ne distinguait pas le fond.

Du côté de la tour tout était sombre; le sifflement du vent et le croassement des corbeaux troublaient seuls un silence qu'ils rendaient plus effrayant encore.

— Pourquoi n'y a-t-il pas de lumière dans la tour? demanda-t-elle; sir Oswald est-il donc là, dans cette affreuse obscurité?

— Je ne sais, répondit Victor. Mais maintenant, lady Eversleigh, il vous faut descendre, nous ne pouvons, sans danger, nous risquer plus loin avec la voiture.

Quelques pas les séparaient de l'entrée de la tour, d'où tombait comme un épais rideau de lierre.

Honoria descendit et s'engagea sous la noire arcade.

— Je vais voir, m'informer, dit Victor. Veuillez m'attendre là une minute, milady, le temps de demander ou de reconnaître le chemin.

Il s'était à peine éloigné que le bruit du mouvement d'un corps pesant, accompagné d'un cliquetis de chaînes, se fit enten-

dre; mais lady Eversleigh était trop absorbée par son angoisse intime pour prêter quelque attention aux choses extérieures.

Victor reparut presque aussitôt.

— Venez, dit-il, donnez-moi la main, lady Eversleigh, et laissez-moi vous conduire.

Elle plaça sa main dans celle du médecin. Il lui fit monter des marches de pierre couvertes de mousse glissante. C'était un escalier tournant, bâti dans une tourelle qui formait un des angles de la tour.

En levant la tête, Honoria distingua dans le toit une ouverture à travers laquelle elle vit briller la lune; mais il n'y avait trace d'aucune autre lumière.

— Où est mon mari? demanda-t-elle, je ne vois toujours pas de lumière; je n'entends aucune voix. Ce lieu est morne comme une tombe.

— Venez! venez! reprit Carrington d'un ton impérieux, suivez-moi, lady Eversleigh.

Incapable de résistance, elle obéit et acheva de gravir, non sans difficulté, les degrés de l'escalier tournant.

Une étroite porte s'ouvrit devant elle; quand elle l'eut franchie, à la suite de son compagnon, elle se trouva au sommet de la tour.

Autour d'elle, les créneaux en ruines; au-dessous, la montagne à pic surplombant la plaine marécageuse; au-dessus, le ciel bleu éclairé par la lune, et partout la solitude complète. Pas un accent humain, pas un signe de vie.

— Monsieur Carrington! s'écria-t-elle avec épouvante, où est mon mari? Cette ruine est inhabitée. Vous ne me ferez pas croire que nous allons trouver sir Oswald dans ces décombres. Où est-il donc? où est-il?

— Eh! mais au château de Raynham, je suppose, répondit tranquillement le médecin.

Il s'était assis sur le bord d'une pierre branlante, et, le bras appuyé sur une saillie de la ruine, il regardait avec une curiosité calme l'immense étendue qui s'ouvrait au-dessous d'eux, à la pâle clarté de la lune.

Lady Eversleigh tourna sur lui des yeux pleins d'effroi.

— Mon mari à Raynham! à Raynham! répéta-t-elle, comme si elle ne pouvait en croire ses oreilles. Suis-je folle, ou est-ce vous qui êtes fou, monsieur Carrington?

— On ne peut répondre d'une manière absolue des allées et venues de personne, mais il y a lieu de conjecturer qu'en ce moment sir Oswald est au château, car il est parti depuis plusieurs heures pour s'y rendre.

— Mais alors, pourquoi suis-je ici, moi?

— Ah! pourquoi? pourquoi? L'histoire serait longue à raconter, milady. Sachez seulement que vous êtes sur cette tour de Yarborough pour servir les intérêts de deux individus, qui sont Réginald Eversleigh et votre humble serviteur.

— Mais l'accident?... le danger de sir Oswald?...

— Chassez à ce sujet toute inquiétude,

je vous prie. Je suis aux regrets d'avoir pu vous causer le moindre chagrin; mais l'histoire de l'accident est une pure fantaisie. Sir Oswald est sain et sauf.

— Ah! Dieu soit béni! s'écria Honoria, du fond de mon cœur, Dieu soit béni!

Elle jeta ce cri, elle leva son regard vers le ciel avec un élan dont la sincérité ne pouvait être mise en doute. Son beau visage rayonnait.

Carrington la considérait avec étonnement.

— Aimerait-elle cet homme? pensa-t-il, serait-il possible qu'elle n'eût pas joué la comédie?

Après son premier mouvement de joie sans mélange en apprenant que le danger de son mari n'existait pas, Honoria tressaillit en se souvenant de son danger à elle, et, regardant fixement Carrington :

— Que signifie donc ce qui se passe, monsieur? dit-elle avec un accent irrité.

— Je vous le répète, madame, c'est une longue, bien longue histoire, et il faut que vous vous calmiez si vous désirez l'entendre tout entière.

— Il ne me plaît pas d'entendre de longues histoires, monsieur; je ne vous dirai, moi, qu'un mot. C'est que votre conduite est honteuse et indigne d'un homme de cœur. Je vous ordonne de me ramener à Raynham à l'instant même, si vous ne voulez pas attirer sur vous la vengeance de sir Oswald. Oui, je serais la dernière à engager mon mari dans une querelle, mais si vous ne vous décidez pas à me réintégrer sur-le-champ dans ma demeure, je lui ferai certainement connaître la grave et profonde insulte dont vous vous êtes rendu coupable envers moi.

— Votre mari ne m'effraye point, ma chère lady Eversleigh, répondit le médecin avec une froide insolence, car je ne pense pas que sir Oswald soit disposé à risquer sa vie pour votre défense, après les événements de cette nuit.

— Oh!... fit-elle avec un inexprimable accent de mépris.

Et, tournant le dos à Carrington, elle marcha droit à la porte qui donnait accès sur l'escalier.

— Arrêtez! s'écria Carrington.

Mais elle marchait toujours. Il s'élança au-devant d'elle.

— Oh! arrêtez, milady! répéta-t-il, n'essayez pas de descendre cet escalier. D'abord, milady, les marches en sont glissantes, et dans la nuit la descente est très dangereuse; ensuite, vous vous trouveriez, une fois en bas, dans l'impossibilité d'aller plus loin.

— Comment cela?

— Regardez, dit-il.

Il se penchait sur le parapet et montrait du doigt le bas de la tour.

Le regard d'Honoria suivit la direction de sa main, et un cri d'épouvante s'échappa de ses lèvres. Il n'y avait plus de pont! On voyait seulement au-dessus de l'abîme pendre de lourdes et massives chaînes.

Mais le fossé n'existait peut-être que d'un

seul côté de la tour? Honoria courut à l'autre extrémité de la plate-forme. Le fossé profond taillé dans la pierre moussue entourait de toutes parts la citadelle.

Honoria jeta un cri de désespoir.

— Les gens de l'ancien temps savaient construire leurs forteresses et se défendre de leurs ennemis, reprit Carrington. Ceux qui ont bâti ce fort et creusé ce fossé ne se doutaient guère de l'usage qu'on en pouvait faire dans nos temps dégénérés. — Ne marchez pas avec cette agitation; lady Eversleigh. Croyez-moi, vous ferez mieux de conserver votre sangfroid. Vous êtes condamnée à rester ici jusqu'à la pointe du jour. Cette ruine est confiée à la garde d'un homme qui la quitte le soir à une certaine heure. Quand il s'en va, il lève le pont-levis. Vous l'auriez entendu, il n'y a qu'un instant, si vous aviez été moins distraite. Personne que lui ne peut faire jouer les chaînes du tablier. Il demeure à plus de trois kilomètres d'ici, à ce petit village que vous apercevez là-bas comme un point noir dans l'espace. Il ne reviendra qu'avec l'aube.

— Et vous comptez me garder prisonnière, ici, pendant que mon mari m'attend à Raynham, inquiet et étonné de ma mystérieuse absence?...

— Oui, lady Eversleigh, oui, l'on sera étonné et inquiet à votre sujet, cette nuit, au château de Raynham.

XIX

Prise au piége

Honoria se laissa tomber sur un bloc de pierre, accablée, anéantie, cherchant à se rendre compte de cette situation terrible et inexplicable.

— Suis-je au pouvoir d'un fou? murmura-t-elle; oui, nul autre qu'un fou ne serait capable d'une action aussi sauvage!

Elle joignit les mains sous son front courbé, demandant au ciel la force, dans une prière fervente. Et la force, en effet, remplit son âme. Les battements déréglés de son cœur se ralentirent; elle écarta les bandeaux de leur masse chevelure et les noua derrière sa tête; elle fit cela avec un geste noble, comme si elle eût été dans son cabinet de toilette, au château de Raynham.

Carrington suivit ses mouvements, avec surprise d'abord, puis avec admiration.

— C'est une femme étonnante! se dit-il à lui-même, une rare et généreuse créature! Son esprit est aussi ferme que sa beauté est resplendissante. Quelle honte de m'être fait l'ennemi d'une femme pareille, au profit d'un homme tel que cet imbécile et odieux Réginald! Ah! avec l'aide de cette femme, quelles grandes choses n'aurais-je pas faites! Et je suis condamné à me mépriser moi-même!

Il réfléchissait ainsi, pendant qu'Honoria, assise sur le bord du rempart, à quelques pas de lui, contemplait avec calme le ciel pur qui s'étendait au-dessus de sa tête.

Elle continuait de penser : — Il est fou! il faut qu'il soit fou!... Et, sans y prendre garde, elle dit à demi-voix : — Car enfin, je ne lui ai jamais fait de mal, à cet homme!

Carrington l'entendit, et reprit, avec plus de déférence et de douceur :

— Non, vous ne m'avez jamais fait de mal, lady Eversleigh, mais vous en avez fait à un autre dont les intérêts sont étroitement liés aux miens.

— Qui donc est cet autre?

— Réginald..

— Réginald! répliqua Honoria avec étonnement, et en quoi, grand Dieu! ai-je nui à Réginald? N'est-il pas le neveu de mon mari? Comment aurais-je pu lui vouloir ou lui faire du mal?

— Vous lui avez fait le plus grand mal qui se puisse faire: vous vous êtes placée entre lui et la fortune. Ne savez-vous pas qu'il y a un peu moins d'un an, Réginald était l'héritier reconnu de Raynham et de toutes ses dépendances.

— Je le sais, mais il avait été déshérité avant que j'eusse franchi le seuil de la maison de son oncle.

— C'est vrai; mais, si vous ne l'aviez pas franchi, ce seuil, Réginald serait rentré en faveur. Votre beauté a séduit et dominé son oncle, et sa seule chance est votre disgrâce.

— Ma disgrâce?.,.

— Oui, lady Eversleigh, la vie est un combat, où les plus faibles sont foulés aux pieds. Vous avez jusqu'ici triomphé, mais l'heure de votre triomphe est passée. Hier vous étiez reine au château de Raynham, demain la dernière des chambrières n'y sera pas aussi bas placée que vous-même.

— Que voulez-vous dire? demanda Honoria, de plus en plus effrayée. Elle commençait à deviner dans quel abominable piége elle était tombée.

— Je veux dire ceci, madame : le monde juge plutôt les actions d'après l'apparence que d'après la vérité. Or, les apparences se réunissent toutes pour vous condamner. Avant demain, il n'y aura pas une âme au château de Raynham, qui n'affirme que vous vous êtes enfuie de chez vous, — et avec moi!...

— Je me suis enfuie?...

— Comment expliquerez-vous autrement votre absence pendant cette nuit, votre brusque disparition?...

— Si je vis, à la pointe du jour je retournerai au château de Raynham; j'y rentrerai pour dénoncer tout haut votre infamie et pour demander vengeance à mon mari.

— Trop tard, lady Eversleigh! trop tard! Personne ne vous croira, et votre mari vous croira moins que personne. Tout mon art a consisté à rendre d'avance la vérité complétement et absolument invraisemblable.

— Lâche! lâche! s'écria Honoria avec un mélange d'horreur et de désespoir.

— Vous avez, madame, reprit Carrington, engagé une partie formidable, et il ne faut pas vous étonner si vous avez trouvé des adversaires déterminés à se défendre en poussant le jeu à outrance. Quand une femme pauvre et sans nom passe de l'indigence et de l'obscurité à la considération et à la richesse, elle doit s'attendre à rencontrer des gens qui lui disputeront cette proie démesurée.

— Et il peut exister un misérable se disant un homme, qui soit capable d'un acte pareil à celui-là! s'écria Honoria, en levant son regard vers le ciel, comme si elle le prenait à témoin de l'infamie de son adversaire. Ne m'adressez plus la parole, monsieur, ajouta-t-elle en se détournant de lui avec dégoût. Je croyais, il y a quelques minutes, que vous étiez un fou, et j'avais peur d'être la victime des aberrations d'un esprit malade. Je comprends tout maintenant. Vous avez ourdi ce noble complot dans l'intérêt de votre ami, et sans doute il vous récompensera généreusement après le succès. Mais vous n'avez pas triomphé encore. La Providence semble parfois favoriser les méchants. Elle vous a aidé jusqu'à présent, mais la fin est encore à venir.

Elle s'écarta de lui, et, se dirigeant vers l'autre extrémité de la plate-forme, elle s'assit sur l'un des créneaux, aussi tranquille en apparence que si elle eût été dans le salon du château.

Elle tira de sa ceinture une petite montre et l'approcha de ses yeux. Il était une heure et quelques minutes. Selon toute probabilité, l'homme chargé de garder la tour ne viendrait pas avant sept ou huit heures du matin. Honoria avait donc six à sept heures à rester prisonnière et à supporter l'odieuse présence de son ennemi.

Et après?... Quand elle serait rendue à la liberté, qui raconterait cette lamentable et improbable aventure, qui ajouterait foi à sa parole? Son mari, qui, selon toutes les apparences, lui avait retiré son amour, croirait-il à son innocence et à sa sincérité, quand toutes les circonstances conspiraient pour la faire paraître coupable.

Le sentiment d'un malheur sans espoir accablait son cœur. Mais, pas un mot ne sortit de ses lèvres pâlies, pas un soupir n'échappa de sa poitrine oppressée. Elle resta assise, immobile comme une statue, les yeux fixés dans la direction du levant, comptant les minutes qui s'écoulaient avec une mortelle lenteur, et attendant avec des yeux impatients les premières lueurs de l'aube.

Carrington contemplait cette immobilité de marbre et ce pâle et tranquille visage avec une sorte de vénération. Il avait jusque là méprisé les femmes, comme des créatures faibles et sans défense, faites pour se laisser flatter par de fausses paroles et pour subir la tyrannie des natures plus fortes. Parmi toutes ces fragiles créatures, sa mère était la seule en qui il eût eu jamais foi. Mais il se voyait en face d'une femme supérieurement douée, d'une femme dont la fierté et la fermeté touchaient à l'héroïsme.

Il ne put s'empêcher de lui dire quelque chose de ce qu'il ressentait.

—Vous supportez noblement une position affreuse, madame, lui dit-il. Et je ne trouve pas de mots pour vous en exprimer mon admiration. Il est dur de se trouver l'ennemi d'une femme, et surtout d'une femme dont la beauté et l'intelligence ne devraient inspirer que le plus profond respect. Mais, dans ce monde, hélas, il n'y a qu'une loi, qu'un principe sur lequel les hommes règlent leur vie, quoi qu'ils fassent pour déguiser la vérité sous des paroles menteuses, auxquelles les autres hommes font semblant de croire. Cette unique loi, ce principe suprême, c'est l'*intérêt personnel*. Pour acquérir ou pour accroître sa fortune ou sa renommée, l'homme qui se dit honnête brise les liens les plus chers, sacrifie les plus solides amitiés. Le jeu que Réginald et moi nous avons joué contre vous est un jeu atroce, je l'avoue. Mais sir Oswald y a poussé son neveu en le réduisant tout à coup à la misère. Un homme désespéré ne peut agir qu'en désespéré, et votre malheureuse destinée, lady Eversleigh, a été de vous trouver en travers du chemin de cet homme.

Il parlait, les yeux fixés sur le visage de la femme de sir Oswald, épiant ses impressions, attendant une parole, fût-ce une parole de colère.

Mais elle ne leva pas un instant son regard sur lui, ses yeux ne se détachèrent pas de l'orient, un froid mépris s'exprimait par le pli dédaigneux de sa lèvre, par le calme de son regard et de son front. Il semblait que le dédain écrasant de cette femme pour le vil intrigant au pouvoir duquel elle était tombée absorbât en elle tout autre sentiment.

Carrington prit son cigare, l'alluma, et s'assit dans une attitude pensive, fumant et regardant au loin le sombre marécage.

Pour la première fois de sa vie, cet homme sans honneur, cet homme qui n'avait d'autre loi que son égoïsme, cet ambitieux sans vergogne, souffrait dans son cœur de la blessure du mépris. Il aurait été insensible aux plus violentes injures, mais ce silence glacé de sa victime le pénétrait de rage et de douleur.

Enfin s'acheva cette longue, cette éternelle nuit, et l'horizon lointain commença à s'éclairer.

Ce n'était pas la première fois que la femme de sir Oswald attendait avec angoisse la venue du jour. Dans cette tour solitaire, le cœur torturé par une inexprimable angoisse, sa mémoire lui rappela une autre nuit de veille qui remontait à près de deux années.

Elle entendit de nouveau le bruit monotone d'une rivière qui coule, le vent sifflant à travers les roseaux, l'écho sinistre d'une lutte, des injures, des blasphèmes, la chute d'un corps pesant, — puis, plus rien.

Heureuse de l'amour de son mari, elle avait pendant quelque temps fermé les yeux sur cet horrible tableau du passé ; mais maintenant, à l'heure du désespoir, il lui revenait, hideusement distinct.

— Comment pouvais-je espérer le bonheur ? pensa-t-elle, moi, la fille d'un assassin ! Les crimes d'une génération retombent sur l'autre. La malédiction est sur moi, le bonheur ne me visitera jamais.

Le soleil se leva, et sa lumière se répandit sur l'immense marécage. Mais plusieurs heures se passèrent avant que l'homme préposé à la garde de la tour en ruines vînt délivrer la prisonnière.

Il gagnait pauvrement sa vie à montrer la tour aux visiteurs qui se présentaient, et il savait qu'il n'était pas probable qu'il arrivât quelqu'un avant neuf heures du matin.

Il était près de neuf heures lorsqu'il abaissa le pont-levis et pénétra dans la forteresse.

— Vous être libre, madame, dit le médecin, dont le visage paraissait horriblement pâle et défait à la vive clarté du soleil.

Honoria ne daigna pas paraître accorder la moindre attention à ses paroles. Elle ramassa son chapeau à plumes tombé à ses pieds au milieu des hautes herbes. Ces plumes fragiles avaient été endommagées par la rosée de la nuit ; elle les arracha et les jeta au loin. Sa légère robe blanche était toute trempée par l'humidité et se plaquait autour d'elle comme un suaire ; mais elle n'avait même pas senti le froid de la nuit.

Lady Eversleigh descendit l'escalier tournant, obscur même en plein jour, excepté quand une partie du mur écroulée laissait pénétrer un rayon de lumière.

Sous l'arcade, elle rencontra le paysan, qui poussa un cri en apercevant le blanc fantôme qui s'offrait à ses regards.

— Oh ! mon Dieu ! s'écria-t-il quand il fut revenu de sa terreur, je vous demande pardon, milady, mais que je sois pendu si je n'ai pas cru voir un revenant !

— Vous ne saviez pas, quand vous êtes parti hier au soir, qu'il y avait quelqu'un dans la tour ?

— Non, en vérité, madame, je m'étais absenté pendant quelques instants pour aller donner un coup d'œil à un cochon de lait que je nourris sous un pauvre hangar, et quand je suis revenu pour relever le pont-levis, je n'ai pas eu l'idée de crier pour demander s'il y avait quelqu'un dans la vieille tour. Il arrive bien rarement qu'un voyageur s'y hasarde à cette heure de la soirée.

— Dites-moi le chemin à suivre pour se rendre au village le plus proche, dit Honoria, j'ai besoin d'y trouver un moyen de transport pour Raynham.

— Alors, ce que vous avez de mieux à faire, c'est d'aller à Edgington, madame ; ce village est à quatre milles d'ici sur la route de Raynham.

L'homme montra de la main le village dont il parlait, et lady Eversleigh se mit en route, seule, et à travers la plaine marécageuse. Elle eut beaucoup de peine à trouver son chemin, car il n'y avait pas de poteaux indicateurs dans cette grande plaine inculte. Elle se trompa plus d'une fois de sentier, et il était plus d'une heure lorsqu'elle arriva au village d'Edgington.

Là, elle se procura, non sans peine, une voiture pour revenir à Raynham ; mais elle avait peu de chances de rentrer au château avant trois ou quatre heures de l'après-midi.

XX

La veillée du mari

Si Honoria avait passé une nuit d'angoisse dans l'horrible solitude de la tour de Yarborough, sir Oswald n'avait pas moins souffert à Raynham.

Pendant le repas sous la tente, à la Grotte du Sorcier, un de ses domestiques était venu lui dire qu'un jeune garçon était là avec une lettre qu'il ne voulait remettre qu'à sir Oswald Eversleigh en personne.

Intrigué par ce mystère, le baron avait quitté la salle et s'était rendu près de l'enfant. Il l'avait trouvé sous les arbres, avait pris de ses mains la lettre, et voici ce qu'il avait lu :

« Sir Oswald veut-il se convaincre de la fidélité ou de la perfidie de sa femme ? qu'il retourne à Raynham sans un moment de retard. Là, il aura une preuve certaine de sa conduite actuelle. Il attendra peut-être ; mais l'ami qui lui communique cet avis, l'engage à ne point perdre patience ; il n'attendra pas en vain.

» Un conseiller anonyme. »

Quinze jours auparavant, sir Oswald aurait aussitôt déchiré cette lettre avec l'indignation du mépris ; mais le soupçon l'avait mordu au cœur : il hésita, il réfléchit. Son intime instinct le poussait à n'avoir que du dédain pour ce correspondant anonyme, et à garder sa confiance dans la loyauté de celle qu'il aimait ; mais la jalousie, l'impérieuse jalousie, eut vite raison de ce premier mouvement.

— Aucun inconvénient ne peut résulter de mon retour à Raynham, pensa-t-il ; mes hôtes sont trop entiers à la joie et ne s'inquiéteront pas de mon absence. Si l'auteur de la lettre se moque de moi, j'aurai bientôt reconnu mon erreur.

Une fois cette résolution prise, sir Oswald ne perdit pas de temps à la mettre à exécution. Il fit seller un cheval, piqua des deux et partit.

Arrivé à Raynham, il s'informa s'il était venu quelqu'un le demander, mais il lui fut répondu qu'aucun visiteur ne s'était présenté au château de toute la journée.

Sir Oswald lut et relut la lettre anonyme.

Elle lui disait d'attendre ; mais que devait-il attendre ?

Regrettant déjà d'avoir cédé à la tentation, l'esprit inquiet et troublé, il errait de pièce en pièce dans l'obscurité, en proie aux plus douloureuses pensées.

Les domestiques allumèrent les lampes dans différentes pièces du château, pendant que sir Oswald se promenait avec agitation, tantôt dans le salon, tantôt dans la bibliothèque, tantôt sur la terrasse éclairée par les rayons de la lune.

Onze heures sonnaient quand un bruit de voitures annonça le retour des invités du château. Rien ne s'était présenté de ce que le baron attendait.

Honteux de lui-même, furieux d'avoir été dupe d'une aussi lugubre mystification, il fit un geste de colère, et, arpentant la terrasse à grands pas :

— Allons ! c'est décidément une mauvaise plaisanterie ! se dit-il ; une farce plus ou moins spirituelle d'un drôle, qui aura trouvé charmant de s'amuser aux dépens d'un mari de cinquante ans. Ah ! si jamais je découvrais l'auteur de cette belle épître !... Il pourrait apprendre à ses dépens qu'il n'est pas sans danger de jouer avec l'amour d'un homme.

Sir Oswald alla en personne recevoir ses amis. Il s'attendait à voir sa femme parmi eux. En ce moment il avait oublié tous ses soupçons. Il ne pensait qu'à la lettre, à l'injure qu'il avait faite à Honoria en ajoutant foi à l'avis anonyme. Si elle se fût offerte à son regard dans cette minute où son cœur bondissait vers elle, tous ses doutes se seraient dissipés devant un de ses sourires.

Mais, quoique la voiture de lady Eversleigh fût en tête des équipages, sa femme n'était pas dans la voiture.

— Quelle terrible inquiétude cette chère lady Eversleigh nous a causée à tous ! se hâta dire de Lydia. Elle est ici depuis plus de deux heures sans doute ? Car elle avait une grande avance sur nous, et M. Carrington n'est pas homme à s'attarder en chemin.

— Ma femme ? M. Carrington ?... que voulez-vous dire, miss Graham ?

Lydia s'expliqua, et Réginald confirma son dire. Lady Eversleigh avait quitté la Grotte du Sorcier, plus d'une heure avant le reste de la compagnie, avec Victor Carrington.

Les mots seraient impuissants à décrire la consternation de sir Oswald. Il fit tous ses efforts pour conserver son empire sur lui-même ; mais les teintes livides de son visage, la pâleur de ses lèvres, trahissaient l'intensité de son émotion. Il envoya des grooms à cheval sur toutes les routes entre le château et le théâtre de la fête champêtre, et, sans dire un mot à ses hôtes, il s'enferma dans son appartement.

Quelque accident était-il arrivé à Honoria et à son compagnon ? ou bien Honoria et Carrington étaient-ils deux coupables ? et, dans l'ivresse de leur amour criminel, avaient-ils fui ensemble, oubliant tout, rang, fortune, honneur ?

D'horribles soupçons torturaient le cœur du baron, tandis qu'il attendait le résultat des recherches qu'il avait ordonnées.

Il aurait mieux aimé apprendre qu'Honoria avait été trouvée morte sur la route, plutôt que d'entendre dire qu'elle l'avait quitté pour un autre, comme une stupide et infâme créature.

— Comment, se disait-il, s'est-elle ainsi confiée à cet homme ? Pourquoi se compromettre en compagnie de cet étranger ? car c'est presque un étranger pour elle ! Elle n'est ni ignorante, ni déraisonnable. Dans de plus difficiles épreuves, elle a su garder sa dignité et mon honneur. Quelle démence peut s'être emparée d'elle pour attirer la honte et sur elle et sur moi ?

Les grooms revinrent les uns après les autres ; nulle part ils n'avaient trouvé trace de l'absente ; aucun cabriolet n'avait été aperçu sur les différentes routes qui menaient de la Grotte du Sorcier au château de Raynham.

Sir Oswald s'abîma dans son désespoir.

Il n'y avait plus d'illusion à se faire, sa femme l'avait abandonné.

Il payait cruellement la folie de son mariage romanesque, son aveugle confiance dans la malheureuse qui l'avait séduit et ensorcelé.

Il courba la tête sous le coup qui le frappait, et seul, caché à tous les yeux, il passa toute cette nuit de douleur, assis dans un fauteuil, la tête entre ses mains.

Au matin, son valet de chambre, Millard, frappa à sa porte à l'heure accoutumée ; mais le verrou était poussé à l'intérieur, et sir Oswald refusa ses services.

Il avait parlé d'une voix ferme ; car il savait que l'oreille de son valet saurait y distinguer le moindre signe d'émotion et de faiblesse.

Quand Millard fut parti, sir Oswald se leva pour la première fois et regarda les bois éclairés par la lumière naissante du soleil. Un gémissement s'échappa de ses lèvres à la vue de ce beau paysage.

Il avait amené sa jeune femme dans ce magnifique domaine pour y être dame et maîtresse. Il lui avait montré le vaste et superbe horizon qui était à elle, qu'elle était la propriétaire et la souveraine de cet apanage digne d'un prince, qu'elle ne le partagerait jamais qu'avec ses enfants, si le ciel leur faisait la grâce de leur donner une famille. Il ne s'était jamais lassé de lui donner ainsi des preuves de son dévouement, de sa passion, de son amour...

Et pourtant, il y avait à peine trois mois qu'elle était sa femme, et elle s'était enfuie avec un autre !

Pendant qu'il était debout devant la fenêtre ouverte, l'esprit absorbé par ces tristes idées, il entendit un bruit dans le corridor. C'était le fauteuil de malade dont se servait, dans son accès de goutte, le capitaine Capplestone, et qu'il dirigeait lui-même à l'aide d'un ingénieux mécanisme.

Le capitaine frappa à la porte de son vieux camarade.

— Ouvrez-moi, Oswald, dit-il, j'ai besoin de vous voir à l'instant même.

— Pas ce matin, mon cher Capplestone, je ne puis voir personne ce matin, répondit le baron.

— Vous pouvez me voir, moi, Oswald. Je dois et je veux vous voir et je ne bougerai pas d'ici que vous ne m'ayez fait entrer.

Un coup violemment frappé contre la porte avec la tête d'une canne accompagna ces paroles.

Sir Oswald ouvrit la porte. Le capitaine fit adroitement passer son fauteuil à travers l'entrebâillement et pénétra dans la chambre.

— Eh bien ! qu'est-ce ? dit l'excentrique visiteur, quand sir Oswald eut refermé la porte sur lui. Vous ne vous êtes donc pas mis au lit de toute la nuit ?

— Comment le savez-vous ?

— Je le vois à votre visage d'abord, et à votre lit que j'aperçois par la porte, dans l'autre pièce, et qui n'a pas été défait. Ah ! ce sont de belles choses qui se passent ici !

— Un lourd chagrin est tombé sur moi, Capplestone.

— Votre femme s'est enfuie ? c'est là ce que vous voulez dire, je suppose ?

— Quoi ! s'écria sir Oswald, tout est-il donc connu ?

— Qu'est-ce qui est connu, Oswald ?

— La fuite de celle qui porte mon nom !

— Oui, parbleu ! le bruit s'en est répandu, et il n'y a pas à dire non ; et c'est ce bruit qui m'amène chez vous. Mais je ne crois pas, mille tonnerres ! qu'il contienne un mot de vérité.

Le baron s'éloigna de son ami avec un amer sourire.

— Je m'efforcerai de mettre un bandeau sur les yeux du monde, Capplestone, dit-il, mais je n'ai pas envie de vous tromper, vous : ma femme m'a quitté ! le doute n'est plus permis.

— Je n'en crois pas un mot, vous dis-je, s'écria le capitaine ; non, Oswald, je n'en crois pas un mot. S'il est quelqu'un au monde que je ne voudrais pas abuser, ni voir abuser, ce quelqu'un c'est mon plus ancien ami. Quand j'ai appris votre mariage, j'ai dit que vous étiez un fou, je me suis exprimé assez clairement, je pense. Quand j'ai vu votre femme, je vous ai dit que j'avais changé d'opinion et que votre folie était pleinement justifiée. Si j'ai jamais vu visage de femme respirer l'honnêteté et la simplicité, c'est bien le visage de lady Eversleigh, et j'engagerais sur son honneur tout ce qui me reste de vie.

Sir Oswald saisit la main du capitaine et la pressa vivement dans la sienne. L'émotion l'empêchait de parler ; pour la première fois depuis quelques heures, il entrevoyait un rayon d'espérance. Sa confiance dans son ancien camarade ne l'avait jamais trompé. Mais devait-il, pouvait-il croire encore cette fois en lui ?

Quand le capitaine le quitta, sir Oswald, un peu remis, passa dans son cabinet de toilette et s'habilla avec plus de soin que de coutume.

Puis il sortit de sa chambre et se présenta devant ses hôtes.

XXI

Le vrai invraisemblable

Dans la vaste salle à manger, les convives étaient tous attablés. Sir Oswald s'assit au milieu d'eux avec calme, sans vouloir regarder en face de lui la place vide d'Honoria.

Jamais peut-être repas ne fut plus triste. Après de longs intervalles de silence, quand la conversation parvenait à renaître, elle n'avait rien de naturel et la contrainte était générale.

Mais, de tous, celui qui se possédait le mieux était sir Oswald. Il faisait sur lui-même cet héroïque effort de garder une contenance digne. Il trouva un mot à dire à chacun, et se montra tout particulièrement aimable pour ceux de ses hôtes qui étaient près de lui à table. Pas une allusion ne fut faite à sa femme ou aux événements de la soirée précédente.

Le repas était terminé et l'on se préparait à quitter la salle à manger, quand le neveu de sir Oswald s'approcha de lui.

— Puis-je vous parler seul quelques moments? lui demanda-t-il.

— Certainement, répondit sir Oswald, et si vous voulez me suivre à la bibliothèque...

Lorsque sir Oswald eut fermé la porte et se retourna du côté de son neveu, il vit sur le visage de Réginald une pâleur mortelle.

— Qu'avez-vous donc? lui demanda-t-il, surpris.

— Vous me le demandez, mon cher oncle, dans un moment où votre propre douleur m'accable!

— Réservez votre sympathie jusqu'à ce que je vous la demande, répondit le baron en fronçant le sourcil. Votre intention est bonne, sans doute, Réginald, mais il y a des sujets auxquels un homme ne permet pas qu'on touche.

— Je vous demande pardon, monsieur, mais alors je n'ai plus rien à vous dire. Je m'étais imaginé qu'il pouvait y avoir utilité à vous renseigner de mon mieux. Mais c'est un devoir pénible, dont je vous suis reconnaissant de vouloir bien m'exempter.

— Que voulez-vous dire? reprit le baron; si vous avez à m'apprendre quelque chose qui puisse jeter quelque lumière sur... sur l'absence de lady Eversleigh, parlez, et parlez vite. Je suis à moitié fou, Réginald! Excusez-moi si je vous ai un peu brusqué tout à l'heure. Vous êtes mon neveu, et je peux laisser tomber en votre présence le masque que je porte devant le monde.

— Je ne sais rien personnellement sur la disparition de lady Eversleigh, dit Réginald; mais j'ai lieu de croire que miss Graham pourrait dire beaucoup de choses, s'il lui plaisait de parler. Ques-

tionnez-la, monsieur, ce ne sera pas peine perdue.

— Je l'interrogerai, répondit sir Oswald. Envoyez-la moi, Réginald.

Eversleigh quitta son oncle, et, peu de temps après, miss Graham apparut, insouciante en apparence, et comme n'ayant rien à redouter en présence de sir Oswald.

Le baron alla au fait sans réticence, et, avant que Lydia eût pris le temps de réfléchir, elle fut contrainte de raconter, dans tous ses détails, la scène dont elle avait été témoin, la veille au soir, entre Carrington et Honoria.

Comme de raison, elle dit à sir Oswald qu'elle avait assisté à cette scène étrange par le fait d'un pur hasard, sa promenade l'ayant fortuitement amenée dans un sentier d'où l'on dominait le bouquet de pins.

— Et vous avez vu ma femme agitée et troublée, et s'appuyant sur le bras de cet homme?

— Lady Eversleigh était, en effet, d'une agitation extrême.

— Et vous l'avez vue prendre place dans le cabriolet? dites, vous l'avez vue?

— Oui, sir Oswald, comme je vous vois, de mes propres yeux.

— Infamie! murmura le baron, opprobre et infamie!

C'était à lui-même qu'il parlait plutôt qu'à miss Graham; ses yeux regardaient dans le vide, et c'est à peine s'il semblait avoir conscience de la présence de la jeune femme.

Lydia fut presque terrifiée par l'égarement qui se lisait dans ses regards. Elle attendit quelques instants, et, voyant qu'il ne poussait pas plus loin ses questions, elle sortit de la bibliothèque, heureuse d'échapper à cet interrogatoire et au spectacle de ce malheureux homme, bouleversé par la douleur.

— C'est égal! murmura-t-elle, peut-être comprendra-t-il maintenant qu'il aurait mieux fait de limiter son choix aux femmes de son rang.

La journée s'avançait. Sir Oswald était resté seul dans la bibliothèque, assis devant la table, les bras croisés, les yeux fixés dans l'espace, immobile et muet comme la statue du désespoir.

La pendule avait sonné plusieurs heures, le soleil commençait à baisser à l'horizon et sa lumière rougeâtre frappait en plein les larges fenêtres à la Tudor, quand la porte s'ouvrit doucement.

Quelqu'un entra.

Sir Oswald tourna la tête avec un mouvement de colère, irrité contre l'importun qui venait l'arracher à ses méditations pourtant bien douloureuses.

Sa femme était debout devant lui, vêtue de la robe blanche qu'elle portait la veille, mais défaite, l'air hagard, et le visage aussi blanc que sa robe.

— Oswald! s'écria-t-elle, en tendant vers lui les bras, mon cher Oswald!...

Le baron se dressa sur ses pieds, et re-

garda ce pâle visage avec une expression d'indignation qu'on ne saurait peindre.

— Et vous osez revenir! s'écria-t-il. Hypocrite créature, vous osez reparaître devant moi avec ce sourire sur les lèvres! Vous osez prononcer mon nom, après cette honteuse nuit!

— L'hypocrisie n'a rien de commun avec moi, Oswald, dit-elle; votre amour et votre confiance sont-ils à ce point évanouis, que vous me condamniez sans m'entendre? Je n'ai à me reprocher aucune faute envers vous. Je n'ai pas une seule pensée qui ne soit pleine d'amour pour vous. Je suis victime d'un complot, Oswald, d'un lâche complot dirigé contre mon bonheur et mon honneur.

Un rire moqueur s'échappa des lèvres de sir Oswald.

— Ah! ah! s'écria-t-il, c'est là votre histoire! Vous êtes la victime d'un complot, n'est-ce pas? Vous avez été enlevée par des bandits, je suppose? Vous n'êtes pas partie de votre plein gré avec votre amant? Fi donc! Il y a des témoignages et des preuves irrécusables: qu'importe! Vous n'avez pas été vue quittant la Grotte du Sorcier? Vous ne vous cramponniez pas, éperdue, au bras de ce Carrington? Non! non! tout cela n'est pas! Vous êtes la victime d'un affreux complot!

Il reprit avec une ironie amère:

— En vérité! lady Eversleigh, votre imagination n'est pas bien riche! je l'aurais crue plus ingénieuse, je vous assure.

— Si je suis coupable, demanda-t-elle avec calme, pourquoi suis-je devant vous?

— Faut-il que je vous le dise? s'écria sir Oswald avec emportement. Regardez làbas, madame! regardez ces grands bois, ce parc, ces pièces d'eau, ces jardins; ce n'est là qu'un morceau du domaine de Raynham. Et c'est pour ce riche domaine que vous êtes revenue, lady Eversleigh! c'est par amour pour toutes ces richesses, et uniquement pour elles, que vous êtes revenue! Hier, dans le délire d'une folle et coupable passion, vous avez fui avec votre amant. Mais vous ne vous êtes pas plutôt rappelé la fortune que vous alliez perdre, la position que vous alliez sacrifier, que le repentir, ou plutôt le regret, vous a saisie. Vous vous êtes dit que votre lâche époux serait encore trop heureux d'ouvrir les bras pour vous recevoir. Quelques mots, quelques supplications, quelques larmes versées à propos, et cette pauvre dupe oublierait sa colère! Voilà comme vous avez raisonné, madame! mais vous vous êtes trompée. J'ai été insensé, je me suis abandonné au rêve d'un homme en démence, mais le rêve est passé. Le réveil a été rude, mais je ne recommencerai pas ce songe.

— Oswald, reprit-elle doucement, voulez-vous écouter ce que j'ai à vous dire?

— Non, madame, je ne vous permettrai pas de me mentir une seconde fois. Partez, retournez près de votre amant! Votre repentir vient trop tard. L'héritage de Raynham ne sera jamais à vous. Retournez à votre amant, vous dis-je ! ou, s'il ne veut pas vous recevoir, s'il a honte de sa maîtresse, retournez au ruisseau où je vous ai ramassée !

— Oswald !

Ce cri de reproche alla comme une flèche s'enfoncer dans le cœur du baron.

Mais il se roidit contre son émotion. Il se croyait trompé, il croyait cette femme aussi fausse qu'elle était belle.

— Oswald ! s'écria Honoria, vous devez m'entendre, et vous m'entendrez ! Je demande à être entendue, je l'exige. C'est mon droit, c'est le droit du plus vil criminel. Vous ne me le refuserez pas à moi, à votre légitime et fidèle épouse. Ne me croyez pas, si cela vous plaît ; mais vous m'entendrez, sir Oswald, il faut que vous m'entendiez !

Elle était debout devant lui, debout de toute sa hauteur, et le regardant fièrement en face.

Si c'était une coupable, c'était véritablement une coupable bien forte contre toute honte. Malheureusement, le baron croyait au témoignage de Lydia plus qu'à la sincérité de sa femme. Pourquoi Lydia l'aurait-elle trompé ? Quelle raison pouvait-elle avoir de chercher à ternir la réputation de sa femme ?

Honoria raconta toute sa terrible aventure ; elle raconta sa nuit d'angoisse. Elle parla, les yeux avidement fixés sur le visage de son mari, pour y suivre le moindre de ses impressions.

A mesure qu'elle approcha de la fin de son récit, ses traits prirent une expression de désespoir. Elle se vit perdue. Le masque impassible de son mari n'avait pas laissé surprendre le moindre signe de pitié !

— Je ne vous demande plus de me croire, dit-elle en terminant, au milieu de sanglots entrecoupés. Je vois que vous ne me croyez pas. Tout est fini entre nous, sir Oswald, tout est fini ! Vous disiez vrai tout à l'heure ; quelque cruelle que fût votre parole, vous disiez vrai : vous m'avez prise dans le ruisseau ; vous avez fait de moi votre compagne dans l'ignorance de ma vie passée, vous avez donné votre amour et votre nom à une créature sans famille et sans nom ; et maintenant que les circonstances conspirent pour me condamner, dois-je m'étonner de votre dureté à mon égard et du dédain cruel qu'exprime votre visage ? Ce sera là, sir Oswald, le tourment de toute ma vie. Si votre amour avait résisté à cette rude épreuve, ah ! ma joie et ma fierté eussent été sans bornes !... Mais laissons cela ; je ne resterai pas sous ce toit par tolérance ou par pitié. Je suis prête à le quitter au premier mot, et pour n'y rentrer jamais. Le château de Raynham n'est pas moins désolé pour moi que la tour maudite, dans laquelle j'ai passé la dernière nuit. C'est une demeure vide pour moi, sans votre amour. Je m'éloignerai de vous sans une parole de reproche, sir Oswald, et jamais vous n'entendrez prononcer mon nom, jamais vous ne reverrez mon visage, je vous le promets.

Tout en parlant, elle s'était dirigée vers la porte. Il y avait, dans sa douceur et dans sa résignation, quelque chose d'irrésistiblement convaincant qui aurait dû toucher l'esprit et le cœur de son mari ; mais sir Oswald était trop sûr de sa trahison. Ce calme triste et digne lui paraissait l'art consommé d'une parfaite comédienne.

— Elle est enfoncée dans le mensonge jusqu'aux lèvres, se dit-il. Sans doute le peu qu'elle m'a dit de l'histoire de son enfance était aussi faux que tout le reste. Dieu sait quels honteux secrets se cachent dans sa vie passée.

Cependant, comme Honoria avait déjà franchi le seuil de la porte, il se précipita sur ses pas.

— Ne quittez pas Raynham avant d'avoir eu de mes nouvelles, lady Eversleigh, dit-il ; c'est à moi de prendre les arrangements qui concernent votre existence future.

Elle ne lui répondit pas, et continua de s'avancer dans la grande salle, la tête baissée et les yeux fixés vers le sol.

Sir Oswald rentra dans la bibliothèque, sonna, et fit demander Réginald.

Son neveu parut quelques minutes après, toujours très pâle et l'inquiétude peinte sur le visage.

— Je vous ai fait demander, Réginald, dit le baron, parce que j'ai un devoir à remplir, un devoir pénible, mais qui ne comporte pas de délai. Il s'est passé près d'un an et demi depuis que j'ai fait un testament qui vous déshérite. J'avais de justes raisons pour prendre ce parti, vous le savez ; mais je n'ai plus entendu parler de vos folies, et, autant que j'en puis juger, vous avez essayé de vous corriger. Il n'est, par conséquent, pas juste à moi de maintenir rigoureusement une détermination prise dans un moment de colère, et je vous aurais peut-être rendu déjà votre ancienne position si un nouvel intérêt n'eût absorbé mon esprit et dominé mon cœur. Mais j'ai aujourd'hui de cruelles raisons pour me repentir d'avoir mis cet intérêt dans ma vie. Je pourrais concevoir du ressentiment contre vous, à cause de l'infamie de votre ami ; mais je ne pousse pas la faiblesse jusque-là. Carrington et moi avons un compte terrible à régler ensemble, et ce compte, je le ferai payer dans toute sa rigueur. Je n'ai pas besoin de vous engager à rompre avec lui, si vous ne voulez pas perdre mon affection, et cette fois pour jamais.

— Mon cher oncle, vous ne pouvez certainement supposer...

— Ne m'interrompez pas. Je désire achever ce que j'ai à dire, et n'avoir plus jamais à revenir sur ce sujet. Je vous ai fait connaître les dispositions du testament que j'ai fait après mon mariage. Ce testament laisse la plus forte part de ma fortune à ma femme. Il doit être anéanti et l'acte qui le remplacera, vous reprendrez votre ancienne place, Dieu veuille que j'agisse sagement, Réginald, et que vous vous montriez digne de ma confiance.

— Mon cher oncle, votre bonté me confond ; je ne puis trouver d'expression pour vous exprimer toute ma gratitude.

— Pas de remerciments, Réginald ! Rappelez-vous que ce changement a pour cause mon malheur. N'ajoutez plus un mot. Il vaut mieux qu'un Eversleigh soit le maître à Raynham quand je ne serai plus. Et maintenant laissez-moi, je vous prie.

Le jeune homme se retira. Son visage trahissait les émotions qui l'agitaient. Quoique étranger à tout sentiment d'honneur, l'iniquité du complot qui rendait sa fortune pesait lourdement sur sa conscience, et en même temps il se prenait à craindre follement l'homme qui s'était fait son complice.

XXII

Impatients

La crainte et le remords durèrent peu chez Réginald, et il descendit sur la terrasse pour contempler ces biens qui avaient été autrefois son héritage futur, et qu'il pouvait de nouveau regarder avec le fier sentiment de la possession. Pendant qu'il regardait ce beau domaine, il oubliait les moyens odieux qu'il avait employés pour rentrer en possession de Raynham. Il oubliait Carrington, il oubliait tout, tout hormis sa bonne fortune, et son cœur battait de la joie du triomphe.

Il quitta la terrasse, traversa le jardin et se dirigea vers la grille de fer qui donnait accès dans le parc.

Contre cette grille s'appuyait un vieillard vêtu comme un colporteur et qui paraissait accablé de fatigue. Le chapeau à larges bords, rabattu sur ses yeux, cachait presque entièrement son visage ; une longue barbe grise retombait sur sa poitrine. Ses vêtements étaient couverts de poussière comme s'il avait fait une longue route par les chemins desséchés, et il portait sur son dos une lourde balle de marchandises.

Le parc était ouvert au public, et cet homme était sans doute venu jusqu'à la grille, dans l'espérance de trouver un domestique qui lui permît l'accès du château où il montrerait ses marchandises aux nombreux serviteurs de sir Oswald.

— Rangez-vous un peu, et laissez-moi passer, mon brave homme, dit Réginald, en s'approchant de la grille.

L'homme ne bougea pas. Il resta comme il était, les deux bras posés sur la barre supérieure de la grille.

— Que je sois le premier à féliciter l'héritier de Raynham ! dit-il tranquillement.

— Carrington ! s'écria Réginald.

Puis, après un moment de silence :

— Quel est, au nom du ciel, le motif de cette mascarade ?

Le médecin retira son chapeau à larges bords et essuya son front avec une main ridée et jaune comme celle d'un vieillard.

Rien de plus parfait que son déguisement. La pâleur habituelle de son visage avait fait place à ces tons bruns produits par le grand soleil et la vie en plein air par tous les temps. Un réseau de rides entourait ses yeux noirs qui brillaient sous d'épais sourcils gris.

— Je ne vous aurais jamais reconnu, dit Réginald, qui regardait avec une indicible surprise le visage de son ami.

— Je l'espère bien ! répondit le médecin; ce n'est pas pour être reconnu que je me suis déguisé. Et il ajouta : — Je puis déguiser ma voix aussi bien que mon visage; peut-être aurez-vous l'occasion de vous en apercevoir. Mais, avec un ami, il est inutile d'avoir recours à ces subterfuges.

— Et pourquoi ce déguisement ?

— Parce que j'ai besoin d'être ici. Or vous pouvez comprendre que, m'étant enfui avec la maîtresse de la maison, il ne serait pas sain pour moi de m'y représenter en personne naturelle.

— Quel besoin avez-vous d'y revenir ? Votre dessein n'est-il pas accompli ?

— Pas complètement.

— Reste-t-il quelque chose à faire ?

— Oui, il reste encore quelque chose.

— Quoi? et comment ?

— Rapportez-vous-en à moi. Et maintenant, passez, jeune héritier de Raynham, et laissez le pauvre colporteur fumer sa pipe en attendant qu'il trouve quelque servante qui veuille bien l'introduire au château.

Mais Réginald resta immobile; il voulait pénétrer le mystère qui se cachait dans la pensée de son allié.

— Comment avez-vous su que vos plans avaient réussi? lui demanda-t-il.

— J'ai eu mon succès sur votre visage, quand je vous ai vu vous approcher de cette grille. C'était le visage d'un héritier reconnu. Mais racontez-moi ce qui est arrivé.

Réginald raconta tout, l'usage qu'il avait fait des mauvais instincts de Lydia, et son entrevue avec son oncle après le retour de lady Eversleigh.

— Bien! s'écria Victor, parfait de tout point! Jamais affaire n'a marché plus à souhait. Ainsi, Réginald, c'est à vous ceci?

Il désigna du regard les grands jardins, le château, la longue rangée de fenêtres, la terrasse, les grosses tours, la vieille porte cintrée.

Puis ses yeux, brillants d'un éclat sinistre, se reportèrent sur son ami.

— Il n'y a qu'un revers à la médaille, dit-il.

— Et c'est?...

— C'est que vous pouvez attendre longtemps votre héritage.

Il se fit un silence. Carrington reprit :

— Voyons, votre oncle a cinquante ans, je crois?

— Oui, environ cinquante ans.

— Et il jouit d'une constitution de fer. Il a mené une vie tempérée et active. Un pareil homme a autant de chances de vivre jusqu'à quatre-vingts ans que j'en ai d'ar-

river à quarante. Cela nous ferait trente ans à attendre. Nous aurions une belle occasion d'exercer notre patience !

— Pourquoi dites-vous cela? s'écria Réginald. Ce ne peut pas être uniquement pour attrister ma joie.

— Trente ans !... trente ans, c'est bien long, quand on attend.

— Qui dit que nous aurons trente ans à attendre? Mon oncle peut mourir bien avant ce temps.

— Oh ! c'est certain ! votre oncle peut mourir subitement, peut-être très prochainement, c'est possible. Le coup que lui a porté la trahison de sa femme peut le tuer... après qu'il aura fait un nouveau testament en votre faveur.

Les deux hommes étaient debout en face l'un de l'autre. Ils se regardèrent.

— Que voulez-vous dire? demanda Réginald, et pourquoi me regardez-vous ainsi?

— Je pense seulement quel heureux garçon vous seriez, si le chagrin qui est venu fondre sur votre oncle était fatal à sa vie.

— Ne parlez pas ainsi, Carrington. Je ne veux pas admettre une telle pensée. Je ne veux pas grand'chose, je le sais, mais je n'en suis pas au point de désirer la mort de mon oncle.

— Quel chagrin pour vous, en effet, s'il venait à mourir ! si ce domaine vous appartenait ! si vous aviez toute la puissance et tous les plaisirs que la fortune peut procurer à un homme ! Comme vous seriez affligé ! Et, comme vous souhaitez tout le bien possible à ce bon parent, pour lequel vous avez été un neveu si dévoué ! Priez Dieu que votre cher oncle vous fasse attendre votre héritage trente ans, et que vous viviez jusque-là !

— Victor ! s'écria Réginald avec emportement, vous êtes le démon en personne ; laissez-moi passer, je ne veux pas entendre plus longtemps vos odieuses paroles.

— Permettez-moi au moins de vous adresser une question. Pour quelle raison supposez-vous que je vous ai fait signer cette reconnaissance à une année d'échéance ?

— Je ne sais ; mais ce que vous devez savoir aussi bien que moi, c'est qu'elle est sans valeur tant que mon oncle existe.

— Je le sais, mon cher Réginald ; mais si je vous ai fait souscrire cet engagement à cette échéance, c'est que j'ai comme une sorte de pressentiment qu'avant cette date vous serez en possession du domaine de Raynham.

— Voulez-vous dire que mon oncle mourra dans l'année ?

— J'en ai le pressentiment, vous dis-je.

— Carrington ! vos desseins sont abominables, et je ne veux plus avoir rien de commun avec vous.

— En vérité ! Alors dois-je aller trouver sir Oswald et lui raconter toutes les aventures de la nuit dernière ? Dois-je lui dire que sa femme est innocente ?

— Laissez les choses comme elles sont. J'ai la promesse d'hériter de ce domaine.

J'ai trop souffert de la perte de ma position, et je ne puis renoncer une seconde fois à mes espérances ; mais nous en avons fait assez. Attendons le résultat.

— Je l'attends, Réginald. Et, s'il arrive plus tôt que nous ne pouvions craindre, ce n'est pas moi — ni vous — qui lui ferons mauvais visage. Maintenant, quittez-moi. J'aperçois un jupon là-bas, sous les arbres. C'est quelque femme de chambre du château, et il faut que je voie si mon éloquence sera assez puissante pour m'obtenir, comme marchand ambulant, l'entrée de cette maison, dont je ne puis plus approcher comme médecin.

Réginald ouvrit la grille avec un petit passe-partout et laissa le médecin pénétrer dans les jardins.

La nuit commençait à tomber quand sir Oswald sortit de la bibliothèque. Il avait envoyé un mot à l'un de ses hôtes intimes, le priant de l'excuser près des autres convives s'il n'assistait pas au dîner ; l'état de sa santé était son excuse.

Il avait médité longtemps et tristement sur son malheur, et il avait pris sa détermination quant à sa conduite envers sa femme. Il se rendit à l'appartement de lady Eversleigh pour lui faire connaître sa décision.

L'appartement était vide.

La femme de chambre était occupée à un travail d'aiguille devant une des fenêtres du cabinet de toilette. Il lui demanda où était sa maîtresse.

— Elle est sortie, monsieur. Elle doit avoir quitté le château pour peu de temps, je pense, car elle a mis la plus simple de ses toilettes de voyage, et elle n'a emporté avec elle qu'un sac de nuit. Elle a laissé, du reste, un billet sur la tablette de la cheminée dans la pièce voisine. Désirez-vous que j'aille le chercher?

— Non, je le prendrai moi-même. Depuis combien de temps lady Eversleigh a-t-elle quitté le château ?

— Depuis environ deux heures.

Il entra dans le boudoir, prit la lettre sur la cheminée et la mit dans sa poche sans la lire.

Le boudoir avait sa physionomie habituelle. Les livres et la musique étaient à leur place accoutumée. Il semblait qu'il y eût encore un écho de la voix d'Honoria. Elle seule manquait.

Tant mieux ! N'était-ce pas une vile et coupable créature ? et n'était-il pas heureux qu'elle ne souillât plus de sa présence ces antiques pièces où plusieurs générations de pures, nobles et saintes femmes avaient vécu et étaient mortes ?

Sir Oswald se disait cela, et il sentait son cœur aussi vide que ces appartements qu'avait empli une chère présence.

— Que va-t-elle devenir? pensait-il. Elle va retrouver son amant sans doute, et elle se consolera avec lui de tout ce que sa folie lui fait perdre. Qu'elle devienne ce qu'elle pourra ! Il ne me reste qu'une chose à faire : c'est de l'oublier.

Il regagna la bibliothèque.

XXIII

Décision dans le mal; indécision dans le bien

Dans la bibliothèque, une lampe brûlait sur la table où sir Oswald avait coutume d'écrire. C'était une lampe couverte d'un grand abat-jour, et qui répandait une vive lumière à la place où elle était posée, laissant tout le reste de la pièce dans une obscurité profonde.

La nuit était chaude et accablante comme une nuit d'août, quoiqu'on fût en septembre. Sir Oswald alla ouvrir toute grande une large fenêtre qui donnait sur la terrasse.

Puis il prit dans le tiroir d'un bureau de chêne sculpté une liasse de papiers, les porta sur la table et, s'asseyant, en commença l'examen.

Dans le nombre se trouvait le testament qu'il avait fait depuis son mariage.

Il le lut, puis le jeta de côté.

En ce moment, une figure s'approcha de la fenêtre ouverte, et des yeux curieux plongèrent dans la chambre.

Sir Oswald était mis à écrire.

Il écrivait lentement, méditant chaque mot. Cela dura une demi-heure environ.

Après quoi, il se leva et sortit.

L'homme qui s'était approché de la fenêtre n'avait pas quitté son poste d'observation.

Lorsque sir Oswald eut fermé la porte derrière lui, cet homme sauta lestement dans l'appartement et se dirigea vers la table où se trouvaient les papiers. L'épaisseur du tapis amortissait le bruit de ses pas.

Il lut ce que sir Oswald venait d'écrire.

C'était un testament qui léguait sa fortune entière à son neveu Réginald, sans conditions, ni réserves.

Carrington n'avait pas besoin de savoir autre chose. Il se hâta d'aller reprendre son poste près de la fenêtre, et bien lui en prit, car la porte se rouvrit presque aussitôt.

Sir Oswald rentra, suivi de deux hommes. L'un était le sommelier et l'autre le valet de chambre Millard. Le testament fut recopié en présence de ces deux hommes, qui y apposèrent leur signature en qualité de témoins.

— A partir d'aujourd'hui, leur dit sir Oswald, mon neveu Réginald Eversleigh est l'héritier de ce domaine. Vous le respecterez donc désormais comme mon successeur et comme votre maître.

Les deux hommes saluèrent et se retirèrent.

A ce moment, des voix se firent entendre, et un groupe d'hommes et de dames sortit du salon.

— C'est la nuit la plus chaude que nous ayons eue de tout l'été, dit l'un des visiteurs, et il fait bon prendre l'air à cette heure.

Miss Graham avait de nouveau reconquis

son empire sur son vicomte, et se promenait avec lui sur la terrasse.

— Ils vont m'apercevoir, s'ils viennent de ce côté! murmura Victor; pour le moment ce que j'ai de mieux à faire, c'est, je crois, de battre en retraite.

Il se glissa doucement le long de la façade du château, en se cachant dans l'ombre, et descendit les marches de la terrasse. De là, il se dirigea vers la cour, dans laquelle s'ouvrait la salle des domestiques, et, quelques minutes après, il était confortablement assis dans cette pièce, écoutant les commérages des servantes, dont la fuite de lady Eversleigh faisait nécessairement tous les frais.

Le baron était resté à sa table, le testament ouvert devant lui. Il le regardait d'un œil fixe et comme perdu dans un rêve.

Sir Oswald était un esprit droit et juste, mais une âme faible et passionnée. Il avait obéi au premier mouvement de sa colère; il n'avait eu d'abord qu'une idée : punir sa femme. Mais depuis qu'il s'était vengé, il éprouvait un sentiment d'hésitation et de doute.

Il se rappelait les graves motifs qu'il avait eus de déshériter son neveu.

— Ai-je bien fait? se demandait-il.

Les papiers qui étaient joints à la liasse contenant le testament primitif s'étaient répandus sur la table quand il avait brisé la bande qui les maintenait. Il prit machinalement un de ces papiers. C'était la lettre de la malheureuse fille qui s'était noyée.

Il la relut, et toute l'indignation qui avait autrefois soulevé son honnête et généreuse conscience, se remit à bouillonner en lui.

— Et c'est au misérable qui a pu ainsi abandonner une pauvre femme au désespoir et à la mort, que je vais laisser fortune et puissance! s'écria-t-il. Non! l'arrêt que j'avais porté était juste et sage. J'étais fou tout à l'heure. Le meurtrier de Marie Godwin ne sera jamais le maître de Raynham.

Il prit le testament que les deux domestiques avaient signé, l'approcha de la flamme de la lampe, avança vers la cheminée et laissa tomber la feuille enflammée dans l'âtre vide.

Il suivit des yeux les progrès de la flamme, puis regagna son fauteuil, la tête penchée sur la poitrine.

— Ma fortune, se dit-il, doit aller en de plus pures mains; mes neveux Lionel et Douglas Dale la partageront. J'enverrai demain chercher mon notaire et je ferai un autre testament régulier et définitif, sur lequel je me défends de revenir.

Carrington resta dans la salle des domestiques jusqu'à onze heures passées. Il s'était mis tout à fait à l'aise avec eux, grâce à son déguisement. Les femmes étaient ravies de son empressement à leur montrer les marchandises que renfermait sa malle, et qu'il leur vendait bien au-dessous des meilleurs marchés qu'elles eussent jamais faits de leur vie.

Quelques minutes après onze heures, il se leva et leur souhaita une bonne nuit.

— Je suppose que je trouverai la porte ouverte? dit-il.

— Oui, la porte de la cour ne ferme jamais avant onze heures et demie, répondit un gros cocher.

Le colporteur partit, mais il ne prit pas par la cour.

Il marcha de nouveau droit à la terrasse, le long de laquelle il se glissa d'un pas furtif. Plusieurs lumières brillaient aux fenêtres des étages supérieurs, car à cette heure le plus grand nombre des hôtes de sir Oswald s'étaient retirés dans leurs chambres.

La large fenêtre de la bibliothèque était toujours ouverte. Les rideaux avaient été tirés, mais laissaient une ouverture par laquelle Carrington put voir le baron encore assis devant sa table, pleinement éclairé par la lumière de sa lampe.

Il tenait alors une lettre ouverte, la lettre que sa femme avait laissée.

« Je sais que je n'aurais jamais dû vous épouser, Oswald, écrivait lady Eversleigh. Le sacrifice que vous avez fait par amour pour moi était trop grand, aucun bonheur ne pouvait résulter de ce marché inégal. Vous me donniez tout, et je pouvais vous donner si peu! Le nuage qui couvrait ma vie passée était sombre et impénétrable. Vous m'avez prise sans nom, sans amis, inconnue, et je n'ai guère à m'étonner, si, au premier souffle de soupçon, votre confiance a été ébranlée, et si votre amour a failli. Adieu, vous le plus cher et le meilleur des hommes!

» Jamais vous ne saurez combien je vous aimais et je vous révérais.

» Dans tout ce qui s'est passé entre nous, rien ne m'a plus profondément affligée que de voir votre âme si noble en proie à des soupçons et à des doutes si indignes. Adieu! Je rentre dans l'obscurité d'où vous m'avez tirée. Vous n'avez pas à vous inquiéter de mon avenir. L'éducation musicale que je dois à votre généreuse assistance me fournira des moyens d'existence, et je n'ai d'autre désir que de vivre modestement. Que le ciel vous protége!

» HONORIA. »

C'était tout. Ni plainte, ni prière. En relisant cette lettre simple et digne, sir Oswald se demandait s'il n'avait pas pu se tromper. Mais il se rappela le témoignage de Lydia et l'invraisemblance de l'histoire par laquelle Honoria avait essayé d'expliquer son absence.

— Non, non! s'écria-t-il, ceci n'est que mensonge du commencement jusqu'à la fin. Elle se cache quelque part, tout près d'ici, attendant avec anxiété sans doute le résultat qu'elle espère de son hypocrisie. Mais quand elle sera convaincue que ses artifices sont dévoilés, quand elle saura que mon cœur est devenu sec et dur comme la pierre, grâce à son infamie, elle retournera à son amant!

Les idées se contredisaient dans l'esprit troublé de sir Oswald. Une pensée les do-

6

minait pourtant, une pensée de vengeance. Son nouveau testament fait en faveur des fils de sa sœur, il se mettrait à la recherche de l'homme qui lui avait volé l'amour d'Honoria, et il avait le cœur et la main encore assez fermes pour châtier ce larron d'honneur.

Pendant que sir Oswald songeait ainsi, l'homme auquel il songeait le surveillait par l'étroit espace resté ouvert entre les rideaux.

— Point d'hésitation! se disait Carrington. Il n'aurait qu'à changer encore une fois d'idée — et d'hériter! D'ailleurs, si l'événement a lieu cette nuit même, on l'attribuera plus aisément à la fuite de sa femme.

Sir Oswald avait les bras appuyés sur la table. Il laissa tomber sa tête dans ses mains. Les émotions de la journée, les horribles tourments qu'il avait endurés la nuit précédente, l'avaient épuisé. Il s'endormit d'un sommeil inquiet.

De l'extérieur, Carrington le regarda dormir ainsi pendant plus d'un quart d'heure.

— Son sommeil doit être assez profond maintenant, murmura-t-il.

Il se glissa doucement dans la chambre, et, faisant un grand circuit pour se maintenir dans l'ombre, il arriva derrière le fauteuil du baron endormi et s'approcha de la table.

Au milieu des lettres et des papiers épars, il y avait un flacon de vin de Bordeaux, une carafe d'eau et un verre vide. Victor écouta quelques instants la respiration du dormeur. Puis, tirant une petite fiole de sa poche, il laissa tomber quelques globules d'un liquide incolore dans le verre vide.

Ceci fait, il sortit de l'appartement aussi silencieusement qu'il y était entré.

XXIV

Mort subite

Minuit sonnait au moment où Carrington descendait les degrés de la terrasse.

— Il n'y a pas plus de trois quarts d'heure, murmura-t-il, que j'ai quitté la salle des domestiques; il me sera facile de me faire un alibi.

Il n'essaya pas de sortir du château par la grande cour dont il savait la porte fermée à cette heure. Il avait eu le temps de faire connaissance avec les localités, et il possédait une clé ouvrant l'une des grilles des jardins. Par cette grille il passa dans le parc. Il franchit une haie et arriva au village de Raynham comme l'aubergiste de la *Poule et ses Poussins* fermait les portes de son établissement.

— Les domestiques du château m'ont assuré, dit-il, que vous pourriez me donner un lit.

L'aubergiste, qui avait à cœur d'obliger ses meilleures pratiques, les gens et es grooms de sir Oswald, se déclara

prêt à faire de son mieux pour bien traiter le voyageur.

— Il est tard, monsieur, mais je m'arrangerai de façon à ce que vous ne manquiez de rien.

Le chirurgien passa donc la nuit dans le village de Raynham.

Lui aussi, épuisé par les fatigues de la nuit et de la journée, il s'endormit profondément, et son sommeil fut aussi calme que celui d'un enfant.

Il était huit heures quand il descendit le vieil escalier de l'auberge.

En bas, tout était confusion. Une effrayante nouvelle venait d'arriver du château.

Sir Oswald avait été trouvé mort dans la bibliothèque, assis à sa table, et sa lampe brûlant encore auprès de lui, bien qu'il fût jour depuis longtemps.

Un des grooms, accouru du château, racontait l'histoire aux habitués de l'auberge, quand le colporteur arriva dans l'espace libre devant le comptoir.

— C'est Millard qui l'a trouvé. Il était tout à fait calme, la tête appuyée contre le dossier de son fauteuil. Il y avait des lettres et des papiers tout ouverts auprès de lui. On a envoyé immédiatement chercher M. Dalton, le notaire, pour faire l'inventaire de ces papiers et apposer les scellés sur les meubles et les tiroirs. En ce moment, il s'acquitte de cette besogne. M. Eversleigh est effroyablement bouleversé. De ma vie, je n'ai vu un visage aussi pâle que le sien, quand il est entré dans la grande salle après avoir appris la nouvelle. C'est une fortune pour lui, vous pouvez bien le dire, car on prétend que sir Oswald a fait cette nuit même un nouveau testament, par lequel il institue son légataire universel. M. Eversleigh, on le sait, a mené une vie un peu folle; il a des dettes par-dessus la tête... C'est égal! je n'ai jamais vu un homme aussi bouleversé qu'il l'était tout à l'heure.

— Pauvre sir Oswald! s'écrièrent les assistants; un si noble gentilhomme! Et de quoi est-il mort, monsieur Kimber, le savez-vous?

— Le médecin dit qu'il doit avoir succombé à une maladie du cœur.

— Et moi je soutiens que le chagrin a été sa maladie mortelle. C'est la conduite de milady qui l'a tué, et rien autre chose. On peut le dire, n'est-ce pas? que c'est une mauvaise créature!

Le colporteur prenait son repas du matin dans la petite salle, derrière le comptoir, et écoutait tranquillement les propos du groom et des paysans.

— Et où est milady? demanda l'aubergiste, n'est-elle pas revenue hier au château?

— Oui, et elle est repartie presque aussitôt, répondit le groom; son passage aura été court, mais elle en répondra.

Elle était terrible, en effet, la consternation qui régnait ce jour-là au château de Raynham.

Peu d'hommes avaient réuni autant de

sympathies que sir Oswald Eversleigh. L'élévation de son esprit et la générosité de son caractère avaient conquis presque forcément les respects de tous. Sa grande fortune avait été toujours employée par lui avec une libérale intelligence. Sa main n'était jamais fermée pour les souffrants. La nouvelle de sa mort tomba comme un coup de foudre sur toutes les personnes réunies au château et dans un large rayon alentour.

Le sentiment soulevé contre Honoria était un sentiment d'unanime exécration. Il n'était pas de mot qui parût assez dur pour qualifier la femme de sir Oswald.

On croyait que, chassée par son mari, elle avait quitté, la veille, le château pour toujours. Rien n'égala donc la surprise générale, quand, soudain, dans la grande salle envahie par une foule nombreuse, Honoria apparut.

Son visage était plus blanc que le marbre, et cette effrayante pâleur contrastait avec les vêtements noirs qu'elle portait.

— Est-ce vrai? s'écria-t-elle avec désespoir, est-il véritablement mort?

— Oui, lady Eversleigh, répondit le général Desmond, officier de l'armée des Indes, et l'un des vieux amis du défunt, oui, sir Oswald est mort, bien mort.

— Laissez-moi aller près de lui! Je ne puis le croire, non, je ne le puis! s'écria-t-elle avec égarement. Laissez-moi! il faut que je le voie!

Ceux qui étaient assemblés autour de la porte de la bibliothèque la regardèrent avec indignation. Pour eux, ce désespoir n'était que le comble de l'art; la veuve de sir Oswald jouait une comédie infâme.

— Laissez-moi aller auprès de lui, par pitié! laissez-moi le voir! répéta-t-elle avec l'accent de la prière et en joignant les mains, je ne peux croire qu'il soit mort!

Réginald était debout près de la porte de la bibliothèque, plus pâle que la mort. Il s'était appuyé contre un des battants, comme s'il n'avait pas la force de se soutenir. Mais, à l'approche d'Honoria, il se réveilla de sa stupeur et étendit le bras pour lui défendre l'entrée de la chambre mortuaire.

— Ce n'est pas un spectacle pour vous, lady Eversleigh, dit-il sévèrement. Vous n'avez pas le droit d'entrer dans cette chambre, vous n'avez pas le droit de rester sous ce toit.

— Qui oserait m'en chasser? demanda-t-elle fièrement, et qui ose me dénier un droit que je prétends défendre?

— Moi, répliqua Réginald, moi, comme le plus proche parent du mari défunt.

— Et comme l'ami de Victor Carrington? répondit Honoria en regardant fixement son accusateur. Oh! c'est un merveilleux complot, Réginald Eversleigh! et il n'y manquait plus que ceci pour le rendre complet. Ma disgrâce a été le premier acte du drame, la mort de mon mari est le second. La trahison de votre ami s'est chargée de l'un, vous de l'autre... Sir Oswald Eversleigh a été assassiné!

Un cri s'échappa de toutes les poitrines.

Au moment où ce terrible mot « assassiné » venait d'être prononcé, le docteur qui, depuis quelques minutes, était auprès du mort, ouvrit la porte et parut sur le seuil.

— Qui a parlé d'assassinat? demanda-t-il?

— C'est moi, répondit Honoria; je dis que la mort de sir Oswald n'est pas un coup frappé par la main du Seigneur. Il y a quelqu'un ici qui refuse de me laisser voir mon mari; de peur qu'en mettant la main sur son cœur je n'appelle sur son assassin la vengeance céleste!

— Cette femme est folle! balbutia Réginald.

— Regardez celui qui vient de parler, s'écria Honoria. Je ne suis pas folle, Réginald Eversleigh, quoique, par vous et par votre complice, j'aie souffert des tortures capables de troubler un cerveau plus fort que le mien. Je ne suis pas folle. Je dis que mon mari a été assassiné; et je demande à toutes les personnes présentes de tenir compte de mes paroles. Je n'ai de preuve à donner que mon instinct; mais cet instinct ne me trompe pas. Quant à vous, Réginald Eversleigh, je refuse de vous reconnaître le droit de parler ici en maître. Comme veuve de sir Oswald, je réclame ma place dans cette maison, jusqu'à ce que l'évènement ait démontré si j'ai toujours ou si je n'ai plus ce titre.

Ce langage était bien hardi dans la bouche de celle qui, aux yeux de tous, était déshonorée, et avait été chassée par son mari.

Le général Desmond prit sur lui de répondre; il était le plus âgé et le plus important des hôtes encore présents au château.

— Je ne pense pas, dit-il, que personne ici puisse contester les droits de lady Eversleigh, jusqu'à ce que le testament de sir Oswald ait été lu, et que ses dernières volontés soient connues. Ce qui s'est passé entre mon pauvre ami et sa femme, dans la journée d'hier, lady Eversleigh seule le sait. C'est une affaire entre elle et sa conscience. Et, s'il lui convient de rester sous ce toit, nul ne peut prendre sur lui de la lui interdire, si ce n'est en vertu des volontés suprêmes de celui qui n'est plus.

— Ses intentions seront bientôt connues, dit Réginald, et alors la femme coupable ne souillera pas plus longtemps cette maison de sa présence.

— Je ne crains rien, Réginald, répondit Honoria avec calme. Quoi qu'il arrive, j'attends les événements. J'attends de voir si l'iniquité triomphera, ou si, au dernier moment, la main de Dieu ne s'étendra pas pour confondre le crime. Ma foi en la Providence est grande, monsieur Eversleigh. Et maintenant, faites-moi place, je vous prie, et laissez-moi contempler le visage de mon mari.

Cette fois, Réginald ne s'aventura pas à disputer à la veuve le droit d'entrer dans la chambre mortuaire. Il s'écarta pour la laisser passer.

Elle alla s'agenouiller à côté du mort.

Dalton le notaire marchait doucement dans la chambre, mettant les scellés sur toutes les serrures et réunissant tous les papiers épars sur la table.

Le médecin de la paroisse qui avait été appelé à la hâte se tenait près du corps. Un groom avait été dépêché à une ville voisine importante, pour en ramener quelque docteur plus autorisé. Mais les plus grands praticiens des siècles passés ni futurs n'auraient pu, fût-ce pour une minute, rendre la vie à sir Oswald. Tout ce que leur science pourrait faire, c'était de découvrir la cause de sa mort.

XXV

Le complice qui agit et le complice qui tremble.

La foule quitta peu à peu la grande salle, et l'intérieur du château devint plus calme. Tous les hôtes qui s'y trouvaient encore, à l'exception du général Desmond, firent immédiatement leurs préparatifs de départ.

Le général avait déclaré son intention de rester jusqu'après les funérailles.

— Je puis être de quelque utilité en veillant sur les intérêts de mon vieil ami, dit-il à Réginald. Une seule personne sera affectée plus profondément que moi de la mort de votre oncle : c'est ce pauvre vieux Capplestone. Il est encore au château, je suppose?

— Oui, mais un accès de goutte le retient cloué dans sa chambre.

La détermination du général ne satisfaisait en aucune façon Réginald. Il eût de beaucoup préféré rester seul au château. L'orgueil du jeune homme se révoltait contre cette autorité intempestive, et ses frayeurs, ses cruelles frayeurs, lui rendaient insupportable la présence de ce témoin.

Millard s'était rendu auprès de Réginald, peu de temps après la découverte de la mort du baron, et il lui avait fait connaître le contenu du nouveau testament.

— Notre maître, monsieur, lui dit-il, nous a déclaré de sa bouche qu'il vous instituait son héritier. « Il n'est pas nécessaire, a-t-il ajouté, de tenir la chose secrète. » Et nous avons signé l'acte testamentaire comme témoins, Peterson le sommelier, et moi.

— Ah!... fit tout haletant Réginald. Et vous êtes sûr que vous ne vous trompez pas, Millard? Sir Oswald, mon pauvre bon oncle, a bien dit cela?

— Ce sont ses paroles textuelles, monsieur Eversleigh! Et maintenant que vous voilà maître de Raynham, vous n'oublierez pas, j'espère, que j'ai toujours songé à vos intérêts, et que je vous ai donné des renseignements précieux, à une époque où je ne pensais guère que vous m'en pourriez témoigner de la reconnaissance.

— Allez, Millard, allez, et, soyez tranquille, vous n'aurez point affaire à un ingrat, répondit Réginald non sans quelque impatience.

Le domestique parti, Réginald sortit en hâte du château. Il traversa les jardins jusqu'à la grille du parc, où la veille il avait rencontré Carrington. Il n'avait pas de rendez-vous pris avec lui, il ne savait même pas s'il était encore dans le voisinage; mais la seconde personne devait l'attendre quelque part en dehors de l'enceinte du jardin.

Il ne s'était pas trompé : il avait fait à peine cinquante pas, que le colporteur s'approcha de lui, à l'ombre d'une allée de hêtres.

— Je suis content de vous voir, Réginald, lui dit-il, j'espérais bien que vous viendriez rôder par ici.

— Sans doute. Je n'osais vous envoyer un message, et je voulais vous voir, je voulais vous demander... Vous avez entendu parler de... de?..

— Je suis au courant de tout, Réginald.

— Qu'est-ce que cela signifie, Victor? qu'est-ce que tout cela signifie!

— Cela signifie que vous êtes étrangement heureux, mon camarade! Au lieu d'attendre trente ans pour voir votre oncle mourir de vieillesse, vous héritez tout de suite d'une des plus belles fortunes de l'Angleterre.

— Vous savez donc que le testament a été fait la nuit dernière?

— J'en avais l'idée.

— Vous avez vu Millard?

— Non, je n'ai pas vu Millard.

— Comment pouvez-vous alors connaître le testament de mon oncle, qui n'a été fait que cette nuit?

— Ne vous inquiétez jamais de la façon dont je sais les choses, mon cher Réginald; je les sais, que cela vous suffise.

— C'est trop horrible! murmura le jeune homme, après un court moment de silence; c'est trop horrible!

— Qu'est-ce qui est trop horrible?

— Mais... cette mort subite.

— Est-ce sérieux? s'écria Carrington en regardant son ami en face avec une expression de suprême mépris. Auriez-vous mieux aimé attendre cette fortune trente ans, — vingt ans, — dix ans même? Non, Réginald, vous ne l'auriez pas voulu. Je vous connais mieux que vous ne vous connaissez vous-même. Si vous aviez tenu dans votre main, la vie de votre oncle, il vous eût suffi de la fermer pour y mettre fin, votre main, Réginald, ne serait pas restée ouverte. Quelque bon neveu que vous soyez, vous êtes un hypocrite, cher ami. Vous biaisez avec votre conscience. Mieux vaut, comme moi, n'avoir pas de remords, que de jouer le bon parent, comme vous le faites.

Réginald ne répondit rien à ces dédaigneuses paroles. La faiblesse de son caractère le livrait entièrement au pouvoir de son ami.

Les deux hommes se mirent à marcher en silence.

— Savez-vous, reprit enfin Réginald, que lady Eversleigh a reparu?

— Lady Eversleigh! Oh! je pensais qu'elle avait quitté Raynham hier dans l'après-midi.

— C'est ce que tout le monde supposait. Mais, ce matin, elle est entrée dans la grande salle et a demandé à voir son mari mort. Ce n'est pas tout. Elle a publiquement déclaré qu'il avait été assassiné ; et, — n'est-ce pas terrible?— elle m'a accusé de ce crime.

— C'est terrible en effet, et il faut mettre ordre à cela à l'instant.

— Y mettre ordre? Mais comment? Si cette femme répète ses accusations, qui lui fermera la bouche?

— Elle vous accuse? Eh bien! accusez-la. Si votre oncle a été réellement assassiné, par qui l'a-t-il été, selon toute apparence, si ce n'est par cette femme? Est-ce que sa haine et son orgueil n'étaient pas excités par le refus de son mari de la recevoir, après le scandale de sa fuite? Voilà ce que vous aurez à dire. Et, comme l'opinion ne lui est pas favorable, elle sera trop heureuse à l'avenir de se taire sur les circonstances de la mort de son mari.

— Vous ne doutez pas que la mort de mon oncle ait été naturelle, n'est-ce pas, Victor? demanda sérieusement Réginald; vous ne pensez pas qu'il ait été assassiné?

— Non, en vérité! pourquoi le penserais-je? répliqua le médecin avec un calme parfait. Mais si c'est un crime qui a mis fin à la vie de sir Oswald, c'est cette femme qui doit être la coupable, c'est sur cette femme, vous m'entendez, que doivent se porter les soupçons. Il faut vous en tenir là, Réginald, ne l'oubliez pas.

Les deux hommes se séparèrent, mais non pas avant d'avoir pris un nouveau rendez-vous pour le lendemain, à la même heure et au même lieu.

Réginald retourna au château, triste et inquiet. Il y apprit que le docteur de Plimborough était arrivé pendant son absence, et devait rester jusqu'au lendemain pour l'enquête, dans laquelle son témoignage était nécessaire.

C'était Millard qui lui donnait ces nouvelles.

— L'enquête! Quelle enquête? demanda Réginald.

— L'enquête du coroner, monsieur. Elle doit avoir lieu demain dans la grande salle à manger. Sir Oswald est mort si subitement, voyez-vous, monsieur, qu'une enquête était évidemment nécessaire. J'ai le regret de le dire, mais le bruit court que mon pauvre maître s'est suicidé.

— Un suicide! Oui, oui, c'est possible! il peut y avoir eu suicide, murmura Réginald.

— C'est effrayant, n'est-ce pas, monsieur? Les deux docteurs et M. Delton sont ensemble dans la bibliothèque, le corps a été transporté dans la chambre à coucher d'apparat.

Le notaire, qui sortait en ce moment de la bibliothèque, s'approcha de Réginald.

— Puis-je vous entretenir pendant quelques minutes, monsieur Eversleigh? demanda-t-il?

— Certainement.

Ils entrèrent ensemble dans la bibliothèque, où Réginald trouva les deux docteurs et une autre personne qu'il ne s'attendait pas à voir.

C'était un riche propriétaire, magistrat de la province nommé Gilbert Ashburne.

XXVI

A la recherche du testament

Le magistrat était debout, le dos appuyé contre la cheminée et engagé dans une conversation avec les médecins, quand Réginald entra. Il s'avança de quelques pas pour presser la main du jeune homme; puis, ses deux mains dans ses poches, il alla reprendre sa pose magistrale contre la cheminée.

— Mon cher Eversleigh, dit-il, c'est une affaire terrible, véritablement terrible!

— Oui, monsieur Ashburne, la mort de mon oncle est un événement terrible en effet.

— Mais la nature de sa mort! Ce n'est pas seulement sa soudaineté, mais sa nature!

— Vous oubliez, monsieur Ashburne, interrompit un des médecins, que M. Eversleigh ne sait rien des faits que je viens de vous exposer.

— Ah! il ne sait pas?.. Vous ne soupçonnez aucune immixtion criminelle dans ce funeste événement, monsieur Eversleigh? demanda le magistrat.

— Non, répondit Réginald. Il est une seule personne que je pourrais suspecter... Mais cette personne elle-même a exprimé des soupçons... oh! qui m'ont paru n'être que les divagations d'un cerveau malade.

— Vous voulez parler de lady Eversleigh? dit le docteur de Raynham.

— Pardonnez-moi, reprit M. Ashburne, mais cette pénible affaire m'oblige à aborder des sujets douloureux. Y a-t-il quelque vérité dans ce que l'on rapporte de la fuite de lady Eversleigh?

— Hélas, oui, ce n'est que trop vrai; la femme de mon oncle s'est enfuie avec un amant dans l'avant-dernière nuit. Mais elle était revenue hier et elle a eu un entretien avec son mari. Que s'est-il passé dans cette entrevue? je ne saurais le dire. J'imagine que mon oncle lui a défendu de rester plus longtemps dans sa maison. C'est alors qu'il m'a fait appeler et m'a annoncé son intention de me rendre mes anciens droits, comme héritier. Il n'aurait assurément pas fait cela, s'il eût jugé sa femme innocente.

— Et elle a quitté le château conformément à ses ordres?

— Tout le monde le supposait; mais ce matin elle a tout à coup reparu, et elle a hautement réclamé le droit de rester ici.

— Mais où donc a-t-elle passé cette nuit où sir Oswald est mort?

— Pas dans son appartement, d'après ce qui m'a été déclaré par sa femme de chambre, qui la croyait réellement partie.

— C'est étrange! dit le magistrat. Si elle est coupable, pourquoi persiste-t-elle à rester dans ce château, où sa faute est connue, où elle peut être soupçonnée d'un crime, et du plus terrible des crimes?

— De quel crime?

— Du crime d'homicide, monsieur Eversleigh. J'ai le regret de vous annoncer que ces deux médecins sont d'accord pour déclarer que la mort de votre oncle a été causée par le poison. L'autopsie du corps sera faite ce soir même.

— Oh! mon Dieu! Et sur quelle preuve?..

— Sur la preuve fournie par un verre vide qui est sous les scellés dans cette armoire, répondit le docteur de Plimborough. Au fond de ce verre, nous avons trouvé les traces du plus violent poison que connaisse la toxicologie. D'autres diagnostics non moins certains nous ont été révélés par l'apparence du corps. Monsieur Eversleigh, que votre oncle soit mort par le poison, cela ne fait pas pour nous le plus léger doute. La seule question à examiner est de savoir si le poison a été versé par sa propre main ou par celle d'un meurtrier.

— Il peut bien y avoir eu suicide, balbutia Réginald.

— C'est strictement possible, répondit Ashburne, bien qu'avec la connaissance que j'avais du caractère de votre oncle, j'aie peine à considérer la chose comme probable. Dans tous les cas, l'inspection de ses papiers révéla l'état de son esprit immédiatement avant sa mort. C'est pourquoi mon avis est que ces papiers soient à l'instant examinés par vous, comme son plus proche parent et son héritier reconnu, par moi comme magistrat, et en présence de M. Dalton, qui était le notaire en possession de sa confiance. Avez-vous quelques objections à faire d'opérer, monsieur Eversleigh, ou sir Reginald, — car je pense que c'est ainsi qu'il faut maintenant vous appeler?

C'était la première fois que Réginald s'entendait donner le titre qui lui appartenait désormais, ce titre qui représentait une haute dignité dans une haute fortune, mais qui, possédé par un homme pauvre, n'était qu'une appellation creuse et dérisoire. En dépit de ses craintes, en dépit de ses remords, ce titre sonna délicieusement à ses oreilles, et il resta un moment comme suffoqué par l'égoïste ravissement de l'orgueil satisfait.

Le magistrat répéta sa question :

— Avez-vous quelques objections à faire, sir Réginald!

— Aucune, monsieur Ashburne!

Réginald était trop heureux d'accéder à la proposition du magistrat. Il était impatient de voir le testament qui le rendait maître de Raynham. Il savait que ce testament existait, qu'il était là, qu'il avait été fait dans toutes les règles. Mais il voulait le voir, le toucher, le tenir dans ses mains, le lire de ses yeux.

L'examen des papiers était un travail sérieux. Le notaire suggéra l'avis que les premiers à examiner étaient ceux qui se trouvaient sur le bureau où sir Oswald avait écrit.

Le premier de ces papiers qui tomba sous la main du magistrat fut la lettre de Marie Godwin. Réginald reconnut à l'instant l'écriture, l'encre décolorée et le papier froissé de cette lettre. Il étendit la main au moment où le magistrat allait en examiner le contenu.

— Ceci est une lettre d'une nature toute privée, dit-il, une lettre que je connais, qui est à moi. Elle m'est adressée, voyez. Regardez le timbre de l'enveloppe ; elle a été mise à la poste à Paris, il y a deux ans environ. Je dois vous prier de vouloir bien ne pas la lire.

Le magistrat, après un coup d'œil jeté, rendit sans difficulté la lettre. Il ne se doutait guère de l'influence que cette feuille de papier toute froissée avait eue sur les événements de la précédente nuit.

Ashburne et le notaire examinèrent le reste du paquet. Il ne contenait de papiers importants que la lettre de lady Eversleigh et l'ancien testament fait par le baron immédiatement après son mariage.

— Il y a un autre testament, de date plus récente ! dit vivement Réginald, un testament écrit la nuit dernière et signé par Millard et Peterson comme témoins ; le précédent testament aurait dû être détruit.

— C'est sans la moindre conséquence, sir Réginald, répliqua le notaire. Le testament de la date la plus récente est le seul bon, en existât-il une douzaine, de dates antérieures.

— Il faut chercher le testament fait cette nuit, dit Réginald avec anxiété.

— Cherchons ! dit le magistrat, auquel n'échappait pas l'inquiétude de l'héritier.

La recherche fut longue et minutieuse. Mais aucun autre testament ne fut trouvé.

— Le testament fait cette nuit, en présence de témoins, doit pourtant se trouver dans cette chambre ! s'écria Réginald. Je vais envoyer chercher Millard, et vous entendrez de sa bouche le récit exact de ce qui s'est passé.

Le jeune homme essayait en vain de dissimuler l'angoisse dont il était possédé. Si pourtant le testament allait ne pas se retrouver ? il ne serait plus, lui, qu'un mendiant souillé d'un crime.

Il sonna et fit appeler le valet de chambre.

Millard vint et répéta son récit. Il était évident que le testament avait été fait. Il était certain que, s'il existait encore, il devait se trouver dans cette pièce : le valet déclara que son maître n'avait pas quitté la bibliothèque.

— Je suis demeuré aux écoutes pendant toute la nuit, voyez-vous, messieurs, dit Millard. J'étais très inquiet de mon maître. Je savais le chagrin qui l'accablait. Je savais aussi qu'il avait passé toute la nuit précédente sans se mettre au lit. Je pensais qu'il pouvait m'appeler à chaque minute. Aussi me suis-je tenu prêt à répondre à son premier appel. Il y a une petite chambre contiguë à celle-ci ; je m'y étais assis, la porte ouverte, et, quoique j'aie fait un petit somme de temps en temps, mon sommeil n'a jamais été assez profond pour que je n'eusse pas entendu ouvrir la porte. Je jurerais sur la Bible que sir Oswald n'a pas quitté la bibliothèque, après que le testament a été attesté par Peterson et par moi.

— Alors, le testament doit être quelque part dans cette chambre, et nous le trouverons, répondit Ashburne. Cela suffit, Millard, vous pouvez vous retirer.

Réginald recommença la recherche, assisté du magistrat et du notaire, pendant que les deux docteurs se tenaient près de la cheminée, causant ensemble à voix basse.

Cette fois, pas un coin ne fut laissé sans être inspecté, mais toutes les recherches furent vaines.

Réginald était revenu, pour la troisième ou quatrième fois, examiner, palper, secouer d'une main qui tremblait les papiers du bureau, quand il fut arrêté tout coup par une exclamation de M. Missenden, le médecin de Plimborough.

— Je ne pense pas qu'il soit nécessaire de chercher plus longtemps, sir Réginald, dit le docteur.

— Que voulez-vous dire ? s'écria vivement Eversleigh.

— Je crois que le testament est trouvé.

— Ah ! Dieu soit loué ! s'écria le jeune homme.

— Vous vous méprenez, sir Réginald, dit M. Missenden, qui était à genoux devant l'âtre ; regardant attentivement quelque chose devant le garde-feu d'acier poli. Si je suis dans le vrai et si c'est en effet le document en question, je crains bien qu'il ne soit que de peu d'utilité pour vous.

— Il a été détruit ? s'écria Réginald d'une voix altérée.

— Je le crains ; ceci me fait l'effet de fragments d'un testament.

Il remit à Réginald un reste de papier qu'il avait retiré du milieu d'un monceau de cendres grises. C'était un petit morceau de papier jauni par la fumée et brûlé sur les bords, mais les quelques mots qu'il contenait étaient néanmoins parfaitement lisibles.

Ces mots étaient : « Neveu... Réginald... Château de Raynham... Toutes dépendances... Seul usage et bénéfice... »

Et c'était tout.

Réginald regarda ce fragment de papier brûlé avec des yeux dilatés. Tout espoir était perdu. Il n'y avait plus à douter que ce débris informe fût tout ce qui restait du dernier testament de sir Oswald.

Et le testament fait précédemment léguait Raynham à la veuve du testateur, une belle fortune à chacun des deux frères Dale, et une misérable pension de douze mille francs à Réginald.

Le jeune homme tomba sur un siége, pâle, écrasé par ce coup.

— Mon oncle n'a pas détruit ce testament ! s'écria-t-il, je ne le croirai jamais. Quelque main criminelle est dans tout ceci. Comment sir Oswald aurait-il fait un testament pour l'anéantir un instant après ? Qu'est-ce qui aurait pu survenir pour le faire changer d'avis ?

Comme il prononçait ces paroles, la fatale lettre de Marie Godwin, qui était la première sur la liasse des papiers trouvés, lui revint à la mémoire. De pâle, il devint livide.

Il reprit avec une fureur sauvage :

— Ce testament a été anéanti par la personne qui avait le plus d'intérêt à sa destruction ! Il n'y a plus à en douter maintenant, mon oncle a été empoisonné ! Oui ! et le testament a été détruit par la même personne qui a commis le crime.

— Mon cher monsieur, s'écria Ashburne, je ne puis véritablement laisser dire de pareilles choses ; je ne puis écouter des accusations dénuées de preuves.

— Quelle évidence vous faut-il, après celle de la vérité ? Cette perfide et criminelle créature a-t-elle été chassée de cette maison ; elle a fait croire qu'elle quittait le château ; mais, au lieu de partir, elle est restée cachée, guettant une occasion. Si un crime a été commis, elle est l'auteur de ce crime.

— Vous vous laissez trop emporter, sir Réginald, répliqua le magistrat. Néanmoins, la mort de votre oncle par le poison, immédiatement après le bannissement de sa femme, et la destruction du testament sont des circonstances si mystérieuses, pour ne pas dire si suspectes, que je puis me considérer comme autorisé à faire une enquête ici, demain, immédiatement après celle du coroner, et à tenir lady Eversleigh dans son appartement en état d'arrestation temporaire. Je pense que je pourrai la garder moi-même et lui expliquer la douloureuse nécessité qui me fait agir.

— Oui, et vous laisser tromper par ses habiles discours ! s'écria Réginald amèrement.

— Je n'ai pas peur de ses sortiléges. Je ferai mon devoir, sir Réginald, vous pouvez en avoir la certitude.

Réginald n'ajouta pas un mot. Il sortit de la bibliothèque sans adresser une seule parole d'adieu aux autres personnes présentes. Son désespoir était trop furieux pour qu'il restât maître de lui. Il alla s'enfermer dans sa chambre, et là, les dents serrées, marchant d'un pas agité, il criait dans le paroxysme de sa rage :

— Fous, imbéciles, idiots, que nous avons été, avec tous nos beaux plans si profondément conçus ! Elle triomphe en dépit de nous, elle peut rire de nous et nous écraser de ses mépris ! Et Victor, l'homme dont l'intelligence devait accomplir l'impossible, à quoi a-t-il abouti ? Je pensais qu'il y avait quelque chose de surhumain dans son succès, tant le hasard semblait avoir favorisé ses desseins. Et maintenant, au dernier moment, quand déjà je portais la coupe à mes lèvres, voilà qu'elle est violemment et stupidement arrachée de mes mains.

XXVI

L'enquête

Pendant que le nouveau baron était livré aux angoisses de l'ambition et de la cupidité déçues, Honoria, assise dans son appartement, méditait avec un profond désespoir sur la mort de son mari.

Elle l'avait aimé d'un amour honnête et sincère, son cœur n'ayant jamais appartenu à un autre. Sa vie, avant la rencontre de sir Oswald, avait été trop misérable pour que son âme pût s'ouvrir aux rêves romanesques et aux fantaisies poétiques de la jeunesse. Les sentiments de cette femme, qui s'était donné le nom d'Honoria, s'étaient flétris sous l'influence délétère du crime. Sa reconnaissance seule pour la bonté de sir Oswald avait fait fondre la glace de cette nature fière et indomptable; c'est alors seulement que la tendresse de la femme s'était éveillée en elle, alors seulement qu'une affection pure et vraie avait pour la première fois touché son cœur.

Et l'homme qu'elle aimait était perdu pour elle et il était mort avec la conviction de sa perfidie!

— J'aurais pu tout supporter excepté cela! pensait-elle.

Le magistrat se rendit auprès de lady Eversleigh et lui expliqua la pénible nécessité qui dictait sa démarche. Mais il ne lui parla ni du testament détruit, ni de l'arrêt prononcé par les médecins sur les causes de la mort de sir Oswald. Il se contenta de dire que des circonstances suspectes se liaient à cette mort et qu'il avait jugé nécessaire de se livrer à de sérieuses investigations sur ces circonstances.

— Les investigations ne sauraient être trop complètes! répliqua vivement Honoria. Je sais, monsieur, qu'il y a eu crime; je sais que le meilleur et le plus noble des hommes est mort victime d'un assassin. Oh! si vous êtes capable de discerner la vérité du mensonge, je vous supplie d'écouter l'histoire que mon pauvre mari s'est refusé à entendre, l'histoire du plus vil complot qui ait jamais été tramé contre une femme sans défense.

Ashburne se déclara prêt à entendre tout ce que lady Eversleigh croirait devoir dire; mais, il ne lui cachait pas, il serait possible qu'on retournât ses révélations contre elle.

Honoria lui exposa les faits qu'elle avait racontés à son mari : la fausse alarme au sujet de sir Oswald, la course en voiture à la tour de Yarborough, la nuit passée dans les ruines. Mais, cette fois encore, son récit parut inadmissible. Ashburne ne dit pas à lady Eversleigh qu'il mettait en doute sa véracité; mais, quelque poli que fût son langage, elle put lire sur sa physionomie qu'il ne la croyait pas : l'opinion qu'il avait d'elle était évidemment moins favorable après qu'avant sa déclaration.

— Et où trouver M. Carrington maintenant? demanda le magistrat.

— Je l'ignore, répondit-elle; une fois son lâche complot accompli, et la fortune des Eversleigh rendue par lui à son complice, je suppose qu'il aura pris soin de se tenir éloigné du théâtre de ses crimes.

Ashburne fixa sur Honoria son regard investigateur. Jouait-elle une comédie? Ignorait-elle pour de bon la destruction du testament, et croyait-elle, en effet, l'héritage perdu pour elle?

Avant l'heure fixée pour l'enquête du coroner dans la grande salle à manger, Réginald et Victor se rencontrèrent au rendez-vous convenu, dans l'avenue des hêtres.

Un coup d'œil de Victor sur le visage de son ami lui apprit que quelque événement fatal était survenu depuis la veille. Réginald le mit au fait en quelques mots brefs.

— Vous êtes certainement un habile homme, Carrington, lui dit-il avec amertume; mais, quelque fin que vous soyez, vous avez été joué aussi complétement que le plus grand imbécile qui ait jamais couru à sa perte. Me comprenez-vous bien, Carrington? comprenez-vous qu'après vos savantes combinaisons, nous sommes juste, comme fortune, un peu au-dessous de ce que nous étions auparavant?

Carrington garda pendant quelques instants le silence; mais, lorsqu'il se décida à parler, sa voix trahissait un accablement aussi profond dans son expression froide que le désespoir plus passionné et plus bruyant de son ami.

— Je n'y puis croire encore, murmura-t-il; vous devez avoir fait quelque maladroite erreur, Réginald? Le testament ne peut être détruit.

— J'en ai tenu les fragments dans ma main, répondit Réginald; j'ai lu mon nom écrit sur ce misérable morceau de papier brûlé. Tout ce qui restait, à l'exception de ce chiffon informe, était un petit amas de cendres dans l'âtre de la cheminée.

— J'ai vu, dit Carrington, le testament exécuté dans toutes les formes. Je l'ai vu quelques heures avant la mort de sir Oswald.

— Vous l'avez vu?

— Oui. J'étais sur la terrasse, contre la fenêtre de la bibliothèque.

— Vous!... Oh! c'est affreux! s'écria Réginald.

— Qu'est-ce qui est affreux, Réginald?

— Le forfait qui a été commis cette nuit.

— Ce forfait ne nous regarde pas, répondit tranquillement Victor. La personne qui a détruit le testament est celle qui a commis l'homicide, si votre oncle est mort par la main d'un assassin.

— Le croyez-vous réellement, Carrington?

— Hé! mon cher, quelle autre idée voulez-vous que j'aie?

Les deux hommes se séparèrent. Réginald savait que sa présence était nécessaire à l'enquête du coroner.

Carrington n'essaya pas de le retenir : pour la première fois, l'habile scélérat se voyait acculé à une impasse.

L'enquête commença immédiatement après le retour de Réginald au château. Le premier témoin interrogé fut le domestique qui avait découvert la mort; ceux qui vinrent ensuite furent les deux médecins.

L'enquête avait lieu à huis clos; nul n'était admis à l'exception de ceux qui étaient appelés à témoigner. Lady Eversleigh était assise à l'extrémité de la table devant laquelle siégeait le coroner. Elle avait refusé de se faire assister par un avocat. Elle se fiait à sa seule innocence. Fière, calme, maîtresse d'elle-même, elle se présenta devant la solennelle assemblée, et elle supporta sans faiblir les regards scrutateurs qui, de tous côtés, se dirigeaient sur elle.

Réginald la contemplait avec une haine farouche, quand elle vint se placer à une petite distance du siège qu'il occupait.

Le témoignage de M. Missenden établit que, dans son opinion, sir Oswald avait succombé aux effets d'un poison subtil et peu connu. Le médecin avait découvert les traces de ce poison dans le verre vide trouvé sur la table à côté du mort, et il avait constaté la présence de ce même poison dans l'estomac du défunt.

Après la déposition conforme de l'autre médecin, Peterson, le sommelier, fut appelé à prêter serment. Il raconta les faits relatifs à la confection du testament, et déclara que c'était lui qui avait apporté la carafe d'eau, le flacon de Bordeaux et le verre vide.

— Avez-vous été chercher l'eau vous-même? demanda le coroner.

— Oui, monsieur. Sir Oswald tenait à ce que l'eau fût bien glacée, et je l'ai puisée dans une fontaine filtrée, à l'entretien de laquelle je veille moi-même.

— Et le verre?

— Je l'ai pris dans mon office.

— Êtes-vous sûr qu'il n'y avait rien dans le verre, quand vous avez porté le plateau à votre maître?

— Parfaitement sûr, monsieur. Je m'applique essentiellement à avoir toujours mes verres propres et brillants; l'affaire du sommelier en second est de les laver et de les essuyer, et de bien veiller, moi, à ce qu'il s'acquitte de son devoir. J'aurais vu tout de suite si le verre était troublé ou humide à l'intérieur, cela rentre dans mes attributions.

L'eau qui restait dans la carafe avait été examinée par les médecins et déclarée par eux parfaitement pure. Le bordeaux n'avait pas été touché. Le poison ne pouvait donc avoir été versé que dans le verre.

Comment alors le baron pouvait-il avoir été empoisonné, sinon par sa propre main?

Réginald fut un des derniers témoins entendus. Il raconta son entretien avec son oncle dans la journée qui avait précédé sa mort. Il relata les révélations faites par miss Graham, et dit tout ce qui pouvait appeler le châtiment sur la femme qui était assise près de lui, pâle, silencieuse, attendant son arrêt.

Elle avait passé par de telles anxiétés depuis quelques jours, qu'il semblait que rien désormais ne pût l'émouvoir. L'homme qu'elle aimait si tendrement l'avait bannie de sa présence avec dureté et mépris. Quelle nouvelle torture pouvait égaler celle-là!

La haine et la rage de Réginald se trahirent; il dépassa les bornes de la prudence., il accusa audacieusement lady Eversleigh d'avoir brûlé le testament.

— Vous vous oubliez, sir Réginald, dit le coroner. Vous êtes ici comme témoin et non comme accusateur.

— Mais puis-je garder le silence quand je sais cette femme coupable d'un crime qui me vole mon héritage? s'écria le jeune homme avec violence. Qui donc, elle exceptée, était intéressé à la destruction de ce testament? Pourquoi est-elle restée cachée dans le château, après son prétendu départ, si ce n'est dans un but criminel? Elle a quitté son appartement une nuit, après avoir écrit une lettre d'adieu à son mari. Qu'a-t-elle fait depuis? Où était-elle?

— Permettez-moi de répondre à ces questions, sir Réginald, dit du seuil de la porte une voix nette et ferme.

XXVI

L'enquête. — (Suite)

Le jeune homme se retourna et reconnut celui qui venait de parler.

C'était le vieil ami de son oncle, le capitaine Capplestone.

Il était entré sans avoir été entendu par Réginald, tout entier à sa déposition et à sa haine. Il était encore dans sa chaise roulante, toujours incapable de se mouvoir sans l'aide de quelqu'un.

— Permettez-moi de répondre à ces questions, répéta-t-il. Je viens d'apprendre à la minute seulement dans quelle passe cruelle se trouvait lady Eversleigh. Je demande à prêter serment à l'instant, car mon témoignage peut être de quelque importance dans cette affaire.

Réginald s'assit, incapable de trouver une raison pour s'opposer à ce que Capplestone fût entendu.

Lady Eversleigh, pour la première fois, laissa apparaître la trace d'une légère émotion. Elle leva ses yeux remplis de larmes sur la face bronzée du capitaine, avec une expression de confiante gratitude.

Le capitaine prêta serment et procéda à son témoignage en termes concis, avec une

sorte de brusquerie et sans attendre qu'on l'interrogeât.

— Vous demandez où lady Eversleigh a passé la nuit et comment elle l'a passée? dit-il. Je puis répondre à ces deux questions. Elle a passé cette nuit dans ma chambre, soignant un vieillard malade, et pleurant sur le refus de sir Oswald de croire à son innocence. Comment était-elle là? Je vous le dirai en peu de mots. Avant de quitter le château, elle vint à ma chambre et demanda à mon vieux domestique de l'introduire auprès de moi. Elle avait été très bonne et pleine d'attentions pour moi pendant ma maladie. Mon domestique est un rude compagnon, brutal et assez maussade, mais il est reconnaissant de toutes les bontés qu'on a pour son maître. Il permit à lady Eversleigh de me voir; tout souffrant que j'étais. Elle me répéta toute l'histoire qu'elle avait dite à son mari. « Il refuse de me croire, capitaine Capplestone! s'écria-t-elle; lui qui naguère m'aimait si tendrement, il refuse de me croire! Aussi je suis venue près de vous, son meilleur et son plus ancien ami, dans l'espérance que vous aurez meilleure opinion de moi, et qu'un jour, quand je serai loin, et que le temps aura adouci son cœur, vous pourrez dire une bonne parole en ma faveur. » Et je la crus, moi! Oui, sir Réginald, oui, monsieur Eversleigh, j'ai cru, et je crois encore, ce que m'a dit la veuve de mon ami.

— Capitaine Capplestone, dit le coroner, nous n'avons pas à rechercher ces particularités. La seule question est celle-ci : quand lady Eversleigh est-elle entrée dans votre appartement, et quand l'a-t-elle quitté?

— Elle est venue près de moi à l'approche de la nuit, et elle n'a pas quitté ma chambre avant le lendemain matin, après la découverte de la mort de mon pauvre ami. Quand elle m'a raconté son histoire et m'a fait part de son intention de sortir sur-le-champ du château, je l'ai priée de demeurer jusqu'au lendemain. « Vous êtes en sûreté dans mon appartement, lui ai-je dit, personne autre que moi ne sait que vous domestique ne sait que vous êtes restée au château; et demain, quand la réflexion aura calmé la colère de sir Oswald, peut-être me sera-t-il possible d'intervenir avec succès pour démontrer à mon ami votre innocence. » Lady Eversleigh connaissait mon influence sur son mari, et, après quelques instances de ma part, elle consentit à suivre mon conseil. Ma goutte endiablée m'a fait souffrir plus que de coutume cette nuit, et la femme de mon ami a aidé mon domestique à me soigner avec la patience d'un ange ou d'une sœur de charité. Depuis le commencement jusqu'à la fin de cette nuit fatale, je le répète, elle n'a pas quitté ma chambre : elle y est entrée avant la rédaction de ce testament, et elle n'en est sortie qu'après la découverte de la mort de son mari.

— Capitaine Capplestone, dit le coroner, votre témoignage est concluant et ne saurait laisser aucun doute.

— Et mon témoignage peut être confirmé par celui de mon vieux serviteur Salomon Grundy, si toutefois il demande confirmation.

— En aucune façon, capitaine!

Le coroner se leva, et, solennellement :

— Les témoins vus et entendus, dit-il, oui notamment la déclaration du capitaine Capplestone, lady Eversleigh ici présente se trouve quitte et libre de toute accusation et soupçon. Mon verdict est : « La mort de sir Oswald Eversleigh a eu pour cause le poison; mais aucune preuve n'établit la culpabilité de personne. »

XXVII

Les Funérailles

Les funérailles de sir Oswald furent entourées de toute la pompe et de tout l'éclat qui convenaient au gentilhomme et à l'homme.

Le jour de la cérémonie fut sombre, triste et froid. Un vent de tempête soufflait à travers les chênes et les hêtres, qui semblaient faire entendre des gémissements. Les grands pins de l'avenue, violemment agités, se balançaient au vent comme les panaches du char funèbre. Il était difficile de croire qu'une quinzaine seulement s'était écoulée depuis cette brillante partie de plaisir à la Grotte du Sorcier.

Lady Eversleigh avait déclaré son intention d'accompagner son mari à sa dernière demeure. On lui avait fait observer qu'il était contraire aux usages que les dames de haut rang fissent partie du cortège funèbre. Mais elle était restée inébranlable dans sa résolution.

— Je n'ai pas, moi, à m'occuper de l'usage, dit-elle à M. Ashburne en secouant tristement la tête; je veux donner cette dernière marque de respect et d'affection au mari qui a été pour moi cher et mon plus fidèle ami sur cette terre. L'esprit libre de celui dont les yeux se sont fermés sait maintenant que mon amour et ma fidélité n'ont jamais failli. Si j'étais coupable envers lui, monsieur Ashburne, il faudrait que je fusse une criminelle bien endurcie pour insulter la mort par ma présence. Acceptez, si vous le pouvez, ma détermination comme une preuve de mon innocence.

— La question de votre innocence ou de votre culpabilité est un problème que je ne puis prendre sur moi de résoudre, lady Eversleigh, répondit gravement M. Ashburne. Il paraît certain que sir Oswald a mis fin à ses jours par le suicide; mais qu'est-ce qui l'a poussé à ce suicide? Le verdict du juge vous a acquittée comme matériellement étrangère à sa mort; mais quelle conscience d'homme aurait le droit et le pouvoir de vous acquitter du crime moral d'avoir brisé son cœur?

— Oh! murmura sourdement la veuve, comme leur complot était savamment comhiné! quelle trame solide de trahison et d'infamie! Oh! les misérables!...

— Madame, reprit Ashburne, si les circonstances se réunissent pour vous condamner, il ne faut pas demander aux hommes de vous absoudre.

Honoria lui avait d'abord parlé doucement et d'une voix persuasive et suppliante; mais l'expression de sa physionomie changea soudain, et son beau visage devint froid et sévère.

— Il suffit, dit-elle; je ne chercherai plus, monsieur Ashburne, à vous ramener envers moi à une opinion moins cruelle et moins injuste. Conformez votre jugement à celui du monde. J'attendrai l'heure de ma justification. Je l'attendrai. Je me fie au temps, le réparateur de toutes les calomnies, le vengeur de toutes les iniquités. Jusque-là, c'est bien! je resterai seule, sans un ami, pour me soutenir dans la lutte que je dois, que je veux accepter.

Ashburn ne pouvait se défendre d'un sentiment de respect pour cette femme qui se redressait ainsi devant lui, dans sa dignité calme et fière.

— Il se peut qu'elle soit la plus vile des créatures, se dit-il en la quittant, mais c'est une femme qu'il est impossible de mépriser.

Le cortège funèbre devait quitter Raynham à midi. A onze heures, l'arrivée de MM. Lionel et Douglas Dale fut annoncée.

L'aîné des deux frères fit demander à être reçu par la veuve de son oncle.

Honoria était assise dans une des pièces de l'appartement qui avait été affecté à son usage lorsque, fière et heureuse épouse, elle était arrivée au château. C'était un grand salon où se tenait habituellement la dernière lady Eversleigh, mère de sir Oswald.

La veuve était là, délaissée et désolée, se demandant s'il n'y avait pas encore possibilité qu'elle fût expulsée du château de Raynham, et eût en ce cas à recommencer sa vie misérable d'autrefois, sans pain et sans asile.

Quand Lionel Dale fut introduit, elle se leva et le reçut avec une politesse pleine de dignité. Elle s'attendait à se voir mal jugée par lui; mais il était le neveu du mari dont la mémoire lui était sacrée pour elle, et elle était déterminée à lui témoigner tous les égards possibles par considération pour celui qui n'était plus.

— Vous êtes peut-être surprise de me voir ici, madame? dit Lionel d'un ton glacial, qui fit comprendre à Honoria qu'il était déjà prévenu contre elle. Je n'ai pas reçu d'invitation pour la triste cérémonie d'aujourd'hui, soit de vous, soit de Réginald. Mais j'aimais sir Oswald avec une profonde tendresse et j'ai cru pouvoir venir spontanément remplir envers mon oncle vénéré ce dernier et pieux devoir.

— Permettez-moi de vous remercier et de m'excuser, répondit lady Eversleigh. Outre que j'ai été dans ces derniers jours absorbée par ma douleur, je ne sais si j'ai

encore le droit d'agir ici en maîtresse de maison, et je ne puis dire que ce toit m'abritera demain.

Elle regardait fixement Lionel, avec le faible espoir de découvrir, dans l'expression de son visage, un sentiment de compassion ou l'ombre d'une présomption favorable. Hélas! elle n'y découvrit rien de semblable.

C'était un franc et beau visage, un visage qui n'était pas un masque sous lequel les sentiments réels de l'homme cherchaient à se cacher. C'était une loyale et noble physionomie où l'on pouvait lire comme dans un livre ouvert. Et lady Eversleigh, le désespoir au cœur, n'y lut que l'aversion et le mépris.

Lionel, en effet, avait été dès son arrivée renseigné par M. Ahsburne sur tous les faits qui avaient précédé et suivi la mort de son oncle, et il regardait lady Eversleigh comme la première cause de cette soudaine et funeste fin.

Il la vit dans sa beauté et dans sa désolation; mais il n'eut pour sa désolation aucune pitié, et sa beauté ne lui inspira que de la répulsion : n'était-ce pas cette beauté fatale qui avait fait tout le mal?

— Je n'ai désiré vous voir madame, dit-il après un assez long silence, que pour expliquer une démarche qui pouvait sembler indiscrète. Ceci fait, je ne voudrais pas vous déranger plus longtemps.

Il salua avec une politesse glaciale et se retira. Il n'avait pas dit un mot de consolation ou de sympathie à cette pâle veuve de huit jours.

XXVII

Les Funérailles. — (Suite)

Les feuilles mortes jonchaient l'avenue que le corps de sir Oswald devait suivre pour se rendre au champ du repos; les feuilles mortes tombaient lentement des vieux hêtres et des chênes gigantesques. Pas un rayon de soleil n'éclairait le paysage, pas une lueur n'animait le ciel d'un gris de plomb. Il semblait que ce fussent les funérailles de l'été qu'on célébrait dans ce triste jour du commencement de l'automne.

Lady Eversleigh occupait la seconde voiture dans la procession funèbre. Elle était seule. Une aggravation de son accès de goutte tenait le capitaine Capplestone prisonnier dans sa chambre. Elle était seule; ses yeux ne versaient point de larmes, elle avait l'aspect calme d'une statue, mais le visage du mort dans son cercueil ne devait pas être plus pâle que le sien.

Lorsque le cortège franchit la grande porte de Raynham, un individu qui était au milieu de la foule réunie sur ce point, tressaillit violemment à la vue de ce visage superbe dans sa blancheur marmoréenne.

— Quelle est la femme qui est assise dans cette voiture? demanda-t-il.

C'était un homme du commun, un vagabond marchant pieds nus, à la physionomie sombre et sinistre, et qui faisait tout

son possible pour dissimuler son visage à l'aide des larges bords de son chapeau enfoncé sur ses yeux. Il ressemblait plus à un contrebandier ou à un marin qu'à un campagnard, et sa peau était bronzée par le soleil et par le hâle.

— C'est la veuve de sir Oswald, répondit un des assistants, celle qui, par son inconduite, a causé la mort du défunt.

L'homme qui parlait était un marchand du village de Raynham.

— Qu'a-t-elle fait? demanda vivement le vagabond. Excusez ma demande, je suis étranger à cette localité.

Le marchand était aussi bavard que le questionneur était curieux, et il raconta la triste histoire qui, à dix lieues à la ronde, était l'entretien du pays.

Le vagabond suivit le cortège avec le reste de la foule, d'abord jusqu'à l'église du village où le service des morts fut célébré, puis au parc où la triste cérémonie se termina devant le monument funéraire des Eversleigh.

Lorsque la foule forma le cercle devant le caveau, l'étranger parvint à se frayer un chemin au premier rang parmi les spectateurs.

Il était en avant d'un groupe de paysans quand lady Eversleigh dirigea par hasard ses regards vers l'endroit où il se tenait.

Une rougeur de honte et d'indignation monta subitement à ses joues.

Ce ne fut qu'un éclair, mais un nuage sombre resta sur le front contracté de lady Eversleigh. Personne, dans la solennité du lieu et de l'heure, ne remarqua ce bouleversement de sa physionomie.

Au dernier moment, quand les portes de fer du mausolée se refermèrent avec bruit, la fermeté d'Honoria l'abandonna. Un long cri, qui semblait poussé par l'ange du désespoir, s'échappa de sa poitrine, et elle tomba inanimée devant ces portes inexorables.

Lionel jeta un regard autour de lui : pas un regard ami ne s'arrêta sur elle, pas une main secourable ne s'étendit pour la soutenir. Alors il s'avança, releva la pauvre femme, la transporta privée de connaissance et la déposa dans sa voiture. Honoria, en rouvrant les yeux, le reconnut.

— Je suis mieux maintenant, dit-elle, ne prenez pas d'inquiétude à mon sujet, je vous prie. Excusez-moi, mais je n'ai pu résister à la souffrance de la séparation dernière.

— Etes-vous tout à fait revenue à vous? Puisse-je vous laisser seule? demanda Lionel d'un ton plus doux.

— Oui, en vérité, monsieur, je suis complètement remise. Je vous remercie de votre bonté.

Lionel salua et il se dirigeait vers sa voiture, quand il rencontra Réginald.

— J'ai entendu dire que la femme de mon oncle avait étudié pour être actrice, dit Réginald, cette scène de tout à l'heure est une suffisante confirmation du fait.

— Si vous entendez parler de cet évanouissement, reprit Lionel, je suis convaincu qu'il n'était nullement simulé.

— Je regrette de vous voir si facilement

pris pour dupe, mon cher Lionel, répliqua son cousin avec un sourire ironique; je ne pensais pas qu'un joli visage pût avoir sur vous une pareille influence. I. I. i.

Rien de plus ne fut ajouté. Les deux hommes montèrent dans leurs voitures, et le cortège retourna au château.

XXVIII

Le Testament

Le notaire de sir Oswald devait ouvrir le testament dans la grande salle à manger du château. Parents, amis, serviteurs, tous étaient assemblés pour en entendre la lecture solennelle.

La place d'honneur était occupée par lady Eversleigh. Elle était à la droite de l'homme de loi, calme, digne, comme si jamais un soupçon n'avait terni sa bonne renommée.

Le notaire lut le testament.

C'était celui que sir Oswald avait fait immédiatement après son mariage, celui dont il avait parlé à Réginald, le seul qui eût été retrouvé.

Ce testament instituait Honoria légataire du domaine de Raynham avec toutes ses dépendances; il donnait à Lionel et à Douglas Dale des propriétés représentant un revenu de dix mille livres (250,000 fr.); Réginald avait un petit domaine qui rapportait au plus douze mille francs. Au capitaine Capplestone, le baron laissait un legs de quatre mille livres (100,000 francs), et une vieille bague, formant cachet, qu'il avait coutume de porter à son doigt.

Aucun des vieux serviteurs de Raynham n'était oublié. Quelques vieilles pièces d'argenterie pour curieuses, des objets d'art et des bijoux rares étaient laissés à M. Wargrave, le recteur, à Gilbert Ashburne et divers amis.

D'après les termes du testament de sir Oswald, les propriétés léguées à Lionel et à Douglas Dale ne devaient faire retour à Réginald que si tous deux décédaient sans postérité, le legs total devant rester attribué au survivant des deux frères.

C'était une simple éventualité, l'ombre d'une chance. Les deux jeunes frères Dale étaient dans de meilleures conditions d'existence que Réginald; car leur vie avait été aussi sage et aussi réglée que la sienne avait été dissipée et folle; mais cette chétive espérance était encore quelque chose.

— Ils peuvent mourir! pensait-il, mourir tous deux! la mort n'est-elle pas toujours en embuscade sur le grand chemin de la vie?...

Il regarda les deux jeunes gens. Lionel, l'aîné, était le plus beau des deux. Il avait le teint clair, des cheveux châtains ondulés et de grands yeux bleus limpides. Le plus jeune, Douglas Dale, avait des traits irréguliers, mais illuminés d'une expression frappante d'intelligence et d'af-

fabilité. Lionel appartenait à l'église, Douglas était avocat, ou plutôt étudiant en droit, car son premier plaidoyer était encore à venir.

Comme Réginald portait envie à ces fortunés parents! Comme il les haïssait d'une haine farouche!

Son regard se détachait d'eux pour se reporter sur Honoria, la femme contre laquelle il avait conspiré et qui triomphait en dépit de lui; car il ne pouvait s'imaginer que la douleur de la perte d'un mari pût trouver place dans le cœur de l'heureuse légataire, aujourd'hui maîtresse du domaine de Raynham et de ses dépendances.

Quant à lady Eversleigh, son étonnement était sans bornes. Était-ce possible? Ce testament lui assurait une position plus haute que lors qu'elle était en possession de la confiance et de l'amour de son mari! Cette pensée pouvait consoler sa fierté, mais elle n'apportait aucun baume à la blessure de son cœur. Il n'était plus, celui dont l'amour lui avait donné cette fortune et cette splendeur! Il était parti pour toujours, et il était mort le croyant parjure!

Ainsi songeait la douloureuse veuve, et, laissant tomber la tête dans ses mains, elle éclata en sanglots.

Réginald la regarda, le mépris et la haine dans le cœur.

— Qu'en pensez-vous maintenant, Lionel? dit-il à son cousin quand tous furent dehors. Ne trouvez-vous pas, pour le coup, que cette belle explosion de douleur est de la comédie pure?

— Je crois encore que cette douleur était sincère, reprit gravement Lionel.

— Ah! vous estimez que la possession d'un pareil héritage est un juste sujet de se lamenter?

— Non, Réginald; j'estime qu'une femme qui a eu des torts envers son mari et a été la cause indirecte de sa mort, peut se sentir bouleversée jusqu'au fond de l'âme quand elle découvre combien elle était aimée et quelle confiance sans bornes elle inspirait à celui qu'elle a perdu.

— Fort bien! ricana Réginald, votre soudaine sympathie pour lady Eversleigh ne m'étonne que médiocrement, s'il faut le dire.

— Ma sympathie est acquise à tout pécheur repentant, dit Lionel.

— Surtout quand la pécheresse est millionnaire et maîtresse du château de Raynham, n'est-ce pas? Peut-être voulez-vous rester ici et essayer de chausser les souliers du mort? Je ne sache pas qu'il existe de loi qui défende à un neveu d'épouser la veuve de son oncle.

— Vous m'insultez et vous insultez le mort, sir Réginald! Je partirai de Raynham tout à l'heure et il est bien probable que je ne revoie jamais lady Eversleigh. Mais je ne me reconnais pas le droit de juger ses fautes et encore moins de calomnier son repentir.

— Vous êtes en bien indulgente humeur, Lionel! mais vous avez sujet d'être charitable, homme heureux!

Le soir même, les deux frères Dale quittèrent le château de Raynham.

Réginald les suivit de près. Au sommet d'une colline d'où l'on pouvait voir encore le manoir et, le parc, le « baron » se retourna, et les contempla une dernière fois avec un sentiment de fureur.

— Ce domaine est à elle! gronda-t-il entre ses dents, à elle, pour en jouir tant qu'elle vivra! Une femme sans nom m'a volé mon héritage! Oh! mais qu'elle prenne garde! le désespoir donne de l'audace. J'aurai mon tour! j'aurai mon tour!

Réginald ne savait pas à quel énergique et vaillant adversaire il avait affaire. Dans le moment même où il murmurait ces menaces, une femme pâle était debout devant l'une des fenêtres du château, l'œil fixé aussi sur le vaste horizon.

— Tout cela est à moi! se disait-elle, ces terres et ces bois sont à moi! à moi qui regardais jadis comme une faveur de coucher dans une grange vide! Seulement, de quel prix m'a-t-on fait payer ces richesses? De la vie de l'homme que j'aimais et de mon honneur. Oh! mais maintenant, ces richesses, si chèrement arrachées aux misérables qui les convoitaient, à quoi pourrais-je mieux les employer qu'à les démasquer et à les punir!

DEUXIÈME PARTIE

LES VAUTOURS SUR LEUR PROIE

I

Le passé revient

Le lendemain des funérailles, à une heure matinale, un jeune garçon du village se présenta à la porte de l'office et demanda à voir la femme de chambre de lady Eversleigh.

Jane Payland, la jeune femme qui remplissait ces fonctions, dévouée dans une certaine mesure aux intérêts de sa maîtresse, s'indigna fort contre l'impertinent commissionnaire qui se permettait de venir troubler milady en un pareil moment, et ne descendit à la petite salle d'attente que dans l'intention de l'éconduire de la belle façon.

— Qui êtes-vous et que voulez-vous? demanda-t-elle sévèrement.

— Sauf votre bon plaisir, madame, je suis le fils de la veuve Beckett, répondit l'enfant, sans dissimuler la frayeur que lui causait le ton de la jeune femme en robe de soie et en petit bonnet qui lui adressait la parole. J'ai une lettre que je ne dois remettre qu'à la femme de chambre de lady Eversleigh.

— C'est moi qui suis la femme de chambre de milady.

7

L'enfant lui tendit une lettre assez sale, sur laquelle était hardiment tracée l'adresse de lady Eversleigh.

— Qui vous a donné ça? demanda Jane en jetant un regard de dégoût sur l'enveloppe malpropre de la lettre.

— C'est un homme que j'ai rencontré dans le village. Je dois attendre la réponse, pour la lui rapporter à l'auberge de la *Poule et ses poussins*.

— Comment vous permettez-vous d'apporter à lady Eversleigh la lettre d'un vagabond? Quelque demande d'aumône, sans doute. C'est en vérité d'une impudence rare.

— Je n'ai fait aucun mal, observa le jeune Beckett. Il m'a dit qu'en voyant cette lettre lady Eversleigh s'empresserait d'y répondre. Il m'a dit: «Cours vite, c'est une question de vie ou de mort.»

Ces paroles frappèrent Jane. Que devait-elle faire? Si la lettre avait une importance réelle, s'il y avait quelque chose de sérieux dans les paroles de l'enfant, n'était-il pas de son devoir de faire tenir à lady Eversleigh ce mystérieux message?

— Restez ici jusqu'à mon retour, dit-elle à l'enfant.

Le jeune paysan s'assit sur l'extrême bord de la banquette du vestibule, mit son chapeau sur ses genoux, et attendit.

Jane se rendit aussitôt à l'appartement de sa maîtresse. Honoria ne leva pas les yeux lorsqu'elle entra dans la chambre. Elle était plongée dans un accablement profond et semblait absorbée par de sombres pensées.

— Je demande pardon à madame de la déranger, dit Jane, mais un jeune garçon du village apporte une lettre, qui lui a été remise par je ne sais quel personnage inconnu, avec des paroles si singulières, que j'ai cru devoir prévenir madame, et...

A la grande surprise de Jane, lady Eversleigh se leva vivement et s'avança vers elle, rappelée à la vie comme par un effet magique.

— Donnez-moi cette lettre, s'écria-t-elle.

Elle prit l'enveloppe souillée et chiffonnée des mains de la femme de chambre.

— Vous pouvez vous retirer, dit-elle, je vous sonnerai si j'ai besoin de vous.

Jane aurait donné beaucoup pour assister à la lecture de la lettre. Mais elle n'avait aucune excuse pour demeurer plus longtemps; elle fut donc forcée de se retirer dans le cabinet de toilette de sa maîtresse, qui, ainsi que les autres pièces, ouvrait sur le corridor.

Un quart d'heure après, lady Eversleigh sonna, et Jane se précipita dans la chambre.

Elle trouva sa maîtresse assise près de la cheminée. Son pupitre était sur la table, et, sur ce pupitre, une lettre dont la suscription était encore fraîche.

— Donnez cela au jeune garçon qui m'attend, dit Honoria en montrant du doigt la lettre qu'elle venait d'écrire.

— Oui, madame.

Jane partit. Pendant le trajet de la chambre de lady Eversleigh à l'antichambre, elle eut amplement le loisir d'examiner la lettre.

Elle était adressée: *A monsieur Brown, à l'auberge de la Poule et ses poussins.*

Elle était simplement cachetée, sans empreinte d'un cachet quelconque.

Jane qui connaissait bien la main de sa maîtresse, s'aperçut tout de suite que l'écriture avait été déguisée; il était évident que lady Eversleigh n'était pas disposée à reconnaître cet écrit comme émanant d'elle.

A chaque minute, le mystère devenait plus intéressant. Jane aimait sa maîtresse, mais il y avait deux choses qu'elle aimait encore mieux: la domination et l'argent. La connaissance des secrets de sa maîtresse pouvait lui faire atteindre ce double but; si bien qu'au moment d'arriver au vestibule où le petit paysan l'attendait, un changement subit de résolution la fit s'élancer dans une autre direction.

Elle s'engagea vivement dans un étroit passage qui conduisait au bas de l'escalier de service et monta précipitamment à sa chambre. Elle alluma une bougie et passa plus de vingt minutes à un travail patient.

Le cachet de cire qui maintenant fermait l'enveloppe de la lettre était toujours sans initiales, mais ce n'était plus celui qui avait été apposé par Honoria une demi-heure auparavant.

La femme de chambre remit la lettre au jeune commissionnaire, qui partit en toute hâte, trop heureux d'échapper à de nouveaux reproches.

Il se rendit directement à l'auberge où il demanda M. Brown.

L'homme sortit aussitôt du cour, prit la lettre des mains du petit paysan, lui donna le shelling qui lui avait été promis; puis, s'écartant de l'auberge, suivit un sentier qui descendait vers la rivière.

Dans ce chemin solitaire, il déchira l'enveloppe et lut la lettre qu'elle contenait. Elle était des plus brèves:

« Ma seule chance d'échapper aux persécutions est d'accéder à vos demandes dans une certaine mesure. Je consens à vous voir. Attendez-moi ce soir à neuf heures, sur la berge à gauche du pont. Je ferai en sorte de m'y trouver. Dieu veuille que cette entrevue soit la dernière!»

L'horloge du village sonnait neuf heures, quand une femme vêtue de noir traversa la prairie au bord de la rivière et parut sur le chemin de halage.

Un homme se promenait là, le visage caché sous les larges bords d'un chapeau rabattu. Il avait une courte pipe à la bouche. Il souleva son chapeau et découvrit sa tête à la froide brise de la nuit. Ses cheveux étaient coupés comme ceux d'un galérien. La lune éclairait son visage sombre et hâlé.

C'était le vagabond qui s'était arrêté devant la grille du château, aux funérailles de sir Oswald.

C'était ce mécréant bien connu sur la grande route de Ratcliff, c'était Tom Milsom. Il s'avança à la rencontre d'Honoria.

— Bonsoir, mylady, dit-il. Il est bien humiliant sans doute pour une grande dame comme vous de venir en ce lieu-ci pour y rencontrer un homme comme moi. Mais il est bien étrange aussi que vous ayez cru nécessaire d'aller si loin retrouver une ancienne connaissance, quand ce grand château qu'on aperçoit là-bas vous appartient. J'ose ajouter qu'il est bien dur pour un homme de ne pouvoir rendre visite à sa propre.....

— Silence! interrompit lady Eversleigh, ne me donnez jamais ce nom, si vous ne voulez pas augmenter encore le dégoût que je ressens pour vous.

— Que la peste m'étouffe! fit Milsom, mais je trouve que voilà une façon singulièrement incivile pour une femme de s'adresser à.....

Honoria l'arrêta d'un geste impérieux.

— Je suppose que votre intention est de tirer profit de cette entrevue? dit-elle.

— Positivement, répondit Milsom.

— En ce cas, évitez avec soin toute allusion au passé. Autrement, sachez que vous n'obtiendrez rien de moi.

L'homme ne répondit d'abord que par un sourd grognement; puis, après un instant de silence, il murmura:

— Je ne me soucie pas plus que vous de parler du passé, ma belle et fière dame. Si c'est une époque de votre vie dont le souvenir vous soit peu flatteur, il n'est pas plus plaisant pour moi. Il est bien facile à une jeune femme ayant son existence assurée, de trouver à redire à la manière dont les autres gagnent leur vie! Cependant, si on ne la gagne pas agréablement, il faut bien qu'on la gagne de quelque façon que ce soit.

Il y eut un silence de quelques minutes. Lady Eversleigh s'efforçait de maîtriser l'émotion qui oppressait sa poitrine, en dépit du calme apparent de ses traits. Milsom marchait à côté d'elle, attendant qu'elle prît la parole.

Le lieu était solitaire. Lady Eversleigh et son compagnon avaient tout sujet de penser qu'ils n'étaient pas observés.

Mais il n'en était pas ainsi: un tiers les avait suivis; une femme, profitant de l'obscurité, s'était attachée aux pas de lady Eversleigh depuis sa sortie du château, et se trouvait près d'elle pendant sa promenade avec Milsom. L'observatrice s'était blottie derrière la haie qui borde la prairie sur le bord de l'eau, et pouvait, ainsi protégée, entendre distinctement chaque mot prononcé, au milieu du tranquille silence de la nuit.

— Comment êtes-vous parvenu à me trouver ici? demanda enfin lady Eversleigh.

— Un simple hasard. Vous aviez si habilement ménagé votre fuite, quand il vous a passé par la tête de nous quitter, que toutes nos recherches n'avaient pu nous mettre sur votre trace. J'abandonnai la partie pour une affaire... une méchante affaire,

Dieu me damne! La chance tourna contre moi. Je fus envoyé au delà des mers. Mais me voilà libre à présent, et j'entends faire un bon usage de ma liberté, je vous en avertis, madame. Je n'avais pas idée du bon nid que vous vous étiez fait, pendant que je gémissais tout là-bas. Je ne songeais même plus à ce que vous aviez pu devenir. Mais, au moment où je m'y attendais le moins, le hasard m'a jeté sur votre route. Ah! j'étais si abasourdi qu'il vous eût suffi d'une plume pour me jeter à terre, quand ce beau char funèbre a franchi les grilles du château, et que j'ai aperçu votre visage à la portière de la première voiture. Il faut que vous soyez une femme bien habile et bien adroite, savez-vous, pour avoir ainsi conquis un baron pour mari, et pour avoir amené ce vieil imbécile à vous laisser toute sa fortune, après vous être si mal conduite envers lui !...

Honoria fit un mouvement. Il reprit :

— Allons! vous ne me direz pas que votre mari savait qui vous étiez quand il vous a épousée?

— Il m'a trouvée mourant d'inanition dans une rue d'une ville de province. Il savait que j'étais sans amis, sans asile et sans pain. Cela ne l'a pas empêché de me donner son nom.

— Oh! mais il y avait au moins une chose qu'il ne devait pas savoir. Il ignorait que vous fussiez la fille de Tom Milsom. Vous ne le lui avez pas dit, je le parierais.

— Je ne lui ai pas dit ce que je savais être un mensonge, répliqua Honoria avec fermeté.

— Ah! c'est un mensonge! Vous n'êtes pas ma fille, à présent?

— Non, Tom Milsom, je ne suis pas votre fille.

— Vraiment! Et d'où le savez-vous?

— Je le sais, parce que je le sens.

— Allons donc! si vous n'étiez pas ma fille, pourquoi avez-vous été élevée à me traiter comme votre père?

— Parce que j'y étais contrainte. Je me souviens qu'il m'a été ordonné de vous appeler mon père, je me souviens d'avoir été battue parce que je m'y refusais, et battue jusqu'au moment où je dus me soumettre ou mourir sous les coups. Oh! j'ai eu une belle et heureuse enfance, n'est-ce pas, Milsom? une enfance que je dois me rappeler avec amour et regret ! — Et maintenant que vous me retrouvez tirée du ruisseau où vous m'avez jetée, vous venez, je suppose, me demander votre part de ma fortune?

— C'est à peu près cela, milady, répondit Milsom avec un calme parfait. Je ne m'inquiète guère du plus ou moins de dureté de vos paroles, les mots ne rompent pas les os, et, de plus, j'y suis habitué. Ce qu'il me faut, c'est de l'argent, de l'argent comptant, beaucoup d'argent. Vous pourrez m'injurier autant que vous voudrez, mais vous me payerez autant qu'il me plaira. Il me faut de l'argent de gré ou de force. Et je ne partirai pas, je vous en réponds, sans emporter une grosse somme.

— Vous voulez une grosse somme, dit Honoria tranquillement, combien demandez-vous?

— Eh bien! je n'abuserai pas de votre générosité, je serai modéré, pour commencer : mettons cinq mille livres.

— Et vous espérez obtenir cette somme de moi?

— Naturellement.

— Cent vingt-cinq mille francs?

— Cent vingt-cinq mille francs, argent comptant.

Lady Eversleigh s'arrêta brusquement, et, regardant Milsom en plein visage :

— Vous n'aurez pas cette somme, dit-elle. Pas même cent vingt-cinq mille sous. Non! l'argent de mon mari ne passera pas dans vos mains pour servir vos vices et vos crimes. Tout ce que je ferai, c'est de vous mettre à l'abri du besoin, si vous pouvez vous résigner à vivre honnêtement. En ce cas, je vous allouerai une pension annuelle de deux mille quatre cents francs, qui vous sera servie chaque trimestre par mon agent d'affaires à Londres. En dehors de cette petite rente, rien! vous ne recevrez rien! pas une obole!

— Ah bah! s'écria Milsom avec fureur. Eh quoi! Jenny Milsom, Honoria, lady Eversleigh, ou de quelque nom qu'il vous plaise de vous faire appeler, pensez-vous que je me contente de cette piètre aumône? Pensez-vous que je garde le silence si vous ne me le payez pas largement? Vous ne savez donc pas à quel homme vous avez affaire? Demain matin, tout le village connaîtra la noble origine de la grande dame qui habite le château. On saura quelle tendresse la châtelaine de Raynham porte à sa famille, et particulièrement à son père. On saura qu'elle les laisse aller pieds nus par les chemins, quand elle se prélasse dans de magnifiques équipages.

— Dites tout ce qu'il vous plaira.

— J'en dirai long alors, vous pouvez y compter!

Elle se redressa, et le regardant en face :

— Direz-vous de quelle façon Valentin Jernam est mort?

Milsom tressaillit. Pendant un instant, il resta muet et comme interdit. Mais il se remit, et reprit d'un ton farouche :

— Je ne perdrai pas mon temps à parler des fantaisies de votre imagination; je dirai seulement qui vous êtes. C'est tout ce que les gens du pays ont besoin de savoir. Et je vous conseille, avant cet esclandre, de changer d'avis et de vous comporter généreusement envers moi.

— Ma résolution sur ce point est immuable, dit Honoria avec une surprenante fermeté. Vous accepterez ou vous refuserez la pension que je vous offre. A votre choix. Mais n'attendez de moi rien de plus. Quant à votre menace de raconter ma triste histoire aux gens de ce village, c'est un moyen d'intimidation nul pour moi. Dites à ces gens ce que vous voudrez; l'opinion du monde est sans aucune valeur à mes yeux.

— Demain matin, vous penserez autrement, s'écria Milsom.

Il était hors de lui. Il sentait qu'il aurait plaisir à mettre en lambeaux la fière et courageuse créature qui osait ainsi le braver.

— Je ne penserai autrement ni demain ni plus tard, répondit Honoria. Vous ne triompherez pas plus aujourd'hui de ma volonté que lorsque j'étais une enfant faible et sans défense; vous devez vous souvenir de cela, Milsom.

— Le fait est que vous aviez, dès ce temps-là, un drôle de caractère. Vous étiez une étrange enfant, avec votre face pâle et vos grands yeux noirs.

— Oui, et, même à cette époque, ma volonté luttait contre vous et les vôtres, et me soutenait contre vos violences. Vous et les vôtres vous pouviez bien me briser le cœur, mais vous n'étiez pas assez forts pour venir à bout de mon énergie. Cette énergie, je l'ai toujours, Milsom, et vous reconnaîtrez l'inutilité de ce que vous pourriez tenter contre elle.

Milsom ne répondit pas. Il regardait avec colère le visage calme et résolu qui était devant lui.

— Le nom de mon homme d'affaires à Londres est Dunfort, continua Honoria. M. Dunfort, de Gray's Inn. Vous n'avez qu'à l'aller trouver à votre arrivée à Londres, il vous payera le premier quartier de votre pension.

— Six cents francs! grommela Milsom, et vous avez 600,000 francs de rente!

— En effet, dit Honoria.

— Que la malédiction d'un cœur ulcéré s'acharne sur toi! s'écria l'homme avec emportement.

Lady Eversleigh haussa les épaules, et, sans rien ajouter, s'éloigna de lui avec un geste de dégoût, mais où le misérable ne sentit pas le plus léger signe de crainte.

Elle marcha lentement jusqu'à la barrière qui donnait accès dans la prairie, suivie par Milsom qui l'accablait d'injures.

— Un jour viendra, milady du diable, lui cria-t-il, où nous réglerons autrement nos comptes!

Sur ce mot, il la quitta, ivre de rage.

Lorsqu'Honoria arriva dans le pré, la femme qui l'épiait se dissimula dans l'ombre de la haie, qu'elle ne quitta que lorsque lady Eversleigh eût franchi la barrière de l'autre côté de la prairie, et que le bruit des pas de Milsom se fût perdu dans l'éloignement.

Elle sortit alors de sa cachette, et, quand la lune donna en plein sur son visage, on eût pu reconnaître Jane Payland, la fidèle camériste de milady.

II

L'avenir apparaît

Ce soir-là, pendant qu'elle coiffait sa maîtresse pour la nuit, Jane s'aventura, par quelques questions discrètes et respectueuses, à savoir ses projets d'avenir.

Lady Eversleigh lui répondit avec moins de réticences que d'habitude.

— Mon intention, dit Honoria, est de rester à Raynham, au moins pendant une année.

Jane fut surprise de la décision de sa maîtresse. Elle s'était imaginé que lady Eversleigh s'empresserait de quitter un pays où elle était un objet de réprobation.

— Si j'étais à sa place, et si j'avais sa fortune, pensait-elle, je m'en irais en France. A Paris, je serais une grande dame ; et le séjour y est mille fois plus gai et plus agréable que dans n'importe quelle ville de notre vieille et formaliste Angleterre.

— Je crains, madame, dit-elle, que votre santé ne souffre d'une longue résidence au château. Après un choc comme celui que vous venez d'éprouver, un peu de distraction serait nécessaire. Quand j'avais l'honneur de servir la duchesse de Montour, lors de la mort du cher duc, la première chose que je me permis de dire à la duchesse, après les funérailles, fut de lui conseiller un changement d'air et de place ; voilà ce qu'il faut pour se remettre de ces terribles épreuves. Le médecin de la bonne duchesse se fit l'écho de mes paroles, et, huit jours après la triste cérémonie, nous allions sur le continent, où nous restâmes pendant un an. A l'expiration de l'année, la duchesse épousait le marquis de Purpletown.

— La duchesse s'est promptement consolée ! dit lady Eversleigh avec un sourire qui n'était pas sans amertume. Il n'est pas douteux que les distractions et la variété d'un voyage n'aient puissamment contribué à effacer de sa mémoire le souvenir de son mari mort. Mais je ne désire pas oublier, moi, et je n'ai nulle hâte d'effacer de mon esprit l'image de celui que j'ai tant aimé.

Avec le secours du miroir de la toilette, Jane observait attentivement le pâle et grave visage de sa maîtresse.

— Ce que le monde appelle plaisirs n'a jamais eu pour moi aucun attrait, continua Honoria. Mon enfance et ma jeunesse se sont passées dans le chagrin, un aussi dur chagrin que votre imagination puisse vous le représenter, Jane ; et je vous ai cependant entendu dire que vous aviez passé par bien des tourments. Le souvenir de ce temps me revient en ce moment à la mémoire, plus vivace que jamais. C'est pourquoi je fuis la société qui ne saurait me donner aucune joie réelle. Quand bien même une raison particulière ne me retiendrait pas à Raynham, je n'aurais nulle envie d'en sortir.

— Ah ! vous avez une raison particulière pour rester à Raynham, milady ? demanda vivement Jane.

— Oui.

— Oserai-je me permettre de demander à milady quelle est cette raison ?

— Oui, Jane ; je veux vous accorder toute ma confiance. Je compte, je crois que vous m'êtes dévouée...

— Oh ! madame !...

Lady Eversleigh reprit d'une voix émue et grave :

— Mon intention est de rester à Raynham, parce qu'à l'heure de mon malheur et de ma désolation, la Providence n'a pas voulu que je fusse entièrement abandonnée au désespoir. J'ai une espérance, Jane, une espérance qui me fait supportable l'idée de l'avenir. Je reste au château de Raynham, parce que le printemps prochain, je l'espère, verra naître l'héritier du château de Raynham.

— Ah ! quel bonheur ! Et milady désire que l'héritier naisse au château ?

— C'est mon désir et c'est ma volonté. J'ai été victime d'un ténébreux complot, mais je ne tomberai pas aveuglément dans un nouveau piège, car il n'est pas d'infamie dont mes ennemis ne soient capables. Ma vie aura été au grand jour, depuis l'heure de la mort de mon mari jusqu'à la naissance de son enfant. Les amis de l'époux que j'ai perdu pourront connaître chaque acte de mon existence. Les vieux serviteurs de la famille seront près de moi. Je vivrai dans cette antique demeure, entourée de tous ceux qui ont connu et aimé sir Oswald. La calomnie même ne pourra rien sur la naissance de cet enfant. Si je vis pour veiller sur lui, son existence sera protégée et défendue. Et pourtant ce ne seront pas les ennemis qui manqueront à l'héritier de Raynham.

— Bon Dieu ! et pourquoi, milady ?

— Parce que cette jeune existence et la mienne se dressent entre un scélérat et la fortune. Si mon enfant et moi venions à mourir, Réginald Eversleigh entrerait en possession de ces biens dont jadis il devait être l'héritier. Les clauses du testament de sir Oswald ne lui donnent que fort peu de chose pour le moment ; mais l'avenir lui laisse plusieurs chances. Si je meurs sans enfant, il hérite du domaine de Raynham ; si ses deux cousins Lionel et Douglas Dale meurent sans héritiers directs, leurs revenus lui reviennent également.

— Mais ce sont là de pauvres chances, après tout, madame. Il y a peu de raisons pour que M. Réginald vous survive, ainsi qu'à ses deux cousins.

— Il n'y a pas d'autre raison que son infamie, répondit Honoria d'un air pensif. Il faut tout attendre et tout redouter de la part de certains hommes. Mais brisons sur ce sujet. Et maintenant, il se fait tard, laissez-moi, Jane. Je vous ai confié mon secret, parce que je le crois en des mains sûres et parce que j'avais enfin besoin d'épancher une fois mon cœur dans un cœur fidèle.

Jane remercia avec effusion sa maîtresse et, prenant respectueusement congé d'elle, s'éloigna absorbée dans ses réflexions.

III

Deux amis qui se retrouvent

Milsom, en quittant Raynham, se dirigea vers Londres, et prit pour y rentrer la route de Ratcliff.

Il marchait à pas pressés ; mais, quelque rapide que fût sa marche, le temps marchait encore plus vite. Il était midi quand il traversa Barnet. Il était nuit quand il entendit pour la première fois le son des violons et le bruit des danseurs sur la grande route de Ratcliff. Il se rendit, sans plus de retard, à la taverne du Joyeux Loup de mer.

Là, rien n'était changé ; pas même les grandes chandelles, qui, plantées dans un cercle en fer blanc suspendu au plafond, laissaient tomber par moments leur suif sur les consommateurs réunis devant le comptoir. On entendait la musique, les mêmes valses et les mêmes gigues exécutées par des violons criards auxquels se mêlait encore le son strident des fifres. La même foule de matelots, de femmes tête et bras nus, vociféraient dans l'atmosphère fumeuse et bruyante de la salle de concert ; au milieu des éclats de rire, des blasphèmes, du bruit et des luttes, se faisaient entendre par instant les maigres accords d'un vieux piano, et les notes faibles et perçantes d'un pauvre soprano.

Milsom avait enfoncé son chapeau sur ses yeux avant d'entrer dans la taverne.

Le comptoir était en contre-bas du niveau de la rue. Milsom, debout sur la première marche de l'escalier qui y descendait, put voir, dominant la foule de ses habitués, le visage de Wayman, le maître de l'établissement, qui semblait fort affairé.

C'est dans cette position dominante que Milsom attendit que Wayman eût relevé la tête et aperçu l'étranger.

Quand ses yeux se portèrent dans cette direction, Milsom porta rapidement le dos de sa main contre sa bouche, avec l'intention évidente de donner un signal.

Wayman y répondit par un signe de tête. Milsom alors descendit les marches et s'avança vers le comptoir.

— Puis-je avoir un lit et un morceau pour mon souper, mon maître ? demanda-t-il d'une voix qu'il déguisait à dessein.

— Certainement ! répondit Wayman, vous aurez tout ce qu'il vous faut, et un accueil amical,—si vous payez, bien entendu. Cette maison est des plus hospitalières, pour ceux qui payent.

La foule d'hommes et de femmes qui se pressaient devant le comptoir accueillit cette aimable plaisanterie par des bravos et des rires.

— Si vous voulez passer par cette porte, vous trouverez une bonne petite chambre, mon maître, dit Wayman du ton qu'il aurait pris pour un inconnu; je vous enverrai une côtelette avec des pommes de terre, aussitôt que cela sera prêt.

Milsom inclina la tête en signe d'assentiment. Il poussa la grossière porte de bois qui lui était si familière et s'installa dans le petit bouge désigné, à la taverne du *Joyeux Loup de mer*, sous le titre pompeux de cabinet particulier.

C'était la pièce dans laquelle il avait vu pour la première fois Valentin Jernam.

Deux ans et demi s'étaient écoulés depuis qu'il y était entré pour la dernière fois. Arrêté pour vol avec effraction un mois après la mort de Jernam, et condamné à cinq ans de déportation à la terre de Van Diemen, Milsom, en moins de trois ans, par d'habiles manœuvres et une hypocrisie parfaite, ne pouvant voler autre chose, avait escroqué sa grâce.

Ce petit bouge aux murailles graisseuses et au plafond enfumé, était pour ce mécréant une sorte de paradis. Là du moins il était libre, là du moins il était son maître ! Il pouvait boire, fumer, se divertir à son goût, et ne travailler que de la façon qui convenait à ses aptitudes.

Il s'assit sur une chaise, planta l'une de ses jambes sur l'autre, tira de sa poche une courte pipe en terre, la bourra, l'alluma, et commença à fumer lentement, béatement, s'arrêtant de temps en temps pour se parler à lui-même, entre deux bouffées de tabac.

Milsom avait fini la seconde pipe et avait lâché déjà plus d'un juron d'impatience, quand la porte s'ouvrit pour laisser entrer Wayman, qui portait un plateau contenant deux plats couverts et un grand pot d'étain.

— J'ai pensé qu'il valait mieux vous servir moi-même, mon maître, dit-il, bien que j'aie fort affaire là-bas. Je suis on ne peut plus heureux de vous revoir. Je me suis demandé bien souvent ce que vous étiez devenu depuis votre disparition.

— Vous auriez cessé de vous étonner, si vous saviez que l'Océan me séparait du bienheureux monde que vous habitez, Wayman. Oui, un voyage outre-mer... Je ne dis pas le tour du monde, mais...

— J'étais, en effet, par moments, assez disposé à croire, Milsom, que vous m'aviez fait voir le tour.

— Et que je m'étais éclipsé avec le magot, n'est-ce pas ?

— Mais, à dire le vrai...

— Homme soupçonneux ! Il suffit qu'un camarade fasse une absence, pour qu'on ait sur lui de pareilles idées : ainsi va le monde. Non, Wayman, je ne me suis pas sauvé avec le magot, je n'ai pas dépensé un shelling de l'argent de Valentin Jernam, pas même ce que je le lui avais gagné au jeu. J'ai été enlevé, sans avoir un moment pour me retourner, sur une méchante accusation pour un vol de deux liards. Était-elle ou non fondée, cela ne vaut pas la peine qu'on en parle. J'avais été pris sous un faux nom, et je l'ai gardé, jugeant

que j'avais plus à y gagner. Je vous aurais fait prévenir si j'avais eu sous la main quelqu'un de sûr pour vous faire parvenir mon message; mais je n'ai trouvé personne en qui je puisse avoir confiance. J'ai été pris un lundi, jugé le jeudi, et, quinze jours après, j'étais embarqué, comme un ballot de marchandises, avec d'autres ballots de mon genre. Voilà mon histoire.

Après cette explication, Milsom attaqua son souper, qui consistait en côtelettes fumantes et en pommes de terre plus fumantes encore.

Wayman s'était assis et réfléchissait en silence, attachant sur son hôte un regard scrutateur.

Après que Milsom eut absorbé une livre de côtelettes et au moins deux livres de pommes de terre, Wayman s'aventura à l'interrompre dans son opération.

— Si vous n'avez pas fait main basse sur l'argent, qu'est-il devenu ? demanda-t-il.

— Il est à l'abri, répondit Milsom, et dans un lieu aussi sûr qu'une église.

— Vous l'avez caché ?

— Oui.

— Où cela ?

Milsom regarda son ami avec une expression narquoise.

— C'est ce que vous voudriez bien savoir, cher Wayman, n'est-ce pas ? dit-il; peut-être alors mêleriez-vous quelque drogue à mon café, et iriez-vous inspecter la cachette, pendant que je serais là, sans défense, dans votre hospitalière demeure. Mais je ne suis pas un innocent, mon bon Wayman.

— Ne dites pas de bêtises, Milsom ! Veuillez vous rappeler que la moitié de l'argent de Valentin Jernam m'appartient, et devrait être en ma possession depuis fort longtemps. Si je l'ai loyalement laissé à votre garde...

— C'est que vous y étiez forcé, interrompit Milsom. Je me trouvais connaître un juif disposé à nous changer les valeurs, les billets de banque et l'or étranger, et vous me les avez confiés parce que c'était le seul moyen d'en faire de l'argent comptant.

— Eh bien ? fit le maître de la taverne du *Joyeux Loup de mer*.

— Eh bien ! j'ai vu mon ami le juif, j'ai fait avec lui un marché acceptable, et j'ai caché l'argent dans un lieu sûr, avec l'intention de vous apporter votre part à la prochaine occasion. Mais j'ai été pincé cette même nuit, et je n'ai pas cru devoir demander la permission d'aller chercher notre argent. Vous voyez donc qu'il n'y a pas de ma faute si vous n'avez pas reçu votre compte.

— Hum ! murmura Wayman, j'ai trouvé bien dur d'en être privé si longtemps ! Mais maintenant que vous voilà de retour, je suppose que vous allez vous empresser de le retirer de sa cachette. J'ai un fier besoin d'argent en ce moment, Milsom !

— Vraiment ? Le manque d'argent est une maladie à laquelle vous êtes diablement sujet, Wayman ! Mais j'ai répondu à

vos questions, vous voudrez bien, peut-être, répondre aux miennes. Y a-t-il eu beaucoup de changement par ici, pendant que je faisais mon excursion de désagrément ?

— Très peu; les choses ont marché avec leur monotonie habituelle.

— Pouvez-vous me dire si quelqu'un a habité ma maison, depuis que j'ai été obligé de la quitter ?

Le maître de la taverne du *Joyeux loup de mer* tressaillit.

— Ce n'est pas là que vous avez caché l'argent, j'espère ? demanda-t-il vivement.

— Et en supposant que ce fût là ?

— C'est que tout serait perdu, perdu jusqu'au dernier sou !

— Hein ?...

— La maison a été achetée, et le nouveau propriétaire l'a fait abattre en partie pour la reconstruire. Si c'est là que vous avez caché l'argent, Milsom, il n'y a pas beaucoup de chances pour que vous le revoyiez jamais !

Le visage de Milsom devint livide. Il bondit de son siége, et remit la lourde vareuse qu'il avait quittée en entrant.

— Ce serait bien mon guignon, s'écria-t-il, s'il fallait que je perdisse cet argent ! En vérité, ce serait bien mon guignon ! Venez, Wayman. Qu'avez-vous à me dévisager ainsi ? Venez.

— Où donc ?

— A mon ancienne maison. Vous me direz en route tout ce que vous savez des changements qui y ont été faits. Venez, il n'y a pas une minute à perdre.

La lune éclairait les mâts et les agrès dans le bassin et les toits des maisons de Bermondsey et de Wapping, lorsque Milsom et son compagnon se mirent en route pour la vieille maison près des marais.

Ils avaient, comme dans une précédente occasion, pris la carriole de Wayman, et en suivant la route solitaire à travers la plaine marécageuse qui longeait la rivière, Wayman raconta à son ami tout ce qui était arrivé.

— Pendant une année, la maison est restée vide, dit-il; mais alors un vieux capitaine de la marine marchande se prit d'une belle fantaisie pour la vieille baraque, parce qu'elle était entourée d'eau et qu'elle avait vue sur le bassin. Il l'acheta, la démolit presque de fond en comble, et la rebâtit. De sorte que je doute qu'il reste rien de l'ancienne habitation, dont il a du reste fait une charmante demeure. C'est un original, à ce qu'on m'a dit, que ce capitaine Duncombe ! un assez rude compagnon, peu facile à intimider.

— Si rude qu'il puisse être, il faut que je pénètre dans l'intérieur de sa maison, répondit Milsom, et je jure qu'il trouvera en moi son maître ! — A-t-il de la famille ?

— Une fille, et la plus jolie fille qui se puisse trouver à plus de dix lieues à la ronde.

— Bien ! nous ferons ce soir une première inspection des lieux. Il faudra laisser votre carriole à l'auberge du *Bateau-Pilote*.

Wayman approuva la sagesse du conseil.

Le *Bateau-Pilote* était une petite auberge à l'aspect délabré, dans laquelle se trouvaient de mauvaises écuries en ruine, qui voyaient plus de rats d'eau que de chevaux. C'est dans ses écuries que Wayman logea son cheval et sa voiture, pendant que Milsom se dirigeait vers son ancien logis.

La transformation était véritablement complète. La triste habitation qui, dans l'état où elle était jadis, ressemblait bien à une maison hantée par un revenant, était devenue le plus joli petit cottage qu'on pût voir dans le faubourg Est de Londres.

Le fossé avait été diminué de largeur, les bords en avaient été régulièrement encaissés, et deux élégants ponts de bois servaient à traverser les sombres eaux qui les remplissaient. Les tristes saules avaient disparu et avaient été remplacés par des arbres verts. Les broussailles avaient fait place à des fleurs. Un petit jardin embaumé s'était dessiné là où il n'y avait qu'un terrain en friche, et le pavillon attaché à un mât donnait à la résidence un aspect maritime.

Tout était noir; il n'y avait pas une lumière aux fenêtres.

Le jardin était défendu de toutes parts par une grille de fer, à l'exception du côté le plus rapproché de la rivière. Là n'existait qu'une chétive petite haie de lauriers. C'est par là que Wayman et son ami arrivèrent à trouver accès dans le jardin.

Ils s'introduisirent sans bruit dans le petit domaine du capitaine, et firent à pas lents le tour de la maison, examinant avec attention chaque porte et chaque fenêtre.

— Le capitaine est-il riche? demanda Milsom.

— Oui, je le crois fort à son aise. Il y a des gens qui prétendent qu'il est même plus qu'à son aise. Il a dépensé au moins 30,000 francs pour les travaux de la maison.

— Que le diable soit de lui! s'écria Milsom avec colère. On voit qu'il s'entend à défendre son bien. Il faudrait un voleur bien habile pour s'introduire dans cette maison. Les fenêtres sont toutes protégées par des volets extérieurs qui paraissent aussi solides que s'ils étaient en fer, et les portes ne semblent pas disposées à céder aux plus énergiques pesées.

Après avoir complété son inspection de la maison, Milsom s'écria du même ton furieux :

— Mais ce démolisseur a jeté bas jusqu'au dernier moellon de ma maison !

— Je vous l'avais dit, reprit Wayman. Il n'a rien laissé de la bâtisse du vieux Screwton, que quelques poutres, les gros murs et les corps de cheminées.

— Ah! s'écria Milsom, ils ont laissé les cheminées?

— Je comprends! dit Wayman, vous avez caché l'argent dans une des cheminées?

— Ne vous inquiétez pas de l'endroit où il est caché. Il y a peu de chances de le retrouver après le bouleversement opéré par les maçons. Mais, quoi qu'il arrive, il faut que je pénètre dans la maison.

— Vous trouverez peut-être la chose difficile.

— Ah! j'en viendrai à bout pourtant, ou Tom Milsom n'est plus mon nom !

IV

Le revenant

Le capitaine Louis Duncombe, gros, homme au teint coloré, pouvait avoir une cinquantaine d'années. C'était un brave et honnête compagnon. Il était veuf, il n'avait qu'un enfant, une fille unique, qu'il idolâtrait.

Mais un père n'aurait pas eu d'excuse de n'être pas fou d'une fille telle que Rosemonde Duncombe.

Rosemonde était une créature aimable et gaie, qui semblait née pour faire d'une maison un paradis. Elle avait le plus adorable caractère du monde, son rire était une musique délicieuse, et ses manières avaient un charme irrésistible.

Elle avait un joli petit nez conquérant, des lèvres vermeilles comme la groseille, des joues fraîches comme la rose, de grands yeux limpides d'un bleu céleste. Elle était comme un printemps vivant.

Si Duncombe adorait sa fille, son amour n'était pas payé d'ingratitude. Rosemonde idolâtrait son père, qu'elle regardait comme le meilleur et le plus parfait des hommes.

Elle n'avait qu'un souvenir très confus de sa mère, qu'elle avait perdue dans sa première enfance.

Son père s'était retiré du service actif, depuis dix-huit mois, après avoir vendu son navire, le *Renardeau*, dont il avait tiré un excellent prix, et sa bonne renommée dans la marine marchande.

Cette retraite du capitaine Duncombe avait été un sacrifice fait à sa fille bien-aimée.

Pour lui, la vie de marin n'avait perdu aucun de ses attraits; mais, quand il vit sa jeune et jolie fille en âge de quitter la pension, il résolut de lui donner une maison à diriger.

Il avait fait une belle petite fortune pendant les trente-cinq ans de son rude service, et il n'y avait pas, dans l'argent qu'il avait gagné, un seul denier non approuvé par sa conscience. Il était connu comme un modèle de loyauté et de probité.

En courant la banlieue de Londres en voiture, il passa devant ce terrain inculte sur lequel s'écroulait la maison en ruines de l'avare. C'était par une belle journée d'avril, et l'endroit paraissait moins désolé que de coutume. Le soleil éclairait la large rivière, et les mâts des navires se dessinaient en lignes accusées sur le bleu du ciel. Un écriteau collé sur l'une des planches de la palissade délabrée annonçait que cette propriété était à vendre.

Le capitaine Duncombe s'y arrêta.

— Voilà l'emplacement qui me convient! s'écria-t-il. Près de la vieille rivière qui m'a conduit à l'Océan lors de mon premier voyage, il y a trente-cinq ans ; en vue du bassin où tous les braves navires sont à l'ancre, — voilà juste ce qu'il me faut! Je jetterai bas cette bicoque et je bâtirai là un joli cottage pour y vivre avec mon enfant chérie. J'arborerai au-dessus de nos têtes le pavillon anglais, et, pendant la nuit, si je suis éveillé, au bruit du murmure des eaux, je me croirai encore en mer.

Un homme de terre ferme se serait peut-être dit que l'endroit était bien isolé, que le terrain était marécageux, et que, pour arriver en ce lieu solitaire, il fallait traverser les quartiers les plus mal famés de Londres. Le capitaine Duncombe ne vit que deux choses : la proximité de la rivière et la vue des navires à l'ancre dans le bassin.

Il revint à Wapping, où il trouva l'agent chargé de vendre la maison ayant appartenu au vieux Screwton. Cet homme fut trop heureux de trouver acquéreur pour une baraque dont personne ne voulait à aucun prix. Il dit le prix qu'on en demandait. Le capitaine n'essaya pas de marchander, et déclara qu'il s'en rendait acquéreur contre argent comptant. Ce fut bâclé en cinq minutes, et Duncombe se trouva en possession de son petit domaine sur les bords de la Tamise.

Il ne perdit pas de temps pour faire de ce lieu désolé une charmante résidence. Ce ne fut que lorsque la restauration fut complète, et après que le capitaine Duncombe eut dépensé plus de trente mille francs pour satisfaire sa fantaisie, qu'il apprit les mauvais bruits qui couraient sur sa propriété.

Les marins sont, comme on sait, fort superstitieux. Quand il sut que sa maison était hantée, Duncombe se gratta l'oreille et eut regret du choix qu'il avait fait. Mais il était trop tard. Il se promit seulement de garder, et il garda, vis-à-vis de sa fille, le secret de la légende du vieux Screwton, malgré les efforts continuels qu'il était obligé de s'imposer pour ne pas aborder ce lugubre sujet.

En dépit de toutes ses précautions, Rosemonde eut cependant connaissance de l'histoire du revenant. En allant visiter de pauvres gens, elle l'entendit raconter tout au long par une vieille femme du pays.

Peu de temps après, le terrible récit vint aux oreilles des deux servantes : une vieille femme nommée Mugly, cuisinière et gouvernante, et une jeune et jolie fille appelée Hélène Trott.

Mistress Mugly affecta de rire des apparitions du vieux Screwton.

— J'ai vécu dans bien des endroits et j'ai entendu bien des contes de revenants, dit-elle, mais jamais je n'en ai vu un seul. Je crois que, si l'on mange du porc peu cuit à souper, en l'arrosant de bière, ce qui charge encore l'estomac, et en n'ayant pas soin d'avaler un mélange de gingembre et de carbonate de soude, avant d'aller se mettre au lit, on sera exposé à voir une procession de revenants. Je n'ai jamais plaisanté avec mes digestions ; aussi n'ai-je jamais vu l'ombre d'un fantôme.

La jeune Hélène était loin d'avoir l'esprit aussi fort. Le spectre de l'avare la poursuivait chaque soir, et, une fois la nuit venue, elle n'aurait pas plus mis le pied dans le jardin, qu'elle n'aurait marché sur la gueule d'un canon.

Rosemonde se fit un devoir de partager les sentiments héroïques de mistress Mugly.

— Il n'avait jamais existé de revenants, et on n'en verrait jamais ! disait-elle ; toutes ces stupides histoires de fantômes et d'apparitions n'ont de fondement que dans l'imagination des niais qui les racontent.

Tel était l'état des choses dans la maison du capitaine Duncombe, à l'époque où Milsom revint de la terre de van Diemen.

Ce fut deux nuits après son retour qu'un événement survint, qui ne devait jamais être oublié par les habitants de la maison Duncombe.

La soirée était froide, mais belle. La lune, encore dans son plein, éclairait le jardin d'où l'on voyait la rivière. Le capitaine et sa fille étaient seuls dans leur petit salon, devant un bon feu, et engagés dans une partie de jacquet, jeu favori du capitaine. La gouvernante souffrait d'un vieux rhumatisme, et était allée se mettre au lit aussitôt après le souper de la cuisine, priant Hélène de servir le thé au salon à miss Rosemonde et à son père.

Après avoir remporté le plateau, lavé et serré les jolies tasses et les cuillers, Hélène s'assit devant le feu, et s'occupa de garnir de rubans un ravissant chapeau destiné à faire l'admiration d'un jeune et galant boulanger.

Le jeune boulanger avait coutume de rester devant la grille du cottage pendant plus de temps que ne le nécessitait son service, et plus d'une fois il avait donné à entendre que son attachement pour miss Hélène était foncièrement honorable.

En pensant au boulanger, à ses tendres paroles et aux belles promesses d'avenir qu'il avait murmurées à son oreille en revenant de l'église, Hélène laissa couler sans y prendre garde ces minutes solitaires.

Elle releva vivement la tête quand l'horloge sonna onze heures, et elle s'aperçut qu'elle avait laissé éteindre le feu.

C'était chose assez effrayante que d'être ainsi seule, au rez-de-chaussée de la maison hantée, quand tout le monde était au lit. Mais Hélène voulait absolument finir son nouveau chapeau.

A peine avait-elle pris ses ciseaux pour couper un bout de ruban, qu'un petit coup fut frappé avec précaution contre le volet extérieur de la fenêtre qui se trouvait derrière elle.

Hélène poussa un cri de terreur et laissa tomber ses ciseaux comme s'ils avaient été rougis au feu.

Que voulait dire ce coup frappé à cette fenêtre et à une pareille heure ?

Pendant quelques instants, la jeune servante resta tout interdite de peur.

Puis tout à coup ses pensées se reportèrent sur la personne dont l'image l'avait occupée toute la soirée. Ne se pouvait-il pas faire, que l'audacieux boulanger eût quelque chose de particulier à lui dire et eût choisi cette façon mystérieuse de l'avertir.

Un second coup frappé avec la même discrétion, retentit contre le volet.

— Oh ! décidément ce ne pouvait être que « lui » !

Hélène s'arma de courage, prit un chandelier de cuivre, et marcha d'un pas ferme à la petite porte qui, de la buanderie, donnait sur le jardin.

Elle ouvrit la porte et regarda craintivement dehors. Personne !

L'aimable et facétieux boulanger voulait évidemment lui faire peur.

Mais Hélène n'était pas fille à se laisser effrayer par les malicieux tours de son amoureux, elle s'avança hardiment dans le jardin, le chandelier à la main.

Au premier pas qu'elle fit, le vent souffla la chandelle. N'importe ! la lune brillait, et l'on y voyait presque comme en plein jour.

— Oh ! je sais qui est là, s'écria Hélène, croyant parler au boulanger, et c'est bien vilain de vouloir faire peur à une pauvre fille qui est toute seule !

Elle n'avait pas prononcé ces mots, que le chandelier luisant tomba de la main, et qu'elle demeurait pétrifiée et pareille à la statue de la peur.

Elle voyait lentement s'avancer devant elle, et se diriger vers la porte de la buanderie restée ouverte, l'effrayant fantôme dont elle avait si souvent entendu faire la description.

L'homme qui s'était suicidé dans la maison se dressait devant elle !

C'était un grand et long spectre, enveloppé dans un large vêtement de serge grise. Un mouchoir rougeâtre noué autour de sa tête rendait son visage plus livide encore.

A mesure que la terrible apparition s'approchait, Hélène reculait en arrière, laissant le passage libre au sinistre visiteur.

Le fantôme, qui marchait d'un pas lent et solennel, pénétra dans la maison, par la porte de la buanderie.

Pendant quelques minutes, l'épouvante avait cloué Hélène sur place. Mais bientôt la curiosité fut plus forte que l'épouvante. Hélène, de loin, suivit en frissonnant le revenant dans la maison.

De la porte de la cuisine, elle l'aperçut.

Il était debout devant l'âtre, les bras au-dessus du foyer, comme s'il eût cherché quelque chose dans la cheminée.

C'était, selon toute probabilité, la cachette où l'avare enfouissait son or. Son ombre revenait à l'endroit où, vivant, il avait son trésor et son âme.

Hélène courut à travers le vestibule. Elle monta en quatre enjambées, l'escalier qui conduisait à la chambre de son maître, et frappa violemment à la porte, en criant :

— Le revenant, monsieur ! le revenant ! L'ombre du vieil avare est dans la cuisine !

— Qu'y a-t-il ? s'écria le capitaine éveillé en sursaut.

Hélène lui fit son effroyable récit.

Le capitaine sauta à bas du lit, passa un pantalon et une robe de chambre, et descendit l'escalier, suivi de près par la jeune servante.

Il était lui-même assez tremblant, le capitaine ! L'intrépide marin n'aurait pas reculé devant dix bouches à feu ; mais, devant une ombre, c'était autre chose !

Hélène et lui arrivèrent juste à temps pour voir le fantôme coiffé de rouge et vêtu de gris, sortir, toujours à pas lents, par la porte de la buanderie.

Le capitaine eut le courage de le suivre dans le jardin, mais en se tenant à une distance respectueuse.

Le fantôme, arrivé à la petite haie qui servait de clôture, la franchit d'un bond, et s'évanouit dans l'épais brouillard qui enveloppait la rivière.

Le capitaine, un peu rassuré, marcha sur ses traces, et, non sans surprise, s'aperçut que les jeunes lauriers avaient été brisés et écrasés à l'endroit où avait passé l'esprit, comme s'ils eussent eu à supporter le poids d'un corps terrestre et pesant.

Le fait lui parut au moins bizarre.

Il retourna alors à la cuisine, accompagné d'Hélène, qui, tremblante comme la feuille, trouva juste assez de force pour frotter une allumette et allumer une chandelle.

Le capitaine examina la cuisine à la clarté de cette chandelle. Devant l'âtre, à ses pieds, il vit briller quelque chose. Il se baissa pour ramasser l'objet.

C'était une pièce d'or, une pièce étrangère et fort singulière.

La chose devenait tout à fait prodigieuse.

Le capitaine mit la pièce d'or dans sa poche.

— Je vais conserver ceci précieusement, dit-il à Hélène, car il n'arrive pas fréquemment qu'un revenant laisse derrière lui quelque chose.

V.

Le devoir de punir

Au moment où l'aubépine fut en fleurs dans les bois de Raynham, un être nouveau vint augmenter le nombre des habitants du château.

Une fille était née à la triste veuve : douce consolation dans sa solitude et sa peine. Honoria leva les yeux au ciel et rendit grâces à la Providence du trésor sans prix qu'elle lui accordait.

Elle avait été fidèle à la promesse qu'elle s'était faite : depuis la mort de son mari, elle n'avait pas quitté le château de Raynham. Elle y avait vécu seule, presque ignorée, sans recevoir aucune visite contente de la vie sévère qu'elle menait, et poussant rarement ses promenades, à pied ou en voiture, au delà du parc et de la forêt.

Quelques personnes de la noblesse du comté avaient fait, par curiosité peut-être, des avances de politesse à lady Eversleigh ; elle les avait, sans affectation, écartées.

— Tous ou personne ! se disait-elle. Que le monde fasse ou pense ce qu'il voudra, le monde est maintenant pour moi peu de chose.

C'est ainsi que les longs mois d'hiver s'étaient passés. Honoria était restée solitaire dans sa splendide demeure, plus froide et plus triste par sa splendeur même.

Mais le changement fut grand quand elle eut son enfant dans ses bras. Elle passait sa journée à regarder sa petite fille, et lui répétait, comme si elle pouvait la comprendre :

— Ta vie à toi, chère enfant, sera heureuse et brillante, quelque douloureuse qu'ait été la mienne. L'avenir pour moi est encore morne et désolé ; mais pour toi, chère petite, il faut qu'il soit riant et prospère !

La jeune mère aimait son enfant avec idolâtrie.

Cependant cet amour n'avait pas étouffé dans son cœur un autre sentiment tout aussi profond.

Cette nature haute et droite avait un côté escarpé et presque sauvage. On sait qu'elle avait eu, dès son plus bas-âge, une force étonnante de volonté. Après la mort de sir Oswald, une sorte de passion s'était emparée d'elle : l'âpre désir de le venger et de se venger. Elle ne croyait qu'à demi au suicide de son mari ; mais, en tout cas, qu'est-ce qui avait causé ce suicide ? L'odieux guet-apens dont elle avait été victime. Ses lâches ennemis devaient être châtiés. Ils le seraient ! Elle n'essaya même pas de songer au pardon. Elle considérait la vengeance comme un devoir.

Elle avait toujours présents à la pensée, et l'affreuse nuit dans la tour de Yarborough, et le moment plus atroce encore où elle avait eu la honte et le désespoir de voir sir Oswald la repousser comme une coupable. Elle méditait sans cesse sur ces cruels souvenirs. Le temps avait été impuissant à en diminuer l'amertume.

Les jours passaient, la petite fille grandissait en grâce et en beauté, au ravissement de la mère. Mais, à côté du visage rose de l'enfant, la sombre figure de Carrington lui apparaissait encore.

Aussi bien, le dur affront qui lui avait été infligé, il persistait, il durait toujours.

Les gens du comté avaient surveillé de près la conduite de la dame du château. Ils avaient pu constater que lady Eversleigh ne quittait jamais Raynham et qu'elle se dévouait aussi complètement à son enfant qu'eût pu le faire une simple paysanne. Elle dépensait plus en charités que tous les Eversleigh passés, bien que cette famille eût toujours eu une grande réputation de

générosité. N'importe ! la réprobation première qui s'était attachée à Honoria après la mort de sir Oswald, ne voulait pas la quitter. On hochait la tête avec doute et mépris quand il était question de ses vertus.

— C'est un rôle qu'elle joue ! disait-on, elle veut se faire passer pour une martyre, pour un ange calomnié, et elle espère reconquérir ainsi son rang et ses privilèges de reine du comté, comme à l'époque où le pauvre sir Oswald l'amena au château de Raynham pour la première fois.

Voilà ce qu'on pensait et ce qu'on disait, jusqu'au jour où la nouvelle se répandit que lady Eversleigh avait quitté le château de Raynham pour faire un voyage à l'étranger. Elle s'était mise en route sans aucun domestique que sa femme de chambre, Jane Payland.

Et ce qu'il y avait de plus étrange, c'est que cette mère si tendre n'avait pas emmené son enfant avec elle.

La petite Gertrude, (on lui avait donné le nom de la mère du défunt baron), restait à Raynham sous la garde de deux personnes : le capitaine Capplestone, et une veuve d'une quarantaine d'années, Mme Morden, femme d'une parfaite honorabilité, qui avait été choisie comme gouvernante de la jeune héritière.

L'enfant assurément ne manquerait pas de soins ; elle était néanmoins bien jeune encore, pour qu'une mère, qui avait paru l'aimer avec idolâtrie, l'abandonnât ainsi à des mains étrangères.

Les gens du pays se dirent qu'ils avaient eu bien raison de se défier, et que décidément lady Eversleigh avait essayé de jouer le rôle de veuve désolée et de mère dévouée, dans l'espoir de ramener à elle l'opinion et de reconquérir l'estime des honnêtes gens ; mais que, voyant la chose impossible, et fatiguée de cette contrainte, elle était partie pour le continent, afin de pouvoir librement dépenser sa fortune et jouir de la vie.

Tandis que la supposition générale faisait voyager la veuve de sir Oswald vers Paris, Rome ou Naples, deux femmes simplement vêtues prenaient possession d'un modeste appartement dans Percy Street, Tottenham Court Road, à Londres.

L'appartement avait été loué par une dame se faisant appeler Mme Eden, et pour être occupé par elle et sa femme de chambre. Il se composait de deux pièces de réception, avec deux chambres à coucher à l'étage supérieur et d'un cabinet de toilette contigu à la plus belle des deux chambres.

Le propriétaire de la maison était un commerçant belge retiré, nommé Jacob Mulk, vieux garçon qui s'occupait fort peu du reste de l'univers, et dont son existence à lui s'écoulait paisible.

La maison n'avait d'autre locataire qu'un étudiant en médecine qui occupait un logement au troisième étage. Il y avait une chambre à louer sur le même palier.

Quand Mulk entra dans l'appartement,

pour s'assurer que sa nouvelle locataire était satisfaite de l'aménagement, il pensa que de sa vie il n'avait vu une aussi belle femme.

Elle était assise, éclairée par une lampe sans abat-jour. Sa robe noire, d'une coupe sévère, n'était un peu égayée que par le col blanc qui entourait son cou délicat. Sa figure pâle avait une blancheur d'ivoire, que ses grands yeux noirs et ses sourcils bruns et bien arqués faisaient ressortir encore.

Elle se dit complètement satisfaite de tous les arrangements intérieurs faits à son intention.

— Je suis à Londres pour des affaires importantes, dit-elle, et je ne verrai, par conséquent, que fort peu de monde ; mais j'aurai peut-être de fréquentes entrevues avec des hommes de loi, et j'espère que mes affaires n'exciteront ni la curiosité, ni les commérages. soit dans la maison, soit au dehors.

Mulk déclara qu'il était l'homme du monde aimant le moins à bavarder, et que ses deux servantes, femmes âgées et de mœurs tranquilles, étaient des modèles de discrétion et de convenance.

Après quoi, il prit congé de sa locataire, jetant sur elle en se retirant un dernier regard.

Elle avait le coude appuyé sur la table, et sa main protégeait ses yeux contre le vif éclat de la lumière. A cette main délicate et diaphane, Mulk vit des diamants comme on en voit rarement portés par les habitantes de Percy Street. Mulk avait fait le commerce des diamants et s'y connaissait assez pour juger d'un coup d'œil que les bagues de sa locataire valaient à elles seules une petite fortune.

— Hum ! murmura-t-il, quand il fut installé chez lui dans son grand fauteuil, ces diamants en disent long ! Il y a quelque chose de mystérieux dans l'existence de ma locataire. En tout cas, mon loyer est assuré, c'est toujours une tranquillité !

Pendant que le propriétaire se frottait les mains, la locataire, restée seule, laissait des larmes lentes couler le long de ses joues.

— Mon enfant ! murmura-t-elle, ma fille bien aimée, mon idole ! qu'il est cruel d'être loin de toi ! Mais c'est le devoir.

Dès le lendemain matin de son arrivée à Londres, Honoria, ou plutôt Mme Eden, se rendait en fiacre chez un personnage nommé André Larkspur, qui occupait un obscur logement dans Lyon's Inn.

La science des agents de police n'avait pas atteint à cette époque le degré de perfection où elle est arrivée actuellement ; mais alors déjà il existait des hommes qui consacraient leur talent à l'œuvre des investigations privées et à la découverte des secrets et des mystères pouvant intéresser leurs semblables.

André Larkspur était un de ces hommes. C'était un ancien limier de la police de Bow Street, qui maintenant ne travaillait plus que pour les particuliers. Il était renommé pour son habileté et passait pour avoir amassé déjà une assez jolie fortune dans l'exercice de sa mystérieuse profession. Il n'était pas de ceux qui courent après la clientèle ; il avait toujours largement de quoi occuper son temps.

En lettres qui avaient été blanches, on lisait sur la porte noire du triste logement qu'il occupait au quatrième étage, ces mots :

ANDRÉ LARKSPUR, AGENT D'AFFAIRES

Nous verrons, à l'occasion, comment Honoria avait eu connaissance de l'existence de cet homme.

Elle se rendit seule chez lui. Elle s'était trouvée obligée de se confier à Jane dans une assez large mesure, mais elle ne lui avait dit que ce qu'elle était absolument forcée de lui dire, quant à l'affaire qui l'avait amenée à Londres.

_____

VI

Police privée

André Larkspur était un petit homme à cheveux gris, d'une soixantaine d'années, tout maigre et tout ridé ; son nez avait la forme d'un bec d'aigle ; ses bras étaient longs et nerveux, et terminés par des pattes crochues qui ressemblaient aux serres d'un oiseau de proie. Larkspur avait une grande analogie avec un vieux vautour imparfaitement transformé en homme.

Honoria n'éprouva aucune répulsion à son aspect ; elle pensa seulement que c'était bien là l'homme qu'il lui fallait pour la servir.

— J'ai appris, monsieur, lui dit-elle, que vous aviez une grande habileté pour certaines recherches de nature délicate, et je désire m'assurer immédiatement vos services. Êtes-vous libre en ce moment de me consacrer votre temps et votre talent ?

Larkspur ne répondait jamais à la question la plus simple, sans s'avoir retournée dans son esprit et en avoir étudié chaque mot avec soin.

Il examina Honoria des pieds à la tête, avec des yeux scrutateurs dont une personne ayant quelque chose à cacher eût difficilement soutenu le regard.

Le résultat de cette inspection parut favorable, car Larkspur répondit enfin d'un ton assez gracieux :

— Vous me demandez, madame, si vous pouvez compter sur mes services ? Cela dépendra.

— De quoi cela dépendra-t-il ?

— D'abord j'ai besoin de savoir si vous pouvez me payer. En ce moment plus d'affaires que je n'en puis entreprendre, et il m'en arrive toujours, et plus qu'il ne m'est possible d'en accepter.

— Il faut que vous renonciez à toutes les affaires, pour vous dévouer exclusivement à la mienne, dit Honoria.

— Oh ! oh ! s'écria Larkspur un peu cho-

qué ; savez-vous, madame, ce que vaut mon temps ?

— C'est une question dont je ne m'inquiète pas, répondit Honoria. L'œuvre pour laquelle j'ai besoin de vous devra probablement vous absorber tout entier. Je suis disposée à payer généreusement vos services, et je vous laisse libre de faire vous-même vos conditions. Votre honorabilité comme homme d'affaires m'est un garant que vos prétentions ne seront point exorbitantes, et j'y accéderai sans discussion.

— Hum ! murmura le soupçonneux limier, voilà qui est peut-être un peu trop libéral ! Je suis un vieux renard, madame, et j'ai pu observer que ceux qui font les plus belles promesses avant, sont parfois les moins disposés à les tenir après.

— Si vous avez été trompé par de malhonnêtes gens, et que vous ayez assez peu de pénétration pour me confondre avec eux, je n'ai plus qu'à me retirer, monsieur ; je vous salue.

Larkspur commença à penser qu'il avait été trop prudent, et que cette dame, malgré la simplicité de sa mise, pouvait être une très bonne cliente.

— Veuillez m'excuser, madame, dit-il ; mais, voyez-vous, la nature des affaires dont je m'occupe rend un homme méfiant. Je ne demande pas mieux que d'être exclusivement à vous et d'avoir l'esprit occupé d'une seule affaire, au lieu de tant d'intérêts divers qui me trottent dans le cerveau. Mais vous rendez-vous un compte exact du sacrifice que vous exigez de moi ? Je suis sûr que vous allez ouvrir de grands yeux si je vous dis que mon travail, et ce que vous appelez mon talent, me rapportent près de quatre cents francs par semaine, c'est-à-dire, entendez-moi bien, une somme d'environ vingt mille francs par an.

La dame n'ouvrit pas de grands yeux.

— Eh bien ! puisque votre travail vous donne vingt mille francs par an, répliqua-t-elle tranquillement, je vous donnerai cinq cents francs par semaine, ce qui fera par an vingt-quatre mille francs.

— Hum ! murmura Larkspur, vingt-quatre mille francs par an sont un beau denier ; mais combien de temps cela doit-il durer ? Si j'abandonne mes affaires, mon cabinet perdra toute sa clientèle, et que deviendrai-je quand vous n'aurez plus besoin de moi ?

— Je m'engagerai, en tout état de cause, à vous payer une année d'appointements.

— Cela ne peut suffire, madame, il me faudrait un engagement de trois années.

— Soit ! dit Honoria, l'affaire pourra bien vous prendre trois ans, et, si vous l'avez achevée plus tôt, ce sera tant mieux pour vous — et pour moi.

Larkspur regrettait de n'avoir pas demandé six ans.

— Allons ! reprit-il, avec une affectation d'indifférence, je crois pouvoir accepter ces conditions. Quant aux termes et au mode de payement ?...

— Vous serez payé par mois et d'avance, dit Honoria, et, si vous avez besoin de ga-

ranties pour l'avenir, je vous adresserai à mes banquiers. Mon nom est Mme Eden, Harriet Eden, et mes banquiers sont MM. Coutts.

— Voilà ce qui s'appelle traiter largement et rondement les affaires ! s'écria Larkspur, joyeux. Et quand aurez-vous besoin de mes services, madame Eden ?

— Tout de suite. Il y a un appartement vacant dans la maison que j'habite, je voudrais que vous vinssiez vous y établir, de manière à ce que je vous eusse sous la main quand j'aurais une communication à vous faire. Est-ce possible ?

— Dam ! oui, c'est certainement possible ; seulement...

— Je paierai ce qu'il faudra.

— A la bonne heure ! parce que, voyez-vous, madame, à mon âge, il en coûte toujours un peu de changer ses habitudes.

— Bien ! la maison en question est le numéro 90 de Percy Street, Tottenham Court Road.

La surprise de Larkspur fut grande : comment une femme en état de payer à si haut prix ses services pouvait-elle demeurer dans un quartier si modeste ?

— Pouvez-vous venir vous installer dès demain ? demanda Honoria.

— Oh ! madame, il faut que vous consentiez à m'accorder huit jours. J'ai à terminer quelques opérations et à confier les intérêts de mes clients à un de mes collègues. J'ai entre les mains des affaires qui pouvaient m'être très profitables, je vous assure. Il y en a une, entre autres, qui m'aurait rapporté une assez grosse somme si j'avais pu la mener à fin.

L'homme de police feuilletait, tout en parlant, son livre, un gros registre sur lequel les entrées étaient inscrites d'une écriture particulière, avec des marques et des annotations à l'encre bleue ou rouge. Larkspur mit le doigt sur une page plus chargée que les autres.

— Tenez, dit-il, voici l'affaire dont je vous parlais : « Quinze mille francs pour la découverte de l'assassin ou des assassins de Valentin Jernam, capitaine et propriétaire du *Pizarro*, dont le corps a été trouvé dans la rivière au-dessous de Wapping, le 3 avril 1836. »

En ce moment, Larkspur leva les yeux sur sa cliente. Elle était d'une pâleur mortelle.

— Connaissiez-vous le capitaine Jernam ? lui demanda-t-il.

— Non... oui... Je l'ai fort peu connu, répondit Honoria, luttant contre son émotion. Mais l'idée qu'il a été assassiné ne m'en est pas moins très cruelle.... Et, dites-moi, croyez-vous pouvoir découvrir le secret de ce crime effroyable ?

— Je n'en sais trop rien, dit Larkspur. En général, lorsqu'il a passé trop de temps sur ces sortes d'affaires, le crime ne se découvre plus guère que par l'effet du hasard, quand il se découvre. Il y a des cas où le secret n'est jamais pénétré. Mais ces cas sont rares. Un homme de ma profession doit toujours avoir l'œil ouvert sur les faits

8

accidentels. Voyez-vous ces annotations à l'encre rouge ou bleue? L'encre rouge indique les faits clairs et positifs, l'encre bleue les faits douteux et obscurs ; et vous voyez qu'ici les annotations à l'encre bleue sont de beaucoup les plus nombreuses. L'affaire est obscure, très obscure.

Honoria, pendant que Larkspur parlait, pouvait voir, par-dessus son épaule, sur le registre étalé devant lui, les passages qu'il indiquait. Le nom de Milsom attira ses regards. Elle lut :

« ... *Milson* ou *Milsom*, disparu. On croit qu'il a été déporté. Mais alors ce ne serait pas sous son nom. Aucune nouvelle de lui venant-des établissements pénitentiaires d'outre-mer.... »

Un peu plus bas, cette autre annotation frappa les yeux d'Honoria, comme si elle eût été tracée en lettres de feu :

« ... Valentin Jernam était amoureux d'une fille qui chantait à la taverne du *Joyeux loup de mer*. Il est à supposer qu'il aura été attiré dans le lieu inconnu où il a trouvé la mort à l'aide de cette fille. Le signalement de la chanteuse lui donne environ dix-sept ans. Elle est très belle ; des yeux et des cheveux noirs... »

Larkspur ferma le registre avant que lady Eversleigh eût pu en lire davantage.

Honoria retomba assise dans son fauteuil, morne, les yeux comme égarés dans la nuit des terreurs et des horreurs de sa première jeunesse.

Larkspur continua, sans s'en apercevoir :

— Vous me permettrez, n'est-ce pas, madame, de ne pas renoncer tout à fait à suivre cette ténébreuse affaire? 15,000 fr. de récompense valent bien la peine qu'on s'efforce de les gagner. J'ai dans l'idée que, tôt ou tard, je mettrai la main sur l'assassin de Valentin Jernam.

— Qui offre cette récompense? demanda d'une voix faible Honoria.

— Le gouvernement offre trois mille francs, Georges Jernam, douze mille.

— Qu'est-ce que Georges Jernam?

— Le frère cadet du capitaine. Il est lui-même capitaine dans la marine marchande, propriétaire de plusieurs navires, et fort riche, à ce que je suppose. Il est venu ici accompagné d'un singulier homme, un nommé Joseph Harker, une sorte de commis, qui semble très attaché à la victime.

— Oui, oui, je sais, murmura Honoria, qui n'avait plus sa présence d'esprit.

— Vous connaissez le commis bossu? demanda Larkspur étonné.

— J'ai entendu parler de lui, balbutia-t-elle.

Il y eut un moment de silence, pendant lequel lady Eversleigh reprit quelque peu son sang-froid.

— Je puis vous donner, dès aujourd'hui, vos premières instructions, dit-elle, et je vais vous signer un chèque pour le montant du premier mois de vos services.

Larkspur s'empressa de donner à sa cliente de l'encre et une plume. Elle tira de sa poche un livre de chèques et en remplit un pour la somme de quatre-vingts livres sterling à l'ordre d'André Larkspur.

Ce chèque fut signé : « Harriet Eden. »

— Quand vous présenterez ce chèque, vous pourrez acquérir la certitude que les paiements futurs sont assurés, dit-elle.

Elle tendit le billet à Larkspur, qui y jeta un coup d'œil indifférent, et le glissa négligemment dans la poche de son gilet.

— Et maintenant, madame, je suis prêt à recevoir vos instructions.

— Je dois vous prier d'abord, dit Honoria, de ne jamais chercher à pénétrer les motifs qui me font agir, quelque chose que je puisse vous demander.

— C'est entendu, madame. Je n'ai rien à voir dans les raisons de la conduite de mes clients, et je ne m'en inquiète point.

— A merveille ! l'affaire pour laquelle je réclame votre concours est très étrange. Mais, quoi que je fasse, quelque mystérieuses que vous paraissent mes actions, soyez convaincu qu'elles ont un but sérieux et louable, et qu'indifférentes peut-être en apparence, elles tendent toutes vers ce but.

— Je ne fais, et je ne vous ferai jamais de questions, madame.

— Bien ! je m'en rapporte à votre parole. Maintenant, voici, en peu de mots, ce que je réclame de vous : Il y a deux hommes que je veux faire surveiller. Je veux connaître chacune de leurs actions, chacune de leurs paroles, chacune de leurs pensées. Je veux, invisible, être le témoin de leur vie intérieure, l'hôte des maisons qu'ils fréquentent. Je veux être toujours avec eux et les suivre pas à pas, quelque tortueuse et sombre que soit leur route. Voilà ce que je veux. Mais je suis femme, et ma liberté d'action serait arrêtée par mille convenances et mille obstacles... Commencez-vous à comprendre pourquoi j'ai besoin de vous?

— Oui, madame.

— Monsieur Larkspur, j'ai besoin que vous vous fassiez l'ombre de ces deux hommes, que vous soyez sur leurs pas en quelque endroit qu'ils aillent, tantôt sous un déguisement, tantôt sous un autre. Il ne faut pas qu'ils échappent à votre observation, la nuit comme le jour. C'est là peut-être une tâche difficile ; la trouvez-vous impossible?

— Impossible, madame? pas le moins du monde! Vous ne savez pas ce que les vieux limiers de Bow-Street peuvent faire quand ils sont sûrs de leur argent. Vous n'avez qu'à me donner le nom et le signalement des deux hommes que j'ai à surveiller. Rapportez-vous-en à moi pour le reste.

— L'un de ces deux hommes est sir Réginald Eversleigh. Un baron, mais pourvu d'une très mince fortune. Il est garçon. Il habite un logement dans Villiers-street. J'ai tout sujet de penser qu'il mène une vie dissipée : c'est un joueur, un libertin, un hypocrite, un méchant !

— Bon ! Dit Larkspur qui prenait des notes à la hâte sur son agenda graisseux.

— Le second de ces deux hommes est un médecin nommé Victor Carrington-d'origine prussienne ; mais il s'est fait Anglais de langage et de manière ; il habite l'Angleterre depuis son enfance. Ces deux hommes sont amis et associés. En surveillant les actions de l'un, vous ne pouvez manquer d'être renseigné sur l'autre.

— Il suffit, madame. Vous pouvez être tranquille. A partir de demain, ces deux hommes croiront toujours n'être que deux ; ils seront trois.

André Larkspur accompagna Honoria jusqu'à la porte de son logement, mais la laissa descendre son escalier obscur du mieux qu'il lui fut possible.

———

VII

Nouvelles des amis

Georges, le frère cadet du capitaine Valentin Jernam, avait couru les mers pendant cinq ans, depuis l'assassinat du brave et généreux marin.

La fortune avait souri au capitaine Georges Jernam, et dans toute la marine marchande on comptait peu d'hommes plus riches que le propriétaire du *Pizarre*, du *Petrel* et de l'*Albatros*.

Avec ces trois navires constamment à flot, Georges tenait le grand chemin de la fortune.

Cependant la mystérieuse catastrophe de la mort de son frère lui avait ôté pendant quelque temps toute la joie du succès. Il avait renoncé à caresser en rêve la douce vision d'une heureuse retraite en Angleterre. Cette perspective, peut-être, n'avait jamais été absolument du goût de Georges ; mais il se serait fait un reproche d'y songer maintenant que le *bon vieux Val*, comme il appelait autrefois son frère, ne serait plus là pour partager les joies de ce repos si bien gagné.

Lorsque Joseph Harker lui apprit la déplorable fin de Valentin, Georges, se raidissant contre son chagrin, se rejeta plus ardemment que jamais dans la vie active, comme le font, heureusement pour eux, les hommes bien trempés aux prises avec les vicissitudes de cette triste vie.

Il y eut aussi, d'abord, chez Georges, contre les assassins de son frère, un violent désir de vengeance, presque aussi violent que celui qui s'était révélé et qui persistait chez Harker. Mais la nature de ces deux hommes était entièrement différente. Georges n'avait ni la persévérance de volonté, ni la patience dans la colère de l'ami et du protégé de son frère, et la tâche lente et ardue à laquelle Harker avait consacré sa vie, eût été chose antipathique et même impossible au caractère expansif et impétueux du capitaine.

Il avait répondu chaleureusement aux lettres de Harker ; il ne s'était pas borné à sanctionner tout ce qu'il avait fait, il avait pris pour son compte l'argent promis à l'homme de police chargé par Harker des recherches relatives à la mort de Valentin. Il attendait chacune de ses communications avec un poignant intérêt, et, chaque fois qu'il touchait à terre ou qu'il recevait des lettres, il éprouvait toujours aussi cruelle la même douleur qu'il avait ressentie à la première nouvelle de l'assassinat.

Toutefois, dans la vie pleine d'aventures et d'incidents du marin, le temps amena, non l'oubli, mais un souvenir moins présent et moins pénible de la triste fin de son frère.

Il arriva aussi à considérer le but auquel Harker avait dévoué sa vie, comme une pure illusion. Homme pratique dans son genre, Georges n'avait que des idées très vagues sur la justice criminelle ; sa confiance dans la science des hommes de police fut assez vite ébranlée, et il abandonna presque entièrement l'espoir de voir le mystère de la mort de Valentin découvert.

Georges ne s'était trouvé qu'une seule fois avec Harker depuis l'assassinat. Ayant un chargement à débarquer à Hambourg, il y avait donné rendez-vous à l'ami de son frère. Là, les deux hommes avaient causé de tout ce qui avait été vainement tenté et de tout ce qui restait à faire.

Harker gardait l'espérance constante du succès. Il n'avait cependant jamais pu appuyer ses soupçons contre Milsom par la moindre preuve. D'infatigables recherches avaient été faites pour retrouver le vieil aveugle, qu'on disait le grand-père de la jeune chanteuse ; mais elles étaient restées à peu près infructueuses. Tout ce qu'on avait pu savoir sur lui, c'est qu'il était mort à l'hôpital dans une ville de province du Nord, que la jeune fille avait quitté cette ville, et qu'on n'avait plus entendu parler.

Quant à Milsom, on l'avait perdu de vue. On soupçonnait qu'il avait été condamné sous un autre nom que le sien et envoyé au-delà des mers. Mais tous les efforts de l'infatigable chercheur n'avaient pas réussi à le convaincre de la participation de Milsom au meurtre de Valentin. Ses investigations patientes et son attention à écouter silencieusement ce qui se disait autour de lui, ne lui avaient apporté non plus aucun témoignage concluant en ce qui concernait Wayman. Il n'avait même pas obtenu d'indice sur un fait qui lui paraissait pourtant certain : à savoir que Valentin Jernam était revenu à la taverne du Joyeux loup de mer le jour de sa mort.

Quand l'inutilité de ses recherches sur ce point fut devenue évidente pour Harker, il quitta le logement qu'il avait pris dans la maison de Wayman pour aller s'établir dans un modeste appartement de Popler. Là il pouvait s'occuper des intérêts de Georges. Mais il ne discontinua pas pour cela ses relations avec l'agent de police qu'il avait chargé d'épier et d'atteindre les meurtriers de Valentin. On sait que cet agent n'était autre que Larkspur.

Une des premières lettres que Georges avait adressées à Joseph Harker, après la mort de Valentin, renfermait les instructions les plus pressantes au sujet de la vieille tante à qui les deux frères avaient eu tant d'obligations dans leur enfance. Georges priait Harker d'aller lui faire visite, et de lui en envoyer des nouvelles.

— Je devais moi-même, écrivait Georges, aller voir cette bonne vieille parente, dès que j'aurais embrassé mon pauvre Valentin ; mais Dieu ne m'a permis ni l'une ni l'autre de ces joies.

Harker se rendit donc au petit village d'Allambay et se présenta chez la vieille dame. Elle était bien changée depuis qu'elle avait reçu, dans sa jolie et gaie habitation, la visite de son neveu Valentin. La mort tragique et prématurée du capitaine l'avait profondément affligée et indignée. La détermination exprimée par Harker de tirer vengeance des assassins trouva un écho dans le cœur de la pauvre femme. Une mutuelle et profonde sympathie s'établit entre ces deux êtres, et quand son visiteur la quitta, après avoir rempli les généreuses intentions de Georges Jernam, Suzanne Jernam serra chaleureusement la main du bossu et l'invita à venir passer à son cottage tout le temps dont il pourrait disposer.

— Je me rends pourtant compte, monsieur Harker, lui dit-elle, que ma société n'est pas bien agréable ; car je ne sais pas parler d'autre chose que de Georges et de mon pauvre Valentin.

— Et je ne me soucie pas de parler d'autre chose, madame Jernam, dit Harker. Vous voyez donc que nous sommes faits pour nous entendre.

Et Joseph avait déjà fait trois visites à la bonne tante, avant que Georges Jernam eût remis le pied sur le sol de la vieille Angleterre.

Ce fut vers ce temps que le capitaine Duncombe acheta la maison qui avait été jusque-là si peu favorisée sous le rapport de ses habitants, d'abord dans la personne de Screwton l'avare, et en second lieu dans celle de Milsom, l'assassin.

Harker avait eu connaissance de cette acquisition et avait surveillé avec quelque intérêt la transformation de la sombre et triste masure, en une riante et confortable demeure.

S'il avait su que là s'étaient passées les dernières heures de la vie de son maître bien aimé, comme il aurait regardé ces travaux avec d'autres yeux ! Mais, bien que l'ancienne habitation de Milsom exerçât sur lui une sorte d'attraction, il était loin de supposer que ces murs gardaient le secret qu'il avait si longtemps et si inutilement cherché.

Le nouveau propriétaire de la maison du bord de l'eau connaissait Harker et avait pour lui une grande estime. Le capitaine Duncombe et le commis de Valentin n'avaient pas entre eux grande communauté de goûts, de manières et d'idées. Mais Duncombe aimait beaucoup Georges Jernam ; il se trouvait en Angleterre au moment de l'assassinat de Valentin, et il avait su le rôle actif et dévoué qu'avait joué Harker.

Il aimait à causer avec Harker de l'état prospère des affaires de Georges, de sa générosité, du commerce maritime en général que les deux hommes déclaraient d'un commun accord s'en aller à tous les diables, et enfin des projets et des espérances d'avenir du capitaine Duncombe concernant sa fille.

Harker avait eu occasion, à plusieurs reprises, de voir Rosemonde, mais sans lui accorder une grande attention. Joseph n'était pas un être bien séduisant, et Rosemonde, de son côté, ne voyait en lui que le plus laid des amis de son père.

Le capitaine Duncombe se garda de faire mention en présence de Harker de l'apparition du fantôme du vieux Screwton. Duncombe, à dire vrai, était un peu honteux de sa crédulité dans cette affaire. Il était convaincu maintenant qu'il avait été la dupe d'une mystification. Il riait, à part lui, du mauvais plaisant qui, en fin de compte, avait laissé tomber et perdre une pièce d'or d'une certaine valeur, mais il se souciait peu de s'exposer au ridicule en divulguant l'aventure, et le bon mais impérieux capitaine avait rendu un ukase qui ordonnait chez lui le silence sur ce point.

Et Rosemonde, aussi bien qu'Hélène, avaient observé cette loi du silence, l'une par affection, l'autre par respect.

Harker, de son côté, n'avait jamais parlé au capitaine Duncombe de l'identité présumée du précédent habitant de sa maison avec celui que lui, Harker, supposait être l'assassin de Valentin.

— Il est assez désagréable de vivre dans une maison qui passe pour être hantée, se disait Harker, sans aller j'aille encore apprendre au brave capitaine que l'homme qui a occupé le cottage avant lui est certainement un galérien et, selon toute probabilité, un assassin.

VIII

Nouvelles des ennemis

Carrington habitait toujours sa petite maison, à l'extrême limite de Londres. Ayant pour seule société sa mère, il menait là une vie simple et studieuse, en apparence la plus estimable du monde. Les quelques voisins de ce logis écarté ne savaient rien de la vie intime de ses habitants, sinon que de toutes les maisons du voisinage celle-ci était la plus tranquille.

Seulement, la nuit venue, on pouvait voir toujours une vive lumière dans une des chambres de l'étage supérieur, et une fumée bleuâtre s'échappait à gros flocons de l'une des cheminées ; c'était celle du laboratoire de Carrington. Le médecin y prolongeait fréquemment ses veilles longtemps après minuit, tout occupé à des expériences chimiques : il étudiait, disait-il, les phénomènes de l'électricité.

Qui aurait pu soupçonner rien de mal de la part d'un jeune homme dont la vie était si sobre et si laborieuse, et qu'on voyait se rendre tous les dimanches à l'église en donnant le bras à sa mère? Carrington ne croyait ni à Dieu ni à diable ni à la conscience, et ne se faisait pas faute de rire, entre intimes, des scrupules naïfs et des remords imbéciles. Mais il s'était dit que, pour commettre le crime avec impunité, il fallait se faire une vie qui échappât au soupçon. Les honnêtes gens, en somme, sont en majorité; il fallait avoir cette majorité pour soi. Seulement, Carrington savait que le monde est aisément aveugle; et, en effet, ceux qui étaient témoins de la vie du médecin étaient prêts à déclarer qu'il n'y avait pas de jeune homme plus méritant.

Son « hommage rendu à la vertu » reçut sa récompense : les malades vinrent à lui sans qu'ils les eût cherchés, et, à l'époque de l'arrivée d'Honoria à Londres, il avait déjà une petite clientèle assez productive. L'argent qu'il gagnait ainsi lui suffisait pour vivre, et il mettait de côté tout ce qu'il gagnait avec sa plume dans les journaux de médecine. Une somme, à un moment donné, peut devenir nécessaire, et il se refusait tout plaisir et tout luxe pour pouvoir s'assurer cette indispensable réserve.

Ottilie Carrington, sa mère, taciturne et secrète, ne lui occasionnait pas grande dépense. Elle vivait absolument seule, sans une amie, sans une servante. Elle ne voyait même que fort peu son fils, absorbé par ses travaux et par la pratique de sa profession. A part la société de ses oiseaux et de deux chats angoras, elle eût été presque aussi seule qu'une prisonnière dans son cachot.

Un seul visiteur était assidu dans la maison, c'était l'autre complice, celui qui laissait faire, — c'était Réginald.

Le jeune baron vivait fort mal de son maigre revenu. Comme il n'avait abandonné ni ses anciennes habitudes, ni ses anciens vices, il ne comptait ce revenu que comme le moyen de ne pas mourir de faim.

Il menait une existence triste et singulière. Il occupait un petit appartement dans une rue touchant au Strand; mais il passait la plus grande partie de son temps dans une maison au bord de la Tamise, une maison bâtie au milieu de grands terrains vagues, et qui se trouvait située entre Chelsea et Fulham.

La maîtresse de cette maison, dont la véritable position dans le monde était peu connue, se disait d'origine autrichienne et veuve d'un officier autrichien.

Son nom était Pauline Durski.

IX

Madame Durski

Pauline Durski avait dit adieu à la fraîcheur du premier âge, et elle paraissait au moins trente ans. Mais elle avait une de ces beautés brillantes qui peuvent se passer du charme de la jeunesse.

C'était une grande et imposante créature. Ses admirateurs la comparaient à un grand lys droit et fier; elle en avait la noblesse et la grâce. Elle était blanche, d'une blancheur de neige. Elle avait d'épais cheveux blonds, d'une teinte fauve, séparés en bandeaux ondulés sur un front large et pur.

A cette beauté rare et parfaite, il ne manquait qu'une chose, l'expression. Dans ce marbre superbe, on regrettait la vie. Les yeux étaient pleins d'éclat, mais le regard était sans flamme. Les lèvres étaient d'un modelé admirable, mais le sourire était froid et factice.

Hilton House (c'était le nom de la villa de Mme Durski) avait d'abord appartenu à un personnage de la noblesse qui s'était ruiné, puis à un spéculateur qui avait fait faillite.

La maison resta longtemps sans locataire.

Elle était trop dispendieuse pour les uns, trop isolée pour les autres. Quand Mme Durski la vit et la trouva à sa convenance, elle put la louer à un prix raisonnable. Les jardins et la maison même avaient été fort négligés. Les arbustes rares du jardin avaient poussé en feuilles et les décorations intérieures avaient été détériorées par l'humidité.

Mme Durski vivait sur un grand pied, mais il fut bientôt évident qu'il lui arrivait souvent d'être à court d'argent. Sa maison était celle d'une princesse, mais d'une princesse qui connaîtrait la gêne. Son mobilier arriva de Paris, et ses gens venaient de toutes sortes de pays.

Elle avait un courrier espagnol, un certain Carlos Toas, être bizarre et silencieux dont les allures solennelles eussent été mieux à leur place à la cour de Philippe II. Après lui, le personnage le plus important, était une vieille femme de chambre hongroise nommée Sofia Elser. Il y avait encore trois autres domestiques, tous étrangers et paraissant dévoués à leur maîtresse.

Le mobilier était ancien; il était très beau et d'un grand prix, mais il avait vu de meilleurs jours. Les tentures étaient quelque peu fanées. Les porcelaines, la vaisselle, les bronzes et les bibelots, tout cela était loin d'être intact, et l'argenterie était fort restreinte.

L'existence de Pauline était de nature à exciter la curiosité des quelques voisins qui avaient occasion d'observer son genre de vie.

La belle veuve ne voyait qu'une seule femme; et c'était une humble amie qui habitait avec elle, une Anglaise qui vivait de la charité de la belle Pauline.

Cette personne ne la quittait jamais; elle lui était aussi fidèle que son ombre.

La vie de Mme Durski et de son indispensable compagne était d'une singulière monotonie. Pauline sortait rarement de son appartement avant six heures du soir. Elle dînait dans un petit cabinet, toujours seule avec Mlle Brower. Après quoi, elle rentrait chez elle pour faire longuement sa toilette.

De son côté, Mlle Brower se retirait dans sa chambre, à l'étage supérieur, où elle s'habillait de son invariable robe de velours noir. Elle n'avait jamais été vue par les visiteurs de Hilton-House autrement que dans cette toilette fanée. Son âge variait entre trente et quarante ans. Elle pouvait avoir eu quelques prétentions à la beauté, mais son visage était passé et fatigué, et il y avait quelque chose de dur et d'avide dans ses petits yeux d'une nuance indécise, qui paraissaient tantôt jaunes, tantôt bruns et tantôt gris.

Hilton-House était absolument morne et désert tout le long de la journée; pas un seul visiteur ne soulevait une seule fois le marteau de la porte. Mais, la nuit venue, tout changeait d'aspect. Des lumières brillaient à toutes les croisées, les sons de la musique emplissaient l'air, soixante équipages, toute une procession de voitures, depuis les aristocratiques huit-ressorts jusqu'aux modestes cabs, faisaient défiler devant le péristyle leurs lanternes multicolores.

Cette fête de chaque nuit se répétait six ou sept mois durant.

Les hôtes de Mme Durski étaient tous des hommes; mais ils témoignaient à la maîtresse de la maison autant d'égards que si elle eût été entourée de femmes du plus haut rang. Ceux qui observaient les faits et gestes de la belle veuve avaient lieu de se demander quel charme attirait constamment chez elle ces nombreux visiteurs, et sa réputation eut quelque peu à en souffrir; mais le secret ne sortait pas du cercle des habitués de ces réunions nocturnes.

La grande attraction qui amenait là tout ce monde fastueux et brillant, c'était le jeu.

La belle Pauline ouvrait à ses hôtes trois spacieux salons. Dans le premier salon, il y avait un piano, et c'était là que Pauline était assise avec son éternelle Lucie Brower; dans le second salon étaient disposées de petites tables couvertes de velours vert et consacrées aux parties de whist et d'écarté; le troisième et le plus reculé des trois salons était beaucoup plus vaste que les deux autres, et là était installée une table de roulette.

La porte de ce salon était cachée par une tapisserie de verdure qui semblait couvrir exactement toute la muraille. Pour surcroît de précaution, un grand et lourd tableau achevait de faire invraisemblable à cet endroit toute porte et toute issue. Mais, un ressort poussé, le tableau tournait, la muraille s'ouvrait.

Ce salon intérieur n'avait pas de fenêtres. Il ne servait jamais en plein jour. C'était une chambre secrète pratiquée au centre de la maison, et un architecte ou le plus madré des agents de police aurait pu seul en soupçonner l'existence. Les murs étaient tendus de drap rouge, et cette pièce était désignée sous le nom de Salon rouge.

Les domestiques avaient ordre de ne pas laisser échapper un indice, une allusion sur le Salon rouge dans leurs conversations avec les gens du voisinage, et ils étaient trop intéressés au secret pour ne pas le garder. Ils étaient plutôt, à vrai dire, les serviteurs du Salon rouge que ceux de Mme Durski.

Les lois anglaises interdisent le jeu de rouge et noir. Toutes ces précautions étaient donc nécessaires pour assurer la tranquillité des hôtes de Mme Durski.

Pauline ne jouait jamais. Elle restait quelquefois avec Mlle Brower assise dans le premier salon, silencieuse et absorbée dans ses pensées, pendant que ses visiteurs faisaient rouler l'or et les banknotes dans les deux autres pièces. Quelquefois elle se mettait au piano et jouait des sonates ou chantait des romances pendant une heure. Puis elle se promenait au milieu des joueurs, s'arrêtant parfois derrière la chaise de l'un d'eux pendant quelques instants, pour regarder ses cartes et suivre son jeu.

Réginald Eversleigh était le visiteur le plus assidu de la maison.

Tous les soirs, il arrivait à Hilton-House en voiture de place, et il arrivait généralement le premier pour se retirer le dernier.

Il était aussi à remarquer que presque tous les hommes qui se réunissaient dans les salons de Hilton-House étaient des amis ou des connaissances de Réginald. C'était lui qui les avait présentés à la belle veuve, c'était lui qui les pressait de revenir chaque soir.

Les relations entre Réginald et Pauline n'étaient pas de date récente.

Immédiatement après la mort de sir Oswald, Réginald avait quitté Londres, humilié de sa pauvreté, avide de chercher l'oubli. Il se rendit à Paris, dont il s'était tenu éloigné depuis la mort de Marie Godwin.

Il connaissait surtout de Paris le monde où l'on s'amuse. Il se jeta à corps perdu dans le tourbillon des plaisirs. S'il eût été riche, cette vie eût pu durer quelque temps ; mais sans argent un homme compte pour fort peu de chose dans le cercle où se complaisait Réginald. Il avait beau cacher avec soin le secret du chiffre de sa fortune, on eut bien vite flairé qu'il n'était pas, qu'il n'était plus riche.

C'est à l'Opéra qu'il vit Pauline pour la première fois. Elle occupait une petite loge, vêtue d'une robe blanche d'une élégante simplicité, un caméla dans les cheveux pour toute coiffure, Lucie Brower, assise comme toujours dans l'ombre auprès d'elle, lui servait de repoussoir.

Réginald entra à l'orchestre avec un jeune gandin, qui comme lui avait perdu sa jeunesse, sa réputation et sa fortune. Ils prirent possession de leurs stalles, et s'amusèrent pendant les entr'actes à faire l'inspection de la salle.

Hector de Crosny savait les noms de toutes les personnes qui occupaient les loges.

— Tenez, voyez-vous cette belle femme blonde, avec un caméla dans les cheveux ? dit-il à Réginald : c'est Mme Durski, la jeune et riche veuve d'un officier autrichien, une des beautés célèbres de Paris.

— Une beauté un peu froide ! dit Réginald.

— Attendez pour la juger que l'ayez vue animée, reprit Hector. Si vous voulez, nous irons tout à l'heure dans sa loge.

Quand le rideau tomba, les deux jeunes gens se rendirent à la loge de Mme Durski.

Elle les reçut avec courtoisie, et Réginald dut convenir qu'elle ne manquait ni de grâce ni d'intelligence.

Elle avait les façons du plus grand monde. Comment se faisait-il qu'il n'y eût auprès d'elle que cette petite Anglaise en robe de velours noir ?

Elle quitta la salle avant le dernier acte. Réginald et Hector l'accompagnèrent chez elle, rue du Faubourg-Saint-Honoré. Là, le baron trouva qu'on jouait plus gros jeu que dans aucune maison particulière présidée par une femme.

La belle veuve prenait place dans ce temps-là à la table de roulette, et Réginald en découvrit assez pour être tout de suite éclairé sur son véritable caractère. Il vit que chez cette femme l'amour du jeu était une passion, une passion profonde et absorbante ; il vit ses yeux si calmes se repos, s'illuminer d'une ardeur sombre ; il vit ses joues de neige se colorer du feu de la fièvre.

A dater de cette nuit, Réginald revint chaque soir dans les salons de la belle veuve. Il y rencontrait des hommes riches et des joueurs effrénés ; mais il ne rencontrait pas dont on pût espérer faire aisément des dupes. Ni sa science ni sa dextérité ne lui venaient en aide ; il en était réduit aux seuls caprices du hasard. Il se maintint pourtant dans une balance tolérable, tant la connaissance de Pauline l'eût enrichi ou appauvri.

Mais cette connaisance n'en eut pas moins une puissante influence sur sa destinée.

Il y avait dans la société de cette femme une sorte de fascination, un attrait indéfinissable auquel peu d'hommes étaient capables de se soustraire. La longue habitude du vice et de toutes les convoitises avait enlevé au cœur et à l'esprit de Réginald toute jeunesse et toute foi ; cette femme n'était, à ses yeux, que ce qu'elle était en réalité : une dangereuse aventurière. Il savait cela, et pourtant il n'avait jamais résisté au charme de sa présence. Toutes les nuits, il était retourné au faubourg Saint-Honoré. Il y allait même lorsque, trop pauvre pour jouer, il était obligé de se contenter de rester derrière le fauteuil de Pauline comme un cavalier empressé.

Pendant longtemps elle ne parut pas s'apercevoir de ses attentions ; elle le recevait comme elle recevait ses autres invités, ayant pour lui le même sourire stéréotypé, la même politesse étudiée.

Mais, un soir qu'il s'était présenté chez elle de meilleure heure que de coutume, il la trouva seule et disposée à la mélancolie, en même temps qu'à la confiance.

Alors, pour la première fois, il apprit d'elle sur elle-même bien des choses : la vie qu'elle menait lui était odieuse et elle avait honte du vice dont elle était l'esclave. Elle avait coutume de s'abstenir de parler d'elle et de ses sentiments ; mais, ce soir-là, mettant toute réserve de côté, elle s'exprima avec un abandon qui la fit paraître, aux yeux de Réginald, plus charmante encore.

— Je suis une créature si abjecte, dit-elle, que vous n'avez peut-être jamais eu l'idée de vous demander comment j'étais devenue ce que je suis. Et pourtant, vous avez dû certainement vous étonner qu'une femme de naissance distinguée ait pu rouler dans l'abîme où me voici, et tomber assez bas pour se faire la compagne de joueurs et devenir joueuse elle-même.

Réginald fit un geste de dénégation.

— Chère madame, ne me dites rien de plus, je vous en supplie. Je vous admire et je vous adore, et, quel que soit votre entourage, vous serez toujours pour moi la plus belle.

— Oui, la plus belle ! répéta Pauline avec amertume. Vous autres, hommes, vous croyez qu'une femme trouve dans sa beauté une consolation à tous les affronts et à toutes les douleurs. Ah ! je tiens ce que vous appelez ma beauté pour un don bien vain, sinon bien funeste. Ma beauté m'a donné si peu de bonheur !

X

La joueuse

Mme Durski continua, avec le même accent douloureux :

— Voyez-vous, monsieur Eversleigh, j'ai été élevée au milieu de joueurs. Mon père était un joueur enragé. Avant que je fusse autre chose qu'une enfant, la fortune qu'il aurait dû me laisser était entièrement dissipée. Déjà, quand j'étais petite fille, le bruit des dés, les clameurs autour de la roulette étaient choses familières à mon oreille. Chaque nuit je regardais, de ma fenêtre, les lumières qui brillaient dans l'appartement de mon père, et je voyais l'affreuse pauvreté s'avancer plus menaçante après chacune de ces nuits sans sommeil.

— Pauvre enfant! dit Réginald.

— Ma mère mourut jeune, épuisée par cette fièvre inquiète et perpétuelle à laquelle est vouée la femme d'un joueur. Elle mourut, et je restai seule. J'étais devenue femme, j'étais belle si vous voulez, et considérée alors par le monde comme héritière d'une grande fortune; car nul ne savait à quel point cette fortune s'était peu à peu fondue. On n'ignorait point que mon père était joueur et jouait un jeu effréné, mais peu de personnes connaissaient l'étendue de ses pertes.

« Après la mort de ma mère, mon père insista pour que je fisse les honneurs de sa maison. Je recevais ses amis, je me tenais derrière sa chaise quand il jouait à l'écarté; ou, assise à ses côtés, je marquais sur une carte la rouge ou la noire, à mesure qu'elles sortaient.

» C'est alors que je sentis les premières atteintes de cette passion fatale qui germait en moi à mon insu. Lentement et graduellement elle établissait sur moi son horrible empire. J'appris à comprendre cette science, qui était le but absorbant de la vie de tous ceux qui m'entouraient. Je me mis à jouer moi-même, d'abord pour m'amuser, en prenant la main à l'écarté contre les plus jeunes joueurs; puis j'aventurai à la roulette une petite pièce d'or, au milieu des bravos qui accueillirent ma hardiesse, comme la fantaisie d'un enfant gâté. Dans ces réunions, j'étais toujours la seule femme, à l'exception de Lucie Brower, qui était alors ma gouvernante. Mon père ne voulait pas de femmes à ces orgies nocturnes; la présence de femmes eût été une gêne, une entrave aux plaisirs du jeu.

» Je commençai bien à entrevoir par instants avec épouvante le triste avenir de misère qui s'ouvrait devant moi; mais, quand la folle passion du joueur me prenait, je ne voyais plus rien, je ne craignais plus rien! Je devins bientôt aussi insouciante que mon père et ses hôtes. Avoir la chance à une table de jeu, c'était le bonheur; perdre, c'était le malheur. C'est ainsi que ma jeunesse se passa, jusqu'au jour où mon père me dit que le colonel Durski m'offrait sa main et sa fortune, et que je n'avais d'autre alternative que d'accepter son offre.

— Alors, votre premier mariage n'a pas été un mariage d'amour? dit vivement Réginald.

— Un mariage d'amour? s'écria Pauline; non! ce ne fut qu'un mariage de convenance, un mariage imposé par mon père qui attachait moins de prix au bonheur de sa fille qu'à une bonne veine au jeu. Mon père me dit que j'avais à choisir entre Léopold Durski ou la ruine. — Cette maison, me dit-il, ne nous abritera plus longtemps; je n'ai d'autre ressource que la fuite; je vais aller en Amérique, tâcher de vivre inconnu à l'étranger. Je ne puis rester à Vienne, pour qu'on m'y montre au doigt comme le comte Vecchi. Mais, t'ayant avec moi, j'aurais les pieds et les poings liés.

Dans ma vie errante, seul, je pourrai prospérer; embarrassé d'une femme inutile, ma ruine est certaine. Tu n'as donc pas le choix, Pauline. Il faut que tu deviennes la femme de Léopold Durski.

— Et vous y avez consenti!

— Devais-je refuser, monsieur Eversleigh? pouvais-je refuser? L'amour pour moi était un mot sans signification. Léopold Durski avait plus du double de mon âge, mais ses manières étaient celles d'un gentilhomme. On le disait riche, et il avait une belle position à la cour de Vienne.

« J'étais si seule, si désolée et si désespérée, que j'acceptai la proposition de mon père. Elle ne me promettait pourtant d'autres joies que ces mêmes funestes émotions du jeu. Je quittai la maison d'un joueur pour lier ma fortune à celle d'un autre joueur; car ce n'était qu'au jeu que Léopold Durski était devenu l'ami et le compagnon de mon père. Comment mon père, joueur et ruiné, avait-il pu être la dupe d'un homme dont la réputation de fortune était aussi usurpée que la sienne? C'est ce que je ne saurais dire; mais il est certain que j'avais échangé ma pauvreté pour la même misère avec un autre maître.

» Ma nouvelle vie fut une longue série de faussetés et de mensonges. J'occupais une maison splendide dans un des plus aristocratiques quartiers de Vienne; mais le train de cette maison était entretenu par les gains de mon mari. J'avais pour tâche, moi, d'attirer les dupes dont l'argent servait à soutenir ce luxe menteur. Et les dupes arrivaient en foule. J'avais ma cour d'admirateurs. Mais ces courtisans font payer cher les hommages qu'ils rendent à leur reine. Ah! si j'avais été une autre femme, j'aurais trouvé le moyen de me soustraire à une existence aussi odieuse que dégradante.

— Eh bien?... vous ne l'avez pas essayé?

— Non, j'étais joueuse! Le vice qui avait avili mon mari m'avait avilie moi-même. Nous étions tous les deux tombés au même niveau. J'avais perdu le droit de lui reprocher une infamie qui était aussi la mienne. Non, nous ne nous aimions pas, le colonel Durski ne m'avait recherchée que pour faire de moi l'ornement et l'appât de son salon; cependant, il n'y avait pas de mésintelligence entre nous; il me traitait toujours avec une courtoisie étudiée, et je ne lui reprochais jamais la tromperie à l'aide de laquelle il avait obtenu ma main.

« Mon père avait disparu subitement de Vienne; ce ne fut que longtemps après son départ qu'on découvrit que sa fortune n'existait plus depuis longtemps, et qu'il était devenu complètement insolvable. Ses victimes poussèrent un cri d'exécration; mais, dans une grande ville, les cris des victimes de ce genre sont rarement entendus. Mes salons ne cessaient d'être encombrés d'une foule élégante et titrée, et personne ne parut se souvenir de l'infamie de mon père. »

Après un silence, Pauline reprit, la tête basse:

— Cette honteuse vie avait duré trois ans, quand mon mari mourut. Il me laissa absolument sans ressources. Je vendis mes bijoux et je vins à Paris. Depuis trois ans et demi, je vis ici des hasards du jeu... comme mon mari en a vécu à Vienne. Mais je commence à être lasse de Paris, et il est possible que Paris commence aussi à se fatiguer de moi. J'ai envie maintenant de me rendre à Londres. Ce projet est-il réalisable? Qui peut savoir? Ah! monsieur Eversleigh, croyez-moi, il y a des moments où je me dis qu'une petite promenade au fond de la rivière finirait tous mes embarras. Ce soir, je me sens remplie de soucis, humiliée de ma dégradation, découragée par les obstacles qui m'interdisent toutes les villes paisibles où je pourrais trouver le repos. Un de ces jours, vous me verrez peut-être étendue sur une des dalles de la Morgue.

— Pauline! par grâce! s'écria Eversleigh frémissant.

— Allez! ce ne sont pas des paroles en l'air! Et maintenant que je vous ai dit ma triste histoire, jugez si ma misérable condition n'a pas au fond quelque excuse.

Réginald éprouvait autant de compassion pour cette pauvre femme qu'il lui était possible d'en ressentir pour d'autres souffrances que les siennes. Il essaya de faire entendre à Pauline quelques paroles de consolation.

Elle le regardait pendant qu'il parlait, et il y avait assurément dans son regard un sentiment plus profond que celui de la reconnaissance.

C'est alors que Réginald lui déclara son amour. Il lui dit l'ascendant qu'elle avait pris sur lui, le charme auquel il avait en vain cherché à résister. Il lui avait voué une affection qui ne changerait jamais, quoi qu'il pût arriver.

Mais il n'offrit pas à cette femme de lui donner son nom.

Même quand il était subjugué, Réginald calculait encore. Pauline était pauvre, et probablement fort endettée. Elle était joueuse et la compagne de joueurs. Elle n'était par conséquent pas la femme qui lui convenait : le mariage ne devait être pour lui qu'un marchepied de la fortune.

Pauline reçut sa déclaration avec une froideur simulée; mais Réginald put deviner, sous cette indifférence apparente, qu'il avait éveillé une passion réelle dans le cœur de cette femme désolée.

— Ne me parlez pas d'amour! dit-elle; de telles paroles ne me promettent, à moi, aucun bonheur. Mon amour n'apporterait que douleur et que honte à l'homme à qui je le donnerais. Laissez-moi suivre seule mon aride chemin, Réginald, laissez-moi le suivre seule jusqu'à la fin.

Pauline avait appris la vie à une rude école, et elle ne s'abusait pas sur l'égoisme de l'homme qui prétendait l'aimer.

— Je vous parlerai franchement, Pauline, lui dit-il, je suis trop pauvre pour me marier.

— Oui, je comprends! répondit-elle avec

amertume, vous êtes trop pauvre pour épouser une femme sans fortune!

— Et je n'ai guère de chances d'en trouver une riche. Mais croyez que mon amour n'en est pas moins sincère, parce que je recule devant l'idée de vous associer à ma misère.

— Soit, Réginald. Je suis disposée à accepter votre amour tel qu'il est, comme la sage et prudente affection que peut offrir un homme du monde, sans crainte d'avoir à payer trop chèrement sa folie. Vous serez l'hôte assidu de ma maison; je vous verrai chaque soir au milieu des insouciants oisifs qui m'entourent; vous m'adresserez vos compliments tout le long de l'année, et vous m'apporterez des bonbons au jour de l'an. Et plus tard, quand je serai devenue vieille et fanée, vous oublierez que nous nous sommes connus, et je ne vous verrai plus. Eh bien! soit. Il est encore doux à une femme telle que moi de se croire aimée, même quand elle sait à demi qu'elle caresse une chimère. Je fermerai les yeux et je rêverai que vous m'aimez, Réginald!

Et ce fut tout. Pas une autre parole d'amour ne fut prononcée entre eux. Mais, à partir de ce moment, Réginald redoubla de soins et d'attentions pour la belle veuve.

Le temps arriva où ses invités commencèrent à se défier des séductions de ses réceptions charmantes. Réginald ne fut pas le dernier à s'apercevoir que les plus distingués d'entre ses habitués se faisaient maintenant remarquer par leur absence. Il pressa Pauline de quitter Paris pour Londres.

Ce fut lui qui choisit la villa écartée sur les bords de la Tamise. Ce fut sur son conseil que Pauline, en venant s'établir en Angleterre, s'interdit complètement de prendre une part active aux ruineux amusements qui attiraient les hommes dans ses salons.

— Vous pouviez, lui dit-il, prendre la main à l'écarté quand vous étiez à Paris; mais ici cela ne conviendrait pas. Les Anglais sont pleins de préjugés puérils, et la vue d'une femme devant une table de jeu choquerait ces préjugés. Laissez-moi jouer pour vous. Je fournirai le capital, et nous partagerons les gains de chaque nuit. Pour votre part, vous n'aurez qu'à paraître belle et à attirer les oiseaux à plumes d'or dans le filet, et parfois, quand je jouerai à l'écarté avec un de vos admirateurs, placée derrière sa chaise, où le hasard vous aura amenée, vous trouverez peut-être moyen de combiner l'intérêt flatteur que vous semblerez prendre à son jeu avec un avantage plus positif pour le mien.

Les paupières de Pauline s'abaissèrent et une vive rougeur couvrit son visage; mais il ne lui échappa pas la moindre exclamation de colère ou de dégoût.

Hélas, non! Elle se laissait aller, inerte et résignée, à la double fatalité de son amour pour Réginald et de sa passion pour le jeu.

— C'est ma destinée! se disait-elle, ce doit être ma destinée d'aimer un fourbe, de qui je ne suis même pas aimée, et qui ne se fera pas faute de rompre pour un oui ou pour un non, les misérables liens qui nous unissent.

Carrington fut l'une des premières personnes que Réginald présenta à Mme Durski à son arrivée à Londres. Elle fut frappée des façons courtoises et aimables du médecin; mais il lui était impossible de comprendre l'amitié qui liait si intimement Réginald à cet homme pauvre et obscur.

Elle le dit franchement à Réginald :

— Je sais que, dans le plus grand nombre de vos amitiés, les convenances et l'intérêt personnel passent bien avant ce que vous appelez la sentimentalité; comment donc avez-vous choisi pour ami ce Carrington, que personne ne connaît et qui est, vous le dites vous-même, encore plus dans la gêne que vous. Vous devez avoir vos raisons, Réginald, pour agir ainsi, et de bien puissantes raisons.

Un nuage passa sur le front du baron.

— J'ai mes raisons, en effet, dit-il. Carrington m'a été utile... dans une certaine circonstance. Du moins, il s'est efforcé de m'être utile. S'il a échoué, l'obligation que je lui ai n'en est pas moindre, et il se peut qu'il ait occasion de me servir encore.

XI

À l'ancre

Un beau soir d'été, le capitaine Duncombe rentra tout joyeux. Il n'était pas seul, il amenait un ancien ami, dont Rosemonde avait entendu parler bien souvent par son père, mais que, jusqu'alors, elle n'avait jamais vu.

Cet ami n'était autre que Georges Jernam, capitaine de l'Albatros, et propriétaire du Pétrel et du Pizarre.

Le capitaine de l'Albatros revenait d'une excursion sur les côtes d'Afrique, et quoi qu'il n'eût rien oublié du douloureux passé, si récent encore, il était dans les meilleures dispositions d'esprit.

Il était à Londres seulement depuis huit jours quand le hasard lui fit rencontrer l'honnête Duncombe. Ils étaient restés bons amis, depuis le temps où Georges encore tout jeune, servait en qualité de second sous les ordres du propriétaire du Renardeau. Ils se trouvèrent en face l'un de l'autre dans une des rues de Wapping.

Duncombe fut enchanté de revoir un ami, et insista pour amener Jernam partager son modeste dîner.

Ce modeste dîner se changea en un excellent repas, car mistress Mugly se targuait d'être cuisinière aussi habile que bonne ménagère, et, pour elle, improviser

en vingt minutes un bon dîner était un joie et un orgueil.

Hélène servait à table avec sa plus jolie robe et son bonnet le plus coquet.

Rosemonde était placée à côté de son père.

Après dîner, le capitaine se chargea de préparer lui-même un bol de punch au rhum dans une énorme jatte de porcelaine du Japon, et le contenu fut aussi généreux que le contenant était magnifique.

Ce dîner exquis et la non moins excellente causerie qui suivit étaient bien faits pour donner la plus parfaite idée des joies du foyer. Le capitaine Jernam était depuis trop longtemps privé des charmes de la vie intérieure pour ne pas goûter la douce influence de cette demeure hospitalière.

Duncombe fut plein d'entrain et de cordialité. Il lui semblait, en causant avec un marin, respirer la fraîche brise de l'océan, après un long séjour dans l'intérieur des terres.

— Vous ne vous imaginez pas, Georges, le plaisir que j'éprouve à me retrouver avec un ancien compagnon de navigation! Ma petite Rosemonde et moi, nous vivons en parfait accord ensemble, quoique je la tienne très serré, je puis bien vous le dire, ajouta-t-il, en affectant l'air sévère. Mais c'est bien monotone, pour un homme qui a passé la plus grande partie de sa vie sur mer, de se trouver au milieu d'un stupide troupeau d'habitants de la terre ferme. Oh! si tu ne veux pas que je te déshérite, Rosemonde, tu n'épouseras jamais un homme de la ville.

Naturellement, Rosemonde rougit en s'entendant apostropher de la sorte, comme doit rougir toute jeune fille de dix-huit ans quand on fait allusion à la possibilité d'un mariage pour elle.

Georges admira fort cette charmante rougeur, et se dit que Rosemonde était la plus jolie fille qu'il eût jamais rencontrée.

Il resta au cottage jusqu'à une heure assez avancée, car son hôte ne pouvait se résigner à le laisser partir.

— Combien de temps devez-vous prolonger votre séjour à Londres, Georges? demanda-t-il, lorsque le jeune homme fut au moment de le quitter.

— Un mois au moins, peut-être deux.

— Alors j'espère que nous nous verrons souvent ici. Vous pouvez, par exemple, dîner avec nous tous les dimanches; je sais que, à l'exception de Harker, vous n'avez aucun des vôtres à Londres. Et puis, venez nous voir quelquefois le soir, et amenez Harker avec vous. Nous fumerons un cigare dans le jardin, avec une belle nappe d'eau devant les yeux, avec cette vue des mâts de navires se découpant sur le fond d'un ciel bleu. Je vous confectionnerai d'autres bols de punch, et Rosemonde chantera pendant que nous boirons.

Il n'était pas à supposer que Jernam, qui avait beaucoup de temps à lui, pût refuser d'être agréable à son vieux capitaine, et de profiter d'une hospitalité si cordialement offerte. Pendant l'automne, il vint souvent, très souvent, passer une heure ou deux au cottage.

Harker ne l'accompagnait pas toujours ; mais il venait quelquefois, et, dans ces occasions, il se dévouait invariablement à Duncombe, qui n'était pas toujours disposé à marcher et qui aimait à fumer tranquillement son cigare dans son petit salon. Alors Georges se promenait avec Rosemonde dans le jardin. Il lui racontait ses lointains voyages et les curieuses aventures qui avaient accidenté sa vie errante. Cela ressemblait aux récits d'un Othello marin, et Desdémone n'était pas plus passionnément suspendue aux lèvres de son Africain que Rosemonde à celles de son capitaine.

L'une des fenêtres du salon de Duncombe donnait sur le jardin et, de cette fenêtre, le capitaine du *Renardeau* pouvait voir sa fille et le capitaine de l'*Albatros* allant, venant et causant ainsi sur la pelouse. Il avait, en regardant le jeune couple, un sourire des plus malins.

— Allons ! allons ! se disait-il, c'est un mariage qui se prépare, ou Duncombe n'est plus mon nom.

Le capitaine Duncombe devait avoir vu juste ; car, trois mois après la première visite de Georges, le navire l'*Albatros* n'était pas encore prêt à reprendre la mer. Harker fut obligé de s'occuper des réparations dont il avait besoin ; son capitaine ne semblant nullement pressé de les terminer.

Enfin, il fut décidé que l'*Albatros* franchirait le canal pour un voyage qui ne demanderait que six mois, et Georges, en remettant le pied sur le sol britannique, demanderait la main de la jolie Rosemonde.

Joseph Harker ne refusa pas son approbation à ces arrangements. Mais après avoir dit adieu à Georges, et en regagnant son logis, le brave commis secoua sa grosse tête avec une moue significative.

— Je crains bien, pensait-il, que le capitaine Georges n'ait un peu oublié le capitaine Valentin ! Mais je ne l'ai pas oublié, moi. Et je me souviendrai et je veillerai pour deux.

Dans les premiers jours du printemps, l'*Albatros* revint mouiller sain et sauf dans le bassin.

Georges avait promis à Rosemonde de lui faire savoir son retour avant d'avoir touché terre. Un beau matin, elle vit un navire qui remontait le fleuve avec un pavillon blanc au haut de son grand mât, lequel portait en lettres rouges ce nom : *Rosemonde*. Georges Jernam était là ! Quel autre navire que l'*Albatros* pouvait avoir eu l'idée d'arborer un tel pavillon ?

Duncombe n'avait mis à son consentement qu'une condition : c'est que les jeunes gens continueraient à vivre au cottage.

— Je ne m'oppose pas, dit-il, à ce que Rosemonde ait un mari chez moi ; mais si elle quitte mon toit pour l'amour d'un homme quelconque, je vous avertis que je la déshérite ! Je ne lui laisserai, en tout et pour tout, qu'un shelling, et encore la pièce sera-t-elle fausse.

Le capitaine de l'*Albatros* eut cependant la permission d'emmener sa jeune femme passer une courte lune de miel dans le comté de Devon.

Ce fut à l'époque charmante du printemps de l'année et du printemps de l'amour que Rosemonde fit connaissance avec la tante de son mari. Suzanne Jernam fut aussitôt séduite par cette innocente et charmante enfant, et, pendant les quelques jours qu'elles passèrent ensemble, elle apprit à l'aimer comme une mère.

Jamais nouveaux mariés n'avaient commencé leur nouvelle existence avec une plus riante perspective que celle qui s'ouvrait devant Georges et sa femme lorsqu'ils revinrent au cottage.

Duncombe reçut son gendre avec la franche cordialité d'un vrai marin ; mais, peu de jours après, le vieux capitaine le prit à part et lui annonça une nouvelle qui ne fut pas sans le surprendre un peu.

Duncombe tira la chose de longueur.

— Vous savez, lui dit-il, combien j'aime Rosemonde, et vous n'ignorez pas que si la Providence m'avait accordé un fils, mon affection pour lui n'aurait pu être plus grande que celle que je vous porte. Ainsi, quoi qu'il arrive, ni vous, ni Rosemonde, ne pouvez jamais douter de ma tendresse pour vous. Allons, Georges, promettez-moi que, pour votre part, vous n'en douterez jamais.

— Je vous le promets de tout mon cœur, répondit Jernam. Mais pourquoi me parlez-vous ainsi ?

— Parce que, Georges, — s'il faut tout dire, — je vais… je vais vous quitter.

— Vous allez nous quitter !

— Oui, mon bon camarade. Voyez-vous, la vie oisive du citadin ne convient décidément pas à mon tempérament. J'en ai essayé, et j'ai acquis la certitude que ce n'est pas du tout mon affaire. Je pensais que la vue de l'eau venant battre contre le mur de mon jardinet, et la riante perspective des mâts de navires qui remplissent le bassin, seraient une consolation suffisante pour moi. Mais il n'en est rien, capitaine ! Depuis plus de six mois j'ai la nostalgie de la mer. Tant que ma petite Rosemonde n'a eu personne que moi pour veiller sur elle, je suis resté fidèle à mon poste, et j'y serais resté jusqu'à ma mort. Mais elle a un mari maintenant. Elle a, de plus, deux fidèles servantes qui la protégeront au besoin, si vous la quittez vous-même quelque jour. Et la chose arrivera, je vous le dis tôt ou tard. Pour le moment, il n'y a pas de raison pour que je reste plus longtemps enchaîné au rivage. Je veux revoir la mer, mon ami.

— Oh ! dit Georges, j'ai bien peur que votre départ ne brise le cœur de la pauvre Rosemonde.

— Non, Georges, répondit Duncombe, quand une jeune femme aime son mari, son cœur devient singulièrement coriace à l'endroit des autres mortels, y compris son père. Je suis convaincu que ma petite Rosemonde sera sincèrement affligée de ne plus me voir. Mais vous serez là, Georges, et vous la consolerez, mon ami, et assez vite encore ! D'ailleurs, je ne m'en vais pas pour toujours, vous savez. Je vais tout uniment faire une petite croisière aux Indes, avec un bon chargement de marchandises, à seule fin de gagner un peu d'argent pour mes petits-enfants à venir. Après quoi, je reviendrai au logis, mieux portant que jamais, me fixer au milieu de ma famille. J'ai vu un petit bâtiment qui me va comme un gant, je le mets en état, et, avant la fin du mois, je navigue dans les eaux bleues !

Il était évident que le vieux marin parlait sérieusement, et Georges n'essaya pas de combattre sa détermination. Rosemonde plaida éloquemment contre le départ de son père ; mais elle plaida sans succès.

Dans les premiers jours de juin, le capitaine Duncombe quitta l'Angleterre à bord d'un petit bâtiment qu'il avait baptisé : la *Jeune-Épouse*, en l'honneur de sa fille.

Georges, en embrassant le vieux capitaine, lui promit qu'il attendrait son retour avant d'entreprendre un nouveau voyage.

— Je puis bien faire le paresseux pendant une année, lui dit-il, et du moins ma chère petite femme ne restera pas sans un protecteur.

Les jeunes époux s'installèrent donc dans le petit cottage, qui pour le moment était entièrement à eux.

La destinée nouvelle de Rosemonde fut une félicité complète, sans trouble et sans mélange. Elle aimait, elle adorait son mari. Elle l'estimait le plus noble, le plus grand, le meilleur des êtres de la création. Elle ne se sentait pas d'aise et de fierté quand elle le voyait rester ainsi près d'elle et tout à elle, lui sacrifiant sa belle vie libre et aventureuse.

— Est-ce qu'un pareil bonheur peut durer, Georges ? lui disait-elle.

Hélas ! le bonheur humain ne dure guère plus que le bleu du ciel ou la douceur du printemps.

XII

Orage en plein azur

Duncombe était parti depuis un mois à peine, et l'heureuse vie des habitants du cottage suivait son cours paisible.

Ce fut un triste et pluvieux matin du mois de juillet qu'en un clin d'œil tout ce bonheur s'écroula.

Georges Jernam s'était rappelé qu'il avait une lettre d'affaires, et très importante, à écrire au capitaine de son bâtiment marchand, le *Pizarre*. Mais en ouvrant son buvard, il s'aperçut qu'il ne lui restait plus une seule feuille du papier pelure employé aux correspondances avec les pays d'outre-mer.

— Il y a toujours, lui dit Rosemonde, une provision de ce papier dans le pupitre de mon père ; tu n'as qu'à en prendre là.

— Mais, ma chérie, dit-il en riant, puis-je me permettre d'ouvrir le pupitre de ton père en son absence ?

— Et pourquoi pas ? s'écria Rosemonde sur le même ton. T'imagines-tu que mon père ait là quelques secrets cachés, qu'il y renferme de vieilles lettres d'amour, nouées avec un ruban bleu ? Va, tu peux ouvrir le pupitre, Georges, je prends sur moi le crime.

Le pupitre était lourd, peu facile à remuer, et placé sur une table dans un coin du salon du capitaine Duncombe.

— Mais le pupitre est fermé, dit Georges.

— Il est fermé ? Attends, j'ai une clé qui doit ouvrir la serrure. Tenez, monsieur, la voici. Et maintenant, je te laisse à tes affaires, Georges ; je vais donner un coup d'œil au dîner.

Elle avança ses lèvres roses pour obtenir un baiser qu'il ne se fit pas attendre, et elle s'enfuit légère comme un oiseau.

Le capitaine ouvrit le pupitre, et y trouva une énorme quantité de papier à lettres. Il choisit une plume, la trempa dans l'encre, et se mit à écrire :

» Londres, le 20 juillet.

» Mon cher Boys,...

Il était assis, le coude appuyé sur la table, et regardait devant lui d'un air distrait. Ses yeux s'arrêtèrent tout à coup sur un objet jeté négligemment au milieu de plumes et de crayons, à même un petit plateau qui se trouvait dans le pupitre.

Cet objet était une pièce d'or légèrement pliée.

Georges Jernam pâlit.

La pièce d'or était une petite pièce de monnaie brésilienne, usée et tordue. Sur l'une des faces, il y avait, gravée avec un canif, l'initiale G.

Cette pièce était un souvenir qu'il avait donné à son frère, à son frère depuis assassiné, la veille du jour de leur dernière séparation.

Et il la retrouvait là, dans le pupitre de Duncombe !

Pendant quelques instants, Georges resta immobile, comme frappé de stupeur, et même incapable de penser. Il ne se rendait pas un compte exact de cette étrange découverte. Il ne lui revenait à l'esprit en ce moment que le souvenir d'une chaude nuit des tropiques, de la brise qui se jouait sur son front quand son frère et lui s'étaient dit adieu, et des étoiles brillantes qui scintillaient au-dessus de leurs têtes quand ils s'étaient séparés.

Mais il en vint bientôt à se poser la question précise. Ce cadeau d'adieu, cette pièce d'or qu'il avait prise dans sa poche au moment de la séparation, comment était-elle là, dans ce pupitre, en la possession du père de Rosemonde ?

L'impétueux capitaine n'était pas susceptible de raisonner avec calme et logique sur la mort prématurée de son frère. Il partageait l'idée enracinée chez Joseph Harker, que l'assassin de Valentin n'avait échappé que pour un temps à l'action de la justice, et que tôt ou tard le hasard devait faire découvrir le criminel. — Est-ce que maintenant ce moment serait venu ?

Là, dans ce lieu, près de l'endroit où avait été retrouvé le cadavre de son frère, sa main tombait sur ce souvenir, sur cette relique.

— Et où cela se passait-il, grand Dieu ! La chambre où cette trace reparaissait, de qui était-ce la chambre ? A qui appartenait ce pupitre ?

Georges prit sa tête entre ses mains. Il s'efforça de se calmer, il tâcha de réfléchir.

Souvent, très souvent, — oui, il se le rappelait, — il avait causé avec Duncombe de la triste fin de son frère assassiné, et jamais, dans ces conversations, le capitaine Duncombe n'avait laissé supposer qu'il eût eu des relations avec Valentin.

D'ailleurs, Valentin aurait-il consenti à se séparer, vivant, de ce don de son frère ?

Georges avait encore dans l'oreille ses paroles émues :

— Ce petit morceau d'or, Georges, jusqu'à l'heure de ma mort, il ne me quittera pas !

— Non ! s'écria Georges, lors même qu'il n'aurait su comment dîner, il ne serait pas séparé de cette pièce d'or. Et il était riche ? — Oh ! qu'est-ce que tout cela veut dire ? C'est près d'ici qu'il a trouvé la mort, c'est ici même peut-être. Harker m'a dit qu'autrefois il y avait, sur cet emplacement, avant que mon beau-père y eût fait construire cette maison, une masure en ruines, habitée par ce Milsom, et c'est ici que mon beau-père est devenu fou ! comment mon beau-père est-il mêlé à tout cela ? C'est étrange ! c'est horrible !

La monstrueuse idée d'une connexité quelconque entre Duncombe et l'assassin de son frère pénétra avec une sorte de violence dans l'esprit peu résistant du marin, et s'y ancra, pour ainsi dire, par la douleur même et par le déchirement. Cette idée lui semblait trop affreuse pour être réelle, mais c'était peut-être une raison pour qu'elle devînt une idée fixe dans ce cerveau bouleversé.

Seul, assis devant la table, il essayait, sans y parvenir, de chasser l'horrible cauchemar.

Il y avait un fait certain, c'est que Duncombe était riche. Toute cette richesse provenait-elle de voyages, qui n'avaient pas été tous fructueux ?

Georges se rappelait l'impatience du capitaine, son désir fébrile de s'éloigner d'une maison où tout devait contribuer à lui faire la vie heureuse.

Ce caprice bizarre de vouloir reprendre à son âge la vie rude et périlleuse du marin, n'était-il pas l'indice d'une conscience qui n'était pas bien tranquille ?

— Sa bonté pour moi, se disait Georges, est-ce qu'elle n'avait été le vague besoin d'un coupable de donner une réparation et une consolation quelconque au cœur qu'il aurait brisé ?

Mais ici Georges se révolta contre lui-même. — Ah ! il était bien injuste et bien ingrat ! Voilà qu'à présent il tournait contre Duncombe jusqu'à sa bonté !

Sa bonté ?... Cependant, si elle n'était qu'apparente ? Enfin, l'hypocrisie existe. Si cet air de franchise et de cordialité de Duncombe n'était qu'un masque ?...

Et les yeux de Georges revenaient toujours à cette pièce d'or, à cette preuve, à ce témoignage. Il la tournait et la retournait entre ses doigts. Il la palpait, il la pressait. On eût dit qu'il voulait l'interroger.

— O mon frère ! criait-il. Il ajoutait : O Rosemonde !

Deux longues heures durant, Georges resta en proie à ses terribles pensées.

Au bout de ce temps, Rosemonde vint, passa sa tête charmante et regarda par la porte entr'ouverte.

— Encore au travail, Georges ? demanda-t-elle.

— Oui, répondit-il avec une étrange dureté d'accent. Je suis très occupé.

Ce simple changement d'intonation du bien-aimé frappa la jeune femme. Elle entra dans la chambre.

— Georges, dit-elle, je ne sais, ta voix m'a fait un effet étrange. Tu n'es pas malade, n'est-ce pas, mon Georges ?

— Non, non ! seulement, j'ai besoin d'être seul. Allez, Rosemonde, laissez-moi.

La pauvre enfant resta stupéfaite, son doux front pur se contracta et des larmes lui vinrent aux paupières.

Georges avait la tête appuyée sur sa main, et il ne fit pas attention à son chagrin. Elle ne pouvait cependant le quitter ainsi.

— Vous est-il donc arrivé quelque chose de fâcheux, Georges ? demanda-t-elle.

— Rien qui puisse vous inquiéter.

Cette sécheresse et cette froideur blessèrent profondément Rosemonde. Elle n'ajouta rien de plus et sortit doucement de la chambre.

————

XIII

La séparation

Jamais avant ce jour, Georges n'avait parlé à Rosemonde avec dureté, jamais un nuage n'avait passé entre elle et lui. Mais il était venu, ce nuage ; il s'était subitement formé, obscur et menaçant, au-dessus de cette heureuse demeure ; et il ne se dissiperait plus !

Les jours qui suivirent, Georges, malgré lui, resta morne et sombre, et perdu dans on ne savait quelle lugubre rêverie.

La jeune femme essaya en vain de pénétrer le secret de ce bouleversement de sa vie. Elle n'aurait pu d'ailleurs formuler contre son mari aucun sérieux reproche. Georges ne lui reparla plus avec brusquerie; ses manières étaient redevenues douces et bonnes. Mais son amour?.. Son amour semblait s'être éteint, ne laissant après lui qu'une douloureuse compassion, mélange singulier de tendresse et de tristesse.

Georges adressa de nombreuses questions à Rosemonde sur son père, sur sa vie passée, sur ses idées et son caractère. Mais il ne put tirer d'elle que fort peu de renseignements. Elle n'avait vécu avec son père que depuis l'époque où ils étaient venus s'établir dans cette villa, et elle ne savait rien de son existence d'autrefois, si ce n'est qu'on ne le voyait à Londres qu'à de longs intervalles, et que, dès qu'il avait un moment de libre, il venait aussitôt la voir à sa pension.

— C'est le meilleur et le plus tendre des pères, disait-elle.

Georges, un jour, se décida à lui poser une question devant laquelle il avait longtemps hésité :

— Est-ce que le capitaine Duncombe était en Angleterre à l'époque de la mort de mon pauvre Valentin? lui demanda-t-il.

Après un moment de réflexion, Rosemonde répondit :

— Oui... je crois bien que oui... je suis sûre que oui. C'était au printemps, n'est-ce pas? Je me souviens qu'il est venu me voir, cette année-là, au commencement de mars ; puis il est revenu en avril. C'est alors qu'il a parlé pour la première fois de s'établir en Angleterre.

Georges demeura consterné. Il avait fait cette question le faible espoir d'apprendre que Duncombe était loin de l'Angleterre à l'époque de l'assassinat. Il fallait renoncer à cette dernière illusion.

Une quinzaine de jours après la funeste découverte de la pièce d'or, Georges annonça à sa femme qu'il allait la quitter.

Il se rendait, disait-il, sur les côtes d'Afrique. Il s'était efforcé de se réconcilier avec la vie de la terre ferme ; mais il ne pouvait y parvenir, il la trouvait intolérable.

Le coup fut cruel au cœur de la pauvre Rosemonde.

— Vous sembliez si heureux, Georges, il y a quinze jours à peine?

— Oui, j'essayais d'être heureux. Mais, voyez-vous, Rosemonde, cette vie-là ne me convient pas. Votre père n'a pu rester chez lui, malgré tout ce qu'il avait fait pour se créer un intérieur agréable. Je ne peux non plus demeurer plus longtemps ici. Peut-être y a-t-il une malédiction sur cette maison! ajouta-t-il avec un rire amer.

Rosemonde fondit en larmes.

— Oh! Georges, votre départ va me faire bien malheureuse! s'écria-t-elle ; jé trouvais notre vie si charmante et si douce! Et maintenant toute notre joie s'évanouit

brusquement, comme un rêve interrompu. Est-ce que vous êtes las de moi et de mon amour, que vous partez ainsi? Vous aviez promis à mon père de rester avec moi jusqu'à son retour?

— Oui, j'avais fait cette promesse, répondit Georges gravement ; et, aussi vrai que je suis un honnête homme, j'étais résolu de tout mon cœur à la tenir. Je ne suis pas las de votre amour, Rosemonde, il m'est aussi cher que jamais. Mais que voulez-vous que je vous dise?.. tenez, ne continuez pas de vivre sous ce toit. Je vous assure qu'il y a une malédiction sur cette maison, et que ceux qui l'habitent ne peuvent goûter ni paix ni bonheur. Allez à Allambay, où vous trouverez de bons amis, et là, vous pourrez être heureuse pendant mon absence.

— Mais Georges, quel mystère se cache donc dans tout ceci?

— Ne me questionnez pas, Rosemonde, car je ne pourrais vous répondre. Croyez-moi quand je vous dis que vous n'êtes pour rien dans le changement qui s'est opéré en moi. Mes sentiments pour vous sont toujours les mêmes. Mais j'ai fait, il y a quelque temps, une découverte... une découverte qui a porté un coup mortel à mon bonheur. Je reprends ma vie errante, parce que le calme de la vie domestique m'est devenu insupportable. J'ai besoin de mouvement, de travail, de danger. J'ai besoin d'échapper à mes pensées.

Ce fut en vain que Rosemonde supplia son mari de s'expliquer plus clairement. Lui qui autrefois cédait si facilement à ses prières, se montra inflexible.

Avant que les feuilles eussent commencé à tomber sous les premières atteintes de l'automne, l'Albatros était prêt pour un nouveau voyage. Le lieutenant de Georges en prit le commandement pour le conduire à Plymouth, où il devait attendre l'arrivée de son capitaine.

Georges avait voulu conduire lui-même Rosemonde à sa nouvelle résidence d'Allambay.

En tout autre temps, Rosemonde eût été charmée des beautés pittoresques du village, où son mari lui avait choisi une jolie petite maison près de celle de sa tante. Mais une profonde mélancolie s'était emparée de la jeune femme naguère si joyeuse. Elle avait constamment et douloureusement médité sur le changement de conduite de son mari, et elle en était arrivée à se demander : Est-ce que la raison de mon pauvre Georges se serait altérée?...

— S'il m'avait quittée pendant quelque temps, se disait-elle, et s'il m'était ainsi revenu un tout autre homme, j'aurais pu être moins étonnée. Mais cette transformation soudaine, elle s'est faite en une heure. Il n'a reçu aucune visite étrangère, il ne lui est arrivé aucune lettre, aucune nouvelle n'a pu lui parvenir. Il est entré dans la chambre de mon père, le cœur léger comme celui d'un homme heureux ; il en est sorti sombre et désolé. Comment ne pas croire qu'il y a là quelque

chose de plus qu'un simple changement de sentiments ou de caractère?

Rosemonde avait entendu parler des terribles effets de l'insolation, effets qui parfois ne se produisent que longtemps après. Le bouleversement incompréhensible survenu dans la nature de Georges ne serait-il pas le résultat d'un accident de ce genre?

Elle supplia son mari de consulter quelque médecin éminent sur l'état de sa santé, mais il reçut si froidement sa prière, qu'elle n'osa pas insister.

— Qui vous a dit que je fusse malade? demanda-t-il. Je ne suis pas malade, et tous les médecins de la chrétienté ne peuvent rien pour moi.

Pour rien au monde elle n'aurait voulu révéler à un étranger les doutes qui lui étaient venus à l'esprit, elle n'avait plus qu'à prier Dieu de protéger son mari, de le guider dans sa vie errante.

— L'excitation et le rude travail de la vie à bord peuvent le guérir, se disait-elle. Il est possible après tout, que le calme monotone de la vie à terre ait produit tout le mal.

C'est ainsi qu'ils se séparèrent. Georges quitta sa femme le cœur serré, mais l'amour hélas, n'avait plus qu'une petite part dans sa peine.

— J'ai trop pensé à mon bonheur personnel, se disait-il, et j'ai laissé la mort de mon frère impunie. Ai-je oublié le temps où il me portait dans ses bras, le long de la plage solitaire? Ai-je oublié les années pendant lesquelles il était tout pour moi, père, mère, famille? Non, j'en prends le ciel à témoin, je ne l'ai pas oublié. Le temps est venu où l'unique pensée de ma vie doit être une pensée de colère et de châtiment contre les assassins de mon frère, — quels qu'ils soient.

XIV

Les frères Dale

Larkspur, l'agent de police, était venu établir sa résidence dans Percy-street, huit jours après sa première entrevue avec lady Eversleigh.

Honoria savait qu'il sortait de grand matin chaque jour et qu'il rentrait fort tard dans la nuit, mais c'était tout ce qu'elle connaissait de ses mouvements.

Quinze jours après son installation, Larkspur lui demanda la faveur d'un moment d'entretien.

Ce que Larkspur appelait « un moment » dura trois heures. Il était très verbeux et passablement vantard, ce bon Larkspur ; mais au bout du compte c'était un fin limier et un habile homme.

Sous toutes sortes de déguisements, il avait épié et observé Réginald et Carrington, il avait pu connaître la vie présente et passée de Mme Durski. Bref, il mit Honoria au courant de tout ce que faisaient et disaient ses ennemis, presque comme si elle ne les eût jamais quittés.

— Réginald amant d'une femme qui tient une maison de jeu, s'écria Honoria. Mais au fait, je n'ai pas à m'en étonner; c'est bien là sa digne compagne! Et ce vertueux et laborieux Carrington, quel hypocrite!

— J'ai tout lieu de croire, dit Larkspur, que Carrington mène tout et dirige tout chez sir Réginald. J'ai gagné une petite servante du logis de Villiers-street, laquelle passe pour une sotte et dont on ne se défie nullement. On laisse volontiers échapper certains mots significatifs devant elle. En outre, elle a fait des études particulières de l'acoustique des chambres, et elle écoute merveilleusement aux portes. Elle a entendu plus d'une fois Carrington donner à Réginald ses beaux conseils. Ainsi, c'est lui qui l'a vivement engagé à se lier avec son cousin germain Douglas Dale.

— Que dites-vous là, monsieur Larkspur? interrompit Honoria effrayée. Mais le conseil n'a pas été suivi, n'est-ce pas? ou du moins il n'a pas réussi? Réginald n'a pu seulement parvenir à se rapprocher de Douglas Dale, je suppose?

— Je vous demande pardon, madame, Douglas Dale est maintenant l'ami de Réginald.

— En vérité? Oh! ces deux hommes sont les derniers entre lesquels j'aurais cru un commerce d'amitié possible!

— Et pourtant, madame, le fait est certain. M. Douglas Dale, le cousin de Réginald, M. Douglas Dale, l'avocat, M. Douglas Dale, qui habite le Temple, a dîné deux fois avec son cousin la semaine dernière. Ils sont partis, chaque fois, en cab de Villiers-street, entre huit et neuf heures du soir. Mon affidée, la petite servante, s'est trouvée à portée d'entendre l'adresse donnée au cocher, et, chaque fois, cette adresse était : Hilton-House, Fulham.

— Douglas Dale, un joueur! Douglas Dale, le compagnon de cet infâme!

— J'avoue, madame, que cette liaison ne lui promet pas grand'chose de bon.

— Monsieur Larkspur! s'écria Honoria, surveillez-les! Surveillez ces deux hommes, je vous en conjure! Il y a danger pour M. Douglas Dale dans tout rapport avec son cousin! Ne l'oubliez pas. Il y a danger pour lui, danger de ruine, danger de mort peut-être. Surveillez-les, monsieur Larkspur, surveillez-les, nuit et jour!

— Je ferai mon devoir, madame, vous pouvez y compter, et je le ferai bien. J'ai l'orgueil de ma profession, et, pour moi, le devoir est un plaisir.

— Je me fie à vous, monsieur Larkspur.

— Et vous avez raison! Il ne me reste qu'à prendre congé de vous, madame... Ah! à propos, ne m'appelez plus Larkspur, je vous prie; dans cette maison, mon nom est André. M. André, clerc d'avoué.

Le nom de Larkspur sentait Bow-street de trop loin.

Les informations de Larkspur étaient parfaitement exactes. Sur les suggestions de Carrington, une intimité véritable s'était formée entre Douglas et son cousin Réginald, et les deux jeunes gens passaient ensemble une grande partie de leur temps.

Douglas était toujours le simple et loyal jeune homme que nous connaissons. Mais, depuis que la mort de sir Oswald l'avait mis en possession d'un large revenu, la richesse avait tué chez lui le goût du travail. Il ne se livrait plus à ses études de droit avec l'ardeur d'autrefois. Il voyageait, il flânait, il satisfaisait à toutes ses fantaisies, il ne travaillait plus qu'en amateur.

Il occupait son logement au Temple, il continuait à se dire avocat, mais il n'avait plus la moindre envie de tenir sa place parmi les membres du barreau.

Son frère Lionel, lui, était devenu recteur de Hollygrove, bourgade du comté de Dorset, où il avait une très jolie église et un nombre très restreint de paroissiens : agréable vie de loisir à l'usage des clergymen riches.

Lionel avait les goûts d'un gentilhomme campagnard. Une fois ses devoirs de pasteur accomplis, son grand plaisir, on pourrait dire sa passion, était la chasse.

Les pauvres de Hollygrove avaient lieu d'ailleurs de se féliciter d'avoir pour recteur un millionnaire; la charité de M. Dale semblait inépuisable.

Le presbytère était une vieille maison située dans un de ces lieux pittoresques qu'on croirait ne pouvoir trouver qu'en peinture. Les montagnes, les bois, la rivière, tout contribuait à la beauté du paysage, et, au milieu de ce cadre de verdure, la vieille maison en briques rouges semblait être l'idéal de l'habitation anglaise. C'était originairement un manoir seigneurial, et une partie des bâtiments remontait à une date fort ancienne.

Lionel appelait Hollygrove « l'heureuse vallée ».

Ni l'un ni l'autre des deux frères n'était encore marié. L'avocat faisait de fréquentes visites au recteur. Il aimait à aller se reposer près de lui des fatigues et des émotions de la vie. Comme son frère, il adorait les péripéties et les dangers de la chasse, et il était rare que, pendant la saison des chasses, il fût absent de Hollygrove.

A Londres, il avait les cercles et les maisons de ses amis. Les familles de son monde où il y avait des filles à marier l'invitaient à leurs bals et à leurs soirées, et, si tel avait été son goût, il aurait pu faire danser toutes les nuits les plus jolies « young ladies » de Londres.

Les plaisirs de la « haute vie » deviennent facilement une fatigue; au bout d'un certain temps, ils sont vides et creux. Douglas commençait à être las des bals, des dîners, des expositions de fleurs et des concerts, quand le hasard, un hasard guetté de longue main, lui fit rencontrer son cousin Réginald Eversleigh, à un club dont ils faisaient tous deux partie.

Eversleigh était fort gracieux quand il le

voulait. Il fit le possible et l'impossible pour produire une bonne impression sur l'esprit de Douglas. Jusque-là, le jeune Dale n'avait pas beaucoup aimé son cousin; mais il commença alors à penser qu'il avait eu des préjugés contre lui. Il se dit que Réginald avait après tout quelque raison de se trouver maltraité, et, avec l'élan de bonté naturel à son cœur généreux, il se sentit disposé à tendre une main amie à celui qui avait eu le sort contraire dans la grande bataille de la vie.

Les deux jeunes gens dînèrent ensemble au club. Ils s'y rencontrèrent fréquemment, quelquefois par hasard, quelquefois après avoir pris rendez-vous. Ce club était un de ceux où l'on ne risque qu'une partie tranquille entre de savants joueurs de whist.

Mais les habitudes de Douglas changèrent petit à petit, sous l'influence de son cousin, toujours dirigé par Carrington. Il consentit un jour à faire une partie d'écarté, une autre fois il fit un quatrième au whist.

Trois mois après sa première rencontre avec Réginald, il accompagnait le baron à Hilton-House, où il fut présenté à la belle veuve autrichienne.

Réginald, soufflé par son guide habile, avait mené cette partie avec une grande prudence. Ce ne fut qu'après avoir inoculé à son cousin le goût du jeu, qu'il s'aventura à le présenter dans l'élégante maison présidée par Mme Durski.

Douglas Dale avait passé impunément à travers la fournaise des femmes de Londres; plus d'une femme avait essayé vainement son empire sur lui, mais il était encore maître de son cœur le jour où il franchit le seuil de Hilton-House.

Il vit Pauline Durski, et il en devint amoureux. Il l'aima dès le premier jour, le malheureux! Il l'aima d'un amour sincère et loyal, qui était pour l'égoïste caprice de Réginald ce que le ciel est à la terre.

Mais le cœur de Pauline n'était plus libre; elle l'avait donné à un homme dont elle connaissait la bassesse, mais dont elle subissait aveuglément le joug.

Réginald ne tarda pas à découvrir les sentiments de son cousin. Carrington et lui avaient dressé leurs plans en vue de ce résultat. Douglas, esclave aimant de Mme Durski, devait être la plus commode des dupes, et une grande partie de la fortune de sir Oswald pouvait encore ainsi enrichir le neveu déshérité.

XV

Carrington prend la main

Carrington suivait et surveillait les faits et gestes de Réginald. Il lui parlait toujours avec la même supériorité dédaigneuse.

— Vous ne comptez pourtant pas vous en tenir là, mon cher Réginald! lui dit-il un jour. Certainement, au moyen de ces saignées à la bourse de M. Dale, vous pouvez arriver à vivre, sans parler de notre chère Mme Durski. Mais qu'est-ce que tout cela? quelques milliers de francs en plus ou en moins ; pauvre aubaine ! Je pense qu'il faudrait maintenant jouer un jeu plus large, et je crois pouvoir vous en indiquer la marche.

— Je n'ai pas l'intention de me prêter à ce que vous appelez « un jeu plus large », répondit Réginald ; j'en ai assez. De quel avantage vos grands coups ont-ils été pour moi ?

Les deux amis étaient assis dans l'obscur salon de la maison de Villiers-street ; une petite table les séparait ; Victor avait ses bras croisés et appuyés sur la table, et, la tête penchée en avant, il regardait son compagnon en plein visage.

— Parce que j'ai échoué une fois, vous imaginez-vous, ô naïf, que j'échouerai toujours : le diable lui-même a conspiré contre moi ; mais le jour vient où il sera de mon côté. Il est encore possible, il est plus que jamais nécessaire que vous deveniez possesseur d'une fortune de cinq millions, et mes combinaisons doivent tendre à vous l'assurer.

— Arrêtez, Carrington ! croyez-vous que je voudrais permettre?...

— Je ne vous demande aucune permission. Je sais, cher ami, que vous êtes un lâche. Réduit à l'effort de votre seule volonté, vous ne vous élèveriez jamais au-dessus du niveau d'un prodigue ruiné, et d'un bohème sans le sou. Mais vous oubliez peut-être que j'ai un engagement, signé de vous, qui me donne un intérêt dans votre fortune à venir. Je ne l'oublie pas, moi. Quand ma sagesse me conseillera d'agir, j'agirai, et sans prendre votre avis. Si je réussis, vous me remercierez. Si j'échoue, vous m'accuserez de ma stupidité. C'est ainsi que les choses se passent en ce monde. Maintenant laissons là cet entretien. — Quand partez-vous pour le comté de Dorset, avec votre cousin Douglas ?

— Pourquoi me faites-vous cette question ?

— Ma curiosité n'a pas d'autre stimulant que l'intérêt que je vous porte, à vous et à vos chers parents. Vous allez ouvrir les chasses chez votre cousin Lionel, n'est-ce pas ?

— Oui, il m'a invité à aller passer chez lui le reste de la saison.

— Sur la demande de son frère, je crois ?

— Précisément. Je n'ai pas vu Lionel, vous le savez bien, depuis les funérailles de mon oncle. Douglas va passer les fêtes de Noël avec son frère ; il désire que je l'accompagne, et Lionel m'a écrit une lettre fort amicale pour m'y engager.

— Rien de plus naturel. Mais, dites-moi, et ce cheval de chasse que Douglas veut acheter pour Lionel ? Ne devez-vous pas aller le choisir avec lui ?

— Oui, il sait que je me connais assez en chevaux, et il m'a prié de venir l'aider de mes conseils.

— Quand cela ?

— Au premier jour. Nous partons pour Hollygrove la semaine prochaine. Nous choisirons le cheval quand Douglas pourra se rendre avec moi chez le marchand, et nous l'enverrons là-bas pour qu'il s'habitue au changement.

— Faites-moi savoir quand vous irez chez le marchand de chevaux, n'est-ce pas ?

— Pourquoi ?

— Pour rien. Seulement, si vous m'y apercevez, n'ayez pas l'air de me voir, et n'attirez pas sur moi l'attention de Douglas, je vous prie.

— Que signifient ces recommandations ? demanda Réginald frémissant.

— Que voulez-vous qu'elles signifient en dehors de leur sens naturel ? J'exprime le désir bien simple de passer une après-midi à visiter les écuries d'un marchand de chevaux. Qu'est-ce que votre imagination peut chercher et trouver là-dedans ?

— Pardonnez-moi, Carrington, mais je ne puis oublier les malheurs qui ont marqué les derniers jours de mon séjour à Raynham...

— Oui, répondit Victor, surtout le malheur de n'avoir pas réussi.

Il regarda fixement Réginald, qui baissa les yeux et se tut.

Rien de plus ne fut dit entre ces deux hommes. L'empire exercé par l'énergique intelligence du médecin sur la nature faible de son ami, était irrésistible. Réginald craignait Victor. Mais il y avait, dans la crainte même qu'il lui inspirait, certain espoir indéfini que, par suite des combinaisons de Carrington, il pourrait reconquérir la fortune perdue. Et, selon son habitude, l'hypocrite laissait faire.

La conversation que nous venons de rapporter avait lieu le lendemain du jour de l'entrevue d'Honoria et de Larkspur.

XVI

Buffalo et Niagara

Trois jours après, Réginald et son cousin se donnèrent rendez-vous à leur club, pour aller de là voir ensemble des chevaux de chasse à l'établissement de Spavin, dans Brompton-Road.

Le phaéton de Dale attendait devant la porte et conduisit les deux cousins chez le marchand de chevaux.

Spavin était un des marchands de chevaux les plus en renom du moment. L'acheteur à bon marché avait peu de chances de trouver quelque chose à sa convenance dans l'établissement de Spavin ; mais les amateurs riches étaient sûrs, en payant cher, d'avoir du beau.

Cinq ou six garçons d'écurie sortirent dans la cour pour offrir leurs services aux deux gentlemen, dont le phaéton et le groom de grand style commandaient le respect. Spavin lui-même quitta son bureau pour venir s'informer du bon plaisir de ses honorables clients.

— Des chevaux de carosse ou de selle, monsieur? demanda-t-il à Douglas Dale. Voici une belle paire de chevaux à ce breack là-bas ; si vous avez besoin de quelque chose qui fasse figure attelé à un phaéton, on vient de les exercer dans le parc. Tout sang, monsieur ! Et pas une once de trop comme os. Une paire de chevaux qui ferait honneur à un prince.

Réginald demanda à voir des chevaux de chasse. Aussitôt les grooms s'empressèrent de courir aux écuries pour soumettre les nobles animaux à l'inspection de ces messieurs. Il y avait un terrain d'essai au fond de la cour, on y fit caracoler les chevaux.

Douglas attachait une grande importance au choix du cheval qu'il voulait offrir à son frère, et il discuta les mérites des chevaux avec Réginald.

Dès son entrée, l'œil de Réginald s'était arrêté sur Carrington.

Le médecin se tenait à une petite distance, en apparence tout entier aux chevaux ; mais en réalité son intérêt se portait moins sur ces belles bêtes que sur les gens d'écurie qui les amenaient.

Son regard s'attachait surtout à un de ces hommes.

L'individu n'était cependant pas fait pour attirer l'attention : il était bas de taille, rouge de cheveux ; il avait la tête ronde comme une boule et des petits yeux de rat.

Cet homme s'était peu mêlé de faire parader les chevaux ; mais, à un moment de repos, il ouvrit la porte d'une stalle et sortit lui-même, conduisant un magnifique cheval bai, dont la tête ardente se redressa toute hagarde et frémissante, quand son fier regard se promena dans la cour.

— Eh ! mais c'est Buffalo ? dit Spavin.

— Oui, monsieur.

— Comment et pourquoi l'amenez-vous ? s'écria le marchand de chevaux avec colère ; ces messieurs veulent un cheval qu'un chrétien puisse monter, et Buffalo n'est pas un cheval à donner à monter à un chrétien, — quant à présent, du moins. Je veux essayer de faire partir le diable qu'il a dans le corps, avant de me défaire de lui.

— C'est un bel animal ! dit Réginald.

— Oh ! oui, il est assez beau, répondit le marchand. Il paie de mine. Mais est beau qui fait bien, voilà ma devise. Et, si j'avais connu le tempérament de cette bête, quand le capitaine Chesterly me l'a offert, j'aurais laissé aller le capitaine bien loin, avant de consentir à le lui acheter. Néanmoins, le voilà, elle est à moi, et il faudra que plus tard, j'en tire le meilleur parti possible. Mais Jacques Spavin n'est pas homme à vendre un pareil animal à un client, avant d'avoir assoupli et dompté la méchanceté qui est en lui. Quand j'en aurai triomphé, mais seulement alors, il sera à votre service.

Le cheval fut reconduit à sa stalle.

Victor suivit des yeux l'homme et le cheval jusqu'au moment où ils eurent disparu.

— Il a un air singulier, ce groom ! dit Douglas au marchand de chevaux.

— Qui, Hawkins, James Hawkins? Oui, son air ne fera pas sa fortune. C'est un rude travailleur dans son genre ; mais il est un peu comme le cheval, il a un vice de tempérament. Je crois pourtant l'avoir mâté, lui, dit Spavin en faisant claquer son fouet d'une façon significative.

Puis, Spavin, élevant la voix, cria aux grooms :

— Qu'on amène Niagara. — Il ajouta en s'adressant à Douglas et à Réginald : — Niagara est frère de Buffalo, et, si je n'avais pas connu les mérites de l'un, jamais je n'aurais acheté l'autre. Il y a souvent des ressemblances et des différences surprenantes entre des êtres humains de la même famille, mais plus singulières encore peut-être entre des chevaux du même sang. Niagara a le caractère aussi doux qu'on peut le désirer dans un cheval, et Buffalo est un vrai démon ; ils sont l'Abel et le Caïn des chevaux. Pourtant si vous voyiez les deux bêtes à côté l'une de l'autre, vous auriez de la peine à les distinguer.

— En vérité ! s'écria Réginald, je voudrais, pour la curiosité du fait, les revoir ensemble.

Spavin donna des ordres, et, tandis qu'un groom amenait Niagara, Hawkins rentra ramenant Buffalo.

— Les voici, messieurs, aussi semblables que deux pois ! et, sans un petit bouquet de poils blancs que Buffalo a sous le jarret gauche, peu d'hommes dans mon écurie pourraient reconnaître l'un de l'autre.

Carrington, pendant que Dale causait avec le marchand, s'approcha de l'animal de l'air d'un amateur intéressé par la ressemblance des deux chevaux, et se baissa pour examiner le bouquet de poils blancs; c'était une petite place blanche large comme une pièce de cinq francs.

Puis, passant sans affectation près de Réginald, il lui dit bas et vite :

— Faites choisir Niagara!

Réginald tressaillit.

La consultation dura encore quelques instants, et Douglas demanda à Réginald son avis.

— Eh bien, dit Réginald d'une voix qui tremblait un peu, le meilleur et le plus beau cheval, c'est, selon moi, Niagara.

— C'est aussi mon opinion, dit Douglas.

Il alla aussitôt dans le petit bureau de Spavin, et signa un chèque pour le montant du prix du cheval, à l'entière satisfaction du marchand.

Pendant ce temps, Carrington s'approchait de Hawkins comme d'une ancienne connaissance, et, d'une voix brève :

— A quelle heure et où puis-je vous voir après votre travail? lui dit-il.

— Si vous n'avez pas, monsieur, d'objection à faire contre un établissement public?..

— Nullement.

— Eh bien, comme maison respectable dans son genre, nous avons la taverne de la *Chèvre*, la troisième porte dans la petite rue à gauche en sortant de la cour, pour aller dans la direction de Londres.

— Bien! bien! et l'heure?

— Tous les soirs, vers neuf heures, mon maître.

— Alors, ce soir même, à neuf heures, dit Carrington.

Eversleigh et son cousin sortaient du bureau. Ils montèrent dans le phaéton, qui s'éloigna rapidement.

Carrington était dès huit heures et demie à la taverne de la *Chèvre*, petit cabaret assez sale, dans une petite rue plus sale encore.

Hawkins était déjà devant le comptoir, consommant un verre de gin.

— Il n'y a personne dans le petit salon, dit Hawkins, nous y serons comme chez nous.—Je suppose que vous ne voyez aucune objection à ce que j'entre dans le parloir avec ce monsieur, Maria ? demanda Hawkins à une jeune femme dont la tête était coiffée d'un bonnet coquet et qui remplissait les fonctions de demoiselle de comptoir.

— Dame! vous n'êtes guère un client pour le salon, monsieur Hawkins; mais si ce monsieur veut vous parler, je ne vois pas pourquoi vous n'y entreriez pas. Et si monsieur a des ordres à donner, je suis prête à recevoir sa commande, ajouta-t-elle.

— Une bouteille d'eau-de-vie, dit Carrington.

Le « salon » était une petite pièce enfumée dont les murailles étaient ornées de gravures enluminées représentant des courses de chevaux.

— Asseyons-nous et remplissez votre verre, dit Carrington.

Hawkins ne perdit pas de temps pour profiter de la permission.

— Maintenant, je suis un homme qui n'aime pas prendre par le plus long, mon ami Hawkins, dit Victor. Donc, abordons tout de suite l'affaire. J'ai un caprice pour le cheval bai que vous nommez Buffalo, et je voudrais l'avoir ; mais, vous savez, je ne suis pas riche et ne puis mettre un bien haut prix à mes fantaisies. J'ai pensé, Hawkins, qu'avec votre aide, je pourrais avoir Buffalo à bon marché.

— J'ose me flatter que je pourrais vous aider à faire un très bon ou un très mauvais marché, selon les circonstances, dit le groom froidement. Mais, entre amis, en supposant que vous soyez moi, et moi vous, je ne voudrais de ce cheval à aucun prix, quand bien même M. Spavin me le donnerait pour rien, avec le mors et la bride par dessus le marché.

Hawkins avait pris un second verre d'eau-de-vie.

— Ce cheval est dangereux à manier, alors? demanda Victor.

— Quand on pourra enfourcher un éclair et, une fois enfourché, le tenir en main, on pourra monter Buffalo! répondit

sentencieusement le groom. Mais, tant que vous ne serez pas de force à manier un éclair, je ne vous conseille pas de passer votre jambe sur les reins de ce cheval du diable.

— Allons! allons! un bon cavalier en pourrait venir à bout!

— Le particulier qui conduisit un char attelé de quatre chevaux sur le turf céleste, celui-là même ne parviendrait pas à se tenir bien longtemps sur Buffalo. Il a une bouche de fer, et une gourmette, quelque forte qu'elle soit, ne serait guère plus pour lui que le ruban d'un bonnet de femme. Il s'est fait un nom comme coureur de steeple-chase ; mais, quand il a eu tué trois jockeys et deux gentlemen-riders, on a commencé à avoir assez de ses prouesses. C'est alors que le capitaine Chesterly est venu le vendre à mon patron, qui a été assez fou pour l'accepter à un prix quelconque. Et maintenant je me suis montré votre ami et je vous ai donné un honnête conseil. Peut-être pourrais-je aller jusqu'à dire que je vous ai sauvé la vie. Aussi vous considérerez j'espère, que je suis un pauvre homme, chargé de famille, et que je ne puis perdre mon temps à donner de bons conseils pour rien.

Carrington tira sa bourse et tendit à Hawkins une pièce d'or.

Un air de ravissement se mêla alors visiblement à l'expression habituelle de ruse qui caractérisait la physionomie du groom.

— Voilà ce que j'appelle être grand, mon maître! s'écria-t-il.

— Encore un verre d'eau-de-vie, Hawkins.

— Ma foi ! ça ne me fait pas peur.

— Hawkins, je vous connais, et je vous sais sincère. Mais, en dépit de la mauvaise réputation que vous faites à Buffalo, je n'en ai pas moins une envie terrible de me le donner.

— Est-il Dieu possible? s'écria Hawkins; pourtant, excusez-moi, vous n'avez pas l'air d'un homme de cheval?

— Aussi n'est-ce pas pour moi que je désire avoir Buffalo.

— Ah! ah! c'est autre chose! fit Hawkins, avec une grimace expressive, qui était son rire à lui.

— J'en ai besoin pour un ami grand chasseur, continua Carrington. Si vous pouvez m'avoir l'animal à bon marché, par exemple, pour seize livres (500 fr.), demandez un congé de huit jours, amenez-le chez mon ami, à la campagne, et vous aurez pour vous un billet de cinq livres.

Les yeux de Hawkins brillèrent de cupidité. Cependant il ne répondit pas tout de suite.

— Dame ! voyez-vous, mon maître, je ne pense pas que M. Spavin consentirait à vendre Buffalo, quant à présent. Il est persuadé qu'il arrivera un malheur, vous comprenez. C'est un homme fort raide que ce Spavin. Il tient énormément à sa réputation. Je ne crois réellement pas qu'il vende Buffalo avant qu'il ait été rompu, et

Satan seul sait le temps qu'il faudra pour venir à bout de lui.

— C'est absurde! Spavin sera enchanté d'être débarrassé de Buffalo. Croyez-moi, dites seulement que vous désirez l'avoir pour un de vos amis, une espèce de centaure, qui saura le dompter mieux qu'aucun des hommes de l'écurie.

Hawkins se frotta le menton d'un air pensif.

— Eh! bien, oui, peut-être en présentant les choses de cette façon, obtiendrai-je une bonne réponse. Je pense que Spavin consentirait à le vendre à un jockey, mais qu'il ne voudrait jamais le céder à un bourgeois. Je sais qu'au fond il sera très content d'être débarrassé de l'animal.

— Parfait! reprit Carrington: menez bien l'affaire et vous gagnerez votre commission.

— J'en ai traité de plus difficiles, mon maître, répondit le groom, quand voudriez-vous le cheval?

— Tout de suite.

— Pouvez-vous vous arranger pour venir ici demain soir, ou aimez-vous mieux que je me présente chez vous?

— Je serai ici demain soir, à neuf heures.

— Très bien! J'aurai des nouvelles à vous donner de Buffalo. Maintenant ce que je vous conseille, c'est, en offrant ce cheval à votre ami, de lui indiquer en même temps l'adresse d'un bon entrepreneur de pompes funèbres.

— Je n'ai pas peur pour lui.

— Comme il vous plaira! vous savez ce que vous faites, et vous êtes d'âge à vous gouverner.

Le lendemain, à neuf heures du soir, les deux hommes se retrouvaient à la taverne de la *Chèvre*.

Cette fois, leur entretien fut très court.

— Avez-vous réussi? demanda Victor.

— J'ai réussi. M. Spavin acceptera six cents francs du cheval le jockey; mais à aucun prix, il ne consentirait à vendre le cheval à un particulier.

— Voici l'argent, répondit Victor en remettant au groom les bank-notes. Avez-vous demandé un congé?

— Non, parce que, entre nous, je doute qu'il me l'eût accordé. Je saurai bien le prendre sans l'avoir demandé. J'enverrai tout bonnement ma femme prévenir que je suis au lit et hors d'état de travailler.

— Hawkins, vous êtes un diplomate! Et maintenant voici en peu de mots mes instructions : Ce bout de papier porte le nom de l'endroit où vous devez conduire Buffalo, à Frimley-Common, comté de Dorset. Vous partirez demain au point du jour et vous voyagerez aussi vite que vous pourrez le faire sans abattre l'ardeur du cheval. Je veux qu'il soit frais quand il arrivera chez mon ami.

Hawkins fit entendre un éclat de rire sinistre.

— N'ayez pas peur, monsieur! Buffalo sera toujours assez frais, vous pouvez y compter.

— Je l'espère, répliqua Carrington avec calme. Quand vous arriverez à Frimley-Common, qui n'est autre chose qu'un village, rendez-vous à l'auberge des *Clés en croix*, et attendez-y mon arrivée ou des nouvelles de moi, vous comprenez?

— Oui, patron.

— C'est bien ; sur ce, quittons-nous. Adieu.

Au moment où Carrington sortait du cabaret, un vieillard, en habits d'ouvrier, qui était devant le comptoir, sortit avec lui dans la rue. Il marcha derrière lui jusqu'au moment où il entra dans Hyde-Park pour se diriger vers Edgeware-Road ; là, l'homme s'arrêta et le laissa continuer sa route.

— Il rentre chez lui, murmura l'homme, pour ce soir, il ne me reste plus rien à faire.

XVII

Deux voyageurs qui étonnent les aubergistes

Il y avait deux auberges dans la grande rue de Frimley. Le règne des diligences n'était point passé encore, et la splendeur des auberges de province ne s'était pas entièrement éclipsée. Plusieurs voitures publiques passaient par Frimley le cours de la journée, et un assez grand nombre de voyageurs s'arrêtaient pour manger, boire et dormir, dans ces bonnes vieilles hôtelleries. Mais il n'arrivait pas souvent que leurs antiques chambres à coucher fussent occupées, même pour une nuit, par d'autres hôtes que des commis-voyageurs, et, ce qui était plus rare encore, c'est qu'un simple voyageur vînt séjourner pendant quelque temps à Frimley. Il n'y avait rien de curieux à voir dans la petite ville, et ceux qui faisaient un voyage d'agrément se seraient bien plutôt arrêtés au pittoresque petit village de Hollygrove.

Ce fut donc un grand sujet de surprise pour le propriétaire de la *Rose et la Couronne*, quand, à la fin d'une journée d'hiver, une dame, accompagnée de sa femme de chambre, descendit de la diligence et demanda un appartement qu'elle avait l'intention d'occuper pendant plusieurs jours.

La dame était si simplement mise, avec sa robe et son manteau de sombre étoffe de laine, et son chapeau de velours noir, que ce fut seulement à ses manières distinguées et surtout à sa démarche gracieuse que Mme Tuffier, la digne aubergiste, put arriver à distinguer la maîtresse de sa femme de chambre.

— Je voyage dans le comté de Dorset pour ma santé, dit la dame, qui n'était autre qu'Honoria ; le calme de cette petite ville me convient. Vous voudrez bien préparer des chambres pour moi et pour ma femme de chambre.

— Vous seriez probablement bien aise que la chambre de votre domestique fût contiguë à la vôtre, madame?

— Non, répondit Honoria ; je n'y tiens nullement ; je préfère même être complètement chez moi dans mon appartement.

— Comme il vous plaira, madame, nous avons quantité de chambres disponibles.

L'hôtesse de la *Rose et la Couronne* introduisit les voyageuses dans le plus beau salon de la maison : pièce de vieux style, avec sa haute cheminée en bois sculpté et son plafond traversé par les poutres en saillie.

Lady Eversleigh s'assit près de la table d'un air pensif, pendant qu'on allumait le feu et qu'on apportait sur un plateau tous les accessoires du thé. Jane s'était assise à l'autre coin de la cheminée, dans une attitude presque aussi pensive que celle d'Honoria.

Jane s'approcha de l'une des étroites fenêtres, et regarda dans la rue, où de rares lumières apparaissaient de loin en loin.

— Que cette vieille ville est curieuse, madame! dit-elle.

Honoria, depuis leur départ du château de Raynham, avait défendu à sa femme de chambre de l'appeler mylady.

— Oui, répondit sa maîtresse d'un air distrait, c'est une vieille ville oubliée dans un coin du monde.

— Mais le repos et le changement d'air feront sans doute du bien à madame, dit Jane, et il est certain qu'elle devait avoir besoin de venir un peu respirer l'air de la campagne, après ce long séjour à Londres.

Lady Eversleigh se tourna vers la curieuse femme de chambre.

— Jane, lui dit-elle gravement, dans le secret de ma venue ici, il y a une tristesse et un devoir. Je vous dirai tout ce que je puis vous dire ; mais je veux, sur le reste, ne pas être observée ni questionnée. Vous serez un jour bien récompensée de votre discrétion et de votre dévouement. Soyez-moi fidèle, comme une bonne fille que vous êtes, sans essayer de découvrir le mobile de mes actions, et croyez qu'alors même qu'elles vous paraissent étranges, elles sont justifiées par leur but.

Les paupières de Jane se baissèrent sous le regard sérieux de sa maîtresse.

— Vous pouvez être assurée de ma fidélité, madame, répondit-elle vivement, et je serais la dernière des créatures si j'essayais de pénétrer vos secrets.

Après avoir pris le thé, Honoria congédia Jane, qui se retira dans sa chambre où un bon feu brûlait joyeusement dans la grille.

Cette chambre ouvrait sur un corridor, à l'extrémité duquel était la porte du salon occupé par Honoria. Jane, malgré le froid, eut le soin de laisser sa porte entr'ouverte.

— Milady attend quelqu'un ce soir, je le sais, se dit-elle, en s'asseyant devant le feu.

Elle avait remarqué que lady Eversleigh

avait deux ou trois fois regardé sa montre.
Pourquoi s'inquiéterait-elle tant de l'heure,
si elle n'attendait pas une visite, ou une
lettre ?

Pendant un assez long temps, Jane attendit, épia, écouta, sans résultat. Mais au coup de neuf heures, elle entendit des pas dans le corridor, elle s'approcha de la porte et, par l'entre-bâillement, vit un homme vêtu d'un costume campagnard, le menton enveloppé dans une grosse cravate de laine, et la tête couverte d'un chapeau tellement rabattu, qu'il n'y avait de visible dans tout son visage, que l'extrémité d'un long nez.

Ce nez, en forme de bec d'oiseau, parut à Jane être connu d'elle, sans qu'elle pût se rappeler cependant où elle l'avait vu.

L'homme de la campagne se dirigea vers le salon bleu, frappa discrètement à la porte et entra aussitôt. Il était évident que ce campagnard était le visiteur attendu par lady Eversleigh.

— Qu'est-ce que cela signifie ? se dit Jane. Cet homme serait-il un parent pauvre de milady ? Tout le monde sait qu'elle est de naissance obscure, mais personne ne sait d'où elle vient. Peut-être est-elle née dans cette ville, et est-ce pour voir sa famille qu'elle y est venue.

Jane fut obligée de se contenter de ces conjectures. L'entrevue entre lady Eversleigh et son rustique visiteur dura près d'une heure. Dix heures sonnaient comme le paysan quittait le salon bleu.

Ceci se passait trois jours avant Noël.

Le lendemain, la diligence de Frimley amenait, à sept heures du soir, un autre voyageur.

Celui-là n'honora pas de sa clientèle l'auberge de la *Rose et la Couronne*, bien qu'on changeât les chevaux à cette hôtellerie. Il descendit de l'intérieur de la voiture, pendant qu'elle stationnait devant l'auberge, attendit qu'on lui eût délivré une petite valise, et, malgré la neige qui tombait, marcha d'un pas rapide jusqu'à l'extrémité de la longue rue, où une plus modeste auberge avait pour enseigne : les *Clés en croix*. Ce fut là qu'il entra, demandant une chambre à coucher avec un bon feu et de quoi souper.

Il déclara, lui aussi, à l'aubergiste surpris, qu'il comptait rester à Frimley plusieurs jours.

Dans sa chambre, il se débarrassa du pardessus dont le collet relevé cachait presque entièrement son visage, et l'on eût pu reconnaître alors le pâle visage de Carrington ; car ses yeux brillaient ce soir-là d'un éclat extraordinaire.

Après avoir soupé à la hâte, il descendit dans la cour de l'auberge, en dépit de la neige qui tombait toujours abondamment.

— Je vais fumer un cigare, dit-il à une servante qu'il rencontra.

Dans la cour, un homme sortit d'un des bâtiments adjacents et s'approcha de lui à pas lents et d'un air mystérieux.

— Tout va bien, mon maître, dit l'homme à voix basse ; j'attends votre arrivée depuis deux jours.

L'homme était Hawkins, le groom de Spavin.

— Buffalo est-il ici ?

— Oui, monsieur, aussi bien portant et aussi confortablement installé que s'il y était né.

— Et il n'a pas souffert du voyage ?

— Pas le moins du monde. Je l'ai amené à petites journées, sachant que vous teniez à ce qu'il arrivât *frais*, et il est joliment frais, je vous en réponds ! Peut-être seriez-vous bien aise de le voir ?

— Oui.

Le groom conduisit Carrington dans une écurie, et le chirurgien eut le plaisir de voir le cheval bai, à la lumière incertaine d'une lanterne.

XVIII

Caïn pour Abel

Buffalo était véritablement un beau spécimen de sa race. C'était seulement dans ses yeux saillants, dans ses narines dilatées et dans le port défiant de sa tête que se trahissait son mauvais caractère.

Carrington s'arrêta à une petite distance et le contempla silencieusement pendant quelques minutes.

— Cette tache est décidément bien visible ! dit-il, en désignant le bouquet de poils blancs sous le jarret de l'animal.

— Oh ! certes, reprit Hawkins, et cette place blanche, à mon avis, est un défaut ; autrement l'animal n'aurait pas un seul poil blanc dans toute sa robe.

— C'est ce que je pensais, répondit Victor ; mon ami est justement homme à faire la grimace s'il aperçoit ce défaut, surtout s'il le découvre avant d'avoir essayé l'animal et d'avoir reconnu ses mérites. Mais j'ai une idée pour tirer le meilleur parti possible de Buffalo, et j'ai besoin de vous pour la mettre à exécution.

— Je suis votre homme, maître, de quelque chose qu'il s'agisse.

Le médecin tira de sa poche une fiole et un petit pinceau.

— Dans cette bouteille, dit-il, il y a une teinture brune ; je désire que vous l'appliquiez sur la place blanche, après que vous aurez étrillé le cheval, de manière à ce qu'il puisse être présenté à mon ami. Il faut appliquer cette teinture trois ou quatre fois à de courts intervalles. Elle opère très vite et il faudrait, je crois, bien des seaux d'eau pour la faire disparaître.

Hawkins rit de bon cœur à l'idée de cette ingénieuse manœuvre.

— Vous êtes un habile homme, patron ! s'écria-t-il, c'est le tour qu'on exécute pour les canaris et qui est si bien pratiqué au carrefour des Sept-Cadrans.

— Voici la fiole, Hawkins, et voici le pinceau ; vous savez ce que vous avez à faire ?

— Parfaitement.

— Bonsoir, alors, dit Victor.

Et il quitta l'écurie.

Il ne resta pas dans la cour pour fumer son cigare, exposé à la neige ; il remonta dans sa chambre, où il dormit d'un sommeil profondément injuste.

Carrington était debout le lendemain de grand matin.

Il descendit après avoir déjeuné dans sa chambre, loua à l'aubergiste un bon et fort cheval et se rendit au village de Hollygrove.

Il s'arrêta devant la porte d'une hôtellerie, et, pendant que son cheval buvait, il adressa quelques questions à l'hôtelier.

— Où se trouve le presbytère de Hollygrove ?

— À cinq cents mètres d'ici, monsieur, vous ne pouvez manquer d'y arriver en suivant tout droit cette route. Mais si c'est pour voir le recteur, vous arriverez à l'heure où il fait sa promenade.

— Merci. Ce pays-ci est bon pour la chasse, n'est-ce pas ?

— Oh ! oui monsieur. Les amateurs de la chasse au renard ont presque tous leurs écuries dans les environs.

— Quand doivent-ils se réunir ?

— Il y aura grande chasse après-demain. On se promet un grand plaisir de cette partie. Ce sera tout ce qu'il y a de beau. Notre recteur doit monter un nouveau cheval, donné par son frère, et qui est magnifique !

— En vérité !

— Oui, monsieur ; j'ai été aux écuries du presbytère, hier dans l'après-midi, et j'ai vu l'animal, un superbe cheval bai, mesurant 1 m. 30 de hauteur.

Carrington tourna la tête de son cheval dans la direction du presbytère.

Il connaissait assez le caractère de Lionel, pour savoir qu'il ne serait fait aucune opposition à ce qu'il visitât sa maison. Il s'arrêta hardiment devant la porte et demanda à voir le recteur.

— Il n'est pas là, dit le domestique, mais monsieur peut entrer et l'attendre ou me suivre, M. Dale rentrera bientôt, il est sorti avec le capitaine et miss Graham.

Carrington sourit involontairement en entendant prononcer le nom de Lydia.

— Ah ! vous êtes ici, la belle ? pensa-t-il, il vaut mieux que vous ne me voyez pas, car je ne viens pas aider votre jeu, cette fois ; je viens vous faire perdre la partie, au contraire.

Victor dit au domestique qu'il reviendrait, mais qu'il n'avait pas le temps d'attendre.

Il demanda seulement, pour se retirer, le chemin par la route d'en bas ; il avait affaire de ce côté. La propriété n'avait-elle pas une issue sur cette route ?

— Oui, monsieur, dit le domestique ; si monsieur veut prendre l'allée à gauche et tourner par les bosquets, il arrivera aux écuries, et la route d'en bas sera devant lui.

Victor suivit cet itinéraire. Mais il était beaucoup moins pressé qu'il ne l'avait dit au domestique, car il s'était passé au moins une heure quand, après avoir pris une connaissance topographique fort exacte de la propriété du recteur, il sortit, par la route d'en bas, qu'il prit pour revenir à Frimley.

Il alla droit à la cour de l'écurie de son auberge, où il trouva le groom de Spavin.

— Je conduirai Buffalo chez mon ami dans l'après-midi, dit-il à Hawkins; je vais vous compter votre argent, et vous pouvez retourner à Londres quand il vous plaira. Je pense que mon ami sera enchanté de son marché.

— Oui! oui! dit Hawkins, qui paraissait avoir absorbé une bonne quantité d'alcool. Oui, certainement, pour un cheval rapide, votre ami aura un cheval rapide! Il n'a qu'à se bien tenir, par exemple! C'est son affaire. Nous, nous avons pris soin de nos intérêts, voilà tout ce que j'y vois.

Sur ce, Hawkins reçut la récompense convenue, avec un supplément. Il se munit d'une bouteille d'eau-de-vie comme viatique pour la route, et il tourna le dos à l'auberge.

Le jour même de Noël, ce fut avec quelque surprise que le valet d'écurie reçut de Carrington l'ordre de seller le cheval qui était à l'écurie, au moment où les dernières lueurs du soleil s'éteignaient à l'horizon.

Carrington n'avait pas bougé de l'intérieur de l'auberge de toute la matinée et de toute l'après-midi. La fête ne paraissait guère toucher cet étrange visiteur. Il était resté seul, assis dans sa petite chambre, méditant sur un carnet de poche couvert d'annotations, de sa petite écriture nette et serrée. Il prenait en mépris ces pauvres idiots pour qui les fêtes de Noël ont une signification quelconque; il n'adorait, lui, que ses deux idoles : la puissance et l'argent.

Le cheval lui fut amené. Carrington le monta, non sans quelque difficulté, et s'éloigna dans l'obscurité. Il était bon cavalier, et il n'eut pas trop de peine à contenir Buffalo au milieu de ces ténèbres noires, qui le rendaient craintif.

— Je compte qu'en plein jour et dans l'excitation du galop, tu te défendra un peu mieux! se dit-il en ricanant tout haut.

Carrington se dirigea lentement vers le village de Hollygrove.

Il avait soigneusement dressé son plan et calculé les questions de temps et de lieu. Tous les domestiques et tous les gens du village étaient réunis sous le toit hospitalier de Lionel. Au repas avaient succédé les jeux, les récits et tous les absorbants commérages qui caractérisent ces réunions. Il y avait là un colporteur de bibles qui s'était fait inviter à souper et qui était un bon compagnon, un peu bavard, un peu curieux, mais très intéressant à entendre.

Ce que Victor avait à faire s'accomplit avec succès, et, quand il revint à l'auberge et qu'il remit son cheval aux soins du garçon d'écurie, nul autre que lui, pas même le colporteur questionneur, ne pouvait se douter que Niagara était dans l'écurie de l'auberge, tandis que Buffalo occupait sa stalle à Hollygrove.

XIX
Épanchements fraternels

Parmi les hôtes du presbytère pendant ces fêtes de Noël, il y avait Douglas Dale, Réginald, un M. Mordaunt, sa femme et leurs deux filles, blondes et jolies, et enfin deux autres anciens amis du recteur que nous connaissons déjà : Gordon Graham et sa sœur Lydia.

Les frères Dale et Graham avaient été intimement liés dès leur enfance, alors qu'ils étaient ensemble au collège d'Eton. Depuis que la mort de sir Oswald avait enrichi les deux frères, Gordon avait eu grand soin de ne pas laisser se relâcher ces liens et de faire en sorte, au contraire, de les resserrer davantage. C'est par suite de ses habiles manœuvres qu'une invitation pour l'époque des fêtes de la Noël leur avait été envoyée à lui et à sa sœur, et qu'ils se trouvaient tous deux commodément installés, pour la saison d'hiver, sous le toit hospitalier du recteur.

Chaque jour qui s'écoulait rendait Graham plus impatient de voir sa sœur faire enfin un bon mariage. Toute soigneuse qu'elle fût de la conservation de ses charmes, le moment approchait où sa beauté se fanerait et où elle se trouverait irrévocablement reléguée au rang des vieilles filles.

Si Graham trouvait qu'elle était déjà une charge pour lui, combien le fardeau lui semblerait plus pesant alors! A mesure que les cruelles années passaient sans amener son triomphe, le caractère de Lydia se faisait plus hautain, et les querelles qui troublaient leur harmonie intime de frère et la sœur devenaient plus fréquentes et plus violentes.

Outre cette raison déjà très suffisante en elle-même, Gordon avait d'autres motifs personnels pour désirer que sa sœur fît la conquête d'un riche mari. La bourse d'un opulent beau-frère serait naturellement plus ou moins ouverte pour lui, et il n'était pas homme à s'abstenir de puiser à cette source tant qu'il y pourrait en tirer.

Il voyait dans Lionel une victime facile sous l'influence toute puissante d'une femme adroite, le moyen dont la générosité pouvait être largement exploitée.

Le frère et la sœur étaient dans l'habitude de se parler librement quand ils étaient entre eux.

— Cette fois, Lydia, avait dit le capitaine, après avoir lu à sa sœur la lettre de Lionel, cette fois, ce sera bien votre faute si vous ne revenez pas d'Hollygrove fiancée à ce cher recteur. Il fut un temps, je le sais, où vous aviez de plus hautes visées, mais à votre âge, ma chère, un mari ayant ce gracieux revenu n'est pas un pis-aller désagréable.

— Qu'avez-vous besoin de rappeler mon âge? répliqua Lydia d'un air courroucé, vous semblez oublier que vous êtes mon aîné de cinq ans.

— Je n'oublie rien, ma bonne sœur, mais il n'y a pas de rapport entre votre cas et le mien. Pour un homme, l'âge n'est rien; l'âge est tout pour une femme. Heureusement, vous ne paraissez pas plus de... vingt-sept ans, et je crois sincèrement que si vous menez bien votre partie, vous pourrez faire la conquête de ce pasteur de province. C'est peu pour une femme qui avait rêvé un duc, mais cela vaut mieux que rien, et, comme votre cas devient décidément grave, je vous engage à jouer serré, dussiez-vous, ma sœur, tricher un peu. Il le faut, Lydia. Il le faut, véritablement!

— Mais je suis fatiguée, moi, de tenir mes cartes! répondit aigrement miss Graham. Il semble que je doive perdre toujours, à ce tripot de la vie! Mon guignon prend les proportions d'une fatalité!

Elle alla s'asseoir avec humeur à son piano, et tapota quelques mesures de valse, pendant que le capitaine allumait un cigare et se mettait à un petit balcon qui faisait saillie au-dessus de la rue étroite et triste qu'il habitait dans Mayfair. L'appartement était incommode et pauvrement meublé, bien que d'un loyer assez élevé; mais la situation en était irréprochable, et la fière Lydia ne pouvait vivre que dans un quartier irréprochable.

Le capitaine Graham, son cigare achevé, s'en alla à son club, sans dire un mot à sa sœur, qu'il laissa seule et soucieuse.

Il y avait une glace au-dessus de la cheminée : Lydia s'accouda sur la tablette de marbre et contempla le sombre visage que reflétait cette glace.

C'était un beau visage, mais on ne savait quoi de sombre en obscurcissait la beauté.

— Je ne réussirai jamais! murmura-t-elle en se regardant; il y a une mystérieuse malédiction sur moi. Toute ma vie, j'ai dû céder la victoire à des femmes qui m'étaient inférieures. Si je n'ai pas été aimée quand j'étais dans la fleur de ma jeunesse, comment espérer l'être maintenant? Et pourtant, mon frère compte que je vais, actrice en déveine, remonter sur les planches!

Elle frappa le marbre d'un poing dédaigneux. Cependant, un quart d'heure après, elle sortait pour se rendre chez sa marchande de modes. Après un long et pénible colloque, répétition toujours plus cruelle de vingt scènes de ce genre, Mme Florence consentit à livrer encore quelques jolies toilettes à miss Graham pour sa visite de la Noël, et miss Graham s'engagea à payer le montant d'une facture fort peu raisonnable, sans examen et sans objections.

C'est pourquoi, dans la matinée neigeuse du jour de Noël, miss Graham était debout près de son hôte, vêtue d'un élégant costume de popeline grise, et son charmant visage ressortant sous un chapeau de velours bleu orné de plumes grises.

Miss Graham était ravissante sous cette coiffure, maintenant oubliée, Laura et Ellen Mordaunt, dans toute la fraîcheur de leurs seize et dix-sept ans et de leurs simples toilettes, perdaient beaucoup au contact de cette aristocratique élégance.

———

XX

La fête des pauvres

Les pauvres de la paroisse attendaient avec impatience les fêtes de Noël. Jeunes et vieux étaient les bienvenus pour le généreux recteur, au repas servi ce jour-là dans la grande salle à manger de sa maison, pièce élevée et spacieuse du vieux château seigneurial. Lionel aimait à les voir tous vêtus de bons habits bien chauds fournis par sa bourse.

C'était véritablement un charmant et touchant coup d'œil, et les yeux du recteur étaient légèrement humides quand il prit place au haut de la longue table.

Ce dîner de deux heures était un plaisir plus grand pour lui que le somptueux repas qui devait être servi à sept heures pour lui et les personnes de son rang.

Certaines gens dans Hollygrove et les environs prétendaient que Lionel menait une existence plus mondaine que ne devrait le faire un ecclésiastique et un chrétien; mais bien certainement ceux qui l'avaient vu au chevet des malades, ou portant ses consolations aux affligés, n'étaient guère disposés à lui reprocher les quelques innocentes distractions qu'il se permettait. La seule chose pour laquelle il avouait lui-même qu'on pouvait peut-être le blâmer, c'était sa passion trop vive pour la chasse.

Lionel n'était pas seul au milieu de ses pauvres paroissiens; ses hôtes avaient demandé la permission d'assister au dîner dans le réfectoire. Lydia s'était tout particulièrement montrée empressée pour obtenir cette faveur.

— J'ai un si grand désir et j'aurai une grande joie de voir ces braves gens manger leur pudding! dit-elle avec un enthousiasme presque enfantin.

Elle déclara qu'aucun spectacle ne l'avait jamais autant ému que cette humble réunion.

— Je donnerais toute une saison de dîners fastueux pour un banquet semblable, s'écria-t-elle avec un regard éloquent adressé au recteur. Que votre vie doit être heureuse, étant ainsi bénie! et comme les braves gens doivent se trouver privilégiés!

— Je ne vois pas cela, miss Graham, répondit Lionel, je considère que le privilége est tout de mon côté. C'est le bonheur, comme c'est le devoir, du riche de pourvoir aux besoins du pauvre.

Lydia n'eut pas la force de répondre; mais ses yeux exprimèrent une admiration que la réserve imposée à une femme, n'au-

rait pu lui permettre de traduire aussi vivement en paroles.

Pendant que ses invités mangeaient leur pudding, Dale circulait autour de ses hôtes, en échangeant quelques bonnes paroles avec eux, en leur pressant la main, en caressant les têtes blondes des enfants, et en s'informant avec bonté des absents et des malades.

Pendant qu'il était arrêté à parler à un de ses paroissiens, son attention fut attirée par un visage inconnu. C'était un homme âgé, assis de l'autre côté de la table et qui semblait complètement absorbé par l'agréable tâche de faire disparaître une tranche formidable de plum-pudding.

— Qui est ce vieillard en face de nous? demanda Lionel au laboureur avec lequel il causait; je ne crois pas que son visage me soit connu.

— Non, monsieur, répondit le laboureur, il n'est pas de nos pays. Hayfield l'a amené; je suppose que c'est un de ses parents. C'est peut-être prendre un peu trop de liberté, monsieur, mais Hayfield est assez sans gêne.

— Non, Guillaume, je ne trouve pas que ce soit prendre trop de liberté. Si cet homme est un parent de Hayfield, il n'y a pas de raison pour qu'il ne soit pas ici avec lui; je suis enchanté de voir qu'il fait fête à son dîner.

— Oui, monsieur, il paraît avoir un fameux appétit, de quelque endroit qu'il vienne!

Rien de plus ne fut dit sur cet hôte étranger, vieillard aux épais cheveux gris tombant jusque sur ses sourcils et aux favoris touffus qui lui couvraient presque entièrement les joues. Il avait une singulière physionomie, une mine d'oiseau et un bec pointu comme celui des corbeaux qui croassaient sur les ormes de Hollygrove.

———

XXI

La fête des riches

Dans l'après-midi, Lydia, Mme Mordaunt et ses filles firent un tour de promenade dans les jardins, ayant pour cavaliers Douglas Dale et Réginald.

Miss Graham n'était pas femme à oublier que la fortune de Douglas était égale à celle de son frère; pour l'instant, elle avait deux cordes à son arc. Elle s'arrangea pour rester près de Douglas pendant la promenade et s'arrêta avec lui sur le pont rustique jeté sur la rivière; mais il ne lui fallut pas beaucoup de temps pour s'apercevoir que tous ses charmes étaient sans effet sur lui, et que, tout attentif et tout poli qu'il se montrât, son cœur était occupé ailleurs.

C'était la vérité; les pensées de Douglas s'envolaient loin de ce qui se passait autour de lui, pour se reporter vers la belle veuve autrichienne, cette mystérieuse créature à laquelle il sentait ne pouvoir accor-

der ni respect, ni confiance, mais qu'il préférait, malgré lui, à toutes les femmes de la terre.

— Comment, se disait-il, passe-t-elle ces fêtes? Peut-être dans un complet isolement, ou au milieu de cette fausse gaieté, plus triste encore que la solitude!

Le recteur et ses hôtes se réunirent à six heures dans l'antique salon du presbytère. La neige tombait à gros flocons et les ombres de la nuit enveloppaient le jardin, la rivière et les montagnes qui se dessinaient majestueusement à l'horizon.

Le salon, tout brillant de lumières, tout embaumé de fleurs, s'animait surtout de l'éclat et de la grâce de ces charmantes jeunes femmes. Lydia, parmi elles, était radieuse de beauté et d'entrain. Elle avait réussi à attirer Lionel auprès d'elle. Elle était assise près d'une table couverte de livres, de gravures, et il se penchait sur elle pendant qu'elle tournait les feuillets.

Les sourires, les flatteries, l'émotion si bien jouée de Lydia devant les pauvres de la table de Noël avaient vivement touché l'âme candide du bon recteur. Il estimait fort la simplicité et la douceur des jeunes misses Mordaunt, mais les pauvres petites provinciales semblaient tout à perdre à être rapprochées de la brillante Lydia.

— J'espère, monsieur Dale, que vous nous préparez une vraie soirée de Noël du bon vieux temps? dit miss Graham.

— Je ne sais trop, miss, ce que vous entendez par une soirée de Noël du bon vieux temps.

— Oh! je ne suis pas bien sûre de me comprendre parfaitement moi-même! reprit gaiement Lydia; je pense tout simplement qu'après le dîner nous nous réunirons autour de cette imposante cheminée, et qu'on dira des histoires et des contes.

— C'est ainsi, en effet, que cela se pratiquait, répondit le recteur. Quant à moi, me voici tout disposé à me faire l'esclave de miss Graham pour toute la soirée, et je m'engage à me conformer à ses ordres, quelque tyranniques qu'ils puissent être.

Lorsque le dîner fut annoncé, Lionel fut obligé de quitter Lydia pour offrir son bras à Mme Mordaunt, tandis que Lydia dut se contenter, pour cavalier, de Réginald, le déshérité. Mais à table elle se retrouva placée à la gauche de son hôte et elle eut soin d'accaparer pendant tout le dîner la plus grande part de ses attentions.

Gordon observait avec joie ces habiles manœuvres.

— Si elle joue bien son jeu, se disait-il, elle trônera, à la Noël de l'an prochain, au haut bout de la table.

Le soir, on fit d'abord de la musique. Lydia n'avait rien à craindre de la comparaison avec les jeunes misses Mordaunt; elles étaient assez bonnes musiciennes; mais, Honoria n'étant plus là pour lui faire tort, Lydia pouvait passer pour une véritable artiste, et elle eut la satisfaction de remarquer que Lionel appréciait sa supériorité. Il lui fut donc facile de se montrer aussi aimable pour les jeunes filles que séduisante pour les hommes.

Laura et Ellen chantaient un duo, quand un domestique entra et s'approcha de Lionel :

— Il y a, monsieur, dans la grande salle, lui dit-il tout bas, une personne qui demande à vous voir, pour une affaire particulière.

— Quelle sorte de personne ?

— Une dame âgée, proprement, mais pauvrement vêtue. Il se peut qu'elle vienne demander un secours.

— Eh bien! Jackson, envoyez-la, en ce cas, à Rawlins; mais, pour le moment, j'appartiens à mes hôtes.

Le domestique sortit, comme le duo s'achevait au milieu des applaudissements.

C'était le tour de Lydia, et elle se dirigea vers le piano.

Le domestique rentra, et, cette fois, pria son maître de venir l'écouter hors du salon.

— J'avais peur qu'on ne m'entendît, monsieur, fit le valet d'un air mystérieux. La femme dit qu'il faut qu'elle vous voie vous-même et tout de suite. Elle dit qu'il s'agit d'un avertissement très grave, et qu'elle vient peut-être vous sauver la vie.

— En vérité, Jackson? reprit en souriant le recteur. Eh bien, je verrai cette femme. Entrez au salon, et dites de ma part à Mme Mordaunt que je suis forcé de m'absenter un quart d'heure, et que je la prie de m'excuser près de ces dames.

XXII

La veuve

Dans la grande salle, Lionel trouva une femme à la mise simple et rigide, dénotant une pauvreté respectable. Tout ce qu'on distinguait d'elle, sous la longue cape à plis droits dont elle était revêtue, c'est que ses épaules semblaient courbées et voûtées par son grand âge, que de longues mèches de cheveux gris encadraient ou plutôt cachaient son front, et que ses yeux noirs et brillants contrastaient étrangement avec ces cheveux gris.

Elle se leva à l'entrée de Lionel, et s'inclina pour répondre à son salut plein de bienveillance; mais il n'y avait dans sa révérence rien qui ressemblât à un hommage rendu à un supérieur comme rang et comme position.

— Venez avec moi, madame, dit le recteur, je suis prêt à vous entendre.

Il la conduisit à la bibliothèque. Une grande lampe, couverte d'un abat-jour, était posée sur une table près du feu et répandait une lumière douce sur les objets les plus proches, en laissant le reste de la pièce dans l'obscurité. A l'un des côtés de la cheminée était le fauteuil habituel du recteur, de l'autre côté un grand siège fort ancien, où Lionel fit asseoir la visiteuse.

— J'ai des choses importantes à vous dire, monsieur Dale, dit la vieille femme d'une voix grave et harmonieuse, qui fit sur le recteur une impression dont il ne pouvait se rendre compte. J'ai des choses importantes à vous dire, et je crois que vous ferez bien de prendre en sérieuse considération mes paroles.

Le recteur regarda attentivement celle qui lui parlait, mais avec un sourire légèrement incrédule. Elle était assise dans l'ombre, et il ne pouvait voir que ses yeux noirs, quand les jets de flamme du foyer venaient s'y refléter. Il lui parut vraiment qu'il y avait dans l'éclat de ses yeux quelque chose de presque surnaturel; mais aussitôt il se prit à rire en lui-même de sa folie.

— Vous êtes venue ici pour me donner quelque utile avertissement? demanda-t-il.

— Oui, j'ai un avis à vous donner qui peut vous sauver la vie si vous m'écoutez avec patience, et si vous me croyez après m'avoir entendue.

— Puis-je savoir à qui je parle?

— Je dois voustaire mon nom, mais je suis la veuve d'un homme de votre condition...

— D'un recteur de village peut-être, qui aura laissé sa veuve dans une position précaire. La chose, hélas! n'est que trop commune. Si je puis vous être utile à quelque chose...

— Je ne demande et n'attends aucun secours de vous, dit la vieille femme ; c'est moi, encore une fois, qui viens pour vous être utile, et uniquement pour cela.

— Et de quelle manière pouvez-vous donc m'être utile ?.. Pardon, mais je vous rappelle que je n'ai que peu de moments à vous donner; il faut que je retourne auprès de mes hôtes.

— Vos hôtes! s'écria la veuve avec un rire moqueur; tous de précieux hôtes, et des hôtes affectueux assurément! Sir Réginald Eversleigh est du nombre, je suppose?

— Oui. Son nom vous est connu, à ce qu'il paraît.

— Il m'est connu.

— Le connaissez-vous personnellement?

— Le connaissez-vous, vous-même, monsieur Dale ?

— J'ai de bonnes raisons pour le connaître, il est mon cousin germain.

— Oui, et vous devez avoir pour le connaître, une autre raison; mais celle-là, vous l'ignorez. Dois-je vous le dire?

— Certes, si j'y ai quelque intérêt.

— Tout simplement l'intérêt de la vie, monsieur. J'ai dit de la vie! C'est votre vie qui est en jeu; votre vie entendez-vous? La raison pour laquelle vous devriez connaître sir Réginald Eversleigh, c'est que vous avez en lui un ennemi mortel.

— Un ennemi! mon cousin Réginald! un homme que je n'ai jamais offensé ni par un acte, ni par une parole! A-t-il jamais essayé de me faire du mal?

— Il l'a fait.

— Comment ?

— Il a intrigué et comploté contre vous et contre d'autres, avant la mort de votre oncle, sir Oswald. Il ne visait qu'à faire détruire le testament qui vous a laissé votre fortune.

— En vérité, vous semblez bien au fait de l'histoire de ma famille!

— Je connais les secrets de votre famille aussi bien que ceux de la mienne.

— Vous donnez-vous pour une devineresse?

— Je n'ai d'autre prétention que d'être une amie. Et sir Réginald est votre ennemi, lui, depuis le jour qui l'a déshérité et qui vous a enrichi. Votre mort, que pourrait suivre un jour celle de votre frère, le mettrait sur le chemin de la fortune. Dès lors, pouvez-vous douter qu'il la désire?

— Mais ce serait affreux! s'écria Lionel. Lui, mon parent, lui qui se dit mon ami, lui, souhaiter ma mort!

— Il n'est pas seulement capable de la souhaiter, il est capable de la comploter!

— Non, non, c'est impossible! s'écria le recteur.

— C'est vrai. Sir Réginald est un lâche, mais il est aidé par un homme qui est étranger à tout sentiment humain, dont le cœur cruel n'a jamais été adouci, fût-ce par un semblant de pitié, dont la main de fer n'hésite jamais. Sir Réginald Eversleigh n'est guère que l'instrument de cet homme; mais, si vous n'y prenez garde, l'association de ces deux hommes vous perdra.

— Vos paroles ont l'accent de la vérité, dit le recteur après un long silence, mais leur portée est si terrible que je ne puis me décider à y croire. Comment se fait-il que vous, étrangère, vous puissiez entrer si intimement dans mon entourage et dans ma vie?

— Ne me demandez pas cela, monsieur Dale. Je suis une étrangère, soit. Mais quand un étranger vient à vous pour vous signaler un péril, acceptez l'avis salutaire et laissez, sans le questionner, partir l'ami inconnu. Je vous ai dit, et je vous répète, qu'un danger vous menace. Quelle forme prendra ce danger, je ne pourrais le préciser encore, mais demain j'espère en savoir davantage. Vous, en attendant, tenez-vous sur vos gardes.

— Je ne puis m'engager à rien.

— Comme il vous plaira, répondit fièrement la veuve. J'ai fait mon devoir. Le reste est entre les mains de la Providence. Si vous méprisez mes conseils, je n'y puis rien. Cependant, un dernier mot. Voulez-vous, dans votre intérêt et non dans le mien, me permettre de vous revoir demain, ou vous drez-vous du moins recevoir toute personne qui demandera à vous parler « au nom de la veuve? » Accordez-moi cela, monsieur, je vous en prie. Je n'ai rien à vous demander, rien à gagner en tout ceci, mais je vous supplie de me faire cette promesse. Je marche dans les ténèbres jusqu'à un certain point. Je sais quelque chose, mais je ne sais pas tout, et il se peut que j'en apprenne beaucoup plus demain. Je vous apporterai ou je vous enverrai ces informations qui vous convaincront que je vous ai dit la vérité. Faites-moi cette promesse, faites-la-moi par considération pour moi, par amour pour la justice. Vous y consentez, je sais que vous y consentez, monsieur Dale ; car vous êtes équitable et bon, et, si vous doutez de mes affirmations, vous ne pouvez me refuser de vous les justifier.

L'accent sérieux de cette voix suppliante, l'expression triste de ces yeux fixés sur lui émurent étrangement Lionel. Son instinct le poussait à ajouter foi à la sincérité de cette femme, la curiosité même le portait à demander l'explication de sa mystérieuse conduite. Mais il lutta contre son instinct, il imposa silence à sa curiosité parce qu'il ne croyait pas devoir, lui pasteur, lui homme du monde, voir si aisément, dans un parent et dans un gentleman, un criminel.

Il se contenta de répondre assez froidement.

— Je ferai ce que vous souhaitez. Vous êtes en droit de me demander à appuyer vos dires par des preuves. Je vous verrai demain, vous ou toute autre personne que vous pourrez m'envoyer.

— Serez-vous chez vous ? demanda-t-elle avec anxiété ? La chasse ?...

— Il est peu probable que la chasse ait lieu ; la neige tombe avec abondance. A moins d'un changement complet dans le temps, la chasse devra être remise, et je serai chez moi.

Ceci dit, Lionel se leva avec l'air d'un homme qui veut rompre l'entretien. La veuve se leva également et, se plaçant en face de lui :

— Je me retire, lui dit-elle. Réfléchissez et souvenez-vous. — Ah ! vous vous défiez de moi, monsieur Dale !..

Elle ajouta avec une expression singulière :

— C'est la seconde fois que vous vous trompez dans votre jugement sur mon compte.

Le recteur tressaillit sous le regard profond de cette femme ; il lui sembla que déjà ses yeux avaient rencontré ce regard.

— Je dois avoir vu ce visage dans un rêve, se dit-il à lui-même. Où l'aurais-je vu si ce n'était en rêve ?

Cette idée occupa son esprit pendant qu'il conduisait la veuve jusqu'à la porte de la grande salle, qu'il ouvrit pour lui livrer passage.

La neige avait cessé de tomber, mais la lune, claire au milieu des nuages qui passaient rapidement devant elle, permettait d'apercevoir la cime des montagnes couverte d'une épaisse couche de neige.

Sur le seuil de la porte, la veuve se retourna et dit à Lionel :

— Si ce temps continue, vous n'aurez point de chasse ?

— Non, assurément.

— Et la grande partie organisée pour demain sera remise ?

— Oui, à moins — ce qui est improbable — que le temps change.

— Monsieur Dale, Dieu vous garde !

Elle s'éloigna. Le recteur resta sur le seuil, la suivant des yeux le long du sentier couvert de neige. Cette sombre figure qui marchait lentement et en silence, et dont la noire silhouette se détachait sur la neige, semblait presque aux yeux de Lionel être une vision de l'autre monde.

———

XXIII

Réginald a peur

Le recteur revint au salon. Il ne pouvait se le dissimuler, son esprit était tout troublé par cette étrange entrevue, et il n'était guère en humeur de prendre part à la conversation frivole de ses invités et invitées.

Puis il allait se trouver en présence de Réginald, et la terrible dénonciation portée contre lui, si invraisemblable qu'elle pût être, l'avait certainement frappé.

Mais Lionel vit, quand il entra, le visage de miss Graham s'épanouir soudain, et il ne vit d'abord que cela. Le recteur n'avait pas une connaissance bien profonde du cœur des femmes, et il fut ému et flatté de ce mouvement de joie que produisait sa présence.

Il se dirigea vers la séduisante Lydia, assise près d'une table où se trouvait un échiquier.

Lydia posa sur l'échiquier sa main ornée de bagues.

— Croyez-vous qu'il y ait du mal à faire une partie d'échecs le soir de Noël, monsieur Dale ? demanda-t-elle.

— Vraiment, non, miss Graham. Je suis de ceux qui ne voient aucun mal dans un innocent amusement.

— Nous allons faire une partie alors ? s'écria-t-elle, en disposant les pièces.

— Je suis à vos ordres.

Ils étaient forts tous deux, et la partie se prolongea. Mais par instants, pendant que Lydia réfléchissait à la façon de faire mouvoir une pièce, Lionel regardait du côté où se tenait Réginald, alors engagé dans une conversation avec Graham et Douglas.

Si le recteur n'avait rien su du caractère et de la vie de Réginald, les paroles de la veuve auraient été certes d'un moindre poids à ses yeux ; mais Lionel savait que la jeunesse de son cousin avait été plus que dissipée, et qu'après avoir été le fils adoptif et le bien-aimé de leur oncle, l'héritier du domaine de Raynham, il avait été déshérité par sir Oswald, le meilleur et le plus juste des hommes.

Lionel étudiait donc, d'un regard défiant, le visage de son cousin.

C'était un beau visage, si l'on ne considérait que la pureté des lignes ; mais était-ce le visage d'un homme auquel on pouvait accorder toute sa confiance ?

Ce visage était inquiet et inquiétant. Il avait une mobilité nerveuse dans les plis de la lèvre, et un éclat fébrile dans l'égarement des yeux.

Plus d'une fois, pendant cette longue partie d'échecs, Réginald avait écarté le rideau d'une des fenêtres pour regarder au dehors.

Mordaunt, amateur passionné de la chasse, se montrait soucieux du temps. A chaque instant, il regardait le ciel, et plus d'une fois il était venu annoncer avec désappointement que la gelée continuait.

Chez Mordaunt, c'était un sentiment parfaitement naturel ; mais Lionel savait que son cousin n'était pas un bien forcené chasseur. Pourquoi alors paraissait-il si perplexe au sujet de la partie projetée pour le lendemain ?

Après avoir par trois fois regardé au dehors, Réginald s'écria avec un accent de triomphe :

— Je vous félicite, messieurs, vous pourrez courir à travers champs demain. Il ne gèle plus, la pluie tombe à torrents.

Mordaunt se précipita hors du salon et revint, cinq minutes après, la face radieuse.

— J'ai été voir le baromètre dans la cour de l'écurie, dit-il, et Réginald avait complètement raison ; le vent a tourné au sud-ouest, il pleut très fort, et demain nous pourrons avoir une belle chasse à courre.

Les yeux de Lionel étaient fixés sur le visage de son cousin lorsque le gentilhomme campagnard vint annoncer cette nouvelle. A sa grande surprise, il vit ce visage se couvrir d'une pâleur soudaine.

— Demain !.. murmura Réginald en respirant avec force.

La pluie tomba toute la nuit, et, dans la matinée du 26, quand tous les cavaliers du manoir allèrent aux fenêtres pour consulter le temps, ils eurent la satisfaction, si douce au cœur du chasseur, de voir que le vent soufflait du sud et que le ciel était nuageux.

A huit heures et demie, tout le monde se réunit dans la salle à manger, où le déjeuner était préparé.

Un grand nombre de gentlemen des environs avaient été invités à déjeuner au presbytère, et la grande cour des écuries, pleine de grooms, de chevaux, de cabriolets, de phaétons, n'était que tumulte et rumeur.

Réginald était de ceux qui parlaient le plus haut et qui riaient le plus fort ; mais le recteur, qui l'observait attentivement, s'aperçut que son visage était pâle, que ses yeux étaient alourdis comme ceux d'un homme qui a passé une nuit sans sommeil, et que ses éclats de rire étaient forcés.

— Quelque méchante pensée trouble le cœur de cet homme, se dit Lionel.

Mais un instant après, il se reprocha ses soupçons.

— Après tout, la manière d'être de mon cousin est ce qu'elle est toujours, se dit-il ; il a constamment l'air fatigué d'un homme qui a abusé de sa jeunesse, et qui, même dans les heures de plaisir et d'excitation, est accablé par un regret ou même par un remords qu'il s'efforce en vain de secouer.

C'était une brillante compagnie que

celle qui était réunie pour le déjeuner.

Lydia était superbe, et aucune toilette ne la rendait plus attrayante que l'amazone de drap bleu foncé qui dessinait son élégante et fière personne. L'heure matinale du déjeuner lui permettait d'y assister en costume de cheval et elle s'était emparée avec joie de cette excuse; elle fit donc son entrée en amazone, avec son petit chapeau d'homme sur la tête, une fine cravache à la main.

Son charmant visage était animé par l'attente du plaisir et par la conscience du succès. Les prévenances de Lionel pendant la soirée précédente lui avaient fait pressentir sa victoire, et, ce matin encore, elle voyait l'admiration, sinon un sentiment plus tendre, se peindre dans ses regards.

— Ainsi donc, vous avez réellement l'intention de suivre la chasse, miss Graham? demanda Mme Mordaunt.

La bonne dame avait une horreur vertueuse des jeunes femmes à la mode et une aversion particulière pour miss Graham, dont les façons conquérantes éclipsaient les grâces de ses deux filles. Mme Mordaunt n'était nullement une mère faisant la chasse aux maris, mais elle eût été loin d'être fâchée de voir Lionel prendre de l'attachement pour une de ses filles.

— Si j'ai l'intention de suivre la chasse! s'écria Lydia, certainement, madame Mordaunt. Vos aimables filles ne montent-elles pas à cheval?

— Jamais pour suivre des chasses à courre! répondit la mère. Elles ne montent à cheval qu'avec leur père à Londres. Elles vont au Parc, mais M. Mordaunt ne permettrait pas à ses filles de courir les champs pendant la chasse.

Le visage de Lydia rougit de colère. Cette colère se changea en ravissement lorsque Lionel vint à son secours.

— Il n'y a que les écuyères accomplies comme miss Graham qui peuvent suivre une chasse avec sécurité, dit-il. Vos filles montent très bien à cheval, madame Mordaunt, mais ce ne sont pas des Diana Vernon.

— Je n'ai jamais eu une admiration bien grande pour le caractère de Diana Vernon! répondit madame Mordaunt.

Lydia ne se sentit nullement offensée de cette observation peu polie; elle l'accepta comme un tribut anticipé payé à son succès.

Douglas Dale n'était préoccupé que du nouveau cheval de son frère, Niagara, qu'on avait fait parader devant les fenêtres. Tous les hommes réunis l'avaient déclaré superbe.

— L'avez-vous essayé la semaine dernière, Lionel, ainsi que je vous avais prié de le faire? demanda Douglas, quand les mérites du cheval eurent été bien et dûment discutés!

— Je l'ai essayé et je l'ai trouvé aussi facile que tous les chevaux que j'ai montés jusqu'ici. Je l'ai monté deux fois. C'est une bête magnifique.

— Et sûre, n'est-ce pas, Lionel? demanda Douglas. Spavin m'a assuré que c'était un cheval auquel on pouvait se fier, et Spavin est un honnête garçon.

— N'ayez aucune crainte, Douglas, répondit le recteur, je passe généralement pour un cavalier assez hardi, mais je ne voudrais pas monter un cheval auquel je ne pourrais pas me fier complètement; car dans mon opinion, un homme n'a pas le droit de tenter la Providence.

Comme il disait cela, il lui arriva de regarder du côté où se trouvait Réginald. Les yeux des deux cousins se rencontrèrent, et Lionel vit dans le regard du baron une expression d'angoisse extraordinaire.

— Il y a décidément, pensa-il, quelque chose de vrai dans les sinistres avrtissements de la veuve.

XXIV

Carrington est satisfait

Les chevaux furent amenés devant la porte principale. Une calèche avait été attelée pour Mme Mordaunt et les deux jeunes filles, qui, privées du plaisir de la chasse, y trouvaient du moins l'occasion d'exhiber leurs plus jolis chapeaux d'hiver.

La neige était fondue, excepté dans certains endroits où elle résistait encore en formant de grandes plaques blanches, et sur la cime des monts toujours couverts de leur blanc manteau.

Quant aux chemins et aux sentiers, ils étaient noirs d'une boue épaisse, et les chevaux, piétinant dans ce dégel, en éclaboussaient leurs cavaliers.

Une seule dame, avec Lydia, avait l'intention de suivre la chasse à cheval : c'était la jeune femme d'un officier de cavalerie, en congé pour un mois à Hollygrove.

Les chasseurs sortirent de la grille du presbytère par deux et par trois.

Tous étaient déjà sur la grande route quand on amena à Lionel son nouveau cheval.

A son extrême surprise, Lionel, excellent cavalier, éprouva une grande difficulté à s'en rendre maître. Ce Niagara, qu'on disait si maniable, reculait, se cabrait, faisait des bonds de côté dans l'allée sablée et couvrait de neige fondue, de terre et de gravier le sombre habit de cheval du recteur.

— Là, là, Niagara! fit Lionel en caressant le nez busqué de l'animal; doucement, mon garçon, doucement !

Sa voix et ses caresses de sa main semblèrent avoir produit quelque effet; le cheval consentit à gagner la route au trot, à la suite du reste de la compagnie, et Lionel eut bientôt rejoint ses amis.

Il marchait à côté de Mordaunt, fin connaisseur en chevaux, qui examina le cheval d'un regard attentif pendant quelques instants.

— Voulez-vous que je dise mon sentiment, Dale? dit-il. Je ne crois pas que ce cheval soit très doux.

— Vraiment?

— Oui, il a quelque chose dans l'œil que je n'aime pas. Voyez comme il couche ses oreilles en arrière par moments, et la vilaine agitation nerveuse de ses narines. J'aimerais à vous entendre dire à votre domestique de vous amener un autre cheval, mon cher Dale; nous aurons très probablement des barrières à franchir aujourd'hui, et je vous assure que la bête que vous montez m'est suspecte.

— Mon cher Mordaunt, j'ai éprouvé ce cheval avec le soin le plus extrême, répondit Lionel, et je puis vous affirmer qu'il n'y a pas le moindre sujet d'appréhension. Niagara est un présent de mon frère, et Douglas serait contrarié si je montais un autre cheval.

— Il serait bien plus chagrin s'il vous arrivait quelque malheur avec le cheval de son choix. Néanmoins, je ne vous dis plus rien; si vous avez essayé l'animal, cela suffit. Je sais que vous êtes aussi bon écuyer que fin connaisseur en chevaux.

— Je ne vous remercie pas moins du fond du cœur de votre avis, mon cher Mordaunt. Et maintenant, laissez-moi, je vous le ferai bien de presser le pas pour rejoindre ces dames.

Il partit au galop et fut bientôt à côté de miss Graham, qui ne manqua pas de s'extasier sur la beauté du faux Niagara et sur l'habileté de son cavalier.

Dans l'excitation joyeuse du départ, Lionel avait oublié et les sinistres avertissements de la veuve et ses doutes sur Réginald. Il était tout au plaisir de l'heure présente, heureux de se voir entouré d'amis, et comme enivré par la perspective d'une belle journée de chasse.

Le rendez-vous de chasse avait réuni une foule nombreuse de cavaliers et d'équipages : les gentilshommes campagnards et leurs fils, les riches fermiers sur de légers chevaux de chasse, les petits tenanciers sur leurs bidets, enfin les bouchers et les aubergistes, tous amateurs passionnés de la chasse. La vie, le mouvement, la gaîté étaient partout. Les chiens aboyaient, jappaient; les cavaliers faisaient claquer leurs fouets et morigénaient leurs chevaux dans des termes plus énergiques que polis; les chevaux ardents creusaient la terre du pied; les cavaliers débitaient leurs compliments aux dames, qui étaient venues pour voir découpler les chiens.

Enfin, le moment si impatiemment attendu arriva, le cor sonna, les chiens s'élancèrent avec furie, et la chasse fut commencée.

De nouveau, à ce départ, le cheval de Lionel se montra rétif. Il eut besoin de toute sa science pour le maintenir. Un moins bon écuyer eût été jeté à terre pendant cette lutte; mais Lionel avait une main d'acier, et il vint à bout de la rébellion de sa monture, pour cette fois, du moins.

Il partit en avant avec une impétuosité telle, qu'il eut bientôt dépassé le gros des cavaliers.

Il volait aussi vite qu'un oiseau à travers la plaine, et se disait que, malgré ses brusqueries et ses inégalités, son nouveau cheval était, en vérité, une précieuse acquisition.

Un cavalier, qui ne s'était pas mêlé au groupe des chasseurs, s'était pourtant toujours tenu à portée de tout voir. S'abritant, contre les regards curieux, de la lisière du bois qui couvrait la montagne voisine, il surveillait toutes les évolutions du cheval de Lionel avec une lunette d'approche.

Il s'aperçut bientôt que toute la science de l'écuyer ne serait pas longtemps maîtresse de la méchanceté de l'animal.

Le galop furieux qui avait d'abord charmé Dale, le conduisit bientôt hors de vue pour l'observateur.

Le gros de la chasse avait aussi disparu.

Il sortit alors de l'abri qu'il s'était soigneusement choisi, et coupa à travers champs, dans une direction opposée.

Une heure ne s'était pas écoulée depuis que le cavalier qui épiait Lionel avait quitté son poste d'observation, qu'un petit homme, monté sur un vigoureux poney, dont il avait évidemment forcé l'allure, apparut sur la route qui tournait autour de la montagne.

Cet individu portait un lourd vêtement de paysan, des guêtres de cuir, et il avait un mouchoir noué autour de la tête. Ce disgracieux accessoire était taché de sang, du côté de la joue droite de l'homme. Son cheval et lui-même étaient trempés d'eau et couverts de boue.

Pendant qu'il pressait l'allure de sa bête, son regard perçant et subtil fouillait et scrutait tout autour de lui : opération à laquelle un long nez en forme de bec d'oiseau semblait prendre une forte part.

Mais rien ne vint récompenser l'anxieuse avidité avec laquelle le petit homme interrogeait le pays sur lequel s'étendait son regard. Ce n'était partout que solitude et silence. Si le cavalier était venu pour voir l'un des chasseurs ou pour lui parler, il était venu trop tard. Il eut bientôt reconnu le fait avec un amer déplaisir.

Sans être un aussi grand génie qu'il croyait et disait l'être, Larkspur était réellement un très habile homme de police. Il avait ce ne peut mieux arrêté son plan ; il s'était procuré un poney plein de feu, et il avait résolu de suivre Lionel sans le perdre un instant de vue pendant toute cette journée de chasse.

Mais l'accident qui lui était arrivé n'avait pas été prévu dans ses calculs ; et, quand son poney l'avait jeté violemment à terre au détour d'une route en réparation, sur un lit de durs cailloux, il avait été à la fois rudement contusionné et horriblement furieux. Il lui fallut le temps de remettre son cheval sur ses jambes, et de remonter en selle, et ce retard l'empêcha de voir Lionel au point de départ du rendez-vous. Où le retrouver maintenant?

Pendant ce temps, le diable, qui s'était plu à contrarier les projets de Larkspur, avait singulièrement favorisé ceux de Carrington.

Le funeste médecin avait couru à toute vitesse dans une direction qui devait le mener en vue de la chasse. Il venait de traverser un pont, jeté sur une étroite mais rapide rivière, à quatre kilomètres environ de l'endroit où Larkspur s'était arrêté, quand il entendit les pas d'un cheval qui approchait avec une rapidité foudroyante.

La joie farouche du triomphe colora son pâle visage. Il fit tourner son cheval, devenu rétif au bruit du galop furieux qu'il entendait, dans un champ voisin de la route.

Là, il mit pied à terre et attacha solidement son cheval à un arbre. La haie, quoique dépourvue de feuilles, était haute et épaisse, et, dans l'angle qu'elle formait avec l'arbre, la bête se trouvait complètement cachée.

Carrington, accroupi à terre, regardait à travers la haie, quand Lionel apparut, emporté par son cheval furieux.

Lorsqu'il arriva sur la route, il tenait encore la bride, mais il était sans force et sans respiration.

Il avait la tête nue, et l'un de ses étriers était cassé.

Le cœur de Carrington battit violemment ; un nuage passa sur ses yeux. Mais cela ne dura qu'un instant, sa vue s'éclaircit aussitôt.

Il vit Buffalo, effrayé par un brusque mouvement du cheval attaché à l'arbre, abandonner tout à coup la route et s'emporter dans la direction de la rivière.

Buffalo, éperdu, se précipita dans l'eau, un peu au-dessous du pont.

Lionel fut démonté. Sa tête, dans sa chute, porta sur le tronc d'un saule qui bordait la rivière et son corps s'engloutit dans les eaux devenues bourbeuses par la violence du courant.

Alors Carrington sortit de sa cachette et s'élança au bord de l'eau. On n'apercevait plus trace du corps du recteur.

Le cheval luttait avec vigueur au milieu de la rivière pour atteindre le bord. Carrington, tout en courant, tira quelque chose de sa poitrine ; il traversa le pont et vint à bord escarpé de la rivière. Lorsque Carrington arriva près de lui, ses pattes de devant n'étaient qu'à une petite distance du sommet de la berge, et cherchaient un point d'appui pour les pattes de derrière ; mais le médecin, debout près du bord, un peu à la droite de l'animal, se baissa, et visant l'œil, lui brûla la cervelle d'un coup de pistolet. La lourde carcasse retomba, fit un bruyant plongeon dans l'eau et fut emportée par le courant.

Carrington remit le pistolet dans sa poitrine, et resta pendant un instant immobile à regarder la rivière, puis il s'éloigna en murmurant :

— Il n'est guère probable qu'on vienne le chercher au-dessous du pont ; le renard a pris sa course vers l'ouest.

Et, tranquillement, il alla détacher son cheval, se remit en selle, et, sans se hâter, prit la direction opposée à celle de Hollygrove.

— Tout cela n'a pas été mal fait, se dit-il.

Il était pleinement satisfait. Il avait réussi, et il n'avait souci de rien que du succès.

Seulement, quand il pensa à Réginald, un dédaigneux sourire plissa sa lèvre. Il songeait :

Travailler pour un être pareil, voilà le côté désagréable de la chose ; mais ce n'en est aussi que le côté secondaire ; je ne travaille en réalité que pour moi.

Le matin, Carrington avait payé sa dépense à l'auberge et envoyé sa malle à Londres par la diligence.

La nuit venue, il retira à son cheval — qui était le vrai Niagara, — sa selle qu'il trempa dans la rivière. Cela fait, il la replaça sur le dos de l'animal qu'il laissa partir librement au hasard, et il se dirigea vers une petite taverne isolée à une lieue de Hollygrove.

C'est là qu'il avait donné une sorte de rendez-vous conditionnel à Réginald.

XXV

Anxiétés

La nuit était venue quand les chasseurs se décidèrent à rentrer chez eux. Il n'y avait pas une étoile au ciel. La lune n'était pas encore levée, et les premières lueurs de cette nuit d'hiver étaient froides et tristes.

Miss Graham, son frère et Réginald s'avançaient sur une même ligne vers le presbytère. Lydia avait été frappée du silence obstiné de Réginald pendant la route, mais elle l'attribuait à la fatigue. Son frère aussi était muet, et elle n'avait elle-même nulle envie de parler.

Elle songeait à son triomphe de la soirée précédente et à celui du matin. Elle songeait à l'expression des yeux de Lionel quand ils s'étaient longuement reposés sur son visage. Elle se rappelait sa tendre sollicitude en l'aidant à se mettre en selle, le tressaillement de sa main quand il lui avait donné les rênes. Pouvait-elle ne pas se croire enfin en possession de son rêve ?

Un frémissement de bonheur courait dans ses veines, mais il n'y avait là rien de la joie pure de la jeune fille simple qui aime et qui se sent aimée.

Cent vingt-cinq mille francs par an, pensait-elle, c'est peu de chose en comparaison de la fortune de cette créature sans nom, de la veuve de sir Oswald. Mais c'est beaucoup pour une personne qui, ainsi que moi, a vidé jusqu'à la lie la coupe de la presque indigence ; car, bien que je n'aie pas connu la privation des choses absolument nécessaires à la vie, j'ai connu des humiliations qu'il est au moins aussi cruel de supporter.

Les nombreuses fenêtres du presbytère étaient toutes brillamment éclairées lorsque les chasseurs entrèrent par les grilles ouvertes. Un feu joyeux brûlait dans les cheminées de toutes les chambres, et l'intérieur de cette confortable maison présentait un agréable contraste avec la sombre obscurité de la nuit, la boue qui couvrait les routes et l'humidité glacée de l'atmosphère.

Le maître d'hôtel se tenait en grande cérémonie dans la salle de réception, pour veiller au retour des hôtes de son maître, tandis que les domestiques d'un ordre inférieur s'empressaient de prévenir les besoins des chasseurs mouillés et couverts de boue.

— M. Dale est rentré, je suppose? dit Douglas en se chauffant les mains devant un grand feu.

— Rentré? monsieur! s'écria le maître d'hôtel. Est-ce qu'il ne vient pas avec vous, monsieur?

— Non, nous ne l'avons pas revu depuis le moment où nous nous sommes trouvés au rendez-vous de chasse.

— Ce qu'il y a de certain, c'est que mon maître n'a pas reparu chez lui depuis le matin.

Un vague sentiment d'alarme s'empara de presque toutes les personnes présentes.

— C'est bien étrange! s'écria Mordaunt. Il ne s'est présenté personne ce matin pour demander votre maître?

— Personne, monsieur.

— Envoyez aux écuries voir si le cheval de mon frère n'a pas été ramené, s'écria Douglas avec anxiété. Ou plutôt, arrêtez, j'y vais moi-même.

Il se précipita hors de la grande salle, où il rentra quelques minutes après.

— Le cheval n'a pas été ramené, dit-il consterné, il doit être arrivé un malheur.

— Attendez, dit Mordaunt; je vous en prie, mon cher monsieur Douglas, ne nous abandonnons pas à une inquiétude inutile. Il n'y a aucun sujet de crainte ou d'alarme. Si M. Dale a été appelé loin de la chasse pour se rendre auprès du lit d'un mourant, ce n'est pas lui qui songerait ou à renvoyer son cheval ou à compter les heures employées à l'accomplissement d'un devoir.

— Mais alors, reprit Douglas, il aurait certainement envoyé quelqu'un ici pour prévenir l'inquiétude que son absence devait nécessairement nous causer à tous. N'essayons pas de nous tromper nous-mêmes, monsieur Mordaunt; il y a quelque chose qui n'est pas naturel : un accident, un malheur. John, faites seller immédiatement des chevaux frais. Si vous voulez vous mettre en quête d'un côté, j'irai de l'autre, et nous prendrons d'abord tous les renseignements que nous pourrons nous procurer au village. Réginald, vous vous joindrez à nous, n'est-ce pas?

— De tout cœur, répondit Réginald avec vivacité, bien qu'avec une altération sensible dans la voix.

Douglas regarda son cousin et tressaillit, même au milieu de son agitation, frappé par le son de voix étrange de Réginald.

— Grand Dieu! comme vous êtes pâle, Réginald! s'écria-t-il. Oh! vous craignez je ne sais quoi d'affreux!

— Mon Dieu! dit le baron d'une voix oppressée, j'avoue que je suis pris d'une violente inquiétude... La rivière... Le courant était si fort après le dégel... Les eaux se sont tellement gonflées par la neige fondue!... Si le cheval de Lionel avait essayé de traverser la rivière à la nage?... S'il avait été entraîné?

— Et nous perdons notre temps ici! s'écria Douglas avec élan; nous restons là à parler, au lieu d'agir. Ces chevaux sont-ils prêts? cria-t-il d'une voix tonnante en s'élançant dans le vestibule.

Sa voix fut entendue au dehors par les grooms, qui se hâtèrent de faire sortir les chevaux frais de la cour.

— Gordon! s'écria Lydia, vous allez partir avec ces messieurs.

Elle dit cela d'une voix haute et vibrante, avec l'accent impérieux d'une femme habituée à commander. Elle était appuyée contre un des angles de la grande cheminée, pâle comme une morte, la respiration oppressée, maîtresse d'elle, néanmoins. Pour elle, l'idée d'un malheur arrivé à Lionel, était épouvantable, presque aussi épouvantable que pour le frère qui l'aimait avec tant de sincérité.

Elle se sentit bien près de perdre connaissance; mais elle était trop femme du monde pour ne pas savoir que si elle avait cédé à son émotion en ce moment, elle aurait causé plus de déplaisir que d'intérêt à ceux qui se trouvaient là. Or, elle ne voulait déplaire à personne : plaire à tous est le secret pour se faire aimer de quelques-uns ou de quelqu'un. Et, même en ce moment de trouble, elle voulait se maintenir dans un jour favorable aux yeux de Douglas.

Lorsqu'elle apparut sur le seuil de la grande salle, elle s'avança doucement vers lui, la tête nue, le visage pâle, et elle posa sa main sur le bras du jeune homme.

— Monsieur Dale, dit-elle, disposez de Gordon; il sera fier d'obéir à vos ordres. J'irais moi-même à la recherche de votre frère, si vous vouliez me le permettre.

Douglas lui serra les mains dans les siennes avec une reconnaissante émotion.

— Vous êtes une noble fille, s'écria-t-il, mais vous ne pouvez m'aider en cette circonstance. Votre frère peut m'être utile, et j'userai de son amitié sans réserve. Et maintenant, venez, messieurs, les chevaux sont prêts. Je vais au village et de là à la rivière. Vous prendrez chacun une route différente, et nous nous retrouverons sur le bord de la rivière, à l'endroit où nous l'avons traversée ce matin.

En moins de cinq minutes, tous étaient en selle, et le bruit des sabots des chevaux annonçait leur départ. Réginald était au milieu du groupe, ayant à peine conscience de ce qui se passait et de la présence de ses compagnons.

La vue, l'ouïe, le sentiment de son individualité et de ce qui l'entourait, tout en lui semblait annihilé. Il avançait au milieu de l'obscurité, sous un ciel couvert de nuages qui semblaient couvrir la terre comme d'un linceul.

Comment s'était-il séparé de ses compagnons, il n'en savait rien; mais quand il s'éveilla de cette effrayante stupeur, il se trouva seul dans une plaine. A une certaine distance il vit une faible lueur, qu'on distinguait à peine sous ce ciel sans étoiles.

Son cheval semblait connaître ce lieu désolé, et se dirigea tout droit vers les lumières; ce cheval appartenait aux écuries du recteur et il était sans doute très familier avec ce lieu.

Réginald avait juste assez conscience des circonstances dans lesquelles il se trouvait pour se rappeler ce fait; il n'essaya pas de diriger son cheval. Que lui importait où il allait! Il avait oublié la promesse de se retrouver avec les autres au bord de la rivière; il avait tout oublié, sinon que l'œuvre du démon avait suivi sa marche silencieuse et que le dénoûment fatal allait éclater sur lui. Il pensait :

— Victor m'a dit que cette fortune serait à moi!... qu'il avait échoué une fois, mais qu'il n'échouerait pas toujours!

La disparition de Lionel avait frappé le baron comme d'un coup de foudre; cependant ce coup de foudre il l'avait attendu avec une indicible horreur, chaque heure et à toute heure, depuis son arrivée à Hollygrove.

Les lumières étaient devenues plus distinctes; c'étaient les lanternes éclairant les rues d'un village, et l'on voyait çà et là des chandelles à travers les fenêtres des chaumières. Le cheval, arrivé à la limite de la plaine, prit la grande route. Cinq minutes après, il arrivait aux premières maisons d'une petite ville.

Des lumières brillaient aux fenêtres d'une auberge. La porte était ouverte, et des voix joyeuses retentissaient au milieu de la nuit.

— Ces paysans sont heureux! s'écria Réginald; ils n'ont d'autre souci que de se procurer le pain de chaque jour.

Il leur portait envie, et dans ce moment il aurait changé son sort contre celui du plus humble des laboureurs qui buvaient dans la salle commune de cette petite auberge. Mais ils étaient rares et fugitifs les instants où les tortures d'une conscience coupable se manifestaient chez lui sous cette forme.

Il arrêta son cheval devant la porte de l'auberge et appela. Un homme sortit et prit les rênes pendant qu'il mit pied à terre.

— Quel est le nom de cette ville? demanda-t-il.

— Frimley, monsieur. Frimley Common, c'est son vrai nom, mais on l'appelle Frimley tout court.

— A quelle distance suis-je du bord de la rivière au bas de la montagne de Thorpe?

— A deux bonnes lieues, monsieur.

— Prenez mon cheval, étrillez-le, donnez-lui un seau d'eau, du son et un quart d'avoine. Je me remettrai en route avant une heure.

— Ce sera une rude besogne, monsieur, répondit le garçon d'écurie, car votre cheval semble déjà en avoir assez.

— C'est mon affaire, dit Réginald avec hauteur.

Et il entra dans l'auberge.

— Avez-vous une chambre dans laquelle je puisse faire sécher mes habits? demanda-t-il.

Il venait seulement de s'apercevoir qu'il avait plu et qu'il était trempé.

— Étiez-vous avec les chasseurs aujourd'hui, monsieur? demanda l'aubergiste.

— Oui.

— La chasse a été bonne, monsieur?

— Non, répondit sèchement Réginald.

— Conduisez monsieur au salon, Mary, dit l'aubergiste à la fille de salle qui passait avec un plateau chargé de pots et de verres.

— Il y a déjà un monsieur, dit-elle.

— Aux fêtes de Noël, il ne faut pas être trop difficile, ajouta l'aubergiste en s'adressant à Réginald, vous trouverez là un bon feu.

— Envoyez-moi de l'eau-de-vie, reprit Réginald.

Devant une grande cheminée ancienne, un homme, quand Réginald entra dans le « salon », était assis, le visage caché par le journal qu'il était en train de lire.

Réginald ne daigna pas jeter un regard sur cet étranger. Il marcha droit vers l'âtre, quitta son habit mouillé et l'étendit sur une chaise devant un grand feu de bois. Puis il s'assit sur une autre chaise, tout près de la cheminée, et se mit à regarder le feu avec un visage triste, laissant errer sa pensée bien loin de ces bûches en combustion, que ses yeux semblaient considérer si attentivement.

Il resta pendant quelques instants dans la même attitude, muet et immobile comme une statue, et totalement inconscient de la présence de l'étranger qui l'observait, abrité derrière son journal.

La servante apporta un plateau sur lequel se trouvait un petit flacon d'eau-de-vie et un verre. Mais le baron ne s'aperçut pas de son entrée.

Il continua à rester immobile jusqu'au moment où un bruit soudain, produit par le journal, lui fit lever la tête avec impatience.

— Vous êtes nerveux, ce soir, sir Réginald Eversleigh ! dit l'étranger, dont le visage était toujours caché derrière le journal.

Cette voix était en ce moment, de toutes les voix humaines, celle dont le son pouvait être le plus odieux à Réginald.

Le journal s'abaissa pour la première fois et Réginald se trouva en face de Carrington.

XXVI

Le pacte

—Vous ici! s'écria Réginald. J'aurais dû le deviner.

—Sans doute, moi ici ; je vous avais dit que vous me trouveriez ou que vous auriez de mes nouvelles à la *Gerbe de blé*. Mais je ne croyais pas vous voir à une heure où vous deviez jouir de l'hospitalité de votre cousin le recteur.

— Victor ! s'écria Réginald, êtes-vous le démon sous une forme humaine? Bien certainement il n'y a qu'un démon qui puisse trouver ce calme et cette joie railleuse dans le crime.

— Je ne trouve pas de joie dans le crime, Réginald, et il n'y a qu'un homme d'une intelligence aussi étroite que la vôtre pour dire de telles absurdités. Le crime, sous un autre nom, c'est le danger. Le criminel joue sa vie, et j'estime la mienne à un trop haut prix pour la risquer légèrement. Mais si je puis faire tourner un accident à mon profit, il faudrait que je fusse bien fou pour m'y refuser. Il n'y a qu'une chose qui ait pour moi un charme, c'est le succès. — Et maintenant, me direz-vous, pourquoi vous êtes ici ce soir?

— En vérité, je ne sais; je suis venu ici sans savoir où j'allais. Il semble qu'il y ait en tout ceci une fatalité étrange. J'ai laissé mon cheval suivre la route qu'il lui plaisait de prendre et il m'a amené ici, vers vous, mon mauvais génie.

— Je vous en prie, Réginald, dit Victor, soyez assez bon pour descendre des hauteurs de ce lyrisme. Il n'est pas désagréable de s'entendre appeler « démon, mauvais génie », etc., une fois en passant. Mais la répétition de ces épithètes est un peu fastidieuse. Et vous ne m'avez pas toujours dit pourquoi vous courez ainsi les champs, au lieu de manger tranquillement votre dîner de Noël au presbytère.

— N'en savez-vous pas la raison, Victor ? demanda Réginald en regardant fixement son compagnon.

— Comment la saurais-je?

— Parce que l'événement d'aujourd'hui a été votre œuvre ! répondit Réginald avec véhémence; parce que vous êtes mêlé au drame sombre d'aujourd'hui, comme vous étiez mêlé à celui qui a eu pour théâtre le château de Raynham ! Je sais maintenant pourquoi vous m'avez conseillé de porter mon choix sur le cheval Niagara. Je sais maintenant pourquoi vous êtes ici, puisque Lionel a disparu.

— Il a seulement disparu, s'écria Carrington, il n'est pas mort?

— Il a disparu, rien de plus. Nous l'avons perdu pendant la chasse, nous sommes rentrés au presbytère, espérant l'y retrouver.

— L'espériez-vous, en effet, Réginald?

— D'autres l'espéraient, en tout cas.

— Et vous ne l'y avez pas trouvé?

— Non; nous avons quitté le presbytère presque tout de suite pour nous mettre à sa recherche, moi et d'autres. Mais moi j'avais la tête perdue et je me suis laissé conduire par mon cheval.

Carrington se leva, vint se poser en face de Réginald, les bras croisés, le toisant :

— Imbécile! lâche! s'écria-t-il avec un mélange de mépris et de colère. Vous êtes venu ici perdre votre temps, quand vous deviez vous montrer le plus actif de tous dans vos recherches, le plus désireux de retrouver l'absent! Vous êtes un scélérat, sans doute, mais vous êtes encore plus un hypocrite. Vous voudriez recueillir le fruit du crime, et jouer l'innocence, même avec moi.

Je suis fatigué de cette comédie. Une dernière fois, je vous demande quelle voie vous prétendez suivre, et, cette voie choisie, j'exige que vous vous y teniez d'un pas ferme, prêt à affronter le danger et à tenir tête à la destinée. C'est à la minute même que je vous somme de vous prononcer. Voulez-vous pourrir dans la pauvreté, dans la pire des pauvretés, celle d'un homme de votre rang réduit à la portion congrue? ou voulez-vous reconquérir la fortune que votre oncle a léguée à d'autres? Regardez-moi en face, Réginald, et tâchez de me répondre en homme. Que voulez-vous : la richesse ou la pauvreté ?

— Il est trop tard, pour répondre : la pauvreté, dit le baron avec un accent de sombre tristesse. Vous me pouvez rendre la vie à mon oncle, vous ne pouvez revenir sur les faits accomplis.

— Je n'ai pas en effet la prétention de rendre la vie aux morts; je ne parle pas du passé, mais de l'avenir.

— Si je vous dis que j'aime encore mieux la pauvreté que de me plonger plus avant dans l'abîme que vous avez creusé, qu'arrivera-t-il?

— En ce cas, mon très cher, je vous souhaiterai bonne chance et je vous laisserai à votre vertueuse misère et à la paix de votre conscience. Je suis pauvre moi-même, mais j'aime que mes amis soient riches. Si vous ne vous souciez pas de ressaisir la fortune qui peut vous appartenir, je ne me soucie pas de conserver avec vous des relations inutiles. Nous n'aurons plus qu'à nous souhaiter le bonsoir et à nous séparer.

Il y eut un moment de silence.

Réginald était assis, les mains pendantes, les yeux fixés sur le feu. Victor l'observait avec un sinistre sourire.

— Et si je choisis le parti de marcher en avant, dit enfin Réginald; si je me décide à m'engager plus encore dans la sombre route que nous suivons, qu'arrivera-t-il?

— Oui! répondit le médecin.

— Alors, c'est dit, Victor. J'irai droit devant moi, je serai votre esclave, votre instrument, votre complice volontaire.

— A la bonne heure! vous avez enfin pris une décision; c'est bien ! Mais que désormais je n'entende plus de jérémiades et

d'hypocrites lamentations. Maintenant, demandez votre cheval, regagnez au grand galop les environs de Hollygrove, et montrez-vous au premier rang de ceux qui sont à la recherche de Lionel.

— Oui, oui, je vous obéirai, je triompherai de cette misérable hésitation, j'endurcirai ma nature comme vous avez endurci la vôtre.

Réginald sonna et donna l'ordre qu'on amenât son cheval devant la porte de l'auberge.

— Où et quand vous reverrai-je? demanda-t-il à Victor, en remettant son habit de chasse.

— A Londres. Vous m'écrirez par le courrier de demain soir, pour m'apprendre ce qui se sera passé dans la journée.

— Je le ferai.

— Bien! et maintenant partez; vous vous êtes déjà tenu trop longtemps éloigné de ceux qui devaient remarquer votre affectueuse inquiétude au sujet de votre pauvre cousin.

____

XXVII

Lionel revient dans la bibliothèque

Réginald remonta à cheval, s'informa auprès du garçon d'écurie du chemin qu'il devait suivre et partit au galop dans la direction indiquée. Il n'eut pas de peine à trouver le lieu du rendez-vous, la lueur des torches portées par ceux qui se livraient aux recherches suffit pour le guider. Grooms, chasseurs et fermiers, tous à cheval, fouillaient en tous sens les bords de la rivière.

Douglas vint au devant de son cousin.

— Avez-vous quelque nouvelle, Réginald? demanda-t-il d'une voix éteinte.

— Aucune, répondit Réginald. J'ai poussé mes recherches à plusieurs kilomètres, questionnant partout, mais je n'ai pu rien découvrir. Et de votre côté?

— Rien de bon! dit Douglas avec l'accent du désespoir; nous avons trouvé un chapeau défoncé sur le bord de la rivière, et ce chapeau a été reconnu par le valet de chambre de mon frère comme étant celui que portait son maître. Nous redoutons un malheur, le plus grand de tous. On s'est informé partout, dans le village, dans toutes les fermes des environs, même dans celles qui ne dépendent pas de la paroisse. Mon frère n'a été vu nulle part. Le moment où tous nous avons descendu la montagne, il semble qu'aucun regard humain ne se soit fixé sur lui; c'est à partir de ce moment qu'il a disparu aussi complètement que si la terre s'était ouverte pour l'engloutir vivant.

— Que craignez-vous?

— Qu'il n'ait essayé de traverser la rivière dans un endroit rendu dangereux par la fonte des neiges, et que cheval et cavalier n'aient été emportés par le courant.

— Dans ce cas, on devrait retrouver cavalier ou cheval, mort ou vivant.

— Le lit de la rivière est couvert d'une masse d'herbes épaisses et mêlées; j'ai entendu dire à Lionel que des hommes s'y étaient noyés, sans que jamais on ait pu retrouver leurs corps.

— C'est horrible! s'écria Réginald; mais gardons encore une meilleure espérance. Tout cela n'est peut-être qu'une supposition affreuse.

— Je crains bien que non, Réginald. Mon frère n'est pas un homme assez insoucieux pour donner de telles inquiétudes à ceux qui l'aiment.

— Je vais pousser mes recherches plus loin sur la rivière, dit Réginald. J'apprendrai peut-être quelque chose.

— Et moi j'attends ici, dit Douglas avec la sombre apathie du désespoir; la nouvelle de la mort de mon frère m'arrivera toujours assez tôt.

Réginald chevaucha le long du bord de l'eau, à la suite d'un groupe de cavaliers, qui portaient des torches.

Douglas attendit, l'oreille au guet, le cœur battant avec violence, torturé par la pensée cruelle qu'à chaque instant l'horrible nouvelle allait lui être apportée.

Il ne sentait pas le froid de la nuit, tant était violente la fièvre qui le dévorait. Il eut bientôt perdu de vue la lumière des torches, et les bruits de voix ne parvenaient plus à ses oreilles.

Mais, après un court silence, il entendit un cri, puis un autre, et deux hommes vinrent à lui en courant.

Bien que l'obscurité fût grande, Douglas les reconnut tous deux.

— Qu'y a-t-il, Freeman? qu'est-il survenu, Carey? Vous m'apportez de mauvaises nouvelles, j'en ai bien peur.

— Oui, monsieur Douglas, de mauvaises nouvelles. Nous avons trouvé le fouet de chasse du recteur.

— Où? balbutia Douglas.

— Au-dessus du pont, près d'un saule. Et, sur le bord de la rivière, il y a un éboulement de terrain. S'ils sont venus en cet endroit, le cheval et le cavalier ont dû être emportés ensemble.

C'est en marchant comme un homme endormi que Douglas accompagna les porteurs de ces nouvelles sinistres à l'endroit où se trouvaient déjà réunis ceux qui s'étaient mis à la recherche du recteur.

Mordaunt tenait à la main un lourd fouet de chasse, que toutes les personnes présentes reconnurent pour l'avoir vu, le matin même, dans la main du recteur.

— Ceci rend la chose trop claire, Douglas, dit Mordaunt. Supportez votre malheur avec tout votre courage, mon pauvre ami. Il n'y a plus rien de possible à tenter avant le jour.

Douglas couvrit son visage de ses mains et chercha inutilement à étouffer ses sanglots.

— Quoi! plus rien à tenter? s'écria Réginald. On pourrait certainement faire usage de la drague.

— Faire jouer la drague à la lumière des torches, dit Mordaunt, serait un travail

aussi difficile qu'infructueux. Ce sera fait dès l'aube. En ce moment, notre premier soin doit être de ramener le pauvre Douglas au presbytère.

Douglas n'opposa aucune résistance. Le triste groupe se sépara. Ceux qui habitaient le presbytère retournèrent dans cette maison désolée. Douglas s'enferma dans sa chambre, laissant à Réginald et à Mordaunt le soin de prendre toutes les dispositions pour le lendemain et d'annoncer aux dames la triste nouvelle.

De très grand matin, Mordaunt se rendit à la chambre de Douglas. Il était étendu sur son lit tout habillé. Il n'avait fait aucun changement à sa toilette et son intention évidente avait été de veiller jusqu'au jour; mais la nature avait été la plus forte, et, cédant à l'épuisement, Douglas s'était endormi.

Son vieil ami sortit sans bruit de la chambre, et après avoir recommandé aux domestiques de ne pas permettre qu'on vînt troubler le sommeil de celui qu'ils devaient considérer désormais comme leur maître, il sortit du presbytère pour aller présider aux recherches.

Douglas ne s'éveilla qu'à neuf heures, et tressaillit au réveil de son chagrin et de sa conscience, qui lui reprochaient de s'être endormi. Il trouva Mordaunt debout près de son lit.

Le bon vieux gentilhomme lui prit la main et la lui pressa d'une façon significative.

Le corps défiguré de celui qui, la veille, était le maître aimé et honoré de cette maison, avait été déposé dans cette bibliothèque où il avait reçu l'inutile avertissement de la veuve.

____

XXVIII

Départ des hôtes

Pendant que Douglas, souffrant d'une douleur inexprimable, contemplait le pâle et calme visage de son frère, un domestique frappa doucement à la porte et pria Mordaunt de venir.

— Niagara est revenu, monsieur, dit l'homme. On vient de le trouver dans la route d'en bas, broutant l'herbe, et sans coups ni blessures d'aucune sorte.

— Il est mouillé et taché de boue, je suppose?

— Oh! oui, certainement, monsieur, la selle est encore trempée d'eau, mais l'animal est en parfait état.

— Et les sangles sont-elles rompues?

— Non, monsieur, elles sont intactes.

— Bien. Prenez soin du cheval, et ne dites rien à M. Dale, quant à présent.

Ce fut une rude tâche pour Douglas que de faire ses adieux aux hôtes de cette maison, qui la veille était si heureuse et si gaie. Quelques tristes paroles furent échangées entre lui et les Mordaunt; les jeunes filles s'éloignèrent les yeux pleins de larmes. Puis il s'avança vers Lydia, qui était assise, immobile et pâle, dans un fauteuil, près du feu. Il n'y avait pas trace de larmes sur son visage, mais il y avait au fond de son cœur de la colère et de l'amertume, et son désappointement allait presque jusqu'au désespoir.

Douglas ne put la regarder sans reconnaître que l'événement si douloureux pour lui était également terrible pour elle, et son cœur fut pris de sympathie pour cette femme, à laquelle il n'avait guère pensé jusqu'alors. — Peut-être, se disait-il, avait-elle aimé mon frère.

— Nous reverrons-nous, monsieur Dale? lui dit-elle.

— Pourquoi ne nous reverrions-nous pas?

— Le séjour de l'Angleterre ne sera peut-être pas supportable pour vous, après ce coup terrible?

— Je n'espère pas tromper ma douleur, miss. La mort de mon frère n'apportera aucun changement dans ma façon de vivre, je retournerai à Londres.

— Et nous pouvons espérer vous y voir?

— Le capitaine Graham et moi sommes membres du même club; nous aurons très certainement occasion de nous rencontrer.

— Et moi? demanda Lydia à voix basse.

— Avez-vous réellement le désir de me voir, miss Lydia?

— Pouvez-vous en douter, si vous avez la mémoire du passé; rappelez-vous, monsieur Dale, que notre amitié date de longues années.

Le capitaine Graham entra en ce moment.

— La voiture qui doit nous conduire à Frimley est prête, Lydia, dit-il, toutes vos caisses sont chargées et il ne vous reste plus qu'à dire adieu à M. Dale.

Miss Graham avait son chapeau et son manteau de voyage. Elle était vêtue de noir, et par convenance, et parce que les couleurs sombres convenaient particulièrement à sa beauté.

Douglas conduisit ses hôtes jusqu'à leur voiture. Ce fut avec un regard plein de tendresse que miss Graham lui adressa son dernier adieu, mais les yeux de Douglas restèrent distraits et mornes; les sentiments de Douglas n'étaient pas faciles à pénétrer.

Graham se jeta dans un coin de la voiture avec un soupir de désespoir.

— Eh bien, Lydia, dit-il, ce maudit accident est la ruine de toutes vos espérances. Je crois sérieusement que vous êtes la femme la moins chanceuse du monde. Après avoir tendu vos filets pendant dix ans dans les pêcheries matrimoniales, vous étiez au moment de prendre un poisson d'une certaine valeur, et voilà qu'au dernier moment votre époux futur se noie dans une partie de plaisir.

— Que diriez-vous, cependant, si cet accident, qui vous semble malheureux, finissait par tourner à notre avantage? demanda Lydia.

— Que diable voulez-vous dire?

— Comme vous avez la compréhension difficile aujourd'hui, Gordon! La fortune de Lionel n'était que de deux millions et demi, ce qui est fort peu de chose, après tout, pour une femme ayant mes idées sur la vie.

— Et qui a le génie particulier de se plonger dans les dettes jusque par-dessus les épaules, murmura son frère.

— Avez-vous par hasard gardé le souvenir des termes du testament de sir Oswald?

— Je le crois, pardieu, bien! On a assez parlé de ce testament à l'époque de la mort du baron.

— Ce testament laisse 125,000 fr. de revenu à chacun des deux frères. Si l'un des deux meurt sans avoir été marié, la fortune passe au survivant. La mort de Lionel double celle de Douglas. Un mari de ces millions me conviendrait mieux, en vérité. Et pourquoi ne ferais-je pas la conquête de Douglas aussi aisément que celle de Lionel?

— Parce que vous ne retrouverez probablement pas la même occasion favorable.

— J'ai demandé à Douglas de venir nous rendre visite à Londres.

— Ah! Lydia, s'écria Gordon, j'ai une véritable admiration pour votre persévérance!

La voiture avait atteint Frimley, et le frère et la sœur prirent place dans la diligence qui devait les ramener à Londres.

Lydia abaissa son voile et s'installa dans un coin pour chercher dans le sommeil un remède aux ennuis et surtout aux fatigues du voyage. A trente ans, une femme du caractère de miss Graham sait prendre soin de sa beauté, et Lydia sentait qu'elle avait besoin de repos après les fébriles excitations de sa visite au presbytère.

Réginald, lui aussi, joua fort bien son rôle. Nul ne parut plus affligé que lui, et chacun s'accorda à dire que le prodigue baron éprouvait un chagrin sincère de la douloureuse fin de son cousin; ce qui dénotait chez lui un bon et noble cœur, malgré toutes les vilaines histoires qu'on racontait sur sa jeunesse.

Avant de quitter Hollygrove, Réginald prit soin de s'informer de tous les projets de son cousin pour l'avenir.

— Vous reviendrez bientôt, je pense, reprendre votre ancienne vie à Londres, Douglas, dit Réginald; c'est là seulement que vous pourrez vous distraire et vous consoler.

— Oui, dit Douglas comme machinalement.

— Et nous nous verrons aussi souvent qu'autrefois, n'est-ce pas, cher cousin? Il ne faut pas vous laisser trop accabler; vous pourriez vous en ressentir moralement et physiquement. Il faut retourner à Hilton-House et vous joindre à la société qui s'y réunit. Cela vous distraira un peu.

— Je sais quel fond je puis faire sur votre amitié, Réginald, je me remettrai entièrement entre vos mains.

— Mon cher camarade! vous ne me trouverez pas indigne de votre confiance.

— Je ne saurais en douter, Réginald.

Réginald regarda son parent. Y avait-il quelque chose de caché dans son accent? Mais non, son accent était naturel, et son visage sincère.

Réginald quitta Hollygrove et s'en retourna à son appartement de Londres, qui lui sembla bien triste et bien misérable, à côté du luxe du presbytère.

XXIX

Départ des amis

Les heures de ces deux journées avaient été pour Honoria pleines de transes et de douleurs.

Elle avait été consternée quand elle avait vu revenir Larkspur grièvement blessé. Le brave agent n'avait rien perdu de son énergie, qui s'était même montée jusqu'à une sorte de fureur. Mais il n'en avait pas moins été forcé de quitter le terrain, Carrington avait le champ libre, et Honoria put concevoir les craintes les plus cruelles.

Ses appréhensions ne furent que trop justifiées le lendemain matin, quand la nouvelle de la mort du recteur parvint au village.

Ce ne fut pas Larkspur qui apporta à Mme Eden cette terrible nouvelle. Larkspur avait été pris dans la nuit d'une fièvre violente, et le médecin appelé près de lui le matin avait constaté une congestion cérébrale.

Larkspur, dans son délire, dénonçait Carrington, et l'échange des chevaux, et le crime qui se cachait sous l'accident. Mais ses paroles étaient si décousues et si folles qu'on n'y pouvait guère voir que les divagations de la fièvre.

Larkspur fut pendant cinq jours entre la vie et la mort. Au bout de ce temps, la force de sa constitution avait pris le dessus, et le médecin avait pu répondre de sa vie. Mais il déclara en même temps qu'il ne serait pas debout avant un mois.

Honoria était au désespoir. Quand elle vit Larkspur hors de danger, elle le confia aux soins du digne médecin qui l'avait tiré d'affaire, et elle reprit avec Jane la route de Londres, bien triste et bien accablée. Décidément, la fatalité se déclarait contre elle. La première existence qui s'interposait entre Réginald et la fortune était anéantie; réussirait-on à préserver la seconde?

11

XXX

L'araignée refait sa toile

Réginald ne se souciait pas de passer ses soirées à Hilton-House, de peur d'avoir à entendre les plaintes de Pauline sur sa solitude et sa pauvreté. La saison de Londres n'avait pas encore commencé, et il n'y avait que peu de dupes à espérer pour le joueur.

De plus, les rares jeunes gens qu'il rencontrait à son club, lui parurent médiocrement disposés à profiter de l'hospitalité de Mme Durski.

— Avez-vous été à Fulham depuis peu, Caversham? demanda-t-il à un jeune lord très millionnaire, mais qui n'était pas le plus intelligent des mortels.

— Fulham! s'écria lord Caversham, qu'est-ce que Fulham? Ah! oui, je me rappelle : un petit pays près de la rivière, jolies villas, courses en bateaux et autres divertissements de ce genre. Laissez-moi chercher. Il y a des évêques et des gens d'église qui vivent à Fulham, n'est-ce pas?

— J'aurais cru que vous vous seriez souvenu d'une personne qui habite Fulham, une très belle femme, qui avait fait une vive impression sur vous.

— Vraiment? s'écria le vicomte, et pourtant, sur mon honneur, je ne me la rappelle pas. Mais, voyez-vous, je connais tant de belles femmes! Quelle est la dame en question?

— La belle Viennoise, Pauline Durski.

Le lord fit la grimace.

— Pauline Durski! oui, c'est une très belle femme, en effet, et qui a vraiment produit une forte impression sur moi. Mais, voyez-vous, j'ai trouvé que cette impression me coûtait un peu cher, mon bon ami. Hilton-House est une maison ravissante à visiter; mais quand un homme s'aperçoit qu'il y perd sept à huit mille francs chaque fois qu'il en franchit le seuil, Eversleigh; car, si j'ai bonne mémoire, c'était toujours vous qui étiez le gagnant quand je perdais chez Mme Durski.

— En vérité! dit Réginald, ai-je gagné contre vous? Je vous donne ma parole que je l'ai complètement oublié.

— Oui, mais non pas moi, dit Caversham; j'ai été saigné vigoureusement, et à plusieurs reprises, quand nous avons joué à l'écarté; et je n'ai pas oublié le chiffre total des chèques que j'ai eu le plaisir de signer à votre profit. Non, mon cher Réginald, tout en trouvant Mme Durski charmante, je n'éprouve aucun besoin de retourner à Hilton-House.

— Ah! dit Réginald d'un ton railleur, si peu de gens savent perdre avec grâce! Nous n'avons plus de Stavardales, de nos jours. La race de ces hommes est complètement éteinte.

— Il n'est pas douteux, mon cher, que l'art de perdre avec calme disparaît de jour en jour, et j'avoue que, pour ma part, je préfère gagner.

Cette courte conversation fut très désagréable à Réginald; elle l'avertissait que sa carrière de joueur tirait à sa fin. Il était évident que Caversham avait des soupçons, et plus que des soupçons.

— Il est temps pour moi d'en finir avec la pauvreté; se dit Réginald. Les insolentes insinuations de lord Caversham seraient réduites au silence, si j'avais des millions comme lui. Il est clair que c'en est fait du jeu à Hilton-House; et Pauline peut maintenant retourner à Paris ou à Vienne. Les pigeons sont effrayés.

Réginald se rendit tout droit à la petite maison au delà de Maiden-Hill. Il n'avait qu'un faible espoir d'y trouver Carrington; mais, à sa grande surprise, il fut immédiatement conduit à son laboratoire.

Victor était là, penché sur un alambic placé sur un petit fourneau.

Le médecin releva la tête en tressaillant. Il avait sur la figure le masque de métal que Réginald lui avait vu déjà à l'une de ses visites précédentes.

— Qui vous amène ici? demanda Carrington avec impatience.

— Eh! mais, la servante qui m'a reçu. Je lui ai dit que j'étais votre intime ami et que j'avais besoin de vous voir sur-le-champ.

— C'est une sotte! Mais n'importe! Depuis quand êtes-vous de retour? Je n'espérais pas vous voir sitôt à Londres.

— Je n'espérais guère non plus vous trouver.

— Rien ne me retenait en province. Je suis de retour depuis quelques jours, et j'ai repris mes études chimiques.

— Vous manipulez encore des poisons, à ce que je vois.

— Tout chimiste opère sur les poisons, puisque les poisons sont un élément de toute médecine. Et maintenant dites-moi quel nouvel embarras personnel me vaut l'honneur de votre visite. Vous ne paraissez guère ici que lorsque vous avez un besoin désespéré de mes humbles services. Quel est votre dernier malheur?

— J'arrive du club, où j'ai trouvé Caversham. Je pensais lui gagner quelques milliers de francs à l'écarté ce soir, mais le jeu est fini de ce côté.

— Il soupçonne qu'il a été... singulièrement malheureux?

— J'en ai peur. Un homme qui ne serait pas à peu près certain de son fait n'aurait pas osé dire ce qu'il m'a dit.

— Ne vous préoccupez pas de cela, répondit Victor, dans six mois votre position sera telle que nul n'osera vous insulter.

— En attendant, qu'allons-nous faire? Les créanciers de Pauline se montrent impatients et elle a bien peu d'argent à leur donner. Mes dettes personnelles sont trop pressantes pour que je puisse l'aider. Le mieux qu'elle pourrait faire serait peut-être de retourner à l'étranger aussi vite que possible.

— Sous aucun prétexte, mon cher Réginald, s'écria Carrington, il ne faut que Pauline quitte Hilton-House.

— Pourquoi?

— Ne vous inquiétez donc jamais du pourquoi. Je vous dis, Réginald, qu'il faut qu'elle reste où elle est. Vous et moi, nous lui trouverons bien l'argent nécessaire pour faire patienter les créanciers les plus acharnés.

— Je n'ai pas un sou à lui donner. C'est à peine si j'ai de quoi payer mon logement; à plus forte raison ne puis-je pas prêter de l'argent aux autres.

— Pas même à la femme qui vous aime et que vous prétendez aimer? dit Victor d'un ton railleur. Vous êtes décidément un être généreux, Réginald! un modèle de chevalerie et de dévouement! Mais il faut que Mme Durski reste en Angleterre, vous dis-je. C'est nécessaire à l'exécution de mes projets. Si vous ne pouvez pas lui trouver d'argent, je connais quelqu'un qui lui en trouvera.

— Et quelle est, je vous prie, la grande âme si prompte à secourir une beauté dans la gêne?

— Douglas. Il a la tête perdue d'amour pour la belle Autrichienne, et il lui prêtera l'argent dont elle a besoin. Je vais me rendre à l'instant auprès de Mme Durski pour lui tracer son plan de conduite.

Il y eut un long silence, pendant lequel Réginald sembla réfléchir profondément.

— Vous pensez que c'est là un parti prudent à prendre? demanda-t-il.

— Qu'entendez-vous par ces paroles?

— Vous dites que Douglas aime Pauline, j'en ai assez vu pour être convaincu que vous ne vous trompez pas. Si, en effet, il en est amoureux, il est homme à tout sacrifier pour elle. Mais si cela allait jusqu'à l'épouser, la conclusion ne serait-elle pas désastreuse pour nous?

— Vous êtes un niais, Réginald! Vous devriez me connaître assez pour ne pas craindre une imprudence de ma part. Douglas aime Pauline, et, vous ne vous trompez pas, il est homme à tout sacrifier pour elle, il est homme à l'épouser, lors même qu'elle serait encore plus indigne de lui... Mais, soyez calme, il ne l'épousera jamais.

— Comment empêcherez-vous ce mariage?

— Les comment vous sont aussi interdits que les pourquoi! répliqua d'un ton hautain Carrington. Soyez sûr que j'empêcherai ce mariage. Vous vous rappelez nos conventions de l'autre soir à Frimley?

— Je me le rappelle, répondit Réginald d'une voix étrangée.

— Très bien! Pour ma part, je remplirai mes engagements. Comptez-y. Vous serez riche, avant que cette année qui commence soit terminée.

— J'ai bien besoin d'être riche, Victor, répondit Réginald ; j'en ai grand besoin. Il y a des hommes qui peuvent supporter la pauvreté ; mais je ne suis pas de ceux-là. Si ma position ne change pas promptement, je serai flétri dans mon honneur. Il faut que je sois riche à tout prix. A tout prix, m'entendez-vous, Victor ?

— Vous m'avez dit cela déjà, répondit froidement Carrington, et je vous ai promis la richesse. Mais si je tiens ma promesse, c'est à la condition que vous vous laisserez guider par moi avec une foi et une obéissance sans réserve. Le chemin que nous devons suivre ensemble est sombre ; marchez-y en aveugle ; le succès est au bout.

Réginald quitta la maison du docteur. Il entendit en passant les oiseaux de Mme Carrington saluer de leurs plus beaux chants le froid soleil de janvier, et il vit le petit salon brillant de propreté et, même, en cette saison, tout orné de fleurs.

— C'est inouï ! se dit-il en sortant ; pour tout étranger qui pénétrerait dans cette demeure, ce serait l'asile privilégié de la paix domestique et du bonheur intime, et pourtant c'est un démon qui l'habite !

Le lendemain de la visite de Réginald, Victor sonnait à la porte de Hilton-House. Le froid était devenu très rigoureux, et la neige était tombée avec abondance.

La concierge dit à Carrington qu'il était peu probable que Mme Durski consentît à le voir à cette heure de la journée. Il était près de quatre heures, mais il était rare que Pauline quittât sa chambre à coucher avant ce moment.

Carrington savait cela tout aussi bien que la concierge. Mais il avait à parler à une autre personne tout aussi utilement qu'à Mme Durski.

Cette autre personne était l'humble dame de compagnie de la belle veuve.

La porte lui fut ouverte par Carlos, le factotum de confiance de Pauline. Cet homme jeta un regard soupçonneux sur Victor.

— Ma maîtresse ne reçoit personne à cette heure, dit-il.

— Je le sais, répliqua Carrington ; mais comme je viens pour une affaire particulière, et que j'ai fait un long voyage pour la voir, peut-être consentira-t-elle à faire une exception en ma faveur.

Il tendit à Carlos une carte sur laquelle il avait écrit au crayon ce qui suit :

« Consentez à me recevoir, chère madame ; je viens pour une affaire importante qui ne souffre pas de retard. Si vous ne pouvez me voir avant votre dîner, j'attendrai. »

L'Espagnol introduisit Victor dans un des salons de réception, qui au grand jour avait un aspect froid et glacial. A l'exception du piano, il n'y avait rien qui annonçât la présence d'une femme.

Victor attendit pendant quelque temps et commençait à penser que son message n'était pas parvenu jusqu'à la maîtresse de la maison, quand la porte s'ouvrit et quand parut Mlle Brewer.

Elle s'avança lentement vers le visiteur en fixant sur lui ses yeux d'un gris fauve.

— Mme Durski, dit-elle, a été souffrante toute la journée d'un mal de tête nerveux, et elle n'est pas encore levée. Son dîner est à six heures et demie. Si l'affaire qui vous amène est réellement importante et si vous voulez bien attendre, elle sera heureuse de vous voir.

— L'affaire qui m'amène est d'une importance réelle, et j'attendrai, répondit Victor. Puisque Mme Durski est indisposée, je profiterai avec plaisir de l'occasion qui m'est offerte d'avoir une petite conversation avec vous, mademoiselle Brewer, si toutefois vous n'avez pas d'autre occupation qui vous retienne.

— Je n'ai rien qui m'appelle ailleurs, répondit-elle d'un ton mesuré.

— Je crois, continua Victor, que je puis m'expliquer avec une entière franchise ; j'ai tout lieu de vous supposer complètement dévouée aux intérêts de Mme Durski.

— A qui pourrais-je m'intéresser, répliqua Mlle Brewer avec un sourire amer, Mme Durski est ma seule amie sur terre. Je l'ai connue enfant. Je pense qu'elle a pour moi toute l'affection qu'on peut avoir pour un vieux meuble qu'on est habitué à voir depuis qu'on existe, et qui vous manquerait s'il était changé.

— Vous faites tort à votre amie, dit Victor. Elle vous est à coup sûr très sincèrement attachée ; je n'ai pas le moindre doute là-dessus.

— Eh ! quel droit avez-vous d'avoir plus ou moins de doute à ce sujet ? s'écria Mlle Brewer d'un air dédaigneux. Vous ne connaissez pas Pauline, et je la connais. C'est une femme qui n'a eu dans toute sa vie souci que de deux choses.

— Et ces deux choses sont ?..

— Le jeu et les émotions qu'il donne, et son amour pour votre indigne ami, sir Réginald Eversleigh.

— Aime-t-elle réellement mon ami ?

— Oui, elle l'aime, comme comme peu d'hommes méritent d'être aimés, et celui-là moins que tout autre. Elle l'aime, quoiqu'elle sache bien que son amour n'est ni payé de retour, ni apprécié à sa valeur. Pour lui, elle sacrifierait son bonheur et sa fortune. Les femmes sont de sottes créatures, monsieur Carrington, et vous autres hommes, vous avez bien raison de les mépriser.

— Je ne viens pas discuter avec vous des mérites de mon ami, dit Victor, ce n'est pas de lui qu'il est question. Mais je sais que Mme Durski a conçu l'amour d'un homme digne de l'affection d'une femme, d'un homme qui est riche et qui peut la tirer de sa position fausse et précaire.

— Dites de sa misérable position ! s'écria Mlle Brewer ; la position de Pauline est la plus dégradante qui soit pour une femme, dont la vie a été relativement exempte de fautes.

— Et chaque jour la dégradation de cette existence deviendra plus profonde, dit Victor. A moins que Mme Durski ne consente à suivre mes avis, elle ne pourra plus

longtemps rester en Angleterre. Elle a peu de choses à espérer dans son pays. A Paris, son nom n'est pas en odeur de sainteté. Quel avenir lui est réservé ?

— La ruine ! s'écria brusquement Mlle Brewer, et peut-être la plus affreuse des misères. Je sais cela, monsieur, et vous n'avez pas besoin de me rappeler nos malheurs.

— Si je vous les rappelle, ce n'est que parce que j'ai l'espoir de pouvoir vous servir, répondit Victor. J'ai connu toutes les amertumes de la pauvreté, mademoiselle Brewer. Pardonnez-moi de vous demander si, vous aussi, vous n'avez pas senti les durs aiguillons de la faim ?

— Si je les ai sentis ! s'écria la pauvre créature, qui donc a jamais senti plus cruellement que moi les dents de serpent de la misère ? Elles ont pénétré jusqu'à mon cœur ! Depuis ma première enfance, je n'ai connu que malheur et douleur. Mais je ne veux pas vous ennuyer de mes peines.

— Oh ! croyez que je prends à vous ; un intérêt véritable.

Lucie Brewer arrêta sur Carrington son regard vif et pénétrant.

— Pourquoi vous intéresseriez-vous à moi ? demanda-t-elle brusquement.

— Parce que je crois que vous pouvez m'être utile, répondit hardiment Victor. Je n'ai pas besoin de vous tromper. De grands résultats ont été obtenus par l'union de deux esprits énergiques. J'ai besoin de vous. C'est pourquoi vous pouvez compter sur moi et disposer de moi. Vous avez une haute intelligence, je vous sais au-dessus des préjugés vulgaires...

— J'ai été élevée à une forte et rude école, dit Mlle Brewer. Je suis fille d'un homme déshonoré qui était né gentilhomme. Mon père passa les dix dernières années de sa vie en prison. Il y mourut, et c'est entre ces tristes murailles enfumées que s'écoula mon enfance, sans joie, sans espoir, poursuivie sans relâche par le noir fantôme de la pauvreté. Je suis sortie de ce cachot pour trouver d'autres chaînes. J'entrai comme sous-maîtresse dans un riche pensionnat de Londres ; là je devins le souffre-douleur des filles de riches marchands de chandelles et de charbon. Pendant six ans, j'ai subi mon sort sans me plaindre. Dans cette immense maison, personne ne m'aimait, personne ne s'inquiétait si j'étais heureuse ou malheureuse. Je travaillais comme une esclave, me levant de grand matin, me couchant tard, je donnais ma jeunesse, ma santé, ma beauté. Vous allez rire de ce mot, sans doute, monsieur Carrington, mais dans ce temps-là je comptais parmi les jolies filles. Et je faisais tout cela, pourquoi ? pour le pain de chaque jour, et pour l'éducation que je pouvais acquérir, et qui me mettrait en état de gagner ma vie plus tard. Une parente éloignée s'était chargée des frais de ma toilette, et à cette époque j'étais vêtue aussi mesquinement que je l'ai toujours été depuis. Dans tout le cours de ma vie, je n'ai pas connu l'innocent plaisir qu'éprouve toute femme à se sentir en possession d'une belle toilette. A dix-huit ans, je quittai la pension pour aller à l'étranger être institutrice. C'est dans la maison du père de Pauline qu'on m'avait procuré cet emploi. Pauline avait a lors dix ans. Depuis ce jour jusqu'à présent, je ne l'ai jamais quittée. Je l'aime autant qu'il est possible d'aimer quelqu'un; mais mon esprit a été aigri par les malheurs de ma jeunesse et je ne me prétends pas susceptible de beaucoup de tendresse.

— Je vous remercie de votre franchise, dit Victor. Je puis donc croire qu'il n'y a au monde qu'une seule personne à laquelle vous vous intéressiez, et que cette personne est Mme Durski.

— Oui.

— Et je croirai également aussi, que vous, qui avez vidé jusqu'à la lie la coupe de la pauvreté, vous feriez et risqueriez beaucoup pour être riche.

— Oh! pour cela, vous croyez juste.

— Alors, mademoiselle Brewer, laissez-moi vous parler en toute sincérité.

— Je vous avertis, monsieur, que vous vous adressez à une personne n'ajoute aucune foi aux protestations de désintéressement.

— Je le sais parfaitement, et pour ma part, il faudrait que je n'eusse pas l'estime réelle que je ressens pour vous, si je vous croyais assez dépourvue de sens et d'expérience, pour envisager les choses d'un autre œil. Je ne m'offre pas à vous sous le déguisement ridicule d'un chevalier désireux d'embrasser, pour l'amour de Dieu, la cause de deux femmes dans une position équivoque et presque désespérée.

Carrington leva les yeux sur Mlle Brewer pour voir si le trait avait porté. Mais elle resta muette et immobile.

Il continua :

— J'ai un but que j'ai résolu d'atteindre. Deux voies me sont ouvertes pour m'y conduire : l'une serait ruineuse pour vous et Mme Durski, l'autre vous serait éminemment profitable. Je m'intéresse à vous. Mme Durski me plaît aussi tout particulièrement, quoique je ne fasse pas nombre dans cette légion d'admirateurs avoués de son entourage.

Mlle Brewer secoua tristement la tête. Cette légion s'était singulièrement amoindrie dans ces derniers temps.

— Par conséquent, dit Victor, je me suis déterminé à ce qui pourrait plutôt servir vos intérêts, bien entendu en même temps que les miens. J'espère, mademoiselle Brewer, que vous croirez à la sincérité d'intentions qui vous sont si franchement exposées ?

— Oui, dit-elle, c'est possible. Ce n'est pas improbable, du moins. D'ailleurs, nous verrons bien.

— Vous savez que Réginald et moi sommes intimement liés ?

Mlle Brewer eut un sourire amer.

— Je ne sais rien de cela, monsieur Carrington; je sais que vous êtes souvent ensemble, voilà tout.

— Interprétez mes paroles de la façon qui vous conviendra, mais reconnaissez les faits : Il existe une étroite alliance, si vous préférez cette manière de m'exprimer, entre Réginald et moi. Or cette intimité actuelle avec Mme Durski, son semblant de dévouement à sa personne, l'empêchent de se renfermer strictement dans les termes du contrat qui nous lie. Je me suis donc décidé à rompre cette intimité. Me comprenez-vous ?

— Oui, je comprends.

— Vu les sentiments de Mme Durski pour Réginald, sentiments dont, selon moi, il est complètement indigne, cette intimité ne pourra être rompue pour elle sans douleur, mais elle pourrait être brisée sans profit, et même en entraînant sa ruine. Je puis m'arranger pour que cette douleur tourne absolument à son profit, et grâce à votre appui, la rendre assez fructueuse pour assurer à l'avenir la tranquillité et la prospérité de son existence entière. Réginald me doit de l'argent. Non pas qu'il m'en ait emprunté; mais je lui ai rendu certains services qu'il s'est engagé à me payer. Et j'ai besoin d'argent. Le seul moyen qu'il aurait de s'en procurer serait de faire un riche mariage. Ce riche mariage s'offre à lui. Une des plus riches héritières de Londres peut être à lui, s'il demande sa main. C'est la fille d'un marchand de fer, qui soupire après le titre de lady. Mais il hésite, et gaspille auprès de Mme Durski et son temps et sa chance. Eh bien! comme je suis intéressé dans son jeu, vous comprendrez aisément qu'il ne me plaît pas que Mme Durski nous fasse perdre.

— Oui, je comprends encore cela. Mais quel intérêt peut avoir Pauline dans cette affaire ?

— J'y arrive. Vous n'ignorez pas l'impression produite par Mme Durski sur Douglas Dale, le cousin de Réginald. Douglas est un fou, et fou il restera toujours. Mme Durski l'a complètement ensorcelé, et je suis sûr qu'il l'épouserait dès demain, si elle pouvait prendre sur elle d'y consentir.

— Mais elle aime réellement votre ami.

— Bah ! qu'importe! s'écria dédaigneusement Carrington. Elle serait la plus misérable des femmes si Réginald l'épousait, et Réginald, d'ailleurs, ne l'épousera jamais. Douglas, au contraire, est de ce genre d'hommes qui épousent. Et sûrez sûre qu'il laisserait à sa femme la disposition entière de sa fortune.

— Tout cela est possible, répliqua Mlle Brewer ; mais que puis-je faire pour amener les choses à ce gracieux résultat ?

— Vous avez à employer l'influence que vous donne votre position auprès de Mme Durski, à lui mettre sans cesse sa position devant les yeux, à lui rappeler perpétuellement les dures nécessités dont elle est assaillie. Arrangez-vous pour que tout ici aille de mal en pis. Saisissez toutes les occasions de lui faire remarquer que Réginald la néglige. Blessez son orgueil, excitez

sa jalousie, exploitez son amour du luxe et son horreur des privations. Ne parlez pas beaucoup de M. Dale tout d'abord, surtout tant qu'il ne sera pas de retour à Londres et qu'il n'aura pas recommencé ses visites ici. Mais faites en sorte que les embarras la pressent de tous côtés et qu'elle soit bien convaincue qu'elle n'a rien à attendre de Réginald.

— Mais si M. Dale ne reparaissait plus, demanda Mlle Brewer.

— Lorsqu'après avoir tourné autour d'une bougie, le papillon s'éloigne et s'en va voltiger au dehors, ne peut-on prédire avec certitude qu'il reviendra à la flamme trompeuse et qu'il y brûlera ses ailes ?

Un court silence suivit.

— Je suppose, reprit Mlle Brewer, qu'il faut que tout cela se fasse très vite, à cause de ce riche philistin, le marchand de fer ?

— À cause de mon pressant besoin d'argent, mademoiselle, et à cause du pressant besoin d'argent de Mme Durski. Plus les choses se précipiteront, et mieux cela vaudra pour tout le monde. Un dernier mot, concluant. Il est évidemment de votre intérêt que Mme Durski soit riche et honorée au lieu d'être pauvre et dans une position équivoque; il n'est pas moins manifeste que vous aurez avantage à ce que je, rentre dans l'argent que me doit Réginald, par la raison que je vous remettrai aussitôt une somme de douze mille francs à titre de gratification.

— S'il y avait un moyen légal de consacrer cet engagement ou cette promesse, monsieur Carrington, je vous demanderais un écrit. Mais je sais que la chose n'est pas faisable. Je suivrai donc avec une confiance modérée le plan de conduite que vous m'avez tracé; mais non parce que je compte sur le paiement exact de la somme promise. Seulement, en assurant la fortune de Pauline, j'assure la mienne.

Mlle Brewer se leva fièrement, les joues légèrement colorées.

— Je vous quitte pour un quart d'heure, monsieur Carrington, reprit-elle. Je vais assister, comme d'habitude, Mme Durski à son lever. Je reviendrai tout à l'heure avec elle. — Je n'ajoute qu'un mot à ce que j'ai dit : je ne consentirais à me mêler en rien à vos plans et à vos manœuvres, si je ne croyais pas et si je ne voyais pas qu'ils peuvent amener une amélioration réelle dans la situation de Pauline.

Elle s'inclina et sortit.

Carrington, resté seul, se dit en souriant :

— O profondeurs de la nature humaine! Voilà une femme satisfaite d'elle-même et convaincue de sa propre vertu, parce qu'elle a réussi à trouver à son action égoïste un motif désintéressé !

Carrington dîna avec Mme Durski et sa compagne. Le repas était élégamment servi, mais les plats étaient chiches, les vins médiocres, et Victor s'aperçut que la vaisselle plate qu'il avait vue précédemment sur la table de Mme Durski avait fait place à un service de porcelaine sans valeur.

Pauline était pâle et fatiguée. Elle avait l'air accablé d'une femme pour laquelle la vie est devenue un fardeau.

— J'ai consenti à vous voir ce soir, monsieur Carrington, en considération du message pressant que vous m'avez fait parvenir, dit Mme Durski, quand elle se trouva assise avec Victor, mais je ne puis m'expliquer la nature de l'affaire que vous pouvez avoir à traiter avec moi.

— Ne scrutez pas trop avant mes motifs, madame; il existe toujours quelque secret enfoui dans l'existence de tout homme. Croyez-moi quand je vous certifie que je prends un réel intérêt à votre bonheur, et que je ne suis venu ici, ce soir, que dans l'espoir de vous être utile. Voulez-vous me permettre de vous parler en ami?

— J'ai si peu d'amis que je serai la dernière à repousser une amitié loyale et honnête, répondit Pauline en soupirant. Vous êtes l'ami de Réginald? Ce titre seul vous donne droit à tous mes égards.

— Réginald est mon ami, en effet, reprit Victor, mais ne me jugez pas traître à l'amitié, madame, si je vous dis qu'il n'est pas digne de votre estime. Il serait ici, en ce moment, que je vous tiendrais le même langage. Il est profondément égoïste; c'est à son seul intérêt qu'il songe, et, si les chances d'un riche mariage s'offraient à lui, je suis intimement convaincu qu'il les saisirait, quand bien même, en agissant ainsi, il saurait devoir briser le cœur.

— Oui, répondit Pauline avec accablement; oui, c'est la vérité, et il y a longtemps qu'elle m'est connue. Mais quoi! nous autres femmes, nous sommes capables de pousser la folie à l'extrême.

— Que votre fierté vous guérisse de ce dévouement mal placé, madame. Ne soyez pas plus longtemps la dupe et l'instrument de cet homme. Vous ne savez pas ce que vous coûte déjà votre sacrifice. On commence à parler de cette maison comme d'un lieu qu'on doit fuir. Vous avez sans doute remarqué combien étaient peu nombreuses, les visites que vous avez reçues dans ces derniers temps; elles se feront plus rares de jour en jour. Réginald ne trouvera plus longtemps moyen de vivre des dépouilles de ses dupes, et dès que vous ne pourrez plus lui être utile, vous saurez ce que vaut son amour.

— Je crois qu'il m'aime à sa manière, murmura Pauline.

— Oui, à sa manière, qui n'est pas la meilleure, et qui est tout au moins étrange. Puis-je vous demander comment vous avez passé les fêtes de Noël?

— Bien triste et bien seule! Cette maison semblait horriblement désolée. Je n'ai reçu ni félicitations ni présents de Noël. Ah! monsieur Carrington, c'est une triste chose que d'être seule au monde!

— Et Réginald, l'homme que vous aimez, celui qui devait être auprès de vous, il était au presbytère de Hollygrove, papillonnant auprès de miss Graham, la plus fieffée coquette!...

— Ah! fit Pauline qui pâlit, Réginald m'avait dit que c'était une partie entre hommes, entre chasseurs.

Carrington haussa les épaules.

— Ce n'est pas tout, reprit-il; avouez-moi la vérité, chère madame; vos embarras pécuniaires ne deviennent-ils pas plus pressants chaque jour?

— Tellements pressants, répondit Pauline, que si Réginald ne me prête pas au plus tôt quelque argent, je serai forcée de me sauver de ce pays, comme une voleuse, en laissant derrière moi le peu que je possède. Déjà j'ai dû me séparer de mon argenterie, ainsi que vous avez pu vous en apercevoir. Mon seul espoir est en Réginald.

— C'est à une branche morte que vous vous rattachez, madame. Réginald ne vous prêtera pas d'argent. Il vous pressera de fuir l'Angleterre, et, quand vous serez partie...

— Qu'arrivera-t-il?

— Un obstacle sera écarté de sa route, et il se mariera.

— Infamie! murmura Pauline.

— Un égoïste devient aisément un infâme. Mais ne nous appesantissons pas plus longtemps sur ce triste sujet, chère madame. Je vous ai fait entendre des vérités cruelles, mais j'ai agi comme un chirurgien qui sonde hardiment la plaie; mon devoir maintenant est de vous indiquer le remède.

— Le remède! il n'en est pas! dit Pauline en secouant la tête.

— Ne parlez pas ainsi. Vous vous plaigniez tout à l'heure de votre isolement; vous disiez qu'il était bien triste de ne pas avoir un ami. Je vous démontrais que vous possédez un ami sincère, un ami dévoué, un ami prêt à tout vous sacrifier, comme vous étiez prête à tout sacrifier à Réginald?

— Quel est cet ami?

— Douglas Dale.

— Douglas Dale! s'écria Pauline. Oui, je sais que M. Dale a quelque admiration pour ce qu'on appelle ma beauté, et que c'est un homme bon et honorable; mais puis-je tirer avantage de l'impression que j'ai pu produire sur lui? Puis-je exploiter son amour? moi qui n'ai pas un cœur à donner, une affection à offrir en échange du dévouement d'un honnête homme! Ne me demandez pas de descendre à une telle dégradation.

— Hé! je ne vous demande rien que de raisonnable, répondit impatiemment Victor. Au lieu de perdre votre amour en le conservant à Réginald qui ne mérite pas une de vos pensées, accordez au moins votre estime à l'adoration d'un homme qui vous aime sincèrement. Au lieu de quitter l'Angleterre, comme une femme ruinée et flétrie, comme une aventurière, restez-y en qualité de fiancée de Dale. Restez-y pour prouver à Réginald qu'il existe au monde quelqu'un qui apprécie les mérites de la femme qu'il a dédaignée.

— Oui, il m'a dédaignée, murmura Pauline, et m'a laissée seule à ce foyer désolé, pendant qu'il menait joyeuse vie avec ses amis et s'épanouissait aux sourires de femmes plus heureuses. Quel droit a-t-il à ma constance, lui qui m'a si indignement trompée?

Elle garda le silence pendant quelque temps, les yeux fixés sur le feu et absorbée dans ses pensées. Victor ne chercha pas à l'arracher à cette rêverie. Il voyait s'accomplir rapidement l'œuvre qu'il poursuivait.

Enfin, elle reprit la parole:

— Je vous remercie de votre conseil, monsieur Carrington, dit-elle avec calme; et je m'en rapporte à votre expérience de la vie. Que me conseillez-vous?

— Quand Douglas Dale sera de retour à Londres et qu'il viendra vous voir, faites-lui l'aveu des embarras dans lesquels vous vous trouvez, et demandez-lui de vous avancer de quoi faire face à ce qui vous presse. Sa réponse sera pour vous une preuve du sérieux de son amour.

— Comment avez-vous été amené à soupçonner cet amour? demanda Pauline. Jamais il ne s'est trahi par un seul mot. L'instinct de la femme peut lui révéler quand elle est sincèrement aimée; mais comment vous, simple spectateur, avez-vous pu le découvrir?

— Tout simplement parce que je suis homme du monde et quelque peu observateur. Que je perde mon nom, si je me trompe, quant à l'issue de votre entrevue avec Dale.

— Soit! dit Pauline, je m'adresserai à lui; ce sera m'abaisser une fois de plus. Mais qu'est-ce que cela pour une femme dont la vie n'a été qu'une longue suite d'humiliations?

Victor prit congé de Mme Durski.

Mlle Brewer sortait d'un petit salon juste au moment où il arrivait dans le grand vestibule.

— Je reviendrai dans un jour ou deux, lui dit-il. En attendant, si M. Dale se présentait ici, faites-le moi savoir immédiatement, je vous prie.

Quelques jours après, Carrington recevait de sa nouvelle alliée la lettre qui suit:

« Conformément à votre désir et à votre promesse, je vous écris pour vous informer que D. D. a annoncé son retour à Londres et son intention de rendre visite à Mme D. Elle a semblé fort affectée par cette lettre. Elle a répondu, en fixant à mercredi le jour où elle le recevrait, et en l'invitant à venir déjeuner avec elle. Pas de nouvelles de votre ami R. Ce silence est très bien pris par elle. Si vous avez quelques avis, peut-être devrais-je en donner quelques instructions à me donner, vous feriez bien de venir mardi matin, à une heure où je pourrais vous voir seule. — L. B. »

Victor eut un sourire de satisfaction en lisant ce billet.

— Elle a juste assez d'habileté pour être utile, et la dose d'intelligence qu'il faut pour comprendre la valeur d'un argument matériel; mais elle n'est pas de force à découvrir qu'on se sert d'elle dans un but tout différent de celui pour lequel elle a vendu ses services.

Victor répondit quelques lignes à Mlle Brewer pour lui annoncer sa visite au jour dit. Après quoi, il écrivit à Réginald, pour l'inviter à se rendre chez lui huit jours après la réception de sa lettre.

— Ce grand imbécile me donnera plus d'ennuis à lui tout seul que tous les autres! se dit Victor en cachetant sa lettre. Sa vanité se révoltera à l'idée d'être quitté par Pauline, et il serait capable de compromettre notre partie. Mais non, cher Réginald, vous ne serez pas ma pierre d'achoppement dans cette affaire!

Victor envoya ses lettres à la poste et rejoignit sa mère dans le salon.

Mme Carrington aimait la vie tranquille et ne comprenait guère l'ambition inquiète de son fils. Froide, silencieuse, réservée, elle vivait entre ses oiseaux et ses fleurs, sans se créer d'autres soucis. Elle avait le goût et le talent des travaux d'aiguille, et généralement, en écoutant son fils, soit qu'il lui parlât ou qu'il lui fît la lecture, elle avait toujours un ouvrage de broderie à la main.

— Vous travaillez trop, mère, dit Victor, vous travaillez comme à la tâche. Mais le temps viendra, et il n'est pas éloigné maintenant, où nous serons tous deux délivrés de la pauvreté, et où nous pourrons reprendre notre place et notre rang et vivre comme des Ereutzer, en jetant bien loin cet odieux nom anglais. Alors, nous quitterons notre misérable demeure d'à présent pour retourner à l'antique splendeur du passé!

En disant cela, il s'était levé et marchait à travers la chambre. Un faible incarnat animait ses joues pâles, une flamme étrange brillait dans ses yeux profonds. Sa mère continuait à tirer l'aiguille, sans relever la tête, et son visage ne trahissait aucune émotion devant l'exaltation de son fils.

— L'intelligence et le talent sont de belles choses, Victor, dit-elle, et qui, avec le temps, doivent amener le bien-être; mais je doute que toutes les ressources de la science comme médecin arrivent jamais à te permettre de reprendre le rang des Ereutzer et de reconquérir les richesses de cette ancienne maison.

Victor laissa échapper un regard mécontent. Mais il se contint, et se borna à répondre, avec ce ton de déférence qui lui était habituel quand il parlait à sa mère:

— Que me conseillerais-tu donc d'essayer, en dehors des moyens que j'emploie?

— Épouse une femme riche, mon Victor, épouse une de ces jeunes filles anglaises qui, pour la plupart, ont la liberté de suivre leur seul penchant; tu n'as qu'à vouloir, elle ne peut te manquer.

— Me marier! dit Victor surpris. Un mariage, tu le sais, entraînerait notre séparation. Alors que deviendrais-tu?

— Je pense à toi, non à moi, dit la mère.

Elle reprit son aiguille et commença une feuille délicate de sa broderie avec la plus grande attention.

Victor regarda sa mère avec étonnement. Elle pouvait se faire à l'idée de le quitter, elle avait pensé à cette séparation, et sans trop de chagrin! Il prétexta une affaire qui l'appelait au dehors, et, singulièrement ému, quitta sa mère, pendant qu'elle continuait tranquillement sa broderie.

Carrington se présenta le lendemain à Hilton-House. Il fut reçu par Mlle Brewer, qu'il trouva seule. Elle était pâle, raide et disgracieuse comme de coutume; l'entente qui s'était établie entre elle et lui n'avait pas eu le pouvoir de donner plus de cordialité à son accueil.

— Mademoiselle Brewer, lui dit-il, depuis que je vous ai vue, une nouvelle complication est survenue, qui rend notre jeu doublement sûr et sans danger. Permettez-moi de vous adresser une question. Connaissez-vous quelques particularités sur la famille de Douglas Dale et sur ses antécédents?

— Je sais que sa mère était la sœur de sir Oswald Eversleigh et que lui et Lionel Dale, celui qui s'est noyé pendant les fêtes de Noël, avaient recueilli un legs considérable de leur oncle, qui est venu augmenter la petite fortune dont ils avaient hérité de leur père, M. Melville Dale, un ancien homme de loi, qui n'a pas été, je crois, très heureux dans sa carrière.

— Savez-vous quelque chose sur la famille de M. Melville Dale, père de Lionel et de Douglas?

— Je n'ai jamais su que son nom et les détails que je viens de vous donner.

— Eh bien! il est bon que vous sachiez ceci: Melville Dale avait une sœur, pour laquelle leur père, au dire de tout le monde, se montra très partial, alors que ses enfants étaient tout jeunes encore. Cette sœur, Henriette Dale, épousa un baron, un provincial fort riche, nommé sir Georges Verner. Le père fut enchanté de ce mariage qui augmenta encore son affection pour sa fille. Melville Dale, au contraire, en guerre ouverte avec le vieux gentilhomme, mit le comble à ses offenses en publiant un livre entaché de déisme, qui fit chasser du territoire de Balliol cet autre Shelley! Ce scandale courrouça tellement le père qu'il fit un testament *ab irato*, par lequel il déshéritait Melville Dale et laissait toute sa fortune à sa fille, lady Verner. S'il se repentit de sa sévérité, c'est ce que ni moi ni d'autres ne sauraient dire. Le fils déshérité réforma sa vie et fut assez heureux pour gagner l'affection de la sœur de sir Oswald. Il avait trop de fierté pour solliciter le pardon de son père, et celui-ci mourut peu de temps après la naissance de Douglas Dale, sans avoir connu Mme Dale et ses enfants. A l'époque de la mort de son père, lady Verner était sans enfants et se montrait disposée à traiter généreusement son frère. Mais c'était un homme altier et opiniâtre dans ses idées; il persista à la considérer comme l'auteur de l'injustice de son père, et il ne voulut pas la voir. Il refusa de rien accepter d'elle; ils restèrent complètement étrangers l'un à l'autre, et le frère et la sœur ne se revirent jamais. Lionel et Douglas Dale grandirent sans entendre parler de la famille de leur père, mais ils furent toujours traités avec une affectueuse bonté par leur oncle sir Oswald, qui avait insisté beaucoup pour qu'ils regardassent comme leur maison, le château de Raynham.

— Leur acceptation eût, je crois, médiocrement satisfait leur cousin Réginald! interrompit avec son sourire ironique Mlle Brewer.

— Je le crois comme vous, dit Carrington. Vous connaissez aussi bien que moi l'histoire de l'héritage perdu. Je reviens à lady Verner. Elle avait perdu son mari peu de temps après la naissance de son unique enfant, et elle continuait à vivre à Naples, où sir Georges Verner s'était fixé pour essayer de rétablir sa santé chancelante. Peu de temps après la mort de sir Georges, et quand sa fille était encore au berceau, la villa habitée par lady Verner fut envahie par des bandits, et la petite fille disparut avec sa nourrice. L'opinion générale fut que la nourrice avait été de connivence avec les malfaiteurs; qu'étant, comme les nourrices italiennes, passionnément attachée à l'enfant qu'elle élevait, elle n'avait pas voulu s'en séparer. Quoi qu'il en soit, on n'entendit plus jamais parler de la nourrice et de l'enfant.

L'affaire fut mise entre les mains des plus habiles agents de police de Paris et de Londres, on ne put rien découvrir. Lady Verner se laissa aller, des années durant, à un profond désespoir et à une sombre mélancolie. Pendant ce temps, ses revenus s'accumulaient et sa fortune se faisait très considérable. Je vois à votre physionomie, mademoiselle Brewer, que vous vous impatientez quelque peu, et que vous vous demandez en quoi l'histoire de la famille Dale et les chagrins de lady Verner peuvent se rattacher à Pauline Durski et aux projets d'avenir que nous avons conçus pour elle.

— Vous êtes clairvoyant, monsieur Carrington!

— J'ai fini avec le passé et j'arrive à la minute présente.

Carrington reprit:

— Le temps et les médecins ont rétabli la santé morale de lady Verner. Elle est venue à Londres pour s'occuper de ses affaires. Là, elle a appris la mort de Lionel. Réginald a obtenu d'être admis auprès d'elle, et il a eu soin d'étouffer dans leur germe certains symptômes d'intérêt qui se trahissaient chez lady Verner touchant le sort de la veuve de sir Oswald et de sa fille orpheline. Lady Verner est une femme chez qui l'instinct maternel est très puissant puisque la perte de son enfant l'a plongée pendant des années dans une douleur voisine de la folie. Mon ami a sondé bien vite la profondeur de ce sentiment, et il a réussi à l'exploiter. Lady Verner a été avertie par lui que la veuve de sir Oswald, femme de basse extraction et d'une réputation douteuse, avait si peu de souci de son enfant, qu'elle était partie à l'étranger, laissant au château de Raynham sa fille abandonnée à des soins mercenaires. Ces renseignements ont eu pour effet d'inspirer à Lady Verner une grande aversion pour la veuve. Le danger d'un rapprochement entre ces deux femmes a été ainsi écarté, et mon opinion est que Réginald, cette fois, n'a pas trop mal conduit sa barque. En même temps, il témoignait un enthousiasme ardent pour les vertus de sir Oswald, son « cher oncle » défunt.

Un froid sourire se dessina sur les lèvres de Mlle Brewer.

— L'hypocrisie de Réginald vous choque, mademoiselle Brewer? demanda Victor.

— Me choquer? oh! non; j'y trouverais plutôt un certain intérêt : la bassesse est assez curieuse à contempler!

— Assurément, je crois peu aux sentiments pieux de Réginald pour son oncle vivant ou mort. Mais il a eu le talent d'y faire croire lady Verner. Elle se gardera désormais de tous rapports avec lady Eversleigh. Seulement, il faut à présent qu'il trouve moyen de l'éloigner de Douglas.

— Ah! je comprends, fit Mlle Brewer. Il éloignera lady Verner de Douglas au moyen de Pauline. Pauvre Pauline!

— Vous avez deviné juste. Réginald a donné à entendre à lady Verner qu'en enrichissant Douglas, elle ne ferait qu'assurer un mariage presque aussi déplaisant que celui de sir Oswald; et le moyen a réussi. Maintenant vient la troisième manche du jeu de Réginald : il faut qu'il se substitue au neveu évincé dans les bonnes grâces de lady Verner. Dale lui a coupé l'herbe sous le pied auprès de son oncle; il lui rend le même office auprès de sa tante. Ce n'est que justice. Vous comprenez maintenant notre programme, mademoiselle Brewer?

— Oui, répondit-elle, mais pourquoi lui prêterais-je mon appui? Il serait bien dans mes intérêts que Douglas héritât de la fortune de sa tante. Plus le mari de Pauline sera riche, mieux cela vaudra pour moi.

— Mais Douglas n'épousera pas Pauline, si Réginald se met en tête de l'en empêcher. — Et Douglas ne vous donne pas douze mille francs pour reconnaître vos services, car vous ne pouvez lui en rendre aucun. C'est le seul moyen pour moi de rentrer dans mon argent, c'est de détacher Réginald de Pauline, en lui faisant épouser la fille du marchand de fer. Quand ceci sera fait et que j'aurai été payé, il me sera parfaitement indifférent que cette fortune aille à Dale, il me paraît même probable que c'est à lui qu'elle reviendra; mais je ne puis jouer mon jeu, qu'en ayant l'air de jouer celui de Réginald.

— Alors lady Verner considérera donc l'héritière du marchand de fer comme un bon mariage pour sir Réginald? demanda Mlle Brewer avec sa froide ironie.

— Lady Verner vit très retirée, répliqua Carrington, un peu décontenancé par cette question; personne, à l'exception de Réginald, n'a accès auprès d'elle, et il lui fera croire tout ce que bon lui semblera. — Je me résume. Pour nous, mademoiselle Brewer, le premier point est d'assurer le mariage de Pauline avec Douglas. Si nous pouvons la décider à lui emprunter de l'argent, ce sera parfait. Le naïf jeune homme regardera cette demande comme une preuve d'estime, de confiance, d'amour! Il est capable d'offrir à Pauline, après sa bourse, son nom et sa vie; et notre but est atteint!

Seulement, une fois Douglas admis ici comme prétendu avoué de Pauline, il faudra que j'aie, moi, un accès constant dans la maison, et que pourtant je n'y sois pas sous mon nom de Carrington.

— Pourquoi pas sous votre nom? demanda Mlle Brewer avec surprise.

— En outre, continua Carrington sans répondre à la question, il pourrait être désobligeant pour un visiteur de trouver établi ici un ami de la maison; il faudrait donc justifier ma présence par un lien de parenté. Vous me présenteriez à Douglas comme votre cousin, et sous le nom de Corton. Les domestiques ont l'habitude d'écorcher mon nom et ne remarqueront pas le changement. Douglas pourrait se refuser à me voir, sous mon nom véritable. En tout cas, aucune intimité ne serait possible entre lui et moi, et cette intimité est essentiellement nécessaire à mes projets.

— Mais pourquoi? dit encore Mlle Brewer.

— Consentez-vous, oui ou non, à ce que je vous demande?

— Il faudra, en tous cas, consulter Pauline.

— Je me charge de la convaincre. Vous demandez mes raisons. Réginald me craint et je le domine; il faut qu'il soit averti que je viens habituellement dans la maison; autrement, il gênera et persécutera Pauline.

— Voilà qui est concluant vis-à-vis de Réginald; mais, pour ce qui concerne Douglas, je ne vois pas...

— Ne faut-il pas que je le surveille et que je me rende compte de ses intentions et de ses idées, pour savoir s'il sera de notre intérêt de servir Eversleigh relativement à lady Verner, ou de le trahir en faveur de Dale?

Mlle Brewer regarda Carrington avec un sentiment voisin de l'admiration.

— Je vous comprends, lui dit-elle. Je vous ferai passer pour mon cousin, soit! et j'engagerai Pauline à vous accepter sous votre nom modifié. Vous êtes décidément un habile homme, monsieur Carrington!

Victor, de son côté, en regagnant son logis, se disait :

— C'est une habile créature que cette femme! Je me suis encore une fois tiré de son interrogatoire, mais ce n'a été qu'à force d'audace. — C'est égal! voilà mes engins préparés et mes panneaux tendus!

XXXI

Amour désintéressé

Les sentiments de Douglas, quand il se rendit à Hilton-House, étaient de ceux que la plus pure et la plus noble des femmes eût été fière d'inspirer : c'était l'amour, la confiance, la compassion, l'espérance mêlée d'inquiétude et de doute.

Douglas n'en avait pas moins toujours présente à la pensée l'image de son frère, mort de cette mort terrible; mais le chagrin et l'isolement ne font qu'accroître et enraciner dans les cœurs généreux tous les sentiments tendres.

Douglas arriva donc le cœur palpitant, et ses yeux se voilèrent quand il fut introduit dans le salon où se tenait Pauline.

Les émotions qui agitaient en ce moment Mme Durski étaient on ne peut plus pénibles. Mlle Brewer avait admirablement répété sa leçon et convaincu Pauline que sa seule chance d'échapper à une arrestation imminente était d'emprunter de l'argent à Douglas, et cela, le jour même. Pauline, aimant mieux encore l'écrire que le dire, lui avait donné à entendre dans son billet d'invitation à Douglas. Son orgueil avait beau se révolter, l'impérieuse nécessité était là, plus forte que l'orgueil.

Lorsque, répondant aux premières phrases de politesse de son visiteur, elle se leva pour le recevoir, éclairée par le froid soleil de janvier, pâle de ses remords et de ses angoisses, elle était merveilleusement belle. Les tons d'ivoire de son teint étaient peut-être son plus grand attrait, et ce qu'on pourrait appeler cette chaude blancheur semblait mêler à la pureté des lignes l'ardeur de l'âme.

Mlle Brewer était présente, et une demi-heure se passa en conversation générale. Puis on annonça le dîner. Pauline et son hôte revinrent seuls au salon. Mlle Brewer s'était discrètement retirée.

— Chère madame, dit alors Douglas en prenant respectueusement les mains de la belle veuve, je ne saurais vous exprimer tout le bonheur que je sens à vous revoir, et ce qui rend ce bonheur plus vif encore, c'est que, d'après votre charmant billet, j'espère pouvoir vous servir en quelque chose.

Le visage de Pauline se couvrit de rougeur.

— Oh! dit-elle, j'ai honte!... c'est trop vrai, monsieur Douglas, oui, j'ai besoin de votre secours! Il a fallu, croyez-le, une absolue nécessité pour que je me sois décidée à m'adresser à vous en mendiante.

— Ne parlez pas ainsi! interrompit Douglas. Tout ce que je possède est à votre disposition. Je suis prêt à recommencer ma vie, à travailler pour gagner mon pain, plutôt que de souffrir que vous ayez un instant de peine!

— Ah! vous êtes trop généreux! reprit Pauline. Et pour qui parlez-vous de faire de tels sacrifices? Vous connaissez, hélas!

les misères, les fatalités, disons les hontes de ma vie? Pourrez-vous vous me rappeler, monsieur Dale, et me conserver encore votre compassion?

— Je ne puis que continuer à vous aimer, Pauline! on n'est pas maître de son cœur. Je vous ai aimée du premier moment où je vous ai vue! Je vous ai aimée irrésistiblement, avec bonheur, avec ivresse. Je vous aime comme à être ma femme, et le but de toute ma vie sera de chasser de votre mémoire le souvenir des douleurs et des humiliations du passé. Dites que vous voulez bien être ma femme, Pauline! Je vous aime comme peu de femmes ont été aimées. Dites que vous me confiez le soin de veiller désormais sur votre existence.

Pauline était profondément émue de ce profond dévouement, et elle ne pouvait s'empêcher d'établir une comparaison entre cet amour prêt à tous les sacrifices et l'égoïsme étroit et dur de Réginald.

— Quoi! dit-elle, vous offrez de m'arracher à l'avilissement et à la misère, et vous ne demandez rien en retour!

— Non, Pauline, je ne voudrais pas paraître faire un marché avec la femme que j'aime. Vous n'avez pas encore appris à m'aimer; mais je ne redoute rien de l'avenir, si vous consentez à devenir ma femme. Un amour sincère comme le mien ne peut pas ne pas être tôt ou tard payé de retour. Quant à l'objet de votre lettre, permettez-moi de n'en point parler avec vous. Mlle Brewer vient de me donner l'adresse de votre homme d'affaires; je réglerai tout avec lui.

— Monsieur... mon ami... comment vous remercier?

— Ne me remerciez pas; mais laissez-moi vous aimer, en attendant le jour heureux où vous répondrez à mon amour.

— Ah! ce jour viendra! s'écria-t-elle; comment me viendrait-il pas?

— A mon tour, merci, chère Pauline! Ce seul mot vous acquitte et me fait votre débiteur. Cependant, ne vous offensez pas si j'aborde, — en tremblant — une question délicate. Réginald?...

— Je ne l'ai pas revu, reprit-elle vivement, depuis qu'il a quitté Londres pour Hollygrove, et il n'est pas probable que je le revoie.

— Ah! vous me faites du bien! Mais, pardon, ne sera-t-il jamais entre vous et moi?

— Jamais! répondit-elle. J'ai aimé votre cousin, monsieur Douglas, je l'ai aimé follement, aveuglément. Mais un jour vient où le bandeau tombe des yeux les plus obstinément fermés à la lumière. Ce jour est venu pour moi. Sir Réginald Eversleigh n'est plus désormais à mes yeux que le plus indifférent des étrangers.

— Merci, merci mille fois, chère Pauline! Et maintenant, ayez confiance en moi. Je veux faire votre existence si brillante et si heureuse, que le passé ne vous paraisse plus autre chose qu'un mauvais rêve.

XXXII
Milsom tavernier

Milsom avait fait une seconde apparition au petit village de Raynham, presque aussitôt après le départ de lady Eversleigh. Mais cette fois il eût été fort difficile, pour ceux qui l'avaient vu à l'époque de l'enterrement de sir Oswald, de reconnaître, dans cet homme convenablement vêtu, le vagabond déguenillé qui s'y était alors arrêté.

Pendant qu'Honoria vivait sous un faux nom dans Percy-street, l'homme qui se disait son père avait pris à loyer, sous le nom de Thomas Maunders, une petite taverne au bord de la rivière, au-dessous du château.

Cette maison, à l'enseigne du *Chat et du Violon*, n'avait jamais joui d'une bien bonne renommée, et sa réputation ne s'était guère améliorée quand, à la mort de son propriétaire, elle passa entre les mains de Milsom. Le nouveau locataire ne l'avait obtenue qu'en payant une année d'avance en bon argent comptant.

La taverne était un lieu de réunion pour les journaliers de la plus basse classe et pour les mariniers qui venaient souvent amarrer leurs barques au-dessous du château de Raynham.

Ceux qui auraient observé la physionomie et les façons du «sombre Milsom» pendant son séjour à Raynham auraient pu s'apercevoir que le genre de vie qu'il y menait ne lui plaisait guère. Le nouveau tavernier s'installait devant sa porte, regardant le long de la grande rue du village, et son visage était maussade et lugubre.

Il buvait beaucoup, jurait encore plus, et menait la vie la plus dissolue qu'il fût possible de mener dans ce paisible village.

Milsom s'était donné pour tâche de découvrir tout ce qui se passait au château de Raynham. Il réussit à attirer dans son établissement un des subalternes de milady. Il le combla si généreusement d'énergiques punchs au rhum qu'une amitié se forma vite entre eux.

— Tout ce qui est chez moi est à votre disposition, Harwood, lui disait-il. Vous ressemblez tant à un de mes frères, qui était mon benjamin, et qui est mort tout jeune de la rougeole, que je me suis pris d'une grande affection pour vous. Venez aussi souvent qu'il vous plaira et demandez ce que vous voudrez, il ne sera jamais question d'argent entre nous. Je suis un ennemi fort rude, mais un ami sur qui on peut compter. Quand j'aime un homme, me, il n'est rien que je ne fasse pour lui prouver mon affection. Quand je hais!...

La voix de Milsom s'éteignit dans un grognement inarticulé. Harwood, qui était d'une nature plutôt timide que résolue, sentit une sueur froide lui percer dans le dos. Mais le punch au rhum était admirable, et il ne vit pas de raison pour repousser l'offre amicale de Milsom.

Il revint souvent, ayant beaucoup de temps libre dans la soirée, et ce fut par lui que Milsom se trouva au courant des événements qui se passaient au château.

— Vous n'avez pas de nouvelles de votre maîtresse, Harwood? dit Milsom dans la soirée d'un dimanche de janvier. Elle ne revient pas encore?

— Non, monsieur Maunders, répondit le groom; du moins pas que je sache. Quant à des nouvelles, nous n'en recevons pas plus que si Milady était partie pour le fin fond de l'Afrique. Seulement, notre premier cocher, ayant eu un congé pour les fêtes de Pâques, était allé voir ses parents à Londres, et, un jour, en allant au théâtre de Drury-Lane, qu'est-ce qu'il a aperçu? Miss Jane Payland, la femme de chambre de lady Eversleigh, au bras d'un vieux monsieur de mine respectable, qui devait être son père! Notre premier cocher n'était pas assez près d'elle pour lui parler, et, bien qu'il ait fait tous ses efforts pour attirer son attention, il n'a pu y parvenir; mais il serait prêt à jurer sur la Bible que la jeune femme qu'il a vue était bien miss Payland, la femme de chambre de lady Eversleigh. N'est-ce pas là une aventure curieuse?

— En effet, répondit l'aubergiste. Mais il me semble à moi que votre maîtresse, lady Eversleigh, est une étrange personne. Il est singulier qu'une mère aille ainsi courir l'étranger, et qu'elle n'emmène pas son enfant avec elle.

— Et une enfant qu'elle semblait idolâtrer, encore! dit le groom. Je suis sûr que si vous l'aviez vue quand elle était avec sa fille, vous auriez cru qu'aucune puissance humaine ne serait capable de les séparer. Oh! il faut dire, d'ailleurs, que miss Gertrude serait une princesse du sang royal, elle ne pourrait être mieux soignée. A voir Mme Morden, sa gouvernante, quand elle la tient dans ses bras, on dirait qu'elle est en sucre et qu'une goutte d'eau peut la faire fondre. Et quand le capitaine Capplestone est à côté d'elle, on jurerait qu'il garde le plus précieux diamant de la couronne d'Angleterre.

Milsom se prit à rire d'un rire farouche. Mais Harwood ne regardait pas Milsom, il regardait le punch.

— Dites-moi, quel homme est ce capitaine Capplestone? demanda Milsom.

— C'est un rude homme, voilà tout ce que j'en puis dire. N'était sa goutte, c'est un homme qui serait prêt à lutter contre les premiers champions des trois royaumes; tous les jours de la semaine. Il y a peu de choses dont le capitaine ne serait capable dans un combat loyal. Mais, voyez-vous, quelque fort que soit un homme, sa force ne lui sert pas à grand'chose quand il a les talons pris par la goutte, ainsi que cela arrive chaque semaine au capitaine.

— Alors la jeune demoiselle n'est déjà pas si bien gardée?

— Oh! que si fait! le capitaine a, comme un boule-dogue, sa niche installée à la porte de la petite fille. Mlle Gertrude habite, avec sa gouvernante, trois belles chambres dans l'aile sud du château ; ces chambres dépendaient de l'appartement de Milady ; on y arrive par un grand et large corridor. Qu'a fait le capitaine quand Milady est partie? Il a commandé à Londres une forte grille, avec laquelle il a fermé le corridor, et cette porte de fer est garnie de serrures et de verrous qui déferaient l'habileté des plus adroits voleurs.

— Comment les gens de la maison entrent-ils dans l'appartement de la petite fille ? demanda Milsom.

— Par une petite pièce et un petit cabinet où le capitaine a déposé ses bottes, ses malles et son bagage. Ces chambres donnent sur l'escalier de service. C'est là que le capitaine s'est installé, avec son domestique Salomon Grundy. Une mince cloison en planches, percée de jours vitrés, sépare son modeste appartement des autres pièces. Nuit et jour, il peut entendre le moindre bruit qui se produit dans la chambre de Mlle Gertrude.

— Le capitaine est aux trois quarts fou, j'imagine, dit Milsom.

— Oh! non, il n'est pas fou ! Je ne connais pas d'homme dont la tête soit plus solidement organisée.

Et, voyant que le propriétaire du *Chat et du Violon* n'offrait plus rien à boire, Harvood prit le parti de s'en aller.

On était, nous l'avons dit, au mois de janvier ; la lune était dans son plein. A minuit sonnant, quand Milsom eut servi et éconduit le dernier chaland de son établissement, il ferma ses volets, éteignit les lumières et sortit furtivement de sa maison. Il prit sans bruit la rue déserte et se dirigea vers le sommet de la montagne, où le château se dressait comme une ancienne forteresse, dominant les humbles habitations groupées au-dessous de lui.

Il passa devant les portes gothiques de l'entrée principale et se glissa le long du mur de clôture du parc, dont les arbres couverts de neige et de givre avaient alors un aspect fantastique.

Le mur était, à un endroit, couvert d'un épais tapis de lierre. Ce fut là que Milsom se risqua à en faire l'escalade.

Quand il eut atteint le faîte, il se laissa tomber, de l'autre côté, sur une forte couche de neige amoncelée, pouvant suffisamment amortir sa chute.

— Je crois bien qu'il tombera encore de la neige avant que le jour paraisse, se dit-il, et la trace de mon passage sera effacée.

Il traversa le parc, sauta par dessus la légère barrière qui le séparait des jardins, et se glissa avec précaution dans une allée bordée d'arbustes verts, qui offrait un sûr abri.

Ainsi caché à tous les yeux, il parvint à atteindre l'extrémité des terrasses en pente de la façade du château. Ces terrasses étaient ornées de balustrades et de vases de pierre. A l'aide de ces vases, il fut possible à Milsom de monter jusqu'à l'angle sud du grand corps de bâtiment.

Dans cette partie du château, cinq fenêtres éclairées indiquaient l'appartement occupé par l'héritière de Raynham et par son étrange gardien. La lumière était faible et incertaine comme celle que produit une veilleuse, et Milsom avait appris d'une façon précise, par Harvood, qu'à onze heures au plus tard tous les domestiques se retiraient dans leurs chambres.

L'appartement occupé par la petite fille était au premier étage. Là encore les massives murailles étaient toutes revêtues de lierre, mais il n'y avait aucune avance ou sculpture pouvant servir de point d'appui à ceux qui auraient été tentés de les escalader. La pierre unie en était aussi inaccessible que celle des murailles de Newgate.

— Non, murmura Milsom, après un long et minutieux examen, non, aucun homme ne pourra parvenir à cet appartement du dehors, quand même il aurait le pouvoir de se changer en chat ou en singe. Celui qui voudra se donner le plaisir de contempler la jeune héritière de Raynham, devra se résoudre à passer par la chambre de ce vaillant capitaine. Eh bien ! j'ai entendu parler de plus d'un tour joué à de fidèles chiens de garde. Il y a peu de choses dont un homme ne puisse venir à bout, s'il a le courage qu'il faut pour ne reculer devant aucune difficulté. Je veux me venger de milady, et je me vengerai !

Il s'arrêta pendant quelques moments, debout, appuyé contre le mur du château, abrité par son ombre, et regardant au dessous de lui, l'immense étendue du domaine de Raynham. Il murmurait :

— Tout cela lui appartient ! tout, château et terre, chevaux et équipages ; elle a des valets de pied poudrés pour la servir, et des bijoux et des diamants tant qu'elle en veut; elle peut, si bon lui semble, manger dans de la vaisselle d'or et d'argent ! Tout cela est à elle ! et elle me refuse quelques billets de mille francs, et elle me brave ! Ah ! mais nous verrons si elle a joué un jeu bien prudent ! —J'ai juré de me venger, je me vengerai ! répéta-t-il en agitant son poing dans l'air, comme s'il avait quelqu'un devant lui à qui s'adressait cette menace. Je puis attendre ; j'attendrai des années, s'il le faut, pour être sûr de ma vengeance ; mais je l'aurai, quand même mes cheveux devraient blanchir à en chercher les moyens. Je serai patient comme le temps, mais j'atteindrai mon but. Ah! elle m'a refusé de l'argent ! Je la verrai se traîner à terre à mes pieds comme un chien battu, m'offrant la moitié de sa fortune, toute sa fortune, sa vie même ! Je la ferai se coucher dans la poussière. Elle ne veut pas me reconnaître pour son père ! Eh bien ! si cela me plaît, elle marchera pieds nus dans la boue pour me suivre, chantant dans les rues par toutes les villes de l'Angleterre et recueillant dans un vieux chapeau l'offrande des passants. Je l'humilierai, oui, je briserai son orgueil, aussi sûr que la lune est dans les cieux !

XXXIII

Carrington utilise ses expériences de chimie.

Si confiant que fût Carrington dans le charme que Pauline exerçait sur Douglas, il n'était cependant pas préparé à la nouvelle que lui apporta si rapidement la lettre promise par Mlle Brewer : Pauline était déjà pour ainsi dire fiancée à Douglas. Il ne s'attendait à ce résultat qu'au bout de quelques jours, et ce succès si prompt dépassait toutes ses espérances.

Avec son mépris absolu pour l'espèce humaine, Carrington ne vit dans la conduite de Pauline qu'inconstance et coquetterie.

— La voilà lancée dans un nouvel amour ! se dit-il ; mais en a-t-elle fini avec l'ancien? en a-t-elle fini surtout avec Réginald ?

Dès le lendemain Carrington courut chez Mme Durski. Il voulait lui dire à elle-même ce qu'il avait dit déjà à Mlle Brewer. Il lui démontra que leurs intérêts étaient communs. Il était très important, pour lui Carrington, que Réginald épousât une femme riche.

— Réginald n'a pas d'amour pour moi, dit Pauline.

— C'est possible, dit Carrington, mais son égoïsme et sa vanité sont tels qu'il est impossible de prévoir les sottises auxquelles le dépit peut le conduire. Il est capable de vous compromettre, même en se compromettant, de faire un éclat, un scandale. Qui sait ce qui pourrait se passer entre Douglas et lui ? il importe de sauvegarder le repos, la dignité, et peut-être même la vie de l'homme qui vous aime.

Pauline devint très pâle.

— Oh! vous avez raison, monsieur Carrington, dit-elle. Il faut prévenir entre eux tout conflit, et s'il est possible, toute rencontre. Est-ce que vous pouvez m'y aider?

— Oui, assurément, reprit Carrington ; Mlle Brewer a dû vous dire que j'avais tout pouvoir sur Réginald ; il a d'impérieuses raisons de me redouter et de m'obéir.

— Ah! merci ! s'écria Pauline, je veux me fier à vous.

— Pour que vous n'ayez plus rien à craindre de Réginald, le moyen est bien simple, et je l'ai indiqué déjà à votre fidèle amie. Permettez-moi de rester près de vous le plus possible. Tant que Réginald me saura ici, il se gardera d'y venir contre ma volonté. Seulement — on vous en a prévenue, je pense — il est si bon, pour que ma présence ne porte pas ombrage à Douglas, que je passe pour être le parent de Mlle Brewer, et que je me laissiez prendre le nom de Corton.

Ce petit côté de mystère et d'intrigue était fait pour déplaire à Pauline moins qu'à toute autre femme. Elle ne vit pas d'inconvénient à consentir à la demande

12

de Carrington et ne lui opposa aucune difficulté.

Elle reprit avec indifférence :

— Ce sera comme il vous plaira, monsieur Carrington — Corton, voulais-je dire.

— Veillez sur Douglas, c'est tout ce que je vous demande, et je vous laisse maître et juge de vos moyens.

Carrington prit congé de Mme Durski, et il fut convenu que, le jour suivant, on présenterait à Douglas Dale M. Corton, cousin de Mlle Lucie Brewer.

La présentation eut lieu avec plein succès. Douglas était si épris que tout ce qui se rapportait non-seulement à Pauline, mais à son amie, lui semblait excellent et parfait. Nous savons, du reste, que Corton était fort séduisant quand il le voulait, Douglas fut charmé de lui, si bien qu'avant la fin de la soirée, ils étaient déjà l'un pour l'autre, de vieilles connaissances et presque des amis.

Victor resta à dîner avec Douglas et les deux femmes.

Il mena la conversation avec un esprit, une verve et une science des petites et des grandes choses qui enchantèrent Douglas.

Dans le feu de cette vive causerie, il n'en avait pas moins l'œil à tout. Aucun détail des façons et des habitudes des convives ne lui échappa.

Mlle Brewer ne buvait que de l'eau, Pauline buvait de l'eau rougie, et Douglas n'acceptait qu'un seul vin, du Bordeaux.

Le dîner terminé, on plaça une cave à liqueurs devant la maîtresse de la maison.

Cette cave à liqueurs était un des rares objets d'art restés dans la possession de Pauline. Les flacons et les verres étaient des merveilles de Venise. Pauline ouvrit elle-même la boîte avec une petite clé damasquinée et offrit elle-même les liqueurs à ses hôtes.

—Après le café, dit Douglas, je ne prends jamais que du curaçao.

Pauline remplit un verre, fit en souriant le simulacre de l'approcher de ses lèvres, et le présenta à Douglas.

— Vous n'aimez pas le curaçao, madame ? dit Carrington.

— Non, je n'en prends jamais ; ou, plutôt, je ne bois jamais de liqueurs.

— Et vous buvez à peine de vin !

— C'est vrai, répondit Pauline, j'en bois très peu. Il n'y a que Mlle Brewer qui en boit moins que moi, elle n'en boit pas du tout.

Là-dessus, le faux Corton fit une brillante et savante digression sur les excitants de toutes sortes.

Tout en parlant, il observait Pauline. Elle ne buvait pas; d'où lui venait donc cette animation nerveuse dans tous ses mouvements et cet éclat singulier dans ses regards ? Il n'était pas à la fin de son discours que l'habile médecin avait résolu en lui-même ce petit problème physiologique.

— Cette femme, sous une forme quelconque, doit s'administrer de l'opium.

Mlle Brewer, comme de raison, ne prit aucune liqueur.

Carrington accepta un verre de rhum.

Douglas et son nouvel ami ne tardèrent pas à rejoindre les dames au salon.

Sur le seuil de la porte, Carrington fit passer Douglas devant lui et, du ton le plus naturel :

— Je suis à vous, lui dit-il.

Douglas entra dans le salon, et Carrington revint sur ses pas, dans la salle à manger.

Les domestiques étaient à l'office. Carrington avait refermé doucement la porte. La clef était restée à la cave à liqueurs.

Victor s'approcha vivement de la table, prit le flacon de curaçao et y versa rapidement le contenu d'une petite fiole qu'il tira de sa poche de côté.

Il mit le flacon devant la lumière, examina le mélange et remit le flacon dans le porte-liqueurs.

Puis il sortit de la salle à manger et entra tranquillement dans le salon.

XXXIV

Réginald étonné

— Les choses vont plus vite que je n'y comptais, se dit le lendemain Carrington, ne nous laissons pas devancer par elles. Il faut maintenant que le plus tôt possible, je reprenne en main le fil de la marionnette Réginald.

Il alla chez Mme Durski à l'heure où elle était seule.

— Vous avez tenu votre promesse, lui dit il, et me voici de la maison. C'est à mon tour de vous servir. Vis-à-vis de Douglas, ce sera facile, vous avez mieux que mon appui, vous avez son amour et votre sincérité. Mais je veux, ainsi que j'en ai pris l'engagement, vous débarrasser de Réginald. Quand il me saura ici, il se gardera d'y venir. Mais il peut épier mon absence, arriver tout à coup et vous surprendre à l'improviste. Mieux vaut le prévenir et l'attendre sur un terrain préparé. Je vais tout délibérément vous l'envoyer.

— L'envoyer ! s'écria Pauline, et que lui dirais-je ? Je ne veux ni le leurrer, ni l'irriter.

— Je ne puis vous promettre que vous ne l'irriterez pas. Mais je vais vous donner le moyen de le réduire au silence, et c'est là l'essentiel.

Le rusé personnage donna ses instructions à Pauline et la quitta rassurée.

Il écrivit aussitôt à Réginald de venir le trouver, en lui indiquant le jour et l'heure.

Carrington connaissait bien son ami ; la vanité de Réginald avait cruellement souffert du silence que gardait vis-à-vis de lui Pauline. Quoi ! depuis son retour d'Hollygrove, pas une lettre ! pas un mot ! pas un signe ! Il en était à la fois mortifié et indigné. Il avait pris sur lui d'obéir aux avis de Victor, ou plutôt à ses ordres, en s'abstenant de toute visite et de toute lettre à Pauline ; mais il ne s'attendait pas à ce qu'elle fît comme lui.

Réginald se rendit au rendez-vous fixé par Victor, décidé à lui demander l'explication du mutisme singulier de Pauline.

Mais Victor l'interrompit dès le premier mot.

— Nous parlerons de cela tout à l'heure, lui dit-il; causons d'abord affaires. J'ai à vous prier de me signer un petit acte, dans le genre de celui que vous m'avez fait au château de Raynham.

Ce disant, il lui présentait ce « petit acte », qui n'était autre chose qu'une donation par laquelle Réginald assurait à Carrington, à quelque somme que sa fortune pût s'élever, la moitié du revenu des biens qui pourraient devenir sa propriété.

— Il faut, s'écria Réginald, que je vous donne la moitié de mon revenu !

— Oui, mon bien cher ami, à partir de juin prochain. Vous savez que je travaille activement à votre fortune. Vous ne pouvez pas supposer que je veuille travailler pour rien. S'il ne vous plaît pas de signer cet acte, il me plaira pas de m'occuper plus longtemps de vos intérêts.

— Mais si vous échouez ?

— Si j'échoue, l'acte n'aura coûté que le prix du papier, puisque vous n'avez rien quant à présent, et qu'il n'est pas probable que vous soyez plus riche au 1er juin, autrement que par mon fait.

Réginald fit le geste d'un homme qui ne veut pas réfléchir, signa l'acte sans avoir même pris la peine d'en regarder les termes.

— Et maintenant, Pauline? dit vivement Réginald, je ne sais ce qu'elle a ! Elle ne m'a pas même écrit pour me demander les raisons de mon éloignement et de mon silence.

— Elle ne vous écrit plus peut-être parce que vous ne lui répondiez jamais.

—Vous m'aviez prescrit de ne pas la voir.

— Mais non de ne pas lui écrire.

— Elle ne pouvait espérer que je trouverais le temps de répondre à toutes ses lettres. Les femmes n'ont rien de mieux à faire que d'écrire du matin au soir.

— Peut-être Mme Durski est-elle à son tour occupée.

— Vous savez quelque chose. Que savez-vous?

— Moi? rien. Vous feriez mieux de l'interroger elle-même.

— Vous m'y autorisez ?

— Parfaitement !

Sur ces mots, les deux hommes se séparèrent ; Réginald se jeta dans un fiacre et se fit conduire à Hilton-House.

Carlos, en le conduisant au salon, avait un air compassé qui dut donner à penser à Réginald.

L'ancien maître et seigneur de la maison s'attendait à trouver Pauline pensive, malheureuse, malade peut-être. Il se figurait qu'elle ressentirait en tous cas une grande émotion à sa vue.

A sa grande surprise, il la trouva brillante, radieuse, et habillée dans la perfection.

Jamais elle n'avait été plus belle et n'avait paru plus heureuse.

Il lui serra affectueusement la main et la contempla en silence pendant quelques moments.

— Ma chère Pauline! dit-il enfin, jamais je ne vous ai vue plus charmante que ce soir. Et pourtant je craignais en venant de vous trouver souffrante.

— En vérité, et pourquoi? demanda-t-elle.

— Parce qu'il y a bien longtemps que je n'ai reçu de vos nouvelles.

— J'ai été fatiguée d'écrire des lettres qu'on honorait si rarement d'une réponse.

— Carrington disait vrai, pensa Réginald, elle est blessée.

— A quoi dois-je cette visite? demanda Mme Durski.

— Eh! mais à mon tour, j'étais inquiet. Croyez-vous que je sois indifférent à tout ce qui vous concerne?

— Je vous remercie, et vous êtes le très bien venu; j'ai en ce moment le plus pressant besoin de votre aide.

— Ma chère Pauline, croyez bien que...

Il s'arrêta; elle continua:

— Vous savez combien mes créanciers étaient exigeants avant les fêtes de Noël. Il faut aujourd'hui, ou que je les paie, ou que...

Elle s'arrêta à son tour.

— Achevez, dit-il.

— Vous pourriez achever pour moi. Si je ne les paie, il faut que je m'échappe comme une voleuse de cette maison et de ce pays. La minute est suprême. Sauvez-moi de cette honte, vous qui prétendez m'aimer.

— Vous ne pouvez, Pauline, mettre mon amour en doute. Malheureusement il n'est pas de puissance magique à l'aide de laquelle l'amour le plus sincère se puisse changer en lingot d'or. Je ne possède pas 500 fr.

— En vérité! et les quinze mille francs que vous avez gagnés à lord Caversham?

— Il ne m'en reste pas un shilling.

Il avait plus de cinq mille francs dans son tiroir, mais il n'était pas homme à se dessaisir de cette utile ressource.

— Mille francs me suffiraient aujourd'hui pour apaiser Simpson, qui menace de me faire emprisonner.

— Mille francs! je n'ai pas mille sous, vous dis-je! Ce que vous avez de mieux à faire, c'est de partir tranquillement avant que vos créanciers n'attentent à votre liberté. Vous savez ce que dit Shéridan sur la folie des prodigues qui gaspillent leur argent à payer leurs dettes. Les personnes les mieux posées en Angleterre ont été obligées de passer le détroit pour des raisons semblables. Retournez à Paris, ma chère. Eh! vous y aurez deux fois plus d'amis et d'admirateurs que dans notre vilain pays!

— Tandis qu'ici vous trouverez, vous, Réginald, quelque nouveau moyen de dépouiller d'autres dupes!

— Pauline!...

— Oh! Réginald, reprit-elle avec véhémence, je vous connais donc enfin tout entier! Je vous ai mis à l'épreuve, Réginald. Je me suis abaissée encore jusqu'à implorer votre aide, afin de savoir au juste sur quel roseau pourri je m'appuyais. Et maintenant, sir Réginald Eversleigh, je puis me rire de vous et vous mépriser à mon aise. Je suis ici chez moi et je vous prie d'en sortir. Cette maison m'appartient. Ce n'est plus une maison de jeu, le traquenard où vous attiriez vos riches amis. Toutes mes dettes sont payées, — payées par quelqu'un qui, n'eût-il eu qu'un écu, me l'eût donné, heureux de rester sans un morceau de pain pour l'amour de moi! Me voici libre et maîtresse dans ma destinée et dans ma maison. Je ne suis plus torturée par ces honteux secrets qui me rendaient la vie odieuse, et mon premier acte d'autorité, c'est de vous interdire ce seuil à tout jamais.

— Oui dà! chère madame, s'écria Réginald avec amertume, voilà un merveilleux changement!

— Vous avez cru peut-être que la folie d'une femme était sans bornes! Vous vous trompiez. Je n'ai plus pour vous que du mépris. Sur ce, monsieur, sortez, je vous dis adieu pour toujours.

— Vous ne pensez pas à ce que vous dites, Pauline? s'écria Réginald d'une voix étranglée par la rage.

Mme Durski tira le cordon de la sonnette.

Carlos se présenta.

— Carlos, reconduisez monsieur, dit-elle avec calme.

Le baron lui lança un regard de fureur, et quitta le salon, suivi par l'Espagnol, qui le reconduisit jusqu'à sa voiture avec toutes les formes du plus profond respect.

———

XXXV

Réginald convaincu.

Que la foudre l'écrase! s'écria Réginald, quand sa voiture s'éloigna de Hilton-House. Ce doit être Douglas qui lui a fourni les moyens de m'insulter ainsi. Mais il paiera cher l'insolence de cette femme. Pourquoi aussi Victor les a-t-il réunis? Vous verrez que mon imbécile cousin épousera cette créature! Nous serons bien avancés alors. Il faut que Carrington me donne aujourd'hui même les raisons de son inqualifiable conduite.

Et sur le champ, Réginald se fit mener chez son terrible allié.

Il lui raconta *ab irato* ce qui venait de se passer.

— J'ai senti votre influence dans tout ceci, lui dit-il; c'est vous, Carrington, qui

avez manigancé une liaison entre Pauline et Douglas.

— En effet, répondit froidement Victor, je vous en avais prévenu.

— Mais je vous ai prévenu, moi, qu'ils se marieraient.

— M. Dale a offert effectivement sa main, sa fortune et son cœur, et son offre a été acceptée.

— Vous êtes en train de me trahir, Carrington.

— Vous croyez?

— Oui! s'il en était autrement, pourquoi auriez-vous tout fait pour amener ce funeste mariage?

— Vous êtes fou, Réginald, et bien entêté dans votre folie. Vous revenez encore là-dessus, après ce que je vous ai dit! Je vous ai déclaré que ce mariage, tant redouté par vous, n'aurait pas lieu.

— Et comment l'empêcherez-vous?

— Aussi facilement que je le ferais réussir, si telle était ma fantaisie. Mon cher ami, les gens simples et honnêtes sont de commodes pantins entre les mains de l'homme habile qui sait en jouer.

— Si ce mariage ne doit pas avoir lieu, pourquoi avoir favorisé ce sentimental engagement entre Pauline et Douglas?

— J'ai mes raisons, et de bonnes raisons, bien que votre intellect ne soit pas assez subtil pour les reconnaître.

Il haussa les épaules et vint tout près de lui, et, le regardant entre les yeux, reprit à voix basse:

— Votre cousin et vous avez été très intimement liés, n'est-ce pas?

— Sans doute.

— S'il venait à mourir sans héritiers directs, vous êtes la seule personne qui auriez à profiter de sa mort.

— C'est la vérité.

— Et si ce jeune homme, d'une forte constitution, d'une santé robuste, sans aucune apparence de maladie, venait à mourir subitement, vous laissant en possession d'un revenu de 250,000 fr., cette mort survenant dans un moment où vous aviez ensemble des rapports de chaque jour et au milieu de votre plus étroite intimité, ne serait-il pas possible que des gens malveillants, des esprits soupçonneux fissent courir des suppositions fâcheuses sur la cause de cette mort?

Réginald tressaillit.

Carrington reprit tranquillement:

— Que ne dirait-on pas? Que vous aviez plus d'une raison de désirer que Douglas vous laissât le chemin libre; qu'étant si souvent avec lui, il avait dû vous être facile d'employer certains moyens pouvant abréger cette existence unique qui se dressait entre la fortune et vous? Voyons, ne pourrait-on pas dire tout cela? Qu'en pensez-vous, mon cher?

— Vous avez raison, répondit Réginald, d'un air sombre, il y aurait des présomptions.

— Alors, tenez donc pour bonne ma conduite et pour bons mes conseils. Écoutez-moi. A partir d'aujourd'hui, rompez toutes relations avec votre cousin. Ayez soin de faire savoir à tous vos amis communs que Douglas vous a supplanté dans le cœur de la femme que vous aimiez, et que vous êtes dans des termes à ne plus vous revoir jamais. Brisez publiquement et bruyamment avec lui dans un de vos clubs. Donnez, en un mot, à votre brouille, une éclatante notoriété. Cela fait, vous agirez sagement en quittant l'Angleterre et en allant faire un tour à l'étranger.

— Aller à l'étranger, et pourquoi?

— Que vous importe! Avez-vous oublié que vous avez promis de m'obéir aveuglément? Vous partirez, vous dis-je. Vous vous arrangerez pour que le monde sache bien que vous avez mis la mer entre vous et Dale. Vous le laisserez libre de faire sa cour à la femme qu'il veut épouser. Et si, pendant qu'ils ne sont encore que fiancés, une mort prématurée frappait ce pauvre jeune homme, si, comme son frère aîné, il se trouvait écarté de votre route, les plus méchantes langues ne pourraient insinuer que vous avez été pour quelque chose dans sa triste destinée.

— Je comprends, murmura Réginald à voix basse, je comprends.

Il ne dit rien de plus. Il avait pâli jusqu'aux lèvres.

Il y eut un silence, après lequel la conversation changea entièrement d'objet.

Le nom de Douglas Dale n'y fut plus prononcé.

XXXVI

Combat de générosité

Réginald, peu de jours après sa rupture avec Pauline, se rencontra avec Douglas au club du Phénix.

Douglas salua son cousin avec une politesse froide, mais sans le moindre sentiment hostile.

Il n'en fut pas de même de Réginald. Le conseil que lui avait donné Carrington, sur la conduite à tenir vis-à-vis de celui qui l'avait supplanté près de Pauline, lui semblait le plus agréable qu'il eût reçu de son complice.

Il haïssait Douglas avec toute l'énergie qu'il avait dans la méchanceté.

Ce fut au fumoir du club que les deux hommes s'abordèrent.

— On ne vous voit plus jamais à mon logis du Temple, Eversleigh! dit Douglas avec une courtoisie étudiée.

— Pourquoi m'y verrait-on? Je sais que j'aurais en tous cas peu de chances de vous y trouver. Si les bruits qui courent ne sont pas calomnieux, vous passez la plus grande partie de votre temps dans une certaine villa de Fulham.

Les habitués du club étaient gens trop bien élevés pour prêter l'oreille à une conversation particulière; il était néanmoins évident que leur attention était éveillée par le ton et les manières du baron.

— Je ne prends pas ces bruits comme

étant calomnieux pour moi, dit Douglas avec hauteur. Il n'y a pas, Dieu merci, dans toute ma vie, un seul mystère pou vant fournir matière à la médisance. Si, par certaine villa de Fulham, vous voulez parler de Hilton-House, on ne vous a pas trompé. J'ai l'honneur d'aller souvent dans cette maison.

— C'est un honneur dont beaucoup de gens ont joui comme vous, répondit Réginald.

— Un honneur que, pour ma part, j'ai trouvé diablement dispendieux, murmura lord Caversham qui se trouvait tout près de Douglas.

— C'était à une époque où sir Réginald Eversleigh fréquentait un peu trop souvent la maison de Mme Durski. Vous trouveriez les choses singulièrement changées, Caversham, si Mme Durski vous honorait d'une nouvelle invitation. Quand elle est arrivée en Angleterre, elle a eu le malheur de tomber entre les mains de mauvais conseillers.

— C'est une femme charmante, dit le vicomte; mais si vous voulez maintenir dans une balance raisonnable votre compte chez vos banquiers, Dale, défiez-vous de son hospitalité.

— Mme Durski sera très prochainement ma femme, répliqua Douglas, en élevant suffisamment la voix pour être entendu de toutes les personnes présentes; et le moindre mot de nature à porter atteinte à sa réputation serait pour moi une insulte personnelle.

Cette déclaration tomba comme un coup de foudre au milieu de l'élégante réunion. Un silence de glace suivit. Personne ne fit entendre ces félicitations banales que provoque généralement une nouvelle de ce genre. Douglas aurait annoncé quelque grande infortune qui serait venue fondre sur lui, les visages de ceux qui l'entouraient n'auraient pu prendre une expression plus grave.

Ce silence disait éloquemment à Douglas, de quelle réprobation le monde avait frappé celle qu'il aimait.

Il serait impossible de rendre l'angoisse qui déchira son cœur pendant ces courts moments. Il se dirigea vers la table où il avait coutume de s'asseoir et se mit à lire les journaux. Réginald, après l'avoir observé pendant un certain temps, se décida à quitter le salon.

Les deux cousins se rencontrèrent quelquefois après cette sortie, mais sans se parler. Ils passaient l'un près de l'autre en échangeant le plus froid et le plus cérémonieux des saluts.

— Dale et son cousin ne se parlent plus, disait-on, ils se sont querellés au sujet de cette belle veuve autrichienne.

Douglas était trop sincèrement épris pour que la sévérité du monde diminuât son amour; elle ne fit que l'accroître.

— Après notre mariage, disait-il à Pauline, nous quitterons l'Angleterre pour toujours. Nous irons nous établir dans quelque belle ville d'Italie, où ma Pauline

sera respectée et admirée comme une reine et comme la plus belle et la meilleure des femmes.

— Dans quelque lieu que vous me meniez, lui répondait-elle, je serai toujours contente. Je ne me montrerai jamais assez reconnaissante pour votre bonté; je ne pourrai jamais m'acquitter envers vous; c'est à vous et non à moi de régler notre vie.

— Et vous n'avez pas un désir, pas une fantaisie que je puisse satisfaire, Pauline?

— Non, je n'ai en aucun temps aspiré qu'à une vie paisible et calme! Vous me l'avez donnée. Que puis-je demander de plus, Douglas? Je crains seulement que mon amour ne vous ait déjà coûté bien cher! Le monde vous pardonnera-t-il jamais votre choix?

Et Pauline, à plusieurs reprises, supplia Douglas de reprendre sa promesse, de la quitter et de l'oublier.

— Je ne vis pas pour le monde, mais pour vous, Pauline, répliqua Douglas avec passion. Vous êtes mon univers. Ne revenez jamais sur ces idées, si vous ne voulez pas me donner à penser que vous reconnaissez l'impossibilité de m'aimer jamais.

— Ne pas vous aimer! vous! s'écria Pauline, vous, mon ami! vous, mon sauveur!

Quand elle parlait ainsi, Douglas ne savait quel témoignage lui donner de son dévouement et de son adoration.

Il vint chez elle, un jour, accompagné d'un notaire. Mais, avant de l'introduire auprès d'elle, il voulut lui parler seul.

— En pensant à votre position, chère amie, lui dit-il, j'ai été pris d'une frayeur soudaine. Et quelle serait votre position, Pauline, si je venais à mourir subitement, avant que le mariage n'ait lié nos intérêts? Seule, sans appui, assaillie de nouveau par tous les embarras de la pauvreté, peut-être poursuivie par la rancune de Réginald, que deviendriez-vous?

— Oh! Douglas! pourquoi vous imaginer de pareilles choses?

— Ma chère amie, reprit Douglas avec un sourire, je suis un homme de loi, et je vois les éventualités possibles avec les yeux d'un homme de loi. J'ai amené avec moi un notaire afin qu'il vous donne lecture d'un testament que j'ai fait ce matin en votre faveur.

— Un testament! s'écria Pauline avec effroi; oh! je vous remercie de la pensée, Douglas, mais le mot seul me fait peur.

— C'est un simple préjugé. Les femmes se figurent qu'il faut qu'un homme soit à l'article de la mort pour songer à faire un testament. — Mais laissez-moi vous expliquer la nature de ce testament. Je vous ai déjà dit que si je venais à mourir sans héritier direct, la fortune qui m'a été léguée par mon cousin Oswald Eversleigh ferait retour à mon cousin Réginald. La propriété qui représente mes revenus, je n'ai pas le droit de l'aliéner, je n'en ai que l'usufruit pendant ma vie. Mais mon revenu a été doublé et parfois triplé de ma dépense; car mes habitudes sont très simples et j'ai mené au Temple la vie d'un étudiant. Ma seule folie a été ma bibliothèque. J'ai donc pu économiser 300,000 fr., et cette somme j'en ai la libre disposition. J'ai fait un testament qui vous la lègue, Pauline, à la charge d'une faible rente en faveur d'un vieux serviteur. Je vous lègue aussi ce qui est encore plus moi-même, mes tableaux, mes objets d'art et mes livres.

Et, avant que Pauline, profondément émue, eût pu lui répondre, il ouvrit la porte, et fit entrer le notaire.

— M. Horley, fit-il en le présentant, un ami et un conseiller en qui j'ai une confiance sans bornes. Mon testament restera entre ses mains, et si je vous manquais, Pauline, il défendrait vos intérêts. Et maintenant, monsieur Horley, veuillez donner lecture à madame de ce terrible testament.

————

XXXVII

La dernière illusion de Lydia

Lydia et son frère s'étaient difficilement remis du désappointement que leur avait causé la fin malheureuse de Lionel. Toutefois, miss Graham n'avait pas cessé de se bercer de l'espoir que Douglas serait pour elle une plus riche conquête que son frère. Mais un jour elle vit arriver Gordon, la mine allongée.

— Je viens, lui dit-il, d'apprendre au club une nouvelle qui est le glas funèbre pour toutes vos espérances. Douglas Dale a publiquement annoncé son prochain mariage avec Pauline Durski.

— C'est impossible, s'écria miss Graham. Je ne puis croire que Douglas descendrait jusqu'à une femme telle que cette Mme Durski.

— Vous ne l'avez jamais vue ?

— Certainement non !

— Alors, ne vous avancez pas tant. Pauline Durski est une des plus belles femmes qu'on puisse voir ; elle est élégante, séduisante, très patricienne, et elle n'a pas plus de vingt-cinq ans.

— Je verrai M. Dale, s'écria Lydia.

— Comment ferez-vous pour le voir ?

— Vous pouvez l'inviter à dîner avec nous.

— Je veux bien ; mais si vous lui écriviez un petit mot vous-même ?

Lydia ne se fit pas prier. Elle écrivit à Douglas un de ces petits billets gracieux et charmants qu'elle avait appris à tourner. Qu'était-il devenu depuis son retour à Londres ? Elle était inquiète et le priait de venir la rassurer en dînant avec elle et son frère.

Elle ne tarda pas à recevoir un mot de Dale, disant qu'il acceptait l'invitation et qu'il en profiterait le lendemain.

Le billet était un peu froid, mais Douglas était si réservé et si timide ! Et puis il avait mis à accepter l'invitation un véritable empressement.

Elle eut soin d'ordonner un dîner re-cherché, malgré le triste état de ses finances. Elle invita une aimable veuve qui était sa voisine et son amie.

Lydia avait encore beaucoup d'éclat dans sa beauté, quand Douglas fut introduit ; mais elle ne se doutait guère que, même quand il la regardait, la pensée de Douglas se reportait vers Pauline, qui était pour lui l'idéal rêvé.

Rien de plus cordial et de plus amical que ce dîner en partie carrée devant une table élégamment dressée et servie par un domestique très au fait, sommelier et factotum de la veuve, qui l'avait prêté pour la circonstance.

Quand on quitta la table, et pendant que Mme Marmaduke et le capitaine causaient dans le salon, Lydia réussit à retenir Douglas dans une petite pièce juste assez grande pour contenir un piano, un casier de musique, et quelques chaises.

Miss Graham s'assit au piano et joua quelques mesures d'un air distrait et rêveur.

— Voilà un air mélancolique et charmant ! dit Douglas.

— Les paroles vont avec l'air, dit-elle. Et elle commença à chanter à demi-voix un chant d'amour.

— Je trouve ces paroles ravissantes, dit Douglas, qui songeait à Pauline.

— Vraiment !... murmura Lydia.

Et elle baissa les yeux en rougissant, car elle savait rougir à volonté.

Il y eut un silence. Douglas était debout devant le pupitre de musique, tournant négligemment les pages d'un volume de romances.

— Pourquoi n'êtes-vous pas venu nous voir plus tôt, monsieur Dale ? demanda Lydia.

— Aviez-vous réellement, miss Lydia, le désir de me voir ?

— Oh ! oui..., fit-elle d'une voix tremblante.

— Je suis donc coupable envers vous. Pardonnez ! Je sors maintenant si rarement ! On a si peu d'amis qui soient vraiment amis !

— Bien certainement, vous nous rangez parmi cette petite élite ! s'écria Lydia, en rougissant de nouveau.

— Ah ! merci ! reprit vivement Douglas. Eh bien, Lydia, j'aurai peut-être alors quelque chose à vous demander.

— Vous, monsieur Dale !...

Le joli visage de Lydia se souleva sous l'effet d'une réelle émotion, et sa voix trembla sans que l'art y fût pour rien.

Douglas se leva et prit la main de Lydia dans les siennes.

— Oui, lui dit-il, j'ai besoin d'une amie, d'une amie intelligente et dévouée, telle que vous pourriez l'être pour moi, si vous consentiez à me conseiller et à me venir en aide.

— Oh ! parlez, s'écria Lydia, parlez !

— Non, pas en ce moment. Votre frère et cette dame sont là ; je suis moi-même un peu troublé. Mais si vous me permettez de revenir vous voir, de revenir très prochainement...

— Quand vous voudrez... le plus tôt possible...

— Vous m'excuserez auprès de Gordon et de votre amie, n'est-ce pas, miss Graham ? Je vous quitte. Je vous reverrai sous peu. A bientôt !

Il sortit.

Lydia resta seule pendant quelques instants.

«J'ai triomphé ! se dit-elle, et avec quelle facilité ! Pauvre garçon !... Son agitation avait quelque chose de véritablement touchant ! Il ne s'est même pas arrêté pour me serrer la main !»

Quand Mme Marmaduke se fut retirée :

— Eh bien ! dit Gordon d'un air assez maussade, vous ne semblez pas avoir obtenu un bien grand résultat de votre dîner, ma chère sœur ? Dale était bien pressé de partir. Il a paru nettement déçu.

— Vous êtes remarquablement pénétrant, mon cher Gordon ! Cependant vous vous trompez quelquefois, malgré toute votre clairvoyance. Si je vous disais que M. Dale m'a presque fait ce soir l'offre de sa main ?

— Mais vous ne le dites pas.

— Je le dis, répondit Lydia d'un air vainqueur. Seulement, Douglas est une nature timide, ce qui le rend bizarre et maladroit dans sa façon de se déclarer.

— Qu'importe que sa façon de se déclarer soit maladroite, pourvu qu'il se déclare, reprit le positif capitaine, mais je n'aime pas les à-peu-près. Il a fort nettement déclaré, songez-y, qu'il épousait Mme Durski.

— Eh bien, serait-il le premier qui se serait mis dans un embarras de ce genre et qui s'en serait tiré ? Si vous aviez vu comme moi son émotion et son trouble, vous seriez moins incrédule.

— Et tarderai-je beaucoup à être convaincu par l'évidence ?

— Oh ! non, vous verrez accourir Douglas après-demain, demain peut-être.

— Recevez donc,—sous les réserves d'usage,—mes félicitations, chère sœur.

— Il n'y a pas de quoi ! reprit-elle avec une moue dédaigneuse. Je tombe encore assez bas après les espérances que j'ai conçues autrefois. Il ne s'agit plus de la conquête de sir Oswald Eversleigh et du château de Raynham. Mais je suis résignée à me contenter de mon sort.

— Âme simple et modeste ! s'écria en riant le capitaine.

Pendant un jour ou deux, l'air et la physionomie de Lydia eurent une expression de calme et de sérénité qui ne leur étaient pas habituels. Elle mettait plus de soin que de coutume dans sa toilette. Elle s'occupait de l'arrangement de son petit salon, avec une attention minutieuse, et elle restait chez elle toutes les après-midi, en dépit du beau temps et des invitations qui lui arrivaient.

Mais Douglas ne donnait pas signe de vie. Il ne venait pas. Il n'écrivait pas.

Une vague inquiétude commença à s'emparer de l'esprit de Lydia.

Une éternelle semaine s'écoula ainsi.

Un matin, Lydia descendit, pour le déjeuner, dans la petite salle à manger, triste pièce, misérablement meublée et dépourvue, non-seulement de luxe, mais du confortable. Gordon entrait en même temps qu'elle par une autre porte. Il avait un air singulier, à la fois nâvré et triomphant.

— Eh bien, demanda-t-il à sa sœur, vous n'avez toujours pas de nouvelles ?

— Non !

— J'en ai, moi.

— De Douglas ! Par qui ?

neuse lettre, dont l'enveloppe portait quatre timbres.

Lydia tressaillit, elle reconnaissait l'écriture de sa marchande de modes, Mme Florence.

A cette époque il n'y avait pas de faillite pour les dames de haut rang, et Mme Florence avait le droit de faire incarcérer sa noble débitrice jusqu'à son jugement devant la cour des Insolvables.

Lydia ouvrit le paquet d'une main tremblante. Elle vit le long relevé des toilettes éclatantes, dont chacune avait été portée avec un espoir de conquête jamais réalisé. Ses yeux coururent au chiffre total. Il était effroyable.

Lydia tomba sur une chaise, presque défaillante.

— Jamais je ne pourrai payer cela ! murmura-t-elle : jamais ! jamais !

— Par Douglas, lui-même. Je viens de le rencontrer, il y a un quart-d'heure.

Lydia devint toute pâle.

— Que vous a-t-il dit ?

— Je m'étonnais de le trouver de si bonne heure dans la rue. — Je vais, m'a-t-il répondu, savoir des nouvelles de Mme Durski ; elle est très souffrante depuis huit jours : c'est ce qui m'a empêché de retourner chez vous. — En effet, ai-je dit, vous aviez promis à miss Lydia de revenir la voir promptement. — Chère miss Lydia ! a-t-il repris, elle a été d'une bonté admirable, et elle m'a encouragé à aller réclamer d'elle, un de ces jours, un véritable service de sœur. — Lequel ? nous sommes tout à vous. — Eh bien ! je voulais lui demander un peu de cette amitié qu'elle m'offrait, pour ma bien aimée Pauline, et mettre sous sa protection et sous son patronage cette noble femme méconnue.

Ce disant, le capitaine Graham se mit à rire d'un rire nerveux.

Lydia était livide.

— Imbécile !... dit-elle.

De qui le disait-elle ? de Douglas, de son frère ou d'elle-même ? Des trois, peut-être.

Elle sortit sans ajouter un mot. Dans le couloir, sa servante lui remit une volumi-

XXXVIII

Explication

La jeune femme de Georges Jernam passait tristement ses jours au village d'Al-

lambay. Si beau que fût le pays, il semblait à la pauvre Rosemonde que la terre était enveloppée de nuages sombres et qu'aucun rayon de soleil n'y pouvait pénétrer. L'affection qui s'était établie entre elle et Suzanne Jernam était vraie et profonde ; c'était la seule lueur de bonheur qui vînt éclairer la mélancolique existence de Rosemonde.

Mais le cœur de la délaissée restait troublé et tourmenté par la pensée des périls qui entouraient son mari, périls d'autant plus terribles que, pour avoir le droit de l'excuser et de le plaindre, elle persistait à croire que son cerveau avait perdu son équilibre.

Pendant que Rosemonde habitait la maison que Georges Jernam avait choisie pour elle, l'autre maison du bord de l'eau était vide et laissée à la garde de Mme Mugby et d'Hélène. Elle avait un air désolé, cette jolie maison dans les tristes jours de l'automne et les sombres brouillards de l'hiver, en dépit du soin qu'avait Mme Mugby d'aérer les appartements chaque jour, d'essuyer les meubles et d'en chasser la poussière avec autant d'attention que si elle eût attendu dans la journée le retour de son vieux patron, le capitaine Duncombe.

— Il peut venir ce soir, ou ne revenir que dans un an, disait-elle souvent à Hélène, mais, rappelez-vous bien mes paroles, quand il reviendra, ce sera par surprise et sans nous prévenir seulement par un mot, d'avoir à lui tenir son dîner prêt.

Le jour vint enfin où la digne gouvernante eut la joie de voir que sa peine n'avait pas été perdue. Le capitaine Duncombe revint, comme elle l'avait prédit, sans avoir annoncé son arrivée.

Un beau jour, il sonna à la grille et traversa le jardin pour se rendre à la maison, comme un homme qui vient de faire sa promenade du matin, à la stupéfaction d'Hélène qui était allée lui ouvrir et qui restait à le regarder avec de grands yeux ébahis.

Il alla droit au salon où il avait coutume de s'établir. Un bon feu brûlait dans la grille d'acier bien polie, et tout respirait le confort et le bien-être.

Le capitaine regarda autour de lui d'un air de satisfaction.

— Rien de tel, se dit-il, qu'une petite excursion aux Indes pour faire apprécier les douceurs de l'intérieur. Comme tout ici a l'air joyeux !

Hélène, un peu remise, l'avait suivi.

— Où donc est votre maîtresse ? s'écria Duncombe. Où est Mme Jernam ? où est ma fille ? n'entend-elle pas la voix de son vieux grognon de père ? Ne va-t-elle pas venir me féliciter de mon retour, après tout ce que j'ai enduré pour lui gagner encore quelque argent mignon ?

Avant qu'Hélène eût eu le temps de répondre, Mme Mugby, qui avait reconnu la voix de son maître, accourait pour lui apporter ses félicitations.

— Merci de votre bonne réception, dit

brusquement le capitaine, mais où est ma fille ? Est-elle sortie par ce temps froid pour courir les rues de Londres ? Comment diable n'est-elle pas là pour embrasser son vieux père à son retour ?

— Seigneur Dieu ! monsieur, s'écria Mme Mugby, n'avez-vous pas reçu de nouvelles de Mlle Rosemonde ; — excusez-moi, c'est Mme Jernam que je voulais dire ! mais l'autre nom me vient toujours plus naturellement.

— Si j'ai reçu de ses nouvelles ? s'écria le capitaine ; non, je n'ai pas reçu une seule ligne d'elle. Mais comme cette femme me regarde ! Serait-il arrivé quelque malheur à ma fille ?

L'honnête visage du capitaine était devenu tout pâle.

— Non, non, non, capitaine, s'écria Mme Mugby ; j'ai reçu des nouvelles de Mme Jernam il n'y a pas huit jours : elle allait tout à fait bien. Mais elle habite maintenant dans le comté de Devon, où elle est allée s'établir au mois de juillet dernier, et je croyais qu'elle vous avait fait part de ce changement de résidence.

— Quoi ! s'écria Duncombe, ma fille a abandonné la jolie maison que j'ai fait bâtir pour elle, que j'ai embellie à son intention. Ainsi, Rosa s'est lassée de ce cottage, n'est-ce pas ? Il n'était pas assez beau pour elle, je suppose. Bien ! bien ! mais c'est un peu dur, tout de même ; oui, cela me semble un peu dur !

— Je vous demande pardon, monsieur, fit Mme Mugby. Ce n'est pas elle qui s'est fait qu'elle a quitté le cottage ; mais le capitaine Jernam s'est mis en tête tout d'un coup d'aller courir le monde sur son vaisseau, l'Albert, et, avant de partir, il a insisté pour conduire Mme Jernam dans le comté de Devon, où il l'a enterrée vivante ; le mot n'est pas trop dur pour exprimer une pareille cruauté, voilà mon opinion.

— Comment ! il a déserté son bord ? s'écria le capitaine, il s'est enfui loin de sa jeune femme, après avoir promis de rester auprès d'elle jusqu'à mon retour ! Oh ! c'est mal ! c'est bien mal ! s'écria le capitaine. Et Rosemonde a consenti à quitter la maison de son père sans un murmure !

— Oh ! monsieur, elle n'était pas femme à exprimer ses plaintes devant ses domestiques ; mais je l'ai entendue pleurer et sangloter pendant une nuit, la pauvre chère enfant ! Et au moment de s'en aller, elle est venue dans ma cuisine et m'a dit : Madame Mugby, mon mari désire que j'aille habiter le comté de Devon pendant son voyage, et je suis forcée d'obéir, mais j'écrirai à mon père, et je lui exprimerai le chagrin que j'éprouve à quitter cette chère maison.

— A-t-elle dit cela ? Alors je ne lui ferai pas l'injure de douter de son amour pour moi. Je ne lui jamais reçu sa lettre. Mais pourquoi Georges Jernam a-t-il tourné les talons aussitôt après que j'ai été parti ? Ah ! je commence à croire que le meilleur marin ayant couru les mers est une mauvaise emplette comme mari. Je regrette d'avoir laissé ma fille épouser un de ces êtres vagabonds. Quoi qu'il en soit, je vais régler mes affaires à Londres et partir pour voir ma pauvre petite abandonnée Rosa. Je suppose qu'elle est allée habiter ce petit village sur la côte où vit la tante de Jernam?

— Oui, monsieur, Allandale ou Allanday, je crois que c'est un nom comme ça.

— Oui, Allambay, je me souviens. Je vais faire tout mon possible pour terminer ce soir même, et demain je me mettrai en route.

Mme Mugby ne négligea rien pour que le premier dîner du capitaine fût un triomphe culinaire, mais le désappointement qu'il avait éprouvé lui avait complètement ôté l'appétit. La nappe enlevée, Hélène plaça sur la table tout ce qu'il fallait pour la confection du fameux punch ; mais Duncombe ne s'aperçut même pas de ces préparatifs. Il se leva de table, prit son chapeau, et sortit, à la grande mortification de la digne Mme Mugby.

— Après avoir fait que je me suis donné dans cette fournaise qu'on nomme cuisine, je trouve pénible qu'on n'ait fait que retourner ma bonne pièce le plat comme un jouet, et que mon poulet me revienne sans avoir été touché, fit la gouvernante. Oh ! capitaine Jernam ! capitaine Jernam ! c'est vous qui êtes cause de tout cela !

Le capitaine suivit d'un pas rapide la sombre route qui conduisait de son cottage à la grande route de Ratcliff. Il eut bientôt atteint le brillant quartier où se réunissaient les marins, et il se dirigea vers une honnête taverne, fréquentée par les officiers de la marine marchande.

Il y avait donné rendez-vous à un vieux camarade, et il était heureux d'avoir cette raison pour passer la soirée hors de chez lui.

Il trouva son ami dans une petite salle réservée. Les deux marins prirent un grog en causant amicalement et se séparèrent. L'ami du capitaine était parti le premier, ayant une longue course à faire pour regagner son logis.

Le capitaine était resté auprès du feu, méditant et buvant à petites gorgées son dernier verre de grog, quand, au bruit que fit la porte, il leva la tête.

Il fit un soubresaut de surprise. Celui qui entrait, c'était Georges Jernam.

— Jernam ! s'écria Duncombe, vous à Londres ?

Jernam eut aussi un tressaillement, mais il se remit promptement et reprit avec froideur :

— L'*Albatros* n'est arrivé dans le port de Londres qu'aujourd'hui dans l'après-midi. Cette maison est la première dans laquelle j'entre, et vous êtes, de tous les humains, celui que je m'attendais le moins à rencontrer ici.

— Et à en juger d'après votre ton, mon jeune maître, il semble que cette surprise ne vous est nullement agréable. Puis-je demander comment il se fait que le mari de Rosemonde Duncombe parle au père de

sa femme sur le ton que vous venez de prendre avec moi ?

— Oui, vous êtes le père de Rosemonde, répondit Georges, mais moi je suis le frère de Valentin Jernam.

— Sans doute. Mais expliquez-moi quel rapport ?...

— Ne me pressez pas de m'expliquer, capitaine Duncombe !

— Oui, vous préférez ne pas me rendre de comptes ; mais moi j'en ai à vous demander. Vous avez manqué à votre parole, vous avez abandonné ma fille. Ne l'aimez-vous plus ?

— Ah ! chère Rosemonde ! elle n'a pas cessé d'être ma femme bien-aimée. Mais entre elle et moi, il y a une ombre, un reproche, une terreur. J'aime ma femme, monsieur Duncombe, mais j'aimais aussi mon frère.

— Eh ! quel lien, encore une fois, peut-il y avoir entre l'amour de ma fille et la fin de votre malheureux frère ?

— Aucun lien direct ; mais il y a un lien étroit entre elle et une autre personne qui, peut-être, a eu dans la mort de mon frère... Ah ! ne me faites pas parler ! J'ai peur de mes propres soupçons !.. Mais, comprenez, je ne pouvais pas vivre près d'elle ainsi troublé. Je ne pouvais pas déchirer son cœur à elle, qui, en aucun cas, ne pouvait être coupable. Je ne pouvais pas, devant elle, accuser son père !

— Georges Jernam, s'écria Duncombe rouge de colère, votre intention est-elle que je vous étende raide mort à mes pieds ? Sur ma foi, mon beau monsieur, vous devez vous considérer comme fort heureux que ce ne soit pas déjà fait. Que signifie tout le fatras que vous venez de me débiter ? Êtes-vous ivre ou fou, ou bien êtes-vous ivre et fou ?

— Capitaine Duncombe, désirez-vous vraiment que je parle d'une manière intelligible ?

— Si vous vous y refusiez, il n'en pourrait rien résulter de bon pour vous.

— Écoutez-moi donc. Au mois de juillet dernier, il arriva que, par une circonstance insignifiante, à l'aide d'une clef que me remit Rosemonde, j'eus occasion d'ouvrir votre pupitre.

— Eh bien ?

— Je ne commis aucune indiscrétion quant à ce qu'il contenait ; mais, devant moi, dans le petit plateau des plumes, j'aperçus un objet qui ne pouvait manquer d'attirer mon attention, et sur lequel mes regards restèrent rivés comme s'ils avaient été fascinés par un serpent.

— Quel objet cela pouvait-il bien être ? Je n'ai pas beaucoup de choses curieuses dans mon pupitre.

— Je vais vous montrer cet objet, monsieur... — C'est à partir de cette minute que ma vie a été brisée, et que j'ai été forcé de fuir mon heureux intérieur, pour me rejeter dans une existence inquiète et désolée.

— Est-ce que je rêve ? se dit tout haut le capitaine.

Georges Jernam tira de la poche de son gilet un petit objet enveloppé dans du papier. C'était une pièce d'or, de monnaie brésilienne, qu'il mit dans la main du capitaine.

— Si ce n'est pas l'argent du revenant, s'écria Duncombe, je veux que le diable m'emporte !

L'étonnement était peint sur le visage du capitaine, mais il n'avait rien de la confusion du coupable. Georges observait avec anxiété sa physionomie. Il fut obligé de s'avouer que rien, dans ce mâle visage, ne trahissait un criminel.

— Oh ! capitaine, capitaine ! dit-il avec un accent de remords, si c'était à tort que je vous eusse soupçonné !

— Soupçonné de quoi ?

— D'avoir été pour quelque chose dans l'assassinat de mon frère.

— Malheureux ! s'écria Duncombe en bondissant.

— Écoutez. Cette pièce d'or que vous tenez dans votre main est un souvenir d'adieu que j'ai donné à Valentin. Vous pouvez y voir mes initiales grossièrement gravées. Eh bien, cette même pièce d'or, je la trouvais dans votre pupitre !

— Et cette raison vous a paru suffisante pour me soupçonner d'avoir été le complice de voleurs et d'assassins !.. Misérable ! si tu n'étais pas le mari de ma fille !..

Jernam se cacha le visage dans ses mains et baissa la tête, en balbutiant ce seul mot : Pardon !...

Il y eut un assez long silence.

— Si j'avais quelque fierté, reprit Duncombe, je ne m'abaisserais pas à vous donner des explications. Mais je suis père, ma fille souffrirait de mon silence, et je veux bien vous dire comment cette pièce d'or est tombée en ma possession.

Et le capitaine raconta l'histoire de l'apparition du vieux Screwton, et comment il avait trouvé la pièce d'or dans la cuisine, après le départ du revenant.

— J'ai affronté bien des dangers dans ma vie, Georges Jernam, dit en terminant le capitaine, je ne crois pas qu'il y ait un homme ayant marché sur le pont d'un navire qui puisse dire que je suis un poltron ; et pourtant j'avouerai que, ce soir-là, j'ai eu peur. Partout et dans quelque condition que ce soit, un homme de chair et d'os comme moi ne m'effraierait pas ; je défendrais ma vie, s'il le fallait, seul contre dix, contre vingt assaillants. Mais, devant un visiteur de l'autre monde, Louis Duncombe n'y est plus, j'en conviens.

— Et vous croyez réellement que l'homme que vous avez vu cette nuit-là, revenait de l'autre monde ?

— Je l'ai cru au moins dans le premier moment. J'avais entendu faire la description du vieux Screwton, et l'apparition que j'ai vue y répondait exactement.

— Les visiteurs de l'autre monde ne laissent pas derrière eux de preuves matérielles de leur présence.

— C'est vrai, et je l'ai moi-même dit à Hélène ; mais après ?

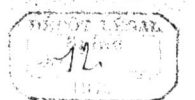

— L'homme qui a laissé tomber cette pièce d'or, s'écria Georges, n'était pas un revenant, c'était un criminel. Il faut que nous éclaircissions le fait, et nous en aurons le mot, s'il est donné à un homme de pouvoir y réussir. — Mais vous, maintenant, mon ami, mon père, trouverez-vous assez d'indulgence dans votre cœur pour la cruelle injure que je vous ai faite ?

— Georges, répondit Duncombe, je ne suis pas inflexible, mais il y a certaines choses que l'homme le plus débonnaire trouve difficiles à digérer, et celle-ci peut compter dans le nombre. Néanmoins, par affection pour ma petite Rosa, et en souvenir des longues nuits de veille que nous avons passées ensemble sur l'immensité des mers, Georges Jernam, je vous pardonne. Voilà ma main.

Les yeux de Georges se remplirent de larmes, lorsqu'il prit dans la sienne la main vigoureuse du vieux capitaine.

— Que Dieu vous récompense ! murmura-t-il. Je bénis le ciel qu'il m'ait conduit ici ce soir ! Ah ! si vous aviez été là ! Ah ! vous ne savez pas de quel poids mon cœur est soulagé. Vous ne savez pas tout ce que j'ai souffert.

— Vous n'en avez été que plus fou, Georges ! — Mais plus un mot là-dessus ! Nous partirons ensemble pour Allambay demain matin, par la première diligence qui quittera Londres.

———

XXXIX

A l'office du château

Tom Milsom, sous le nom de M. Maunders, et par l'intermédiaire de son ami James Harwood, pour lequel il se montrait toujours disposé à confectionner son excellent punch, était parvenu à exercer une surveillance complète sur le château de Raynham.

M. Maunders était d'une excessive curiosité pour tout ce qui concernait la vie intime au château. Il aimait surtout à se faire conter par Harwood tous les soins particuliers qu'on prenait de la jeune héritière, et les précautions observées conformément aux ordres de lady Eversleigh.

Un jour qu'il avait amené la conversation sur ce sujet, il conclut par cette réflexion :

— On dirait qu'on a peur que quelqu'un ne vole l'enfant !

— Ah dam ! monsieur Maunders, voyez-vous, toute position dans la vie a ses inconvénients, et on n'est pas une riche héritière, sans avoir quelque chose à craindre. Étant assis un jour sur le siége de derrière d'une voiture découverte, j'ai entendu le capitaine Capplestone dire à Mme Morden que l'enfant avait des ennemis, de cruels ennemis, qui pourraient chercher à lui faire du mal, si elle n'était pas bien surveillée.

— Je vous connais depuis longtemps, Harwood, dit brusquement Milsom, et vous avez pris un assez grand nombre de verres de punch au rhum dans ma boutique ; et pourtant il ne vous est pas encore venu à l'idée de me présenter à vos compagnons de service et ne m'inviter à venir prendre une tasse de thé à l'office avec les domestiques du château. Pourquoi cet oubli ?

— Excusez-moi, monsieur Maunders, mais inviter un ami à venir prendre une tasse de thé, ou partager notre souper, sans en avoir obtenu la permission de Mme Smithson, la femme de charge, ce serait prendre un droit que je n'ai malheureusement pas.

— Mais vous pouvez demander cette permission, James Harwood, surtout quand votre ami est un honnête aubergiste, capable d'offrir à l'occasion un généreux punch à vos camarades.

— Je demanderai la permission ce soir, dit Harwood.

Le lendemain, il envoyait à Milsom, par un des petits valets d'écurie, un billet qui l'invitait à souper sans cérémonie, le soir même, à sept heures, dans la salle à manger des domestiques.

Passer quelques heures dans l'intérieur du château de Raynham, voilà ce que Tom Milsom ambitionnait le plus, et un rire de triomphe fit grimacer son visage pendant qu'il déchiffrait le griffonnage de James Harwood.

La vie se passait assez agréablement dans la salle commune des domestiques ; mais si la femme de charge n'était pas parcimonieuse, elle était stricte et sévère sur certains points, surtout quant à l'exactitude avec laquelle les portes du château devaient être, pendant la nuit, closes et cadenassées. A dix heures et demie, il fallait que tout fût fermé.

Dans ces derniers temps, Mme Smithson avait plus d'une fois soupçonné quelque infraction à cette règle. Le coupable était Mathieu Brook, le premier cocher, un gros et joyeux Breton, qui adorait la compagnie et les conversations politiques, et qui aimait mieux fumer sa pipe et boire son grog en discutant les questions du jour à la taverne de la *Poule et ses poussins* que de passer la soirée à l'office du château.

Il rentrait rarement avant dix heures, quelquefois dix heures et demie. Un soir, chose qu'elle ne pouvait oublier, Mme Smithson l'avait entendu se présenter à l'heure indue de onze heures moins vingt minutes, à la porte. Il l'avait, comme de raison, trouvée fermée, et il avait failli y rester pour toujours.

Mais il y avait un fait terrible que Mme Smithson ignorait complètement : c'est qu'à partir de ce jour il arriva à Mathieu Brook de rentrer au château par certaine petite porte vitrée, une heure ou deux après qu'on avait verrouillé, avec solennité et sous les yeux vigilants de la femme de charge, toutes les portes et grilles du château.

La petite porte en question donnait sur

une arrière-cour, dans une chambre du rez-de-chaussée, laquelle était occupée par un des valets de pied ; et rien n'était plus facile à cet homme que de se prêter aux méfaits de son camarade en lui permettant de réintégrer le château par sa chambre, sans que personne de la maison pût en avoir connaissance.

Harwood, très cancanier, avait fait part à son ami Maunders des frasques du cocher. Maunders l'avait écouté avec le vif intérêt qu'il prenait toujours à ce qui se passait au château.

C'est peu de temps après cette communication que M. Milsom reçut son invitation à souper.

Mme Trimmer la cuisinière, Mathieu Brook le cocher, James Harwood et Thomas Milsom avaient fait plusieurs parties de whist. Mathieu avait Milsom pour partner. Quiconque aurait observé la partie eût pu voir Milsom donner plus d'attention à son partner qu'à ses cartes ; ce qui lui fit perdre l'avantage de se distinguer comme bon joueur de whist.

On fut obligé d'interrompre la partie pour mettre la nappe sur la grande table ; il était l'heure de songer au souper.

Les hommes passèrent dans la grande cour carrée sur laquelle s'ouvrait l'office.

Harwood, Tom Milsom et deux des valets de pied se mirent à se promener de long en large en fumant.

Les appartements occupés par les maîtres donnaient tous sur les jardins, et il n'était pas interdit de fumer dans la cour.

Milsom qui, jusqu'à ce moment, s'était exclusivement occupé du cocher, s'arrangea pour se rapprocher de James Harwood.

— Où est donc cette petite porte vitrée par laquelle Brook rentre quand il est en retard ? lui demanda-t-il d'un air indifférent.

— Nous venons de passer devant ; c'est cette petite porte qui est là à gauche. Stephen est un bon garçon, et il a toujours soin de la laisser entr'ouverte, afin que s'il arrivait au vieux Mathieu de ne être pas rentré à l'heure, il ne fût pas exposé à coucher dehors. Cette pièce servait quelquefois comme antichambre ; elle ouvre sur le corridor, ce qui est très commode pour Brook. Tout le monde ici aime le vieux Brook et personne ne voudrait lui causer d'ennui.

— C'est un des plus gais compagnons qu'on puisse trouver, dit Tom Milsom, qui semblait s'être pris d'un vive amitié pour le vieux cocher.

— Venez chez moi quand cela vous plaira, monsieur Brook, dit-il alors en passant son bras sous celui du cocher de la façon la plus cordiale. Tout ce qui est à la maison est à votre service, et vous pouvez en user en toute liberté. Je fais un certain punch au rhum, quand je veux m'en donner la peine, qui ne manque pas de charme, n'est-ce pas, James ?

Harwood déclara que personne ne savait mieux faire le punch que le propriétaire de la taverne du *Chat et du Violon*.

Le souper fut très gai ; les grandes tranches de roastbeef disparaissaient comme par enchantement, et la consommation des pikles fut, au point de vue hygiénique, véritablement effrayante. Après le roastbeef et les pickles, vint un fromage titanique avec des branches de céleri, et le broc pour la bière se promena si souvent de la table au tonneau qu'il fut miraculeux de l'en voir revenir intact.

A dix heures un quart, Maunders souhaita le bonsoir à ses nouvelles connaissances ; mais, avant de partir il sollicita la faveur de jeter un coup d'œil sur la grande salle en chêne sculpté.

— Vous allez la voir, dit le bon Mathieu Brook. Elle mérite qu'on fasse plusieurs lieues pour venir l'admirer. De ce côté. Suivez-moi.

Il le guida à travers un long corridor jusqu'au vestibule de l'entrée principale. Cette salle était vraiment splendide. Tom Milsom resta quelque temps à la contempler en silence avec une respectueuse admiration.

— Où est donc le petit escalier de service qui conduit à l'appartement de la jeune héritière ? demanda-t-il.

— Cette porte donne au bas de cet escalier, répondit le cocher. Le capitaine Capplestone couche dans la pièce d'entrée au premier étage, et les appartements de mademoiselle sont contigus à sa chambre.

XL

Le chien de garde écarté

Gertrude Eversleigh, l'héritière de Raynham, était un de ces gracieux et caressants enfants qui gagnent tous les cœurs à première vue, et dont la présence est un charme pour tous ceux que touche la beauté des fleurs ou le chant des oiseaux.

Elle était adorée même des gens du château. Que dirons-nous de sa gouvernante ? Que dirons-nous surtout du capitaine Capplestone ? Rien ne saurait donner une idée de la sollicitude et de la tendresse dont le vieux soldat entourait l'enfant confié à ses soins.

Il va sans dire que Capplestone n'admettait pas seulement la pensée qu'il pût s'éloigner une seule minute du château, tant que durerait l'absence de lady Eversleigh.

Deux semaines environ après le jour où Tom Milsom avait soupé à l'office, le capitaine était à déjeuner dans la petite salle à manger avec Gertrude et sa gouvernante, quand un domestique lui apporta une lettre chargée, au timbre de Londres, et à son adresse. La télégraphie n'était pas inventée alors, et une lettre arrivant dans ces conditions avait quelque chose d'assez inusité.

Capplestone donna sa signature au livre de poste et regarda la suscription avec surprise. C'était l'écriture de lady Eversleigh. Il ouvrit l'enveloppe à la hâte. Elle ne contenait que quelques lignes tracées par la main d'Honoria, mais évidemment écrites avec une extrême précipitation :

— « Venez à l'instant, je vous en supplie. J'ai un besoin urgent de votre assistance. Je vous en prie, venez, mon cher ami. Je ne vous retiendrai que peu d'heures. Ma fille, pendant votre courte absence, sera en sûreté auprès de Mme Morden.

» Hôtel Clarendon, Londres. »

Ce peu de mots et la date, c'était tout. Le capitaine resta quelques instants à examiner cette lettre d'un air perplexe.

— Je n'y puis rien comprendre, pensa-t-il.

Puis, s'adressant à haute voix à Mme Morden :

— C'est vraiment pitié que vos écritures, à vous autres femmes, se ressemblent toutes à ce point. Vous connaissez l'écriture de lady Eversleigh, n'est-ce pas ?

— Oui, j'ai reçu plusieurs lettres d'elle.

— Veuillez me dire si ceci est de sa main, reprit le capitaine en montrant à Mme Morden l'adresse de la lettre qu'il venait de recevoir.

— Je crois pouvoir affirmer que c'est bien son écriture.

— Hum ! murmura le capitaine, elle m'a bien dit quelque chose qui annonçait qu'elle aurait besoin de moi, quand le moment du châtiment serait proche. Peut-être a-t-elle réussi, et le moment est-il venu ?

La petite fille venait de quitter le salon avec sa nourrice, qui allait l'habiller pour faire un tour dans le jardin. Mme Morden et le capitaine étaient seuls.

— Lady Eversleigh, lui dit-il, me demande de me rendre à Londres. Je pense que je dois me conformer à son désir. Mais, sur mon âme, j'ai veillé de si près sur la petite Gertrude, et je lui suis devenu si follement attaché que l'idée de la quitter, même pendant quelques heures, m'est au dernier point pénible, bien que je sache que je la laisse entre bonnes mains.

— Quel danger a-t-elle à redouter ici ?

— Oh ! quel danger ?... répliqua le capitaine d'un air froissé. Pourtant il est vrai de dire qu'on ne me saura même pas absent, et il est clair qu'elle est en sûreté.

— L'enfant ne quittera pas le château, et je ne la perdrai pas de vue un seul instant pendant votre absence, dit Mme Morden. Mais j'espère que cette absence ne sera pas de longue durée.

— Comptez sur moi, pour ne pas la prolonger un quart d'heure de plus que cela ne sera nécessaire, répondit le capitaine.

Une heure après, il partait, non du château, mais du village, en chaise de poste. Il partait sans avoir été dire adieu à la petite Gertrude. Il ne se sentait pas le courage de la voir pour s'en éloigner. Le vieux soldat avait donné vraiment son cœur tout entier à l'enfant de son ami.

Il fit le voyage de Londres aussi vite qu'il lui fut possible, pressant les postillons et semant l'argent sans compter.

Le lendemain, au point du jour, une chaise de poste couverte de poussière s'arrêtait devant l'hôtel Clarendon. Un voyageur en descendait, après une nuit passée dans une telle impatience et une telle anxiété qu'il ne lui avait pas été possible de sommeiller un seul instant.

— Conduisez-moi tout de suite à l'appartement de lady Eversleigh, dit-il à l'un des domestiques de l'hôtel, de service dans le vestibule.

— Pardon, monsieur, quel nom venez-vous de dire ?

— Lady Eversleigh. Une dame veuve qui réside dans cet hôtel.

— Il doit y avoir erreur, monsieur, nous n'avons personne de ce nom à l'hôtel, du moins pour le moment.

L'intendant de l'hôtel, qui venait de sortir d'un cabinet et qui avait entendu, s'avança et dit :

— Non, monsieur, nous n'avons ici personne de ce nom.

Le visage basané du capitaine devint d'une pâleur mortelle.

— C'était un piége ! murmura-t-il, la lettre était fausse !

Et sans dire un mot de plus aux gens de l'hôtel, il s'élança dans la rue, remonta dans la chaise de poste, et cria au postillon :

— Ne perdez pas une minute pour changer les chevaux ; il faut retourner, retourner sur le champ. A Raynham ! A Raynham !

XLI

L'enlèvement

L'intimité entre Maunders et la domesticité du château n'avait fait qu'augmenter depuis le souper ; mais il n'y avait personne à qui l'hôtelier témoignât une plus chaleureuse amitié qu'à Mathieu Brook, le cocher.

Aussi, Mathieu avait commencé à se partager entre les deux tavernes rivales de Raynham, et il passait une partie de ses soirées au Chat et au Violon.

Au bout d'une quinzaine, Milsom résolut de répondre à la politesse qu'il avait reçue, par une invitation dans toutes les formes.

La soirée choisie pour cette petite fête se trouva être justement celle qui suivit le départ du capitaine pour Londres.

Le souper était cuit à point et très joliment servi. Un énorme pot d'ale flanquait le vaste plat où fumait le rôti, et les gens du château se mirent en devoir de faire honneur au régal de l'honnête tavernier.

Quand il ne resta plus sur la table qu'un prodigieux bôl de punch et des verres, on ne s'étonnera pas que les convives fussent devenus bruyants en diable. Ils riaient, ils s'amusaient, ils proposaient des toasts, tou-

13

jours accueillis par de chaleureuses accla-
mations.

La joie était à son paroxisme quand l'horloge du village sonna dix heures.

Les trois hommes bondirent de leurs
chaises, en chancelant un peu.

— Il faut que nous nous en allions, Maunders, mon vieux camarade, dit le cocher
qui avait une certaine difficulté à s'exprimer.

— Vous avez raison, Mathieu, dit Stephen, vous avez assez copieusement bu de
cet excellent punch, et nous aussi. Bonsoir, monsieur Maunders, et merci pour la
bonne soirée que vous nous avez fait passer. Allons James, allons Mathieu, en
route, mes braves !

— Non, non, s'écria Maunders, je ne
laisserai pas Mathieu me fausser compagnie ainsi à dix heures, quand il peut rester aussi longtemps que cela lui plaît. Il
m'a battu au whist, mais je vais lui faire
voir que je suis de force à me mesurer
avec lui au piquet. Nous ferons amicalement une partie en buvant quelques verres
de punch, et puis je le reconduirai jusqu'à
la porte du château. Vous pouvez lui faci-
liter les moyens de rentrer après l'heure,
Stephen, je le sais. Allons, Brook, vous
n'allez pas refuser un ami !

Brook regarda Milsom et ses camarades
de l'air stupide d'un homme à moitié ivre,
se grattant la tête avec sa grosse main,
d'un air indécis.

— Que je sois pendu si je sais que faire !
dit-il. J'avais promis à Stephen de
ne plus m'attarder, et...

— Il ne faut pas en faire une habitude,
répondit Milsom, mais une fois par hasard, c'est bien différent, et je suis sûr que
Stephen ne voudra pas être si rigoureux
aujourd'hui.

— Certainement, répliqua Stephen. Restez si cela vous plaît, Mathieu ; je laisserai
ma porte entr'ouverte, et vous pourrez
rentrer quand vous voudrez.

Les deux domestiques prirent amicalement congé de leur hôte, et s'en allèrent
d'un pas assez mal assuré.

— Bonne nuit !... et bon débarras ! murmura Milsom, quand Stephen et Harwood
furent dehors. Et maintenant occupons-
nous de Mathieu Brook. Votre crâne
sera assez lourd, cette nuit, Stephen
Plumpton, je vous le garantis ; si lourd
que le diable même entrerait dans votre
chambre sans que vous eussiez conscience
de sa venue !

Il retourna à la petite salle où il avait
laissé le cocher. Tout en marchant, il
plongea sa main dans la poche de son gilet et y prit une petite fiole de laudanum.

Il trouva Mathieu accoudé sur la table,
l'air hébété, les yeux fixés sur le tapis où
étaient les cartes.

— Il est déjà fort lancé ! pensa Milsom.
Il ne faudra pas grands efforts pour l'achever. — Encore un verre de punch, Mathieu ! lui dit-il, encore un verre, avant de
commencer la partie !

— Volontiers, encore un verre ! dit Ma-

thieu. Tant pis pour le punch. n'est-ce pas
mon vieux camarade ! Tant pis pour le
punch !... Une partie de piquet... Joyeuse
soirée... Heureuse soirée... Vivat ! un autre verre !

Pendant que Brook essayait encore de
battre les cartes en, Milsom remplissait derrière lui un
verre, que le cocher vida d'un trait.

Mais, après avoir bu, il fit une horrible
grimace.

— Que diable m'avez-vous donné là,
Maunders ? s'écria-t-il furieux.

— Eh mais ! du punch au rhum, le même
que celui que vous avez bu toute la soirée.

— Que je sois pendu si c'est vrai ! Vous
m'avez joué quelque tour de votre métier ;
vous avez versé quelque fond de bouteille
ou quelque autre in-
grédient de ce genre. Ne recommencez
plus, Maunders ; j'ai bon caractère, et je
prends bien la plaisanterie une fois ; mais
pas deux.

Et Brook se remit à battre ses cartes,
sans pouvoir jamais réussir à les tenir
toutes dans ses mains.

— Voulez-vous que je vous dise ce que
c'est, Maunders ? je deviens vieux, ma vue
n'est plus ce qu'elle était ; le diable
m'étrangle si je peux distinguer un roi
d'une dame !

Ses paupières se fermèrent, puis tout à
coup sa tête tomba sur la table au milieu
des cartes éparses.

Le sourire de bonne humeur de Milsom
disparut. Il se leva brusquement, s'approcha de son ami, le secoua d'une main rude.

Mathieu ne fit que ronfler plus fort.

— Il dort comme une souche ! murmura Milsom ; mais il faut que j'attende
que Stephen dorme d'un sommeil aussi
profond que celui de cette brute.

Milsom descendit à sa cuisine et donna
ordre à son unique servante, jeune
paysanne originaire du village, d'aller se
coucher sur-le-champ.

— J'ai un ami avec moi dans la petite
salle, lui dit-il, mais c'est moi qui le mettrai dehors lorsqu'il s'en ira. Vous, allez
vous mettre au lit. Fermez seulement la
porte de derrière.

Puis Milsom retourna dans la pièce où
dormait son hôte.

La grande houppelande du cocher était
posée sur le dos de la chaise où ronflait le
dormeur. Milsom revêtit résolument cette
houppelande. A terre, à côté du chapeau de
Brook. A terre, à côté du cocher, était un
cache-nez en laine qu'il ramassa et qu'il
roula plusieurs fois autour de son cou de
manière à cacher complètement le bas de
son visage.

Il était à peu près de la même taille que
Mathieu, et son épaisse houppelande lui
donnait la même rotondité.

Ainsi affublé, sous une lumière incertaine, il était facile de le prendre pour
l'homme dont il portait les habits.

Milsom donna un dernier regard au cocher endormi, éteignit la lumière, et la

chambre se trouva plongée dans une complète obscurité.

Milsom dépassa rapidement la grande
rue du village, noire, silencieuse et déserte, et pénétra dans les jardins du château
par une petite grille en fer dont il trouva
la clé dans la poche de la houppelande.

Du jardin, il gagna l'arrière-cour sur laquelle donnait la chambre de Stéphen, et,
d'un pas furtif, se dirigea vers la petite
porte vitrée.

Il ouvrit cette porte avec précaution et
se glissa doucement dans la chambre. Stéphen était couché, le visage presque complètement enfoui sous sa couverture, et
ses ronflements sonores résonnaient dans
la chambre.

— Le punch au rhum a fait son effet ! se
dit Milsom. Tout va bien.

Il traversa la chambre à pas suspendus,
ouvrit la porte donnant accès à l'intérieur,
et s'engagea dans le corridor qui conduisait à la grande salle.

Il arriva à la porte qui ouvrait sur l'escalier de service. Là, il mit par-dessus ses
souliers de gros chaussons de feutre. Les
marches recouvertes d'un épais tapis amor-
tissaient d'ailleurs le bruit de ses pas.

Une lampe brûlait à petit feu toute la
nuit au haut de l'escalier, et cette lampe
lui permit de voir la porte rembourrée
qui ouvrait sans doute l'appartement de
Gertrude.

Milsom tourna le bouton. Elle était fermée à double tour.

Il prit dans sa poche un monseigneur,
tâta la serrure d'une main expérimentée,
et, d'une pesée énergique et lente, ouvrit la
porte avec cette clé de force.

La porte donnait dans le petit couloir
pratiqué à travers le logement qu'occupait le capitaine Capplestone. Auprès de
cette chambre, un cabinet beaucoup plus
petit où couchait le fidèle serviteur du capitaine, Salomon Grundy.

Les portes des deux pièces étaient ouvertes ; précaution de vigilance. Milsom entendit le souffle bruyant du vieillard, qui
dormait d'un sommeil profond.

A l'extrémité du couloir, se trouvait la
porte du petit salon de la jeune héritière
de Raynham. Milsom n'eut que la peine de
la pousser.

Le bandit se glissa furtivement dans ce
salon, écarta la portière et ouvrit l'épaisse
porte de chêne qui séparait le salon de la
chambre à coucher.

Milsom était familier avec les moindres
détails intérieurs du château ; il savait, —
— par Harwood, qui le savait par une
femme de chambre, — que Mme Morden
avait coutume de tenir les rideaux de son
lit hermétiquement fermés.

La petite Gertrude dormait paisiblement
dans son berceau, garni de rideaux blancs,
à côté du lit de Mme Morden.

Milsom souleva le couvre pieds, le rejeta sur le visage de l'enfant, l'enveloppa
en un tour de main pour comprimer ses
cris, et emporta sauvagement la petite fille
ainsi emmaillottée.

Ce ne fut que sur la route, et quand il eut laissé le château loin derrière lui qu'il dégagea l'enfant, à moitié suffoquée.

XLII

La cage sans l'oiseau

Le capitaine Capplestone surmena tous les chevaux et brûla toutes les étapes pour retourner à Raynham. Il comptait avec angoisse les bornes kilométriques, les heures et les minutes, mettant à tout instant la tête à la portière pour presser les postillons.

Il se haïssait lui-même de s'être laissé ainsi duper.

— Je ne devais pas quitter l'enfant! ne cessait-il de se répéter, non, pas même pour obéir à sa mère! Ma place était auprès de la petite Gertrude, et j'ai été un sot de déserter mon poste. Si quelque malheur lui est arrivé en mon absence, — que le ciel me pardonne une pareille idée! — mais je serais capable de me faire sauter la cervelle.

Le jour venait de paraître, quand la chaise de poste du capitaine traversa le village de Raynham. La voiture s'arrêta devant l'entrée du château. Une vieille femme qui remplissait les fonctions de portière ouvrit la grille en fer. Il la regarda, mais sans lui adresser la parole. Le vieux soldat n'osa pas formuler la question dont il craignait d'entendre la réponse.

Cette réponse terrible, le capitaine la recevait, une seconde après, sans qu'un seul mot eût été prononcé.

La porte d'entrée principale du château était ouverte, et deux hommes étaient sur le seuil. C'étaient M. Ashburne, le magistrat, et Christophe Dimond, le constable de Raynham.

La présence seule de ces deux hommes apprit au capitaine que ses craintes n'étaient que trop justifiées; il était arrivé un malheur.

— L'enfant!... dit-il d'une voix étranglée, est-elle morte? est-elle assassinée?

— Non, non, elle n'est pas morte, répondit M. Ashburne.

— Elle n'est pas morte, Dieu soit loué! Qu'y a-t-il alors? Qu'est-ce qui lui est arrivé? Par pitié, parlez.

— Elle a disparu.

— Elle a disparu! J'avais donné des ordres sévères pour qu'elle ne sortît pas du château. Qui a osé désobéir à ces ordres?

— Personne, répondit M. Ashburne. La petite Gertrude n'a pas quitté son appartement. Elle a été enlevée de son berceau pendant la nuit, et le berceau était, comme d'habitude, à côté du lit de Mme Morden.

— Mais qui a pu pénétrer dans cette chambre à l'heure où les portes du château sont fermées? Où est Mme Morden? Permettez-moi de la voir et de réunir tous les domestiques de la maison dans la grande salle à manger.

— Je crains bien que vos questions aux gens de la maison ne vous servent à rien, dit M. Ashburne. Avec l'assistance de Dimond, je me suis livré à toutes les recherches, et je n'ai pu obtenir le moindre renseignement pouvant jeter la plus faible lumière sur cette mystérieuse affaire.

— Je vous remercie; je suis certain que vous avez fait tout ce que l'amitié a pu vous suggérer, mais je désire procéder moi-même à l'interrogatoire. Cette affaire est pour moi une question de vie ou de mort.

Il se rendit dans la grande salle à manger, dans cette même pièce où avait eu lieu l'enquête sur la mort de sir Oswald. MM. Ashburne et Christophe Dimond l'accompagnèrent. Les domestiques de la maison y arrivèrent par deux et par trois, jusqu'à ce que la salle fût remplie.

Mme Morden ne vint qu'en dernier. Elle ne se livra à aucune démonstration; elle ne songeait pas un seul moment que quelqu'un pût douter de son violent chagrin. Elle était debout devant le capitaine, calme, grave et prête à répondre aux questions avec la véracité d'une conscience honnête.

Il interrogea un par un chaque serviteur, en commençant par Mme Smithson, la femme de charge, qui crut pouvoir déclarer que nulle créature vivante, à l'exception des domestiques de la maison, n'avait pu pénétrer dans le château pendant la nuit où Gertrude avait disparu.

— Les portes ont été fermées à dix heures et demie, dit-elle, et j'ai emporté les clés dans ma chambre.

— A quelle heure s'est-on aperçu de la disparition de l'enfant?

— A cinq heures du matin, répondit Mme Morden, avant que personne de la maison n'ait bougé. Ma petite chérie avait coutume de s'éveiller à cette heure pour prendre un peu de lait que je laissais dans un verre à côté de son berceau. Je me suis levée à l'heure accoutumée, et j'ai regardé dans son berceau, mais il était vide. Le couvre-pieds de soie avait été emporté avec l'enfant. J'ai donné l'alarme tout de suite et en moins d'un quart d'heure toute la maison était sur pied.

— Et tu n'as rien entendu pendant la nuit, toi? demanda le capitaine à Salomon Grundy.

— Rien, capitaine.

— On prétend, reprit Capplestone, qu'il est impossible que quelqu'un soit entré ou sorti; mais c'est le contraire qui est impossible. Autrement Gertrude serait donc cachée quelque part dans le château?

— Et une perquisition a été faite de la cave au grenier, répondit Mme Morden; Mme Smithson et moi, nous avons visité toutes les pièces et ouvert toutes les armoires.

Stephen et Mathieu Brook assistaient à l'interrogatoire. Ils tremblaient d'être personnellement questionnés, mais ils en furent quittes pour la peur.

— Si nous avouons la vérité, s'étaient-ils dit entre eux pour s'excuser, cela ramènera-t-il l'enfant?

Le capitaine au désespoir renvoya tout le monde, et alla s'enfermer dans la bibliothèque.

Là, le cœur brisé, il se mit en devoir de faire la chose la plus pénible qui lui ait jamais été imposée dans le cours de son aventureuse et laborieuse vie : il écrivit à lady Eversleigh.

TROISIÈME PARTIE

LE CRIME PUNIT LE CRIMINEL

I

Larkspur en quête

Qui pourrait décrire la douleur de lady Eversleigh, quand elle reçut la lettre du capitaine ? Pendant les premiers moments, elle resta sur sa chaise immobile et comme pétrifiée. Quand elle revint à elle, son premier mouvement fut d'envoyer chercher André Larkspur.

Le relevait à peine de sa maladie, et sa santé ne faisait que commencer à se rétablir.

Larkspur, ou M. André, trouva Honoria se promenant dans sa chambre, avec une agitation fébrile.

— Mon Dieu! madame, s'écria-t-il, serait-il arrivé quelque malheur ?

— Oui, un malheur affreux! répondit-elle, en lui tendant la lettre.

Larkspur lut et relut la lettre avec attention.

— Voilà un vilain tour! dit-il avec son flegme accoutumé ; que faut-il faire ?

— Il faut m'accompagner au château de Raynham, monsieur Larkspur ! Il faut que vous me retrouviez mon enfant! Vous êtes mieux, maintenant, monsieur, n'est-ce pas? vous pouvez supporter le voyage? Au nom du ciel! ne dites pas que vous ne pouvez me venir en aide. Rendez-moi ma fille bien-aimée, et fixez vous-même votre récompense pour ce service sans prix.

— Comptez sur moi, madame, dit Larkspur; que je sois ou non en état de partir, je n'y songe pas, je partirai. Mais ne parlez pas de récompense. Est-ce que tout mon temps ne vous appartient pas? Seulement, abandonnerons-nous donc entièrement notre affaire de Londres ?

— N'y pensez plus un instant! de quelle importance est-elle à présent pour moi? Je n'ai qu'une idée : partir! partir tout de suite!

— Envoyez commander les chevaux, madame; d'ici à une heure, je serai prêt à vous suivre.

Une heure ne s'était pas écoulée en effet que lady Eversleigh et Larkspur étaient assis dans une chaise de poste attelée de quatre chevaux qui brûlait le pavé sur la route de Raynham.

— Voilà, dit Lakspur avec une expression de regret, un incident et un départ qui feront joliment les affaires de Victor Carrington !

— Encore une fois, ma fille avant tout ! s'écria lady Eversleigh. N'ayons de pensée que pour ma fille ! J'ai eu tort, monsieur Larkspur, de vouloir moi-même confondre et châtier ceux qui m'ont si cruellement torturée. Je devais laisser faire la justice éternelle. Je suis punie peut-être, pour avoir voulu usurper son rôle.

Larkspur hocha la tête de l'air [d'un homme qui, non-seulement ne croit pas empiéter sur l'éternelle justice, mais qui se flatte de lui donner de temps en temps un coup de main.

— A l'heure présente, continua Honoria, ne songeons plus qu'à la défensive. Ne croyez-vous pas, monsieur Larkspur, que Réginald pourrait bien être l'auteur de la disparition de mon enfant ?

— Non, madame, je ne le crois pas. Je ne crois pas que sir Réginald soit pour quelque chose dans cet enlèvement.

— D'une façon directe, non peut-être ; mais indirectement ? Son complice, son ami, son associé, son âme damnée, Victor Carrington, ne peut-il avoir commis cette nouvelle infamie ?

— Je ne le pense pas, madame. On les a surveillés, même pendant ma maladie. Je suis assez au courant de leurs faits et gestes et de leurs manœuvres pour pouvoir affirmer qu'ils ont d'autres visées. Vous êtes, en droit et en fait, la propriétaire de Raynham, et ce n'est pas votre fille qui est un obstacle entre la fortune et ces aventuriers.

Enfin la chaise de poste arriva au terme du voyage et franchit la grille du château de Raynham.

Le capitaine Capplestone, qui était aux aguets, descendit aussitôt et vint recevoir Honoria sur le perron.

Il était pâle et tremblant.

Il ouvrit la bouche pour parler, mais lady Eversleigh ne lui en laissa pas le temps.

— Pas un mot, mon ami ! lui dit-elle.

Et elle lui tendit sa main, que le vieux soldat, les larmes aux yeux, baisa après l'avoir serrée.

Honoria reprit :

— Rien de nouveau, ici ?

— Rien. Et de votre côté ?

— Rien non plus.

Elle présenta Larkspur au capitaine. Puis on se rendit tout de suite dans un petit salon qui attenait au grand vestibule.

L'officier de police prit un siège, s'établit avec toute l'aisance d'un homme qui aurait passé la moitié de sa vie au château, et pria le capitaine de lui faire le récit circonstancié de la disparition de l'enfant.

Il écouta avec la plus grande attention, insistant parfois sur le détail le plus indifférent en apparence.

De temps en temps, il prenait quelques notes au crayon sur son agenda.

Quand le capitaine eut cessé de parler, lady Eversleigh regarda Larkspur avec anxiété.

— Eh bien ? demanda-t-elle, avez-vous quelque espoir ? trouvez-vous quelque indice ?

— Plus d'indices qu'il n'en faut, madame. — Ah çà, reprit-il, j'espère qu'on n'a rien fait, rien compromis encore par des démarches, des recherches ou des tentatives inutiles et dangereuses ?

— Non ; nous attendions, dit Capplestone. Nous avions pensé à une affiche promettant une somme considérable à qui pourrait donner des nouvelles de l'enfant.

— C'est là ce que j'appellerais une chose inutile et dangereuse ! dit Larkspur. Non, point de récompense à donner pour l'enfant. Mais, ajouta-t-il après réflexion, il serait peut-être bon d'en promettre une à qui rapporterait ce couvre-pieds dans lequel, dites-vous, l'enfant a été enlevé.

— Une récompense pour le couvre-pieds ! s'écria le capitaine.

— Oui, oui, ce serait excellent ! Il avait quelque valeur intrinsèque, ce couvre-pieds, je suppose ? Il était en soie ?

— Oui, garni de dentelles.

— Il pouvait bien valoir 8 livres sterling (200 fr.)? Eh bien, il faut en promettre douze à qui le rapportera. Si nous retrouvons le couvre-pieds, nous sommes presque sûrs de retrouver l'enfant. L'homme qui l'a enlevée a fait une faute en emportant l'enfant dans ce couvre-pieds, et est fort capable d'en faire une autre en ne le détruisant pas. Avant quarante-huit heures, nous aurons une affiche posée dans les rues de Londres et dans les villes de la province ; une annonce faite dans tous les journaux. Nous dépenserons, s'il le faut, 25,000 francs pour promettre ces trois cents francs ! J'estime que ce ne sera pas de l'argent perdu. — Et maintenant, ajouta Larkspur, si j'osais me permettre une liberté, je vous dirais que je serais bien aise de manger un morceau quelconque, en l'arrosant d'un verre d'eau-de-vie. Seulement, je voudrais être vu le moins possible par les domestiques du château. Après dîner, j'irai faire un tour dans le village pour reconnaître les lieux et les gens.

M. Larkspur fut recommandé aux soins du sommelier, qui le mena chez l'importante femme de charge. Mme Smithson le reçut avec condescendance. Il accueillit poliment, mais brièvement, leurs civilités, les interrogea en ayant l'air de leur répondre, et, après avoir mangé tout le blanc d'un poulet froid, une livre de jambon, et bu une quantité considérable de cognac, il se retira, conduit par le sommelier, dans l'appartement qui lui était destiné.

Jusqu'au soir, il s'occupa à écrire de courtes notes aux chefs des officiers de police dans toutes les principales villes de l'Angleterre, leur demandant de faire imprimer et apposer les affiches dont il avait parlé à lady Eversleigh et au capitaine.

Ce travail fait, il s'arrangea un costume qui pouvait être celui d'une espèce de roulier, et sortit par la grande porte du château pour se rendre au village.

Larkspur, très vraisemblable en roulier, passa la plus grande partie de sa soirée dans la grande salle de la *Poule et ses Poussins*, buvant à petits coups des verres de grog très légers et prêtant l'oreille aux conversations des habitués de la maison. Il n'entendit d'abord que des propos insignifiants. Mais, vers neuf heures, arriva Mathieu Brook, le cocher.

— Voulez-vous que je vous dise une chose, Mathieu Brook ? fit un vigoureux gaillard au teint coloré qui était le tonnelier du pays. Eh bien, depuis huit jours, vous n'êtes plus reconnaissable ; c'est depuis que la petite demoiselle du château a été volée. Vous deviez bien l'aimer, cette enfant !

— Oh ! oui, je l'aimais bien, la chère petite ! répondit Mathieu.

Mais, quoique cette protestation fût au fond parfaitement exacte, il y avait eu une certaine hésitation dans la manière dont elle avait été exprimée.

— Et puis, vous avez perdu votre nouvel ami de la taverne du *Chat et du Violon*, chez qui vous commenciez à passer bien plus souvent vos soirées qu'ici. Dites donc, Brook, qu'est-ce qu'il est devenu, cet homme, ce Maunders ? C'est tout de même assez étrange qu'il ait si subitement quitté Raynham, laissant sa maison à l'abandon, où à la conduite de cette bête de fille, qui n'entend rien aux affaires. Savez-vous qui il était, ce qu'il est, Mathieu ?

— Non, je n'en sais rien, répondit Brook, avec impatience. Je ne sais rien de lui, si ce n'est qu'il m'avait fait l'effet d'un gai compagnon, malgré ses manières un peu rudes. C'est Harwood qui l'a amené souper un soir au château ; il nous a invités à son tour à venir de temps en temps vider un verre dans son établissement, ce que nous avons fait ; voilà tout. Et maintenant, j'en ai assez de tous ces interrogatoires.

— Mais, Brook, s'écria le tonnelier, qu'est-ce que vous avez pour répondre de cette manière à un vieil ami comme moi ?

Brook ne répliqua rien et continua à fumer. L'hôtelier traversait la salle dans ce même instant.

— Holà ! hé ! Harris, lui dit le tonnelier, le propriétaire du *Chat et du Violon* n'est pas de retour ?

— Non, répondit Harris. Et la preuve en est que tous ses habitués m'arrivent.

— Ne pensez-vous pas qu'il pourrait bien avoir exécuté une fugue ?

— On ne sait pas ! C'est tout de même une drôle de chose, cet homme qui s'en va sans dire pourquoi, ni où il va, juste au moment où la petite fille du château disparaît.

— Vous pensez donc qu'il pourrait être pour quelque chose dans l'enlèvement, Harris ? demanda le tonnelier.

Larkspur regardait Mathieu Brook en ce moment. L'honnête visage du cocher était devenu tout à coup livide.

L'aubergiste, à la question du tonnelier, secoua la tête d'un air grave.

— Je ne pense rien et je ne crois rien, répondit-il, on prétendrait que je suis jaloux de mon confrère. Tout ce que je puis dire, c'est qu'il est étrange que le propriétaire du *Chat et du Violon* disparaisse du village au moment même où la petite Eversleigh disparaît du château.

Il ne fut plus rien dit au sujet de la disparition de la jeune héritière; mais Larkspur ne crut pas avoir perdu sa soirée.

Il employa, le lendemain, les premières heures de la matinée à un examen minutieux de toutes les entrées de la maison.

Quand il vit la petite porte vitrée de la chambre occupée par Stéphen, il fit entendre un long sifflement, et se mit à sourire de l'air triomphant d'un homme qui tient la clef d'un problème cherché.

Mme Smithson et Stephen lui-même l'accompagnaient.

— Ah çà! dit-il, voilà une petite porte isolée que ne ferme aucune des grosses clefs qu'on vous remet chaque soir à dix heures et demie, madame Smithson!

— C'est pourtant vrai! s'écria-t-elle avec effroi.

— Vous fermez toujours votre porte au verrou pendant la nuit? demanda Larkspur au valet de pied.

— Toujours, monsieur.

L'accent de Stéphen et l'expression de son visage ne trompèrent pas Larkspur.

— Cet homme ment! se dit-il.

— Etes-vous bien certain d'avoir fermé et verrouillé cette porte pendant la nuit du rapt?

— Oh! parfaitement certain, monsieur.

— Pouvez-vous vous rappeler ce que vous avez fait ce soir-là?

— Non, monsieur, je ne saurais me le rappeler exactement, balbutia le valet de pied.

— Etes-vous resté à la maison?

— Dame! monsieur, je pense que je devais y être.

— Vous n'en êtes pas certain?

— Dame! monsieur, je ne sais si je pourrais m'aventurer à dire que j'en suis certain.

— Cela suffit, dit Larkspur.

Après dîner, Larkspur sortit pour aller finir encore sa soirée au village. Mais, cette fois, c'est vers la taverne du *Chat et du Violon* qu'il se dirigea.

Il y trouva un petit nombre de marins et de paysans buvant leur bière dans des pots de terre, au milieu d'une atmosphère suffocante de fumée.

Larkspur ne perdit pas son temps à écouter la conversation de ces hommes. Il retourna au comptoir, près duquel un tout petit cabinet vitré était ménagé pour les buveurs solitaires. Il pria la fille qui remplaçait Maunders de lui servir là un flacon d'eau-de-vie.

— Ainsi, votre maître est absent de sa maison, ma fille? lui demanda-t-il, tout en arrangeant tranquillement son grog.

— Oui, monsieur.

— Savez-vous quand il doit revenir?

— Mon Dieu, non, monsieur.

— Savez-vous au moins où il est allé?

— Je ne le sais pas davantage.

— Est-ce que vous lui étiez très attachée, à votre maître?

— Oh! pour ça! pas beaucoup!

— Il ne vous parlait pas de ses affaires, à ce que je vois? Il ne vous a jamais confié aucun secret?

— Jamais.

— Par conséquent, rien ne vous gêne pour dire ce que vous savez, si vous y avez quelque intérêt?

— Si j'y ai intérêt, c'est bien sûr!

Larkspur tira de sa poche une pile de pièces d'argent.

— Vous voyez bien, dit-il, ces demi-couronnes. Vous en aurez une à chaque réponse satisfaisante que vous ferez à mes questions; vous en aurez deux et même trois quand la réponse sera importante.

— Oh! parlez! parlez, monsieur! dit la fille.

— Votre maître est parti le jour même où la petite Gertrude a disparu, je sais cela. Il est parti de grand matin, je suppose?

— Il faut croire, monsieur; car j'étais levée à six heures ce matin-là et mon maître avait déjà quitté la maison quand je suis descendue.

Larkspur posa sur la table une demi-couronne, et reprit :

— Est-ce qu'il s'était couché de bonne heure, la veille?

— Oh! non, il était onze heures quand il m'a envoyée me mettre au lit, et cela assez durement, selon son habitude.

— Il avait d'ailleurs de la compagnie dans la soirée, n'est-ce pas? demanda Larkspur en ajoutant négligemment deux demi-couronnes à la première.

— Oui, monsieur, il avait eu de la compagnie, répondit la fille après quelque hésitation.

A cette trop brève réponse, aucune demi-couronne ne se posa sur les autres.

— Quelle compagnie? dit Larkspur.

— Mais, monsieur, vous ne me questionnez plus seulement sur M. Maunders?

— Quelle compagnie? répéta Larkspur, en faisant rouler entre ses doigts quatre pièces à la fois.

La servante, à la vue de cette somme, se répandit en un flot de paroles.

— Ma foi! tant pis! c'étaient des gens du château, dit-elle. Ils étaient venus faire une partie de cartes et manger un souper que j'avais eu assez de mal à préparer. C'est que, voyez-vous, ces messieurs du château vivent là-haut qu'il fallait faire attention à ce qu'on leur donnait à manger. «Il faut tout ce qu'il y a de meilleur et de plus soigné!» m'avait dit M. Maunders. Aussi, je peux me flatter que le roast-beef était rôti dans la perfection, et que les oignons frits avaient une belle teinte d'un brun doré qui aurait fait honneur au chef de la Reine. Je ne devrais peut-être pas dire cela, ajouta modestement la donzelle.

Les quatre demi-couronnes allèrent s joindre sur la pile aux trois autres.

— Et quels étaient donc, demanda Larkspur, ces messieurs du château qui sont venus souper avec votre maître?

— Dame, monsieur, voyez-vous, ils étaient trois : M. Brook, le cocher, l'homme le plus aimable et le plus poli que vous puissiez rencontrer, mais il aime un peu trop boire, à ce qu'on dit (deux demi-couronnes). Et puis James Harwood, le groom (deux demi-couronnes). Et enfin Stephen Plumpton, le valet de pied, un jeune homme qui a de belles couleurs fraîches (deux demi-couronnes).

La pile devenait des plus respectables. Les yeux de la servante s'allumaient.

— Et ces bons amis sont restés avec lui toute la nuit? dit Larkspur.

— Non pas, non; il y ena a deux M. Stephen et M. Harwood, qui se sont retirés sur le coup de dix heures.

— Ah! Mathieu Brook seul n'a pas quitté Maunders?

La fille se mordit les lèvres et se tut.

— Je vois, vous ne voulez pas accuser Brook, reprit Larkspur, en replongeant dans sa poche ce qui restait d'argent dans ses mains. Comme il vous plaira, mon enfant! Seulement, votre silence est plus terrible pour le cocher que toutes vos révélations. Il est évident pour moi que, si Maunders est l'auteur de l'enlèvement de l'enfant, Mathieu Brook est son complice.

— Oh! vous vous trompez bien, allez!

— Alors, pourquoi ne parlez-vous pas?

— Parce que... pauvre cher Brook m'avait bien recommandé le secret. Mais si vous me soupçonnez... Et puis, il devait revenir, il m'avait promis quelque chose pour ma discrétion, et il n'a pas remis les pieds ici depuis ce jour-là!

Larkspur reprit dans la profondeur de sa poche les demi-couronnes; il y en avait dix ou douze.

— Eh bien donc, fit la servante avec volubilité, quand je me suis levée, je n'ai pas trouvé dans la salle M. Maunders, mais j'ai trouvé Mathieu Brook. Il dormait encore, et d'un sommeil si lourd et si sourd, que j'ai bien été dix minutes à le réveiller. Je lui ai jeté un verre d'eau à la figure, et il a comme repris connaissance. Quand il a vu qu'il était jour, il a été épouvanté. Il s'en est allé, furieux contre mon patron. « Ah! il m'a joué un tour abominable! qu'il disait : il m'a comme empoisonné! il me le payera! » Dans la journée il est revenu, pour savoir si on avait revu M. Maunders. C'est que j'ai recommandé le secret. M. Maunders lui avait enlevé sa houppelande, son cache-nez, sa clef, est-ce que je sais, moi! Vous voyez bien qu'il est innocent et qu'il serait plutôt victime.

— C'est bien! merci! dit Larkspur en se levant.

Il jeta sur la table tout ce qu'il tenait d'argent; il y avait bien en tout une centaine de francs. Puis, il sortit sans ajouter un mot. Il savait tout ce qu'il voulait savoir.

Le lendemain matin, il fit venir dans sa chambre Mathieu Brook, Stephen et Harwood. Il les terrifia, en leur rapportant dans ses moindres détails tout ce qu'ils avaient fait, et la part qu'ils avaient eue, volontairement ou non, dans l'enlèvement de leur petite maîtresse. Mais non, cette part n'était pas volontaire ; Larkspur n'eut pas de peine à le voir sur leurs stupides mais honnêtes figures. Le gros Mathieu Brook pleurait comme un enfant. Ils avaient en horreur Maunders et son action. « Ah ! qu'on nous le livre ! criait Mathieu Brook, et nous nous chargeons de le pendre ! »

Larkspur les questionna sur ce qu'ils pouvaient avoir appris directement et indirectement, ou simplement conjecturé, quant aux faits et gestes de la disparition de l'enfant. Mais ils ne savaient rien de rien. Larkspur les congédia.

— Vous allez nous dénoncer, n'est-ce pas ? demanda piteusement Stéphen, on va nous chasser ?

— A quoi bon ? fit Larkspur en haussant les épaules.

Il se contenta de dire à lady Eversleigh qu'il croyait être sur la voie de la vérité. Pour lui, il dressa ses batteries.

Comment Maunders avait-il quitté Raynham, c'était maintenant le grand point à éclaircir. L'hôtelier n'avait ni cheval, ni voiture ; il était certainement parti à pied, dans la nuit, emportant l'enfant, protégé par l'obscurité. Mais il avait dû arriver au point du jour dans quelque village, et, là, s'être procuré, à un moment quelconque, un moyen de transport pour s'aventurer plus loin.

Larkspur résolut d'explorer et de fouiller toutes les localités des environs. Il ne pouvait manquer de trouver des renseignements quelque part. Il étudia la carte avec soin, partagea le pays en cinq ou six zones déterminées, et partit, le matin même, avec des chevaux de poste, pour cette reconnaissance.

Les trois premiers jours, ses pas, démarches et interrogatoires furent partout infructueux. Maunders n'avait été signalé dans aucun des endroits où Larkspur poussa ses recherches.

Mais le matin du quatrième jour, au moment où Larkspur allait se mettre en route, il reçut une lettre du bureau de police de Murford-Haven, ville manufacturière, à 40 kilomètres de Raynham.

Cette bienheureuse lettre informait Larkspur qu'une vieille femme avait apporté le couvre-pieds de soie, pour lequel il avait fait promettre une récompense.

Larkspur ne voulut pas risquer de donner une fausse joie à lady Eversleigh. Il partit sur l'heure. Il lui fit seulement savoir par Mme Smithson qu'il ne rentrerait peut-être pas le soir, mais qu'il espérait pouvoir lui apporter le lendemain de bonnes nouvelles.

II

Sur la piste

Dans quelle impatience et avec quels frémissements Honoria passa cette journée et cette nuit, il n'est pas besoin de le dire.

Le lendemain, après le déjeuner, elle s'était retirée, avec le capitaine Capplestone, dans le petit salon, quand on lui annonça Larkspur.

Elle se leva pour courir à sa rencontre.

L'agent entra, dans son costume de voyage, et portant son sac de nuit. Il tenait sur son bras le couvre-pieds de soie.

— Voilà toujours le couvre-pieds ! s'écria-t-il. Je vous avais bien dit qu'il était possible et même facile de retrouver d'abord cette trace précieuse!

— Mais... Gertrude?... demanda la mère presque sans voix.

— Elle vit, rassurez-vous. On l'a vue. Elle vous sera rendue, et plus tôt que vous ne le croyez peut-être.

Honoria ne trouva pas de paroles ; elle ne put que serrer avec une émotion profonde la main de Larkspur.

Il reprit : — Vous me remercierez plus tard, madame, quand votre chère petite sera dans vos bras. Maintenant, écoutez ce qui s'est passé. La femme qui a rapporté le couvre-pieds, est une espèce de vieille sorcière, une mauvaise pratique, un oiseau de prison, je le parierais. Au bureau de police de Murford-Haven, on lui avait dit de revenir chercher la récompense promise, ann de les remettre à même de l'interroger. Je lui ai remis les douze livres sterling pour le couvre-pieds et je lui en ai donné douze autres pour l'engager à parler ; lui faisant observer d'ailleurs qu'il ne serait pas sain pour elle de se jouer d'un officier de Bow-Street. Elle m'a dit alors tout ce qu'elle savait. L'homme qui a volé la jeune demoiselle s'est présenté dans sa tanière, et la vieille mère Brimstone lui a procuré des vêtements pour la petite fille. Il lui a laissé la brassière et la chemisette de toile fine que l'enfant avait sur elle quand il l'a enlevée. A preuve : la vieille m'a remis les objets, contre deux souverains ; et les voici.

Tout en parlant, Larkspur tirait, des profondeurs de son sac, la toilette de nuit garnie de valenciennes que portait l'héritière de Raynham.

Les yeux d'Honoria s'emplirent de larmes.

— Continuez, dit-elle avec effort, continuez, je vous en supplie. Cette femme vous a dit qu'elle avait vu l'enfant... Mais avec qui ? Vous l'a-t-il dit ?

— Elle me l'a dit. Ce misérable n'est autre qu'un homme soupçonné de nombreux crimes, un homme que je surveille depuis longtemps, un homme bien connu parmi les scélérats de Londres : un nommé Tom Milsom.

— Tom Milsom ! s'écria lady Eversleigh avec épouvante.

— Vous savez qui est Tom Milsom, madame ? dit Larkspur étonné.

— Tom Milsom ! répéta Honoria. Ah ! si ma fille est entre les mains de cet homme, elle est perdue !

— En effet, je me rappelle, pensa tout haut Larkspur, vous sembliez au fait des circonstances de l'assassinat de Valentin Jernam; vous avez pu rencontrer Milsom.

— Oui, oui, je le connais, le misérable ! s'écria lady Eversleigh avec l'accent du plus profond désespoir. Mon enfant ne pouvait pas tomber en de pires mains !

— Ne dites pas cela, reprit le capitaine Capplestone; si elle était dans les mains de sir Réginald, elle serait en danger de la vie; dans les mains de ce Tom Milsom, il me paraît vraisemblable que vous en serez quitte pour une grosse rançon.

— Oh ! tout ce que je possède ! qu'il me rende ma fille !

— Tout, c'est trop, dit Larkspur ; rien, ce serait mieux.

— Au nom du ciel ! ne l'exaspérez pas, ne l'irritez pas, monsieur Larkspur. Cet être haineux est capable de tout. Ah ! il faudrait le voir, lui parler... Mais où est-il ? Est ce que vous pourriez savoir où il est ?

— Je le sais... à peu près. Il est à Londres. Il a pris à Murford-Haven la diligence de Londres. Je suis resté jusqu'au soir pour voir le conducteur. Cet homme s'est rappelé parfaitement Milsom, d'après la description que m'en avait faite la vieille Brimstone. Il se rappelait encore mieux la petite fille, qui avait d'abord beaucoup pleuré, mais qu'on avait consolée, et qui avait charmé tous les voyageurs par sa grâce et sa gentillesse.

— La chère mignonne ! Mais où les retrouver dans Londres?

— Attendez. A l'arrivée à Londres, le conducteur, portant une malle, a passé dans la cour des diligences, près de la voiture où Milsom montait avec l'enfant; et il l'a entendu dire au cocher : Grande route de Ratcliff. Seulement, la grande route de Ratcliff est longue, et il n'a pu saisir le numéro.

— Je le sais, moi ! s'écria Honoria en se levant tout agitée ; je le sais ; je connais trop bien ce lieu de malheur ! Allons à Londres, monsieur Larkspur ! Allons ! partons tout de suite ! Et je vous mènerai, je vous guiderai. Je n'ai plus rien à risquer, plus rien à perdre, ayant perdu mon enfant.

Elle parlait avec une exaltation fébrile, refusant de rien expliquer et de rien entendre. Elle répétait seulement :

— Partons ! ne parlons que du départ ! Quand nous serons en route, j'aurai le temps, dans la chaise de poste, de tout dire, et je dirai tout. Vous aussi, capitaine, accompagnez-moi, je vous en prie, mon bon et fidèle ami, et vous entendrez cette douloureuse, cette terrible confidence.

Deux heures après, la berline de voyage roulait sur le chemin de Londres, emportant lady Eversleigh, Capplestone à côté d'elle, et Larkspur sur le siège de devant.

, — Je vais maintenant parler, dit Honoria après un quart d'heure de silence et de recueillement. Je n'ai que trop tardé à le faire. Je m'en accuse et j'en suis durement punie. J'étais retenue par je ne sais quelle pudeur et quelle honte. Il est des crimes dont l'horreur s'étend des coupables et des complices jusqu'aux témoins; ces témoins eussent-ils été indignés et révoltés, comme je l'ai été, moi, lors du meurtre du malheureux Valentin Jernam.

— Ah! s'écria Larkspur, Tom Milsom est donc décidément le meurtrier du capitaine! Ah! je le disais bien! et je disais bien aussi qu'un autre forfait dévoilerait le premier! car les auteurs d'un crime font perpétuellement cette faute d'en commettre d'autres; c'est ce qui les perd et les perdra toujours.

— Oui, Tom Milsom est le meurtrier de Valentin Jernam, reprit Honoria d'une voix sourde, et mon devoir eût été de le dénoncer peut-être. Il semble que la malédiction de ce sang innocent ait été sur moi, depuis le jour funeste où il a été versé. Pourquoi ai-je gardé le silence? Comment ma vie a-t-elle été mêlée à la vie du sombre Milsom? Il faut, pour vous le faire comprendre, que je remonte aux jours de mon enfance et à mes premiers souvenirs. Ces impressions lointaines sont pleines de lumière et de joie; mais elles sont si vagues que je puis à peine distinguer la réalité du rêve. Cependant, je vois encore une belle figure qui se penchait sur moi quand je dormais dans un berceau aussi doux et aussi riche que celui où reposait la figure de ma chère petite Gertrude. Je me rappelle une voix caressante et tendre qui chantait pour m'endormir. Je me souviens de colonnades, de statues, d'une habitation, qui était la mienne, et où tout était luxe et splendeur.

— Et vos souvenirs ne peuvent pas préciser où cette habitation était située?

— J'étais trop jeune pour me rappeler les noms des personnes et des lieux. Mais j'ai toujours pensé que je suis née en Italie.

— En Italie?

— Oui, car après le palais aux trois quarts effacé dans ma mémoire, ce que je vois nettement, ce que je me rappelle d'une façon distincte, c'est une cabane de pêcheur dans un village à quelques lieues de Naples. J'étais l'unique enfant dans ce pauvre logis solitaire, et j'étais au pouvoir de deux misérables.

— Qui étaient?...

— Une femme nommée Andrinetta, que j'appelais nourrice, dans la demeure de mes parents, et l'homme que vous connaissez sous le nom de Tom Milsom.

— Est-ce qu'il est Italien? demanda Larkspur.

— Je ne sais. En Angleterre, il se dit Anglais, mais on le croyait Italien en Italie. Quelle était sa profession à cette époque, je l'ignore, mais je suis certaine que son existence ne devait pas être alors moins coupable que celle qu'il a menée depuis. Il prétendait qu'il gagnait sa vie en travaillant, comme tous les autres pêcheurs du voisinage; mais il restait oisif pendant des semaines entières, et il s'absentait souvent pendant des mois.

Je l'avais vu étaler de l'or et des bijoux devant Andrinetta, au retour de quelques-unes de ces expéditions. Il était dur et cruel pour moi. Je le haïssais et il savait que je le haïssais. Il m'ordonnait de l'appeler mon père, et plus d'une fois j'ai été battue pour m'y être refusée. Soumise à de tels traitements, privée de toute société d'enfants de mon âge, je devins d'un caractère bizarre et sauvage. Ma volonté était aussi inflexible que celle de mon tyran, et plus d'une fois je lui résistai hardiment. Il m'arrivait de me sauver et d'errer pendant plusieurs jours dans les montagnes et dans les bois du voisinage, mais la faim me ramenait toujours à mon misérable abri, car j'avais honte de mendier. Je fuyais toutes les créatures humaines, et si quelques voisins paraissaient vouloir me témoigner de la bonté, je me sauvais d'eux avec une terreur farouche. Un jour, j'entendis un de ces voisins reprocher à Milsom les cruels traitements qu'il me faisait souffrir :

— N'est-ce pas assez, lui disait-il, d'avoir volé l'enfant, sans la battre! — Voilà comment je sus que j'étais une enfant volée. Je le lui dis, un soir. Le lendemain matin, nous déménageons, et il nous installait à Naples, dans le faubourg le plus populeux de la ville, où je vécus pendant quelques années. — Personne ne donnera la peine de venir vous chercher ici, ma jeune princesse! me dit mon tyran.

Il y eut une pause, pendant laquelle Honoria resta, les yeux errants dans le vague, comme si elle regardait dans l'ombre épaisse du passé.

Puis elle reprit sa lamentable histoire. Andrinetta, qui, malgré l'horrible influence qu'exerçait Milsom sur elle, avait pour l'enfant qu'elle avait nourrie un véritable attachement, instruisit à sa façon la petite Honoria. Elle la conduisait à l'église, elle lui fit faire sa première communion, elle lui donnait à lire des livres que lui prêtait un vieux savant, dont elle faisait le ménage.

Honoria avait quinze ans lorsqu'Andrinetta mourut. Tomaso, — c'est ainsi qu'on nommait Milsom en Italie, — lui déclara, un soir, qu'il l'emmenait en Angleterre et sur-le-champ la contraignit, par ses menaces et ses violences, à s'embarquer avec lui.

Puis, commença le long et douloureux récit de tout ce qu'avait souffert Honoria à Londres et dans les provinces, chantant dans les cabarets et dans les rues, ayant pour seule compagnie le père de Milsom, moins dur cependant et moins pervers que son fils.

Lady Eversleigh achevait de raconter la scène tragique de l'assassinat de Valentin Jernam, quand la chaise de poste atteignit Londres. Les trois voyageurs descendirent à l'appartement de Percy-street.

On remit à Larkspur une carte qu'avait laissée, dans l'après-midi, un gentleman qui était venu, en toute hâte, demander « M. André ».

Larkspur y jeta un coup d'œil, et, surpris, presque effrayé, s'écria : — Georges Jernam!

———

III

Poison lent

Larkspur avait eu raison de le dire à Honoria, les événements continuaient à servir merveilleusement les atroces desseins de Victor Carrington. Le médecin était on ne peut plus satisfait de l'état des choses à Hilton-House.

Il continuait à y être reçu en familier de la maison; il y dînait une fois ou deux la semaine; Douglas le considérait comme un ami.

Tout allait bien; il trouvait seulement que le «dénoûment» tardait beaucoup.

Il aurait voulu hâter le moment où il pourrait brusquer les choses et les terminer d'un seul coup subit et violent. Mais, en attendant, il était obligé de n'agir que lentement. Il fallait bien donner aux soupçons le temps de naître, et de se porter sur qui il voulait.

Il savait, par des mots de reconnaissance échappés à Pauline elle-même, que Douglas avait fait un testament en sa faveur. Il le disait à ses exploits. Il insinuait qu'au fond Mme Durski aimait toujours Réginald Eversleigh, et que si elle se résignait à épouser Douglas, ce n'était assurément que par intérêt.

Les jours passaient, et les ravages du poison n'étaient pas encore assez apparents pour que l'empoisonneur lui-même pût en suivre les effets sur le visage de sa victime. Douglas ne se plaignait jamais d'être malade, et disait seulement, parfois, qu'il ressentait un peu de lassitude.

Pauline ne le voyait que le soir; les lampes et les bougies prêtent souvent un éclat menteur, et elle n'avait observé aucun changement extérieur chez son fiancé. Mais Douglas vint un jour la voir vers midi; un froid mais brillant soleil d'hiver éclairait en plein son visage; Pauline fut, pour la première fois, frappée de l'altération de ses traits.

— Douglas! s'écria-t-elle vivement, vous avez l'air malade!

— Vous croyez?

— Oui, et je m'étonne de ne pas l'avoir remarqué plus tôt. Votre pâleur est visible, mon ami. Vous avez maigri, certainement. Je suis sûre que vous êtes souffrant.

— Ma chère Pauline, rassurez-vous, il ne peut y avoir là rien de grave. Je ne me sens pas très bien depuis un certain temps, je le reconnais. C'est quelque chose com-

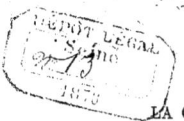

me une fièvre lente; — mais qui ne doit pas vous inquiéter, je vous assure.

— Oh! Douglas, s'écria Pauline, comment pouvez-vous parler avec cette légèreté d'une chose si grave pour moi! Oh! je vous en prie, je vous en supplie, allez consulter un médecin, allez-y tout de suite!

— Je vous certifie, chère amie, que cela n'est pas nécessaire, et que je n'ai rien de sérieux.

— Douglas, Douglas, si vous m'aimez, allez voir un médecin, sans perdre de temps; je vous le demande en grâce!

— Ma chère Pauline, vous savez que je veux en toute chose vous obéir.

— Eh bien, promettez-moi que vous allez voir un médecin digne de confiance, et cela sans aucun retard.

— Je vous le promets, répondit Douglas. Ah! Pauline, quelle joie pour moi de voir quel trouble passionné vous ressentez pour cet insignifiant malaise! Je ferai ce que vous voudrez, et demain, demain matin, je verrai mon médecin, je vous le jure.

Douglas était fort disposé à traiter sans importance les symptômes qu'il éprouvait: cette langueur, accompagnée de soif et de fièvre, dont les effets le fatiguaient, mais qu'il attribuait aux alternatives d'émotion et d'excitation par lesquelles il avait passé dans ces derniers temps.

Néanmoins il avait donné sa parole à Pauline, et le lendemain il se rendit dans Saville-Row, chez son médecin, le docteur Harley Wertbrook, auquel il décrivit le singulier malaise dont il souffrait.

— Je ne me considère pas comme sérieusement malade, dit-il en finissant, ami.

Le docteur lui tâtait le pouls et l'observait tout en l'écoutant.

— Vous avez très bien fait de venir, lui dit-il.

— Vraiment! regarderiez-vous ces symptômes comme alarmants?

— Non, sans doute, quant à présent. mais il faut vous soigner... observer... Le cas est curieux, et mystérieux presque.

Il adressa alors à son malade une foule de questions dont quelques-unes parurent assez futiles à Douglas; des questions sur son régime, sur ses habitudes, sur les gens qu'il fréquentait, sur les domestiques qui le servaient.

— Vous dînez à votre club ou chez vous, n'est-ce pas monsieur Dale? demanda-t-il.

— Ni à club, ni chez moi. Je dîne tous les jours chez un ami.

— Ah! Et toujours chez le même ami?

— Oui.

— Et où déjeunez-vous?

— Chez moi.

Ici le docteur fit plusieurs questions sur la nature du déjeuner.

— Dans ces sortes d'indispositions, dit-il, le régime a une grande importance. C'est votre domestique qui prépare votre déjeuner? Comme de raison, c'est une personne dans laquelle vous pouvez avoir confiance?

— Oui, c'est un vieux serviteur de mon père; je pourrais me fier à lui pour des choses autrement graves que la préparation de mon déjeuner.

— Voudriez-vous me pardonner une question un peu étrange?

— Certainement, si elle est nécessaire.

— Voilà qui est répondre en homme de loi. Eh bien, je vous demanderai si ce vieux et fidèle serviteur aurait un intérêt à votre mort?

— Un intérêt à ma mort!

— Enfin, pour parler en termes plus précis, s'il a lieu de penser qu'il figurerait dans votre testament; en supposant que vous ayez fait un testament, ce qui n'est pas probable, vu votre âge.

— Oui, répondit Douglas d'un air pensif, j'ai fait un testament il y a quelques mois, et Jarvis, mon vieux serviteur, sait que j'ai pensé à lui au cas où il me survivrait; cas peu vraisemblable, d'après le cours ordinaire des choses, mais le sage doit prévoir toutes les éventualités.

— Et vous avez dit à votre domestique que vous aviez songé à lui?

— Sans doute, j'ai toujours trouvé en lui un tel dévouement, qu'il était de mon devoir de lui assurer, à tout événement, une existence tranquille.

— Certainement!.. dit le médecin d'un air distrait. Et maintenant je ne vous fatiguerai pas ce matin par d'autres questions. Venez me voir dans quelques jours, et, en attendant, prenez la potion que je vais vous prescrire.

Douglas Dale alla à Fulham le soir même comme d'habitude, et Pauline le questionna tout de suite sur le résultat de sa visite chez le médecin.

— Vous avez vu le docteur? demanda-t-elle.

— Oui, et vous pouvez vous tranquilliser, chère amie, il assure qu'il n'y a rien de sérieux dans mon état.

Pauline fut soulagée d'un grand poids, et durant toute la soirée elle se montra plus gaie et plus heureuse, et parut à Douglas plus belle et plus séduisante que jamais.

Huit jours se passèrent, et la fièvre dont il souffrait avait plutôt augmenté que diminué.

A la seconde visite, le docteur Wertbrook fut beaucoup plus grave et parut beaucoup plus inquiet qu'à la première.

IV

Jarvis

Le docteur examina, palpa, ausculta Douglas avec une attention minutieuse.

— Monsieur Dale, lui dit-il, voilà qui devient sérieusement inquiétant.

— Suis-je donc si malade?

— Non, vous n'êtes pas précisément malade; mais je veux que je vous parle sincèrement... Vous êtes un homme n'est-ce pas?

— Je le crois, dit Douglas, et je devine à peu près ce que vous allez me dire. Vous allez m'apprendre que j'ai en moi le germe de quelque maladie mortelle?

— Non, je n'ai rien à vous dire de semblable; vous êtes on ne peut mieux constitué, vous avez un long bail d'existence, et vous pourrez jouir d'une belle vieillesse, — si d'autres vous le permettent.

— Que voulez-vous dire?

— Je veux dire que, si je puis m'en rapporter à mon jugement dans une matière qui défie quelquefois les investigations de la science, tous les symptômes dont vous souffrez sont ceux que produit un poison lent.

— Un empoisonnement! s'écria Douglas, c'est impossible! de toute impossibilité! J'ai grande confiance en vous; mais, dans le cas présent, docteur Wertbrook, je suis sûr que vous vous trompez.

— Je serais heureux qu'il en fût ainsi, monsieur Dale, mais je ne le crois pas. Vous luttez contre les effets d'un poison lent, vous dis-je.

— Connaissez-vous la nature de ce poison?

— Non, et c'est ce qui me passe! Ce poison, il faut qu'il soit versé par une main bien experte et bien savante! et vous l'absorbez par doses si infinitésimales, que c'est à peine si vous avez pu vous apercevoir des changements qui se produisaient dans votre organisation. Avez-vous quelqu'un, parmi ceux qui vous entourent, que vous puissiez soupçonner de ce crime?

— Non! encore une fois non! et je répète qu'une telle chose est impossible.

— Quelle est la personne la plus intéressée à votre mort?

— Mon cousin germain, sir Réginald Eversleigh; ma mort le ferait hériter d'un beau revenu. Mais il est incapable!.. et d'ailleurs je ne me suis pas rencontré avec lui depuis près de deux mois.

— Alors vous pouvez l'absoudre de tout soupçon. Vous m'avez dit l'autre jour que vous diniez fréquemment avec... un ami. Est-ce une personne à laquelle vous puissiez entièrement vous fier?

— Ah! je lui confierais cent existences si je les avais à perdre!

— Bon! cet ami est une amie, pensa le docteur. — Et, tout haut: Cette personne, dit-il, aurait-elle à gagner à votre mort?

— Peu de chose, et elle a cent fois plus à gagner à ma vie.

— Il faut donc, reprit le docteur, que j'en revienne à ma première idée, c'est sur votre vieux serviteur que doivent se porter vos soupçons.

— Oh! ne dites pas cela, c'est affreux!

— Allons, monsieur Dale, il faut envisager les choses en homme qui sait les hommes.

— Vous êtes dur, docteur!

— Je suis vrai. Raisonnons. Vous ne prenez que deux repas chaque jour. Il est donc indubitable que le poison vous a été administré à l'un de ces deux repas. Votre vieux serviteur prépare le premier, l'autre est préparé chez cet ami...

— Chez?... Oh! taisez-vous! ce ne peut être là!

— Alors c'est chez vous. Le dilemme est absolu. Au reste, la question est facile à résoudre. Arrangez-vous pour éloigner votre domestique pendant quelque temps. Si, dans cet intervalle, les symptômes cessent, vous aurez la preuve la plus convaincante de sa culpabilité; s'ils continuent, vous aurez à chercher ailleurs.

— Je suivrai votre avis, dit Douglas avec un soupir; tout vaut mieux que l'incertitude.

— Vous déjeunez à onze heures, n'est-ce pas? reprit le docteur; j'irai chez vous demain vers onze heures et demie; nous resterons seuls, et j'examinerai les mets et les vins qui vous sont servis. A demain.

Douglas se mit à table le lendemain et commença son déjeuner solitaire en observant Jarvis qui allait et venait pour le servir.

Douglas ne mangeait guère, le manque d'appétit était un des symptômes qui accompagnaient la fièvre lente dont il souffrait.

Pendant qu'il songeait tristement au passé, aux jours de son heureuse enfance, à cet homme qu'il avait tant aimé et qu'il était forcé de soupçonner aujourd'hui, il s'aperçut, en levant les yeux, qu'il était observé par celui qu'il épiait lui-même quelques instants auparavant. Son regard rencontra le regard du vieux serviteur fixé sur lui avec une expression douloureuse et grave.

— Je vous demande pardon de vous regarder ainsi, monsieur Douglas, dit Jarvis, mais c'est que je pensais bien sérieusement à vous, monsieur.

— Et pourquoi pensiez vous si sérieusement à moi, Jarvis?

— Eh bien! monsieur, c'est à votre appétit que je pensais. Il s'en va de jour en jour, votre appétit. Le maigre déjeuner que vous faites est quelque chose de navrant, monsieur. Vous ne vous figurez pas la peine que je me donne pour trouver quelque chose qui vous tente. Ce poisson, je l'ai été chercher moi-même chez Grove ce matin. Il l'apporte dans de l'eau de mer réservée au fond de la cale de son bateau, et le poisson y vit comme s'il était encore dans son élément naturel. Mais ce serait de la morue sèche que vous n'y feriez pas moins attention. Vous n'êtes pas dans votre état ordinaire, monsieur Douglas. Vous devriez voir un médecin. Pardonnez-moi si je me permets de vous faire cette observation; mais si un vieux serviteur de la famille qui vous a fait sauter sur ses genoux quand vous étiez un tout petit

garçon, Jarvis, quand vous me portiez sur vos épaules aux bons foires des villages. Quant à ma santé, vous avez raison, je suis malade.

— Alors vous allez certainement envoyer chercher le médecin.

— Je l'ai déjà vu, il va même me faire une seconde visite tout à l'heure.

— Et que vous a-t-il dit, monsieur?

— Eh! bien, il paraît que mon cas est assez grave.

— Oh! monsieur Douglas, ne dites pas cela! ne dites pas cela! s'écria le vieillard.

— Mais il n'y a pas lieu de se désespérer, Jarvis; le médecin croit mon état grave, mais il ne dit pas qu'il ne laisse plus d'espoir.

— Pourquoi n'en consultez-vous pas un autre, monsieur? Il faut voir les meilleurs médecins de Londres, entendez vous, jusqu'à ce que vous en trouviez un qui vous guérisse. Avec un beau et vigoureux jeune homme comme vous, cela ne doit pas être si difficile.

— Je n'en sais rien, Jarvis; mais, dans tous les cas, j'ai pensé à vous, à vous qui avez si longtemps et si fidèlement servi mon père et moi-même. Je veux qu'à tout événement votre bien-être soit assuré. Je vous ai dit déjà que j'y avais pourvu dans mon testament; mais ce n'est pas assez...

— C'est trop, monsieur Douglas!.. Excusez-moi si je vous interromps; mais est-ce qu'on peut penser sérieusement une telle chose? est-ce qu'il est naturel, est-ce qu'il est possible qu'un vieux bonhomme comme moi survive à un jeune homme comme vous?

— Il faut tout prévoir, Jarvis. Mais je ne veux pas regarder seulement l'avenir, je songe au présent. Vous avez beaucoup travaillé, mon bon Jarvis, et vous vous faites vieux. Vous devez avoir besoin de repos. Au lieu de vous faire attendre ce repos jusqu'après moi, j'ai résolu de vous servir immédiatement la rente que mon testament vous assure. Vous pourrez vous retirer dans une petite habitation qui sera la vôtre, pour y vivre de votre revenu, et cela dès demain, si vous le voulez.

Le visage de Jarvis prit une expression de mortification et de chagrin.

— Pardonnez-moi la question que je vais vous adresser, monsieur, dit-il tristement; auriez-vous trouvé un domestique plus jeune, vous convenant mieux, et pouvant vous servir avec plus de dévouement que le pauvre vieux Jarvis?

— Non, certes, répondit Douglas; je n'ai personne en vue, et je ne crois pas qu'il existe au monde quelqu'un dont le service me serait aussi agréable que le vôtre.

— Alors, quel besoin monsieur a-t-il de changer?

— Je n'éprouve pas le besoin de changer, je voudrais seulement vous voir heureux, Jarvis.

— Oh! si cela est, laissez-moi auprès de vous, monsieur! C'est mon seul bonheur. Ne me parlez pas de rentes. Je ne demande

que le plaisir de servir le fils de mon vieux maître. J'éprouve autant de joie à vous servir maintenant que j'en éprouvais, il y a vingt ans, à vous porter enfant sur mes épaules. Oh! c'était le bon temps! Gardez-moi auprès de vous, monsieur, je vous en supplie. Je n'ambitionne pas au monde d'autre récompense.

L'émotion du vieux Jarvis était si profonde et si sincère qu'elle se serait imposée à la défiance la plus sceptique. Douglas en fut vivement touché.

— Vous resterez avec moi, Jarvis! s'écria-t-il. Jamais vous ne me quitterez!

Au même moment on annonça le docteur Wertbrook; Jarvis, sur un signe de son maître, se retira discrètement.

Le docteur entra, et, les premiers mots de politesse échangés, il se mit en devoir de déguster les plats et les vins restés sur la table.

— C'est inutile, docteur, lui dit Douglas; je viens d'éprouver mon vieux serviteur; il est sorti triomphant de l'épreuve.

— Ah! vous l'avez éprouvé? Quelle simplicité!

Et le docteur continuait de goûter et de sentir les bouteilles et les plats.

— Cependant, je dois dire que tout cela me paraît innocent, et même excellent.

— Oui, oui, ce brave Jarvis m'aime comme on aime son enfant, vous dis-je! je serais le dernier des ingrats si je le soupçonnais.

— Alors, vous soupçonnez votre... ami?

— Oh! docteur!

— Ah! dame, vous savez; le dilemme. C'est l'un ou l'autre: le domestique ou l'ami.

Douglas demeura pensif.

— C'est effroyable, ce choix que vous me laissez, docteur! — Eh bien, entre les deux, même maintenant, j'accuserais encore plutôt Jarvis. Il se peut, après tout, — mais cette idée me semble impossible et monstrueuse! — il se peut qu'il ait eu peur de voir son crime découvert, il se peut qu'il veuille à tout prix dérouter les soupçons.

— Écoutez, reprit le docteur, faites une épreuve un peu décisive qu'une explication sentimentale; arrangez-vous, pendant quelques jours, pour ne pas déjeuner chez vous. Ne prenez rien ici, pas même un verre d'eau. Si dans une semaine, les symptômes ont cessé, vous saurez à quoi vous en tenir sur votre « modèle de fidélité ».

Douglas annonça à Jarvis que, sur l'avis du docteur, il sortirait tous les matins pour prendre de l'exercice et déjeunerait dehors, là où il se trouverait.

Huit jours durant, il s'astreignit en effet à ne rien prendre chez lui.

Sa langueur, sa fièvre lente, et ses insomnies ne cessèrent pas.

Douglas tomba dans une sombre mélancolie.

Il était trop certain que le brave Jarvis n'était pas le coupable.

Alors, qui donc l'était?

14

V

Ce qu'attendait Carrington

Un jour, Douglas arriva chez Pauline une heure avant le dîner. Elle était seule. Il la trouva aussi tendre et aussi affectueuse qu'il l'eût jamais vue ; car l'amour commençait à remplacer chez elle l'estime et la reconnaissance. Cependant Douglas ne reçut qu'avec une réserve triste ces effusions qui l'auraient rendu si heureux, un mois auparavant.

— Qu'avez-vous, Douglas ? lui dit-elle. Vous souffrez toujours, mon ami...

Elle reprit, s'efforçant de sourire :

— Écoutez. Il me paraît que le traitement de votre médecin n'a pas amélioré votre état. Je voudrais... je voudrais vous en voir consulter un autre.

Elle tâchait, en disant cela, de mettre dans son accent de la légèreté et presque de l'insouciance. Elle craignait d'alarmer le malade en lui laissant voir sa propre inquiétude ; elle savait combien le mal physique peut s'augmenter d'un trouble moral.

Le ton de Pauline n'était assurément pas naturel. Douglas, pour la première fois depuis qu'il la connaissait, sentit une dissonnance et comme une fausse note dans le timbre si clair et si franc de la voix de celle qu'il aimait.

— Oui, vous avez raison, Pauline, dit-il, je verrai un autre médecin. Je me soignerai, je lutterai contre le mal, j'irai jusqu'au bout. Je ne veux pas me laisser abattre par de sombres idées. Au bout du compte, la mort est-elle si redoutable ? C'est le sort commun. Je dois envisager et accepter en homme la loi de l'humanité. Ah ! ce qui est vraiment terrible, plus terrible cent fois que la mort, c'est le mensonge, c'est la fausseté, c'est la trahison de ceux qu'on aime. Mais moi, je n'ai rien de pareil à craindre, n'est-il pas vrai, Pauline ?

— De qui pourriez-vous avoir à le craindre, Douglas ?

— De qui ? c'est là la question. Pas de vous, Pauline ?

— De moi ! répéta-t-elle avec stupéfaction. Est-ce bien moi que vous interrogez là-dessus, mon ami ?

— Oui, jurez-moi que vous m'aimez, Pauline ; jurez-moi que votre cœur est sincère.

— Oh ! Douglas, vous n'en doutez pas ! vous n'en pouvez pas douter ! Ce n'est pas vous, c'est votre fièvre qui parle...

— Soit, mais ! répondez-moi, Pauline.

— Eh bien ! cher malade, écoutez-moi donc. Je vous aime ; je vous aime plus profondément de jour en jour. Je n'ai pas maintenant une seule pensée qui ne vous soit connue, une seule espérance qui ne s'appuie sur l'amour. Me croyez-vous, Douglas ? Oh ! vous devez me croire ; car, dans chacune de mes paroles, dans chacun de mes regards, la vérité doit se faire jour !

— Merci, Pauline, dit Douglas, mais sans joie et sans élan. Il faut me pardonner, je suis un malheureux.— Et si je vous fais injure, ajouta-t-il à voix basse, je suis un misérable !

— Tous vos doutes s'en iront avec votre malaise, reprit Pauline. Vous irez demain voir cet autre médecin, n'est-ce pas ?

— J'irai.

Douglas se tut ; Carrington entrait avec Mme Brewer.

Les deux femmes échangèrent quelques mots à voix basse, tandis que les deux hommes causaient entre eux des questions à l'ordre du jour.

Le dîner fut assez silencieux. Douglas, un peu calmé, parlait plus doucement à Pauline, mais il était aisé de voir qu'il y avait toujours au fond de sa pensée de la préoccupation et de la tristesse.

Rien de tout cela n'échappa à Carrington. Placé à côté de Mme Brewer, il la questionna tout bas, dans un moment où Douglas, s'animant quelque peu, parlait à Pauline de l'Italie, où il espérait bientôt la conduire.

— Qu'a donc ce soir M. Dale ? demanda Victor à la gouvernante ; il ne me paraît pas dans son humeur ordinaire.

— Il est souffrant, répondit Mme Brewer, et son mal semble influer sur son caractère. Mme Durski me disait tout à l'heure qu'elle venait d'apercevoir, avec effroi et douleur, le premier nuage qui eût passé depuis trois mois entre eux. Elle en est encore, voyez, tout affligée. Les hommes ne sont-ils pas vraiment bien injustes de faire souffrir parce qu'ils souffrent ?

— Et quel est donc ce mal qui le fait si maussade ?

— On l'ignore. Il a déjà vu un médecin, il en verra demain un autre... Mais vous-même qui êtes médecin, monsieur Corton, vous devriez l'interroger, l'examiner sans en avoir l'air.

— Oui, oui, dit Victor, je le ferai causer et je vous en rendrai bon compte.

Selon l'usage anglais, les deux femmes, les liqueurs versées, rentraient les premières au salon, et Douglas restait quelques instants seul avec Carrington.

Carrington ne fit aucune question à Douglas sur son malaise ; il savait assez à quoi s'en tenir là-dessus.

Rarement les deux hommes retournaient ensemble rejoindre Pauline, l'un précédant toujours l'autre. Cette fois, ce fut Carrington qui resta le dernier.

Une fois seul, il tira de sa poche une petite fiole, qui n'était pas celle dont il s'était servi jusque-là. Il déboucha rapidement le carafon au curaçao et y vida la fiol tout entière, en murmurant :

— Le moment est venu ; les soupçons sont éclos, les médecins avertis ; tout doit finir demain par un coup de foudre !

Il rentra dans le salon et dit tout bas à Mme Brewer, avec son sourire équivoque :

— Ce n'est rien. Le mal s'en ira plus vite qu'il n'est venu. Je vous réponds que M. Dale sera bientôt guéri.

Le lendemain matin, Douglas se rendait de bonne heure chez le docteur Wertbrook.

— Je n'abuserai pas de votre temps aujourd'hui, lui dit-il, je ne suis venu que pour vous faire une question. Si l'absorption du poison s'arrêtait pendant huit jours, y aurait-il cessation des symptômes morbides ?

— Certainement, dit le docteur, il y aurait du moins un retour sensible à la santé. Vous êtes jeune et robuste, et la nature reprend vite ses droits. En quinze jours au plus, l'épreuve serait complète. Mais quoi ! cette épreuve, vous ne l'avez donc pas encore commencée ?

— Non, mais rassurez-vous, docteur, je la commence aujourd'hui même.

Douglas, cependant, se disait encore que le docteur Wertbrook avait pu se tromper, et il ne voulait pas garder dans son esprit l'ombre d'un doute. Il se fit donc conduire chez le docteur Lippendale, connu dans le monde savant par ses beaux travaux de toxicologie, et il pria ce maître en l'art des poisons de vouloir bien l'examiner.

Lippendale n'hésita pas : — Vous êtes empoisonné, lui dit-il, empoisonné par un poison lent, mais terrible et sûr.

— Quel poison ? demanda Douglas.

— Ah ! voilà ! je ne saurais le dire. C'est bien étrange ! Ce doit être un poison minéral ; mais composé de quelle mixture ?.. j'y perds mon latin. Il faudrait voir, chercher, analyser. Si vous voulez bien me permettre cette étude, c'est moi qui serai votre obligé.

— Grand merci ! reprit Douglas, mais j'aime autant guérir.

— Oh ! vous guérirez tout de même ! Mais celui qui a combiné et dosé ce poison est de première force !

— Si pourtant je cesse de prendre son poison, la cause cessant ?...

— Assurément, l'effet cessera.

— Combien de temps faudra-t-il ? quinze jours ?

— Dix jours, au plus.

— Je vous remercie, docteur. Je reviendrai ; mais, pour l'instant, c'est tout ce que je voulais savoir.

Douglas passa chez lui et donna ordre à Jarvis de préparer tout pour un voyage. Il quitterait Londres dans deux heures. Il serait absent pendant quinze jours. Jarvis l'accompagnerait.

En emmenant Jarvis, il faisait une sorte de contre-épreuve. Son mal avait continué, même quand Jarvis n'était plus présent à son repas ; cesserait-il quand Jarvis reprendrait auprès de lui son service accoutumé ?

Ces dispositions prises, Douglas se rendit chez Pauline. Il était une heure de l'après-midi. Elle le trouva bien pâle et bien défait, et ne put s'empêcher de le lui dire.

— Avez-vous vu un autre médecin ? lui demanda-t-elle.

— Oui, Pauline. Il m'a prescrit le changement d'air. Je me suis décidé à faire un petit voyage d'une quinzaine de jours à Paris.

— En vérité! dit-elle tout émue. Et
Quand donc partirez-vous?

— Aujourd'hui même. Dans une heure.

— Oh! c'est bien prompt! s'écria Pauline. Si encore j'avais le droit de vous accompagner!

— Il faut attendre; il faut ménager votre
réputation, chère Pauline.

— Au moins, restez à dîner aujourd'hui
avec moi.

— Impossible! je prends le train de
deux heures. Je veux partir tout de suite
pour être plus tôt revenu.

— Il s'agit de votre chère santé, je n'ai
rien à dire. Ecrivez-moi, Douglas. Ah!
comme je vais être seule et triste quand
vous ne serez plus là!

Une heure après, Douglas était dans le
train de Douvres.

Il ne fut pas plus tôt à Paris, que
sa santé s'améliora de jour en jour, et,
pour ainsi dire, d'heure en heure. Au bout
de huit jours, la fièvre lente l'avait quitté;
cette soif inextinguible qui le dévorait,
cette pesante fatigue qui l'accablait avaient
disparu. Il se sentait chaque matin plus
dispos et plus vigoureux. Il devenait à mesure plus triste et plus morne.

Ainsi, c'était vrai! c'était à Hilton-House qu'il fallait chercher l'ennemi qui s'atta-
quait à sa force et à sa vie!

Un soir, Douglas rencontra à l'Opéra un
compatriote, un habitué de son club, sir
Arthur Clifford, qui lui avait autrefois té-
moigné de l'amitié.

— Vous à Paris, Douglas! s'écria sir Arthur; et vous êtes seul?

— Tout seul.

— Je vous en félicite. Alors, ces impos-
sibles projets de mariage sont donc rompus? Tant mieux! Cela devait finir ainsi!

— Vous croyez, sir Arthur? Et pourquoi cela devait-il finir ainsi?

— Mais parce que cette femme ne vous
aimait pas, mon cher Douglas; parce qu'il
paraît qu'elle aimait toujours votre cousin; parce qu'elle ne vous aurait épousé
que par calcul ou par dépit.

Un mois auparavant, Douglas aurait
peut-être provoqué sir Arthur; cette fois,
il lui serra la main, et s'éloigna sans lui
répondre.

Après quinze jours de séjour à Paris, il
avait retrouvé sa santé d'autrefois.

Il écrivit à Pauline qu'il était tout à fait
remis, qu'il allait retourner à Londres, et
qu'elle l'attendît à dîner le lendemain.

Carrington dînait à Hilton-House quand
Mme Durski reçut la lettre. Elle la lut,
en partie, à voix haute, tout heureuse et
toute triomphante.

— Viendrez-vous demain soir, monsieur
Corton? demanda-t-elle à Victor.

— Non, pas à dîner, dit-il, je craindrais
de gêner les épanchements du retour.
Mais, je viendrai serrer la main de Douglas
dans la soirée.

———

VI

Entre complices.

Dans le riant et charmant village d'Allambay, où Rosemonde Jernam, délaissée
par son mari, passait tristement sa vie
près de la bonne tante Suzanne, les deux
femmes avaient une voisine, dont la douceur, la distinction et la vie solitaire, un
peu pareille à la leur, avaient attiré leur
sympathie.

Elle se nommait Mme Miller. Elle était
veuve d'un employé de la compagnie des
Indes, et vivait modestement de la moitié
d'une petite pension de retraite. Elle n'avait
point de domestique; ce qui ne l'empêchait
pas de tenir sa maison avec un ordre et
une propreté admirables. Elle était un peu
triste, comme une personne qui aurait
souffert; mais le malheur n'avait nullement
altéré l'aménité et la bonté de cette excellente nature.

On savait peu de choses sur son compte.
On disait seulement qu'elle avait eu des
chagrins de famille; non par son mari, digne et courageux travailleur; non par sa
mère, sainte et respectable femme; mais
son père avait mené une vie dissipée
et coupable, et on croyait qu'il lui restait un frère qui avait encore plus mal
tourné.

Par suite de la conformité des situations
et des relations de voisinage, une sorte
d'intimité s'était établie entre les trois femmes. Un jour, Suzanne Jernam, à qui on
avait apporté un beau poisson, alla chez
sa voisine pour l'inviter à venir le manger
avec sa nièce et elle. Quand elle entra chez
madame Miller, elle ne la trouva pas seule,
contre son habitude. Il y avait là un homme, dont l'extérieur n'avait rien qui pré-
vînt en sa faveur, et qui était en train de
prendre congé. Suzanne allait discrètement
se retirer; mais l'homme, d'un ton assez
maussade, la retint.

— Ne vous en allez pas, madame, dit-il;
c'est moi qui m'en vais. — Adieu, Polly,
continua-t-il en s'adressant à Mme Miller,
rappelez-vous ce que je vous ai prié de
faire, et faites le; vous me rendrez un
grand service, et vous vous en trouverez
bien. Adieu.

Il salua gauchement, franchit le seuil de
la porte, et disparut.

Mme Miller demeura un moment em-
barrassée, puis elle dit à Suzanne:

— Vous venez de voir le seul parent qui
me reste au monde: c'est mon frère.

Elle ajouta:

— Il est arrivé il y a deux heures. Je ne
l'avais pas vu depuis près d'un an. Il me
laisse un devoir grave à remplir et une
lourde responsabilité: un petit enfant
dont j'aurai à prendre soin.

— Un enfant! dit Mme Jernam; l'enfant
de qui?

— Je l'ignore. Mon frère m'a dit seulement que c'était une orpheline, la fille d'un

marin comme votre neveu. Elle dépéri-
rait entre ses mains; et il a pensé, non à
tort assurément, que je saurais, moi, la
garder et la soigner. Il m'a remis une
somme de trois cents francs pour les premières dépenses. C'est une jolie petite
fille, la plus douce et la plus charmante qui
soit. Elle ne parle pas encore bien distinctement; tout ce que j'ai pu comprendre,
c'est que son nom est Gerty. Elle était très
fatiguée en arrivant; elle est là dans ma
chambre, qui dort. Venez la voir.

Dans sa chambre, couchée sur un lit
bien propre, soigneusement couverte d'une
courte-pointe bien blanche, et plongée
dans un sommeil paisible et profond, Mme
Miller montra à Suzanne... l'héritière de
Raynham.

Mais les deux femmes ne se doutaient
guère à qui elle appartenait, tandis qu'elles
s'extasiaient ensemble sur sa grâce et sa
beauté.

— Je suppose, dit Mme Miller, qu'elle
est la fille d'un des anciens compagnons de
mon frère, qui aura fait son chemin mieux
que lui dans la marine, car elle parlait
d'un capitaine et elle pleurait beaucoup
tout à l'heure en demandant après lui.

Mme Miller et Suzanne retournèrent dans
l'autre pièce et causèrent de la petite-fille.

Rosemonde, qu'on appela, fut ravie de
l'enfant, dont la gentillesse allait pouvoir
être une distraction et une consolation à
sa peine. Elle ne voulut pas qu'elle fût un
instant laissée à des bras mercenaires;
ce fut elle qui l'habilla, la fit manger et la fit
jouer. Elle passa, ce jour-là et les jours
suivants, presque tout son temps auprès de
Gerty, soit chez Mme Miller, soit chez
elle.

Au bout de trois jours, grâce à l'heureuse insouciance de l'enfance, Gerty commençait à se faire aux nouvelles et douces affections qui l'entouraient, et redevint
joyeuse et gaie. Rosemonde était ravie,
et, sans qu'elle pût sans rendre compte, se
reprit elle-même à l'espérance; sous l'influence des sourires et du joyeux babil de
l'enfant.

— Le temps passera, se dit-elle; mon
mari me reviendra, et bientôt nous aurons
un ange semblable à celui-ci, qui ramè-
nera chez nous le calme et le bonheur.

La petite Gerty était depuis quatre jours
seulement à Allambay, quand, un matin,
au petit jour, Suzanne Jernam et sa bonne
furent éveillées en sursaut par un violent
coup de marteau frappé à la porte. Mme
Jernam fut debout la première. Sa surprise fut grande de voir devant elle Mme
Miller portant dans ses bras Gerty enveloppée dans un châle de laine.

Mme Miller était violemment agitée, et
ses explications furent d'abord assez incohérentes; mais Suzanne finit par comprendre qu'elle venait la prier de prendre
soin de l'enfant pendant deux ou trois
jours; elle était obligée de partir sur
l'heure pour Londres.

— Vous partez pour Londres! et qu'al-
lez-vous y faire, bon dieu!

On entra dans le petit salon, cette même pièce où Valentin Jernam, à la veille de sa mort, avait si gaiement conté ses voyages.

Mme Miller posa sur un canapé la petite Gerty, qui reprit aussitôt son sommeil interrompu. La bonne femme alors put enfin raconter qu'un dog-cart, attelé de chevaux de poste, s'était arrêté, il y avait de cela un quart d'heure, devant sa porte. Un vieux domestique en était descendu. C'était le domestique de M. Colburne, le principal rect ur attaché à l'hôpital du Christ.

Le frère de Mme Miller avait été apporté à cet hôpital, grièvement blessé. Il avait demandé avec instances à voir sa sœur et, sur quelques mots qu'il avait dits, le vénérable ecclésiastique qui l'assistait avait cru devoir faire partir sur-le-champ son domestique en poste pour ramener Mme Miller.

Il va sans dire que Mme Jernam s'engagea avec empressement à prendre soin de l'enfant, et Mme Miller, tout éperdue, monta dans le dog-cart, qui partit au galop.

Voici ce qui s'était passé.

Le lendemain du jour où Tom Milsom avait apporté la petite Gerty à sa sœur, vers onze heures du soir, par une nuit brumeuse et noire, deux hommes, qui marchaient vite et en silence, s'arrêtèrent à l'extrémité du faubourg de Ratcliffe, là où les maisons se font de plus en plus rares et où commence presque la campagne.

Ces deux hommes étaient Tom Milsom et le tavernier Wayman.

Milsom regarda autour de lui et vit, à sa droite une ruelle étroite où les voitures n'auraient pu passer, et que bordaient seulement des buissons et des murs bas.

— Faisons là quelques pas en long et en large, dit Milsom, et causons ; nous ne serons ni entendus, ni interrompus.

— Nous ne l'aurions pas é é chez moi, dans le cabinet particulier, reprit Wayman. On dirait que vous vous défiez de moi, Milsom.

— Je me défie des murs et des portes. D'ailleurs, c'est vous qui rendez nécessaires toutes ces conférences. Si vous aviez voulu vous rendre tout de suite à mon avis et à la raison !... Mais peut-être avez-vous réfléchi, Wayman, et voyez-vous maintenant l'affaire comme moi.

— J'ai réfléchi, Milsom, et je persiste dans mon opinion, et dans ma volonté.

— Dans votre volonté ! avez-vous le droit d'en avoir une ? C'est moi qui ai eu seul l'idée de l'enlèvement de la petite et qui seul l'ai exécutée.

— Soit, mais c'est moi qui ai procuré les moyens et fourni les fonds. Vous n'aviez plus le sou, Milsom, car il ne suffit pas de dire que vous manquez l'argent, vous le buvez ! Il a fallu acheter ce cabaret, payer les voyages, les frais de punch, — en avez-vous assez consommé ! — Il a fallu écrire de Londres la fausse lettre, tenir le logement prêt. Bref, j'en suis pour trois ou quatre mille francs de ma poche. J'ai acheté assez cher, je pense, le droit d'avoir voix au chapitre.

— Vous avez risqué vos écus, soit, dit Milsom ; moi, j'ai risqué ma peau. Je veux que le bénéfice soit en proportion du risque. Or, vous vous contenteriez d'un si médiocre profit !

— Vous appelez un médiocre profit dix mille livres sterling pour chacun de nous, un demi-million de francs pour les deux ! Mais, c'est une fortune, Milsom ! une fortune que j'oserai appeler honorable. Ma part encaissée, je vous déclare que je me retire des affaires. Réfléchissez de plus que l'opération, ainsi conçue, est simple et sans danger. Je fais savoir à lady Eversleigh, par des voies très détournées, mais très sûres, que son enfant lui sera rendue contre cette somme de vingt mille livres sterling ; elle ne peut pas hésiter. Nous palpons la prime, nous rendons l'héritière, et nous devenons honnêtes gens pour le reste de nos jours. C'est tout mon rêve, à moi. Mais vous voulez, vous, l'impossible.

— Je veux tout le possible, dit Milsom. Je vous répète que je hais cette femme, cette Honoria. Elle m'a bravé, elle m'a méprisé, elle m'a insulté. Elle me le paiera. Je ne serai content que quand je la verrai de nouveau chantant dans les rues et mendiant, avec sa fille dans les bras. Sa fille, oui, elle l'aura, on la lui rendra ; mais elle nous abandonnera, elle, tout ce qu'elle possède, tout, son château, ses biens, ses terres. Vous verrez qu'elle finira par y consentir pour ravoir son enfant. Et je ne serai pas seulement riche à millions, je serai vengé !

Wayman haussa les épaules.

— Vous n'êtes pas pratique, Milsom ! la rage vous aveugle, en vérité ! Quand même la mère consentirait à se mettre sur la paille, est-ce que tout le monde autour d'elle, le capitaine Capplestone, les magistrats, les amis, lui permettraient de ruiner sa fille ? Est-ce qu'on laisserait Tom Milsom et Wayman prendre tranquillement possession de ses domaines ? Vous êtes fou, Milsom !

— Wayman, vous êtes lâche. Ce sera à elle à s'arranger, vous voyez bien ! Moi, ce que je veux avant tout, c'est qu'elle soit punie et qu'elle souffre. Je la laisse juge du choix et maîtresse des moyens, mais de deux choses l'une : ou elle subira la misère, ou elle ne reverra plus son enfant.

— Elle la reverra, dit Wayman.

— Ah ! et qui donc la lui rendra ?

— Moi, sans vous et malgré vous.

— Oui, parce que vous croyez savoir où est la petite, Wayman ; mais j'ai profité de ces trois jours pour la mettre en lieu sûr, et personne au monde ne pourra maintenant la découvrir.

— On pourra toujours vous découvrir, vous, Milsom, et je connais vos repaires.

— Oh ! vous n'oseriez me dénoncer, mon cher, vous vous perdriez avec moi.

— Non pas pour l'enlèvement de l'enfant, toujours ! puisque je le révèlerais.

Quant aux autres actes plus graves que nous avons commis ensemble, c'est vous, mon bon, qui vous perdriez en les avouant.

— Ah ! gredin !... fit Milsom. Mais, se radoucissant : Voyons, Wayman, vous réfléchirez.

— J'ai assez réfléchi ces trois jours-ci.

— Wayman, ce ne peut être votre dernier mot ?

— C'est tellement mon dernier mot, Milsom, que si vous ne vous rangez pas à mon avis, je n'ai plus rien à vous dire, et je vous quitte.

— Silence ! voici quelqu'un ! fit Milsom vivement en posant sa main sur le bras de Wayman.

Le tavernier se retourna machinalement. Milsom prit rapidement dans sa poche un revolver et tira. La balle se logea dans le collet de la grosse redingote de Wayman.

Mais avant que Milsom eût pu redoubler, le vigoureux poing de Wayman s'abattit sur son bras ; le revolver tomba à terre.

Une lutte s'engagea. Milsom saisit dans sa poitrine un couteau-poignard et en porta un coup violent à la gorge de Wayman. Mais celui-ci avait vu le mouvement et put se détourner un peu ; l'arme dévia et n'atteignit que l'épaule, d'où jaillit le sang.

Wayman prit alors sous sa redingote un long couteau de cuisine, dont il s'était muni en passant quand Milsom l'avait emmené, et il le plongea tout entier dans le bas-ventre de son adversaire.

Milsom tomba en jetant un cri terrible :

— Ah ! traître !...

— Qui est-ce qui est traître de nous deux ? dit Wayman.

Et, sans s'arrêter aux cris furieux et désespérés de Milsom, il prit éperdument la fuite.

Milsom cessa bientôt de crier. Il arracha le couteau de la plaie, et perdit alors connaissance. Il ne sut combien de temps il demeura ainsi évanoui. Quand il revint à lui, le jour gris et froid commençait à poindre.

Le malheureux, la main sur ses entrailles, parvint à se traîner jusqu'à la grand'route.

C'est là qu'il fut trouvé par des ouvriers allant à leur tâche, qui le transportèrent à l'hôpital du Christ.

VII

Les aveux.

A travers le nuage rouge qui était devant ses yeux, Tom Milsom vit le chirurgien-chef, quand sa visite l'amena près de lui, secouer sinistrement la tête et s'éloigner aussitôt, après avoir indiqué quelques prescriptions, plutôt pour le soulagement que pour le pansement du blessé.

— Allons, grommela Milsom, je suis un homme mort !

Il avait le cœur plein de rage. Quand le coroner vint l'interroger et lui demanda quel était son assassin, il nomma avec empressement Wayman, et donna son adresse ; mais il garda obstinément le silence sur toutes les autres questions.

Une heure après, le révérend Philippe Colburne vint près de son lit. Il lui apportait les encouragements et les consolations suprêmes. Milsom l'écouta d'abord avec indifférence, puis avec intérêt. De lointains souvenirs de son enfance et de sa mère lui revenaient à l'esprit. Il souffrait horriblement. Il sentait qu'il était perdu. La fièvre commençait à le prendre pour ne plus le quitter. Le ministre lui parlait de l'autre vie qui lui serait peut-être ouverte, s'il avouait et s'il réparait ses fautes dans celle-ci.

L'idée qui saisit alors Milsom fut d'avouer tous les crimes qu'il avait commis de complicité avec Wayman. Il allait mourir, mais Wayman mourrait aussi ! Il demanda donc qu'on fit revenir le coroner, et, en présence du prêtre et du magistrat, il déroula, avec une précision et une abondance de détails effroyables, la longue série de ses attentats. L'assassinat de Valentin Jernam n'était pas le moins atroce. Il songea un moment à y impliquer Honoria ; mais un sentiment qu'il ne put définir le fit résister à cette infernale pensée. Ce fut la première lueur qui reparut dans ce qui pouvait rester de conscience au misérable.

Cependant, s'il se refusait à accuser Honoria, il n'allait pas jusqu'à vouloir lui rendre sa famille et son enfant.

Le révérend Colburne avait écouté avec épouvante ce long récit de tant d'abominations ; il demeura un temps comme consterné devant une telle perversité. Mais quand il fut seul avec l'horrible agonisant, il reprit courage ; il sentait qu'il restait encore des mystères dans cette existence, des arrière-fonds dans ce gouffre.

— Vous avez dit l'affreuse vérité, reprit-il, et c'est bien ; mais avez-vous dit toute la vérité ? Vous avez déclaré le mal, mais n'avez-vous rien à ajouter pour le réparer, là où il serait temps encore ?

Milsom, farouche, ne répondit rien. Le ministre insista.

— Ayez un bon mouvement ; ne soyez pas criminel jusqu'au bout, si vous voulez que le juge ne soit pas impitoyable. N'avez-vous rien aimé, rien respecté jamais ?

— Si ! ma mère et ma sœur. Il n'y a rien de plus respectable que ma sœur et ma mère, monsieur. D'honnêtes, de dignes femmes, entendez-vous bien ! Ma mère est morte, mais ma sœur vit. Seulement, elle ne se doute pas de ce qu'est son frère, la pauvre créature du bon Dieu ! Ah ! si Polly, si ma sœur était là, il me semble que je mourrais moins malheureux et moins méchant.

— Voudriez-vous la voir ? demanda M. Colburne.

— Oh ! oui ! la voir ! s'écria Milsom. Oui, envoyez-la chercher ; je le veux, je vous en prie. Voir Polly ! voir ma sœur ! répéta-t-

il, revenant sur son idée fixe avec la persistance des enfants et des mourants. Je ne veux pas qu'on croie que je suis un chien et que je mourrai comme un chien. Ma sœur ! faites venir ma sœur ! Je lui parlerai, à elle. Oh ! certainement, j'ai des choses à lui dire, des choses bien utiles, qui répareront beaucoup de bien Mais je ne les dirai qu'en présence de Mme Miller, de ma sœur.

Ce fut alors que, sur les indications de Milsom, le révérend Colburne envoya son domestique chercher en hâte Mme Miller à Allambay.

Quand Mme Miller arriva, dans la soirée du lendemain, Milsom, qui n'avait cessé de l'appeler, n'avait plus que peu d'heures à vivre.

Il fallut pourtant que M. Colburne préparât un peu la pauvre femme à la terrible scène qui l'attendait et à la terrible confession qu'elle allait entendre.

Elle n'en était pas moins bien pâle et bien effarée encore, quand le ministre la conduisit au chevet du moribond. Mais elle comprenait qu'elle avait un grand devoir à remplir. Elle rassembla toute son énergie, et elle aborda son frère avec une fermeté et une douceur dont il fut singulièrement frappé. Elle ressemblait beaucoup à sa mère, et il lui parla, dans son délire, comme il c'eût été, en effet, à sa mère qu'il répondait.

— Repens toi, Thomas, lui dit-elle ; répare, autant que possible, le mal que tu as fait ; c'est là ton seul moyen de salut et ta dernière espérance ; ne les laisse pas échapper.

— Oui, oui, je vous obéirai, dit-il docilement, presque craintivement.

— L'enfant que tu as laissée chez moi, Thomas, à qui appartient-elle ? Il doit y avoir là quelque abominable méfait, dont tu ne me voudrais pas me rendre la complice involontaire.

— Allons ! je vais parler, dit Milsom. Je ne me vengerai pas ; cette Honoria sera heureuse ; c'est vrai, j'ai enlevé cette petite... Mais il faut d'abord que je dise comment j'avais autrefois enlevé sa mère, quand elle était enfant comme elle.

Il raconta alors qu'en Italie, vingt-deux ans auparavant, à la tête d'une bande composée principalement de marins déserteurs, il avait envahi et pillé la maison de campagne d'une dame anglaise qui habitait Florence.

Ce crime avait été commis de connivence avec la nourrice de l'enfant. Milsom, alors jeune et assez beau garçon, avait promis le mariage à la malheureuse ; c'est égal, je vais parler. C'est vrai, j'ai mis pour condition à sa complicité qu'on emmènerait avec elle l'enfant qu'elle nourrissait. Elle avait perdu le sien, et rien n'aurait pu le déc der à se séparer de la petite fille. Milsom avait promis ce qu'elle avait voulu, et avait tenu sa promesse.

— Et quel est le nom de cette dame anglaise ? demanda M. Colburne. Est-ce qu'elle vit encore ?

Milsom garda le silence. Mais sa sœur répéta la question, et il dit :

— Cette dame vit. Elle se nomme lady Verner. L'enfant se nommait Anna.

— Et la mère de Gerty ? demanda Mme Miller, comment se nomme-t-elle ?

— Lady Eversleigh, dit Milson avec effort.

Quelques minutes après, l'agonie du malheureux commença. Elle fut horrible. Il se tordait dans d'effrayantes convulsions. Sa main ne quitta pourtant pas une minute la main de sa sœur, et il mourut en la pressant.

VIII

Où la police est outrageusement distancée

Dans la soirée du jour où les trois voyageurs de Raynham étaient arrivés à Londres, Larkspur, après avoir retrouvé Georges Jernam et avoir longuement conféré avec lui, reparut devant lady Eversleigh, la tête basse et la mine déconfite.

— Qu'y a-t-il ? s'écria Honoria avec anxiété. Ah ! vous venez m'annoncer encore un malheur, monsieur Larkspur !

— Au contraire, répondit Larkspur d'un air navré, je vous apporte de bonnes, d'excellentes nouvelles. D'abord vous n'avez plus besoin de faire cette démarche qui nous coûtait tant, à la taverne de Ratcliff. Voilà Tom Milsom retrouvé !

— Ah ! Dieu soit loué ! Retrouvé déjà ! C'est admirable ! Comment avez-vous fait ?

— Je n'ai rien fait du tout, reprit Larkspur en secouant tristement la tête. Milsom est retrouvé, mais ce n'est pas moi qui l'ai retrouvé. De même que Georges Jernam connaît maintenant toutes les circonstances de l'assassinat de son frère, mais sans que je sois pour rien dans la découverte.

— N'importe ! fit Honoria, si on sait maintenant où est Milsom, vous n'aurez pas de peine, monsieur Larkspur, avec votre habileté consommée, à savoir où est ma fille.

— Hélas, on le sait aussi, madame, dit piteusement Larkspur.

— On le sait ! vous le savez ! Ah ! merci, cher monsieur Larkspur ! merci !

— Vous n'avez pas le moins du monde à me remercier, milady. Ce n'est pas moi non plus qui ai retrouvé l'enfant.

— Qui est-ce donc ? qui dois-je remercier et bénir ?

— Ma foi ! personne. Je me suis donné bien du mal ; j'ai dépensé, je crois, quelque adresse et quelque activité, mais j'aurais aussi bien fait de me croiser les bras. Ah ! s'il faut que le métier se gâte et se perde de cette façon-là !... Tout s'est arrangé tout seul. Milsom s'est laissé tuer par Wayman, et il a fait arrêter Wayman. Les scélérats se sont accusés, se sont livrés, se sont punis entre eux. La police n'y peut pour rien.

— Mais... ma fille!... où est ma fille? s'écria Honoria.

— Si vous voulez me permettre, madame, de faire entrer Georges Jernam, qui est dans la pièce à côté, attendant vos ordres, c'est lui qui vous répondra.

Georges Jernam entra, en effet, et eut bientôt mis Honoria au courant des évènements rapides et décisifs de ces dernières journées.

M. Colburne avait ramené Mme Miller à Allambay, le jour même où Georges Jernam y était rentré avec Duncombe, rapportant à Rosemonde son amour et le bonheur.

Mais Georges et Rosemonde avaient tout de suite pensé, dans leur joie, à celle qui était rentrée avec douleur, cette fois, non-seulement avec la permission, mais sur la prière de sa chère petite femme, que Georges était reparti sur-le-champ pour aller à Raynham annoncer à la mère en larmes que son enfant était retrouvée.

A Raynham, on avait donné à Georges l'adresse de lady Eversleigh et de Larkspur, à Londres.

Et maintenant, après tant de traverses et de souffrances, le frère de Valentin Jernam et celle qui avait essayé de le sauver, se remerciaient l'un l'autre et se félicitaient mutuellement de s'être enfin trouvés et rapprochés.

Il fut convenu que, dès le lendemain matin, Honoria, Capplestone et Georges Jernam repartiraient ensemble pour Allambay, où Rosemonde et Suzanne Jernam les attendaient avec Gertrude.

— Et vous voyez, madame, conclut amèrement Larkspur, que je ne vous ai pas servi à grand'chose, et que je vous ai à peu près volé votre argent!

— Rassurez-vous, mon cher monsieur Larkspur, reprit Honoria en souriant, j'ai une autre mission, difficile et délicate, à confier à votre génie. Il est bien vrai que j'ai retrouvé ma fille, mais il me reste à chercher ma mère. C'est vous, monsieur Larkspur, qui me la retrouverez.

— Non! non! encore non! s'écria Larkspur. Ah! j'a du guignon jusqu'au bout! Votre mère, elle aussi, est retrouvée.

— Est-il possible!

— Vous n'avez pas oublié la dame de Richmond, la tante de M. Dale, que sir Réginald Eversleigh entoure de tant d'attention et dont il convoite maintenant le splendide héritage?

— Oui, oui, je me rappelle... Eh bien?

— Eh bien, milady, des aveux et déclarations de Milsom à son lit de mort, il appert que cette dame, — lady Varner, — est la mère de votre seigneurie.

— Dieu! Mais alors, sir Oswald, mon mari?

— Sir Oswald était votre cousin germain. Vous étiez, vous la chanteuse des rues, son égale en naissance, son égale en richesse.

— Bonté céleste! ma mère!... Ah! je vais lui écrire à l'instant, et tout ce que je vous demande, monsieur Larkspur, c'est de partir et d'aller vous-même à Richmond lui porter la lettre, où je lui dirai que je prends seulement le temps d'aller chercher ma fille, afin de la lui amener.

— La lettre lui sera remise par quelqu'un de sûr, madame, dit Larkspur; mais, avec la permission de votre seigneurie, il me reste à moi, Dieu merci, quelque chose à faire ici, quelque chose de capital et d'urgent.

— Quoi donc:

— Surveiller Eversleigh et Carrington, et protéger M. Dale.

— Ah! monsieur Larkspur, prenez garde!

— Pardon, milady, vous m'ordonneriez de renoncer à cette affaire, que je la suivrais et la prendrais pour mon compte. Oh! soyez tranquille, je suis au courant de tout. M. Douglas Dale vient de passer quinze jours à Paris, mais il sera demain à Londres. Carrington, j'en suis sûr, doit préparer quelque affreuse embûche. Heureusement, je suis là!

Mais, là encore, Larkspur allait être devancé de la façon la plus étrange et la plus inattendue.

IX

Entre la coupe et les lèvres

Dans la matinée du jour pour lequel Douglas Dale avait annoncé son retour, Carrington se promenait à grands pas dans son laboratoire, inquiet, fiévreux, incapable de travailler. La domestique introduisit Réginald.

Le baron était tout défait et tout pâle, comme un homme qui n'a pas dormi.

— Qu'est-ce qui vous amène, Réginald? dit Carrington. Quelque mauvaise affaire, je présume; car je ne vous vois guère que dans les moments qui vous sont trop durs à passer.

— En effet, Victor, reprit Réginald, je suis dans une mauvaise veine. J'ai joué cette nuit, et j'ai perdu tout ce que j'avais, et même quelque chose de plus.

— Vous êtes aussi bien imprudent, mon cher! Comment! vous continuez à jouer sur un autre terrain que Hilton House! En tout cas, je ne peux rien pour vous en ce moment, que vous plaindre. Vous n'attendez pas que je vous avance de l'argent, je suppose?

— Non, mais je viens vous dire ceci, Victor : si la chance ne tourne pas pour moi, et très vite, ne vous étonnez pas si, un beau matin, je quitte la partie.

— Qu'est-ce que vous appelez « quitter la partie » Réginald?

— Je me ferai sauter la cervelle.

— Bien! je comprends; vous voulez me faire peur. Si, en effet, je vous perds, cher ami, je perds mon gain et ma mise. Mais je vous connais et je suis sans inquiétude. Vous n'êtes pas, Réginald, de ceux qui font la sottise d'attenter à leurs jours. Vous vivrez pauvre, misérable, désolé, déshonoré; mais vous vivrez!

— Non, vous verrez! s'il faut trop longtemps attendre...

— Ah! vous voulez que je vous croie, vous voulez que je vous rassure? Eh bien! écoutez : vous n'attendrez plus longtemps, Réginald. Vous n'attendrez pas un mois, pas une semaine, pas vingt-quatre heures!

— Victor! Victor! taisez-vous! Je ne sais rien de vos projets, je n'en veux rien savoir, ne l'oubliez pas!

— Réginald, nous touchons au but, vous dis-je! Oui, je le vois, il est bien urgent que vous redeveniez riche. Or, demain matin, et peut-être, qui sait? ce soir...

— Arrêtez! s'écria Réginald, je ne veux pas en entendre davantage!

— Un seul mot...

— Non! non! Je reviendrai, je suis pressé. Ne me reconduisez pas! A bientôt.

Et Réginald sortit en courant.

— Ah! ah! ah! ricana Victor, j'étais bien sûr que j'allais le faire déguerpir, le pauvre hère! A-t-il peur d'être responsable, ou seulement d'être instruit! Il en est arrivé, je gage, à se persuader qu'il n'est pour rien dans ce que je fais, qu'il ignore et mon but et mon plan. Et il s'absout ainsi d'avance de toute participation à l'énergique entreprise qui va lui rendre la fortune. C'est une pitié!

Carrington haussa les épaules; puis, importuné de rester seul, il descendit dans le petit salon de sa mère.

La veuve était assise, comme d'habitude, devant son métier à broder. Elle compta quelques points avant de relever la tête, et regarda son fils.

— Victor, qu'as-tu? lui dit-elle. Tu as l'air soucieux !... Serais-tu malade?

— Non, ce n'est rien, mère. Un peu de fatigue et de malaise. J'ai été un peu surexcité, voilà tout. J'ai pensé à la vieille demeure qu'habitait autrefois mon grand-père avant qu'elle fût confisquée. Avec une centaine de mille francs judicieusement employés il serait facile de lui rendre son antique splendeur. C'est là que nous pourrons, ma mère, reprendre notre nom et notre titre, notre luxe et notre rang!

— Je ne suis pas si ambitieux, mon fils. Une ou deux petites chambres, pourvu qu'elle soient d'une irréprochable propreté, voilà, avec mes fleurs et mes oiseaux, tout le luxe que j'envie.

— Oui, je sais; et, avec le produit de vos merveilleux travaux à l'aiguille, le peu que nous possédons y suffirait, si vous étiez seule. Mais moi, je veux la grande et large vie, le grand air, le château à la campagne, un hôtel à la ville...

— Victor, ce sont là des rêves insensés! s'écria Mme Carrington, alarmée par la véhémence inaccoutumée de son fils.

— Non, mère, ce sont les projets d'un homme qui se sent à la veille d'un grand succès!

— Je ne te comprends pas.

— Il est inutile que vous m' compreniez davantage. J'ai joué un jeu hardi, et je pense que je gagnerai la partie.

— Et ce jeu est un jeu honnête, Victor?

— Honnête, oh! oui, répliqua le médecin avec un rire sarcastique. Pourquoi ne serait-il pas honnête? Le monde ne vous apprend-il pas à être honnête? Voulez-vous que je vous donne une idée des belles récompenses qui attendent l'honnêteté.

Il prit, tout en parlant, une lettre froissée dans sa poche, et la jeta sur la table de sa mère.

— Tenez, lisez cela, mère. Vous verrez là le beau résultat de dix années d'un travail opiniâtre, d'études approfondies, de découvertes quelquefois heureuses. Cette lettre m'a été écrite par le capitaine Halkard, le promoteur d'une expédition au pôle arctique. On y fera de la science, et on ira à la recherche de trois bâtiments qui ne sont pas revenus, et avec lesquels on a beaucoup de chances de rester. Le capitaine me demande si je ne voudrais pas me joindre à lui comme médecin de son navire. Il a entendu parler de mes « recherches admirables, de mes talents exceptionnels, » ce sont ses expressions textuelles. Et il m'offre, comme appointements, la jolie somme de trois mille francs. Le voyage est censé devoir durer dix ou douze mois. Il est plus probable qu'il en prendra bien dix-huit; mais ce qui est plus probable encore, c'est qu'il sera éternel, car il y a vingt à parier contre un qu'il n'en reviendra pas un homme. Et pour ce danger mortel, pour mes admirables recherches, pour mes talents hors ligne, voilà ce qu'on m'offre : trois mille francs! Voilà, mère, ce qu'est cotée l'honnêteté sur le grand marché de la vie !

— Mais cela peut mener à autre chose, Victor, dit la mère. La proposition, dans le fond et dans les termes, te fait honneur, il me semble, et le but à poursuivre est grand et généreux.

— Oui, oui! ce suicide ne serait pas honteux, et rapporterait quelques lignes bien senties d'oraison funèbre dans quelque journal de science. Mais la fin n'en serait pas moins piteuse, d'être enseveli sous les glaces, et d'un ours gris pour sacristain! — Alors, tu n'as pas accepté cette offre?

— Je ne l'ai pas acceptée, non! Et il paraît que d'autres ne l'ont pas accepté non plus. Car j'ai reçu, ce matin, un nouveau billet du capitaine Halkard. Il m'annonce que son bâtiment appareillera ce soir même et partira à minuit du port de Londres. Il n'a trouvé, pour médecin et chirurgien du navire qu'un pauvre méchant carabin, et il réitère ses offres magnifiques, en faisant un dernier appel à mon amour pour la science et à mon dévouement pour l'humanité.

— Et qu'as-tu répondu?

— Je n'ai pas même répondu! dit Carrington, avec une sorte de colère. Ce soir, je ne pars pas, j'arrive! Ce soir, je touche

au port de la fortune, autrement dit de la considération universelle !

———

X

Poison foudroyant.

Pauline était toute rayonnante de beauté, de grâce et de joie, quand elle reçut son fiancé à son arrivée. Il était, lui, un peu froid et grave. Mais il avait si bonne mine! mais il était tout à fait remis ! Pauline ne fit que le plaisanter avec un enjouement charmant sur sa méchante humeur, qu'elle lui pardonnait, disait-elle, à cause de sa bonne santé.

Elle fut, pendant tout le dîner, pleine d'esprit et d'abandon. Douglas, par moments entraîné malgré lui, se raidissait aussitôt et reprenait son rôle d'observateur.

Mme Durski, selon son habitude, ne buvait que de l'eau. Mme Brewer buvait de l'eau rougie; Douglas lui offrit de son claret, qu'elle accepta, et il se souvint que ce n'était pas la première fois qu'elle l'acceptait.

Après le dessert :

— Allons ! dit Pauline, je vais vous verser maintenant votre curaçao traditionnel.

— Volontiers, dit Douglas. Il ajouta : — Mais Corton n'est pas là pour prendre la liqueur avec moi, voulez-vous être assez bonne, Pauline, pour me tenir compagnie. Madame Brewer; vous m'avez dit que Corton allait venir dans la soirée. Je vous serais obligé de vouloir bien l'attendre et le recevoir au salon. Je désirerais rester ici quelques instants avec Pauline, avec qui j'ai à causer seul.

Mme Brewer, un peu étonnée, se leva et sortit :

— Vous me compromettez à présent ! dit en riant Pauline, quand la porte se fut refermée sur son amie.

Tout en parlant, elle ouvrait le porteliqueurs vénitien, et versait un verre de curaçao, qu'elle présenta à Douglas.

— A votre santé ! lui dit-elle.

— Merci, Pauline; mais ne voulez-vous pas boire et trinquer avec moi?

— Une goutte alors, pour faire semblant. Vous savez, mon ami, que la liqueur me fait mal.

— Surtout celle-là, n'est-ce pas ?

— Que voulez-vous dire ?

— Permettez-moi une question, Pauline. Vous n'êtes pas la seule, je pense, qui touchiez à ces flacons?

— Pardonnez-moi : la seule. Ce porte liqueurs, je vous l'ai dit déjà, est un véritable et précieux objet d'art ; la boîte, les flacons, les verres sont du Venise ancien. J'ai défendu aux domestiques d'y toucher. C'est moi qui en prends soin, en bonne ménagère; c'est moi qui remplis les fla-

cons. Voyez, la jolie clef damasquinée, je l'ai toujours sur moi. Je ne laisse la boîte ouverte que quand vous restez seul avec M. Corton. Mais je ne crois pas avoir oublié une fois de venir la refermer, avant de rentrer dans ma chambre.

Douglas posa la main sur le verre plein de curaçao.

— Eh bien, dit-il froidement, c'est donc avec cela que vous m'empoisonnez?

— Comment? plaît-il ?... Douglas, c'est une plaisanterie?

— Est-ce que j'ai l'air de quelqu'un qui plaisante ?

— Alors, c'est de la démence !

— Non pas ! dit Douglas, terrible; veuillez maintenant m'écouter, madame.

Douglas, en paroles émues, amères et irritées, raconta alors par quels doutes il avait passé depuis six semaines; il dit la première révélation du médecin, l'accusation injuste qu'il avait portée d'abord contre Jarvis, et la double épreuve à laquelle il avait soumis l'honnête et dévoué serviteur.

Maintenant, il revenait de Paris, après une absence de quinze jours, pendant laquelle Pauline avait été loin de lui et Jarvis toujours à ses côtés; et il revenait guéri, remis, dans la plénitude de la santé et de la force! Que fallait-il forcément conclure?

— C'est donc ici, dit-il en terminant, c'est donc chez vous, madame, que le poison, dénoncé par deux maîtres de la science, m'a été versé. Et ce poison, selon toute apparence, c'est dans ce verre de liqueur, chaque jour servi par vous, que je le bois.

Pauline avait écouté, silencieuse, atterrée, pâle d'indignation et de douleur.

— Mais c'est monstrueux, ce que vous pensez là, ce que vous dites là! s'écria-t-elle. Mais voyons, réfléchissez, q' même je serais capable du crime affreux dont vous osez me soupçonner, quel intérêt puis-je avoir à votre mort?

— C'est ce que je me suis dit d'abord, et c'est en vertu de ce raisonnement que j'ai commencé par repousser les doutes cruels dont j'étais assailli. Mais cependant tout s'explique et tout s'éclaire, si ce qu'on répète de toutes parts n'est pas une calomnie, s'il est vrai que vous ne m'ayez jamais aimé et que vous n'ayez jamais cessé d'aimer sir Réginald, mon cousin et mon héritier.

Pauline jeta un cri d'horreur.

— Oh ! c'est infâme ! dit-elle.

Elle mit son front entre ses mains, comme pour rassembler ses idées; puis, regardant Douglas, d'un air sombre et comme égaré :

— C'est vous, Douglas, qui ne m'avez jamais aimée !s'écria-t-elle, c'est vous qui me tuez avec ces mots meurtriers, c'est vous qui m'empoisonnez avec ces soupçons abominables! Ainsi, voilà où nous en sommes ! Sur des apparences, fussent-elles les plus certaines, sur des présomptions, fussent-elles les plus évidentes du monde, je suis accusée, accusée par qui? par vous? de quoi? d'une tentative d'homicide et d'empoisonnement sur vous! Et quel serait mon mobile? non pas la passion, non pas la vengeance, mais la plus basse cupidité ayant pour moyen la plus lâche trahison. Oh! c'est trop, mon Dieu! c'est trop! Est-ce que j'ai vraiment mérité cela?

— Pauline!... murmura Douglas, ému malgré lui par l'accent de sincérité de la femme qu'il avait tant aimée.

Elle répéta, sans l'entendre, se parlant tout haut à elle-même :

— L'ai-je mérité, vraiment? l'ai-je mérité? Après tout, cela se peut, hélas! J'ai eu du malheur, sans doute, et beaucoup; mais avoir du malheur n'est pas une raison pour faire le mal, et je l'ai fait. Je l'ai fait passivement, c'est vrai, sans savoir, sans comprendre, sans avoir conscience; je l'ai fait à cause des exemples funestes que j'avais sous les yeux; je l'ai fait parce que mon père et mon mari, ceux qui auraient dû me guider, m'égaraient; — n'importe! je l'ai fait, et je n'aurais pas dû le faire. J'ai aimé cet homme, ce misérable, cet Eversleigh, que je hais et que je méprise aujourd'hui. Je ne pouvais plus après cela être aimée, être épousée par un honnête homme. Je me le suis dit souvent depuis que j'aime Douglas; je me suis dit que son amour, que mon bonheur ne dureraient pas ; que ce n'était qu'une illusion et un rêve; qu'il n'était pas possible, qu'il n'était pas juste peut être que ce rêve devînt une réalité; et que cela finirait et que je me réveillerais tôt ou tard... Oui, je me disais tout cela. Mais jamais, jamais je n'aurais pu croire que le réveil serait si atroce. Je pensais : Douglas pourra aimer une autre femme plus digne de lui que moi, Douglas me redemandera sa parole, Douglas m'abandonnera. — Mais j'aurais cru avoir perdu la raison avant d'admettre ceci : Douglas m'accusera de l'avoir empoisonné!

— Pauline, écoutez-moi, dit Douglas trouble, je ne me refuse pas à vous entendre, je ne me refuse pas à vous croire. Parlez, parlez! Vous opposez donc un démenti formel à l'accusation portée contre vous? Vous déclarez, vous affirmez que cette liqueur ne contient pas de poison?

— Monsieur Douglas Dale, dit Pauline avec un calme glacé, n'attendez pas de moi que je me défende et que je me justifie. Vous m'avez fait une injure mortelle, que je ne pourrai jamais ni pardonner ni oublier. Vous m'avez outragée d'un soupçon stupidement injuste et odieux. Tout est fini entre nous. J'atteste Dieu qui m'entend, que je vous ai profondément aimé, plus profondément que je n'aurais osé vous le dire ; mais sachez que vous avez tué en moi ce sentiment de tendresse infinie et d'adoration ardente qui était ma vie. Je ne vous aime plus, monsieur Dale. C'est une morte qui vous le dit. Laissez-moi, monsieur, je vous prie, et pour ne jamais me revoir. Allez, et, si vous pouvez, soyez heureux!

Elle étendit la main, prit le verre de curaçao, et le but, en disant :

— Monsieur Dale, à votre santé!

Douglas secoua la tête avec un sourire dédaigneux.

— Je vous ai dit, madame, et vous savez aussi bien que moi que ce poison est un poison lent, et que...

Mais il s'interrompit, frémissant.

Pauline s'était dressée soudain, les yeux hagards, les traits convulsés.

— Un poison lent? cria-t-elle, non, c'est un poison rapide, un poison terrible! Ah! mon bien aimé, tu avais raison, cette liqueur est empoisonnée!

— Empoisonnée!

— Oui, oui, j'ai dans la poitrine comme une flamme qui me dévore. — Ah! que je souffre! — Ah! tu ne te t ompais pas; c'était bien vrai ce que tu disais, quel bonheur! tu avais bien le droit de me soupçonner, pauvre ami. Il y a là un crime, c'est clair, c'est sûr. Mais, moi, cela ne me regarde plus; m'en voilà justifiée, puisque j'en meurs!

— Mourir! toi, Pauline! Oh! attends que j'appelle... — Au secours!

— Non! non, je t'en prie, ne me quitte pas. Tout est bien inutile, va. Si tu savais ce que j'endure! Je vais mourir, et — quelle joie, mon Douglas! — mourir à ta place, mourir pour toi!

— Et moi, je veux mourir avec toi, dit Douglas.

Il fit un pas vers la table; mais, d'un bond, Pauline le prévint, saisit le flacon et le lança sur le marbre de la cheminée, où il se brisa en vingt morceaux.

— Toi, tu dois vivre, lui dit-elle, vivre pour penser à moi quelquefois, pour te souvenir de moi. Et moi, pécheresse, il vaut bien mieux que je meure, que j'expie!...

Mme Brewer, attirée par le bruit, ouvrit la porte, et resta pétrifiée sur le seuil.

— Ma pauvre Brewer, lui dit Pauline, tu vois, je meurs, je suis empoisonnée. On a voulu empoisonner mon Douglas; mais, Dieu merci! c'est moi qui ai bu le poison. Adieu, mon amie. Douglas, je vous la recommande. Elle n'a pas eu grande chance, elle non plus. — Ah! l'atroce poison! — Adieu, mon Douglas! — Ah! quelle torture! — C'est égal! je meurs aimée, je meurs t'aimant, je meurs heureuse!

— Pauline! ma Pauline! ma femme! cria Douglas éperdu.

Elle s'affaissa sur le tapis en balbutiant encore quelques mots inarticulés.

Subitement, ses traits, horriblement contractés, reprirent une expression d'apaisement suprême; un sourire charmant apparut sur ses lèvres. Elle était morte.

— Pauline! murmura Douglas d'une voix éteinte.

Et il tomba évanoui sur le corps inanimé de Pauline.

En ce même moment, Carrington entrait dans le salon.

XI

Les deux suicides

Carrington ne trouva personne au salon, il vit la porte ouverte, il entendit le cri que jeta Mme Brewer en voyant tomber Pauline, et il s'élança dans la salle à manger.

— Morts tous deux! s'écria-t-il, presque avec un accent de triomphe, quand il aperçut Douglas et Pauline étendus sans mouvement l'un près de l'autre.

— Non! ce n'est pas possible! fit Mme Brewer avec désespoir. Oh! voyez, secourez-les, monsieur Carrington; elle est seulement évanouie, n'est-ce pas?

Carrington se pencha vivement sur Douglas, lui prit la main, lui tâta le pouls, et eut un tressaillement de surprise et de terreur.

— Il vit, lui! s'écria-t-il. Il est sans connaissance, mais ce n'est rien; il vit!... Oh! comment se fait-il?...

— Mais, elle, Pauline? elle est vivante aussi, dites?

Carrington n'eut que la peine de jeter sur Pauline un coup d'œil.

— Non, dit-il, elle est morte. — Mais, encore une fois, qu'est-ce que cela signifie?

— Pauline disait tout à l'heure qu'elle mourait empoisonnée.

— Empoisonnée, oui, c'est évident; mais pourquoi elle, — et pas lui?

Mme Brewer se redressa, saisie d'épouvante.

— Qu'est-ce donc que vous dites? fit-elle. Vous vous étonnez que M. Dale ne soit pas empoisonné?.. Oh! le dernier mot de Pauline!... Ce poison, qui donc l'a versé? le savez-vous, monsieur Carrington?

Carrington ne répondit pas; il semblait ne pas entendre; il examinait de nouveau Douglas, et hochait la tête d'un air sinistre.

— Ah! misérable! démon! assassin! cria Mme Brewer, l'empoisonneur, c'est vous!

Carrington haussa les épaules.

— A moins que ce ne soit vous, dit-il avec son rire méprisant.

— A tout prix, je vengerai Pauline! continua Mme Brewer avec véhémence; je dirai le rôle que vous m'avez fait jouer; je vous dénoncerai, je vous démasquerai, infâme!

— Et des preuves?

— La justice saura en trouver pour vous condamner et vous punir. Vous monterez à la potence!

Carrington murmura d'une voix sourde :

— La torture et le supplice, c'est ce que j'endure en ce moment.

Il était debout, la tête basse, les sourcils contractés, les yeux fixés à terre, comme s'il regardait son ambition écroulée et son hideux dessein en ruines.

Il vit que Douglas entr'ouvrait ses paupières, et il fit un mouvement vers la porte.

— Vous ne sortirez pas! dit Mme Brewer.

Il la regarda fixement, d'un air terrible :
— Je ne vous conseille pas de me retenir, dit-il.

Elle recula effarée.

— Si vous croyez que vous m'empêcherez de vous accuser !.., reprit-elle.

— Faites, dit-il, je ne serai pas là pour vous entendre.

Il passa tranquillement devant elle et sortit, sans se presser, du salon et de la maison.

Il monta dans une voiture de place, se fit conduire chez lui, et garda la voiture. Il était alors dix heures. Sa mère était déjà endormie ; il ne la réveilla point. Il entra dans son laboratoire, écrivit deux ou trois lettres qu'il plaça en évidence sur sa table, brûla quelques papiers, jeta le contenu de quelques flacons, mit à la hâte des effets dans une malle, prit sa trousse et ses instruments, et alla porter le tout dans sa voiture.

Il donna ordre au cocher de le mener au quai où chauffait le bateau à vapeur qui devait conduire à Gravesend les passagers du *Pandion*. Le *Pandion* était le bâtiment frété par le capitaine Halkard, pour cette expédition au pôle arctique dont Carrington avait parlé le matin à sa mère.

Il était onze heures trois quarts quand Carrington arriva au quai. Le bateau quittait Londres à minuit ; le *Pandion* devait quitter Gravesend à quatre heures du matin.

A huit heures, le lendemain, Mme Carrington, inquiète de ne pas entendre de bruit dans l'appartement de son fils, toujours debout de grand matin, frappa à sa porte, entra dans le laboratoire, et vit d'abord sur la table une lettre à son adresse. Elle était ainsi conçue :

« Je suis le conseil que vous m'avez indirectement donné, ma mère ; je me décide à me joindre à l'expédition au pôle nord du capitaine Halkard. Quand vous lirez cette lettre, je naviguerai en plein Océan. Vendez tout ce qui m'appartient ; le produit de la vente suffira et au delà à vos modestes besoins. Quant à moi, je doute fort que je revienne de ce voyage. Adieu, ma mère. » VICTOR CARRINGTON. »

Mme Carrington relisait pour la cinquième ou sixième fois cette étrange lettre, quand la servante toute tremblante entra, amenant un magistrat et deux agents, qui demandaient Carrington.

La mère leur tendit la lettre qu'elle tenait encore à la main. Le magistrat la lut, puis fit un signe aux agents, qui sortirent pour se livrer dans la maison à une perquisition minutieuse.

Le magistrat interrogea la mère et la domestique sur les circonstances du départ de Carrington, mais ne voulut pas répondre lui-même par un seul mot aux questions inquiètes de Mme Carrington sur les motifs de sa visite. Les deux agents revinrent sans avoir rien trouvé, et les gens de justice et de police se retirèrent.

Un quart d'heure après, arriva Réginald. Carrington avait laissé pour lui un mot, où il lui annonçait son voyage plus brièvement encore que dans le billet à sa mère.

Eversleigh devint plus pâle qu'un mort, refusa aussi de répondre aux demandes de la mère, et sortit précipitamment.

Il rentra chez lui, rassembla tout ce qu'il pouvait avoir encore de précieux, et, le soir même, il était à Paris.

Dès le lendemain, il louait une pauvre mansarde meublée au cinquième étage, dans une des rues étroites et sombres qui avoisinaient alors le Luxembourg.

Son premier soin, dès qu'il fut installé, fut de descendre acheter un litre de mauvaise eau-de-vie. Il remonta aussitôt, et en but à peu près la moitié.

Pendant des mois, il habita le même taudis, gardant sur lui la clef de sa misérable chambre, montant et descendant le vieil escalier disloqué, sans que personne fît attention à lui. Peu de gens de ceux qui l'avaient connu autrefois, auraient été capables de reconnaître dans ce qu'il était alors, le jeune élégant des anciens jours. Ses traits, son teint et l'expression de son visage, tout en lui portait l'empreinte de la dégradation. Ses habits, qui avaient été faits par l'un des premiers tailleurs du West-End, n'étaient plus maintenant qu'une hideuse défroque. Le brillant dandy était devenu une espèce de pauvre honteux.

Chaque jour, quand il ne pleuvait pas, il boutonnait sa redingote graisseuse et se rendait au jardin du Luxembourg, où il traînait ses souliers éculés dans les allées les plus solitaires.

Avait-il conscience de son ignominie? Oui, quand il n'était pas ivre. Aussi tâchait-il d'être ivre le plus souvent possible. Carrington le lui avait bien dit, il n'avait pas le courage de se tuer d'un seul coup, il se tuait petit à petit.

Ainsi s'écoulait sa vie honteuse et lugubre, sans une joie même passagère, sans un souvenir ami, sans un signe qui indiquât qu'un lien quelconque existait entre lui et le reste de l'humanité.

Un jour, le portier, qui habitait un antre obscur au pied de l'escalier de la maison garnie, remarqua qu'il ne voyait plus le misérable locataire qui passait matin et soir devant sa loge depuis plus d'une année, avec son visage hébété, ses yeux fixes et son regard perdu.

— Qu'est devenu le vieil ivrogne qui loge là haut au milieu des tuyaux de cheminées? dit-il à sa femme. Il faudra pourtant que j'aille y voir. On ne l'a pas aperçu depuis deux ou trois jours.

Le portier ne monta que le soir au cinquième étage de son triste locataire. Il aurait pu attendre encore plus longtemps sans que Réginald Eversleigh eût à souffrir de sa négligence.

Le baron était mort depuis plusieurs jours, asphyxié par la fumée de son poêle de fonte. La trappe pratiquée dans le toit, et qu'il avait laissée entr'ouverte, s'était refermée par suite d'un coup de vent, et le baron, sans en avoir conscience, avait passé du sommeil de l'ivresse au sommeil de la mort.

Il était mort, et personne n'en avait rien su. On ne connaissait dans la maison ni son nom ni son pays. Son enterrement fut celui des pauvres, et les os du dernier descendant mâle de la maison d'Eversleigh allèrent achever de se pourrir dans la fosse commune du cimetière Montparnasse.

Dans ce même mois, un navire danois ramenait les cinq ou six derniers survivants de l'expédition du *Pandion*, lequel s'était perdu corps et biens, dans les glaces. Victor Carrington était au nombre des morts.

FIN